國家社科基金
GUOJIA SHEKE JIJIN HOUQI ZIZHU XIANGMU
後期資助項目

# 尹洙集編年校注

## The collation, annotation and chronology of Yin Zhu's works

〔宋〕尹洙 撰　時國強 校注

中華書局
ZHONGHUA BOOK COMPANY

**圖書在版編目（CIP）數據**

尹洙集編年校注/（宋）尹洙撰；時國强校注. —北京：中華書局,2019.11
（國家社科基金後期資助項目）
ISBN 978-7-101-14202-0

Ⅰ.尹… Ⅱ.①尹…②時… Ⅲ.中國文學–古典文學–作品綜合集–北宋 Ⅳ.I214.411

中國版本圖書館 CIP 數據核字（2019）第 241674 號

| | |
|---|---|
| 書　　　名 | 尹洙集編年校注 |
| 撰　　　者 | 〔宋〕尹　洙 |
| 校 注 者 | 時國强 |
| 叢 書 名 | 國家社科基金後期資助項目 |
| 責任編輯 | 許慶江 |
| 出版發行 | 中華書局 |
| | （北京市豐臺區太平橋西里 38 號　100073） |
| | http://www.zhbc.com.cn |
| | E-mail：zhbc@zhbc.com.cn |
| 印　　　刷 | 北京瑞古冠中印刷廠 |
| 版　　　次 | 2019 年 11 月北京第 1 版 |
| | 2019 年 11 月北京第 1 次印刷 |
| 規　　　格 | 開本/710×1000 毫米　1/16 |
| | 印張 33　插頁 2　字數 500 千字 |
| 國際書號 | ISBN 978-7-101-14202-0 |
| 定　　　價 | 128.00 元 |

# 國家社科基金後期資助項目
# 出版説明

　　後期資助項目是國家社科基金設立的一類重要項目,旨在鼓勵廣大社科研究者潛心治學,支持基礎研究多出優秀成果。它是經過嚴格評審,從接近完成的科研成果中遴選立項的。爲擴大後期資助項目的影響,更好地推動學術發展,促進成果轉化,全國哲學社會科學規劃辦公室按照“統一設計、統一標識、統一版式、形成系列”的總體要求,組織出版國家社科基金後期資助項目成果。

全國哲學社會科學規劃辦公室

# 目　録

# 前　言

　　尹洙(1001—1047)字師魯，河南洛陽人。少以儒學知名，博學有識，深於《春秋》，爲宋初古文運動的先驅之一。又久在兵間，習於西戎邊事，所爲禦戎長久之策，頗能切事機，盡利害，可謂文武兼備，博通古今。故周煇《清波別誌》卷一稱尹洙爲第一流人，“名書國史，炳若日星”。可以説，尹洙無論對軍政時局，還是對當時的文學創作都産生了重要影響。

一

　　尹洙出生於官宦之家，其祖父官至都官郎中，贈刑部侍郎。父終虞部員外郎，後贈工部郎中。尹洙自幼聰敏好學，喜論議古今，明辨是非，頗以才能著稱。無所不通，而尤長於《春秋》，故《宋史》本傳稱其少以儒學知名。天聖二年，舉進士，調正平縣主簿。歷河南府户曹參軍、安國軍節度推官、知光澤縣。天聖八年，舉書判拔萃，改山南東道節度掌書記、知伊陽縣。後用王署薦，爲館閣校勘，遷太子中允。直至景祐三年，尹洙生活順遂，仕途通達，頗爲意氣風發，鋭意進取。韓琦《故崇信軍節度副使檢校尚書工部員外郎尹公墓表》言尹洙在天下承平，“以兵言者爲妄人”

的風氣下，"著《叙燕》《息戍》等十數篇以斥時弊，時人服其有經世之才"。知伊陽縣時，有女冒賀氏産而久不能決，尹洙詢年檢籍，立證其僞，表現出了傑出才能。尹洙還大力弘揚教化，宣導古文，勉勵學者以古文爲主，以民事爲念，促進了文體的轉變，取得了顯著的治績，深受士民的擁戴。

　　這一時期，尹洙還先後入錢惟演、王曙幕，對其仕途産生了重要的影響。錢惟演晚年留守西京，尹洙爲其掌書記，謝絳爲通判，歐陽修爲推官，梅堯臣爲主簿。他們經常遊宴吟詠，結下了深厚的友誼，僅梅堯臣寫下的與尹洙有關的詩歌就有十來首，而尹洙對歐陽修的古文創作尤有誘導師範作用。《宋史·歐陽修傳》言歐陽修從尹洙遊，爲古文，迭相師友，即指此時。《聞見録》載歐陽修與尹洙一起作文，而服尹洙之簡古，自此始爲古文。可見在創作古文方面，歐陽修受到了尹洙的直接影響。錢惟演去職，王曙繼至，雖對尹洙等數加戒敕，然終始關照有加，在任樞密使後，便薦尹洙、歐陽修爲館閣校勘。尹洙、歐陽修相約分撰《五代史》，尹洙所撰深爲歐陽修所稱讚，其在《與尹師魯第二書》中説："師魯所撰，在京師時不曾細看，路中昨來細讀乃大好，師魯素以史筆自負，果然。"并在此信中與尹洙詳細探討了修史的體例計畫，認爲"正史更不分五史，而通爲紀傳，今欲將梁紀并漢周，修且試撰次。唐、晉，師魯爲之，如前歲之議。其他列傳，約略且將逐代功臣，隨紀各自撰傳，待續次盡，將五代列傳姓名寫出，分而爲二，分手作傳，不知如此，於師魯意如何。吾等棄於時，聊欲因此粗伸其志，少希後世之名。如修者，幸與師魯相依，若成此書，亦是榮事"。然此事終未完成，不能不説一大憾事。

## 二

　　景祐三年，尹洙因力挺范仲淹被貶，分撰《五代史》之事因之告吹，其命運也因此發生了較大的轉變。此後又分別於慶曆元年四月、慶曆四年五月、慶曆五年七月接連被貶，這四次貶謫構成了尹洙後半生的主要經歷，較爲突出地表現了尹洙的性格特點和歷史地位。第一次被貶，是尹洙主動要求從坐降黜。其中原因固然有尹洙曾被范仲淹薦論提攜的因素，更爲主要的還是尹洙慷慨無畏，具有强烈的正義感。韓琦《尹公墓表》載尹洙："内剛外和，……及臨大節，斷大事，則心如金石，雖鼎鑊前列不可變也。"而范仲淹亦"内剛外和""矯厲尚風節"（《宋史·范仲淹傳》），二人性情相近，都有耿介直言的特點，所以在范仲淹以言獲罪之時，尹洙自然感發而起。而且尹洙與范仲淹被貶還有著更爲直接地牽連，因爲范仲淹此次被貶的罪名就是"自結朋黨，妄有薦引"（《乞坐范天章貶狀》），而尹洙與其義兼師友，"自其被罪，朝中口語藉藉"（《乞坐范天章貶狀》），多云尹洙亦被薦論。所以尹洙言"仲淹若以他事被譴，臣固無預，今觀敕意，乃以朋比得罪。臣與仲淹義分既厚，縱不被薦論，猶當從坐，况如衆論，臣則負罪實深。……况余靖自來與仲淹蹤跡比臣絶疏，今來止因上言，獲以朋黨被罪，臣不可苟免，願從降黜，以昭明憲"（《乞坐范天章貶狀》）。可見尹洙主動乞坐，是對當時輿論壓力的直接回應，也是置得失於度外，不屈於權勢的抗争。因爲范仲淹被貶之後，很多人避之唯恐不及，所謂"諫官御史莫敢言"（《宋史·余靖傳》）。《宋史紀事本末》卷二十九載"時朝士畏宰相，無敢送仲淹，獨龍圖直學士李紘、集賢校理王質出郊餞之"，還遭到了譏誚。在這種情況下，尹洙能够稱讚范仲淹"忠諒有素"，與己"義兼師友"，直言是仲淹之黨,無疑表現出了很大的勇氣。

尹洙因直范仲淹贏得了良好的名聲,并由此引發了朋黨之論,可謂影響深遠。周煇《清波別誌》卷一認爲尹洙甘願以仲淹之黨被貶,比一般士大夫高出了許多,他說"今縉紳因薦士被黜,即曉曉辯數,謂己之進出於親擢,凡可以擺縱者,無所不用其至,誰肯自列如尹之言乎?"故稱尹洙爲第一流人,足以"名書國史,炳若日星"。而尹洙由此對所謂朋黨世態也有了更爲深入地認識,他在《與鄧州丁憂李仲昌寺丞書》中說:"世復有以附己者爲賢,異己者爲不肖,不獨置親疏其間,又從而反其賢不肖之實,此所謂朋黨者也。"爲自己仗義行道反被誣爲朋黨作辯解,指斥那些顛倒黑白混淆是非,以親屬遠近大搞裙帶關繫者才是真正的朋黨。歐陽修《朋黨論》則以利祿相勾結者爲小人之僞朋黨,以道義相益者爲真朋黨,"退小人之僞朋,用君子之真朋,則天下治矣"。尹洙、范仲淹、歐陽修等至公至賢無疑爲君子之黨,後人對尹洙的這次被貶也多以此來評價,如劉元瑜、秦觀都認爲尹洙被貶是小人惡直醜正,以朋黨之議陷之所致,楊萬里、袁燮則將慶曆清明之治歸結於范仲淹、尹洙等所謂黨人。當然尹洙未能像范仲淹等人那樣位居中樞,但其能秉持正義,與彼交遊,亦廁身於其間,并由此奠定了尹洙的歷史地位與影響。

尹洙第二次被貶是因爲好水川之戰中擅發兵所致,就實際情況來看,所謂的擅發兵不過是形勢危急之下的緊急措施。其實尹洙并未參與好水川之戰,慶曆元年二月十四日任福等敗亡於好水川之時,尹洙尚在延州,二十二日還至慶州才得知敗亡的消息。尹洙從韓琦指使李貴、抽押兵士殿直蔡從狀等處得知,元昊賊馬於十九日再次侵擾劉磻堡,至二十一日尚未退去。而鎮戎軍僅有朱觀一人,既少主兵官員,又急需增添兵士,事宜緊急。於是尹洙令與己同行的鄜延路都監、差權環慶路都監劉政,將振武、虎翼兩指揮,充填蕃落兩指揮,約數千人赴鎮戎軍策應。由此可以看出尹洙發兵有韓琦求助的因素,作爲韓琦的下屬,尹洙設法救援,本無可厚非,只是所遣援軍未至,而敵軍退却,不免空勞師旅,又未奏請夏竦,爲夏竦彈劾留下了把柄。

尹洙擅發兵本有情可原,而且在發兵之後,便將此事稟奏朝廷,寫有《奏爲到慶州聞賊馬寇涇原路牒劉政同起發赴鎮戎軍策應事》《奏爲擅易慶州兵救援涇原路事》等,而夏竦堅持彈劾,恐怕亦有推諉責任的考慮。夏竦雖獻攻守二策,内心并不主張主動進攻,他説:"今兵與將尚未習練,但當持重自保,……大軍蓋未可輕舉。"(《續資治通鑑長編》卷129)朝廷再次以手詔問師期,才不得已畫攻守二策,而"其守策最備,可以施行。不意朝廷便用攻策"(田况《上仁宗論攻策七不可》)。於是夏竦令尹洙往延州與范仲淹商量出兵事宜,而范仲淹亦堅執不可,夏竦認爲"若只令涇原一路進兵,鄜延却以牽制爲名盤旋境上,委涇原之師以嘗聚寇,正墮賊計"(《續資治通鑑長編》卷131)。好水川戰敗正因中了賊人的誘敵深入之計,而尹洙又擅發援兵,遂至夏竦遷怒彈劾。

## 三

尹洙第三次被貶起因於反對修建水洛城,直接原因則在於拘械劉滬、董士廉。慶曆四年初,朝廷聽從了韓琦的建議,罷修水洛城,同時罷免鄭戩陝西四路招討使之職,而鄭戩仍極言水洛城之利,并派董士廉將兵相助。尹洙認爲鄭戩既已解職,不當違抗朝命,繼續命人修建,遂將鄭戩所遣相助修城的涇原都監許遷召還,"又檄滬、士廉罷役,且召滬、士廉",而滬、士廉"日增版趣役。洙再召之,不從。洙亟命瓦亭寨都監張忠往代滬,又不受。洙怒,命(狄)青領兵巡邊追滬、士廉,欲以違節度斬之。青械二人送德順軍獄”(《續資治通鑑長編》卷 147）。由此可見，尹洙拘械劉滬等人也有不得已的成分，是在多次勸説無效的情況下採取的措施。另據余靖言：“尹洙以館職知州，關中之人以洙氣勢尚輕，預憂緩急，有事不能制伏士卒。”(《續資治通鑑長編》卷 150）又言“劉滬敢罵尹洙乳臭，狄青一介耳”(《續資治通鑑長編》卷 150）。書檄無效，傳召不回，往代不從，又聽聞諸多嘲辱，在此情形之下，尹洙以强力懲處二人，情有可原。然此舉却導致“蕃部遂驚擾，争收積聚，殺吏民爲亂，又詣周詢等訴”。(《續資治通鑑長編》卷 147）魚周詢等人遂以修城有利，且言“水洛城今已修畢，惟女墻少許未完，棄之可惜”(《涑水記聞》卷 11）。范仲淹、歐陽修、孫甫、余靖等人也皆是滬而非洙，朝廷遂釋滬、士廉，令卒城之。然劉滬等與尹洙已立異同，難再共事，而滬能招輯蕃部，遂採納歐陽修“寧移尹洙，不可移滬”(《再論水洛城事乞保全劉滬札子》）的建議，將尹洙徙知慶州。

這次被貶與前兩次被貶截然不同，前兩次爲尹洙贏得了良好的聲譽，彰顯了尹洙的優良品質。這一次被貶却使尹洙感到了前所未有的孤立無援，他説“某方爲奸人所擠，構虐百端，舉朝莫與爲辯”(《答諫官歐陽舍人論城水洛書》）。連他的好友歐陽修也説：“滬與洙争，而滬實有功效，其理不曲。”(《再論水洛城事乞保全劉滬札子》）尹洙深感無奈，發出了“永叔尚爾，況他人耶”的感歎。就事實來看，劉滬納降蕃部，修建水洛城，受到了民衆的擁護與愛戴。尹洙雖然列舉了衆多的反對理由，却并不符合實際。可以説水洛城事件暴露了尹洙“傷於猝暴”，以及於蕃部瞭解不足的弱點，成爲別人攻擊的把柄，王安石就曾批評尹洙“實不曉事，妄作向背，而有時名，爲人所傾向，如此等人，最害世事”(《續資治通鑑長編》卷 234）。從尹洙的生平來看，這一事件也是其走向不幸結局的轉捩點。

　　第四次被貶表面看是董士廉訟尹洙欺隱公使錢，實際上是水洛城事件的餘波。水洛城事件中董士廉被尹洙拘械下獄二十多天，又被朝廷調徙他路，罰銅八斤，因此懷恨在心，遂於慶曆五年三月詣闕訟尹洙。所訟內容據尹洙《奉詔分析董士廉奏臣不公事狀》主要有兩點，其一，韓琦、尹洙謀入界至好水川，致敗亡折兵。尹洙"作《憫忠》《辨誣》文，誑惑中外，令李仲昌刻石掩韓琦惡，今來尹某自知虛誑，却毀棄刻石碑子"。此項指責明顯於事實不符，故并未受到追責。其二，尹洙侵欺官錢。"將官錢數百貫入己使用，并借官錢與官員還債，并支出軍資庫錢"。尹洙確曾於軍資庫支借錢銀，往秦州回易，及收買上京交鈔，以此來補充開支。但這種做法只是沿襲慣例，其前任王沿、張亢、涇州鄭戩、慶州滕宗諒等都曾以公使錢回易貨物，以賺取的利息來補貼開支。所以尹洙認爲"諸處及本州，自來并是於軍資庫，或隨軍庫支撥係官錢作本回易，有此體例"（《分析公使錢狀》）。而且尹洙只是委管勾當使官員及公人等具體操辦，只略知總數，并不過問開支明細。可見董士廉指責尹洙貪污侵佔公款，并不符合實際。董士廉所謂"借官錢與官員還債"，是指禮賓副使孫用曾在京借人錢物，無以還債。尹洙"惜其才可用，恐以犯法罷去，嘗假公使錢爲償之"（《宋史·尹洙傳》）。而所借公使錢已"令本官於料錢內還納"（《奉詔分析董士廉奏臣不公事狀》）。董士廉所訟雖於尹洙多有不公，還是得到了監察御史李京的回應，李京認爲韓琦罷樞密副使，"因董士廉疏論水洛城，并處置邊機不當事"。二者皆由尹洙引起，因此應"早賜處分，所貴與韓琦行罰頗均，方協衆望"（《覆奏監察御史李京札子狀》）。尹洙又奏章與李京辯論，引起執政不悅，遂遣殿中侍御史劉湜往渭州鞫之。劉湜逢迎執政意圖，頗傅致重法，尹洙以此被貶爲崇信節度副使。"歲餘，監均州市征"（《尹師魯河南集序》），不久得疾而亡。

　　尹洙在《答河東宣撫參政范諫議啓》《答鎮州田元均龍圖書》《論朝政宜務大體疏》（爲進奏院飲會事）等文中多次表達了對以微過斥善士的不滿，認爲“闒茸輩唯欲摭人細過，不可不慮也”（《答河北都轉運歐陽永叔龍圖書》又一首），而自己最終還是被以公使錢使用不當，這樣的細微詿誤而貶謫，以致於死於貶所，不可不謂爲不幸。

# 四

　　尹洙的文學成就主要在於古文創作，一方面對於文風的轉變起到了促進作用，一方面取得了較高的藝術成就。在文風轉變方面，一般認爲尹洙是受到了穆修的影響，而他又影響了歐陽修，而歐陽修以自己的創作及對後輩的提攜，使得宋代的文章盛極一時。在這一過程中，尹洙起到了承上啓下的作用。在藝術上，則主要體現爲簡潔洗練，歐陽修評爲“簡而有法”（《尹師魯墓誌銘》），范仲淹評爲“辭約而理精”（《河南先生文集序》）。這一藝術特點的形成與尹洙深於《春秋》有關。

　　尹洙雖無説《春秋》之書，然其《五代春秋》一書，“筆削頗爲不苟，多得謹嚴之遺意，知其《春秋》之學深矣”（《欽定四庫全書總目·〈五代春秋〉》）！《春秋》之簡在於孔子條貫洞達，故能一字之間明是非、別善惡，言簡意賅。尹洙之簡則在於其博聞强記、通知今古，而歐陽修亦博極群書，所以“能以‘簡而有法’一句，遂盡師魯之爲文也。此簡之所以有足貴，而能爲簡者之匪易言歟！……由是言之，文之學爲古者，必能爲簡而能爲簡者，方可以語古”（金之俊《讀〈河南文集〉》）。但簡不等於略，古文也不等於簡，不能以言之多少衡量古文。柳開認爲“古文者非若辭澀言苦，使人難誦讀之。在於古其理，高其意，隨言短長，應變作制，同古人之行事,是謂古文也"(《應責》)。"隨言短長,應變作制"才是古文表達的要求,亦即切合實際,有話則長,無話則短,不能虚增浮誇,文勝於質。所以金之俊評尹洙的文章"朴直緊嚴,果有當於簡。即碑、銘、書、疏,或詳至數千百言之多,皆精於理,核於事,而無靡詞,無溢氣,雖詳而仍不害其爲簡也"(《讀尹河南文集》)。由此可見,簡即在於"朴直緊嚴",在於理精、事核,"無靡詞,無溢氣"。而要做到這些,則須有明達洞察的睿智、準確精煉的表達力和素樸簡潔的審美情趣。尹洙"善議論,參質古今,開判凝滯,聞者欣服之"(韓琦《尹公墓表》),具有很强的表達能力。又"博學有識度",所以人情練達、世事洞明。其文章切於實際、鞭辟入裏,故能化繁爲簡、深入淺出。同時尹洙多次表達對於簡潔明瞭的推崇,具有素樸的審美情趣。他稱讚李之才"能爲古文章,語直意邃,不肆不窘,固足蹈及前輩,非某所敢品目"(《上葉道卿舍人薦李之才書》)。"語直意邃",即歐陽修所言"文簡而意深";"不肆不窘",即"謹嚴""有法"。可知尹洙對於李之才古文的評價,亦即他自己的審美追求。尹洙主張直接明瞭地表達事理,反對虚辭濫説,他認爲應據實而言,"增之文辭,非爲益也"(《答黄秘丞書》)。推崇韓國華的文章"不尚靡放,辭達而意不窘"(《故大中大夫右諫議大夫上柱國南陽縣開國男食邑三百户賜紫金魚袋贈太傅韓公墓誌銘》)。盛贊"(王)勝之之文,其論經義,頗斥遠傳,解衆説,直究聖人指歸,大爲建明,使泥文據舊者,不能排其言。其策時事,則貫穿古今,深切著明,於俗易通,於時易行,參較反復,其説無窮。大抵贍而不流,制而不窘,語屬而淳,氣壯而長,蔡君謨常稱之曰'歐陽永叔之流'"(《送王勝之贊善一首》)。借蔡襄之口將王益柔與歐陽修的古文成就并列起來,實際上也是評價了歐陽修的古文特點,也可以看作是尹洙從内容與形式上對整個古文創作的藝術標準。

# 五

　　宋初古文創作不始於尹洙，也不終於尹洙，然而却離不開尹洙。因爲尹洙在宋初古文運動中起到了承上啓下的重要作用。這種作用是通過交遊和創作實績來實現的。尹洙通過與柳開的後學及推崇者石延年、石介的交往，與從五代入宋的古文創作潮流建立了聯繫。又通過與穆修的直接交往，與其同時代的古文創作者建立了聯繫。這種廣泛的交遊與聯繫，使其能自覺地融入古文創作的潮流中，同時也使其能够廣收博納，對古文創作形成清晰的認識，進而形成自己獨特的風格。而這種風格的形成就是其古文成就的一個重要體現，應當説在宋初的古文創作者中尹洙的成就是比較高的。早期的古文創作以柳開的影響最大，然柳開的作品“體近艱澀”“謂之明而未融則可”（《欽定四庫全書總目·〈河東集〉》）。同時代的穆修雖也爲開宗立派的人物，然其古文作品僅有二十來篇，且有“腐敗粗澀”之嫌。穆修的門人祖無擇、蘇舜欽等所作古文雖各有特點，然與尹洙相比仍有差距。祖無擇有《龍學文集》十六卷，“爲文峭厲勁折，實開風氣之先，足與尹洙匹敵”（《四庫提要·龍學文集》）。以尹洙爲榜樣，倒恰恰證明尹洙高於祖無擇。蘇舜欽有《蘇學士集》十六卷，然以詩歌爲多。《宋史·蘇舜欽傳》稱其：“時發憤懣於歌詩，其體豪放，往往驚人。”梅堯臣有十來篇作品以尹洙爲題，對尹洙情感深厚，其“爲文章簡古純粹”（歐陽修《梅聖俞詩集序》），然亦以詩著名。石介慕柳開爲古文，雖“較勝柳、穆二家，而終未脱草昧之氣”（《四庫提要·徂徠集》）。可見其成就也是處於草創階段。相比之下，尹洙有集二十七卷，且以古文爲主，無論在數量還是在成績上都超過了與其同時之作者。

尹洙的古文成就還可以從范仲淹、歐陽修那裏得到印證，他們二人都曾向尹洙學習，受到了尹洙的影響。《四部叢刊·河南先生文集》附録引《幕府燕閑録》載：“（范仲淹）嘗爲人作墓銘，已封，將發，忽曰：‘不可不使師魯見。’”尹洙指出其文中“謂轉運使爲部刺史、知州爲太守，誠爲脱俗。然今無其官，後必疑之，此正起俗儒争論也”。范仲淹非常感激地接受了批評。《邵氏聞見録》載歐陽修與尹洙同作記文，“永叔文先成，凡千餘言。師魯曰：‘某止用五百字可記。’文成，永叔服其簡古。永叔自此始學爲古文”。《湘山野録》亦有相似記載，而言“希深之文僅五百字，歐公之文五百餘字，獨師魯止用三百八十餘字而成，語簡事備，復典重有法。歐、謝二公縮袖曰：‘止以師魯之作納丞相可也，吾二人者當匿之。’……然歐公終未伏在師魯之下，獨載酒往之，通夕講摩。師魯曰：‘大抵文字所忌者，格弱字冗。諸君文格誠高，然少未至者，格弱字冗爾。’永叔奮然持此説别作一記，更減師魯文廿字而成之，尤完粹有法。師魯謂人曰：‘歐九真一日千里也。’”

這兩種記載雖有小説性質，但尹洙的影響却是不可否認的，而且尹洙與歐陽修還有分撰《五代史》的記載。從歐陽修《與尹師魯第二書》《與尹師魯第三書》中可以看出，他們不但商量好了編纂體例，進行了任務分工，還已經撰寫了一部分内容，但因爲隨後的遭遇，他們的合作并没有成功。《邵氏聞見録》質疑歐陽修的《五代史》“内果有師魯之文乎？抑歐陽公自爲之也？”完全多慮了。事實上，他們各自撰寫了自己的五代史，《欽定四庫全書總目·〈五代春秋〉》認爲尹洙的《五代春秋》即作於與歐陽修分撰五代史之時，“然體用編年，與修書例異。豈本約同撰而不果，後乃自著此書歟？”這次合作雖然無果而終，他們二人間的創作關繫却由此可見一斑。所以《宋史·歐陽修傳》言歐陽修“從尹洙遊，爲古文，議論當世事，迭相師友，……遂以文章名冠天下”。

而歐陽修獎引後進，曾鞏、王安石、蘇洵、蘇軾、蘇轍，先後得到歐陽修的提携，遂成古文昌盛之局面。這其中歐陽修爲關鍵人物，而尹洙又深深地影響了歐陽修，則其在北宋古文創作史上的作用不言自明。

# 凡　例

一、尹洙集，范仲淹《尹師魯河南集序》稱二十七卷，《郡齋讀書志》載爲《尹師魯集》二十卷，《直齋書録解題》著録《尹師魯集》二十二卷，《讀書附志》載作《河南尹先生文集》十五卷，《宋史·藝文志七》著録《尹洙集》二十八卷，方功惠作《尹河南集》二十七卷，附録一卷；長洲陳氏本作《尹河南文集》二十七卷，附録一卷；四部叢刊本作《河南先生文集》二十八卷；四庫本作《河南集》二十七卷，附録一卷。書名、卷數頗爲不一，版本流傳較爲繁雜，而以尤袤所刊二十七卷本影響最大。然宋刻本今已失傳，據四川大學古籍研究所所編《〈宋集珍本叢刊〉書目提要》，《河南先生文集》“現存最古舊的版本，當推明鈔本，存世凡七部，清鈔約三十餘部，大抵源於宋刻二十七卷本一系”。所録明抄本“鈔手不詳，但較完整”，“如以此本爲底本，校以明鈔諸本，參校清嘉慶刻本及張位吴翌鳳鈔本、李文藻鈔校本等，不難得一《河南集》佳本”。故此次校注以《宋集珍本叢刊》所録明抄本爲底本，校以四庫本、四部叢刊本、長洲陳氏刻本、方功惠刻本、張位、吴翌鳳抄本、李文藻抄本、黄丕烈抄本、李保泰抄本、巴陵方氏碧琳琅館刻本、陳增抄本等，以期爲讀者提供較爲精細的版本。

二、本項目以編年、校注爲主,校勘與注釋並列於校注對象之後。若底本明顯不合語法、句法、常識者,徑以他本校正,不復例證。若底本正確,而參校本脱訛,則只列異同,不作考釋。對於歧義生疑者,則參校優劣,出考釋例證。校勘與注釋并有者,例先校勘後注釋。

三、諸本篇目名稱或有異同,而以叢刊本較爲整飭,其他諸本或多所節略,或有衍文枝蔓,故以叢刊本爲主,參校以他本。底本、李文藻本中水洛城皆作永洛城,首例據改,餘不復注。

四、諸本中的評語,若是對篇章的部分内容進行評價,則亦隨文注出;若是具有全局性質的評語,則以集評的形式,別類條出。批校之言只標明出自某本,不標注出自某人。如翁同書批校李保泰本《河南尹先生文集》,只言李保泰本批校,不詳出翁同書字樣。李文藻本實則李文藻、周香岩、羅臺山三人手校,而所校底本原有新城王士禛批語,李文藻俱以綠筆代之,己之所加則以朱筆。本次校勘依據的是國圖縮微膠片版,無法區別色彩,故混言之爲李文藻本。黄丕烈本爲黄丕烈、周星詒校并跋,其中多有從吴枚葊本、錢氏本增校者,亦不復區分,只言黄本云。

五、附録一爲底本附録,有他本可資參照,故亦作校注。附録二、三、四、五爲據別本所增,諸本有所異同,或有批語者,亦一一校出。附録六、七、八、九爲撰者所增,故不作校注。

六、凡文中干支紀日的轉換,皆由薛仲三、歐陽頤編《兩千年中西曆對照表》(生活、讀書、新知三聯書店,1956 年版)換算而來。

# 尹師魯河南集序<sup>①</sup>

高平　范仲淹

　　予觀《堯典》、舜歌而下<sup>②</sup>，文章之作，醇醨迭變<sup>③</sup>，代無窮乎<sup>④</sup>！惟抑末揚本，去鄭復雅<sup>⑤</sup>，左右聖人之道者難之。近則唐貞元、元和之間<sup>⑥</sup>，韓退之主盟於文，而古道最盛<sup>⑦</sup>。懿、僖以降<sup>⑧</sup>，寖及五代<sup>⑨</sup>，其體薄弱。皇朝柳仲塗起而麾之<sup>⑩</sup>，髦俊率從焉<sup>⑪</sup>。仲塗門人能師經探道<sup>⑫</sup>，有文於天下者多矣。洎楊大年以應用之才<sup>⑬</sup>，獨步當世<sup>⑭</sup>。學者刻辭鏤意<sup>⑮</sup>，以希髣髴<sup>⑯</sup>，未暇及古也。其間甚者<sup>⑰</sup>，專事藻飾，破碎大雅，反謂古道不適於用，廢而弗學者久之。洛陽尹師魯<sup>⑱</sup>，少有高識，不逐時輩，從穆伯長游<sup>⑲</sup>，力爲古文。而師魯深於《春秋》，故其文謹嚴，辭約而理精，章奏疏議，大見風采，士林始聳慕焉<sup>⑳</sup>。復得歐陽永叔<sup>㉑</sup>，從而大振之<sup>㉒</sup>，由是天下之文一變而古，是大有功於道也，其吾儒之盛歟<sup>㉓</sup>！

　　師魯天聖二年登進士第，後中拔萃科，從事於西都。時洛守王文正沂公暨王文康公并加禮遇<sup>㉔</sup>，遂引薦於朝，置之文館。尋以論事切直，貶監郢州市征。後起爲陝西經略判官，屢更邊任。遷起居舍人，直龍圖閣，知潞州。以前守平涼日貸公食錢於將佐，議者不以情，復貶漢東節度副使。歲餘，監均州市征。

予方守南陽郡，一旦師魯舁疾而來，相見累日，無一言及後世，家人問之，不答㉕。予即告之曰：“師魯之文行，將與韓公稚圭、歐陽永叔述之㉖，以貽後代。君家雖貧，共當捐俸以資之。君其端心清神㉗，無或後憂。”師魯舉手曰：“公言盡矣，我不復云。”翌日往視之，不獲見，傳言曰：“已別矣。”遂隱几而卒。故人諸生聚而泣之，且歎其精明如是，剛決如是。死生不能亂其心㉘，可不謂正乎㉙？死而不失其正，君子何少哉！

師魯之才之行與其履歷，則有永叔爲之墓銘，稚圭爲之墓表，此不備載。噫！師魯有心於時㉚，而多難不壽㉛。所爲文章，亦未嘗編次，有先傳於人者㉜，索而類之，成二十七卷㉝，亦足見其志也已㉞，故序之。

【校注】

①黃本、方本作河南先生文集序，四庫本作河南集原序。叢刊本、李文藻本、《范仲淹全集》作尹師魯河南集序。李文藻本眉批：“此序原本虎蛇字畫，與他不類，殆是新城於范集抄入。新城跋語中前有范希文序一句，亦是添注。”故從此。

②《堯典》，《尚書·虞書·堯典》孔安國傳：“言堯可爲百代常行之道。”孔穎達正義：“《堯典》雖曰唐事，本以虞史所録，末言舜登庸由堯，故追堯作典，非唐史所録，故謂之《虞書》也。”此處概言遠古之作。舜歌，《樂府詩集·雜歌謠辭一·卿雲歌三首》解題：《尚書大傳》曰：“舜將禪禹，於時俊乂百工相和而歌《卿雲》。帝乃唱之曰‘卿雲爛兮’；八伯咸進，稽首曰‘明明上天’；帝乃再歌曰‘日月有常’。”《史記·天官書》曰：“若烟非烟，若雲非雲，鬱鬱紛紛，蕭索輪囷，是謂慶雲。”慶雲即卿雲，蓋和氣也。舜時有之，故美之而作歌。

③醇醨，亦作“醇漓”，敦厚與澆薄。《大唐西域記·印度總述》：“如來理教，隨類得解，去聖悠遠，正法醇醨，任其見解之心，俱獲聞知之悟。”

④乎，原闕，據叢刊本、《范仲淹全集》補。代，四庫本作殆。殆，幾乎，似以殆爲優。

⑤去鄭復雅，《論語·陽貨》：“惡鄭聲之亂雅樂也。”《論語·衛靈公》：“放

鄭聲,遠佞人;鄭聲淫,佞人殆。"

⑥則,原闕,據《范仲淹全集》、四庫本、叢刊本補。貞,原作正,據四庫本改。貞元,《舊唐書·德宗本紀上》:"貞元元年正月丁酉朔,御含元殿受朝賀,禮畢,宣制大赦天下,改元貞元。"

⑦古道,原作風雅,據全集、叢刊本改。黃本眉批:"古道。"按韓愈主張"修其辭以明其道"(《爭臣論》),故改之。

⑧懿,原闕,據全集、四庫本、叢刊本補。懿、僖,唐懿宗、唐僖宗。《舊唐書·懿宗本紀》:"懿宗昭聖恭惠孝皇帝漼,宣宗長子。""以蠱惑之侈言,亂驕淫之方寸,……土德凌夷,禍階於此。"《舊唐書·僖宗》:"僖宗惠聖恭定孝皇帝諱儇,懿宗第五子。""屬世道交喪,海縣橫流,赤眉搖盪於中原,黃屋流離於遐徼,黔黎塗炭,宗社丘墟。"故懿、僖并列,《讀通鑑論·僖宗》:"懿、僖之世,相習於淫靡,上行之,下師師以效之,率土之有司胥然,誅不勝誅,而無可如何者一也。"

⑨寖,李文藻本作寢,眉批:"寢,本集作以。"

⑩柳仲塗,《宋史·柳開傳》:"柳開,字仲塗。"

⑪髦俊,才智傑出之士。《北齊書·文苑傳序》:"有齊自霸圖云啓,廣延髦俊,開四門以納之,舉八紘以掩之。"

⑫師,原闕,據范仲淹全集、四庫本、叢刊本補。

⑬洎,原作泪。楊,原作揚,據范仲淹全集、四庫本、李文藻本改。用,原闕,據叢刊本、李文藻本補。按《宋史·楊億傳》:"楊億,字大年,建州浦城人。"

⑭獨,原闕,據四庫本、叢刊本、范仲淹全集、李文藻本補。

⑮辭,原作詞,據方本、叢刊本改。

⑯以,叢刊本作有。

⑰間甚,原闕,四庫本、黃本、方本無間字,據叢刊本、李文藻本、《范仲淹全集》補。

⑱師,原闕,據四庫本、叢刊本、李文藻本、《范仲淹全集》補。

⑲從,原作與,據叢刊本、李文藻本、全集改。按穆修長于尹洙,從有師從之意,故改之。穆伯長,《宋史·穆修傳》:"穆修,字伯長。"

⑳始,叢刊本、李文藻本作方。

㉑復,《范仲淹全集》、叢刊本、李文藻本作遽。

㉒大,原闕,據叢刊本、李文藻本、《范仲淹全集》補。

㉓其吾儒之盛歟,叢刊本、《范仲淹全集》無"其吾儒之盛歟"六字,作"其深有功於道歟"。古,四庫本作正,叢刊本無。

㉔暨,原闕。并,原作繼。方本旁批:"繼皆。"據叢刊本、李文藻本改。王文正沂公,《宋史·王曾傳》:"王曾,字孝先,青州益都人。""封沂國公","謚文正"。王文康公,《宋史·王曙傳》:"王曙,字晦叔,河南人。""謚文康"。

㉕此四句原作"相見無一言,家人問後事,不答",據叢刊本、李文藻本、《范仲淹全集》改。答,黃本作終。

㉖文行,叢刊本、李文藻本、《范仲淹全集》作行。韓公稚圭,《宋史·韓琦傳》:"韓琦,字稚圭。"

㉗清,四庫本、叢刊本作靖。

㉘不,原作弗,據四庫本、叢刊本、李文藻本、《范仲淹全集》改。

㉙謂,方本旁批:"爲。"

㉚心,方本作志,加注:"一作心。"按下文言"亦足見其志也",則此處似以志爲優。

㉛張吳本此處又從前文"弗學者久之"重寫,當爲衍文。

㉜有,叢刊本作惟。

㉝二十七卷,叢刊本作十卷。

㉞其,原闕,據叢刊本、李文藻本、《范仲淹全集》補。

# 天聖二年（公元 1024 年）

## 河南府請解投贄南北正統論一首①

論曰：天地有常位，運曆有常數，社稷有常主，民人有常奉。故夫王者位配於天地，數協於運曆，主其社稷，庇其民人，示天下無如之尊也②，無二其稱也。故《易》曰"大寶"③，史曰"神器"④。苟社稷有主，而僭其稱號，則其名曰盜，其位曰竊，示萬民可得而誅，後世可得而貶，千古不易之道也。自晉室不綱，五胡猾夏，元帝艱難否運，奄有東南，景命未融，不失舊物，迄於恭帝，百有四年。宋祖有代德而受外禪⑤，復六十年而禪齊，齊二十六年而禪梁，梁五十年，爲侯景所篡。梁元帝攘戎狄，而篡舊位，遷都江陵。三年，爲西魏所滅，則東南之運絕矣。始，後魏道武以晉太元二十一年即位⑥，都代。後六代，孝文遷都雒陽⑦。後復六代，孝武遭高歡之難⑧，遷都長安，是爲西魏。西魏三代，恭帝二年始平江陵，江陵平一年禪於周。周二十五年而禪於隋，隋三十八年而禪於唐。推而言之，則東南承襲之運，至江陵陷沒，當傳於魏，魏傳周，周傳隋，隋傳唐，爲得其實。而江陵之陷，陳霸先立梁元之子方智爲帝，復不能輔而代其位，是爲陳。蕭詧據一州之旅⑨，稱帝三世，是爲後梁。魏孝武之西遷也⑩，高歡立清河王子善見爲帝，稱東魏。既而高歡子洋篡其位，是爲北齊。而前史列東魏、後梁并篡爲帝號，北齊、陳氏各有國書，逆順不分，稱謂紛揉。若以蕭詧爲中興之主，霸先是曰元兇⑪；霸先爲受命之君，隋氏當爲叛國。

　　昔蜀先主以宗室之胄，據有全蜀，爲魏所滅，遂黜其帝⑫；稱吳孫權以三州之衆，傳及四世⑬，爲晉所并⑭，竟斥其名。以義則蕭詧未及漢中，以地則霸先豈偕孫氏？東魏之立，不異於聖公、盆子⑮；北齊之僭，有同乎劉聰、石勒⑯。但後梁、東魏，有國之後，可正以王名。陳氏、北齊，竊號之臣，宜斥爲叛寇。或曰："子以魏平江陵，始爲正統，則道武而下，亦不可以稱帝列紀耶⑰？北齊、後周，俱承魏禪，豈獨帝周而虜齊耶？"予曰："不然，夫魏武、晉宣未享於皇極，陳壽、干寶各標其帝號⑱。彼爲得理，此復何嫌？況魏氏孝文已來，文物大盛⑲，三分天下有其二，至於末世，竟平江表。在昔秦爲列國，太史公尚爲立紀者，蓋以其後世能成帝業也。此則恭帝而上，不猶愈於莊、襄前耶？但統而言之，平定南土，方爲正統⑳，非謂道武而下不可稱帝列紀也。且孝武避狄於秦，安定公披草萊㉑，建宮室，重延魏祚，踰於二紀而受其禪㉒，魏傳其璽，齊爲其虜，梁爲其臣，隋承其運，非帝而何？高氏出其君，篡其位，竟擒於周，非虜而何？㉓"

　　噫！周之吳、楚，太伯、鬻熊之後也㉔，怙恃其衆，僭號稱王，仲尼修《春秋》而夷狄之。聖人之旨，垂戒於方來㉕，所以亂臣賊子懼也㉖。惜哉，唐太宗世修五代史，蓋執筆史官多齊、陳之人㉗，或其勳烈之後㉘，是以各誇本國，并列正史，失之一時，誤及千古㉙，至使亂臣賊子謂方面可據，位號可竊，天下莫得而誅㉚，後世莫得而貶，不其惑哉！不其惑哉！

【校注】

①原載卷三。李保泰本眉批：“此篇謂江陵之陷，周得正統，實本皇甫持正《東晉元魏正閏論》。”四庫本無此篇。李文藻本眉批：“按《宋史·竇儀傳》：儀上言：進士請解，加試論一首，奏可。此即請解之論也。”又言：“解投二字，新城指出，蓋師魯請解於河南府而投此文爲贄也。似不誤。”據范仲淹《尹師魯河南集序》“師魯天聖二年，登進士第”，故繫於此。黃本、方本眉批亦有竇儀請解之語。請解，舉進士。按趙翼《陔餘叢考·舉人》：“前代舉孝廉等，即爲入仕之途，唐、宋惟重進士一科，所謂舉人者，不過由此可應進士試耳，故又謂之舉進士。其時士之試於禮部者，在内由京兆府考試録送，李肇《國史補》所謂京兆府考而升之，謂之等第是也；在外由各府申送，謂之鄉貢，則不復考試，《國史補》謂之拔解是也。至宋則外府解送，亦須先試。東坡在杭州有《監試呈諸試官》詩及《催試官考校》詩是也。”此文應是尹洙由河南府解送至京舉進士時“先試”之作。

②如，李文藻本眉批：“如疑加。”方本作加之，旁注：“如其。”按《宋史·選舉志一》：“直史館蘇軾曰：‘近世文章華麗，無如楊億。……通經學古，無如孫復、石介。’”故以無如爲洽。

③大寶，《周易·繫辭下》：“聖人之大寶曰位。”

④神器，《漢書·叙傳上》：“不知神器有命，不可以智力求也。”顏師古注：“劉德曰：‘神器，璽也。’李奇曰：‘帝王賞罰之柄也。’”

⑤外禪，《文選》載干寶《晉紀·論晉武帝革命》：“堯舜内禪，體文德也；漢魏外禪，順大名也。”李善注：“謝靈運《晉書·禪位表》曰：‘夫唐虞内禪，無兵戈之事，故曰文德；漢晉外禪，有剪伐之事，故曰順名。以名而言，安得不僭稱以爲禪代邪？’”

⑥以晉，原作晉以，據叢刊本、李文藻本改。魏道武，《魏書·太祖紀》：“太祖道武皇帝，諱珪，昭成皇帝之嫡孫，獻明皇帝之子也。”

⑦文，原脱，據叢刊本、李文藻本補。孝文，《魏書·高祖紀上》：“高祖孝文皇帝，諱宏，顯祖獻文皇帝之長子。”“（延興十八年二月）甲辰，詔天下，喻以遷都之意。……（十九年）九月庚午，六宮及文武盡遷洛陽。”

⑧高歡之難，《魏書·天象志四》：“（孝武永熙）三年三月癸巳，……是時，斛斯椿等方説上伐高歡，荊州刺史賀拔岳預謀焉；高歡知之，亦以晉陽之甲來

赴。七月,上自將十餘萬,次河橋,望歡軍,憚之不敢戰,遂西幸長安。”

⑨蕭詧,《周書·蕭詧傳》:“蕭詧,字理孫,蘭陵人也,梁武帝之孫,昭明太子統之第三子。……魏恭帝元年,太祖令柱國于謹伐江陵,詧以兵會之。及江陵平,太祖立詧爲梁主,居江陵東城,資以江陵一州之地。”

⑩也,原闕,據叢刊本、李文藻本補。

⑪陳霸先,《陳書·高祖上》:“高祖武皇帝諱霸先,字興國,小字法生,吳興城下若里人,漢太丘長陳寔之後。”

⑫遂,原作罪,據叢刊本、李文藻本改。按《三國志·魏書》,劉禪降魏被封安樂公,無被罪之事,故應爲遂。

⑬稱,叢刊本、李文藻本、方本無。方本夾注:“一有稱字。”

⑭并,叢刊本、李文藻本作得。方本旁批:“得。”

⑮聖公、盆子,按《後漢書·劉玄傳》:“劉玄,字聖公,光武族兄也。”地皇四年二月被平林兵擁立爲更始帝,然“素懦弱,羞愧流汗,舉手不能言”。按《後漢書·劉盆子傳》赤眉樊崇等人立劉盆子爲帝,自號建世元年。盆子時年十五,“被髮徒跣,敝衣赭汗,見衆拜,恐畏欲啼”。

⑯劉聰,按《晉書·載記·劉聰傳》:“劉聰,字玄明,一名載,元海第四子也。”“以永嘉四年僭即皇帝位,大赦境內,改元光興。”石勒,按《晉書·載記·石勒上》:“石勒,字世龍,初名匐,上黨武鄉羯人也。”《石勒下》:“太興二年,勒僭稱趙王。”

⑰耶,叢刊本、李文藻本作邪。

⑱陳壽,《晉書·陳壽傳》:“陳壽,字承祚,巴西安漢人也。”“撰魏、吳、蜀《三國志》,凡六十五篇。”魏武,按《三國志·魏書·武帝紀》:“太祖武皇帝,沛國譙人也,姓曹,諱操,字孟德,漢相國參之後。”干寶,《晉書·干寶傳》:“干寶,字令升,新蔡人也。”“著《晉紀》,自宣帝迄於湣帝五十三年,凡二十卷,奏之。”《晉紀·總論》史臣曰:“昔高祖宣皇帝以雄才碩量,應運而仕,值魏太祖創基之初,籌畫軍國,嘉謀屢中,遂服輿軫,驅馳三世。”

⑲大,叢刊本、李文藻本作太。李文藻本眉批:“太疑大。”

⑳爲,方本作謂,旁批:“爲。”

㉑安定公,《周書·文帝上》:“太祖文皇帝宇文氏,諱泰,字黑獺,代武川人

也。"《文帝下》:"魏大統元年春正月己酉,進太祖督中外諸軍事、録尚書事、大行臺,改封安定郡王。太祖固讓王及録尚書事,魏帝許之,乃改封安定郡公。"

㉒於,叢刊本作十,疑于之訛。

㉓"高氏出其君"至"非虜而何?"黄本、叢刊本、李文藻本無高氏至而何等十六字。黄本夾注:"高氏出而篡其位,竟擒於周,非虜而何?"

㉔太伯,《史記·吳太伯世家》:"太王欲立季歷以及昌,于是太伯、仲雍二人乃奔荆蠻,文身斷髪,示不可用,以避季歷。……太伯之奔荆蠻,自號句吳。荆蠻義云,從而歸之千餘家,立爲吳太伯。"鬻熊,《史記·楚世家》:"周文王之時,季連之苗裔曰鬻熊。鬻熊子事文王,蚤卒。"其後裔"熊繹當周成王之時,舉文、武勤勞之後嗣,而封熊繹於楚蠻,封以子男之田,姓芈氏,居丹陽。"

㉕戒,原作誡,疑形訛,據叢刊本改。

㉖賊子,原作賊之子,之疑衍,據叢刊本改。

㉗執筆,原作宰執。按宰執,宰相與執政官,不若史官執筆著史更合文意,故據叢刊本、長洲陳本、方本改。長洲陳本、方本夾注:"一作宰執。"

㉘烈,叢刊本、李文藻本作列。李文藻本眉批:"列疑烈。列烈或可通用。"

㉙誤,原作悟,據叢刊本改。

㉚天,原作爲,李文藻本眉批:"爲疑天。"據此改。

# 天聖八年（公元 1030 年）

## 襄州峴山亭記①

至哉！仁之施於政，其感人深切而無窮已也。羊公之治襄陽②，及今幾千載，襄陽士人與民之有知者，望峴山則緬然而思羊公，其仁矣乎！自漢而下，郡縣吏以循名者③，雖參用威術以臨其民，要其歸，皆一於治。當其時，莫不有聽訟燕息之所，於今皆微泯④，無足道焉者。若是，羊公之思，惡乎至哉？其由不用威術而純乎仁者歟⑤？夫威者⑥，强人以爲治，術者使人不見其所以爲治⑦。强人者，人勿怨則已⑧，不見其所以爲治者⑨，有見焉，則人不思。若純乎仁者，不必身被其化⑩，後之人聞其風，則咨嗟吁欷，宜乎思之而不忘，久之而益彰也。

燕公之來襄陽⑪，時與僚佐遊峴山，山故有亭，壞甚⑫，公易而新之。昔所謂墮淚碑者⑬，梁劉之遴、唐李景讓再易之矣⑭，今存唯景讓所易者。公命工鐫其字之刓缺者⑮，使人可辨識焉⑯。嗚呼！羊公之仁，不繫乎山，若碑之存，然後爲不朽。而燕公勤勤遺跡者，狥其民之思，若周人之愛棠樹也⑰。然則公之政，其仁矣

乎，未有愛其跡而不思其人者也。若夫亭之爽塏與登覽之勝⑱，
則公嘗賦詩在焉。

【校注】

　　①原載卷四。襄州，李保泰本注：“襄陽。”韓琦《故崇信軍節度副使檢校
尚書工部員外郎尹公墓表》言尹洙“舉書判拔萃，遷山南東道節度掌書記，知河
南府伊陽縣。時天下無事，政闕不講，以兵言者爲妄人，公乃著《叙燕》《息戍》
等十數篇以斥時弊，時人服其有經世之才”。按《長編》卷一百九，天聖八年六
月二十三日，“御崇政殿試書判拔萃科及武舉人。戊申（26 日）①，以書判拔萃
人……安德節度推官河南尹洙，爲武勝節度掌書記，知河陽縣”。而歐陽修《尹
師魯墓誌銘》亦言“伊陽縣”，則知河陽縣當爲伊陽縣之誤。另，《九朝編年備
要》卷九、《宋大事記講義》卷十，皆言天聖八年六月，尹洙舉書判拔萃，而《宋
史全文》卷七上爲七月，誤。按《方輿勝覽》卷三十二《襄陽府·名宦》：“尹洙，
授山南道掌書記。”《宋史·地理志》亦言襄陽府“山南東道節度”，故將《襄州
峴山亭記》《故將仕郎守瀛州樂壽縣尉任君墓誌銘》《叙燕》《息戍》《述享》《審
斷》《原刑》《敦學》《矯察》《考績》《廣諫》等繫於此。

　　②羊公，《晉書·羊祜傳》：“羊祜，字叔子，泰山南城人也。……帝將有滅
吳之志，以祜爲都督荊州諸軍事、假節，散騎常侍、衛將軍如故。祜率營兵出鎮
南夏，開設庠序，綏懷遠近，甚得江漢之心。……祜樂山水，每風景，必造峴山，
置酒言詠，終日不倦。嘗慨然歎息，顧謂從事中郎鄒湛等曰：‘自有宇宙，便有
此山。由來賢達勝士，登此遠望，如我與卿者多矣！皆湮滅無聞，使人悲傷。
如百歲後有知，魂魄猶應登此也。’……襄陽百姓於峴山祜平生遊憩之所建碑
立廟，歲時饗祭焉。望其碑者莫不流涕，杜預因名爲墮淚碑。荊州人爲祜諱
名，屋室皆以門爲稱，改户曹爲辭曹焉。”

　　③循，方本旁批：“良。”

　　④泯，叢刊本作民，形訛。

　　⑤歟，叢刊本、李文藻本作所。李文藻本眉批：“所疑耶。”方本作耶，旁批：

――――――――――――――

　　①由《兩千年中西曆對照表》推算得知。凡文中干支紀日的轉換，皆由薛仲三、歐陽頤
　　　編《兩千年中西曆對照表》（生活、讀書、新知三聯書店，1956 年版）換算而來。

“歟。”

⑥夫,原闕,據四庫本、叢刊本補。

⑦術,叢刊本、李文藻本作所。李文藻本眉批:“所疑術。”爲,叢刊本、李文藻本作焉。李文藻本眉批:“焉疑爲。”

⑧勿,李文藻本眉批:“勿疑多。”四庫本作不。已,叢刊本作以。

⑨所,叢刊本、李文藻本作形。李文藻本眉批:“形疑所。”

⑩化,叢刊本、李文藻本作犯。李文藻本:“犯疑化。”

⑪燕公,四庫本作晏公。按《輿地紀勝》:“燕肅,景祐中知襄州,重鐫墮淚碑。”《通志》:“景祐中晏肅立。”吳慶燾《襄陽四略·金石略》:“燕肅,《宋史》有傳,字穆之。本傳無知襄州事。然向之宋人必有所本,……此作晏者,疑音近而譌。”

⑫壞,原作懷,形訛,據四庫本、叢刊本改。

⑬昔,叢刊本、李文藻本作者,形訛。李文藻本眉批:“者疑考。”誤。

⑭劉之遴,《梁書·劉之遴傳》:“劉之遴字思貞,南陽涅陽人也。”李景讓,《新唐書·李景讓傳》:“李景讓字後己,贈太尉憕孫也。”

⑮刓缺,殘汙。李文藻本作利供,眉批:“利供疑剥蝕。”利供,形訛。剥蝕亦誤。

⑯識,叢刊本、李文藻本作議,形訛。李文藻本眉批:“議疑識。”

⑰周人之愛棠樹,《左傳·襄公十四年》:“武子之德在民,如周人之思召公焉,愛其甘棠,況其子乎?”杜預注:“召公奭聽訟,舍於甘棠之下,周人思之,不害其樹,而作勿伐之詩,在《召南》。”《詩經·召南·甘棠》:“蔽芾甘棠,勿剪勿伐,召伯所茇。”

⑱爽塏,叢刊本、李文藻本作嘉愷。李文藻本眉批:“愷疑塏。”按《左傳·昭公三年》:“子之宅近市,湫隘囂塵,不可以居,請更諸爽塏者。”杜預注:“爽,明。塏,燥也。”

## 【集評】

李保泰本眉批:“以仁字作一篇骨子,到底一絲不亂,其架子與永叔《峴山記》同,而文之雋妙逼永叔遠甚,讀者當自得之。”“兩段用他循吏相形,方顯出羊叔子身份。其行文有研鍊處,有淡宕處,皆不可及。”“末段規諷期勉之,意與永叔相同。但師魯只從仁字上説，便見大方。永叔就刻石以與羊、杜遺跡相比附，家數便小。蓋立意欲突過師魯而反不逮。”

## 故將仕郎守瀛州樂壽縣尉任君墓誌銘并序①

南陽掾任據告予曰：“據不幸，始生而喪先人，養於母氏。既有知，然後審先人之未葬。顧弱且貧，力不足以襄事，危乎其不得葬也。天假其生，得吏郡縣，月有廩入②，以遂其初志。將以某年某月日③，葬於汝州郟城之某鄉某原④，願置方石⑤，以銘其諱氏⑥。”予閔掾艱窮奮厲，以克有立，又嘉其粗能道其先之行實，故爲之誌云。

君諱某，字某⑦，貝州清河人⑧。治五經，盡明其章句大義，授經者凡數十人⑨。工部尚書趙公昌言召館門下⑩。趙公偁儻尚義節，君不專以經藝取合，特以性識敏辨，議論感慨，故始終禮異。加强記絶人，趙公嘗令讀道上碑⑪，再過則能默誦。咸平初，中第，補京兆高陵尉，再調瀛州樂壽尉，居官頗有薦其能者。景德元年四月十一日，以疾終於官，年六十。娶朱氏，生二子⑫。長曰希，次即掾，今爲君後。銘曰：

古者士葬以踰月，《傳》載“改葬服緦”者⑬，謂葬不如禮，或墓壞而遷，非不即葬也。近代拘陰陽之説，有再世未葬者，不其酷哉！亦有力不足者，如君殁四紀而始葬⑭，其嗣非不爲，蓋不能也，殆與前所譏者異矣。

**【校注】**

①原載卷十七。文中言“南陽掾任據”云云，按《宋史·地理志》：“鄧州，望南陽郡，武勝軍節度。”《太平寰宇記·山南東道一》：“鄧州：南陽郡，今理穰縣。……周廣順二年改爲武勝軍，皇朝因之。元領縣九，今五：浙川、順陽、穰縣、南陽、内鄉。”則此篇作於尹洙任山南東道武勝軍節度掌書記之時。按《長

編》卷一百九,天聖八年六月,尹洙爲武勝節度掌書記,故繫於此。李文藻本眉批:"爲掾之先作銘,前此未聞。"

②入,叢刊本作人,形訛。

③某,李文藻本無。

④郟,原作郊,四庫本作邻,形訛。郟城,《太平寰宇記·河南道八·汝州》:"元領縣七,今六:梁縣、葉縣、郟縣、魯山、龍興、襄城。"某鄉某原,李保泰本作原某鄉。

⑤願,叢刊本作顧。置,李保泰本作志。

⑥其,四庫本作某。氏,李保泰本無,眉批:"韓之《法曹張君墓誌銘》柳之《襄陽丞趙君墓誌銘》,其用意皆與此仿佛,而各具一面目,各具一機杼,須議其異曲同工處。唐鄭延祚母卒二十九年不葬,爲顏真卿劾奏,兄弟不齒。是停喪之法,此屬禁也久矣。"

⑦字,原作氏,據四庫本、李文藻本改。

⑧貝,原闕,四庫本、叢刊本作具,形訛。貝州,《太平寰宇記·河北道七·貝州》:"貝州清河郡,理清河縣。"

⑨凡,叢刊本作幾,形訛。。

⑩趙公昌言,《宋史·趙昌言傳》:"趙昌言,字仲謨,汾州孝義人。""咸平三年,……加工部尚書,仍兼中丞。"

⑪嘗,原作常,據四庫本、李文藻本改。令,李文藻本作今,眉批:"令。"

⑫二子,原作子二。據四庫本、叢刊本改。

⑬改葬服緦,《春秋穀梁傳·莊公三年》:"改葬之禮,緦,舉下,緬也。"范寧注:"緦者五服最下,言舉下緬上,從緦皆反其故服。"

⑭如,原作始,據四庫本、叢刊本改。紀,叢刊本作雖。

【集評】

李保泰本眉批:"銘不用韻語,韓文《滎陽鄭公碑》亦然,然韓曰碑文,非銘也。""任尉平生無可紀,又非故舊,特從其貧不克葬,論到逾期不葬之非禮,語於此可生發之中尋出主腦。"旁批:"又似韓《襄陽盧丞墓誌銘》。"李文藻本眉批:"銘辭別出意義,韓誌往往如此,歐公則罕見矣。"

# 叙燕[①]

戰國世,燕最弱。二漢叛臣[②],持燕挾虜[③],蔑能自固。以公孫伯珪之强[④],卒制於袁氏[⑤]。獨慕容垂乘石虎亂乃并趙[⑥]。雖勝敗異術,大槩論其强弱,燕不能加趙。趙、魏一[⑦],則燕固不敵。唐三盜連衡百餘年[⑧],虜未嘗越燕侵趙、魏,是燕獨能支虜也。自燕覆於虜,虜日熾大[⑨]。顯德世,雖復三關[⑩],尚未盡燕南地。國初,虜與并合[⑪],勢益張。然止命偏師備禦,王師伐蜀伐吳[⑫],泰然不以兩河爲顧。是趙、魏足以制虜,明矣。

并寇既平[⑬],悉天下銳,專力於虜[⑭],不能攘尺寸地[⑮]。頃嘗以百萬衆駐趙、魏,訖敵退莫敢抗[⑯]。世多咎其不戰,然我衆負城有內顧心,戰不必勝[⑰],不勝則事亟矣,故不戰未當咎也。原其弊在兵不分,設兵分爲三[⑱],壁於爭地,掎角以疑其勢,設伏以待其進[⑲],邊壘素固,驅民以守之[⑳],俾其兵頓堅城之下,乘間夾擊,無不勝矣。蓋兵不分有六弊,使敵畜勇以待戰,無他支梧[㉑],一也;我衆則士怠,二也;前世善將兵者,必問幾何,今以中才盡主之,三也;大衆儻北,彼遂長驅[㉒],無復顧忌,四也;重兵一屬,根本虛弱,纎人易以干說[㉓],五也;雖委大柄,不無疑貳[㉓],復命貴臣監督,進退皆由中御,失於應變,六也。兵分則盡易其弊,是有六利也。且勝敗兵家常勢[㉔],悉內以擊外,失則舉所有以棄之,苻堅淝水、哥舒翰潼關是也[㉕]。是則[㉖],制敵在謀,不在衆[㉗]。

以趙、魏、燕南益以山西,民足以守,兵足以戰,分而帥之,將得專制,就使偏師挫衄,它衆尚奮,詎能繫國安危哉[㉘]?故師覆於外而本根不搖者,善敗也。昔者六國有地千里,師敗於秦,散而復振,幾百戰猶未及其都,守國之固也[㉙]。陳勝、項梁舉關東之衆[㉚],

朝敗而夕滅,新造之勢也。以天下之廣謀其國,不若千里之固而
襲新造之勢,徼幸於一戰,庸非惑哉③。今兵久弭②,士大夫誦聖
言③,謂百世不復用,非甚妄者不談。然兵果廢則已,儻後世復用
之,鑒此少以悟世主,故跡其勝敗云。

【校注】

①原載卷二。李文藻本眉批:"《東都事略·附録·贊》中録此篇。"

②二漢叛臣,按《漢書·韓彭英盧吳傳》:"上乃立綰爲燕王。……(盧)綰
立六年,以陳豨事見疑而敗。豨者,宛句人也,不知始所以得從。及韓王信反
入匈奴,上至平城還,豨以郎中封爲列侯,以趙相國將監趙、代邊,邊兵皆屬
焉。……漢十年秋,太上皇崩,上因是召豨。豨稱病,遂與王黄等反,自立爲代
王,劫略趙、代。……豨使王黄求救匈奴,綰亦使其臣張勝使匈奴,言豨等軍
破。……漢既斬豨,其裨將降,言燕王綰使范齊通計謀豨所。……高祖崩,綰
遂將其衆亡入匈奴,匈奴以爲東胡盧王。"

③持,李文藻本注:"《東都事略》作恃。"恃,疑形訛。

④公孫伯珪,李文藻本旁批:"《東都事略》無公孫二字。"按《三國志·公
孫瓚傳》:"公孫瓚,字伯珪,遼西令支人也。"

⑤卒制於袁氏,《三國志·公孫瓚傳》:"建安四年,(袁)紹悉軍圍
之。……紹設伏,擊,大破之,復還守。紹爲地道,突壞其樓,稍至中京。瓚自
知必敗,盡殺其妻子,乃自殺。"

⑥慕容垂,方本無垂字,旁注:"垂。"按《晉書·載記·慕容垂傳》:"慕容
垂,字道明,皝之第五子也。""石季龍之死也,趙、魏亂,垂謂俊曰:'時來易失,
赴機在速,兼弱攻昧,今其時矣。'"

⑦趙,叢刊本無。

⑧唐三盜,按《舊唐書·朱泚黄巢秦宗權傳》:"史臣曰:我唐之受命
也,……其間沸騰,大盜三發,安禄山、朱泚、黄巢是也。"

⑨虜日熾大,李文藻本眉批:"《宋史》:自燕入於契丹,勢日熾大。"

⑩三關,益津關、瓦橋關、南平關。《新五代史·周本紀》:"(顯德六年)夏
四月壬辰,取乾寧軍。辛丑,取益津關,以爲霸州。癸卯,取瓦橋關,以爲雄州。
五月乙巳朔,取瀛州。……及北取三關,遇疾還京師。"《舊五代史·世宗六》:

"關南平,凡得州三、縣十七、户一萬八千三百六十。"

⑪虜,四庫本作契丹。此句,李文藻本眉批作:"國初,始與併合。"

⑫王,原闕,據四庫本、方本補。李文藻本眉批:"《宋史》:王師伐吳,泰然不以兩河爲顧。""《文鑒》亦作泰。"脚注:"師上,《東都事略》亦有王字。"方本脚注:"王字從《宋史》《事略》增。"

⑬并寇既平,按《宋史・太宗一》:"(開寶四年五月)甲申,繼元降,北漢平。……戊子,以榆次縣爲新并州。……帝作《平晋詩》,令從臣和。……帝作《平晋記》刻寺中。"

⑭鋭,方本旁注:"精。"脚注:"吳本有精字。"虜,李文藻本注:"虜字《宋史》俱作契丹。"

⑮攘,黄本作搶攘,眉批:"無搶字。"李文藻本注:"《事略》攘作擾字。"

⑯敢,長洲陳本作能,夾注:"一作敢。"

⑰戰不必勝,李文藻本眉批:"當云戰又不勝。"

⑱分,叢刊本無。

⑲伏,原作覆,據黄本、方本旁批改。叢刊本無設伏至俾其等文字,作"掎角以疑其兵,頓堅城之下"。

⑳驅,原作毆。據叢刊本改。

㉑支梧,李文藻本眉批:"《事略》作指梧。"方本作吾,旁注:"梧。"按支梧,又作枝梧。《史記・項羽本紀》:"是時諸將皆懾服,莫敢枝梧。"《集解》:"如淳曰:'梧音悟。枝梧,猶枝捍也。'瓚曰:'小柱爲枝,邪柱爲梧。今屋梧邪柱是也。'"

㉒長,原闕,據黄本補。

㉓貳,李文藻本旁批:"貳,《事略》作惑。"誤。按《左傳・襄公二十四年》:"諸侯貳,則晋國壞。"杜預注:"貳,離也。"

㉔且,原闕。李文藻本旁批:"勝上《事略》有且字。"據此補。

㉕苻堅淝水,《晋書・載記・苻堅下》:"堅發長安,戎卒六十餘萬,騎二十七萬,前後千里,旗鼓相望。"至淝水爲東晋所敗,"堅爲流矢所中,單騎遁還於淮北"。哥舒翰潼關是也,《舊唐書・哥舒翰傳》:"及安禄山反,上以封常清、高仙芝喪敗,召翰入,拜爲皇太子先鋒兵馬元帥。"率"河隴、朔方兵及蕃兵與高

仙芝舊卒共二十萬,拒賊於潼關。"兵敗,"翰與數百騎馳而西歸,爲火拔歸仁執降於賊"。符,原作符。哥,原作歌。據四庫本改。

㉖是則,李文藻本眉批:"《事略》無是二文。"

㉗衆,李文藻本旁批:"衆下《事略》有矣字。"長洲陳本夾注:"一本下有矣字。"

㉘家,原闕。李文藻本旁批:"國下,《事略》有家字。"長洲陳本、方本注:"《事略》下有家字。"方本脚注:"吴本有家字。"據此補。

㉙固,原作故。據四庫本、叢刊本改。

㉚陳勝、項梁舉關東之衆,《史記·秦二世本紀》:"七月,戍卒陳勝等反故荆地爲張楚。勝自立爲楚王,居陳,遣諸將徇地。山東郡縣少年苦秦吏,皆殺其守尉、令、丞反,以應陳涉。相立爲侯王,合從西郷,名爲伐秦,不可勝數也。……項梁舉兵會稽郡。……(二年冬)二世益遣長史司馬欣、董翳佐章邯擊盗,殺陳勝城父。……破項梁定陶。"

㉛哉,長洲本、方本夾注:"一作歟。"

㉜今兵久弭,原作兵久弭。李文藻本旁批:"《事略》作今兵久弛弭。"方本注:"《事略》作今兵久弛。"據此增今字。

㉝言,原闕,四庫本作誦習。李文藻本眉批:"誦聖《宋史》作誦習,《文鑒》亦作聖,而《東都事略》聖下多一言字,其義較長。"據此補。

## 【集評】

李保泰本眉批:"《叙燕》《息戍》二篇早行於世,乃師魯注意之作。"

葉適《習學記言》卷四十九:"尹洙早悟先識,言必中慮,同時莫能及,《叙燕》《息戍》《法制》,與賈誼相上下,適會其時,故但爲救敗之策爾。源亦善論事,非擅所長於空文者也。"

王應麟《玉海》卷二十五:"若尹洙之《叙燕》《息戍》二篇,石延年之《論西邊十事》,張亢之極論邊政,皆切事機。"

# 息戍①

國家割棄朔方,西師不出三十年,而亭徼千里,環重兵以戍之。雖種落屢擾，即時輯定，然屯戍之費亦已甚矣[2]。西戎爲寇，遠自周世，西漢先零[3]，東漢燒當[4]，晋氏、羌[5]，唐禿髮[6]，歷朝侵軼，爲國劇患。興師定律，皆有成功，而勞弊中國。東漢尤甚，費用常以億計。孝安世，羌叛十四年，用二百四十億[7]。永和末，復經七年，用八十餘億[8]。及段紀明，用裁五十四億[9]，而剪滅殆盡。今西北四帥(涇原、邠甯、秦鳳、鄜延)[10]，戍卒十餘萬，一卒歲給，無慮二萬(平騎卒與冗卒[11]，較其中者總廩給之數，恩賞不在焉)。以十萬衆較之[12]，歲用二十億。自靈、武罷兵[13]，計費六百餘億，方前世數倍矣。平世屯戍，且猶若是，後雖無它警，不可一日輒去。是十萬衆有益而無損期也[14]。國家厚利募商入粟，傾四方之貨，然無水漕之運，所輦致亦不過被邊數郡爾。歲不常登，廩有常給，頃年亦嘗稍匱矣。儻其乘我薦饑，我必濟師，饋饟當出於關中，則未戰而西邊已困[15]，可不慮哉？

　　爲今之計，莫若籍丁民爲兵，擬唐置府，頗損其數(唐上府千二百人，中府千人，下府八百人)[16]。料京兆西北數郡，上戶可十餘萬，中家半之，當得兵六七萬(又今邊鄙雖有鄉兵之制[17]，然止極塞數郡[18]，民籍寡少，不足備敵。)。質其賦無它易[19]，(賦以泉名者[20]，不易以五穀)畜馬者又蠲其雜徭，民幸於庇宗，樂然隸籍[21]。農隙講事，登材武者爲什長、隊正，盛秋旬閱[22]，常若寇至。以關內、河東勁兵傅之[23]，盡罷京師禁旅。慎簡守帥，分其統，專其任。分統則柄不重[24]，專任則將益勵。堅於守備，習其形勢[25]，積粟多，教士銳，使虜衆無隙可窺[26]，不戰而懾[27]，《兵志》所謂“無恃其不來，恃吾有以待之”[28]，其廟勝之策乎[29]！

**【校注】**

①原載卷二。

②之，李文藻本旁批：“《文鑒》無之字。”

③西，李文藻本作而，眉批：“而《宋史》作西，《文鑒》同。”先零，按《漢書·

趙充國傳》：“成帝時，西羌嘗有警，上思將帥之臣，追美充國，乃召黄門郎揚雄即充國圖畫而頌之，曰：‘明靈惟宣，戎有先零。先零昌狂，侵漢西疆。……’”

④漢，李文藻本作海，眉批：“從《宋史》改。《文鑑》作漢字。”燒當，按《後漢書·西羌傳》：“十三世至燒當，復豪健，其子孫更以燒當爲種號。”“曹鳳上言：自建武以來，其犯法者，常從燒當種起。”

⑤晉氏、羌，按《晉書·江統傳》：“時關隴屢爲氏、羌所擾，孟觀西討，自擒氏帥齊萬年。”

⑥唐禿髮，按《舊唐書·吐蕃上》：“吐蕃，在長安之西八千里，本漢西羌之地也。其種落莫知所出也，或雲南涼禿髮利鹿孤之後也。……以禿髮爲國號，語訛謂之吐蕃。”

⑦用二百四十億，按《後漢書·西羌傳》：“自羌叛十餘年間，兵連師老，不暫寧息。軍旅之費，轉運委輸，用二百四十餘億，府帑空竭。”十，原作千，形訛。

⑧用八十餘億，按《後漢書·西羌傳》：“自永和羌叛，至乎是歲，十餘年間，費用八十餘億。”

⑨段紀，原作段然，叢刊本作段紀。李文藻本作段然，眉批：“然《宋史》作紀，《文鑑》同。”據四庫本、長洲陳本、方本改。四庫本：“永和末”至“五十四億”等文字爲括弧内注文。按《後漢書·段熲傳》：“段熲，字紀明，武威姑臧人也。”“本規三歲之費，用五十四億，今適期年，所耗未半，而餘寇殘燼，將向殄滅。”

⑩帥，原作師，李文藻本注：“《宋史》作帥，《文鑑》同。”方本注亦言《宋史》作帥，四庫本作帥，據以改。

⑪平，李文藻本眉批：“《宋史》無平字，興作與。《文鑑》平字作卒字。”四庫本無平字。

⑫十萬衆，叢刊本作十萬。

⑬靈、武罷兵，《宋史·外國一·夏國上》：“（至道）二年春，……會四方館使曹璨自河西至，言繼遷衆萬餘圍靈、武，城中上表告急，爲繼遷所得，遂頓兵不去。……咸平春，繼遷復表歸順。”

⑭期，李文藻本眉批：“期，《文鑑》作明。”長洲陳本、方本作期，夾注：“一作明。”

⑮邊，叢刊本作夏。

⑯唐上府千二百人，黃本此句前衍“按唐府兵”四字。

⑰得，原作時。又，原闕。鄉兵之，原作其，據四庫本、叢刊本改。

⑱止，原闕，據四庫本、叢刊本補。按叢刊本，此處括號中“又今邊鄙”至“不足備敵”等文字，爲正文在“下府八百人”之後、“料京兆”之句前。而《宋史·尹洙傳》此段文字則在“頗損其數”句後。“下府八百人”之語則爲正文在“爲今之計”句前。

⑲它，四庫本、長洲陳本、陳本作他。

⑳泉，四庫本作帛，李文藻本眉批：“泉，《宋史》作帛，似以泉爲是。”長洲陳本作錢帛，陳本作羅名。按《周禮·外府》注：“貨泉徑一寸，重五銖，右文曰貨，左文曰泉，直一也。”《説文解字注》：“古者謂錢曰泉布。許云：‘古者貨貝而寶龜，周而有泉，至秦廢貝行錢。’”

㉑然，原作善。四庫本作於，據叢刊本改。

㉒旬閲，李文藻本作日閲，眉批：“日閲，《宋史》作旬閲，《文鑒》同。”

㉓傅，原作傳，據四庫本改。李文藻本作傳，眉批：“傳字史作傅，《文鑒》同。”

㉔柄，李文藻本眉批：“柄，《宋史》作兵，似柄爲長。”

㉕其，李文藻本作于，眉批：“于，《宋史》作其。”

㉖窺，黃本作乘。

㉗懾，原作潰。李文藻本眉批：“《宋史》：‘無隙可窺，不戰而懾。’《文鑒》同。”

㉘“無恃其不來，恃吾有以待之”，《孫子·九變》：“故用兵之法，無恃其不來，恃吾有以待之。無恃其不攻，恃吾有所不可攻也。”

㉙其廟勝之策乎，長洲陳本、方本夾注：“一作其廟算之勝策乎。”方本脚注：“吳本作廟算之勝策。”

## 【集評】

李保泰本眉批：“師魯論兵有儒者氣象，不似老泉專效戰國遊士縱橫之習。”

# 述享①

宗廟世數,先儒論之甚詳,歷朝頗以七世爲允,此不復議。然郡國建廟,及陵寢之制,可得槩舉。自漢世,郡國始立祖宗廟,及從叔孫議增建原廟②,則京師祖廟有二。若夫陵寢之制,則因秦氏而寖廣之③。(古不墓祭,秦皇起寢墓側④。漢因之,諸陵寢皆以晦、望、二十四氣、三伏、社臘上飯⑤。後漢以正月車駕上原陵,如元會儀。)獨顯宗遺制⑥,無起廡屋⑦,故張酺稱之曰⑧:"顯節陵掃地露祭,欲率天下以儉也。"(魏武高陵,依漢立祭殿,黃初三年詔罷之,以從先帝儉德之志⑨。自是園邑寢殿遂絶⑩。)唐氏陵寢頗循漢制。(永徽二年制:獻陵三年之後,朔、望上食。昭陵依獻陵故事⑪。)唯景龍世,特豊昵廟⑫。(景龍二年,博士以諸陵日祭非古,詔乾陵朝晡進奠,昭、獻二陵每日一祭。御史進貞觀式,春秋仲月遣使巡陵⑬。武后朝,每四季具并誕辰、忌日,遣使諸陵起居。敕乾陵冬至、寒食遣外使⑭,忌日遣內使。諸陵准貞觀式。)至於西都行幸,并建太室。(中宗後,兩京宗廟⑮,四時俱享。自後議者紛焉,大旨有三⑯:一曰必有其廟⑰,時享之日,以佗官攝⑱;二曰建廟主而不祭,皇輿時巡,則就享⑲;三曰存廟瘞主,駕或東幸,則飾齋車⑳,奉京師群廟之主以往。議不決而罷㉑。)今舉漢、唐之典,跡其制度,大率主於隆而不主於殺也,豈非篤孝思之意,廣親親之恩乎?然觀夫先王之致孝也,極乎配天,盛乎禘祫㉒,致精明之德,躬祼獻之禮,重之慎之,盡夫至誠而已。若乃盛日祭於園寢,委時享於下國,雖美物備致,而至誠不篤,與夫《周頌》所稱㉓,不其異哉!

## 【校注】

①原載卷二。

②叔孫，李文藻本眉批：“舛，孫下猶脱通字。”按《史記·叔孫通傳》：“高帝崩，孝惠即位，乃謂叔孫生曰：‘先帝園陵寢廟，群臣莫（能）習。’徙爲太常，定宗廟儀法。及稍定漢諸儀法，皆叔孫生爲太常所論著也。”

③氏，叢刊本作代。

④墓祭，原作祭墓，據叢刊本、四庫本改。秦，原闕，據四庫本補。皇，叢刊本作王。

⑤上飯，陳本作上節。

⑥顯宗遺制，《後漢書·顯宗孝明帝紀》：“顯宗孝明皇帝諱莊，光武第四子也。”“遺詔無起寢廟，藏主於光烈皇后更衣别室。”《後漢書·肅宗孝章帝紀》：“葬孝明皇帝於顯節陵。”

⑦無起廡屋，李文藻本眉批：“《顯宗本紀》作無起寢廟。”屋，叢刊本作屍。

⑧酺，原作鋪，叢刊本作輔，據四庫本、黄本改。按《後漢書·張酺傳》：“酺病臨危，敕其子曰：‘顯節陵埽地露祭，欲率天下以儉。吾爲三公，既不能宣揚王化，令吏人從制，豈可不務節約乎？’”

⑨儉德，四庫本作儉約。按《三國志·魏書·武帝紀》：“遺令曰：‘天下尚未安定，未得遵古也。葬畢，皆除服。其將兵屯戍者，皆不得離屯部。有司各率乃職。斂以時服，無藏金玉珍寶。’諡曰武王。二月丁卯，葬高陵。”

⑩遂絶，叢刊本作通絶。

⑪永徽二年，原作永徽三年。據四庫本、叢刊本改。獻陵、昭陵，《新唐書·太宗本紀》：“葬太武皇帝於獻陵”“葬文德皇后於昭陵”。

⑫特，黄本作時，眉批：“特。”原作特世，疑筆誤。

⑬貞觀式，原作正觀式，叢刊本作正觀戌，據四庫本改。按宋仁宗名禎，避其諱，改“貞觀”爲“正觀”。

⑭乾陵，《新唐書·中宗本紀》：“葬天皇大帝於乾陵。”

⑮宗，原作太，據四庫本、叢刊本改。

⑯大旨有三，叢刊本作大寺有二。

⑰有，原作存。據四庫本、叢刊本改。

⑱佗,四庫本作他。

⑲興,原作與,形訛,據四庫本改。享,叢刊本作亨。

⑳飾㐬車,四庫本作飾車,叢刊本作舉軍。㐬,《康熙字典》:"《篇海》音齊。等也,中也,疾也。"

㉑議,叢刊本作以。

㉒禘祫,《後漢書·章帝紀》:"其四時禘祫於光武之堂。"李賢注引《續漢書》:"五年再殷祭,三年一祫,五年一禘。"

㉓《周頌》所稱,《毛詩正義·清廟之什訓詁傳》:《正義》曰:"案今《周頌》郊社祖廟山川之祭,……但太平之時,人民和樂謳歌吟詠而作頌者,皆人君德政之所致也。以人君法神以行政,歸功於群神,明太平有所由,是故因人君祭其群神,則詩人頌其功德,故謂太平之祭爲報功也。"


# 審斷①

漢史書元帝優遊不斷,爲衰世之戒②。夫攬御臣之柄③,以强主威,孰不由斷哉! 然斷者,或審之以昌,或任之以亡。周公忍親親之誅④,尼父行僞辯之戮⑤,漢祖從輓輅之説⑥,審於己者聖,審於人者明也。商辛酷忠良之刑⑦,桓、靈極黨錮之獄⑧,任於己者暴,任於人者昏也。是故天下惑之,我行之,審於己也;我惑之,正人莊士言而從之,審於人也。天下賢之,我戮之,任於己也;我惑之,嬖幸近習言而聽之,任於人也。與其斷而不審,不若優遊之愈也⑨。嗚呼! 聖或所不能,暴或所不爲,若昏與明,後世其鑒哉!

【校注】

①原載卷二。

②元帝優遊不斷,《漢書·元帝紀》贊曰:"而上牽制文義,優遊不斷,孝宣之業衰焉。"

③攬,方本旁批:"挈。"

④周公忍親親之誅,《史記·管蔡世家》:"武王既崩,成王少,周公旦專王

室。管叔、蔡叔疑周公之爲不利於成王，乃挾武庚以作亂。周公旦承成王命伐誅武庚，殺管叔，而放蔡叔，遷之，與車十乘，徒七十人從。”

⑤尼父行僞辯之戮，《荀子·宥坐》：“孔子爲魯攝相，朝七日而誅少正卯。門人進問曰：‘夫少正卯魯之聞人也，夫子爲政而始誅之，得無失乎？’孔子曰：‘居，吾語女其故。人有惡者五，而盗竊不與焉。一曰：心達而險；二曰：行辟而堅；三曰：言僞而辯；四曰：記醜而博；五曰：順非而澤。此五者有一於人，則不得免於君子之誅，而少正卯兼有之。故居處足以聚徒成群，言談足飾邪營衆，强足以反是獨立，此小人之桀雄也，不可不誅也。是以湯誅尹諧，文王誅潘正，周公誅管叔，太公誅華仕，管仲誅付里乙，子産誅鄧析、史付，此七子者，皆異世同心，不可不誅也。詩曰：“憂心悄悄，慍於群小。”小人成群，斯足憂也。’”

⑥漢祖從輓輅之説，《史記·劉敬傳》：“劉敬者，齊人也。漢五年，戍隴西，過洛陽，高帝在焉。婁敬脱輓輅，衣其羊裘，見齊人虞將軍曰：‘臣願見上言便事。’虞將軍欲與之鮮衣，婁敬曰：‘臣衣帛，衣帛見；衣褐，衣褐見。終不敢易衣。’於是虞將軍入言上。上召入見，賜食。婁敬曰：‘……今陛下入關而都，案秦之故地，此亦搤天下之亢而拊其背也。’高帝問群臣，群臣皆山東人，争言周王數百年，秦二世即亡，不如都周。上疑未能决。及留侯明言入關便，即日車駕西都關中。於是上曰：‘本言都秦地者婁敬，婁者乃劉也。’賜姓劉氏，拜爲郎中，號爲奉春君。”

⑦商辛酷忠良之刑，《史記·殷本紀》：“帝乙崩，子辛立，是爲帝辛，天下謂之紂。……紂愈淫亂不止。微子數諫不聽，乃與大師、少師謀，遂去。比干曰：‘爲人臣者，不得不以死争。’乃强諫紂。紂怒曰：‘吾聞聖人心有七竅。’剖比干，觀其心。”

⑧桓、靈極黨錮之獄，《後漢書·黨錮傳》：“大長秋曹節因此諷有司奏捕前黨故司空虞放、太僕杜密、長樂少府李膺、司隸校尉朱㝢、潁川太守巴肅、沛相荀翌、河内太守魏朗、山陽太守翟超、任城相劉儒、太尉掾范滂等百餘人，皆死獄中。餘或先殁不及，或亡命獲免。自此諸爲怨隙者，因相陷害，睚眦之忿，濫入黨中。又州郡承旨，或有未嘗交關，亦離禍毒。其死徙廢禁者，六七百人。”

⑨優遊，方本夾注：“一有爲字。”

# 原刑<sup>①</sup>

　　刑罰世輕世重，其來尚矣。降三代稱治，莫盛有唐<sup>②</sup>。唐之憲令<sup>③</sup>，大較施於今，不甚異。而貞觀中<sup>④</sup>，天下斷死刑止數十，其治至矣<sup>⑤</sup>。（貞觀四年，天下斷死刑二十九人。）國家兩河罷兵三十年<sup>⑥</sup>，民力不罷，仍歲豐稔，而斷重辟歲過二千<sup>⑦</sup>。（天聖元年至三年，或二千七百，二千四百，下乃二千二百。）聖君慈仁，未嘗以威怒肆一不辜，其請傅死者<sup>⑧</sup>，率用恩貸。昔帝無以尚此<sup>⑨</sup>。然斷獄煩簡，何其遼哉<sup>⑩</sup>！

　　夫今之罪，麗於死者，貧十居九。非貧不忌法，蓋其自愛不篤也。夫南畝之民，儲一歲之備者，十鮮一二。其次，榷錢富室，出倍稱之息；其次，質產入租，反爲人傭<sup>⑪</sup>；下乃轉徙他郡，壯者隸兵，弱者丐食，不幸爲盜賊，窮矣。今歲殺盜千數，而爲盜者十不一死，是天下盜常數萬也。遠惟徐樂憂天下之患<sup>⑫</sup>，可爲深戒。

　　至若山澤之利，古未榷者<sup>⑬</sup>，復盡錮之矣。故民輕於犯禁，狃於變詐，勢使然也。國家盡地力，籠物貨，非以自奉，顧用度廣爾。今天下有承平之名<sup>⑭</sup>，而不免兵興之費<sup>⑮</sup>，雖欲輕斂弛禁，亦未免也。彼貞觀世，西夷非素弱也，警急非無備也，文物制度非暫削也，何德而及此？亦御之有術而已。今欲師貞觀之省刑，莫若究其源<sup>⑯</sup>，其源在謹兵藉、制經營而已。夫兵食不浮，國用不冗，然後賦斂可輕，山澤可弛，人人自愛而重犯法也。如不究其源，雖日下欽恤之詔，察小大之獄<sup>⑰</sup>，欲犯法者不冤則庶矣<sup>⑱</sup>，期於刑省，不其難哉！

【校注】

　　①原載卷二。

②莫，原作其。唐，原作堂。據四庫本、叢刊本改。

③今，原作今。據四庫本、叢刊本改。

④貞觀，原作正觀。見《述享》注⑬。

⑤至，叢刊本、李文藻本作主，李文藻本眉批："主疑至。"

⑥兩河罷兵，與契丹講和罷兵。《宋史·劉綜傳》："時兩河用兵，邊事煩急，轉漕之任，尤所倚辦。……契丹請和，乃遣近臣諭以擢用之意。"

⑦歲過，原作過歲。據四庫本、叢刊本改。

⑧傅，原作傳。李文藻本眉批："傅。"據此改。

⑨昔，長洲陳本夾注："一作古。"無，叢刊本作元。

⑩其，叢刊本作具，形訛。

⑪反，原作及，疑形訛，據叢刊本、李文藻本改。長洲陳本、方本作交，夾注："一作反。"

⑫惟，原作雅，疑形訛，據陳本、黃本改。按《史記·平津侯主父偃傳》："徐樂曰：'臣聞天下之患在於土崩，不在於瓦解，古今一也。何謂土崩？秦之末世是也。……何謂瓦解？吳、楚、齊、趙之兵是也。'"

⑬榷，叢刊本作摧。《漢書·車千秋傳》顏師古注："榷，謂專其利使入官也。"

⑭名，黃本、長洲陳本、方本作君，疑形訛。

⑮免，四庫本作減。兵興，原作興兵。據四庫本、叢刊本改。

⑯莫若，原作若莫。據四庫本、叢刊本改。

⑰小大，叢刊本作大小。

⑱庶，李文藻本眉批："庶不誤。"此句四庫本作"欲犯者不冤，而期於刑省，不其難哉"。


# 敦學①

今太學生徒②，博士授經，發明章句③，究極義訓，亦志於禄仕而已。及其與郡國所貢士并校其術，顧所得經義，訖不一施，反不若閭里誦習者，則師道之不行宜矣。若俾肄業太學者，異其科試④,唯以明經爲上第,則承學之士,孰不從於師氏哉？議者欲郡設學校,誠甚高論;然天下業經以萬數,而傳師學者百不一二⑤,不澄其源,雖置之無益也。

又卿大夫家階賞典得仕者⑥,其年及程,止校以章句爲中格⑦,悉用補吏⑧,非志學者不能自勉。故門選益衰⑨,世德罕嗣,廢學故也。《周官》設保氏掌教國子⑩,蓋公卿大夫子也,今祭酒實其任。謂由門調者,宜籍於師氏,策以經義,始得補吏。優其高第,勖其未至,則學者益勸,仕者能世其家矣。

【校注】

①原載卷二。

②太,叢刊本作大。

③發明,原作明發,據叢刊本、四庫本改。

④肄業太,叢刊本作肄業大。李文藻本眉批:"隸業疑是肄業。大疑太。"據四庫本改。

⑤傳,叢刊本作傅,形訛。

⑥仕,叢刊本作任。

⑦中格,《宋史·選舉志三》:"不合格不得試程文,中格者依文士例試七書義一道。"鄧顯鶴《湖南靖州訓導毛府君墓誌銘》:"三年大比,中格者隨解牒上之禮部,不中格者絀。"

⑧悉,叢刊本作急,疑形訛。

⑨門選,以門第選舉。《晋書·王戎傳》:"自經典選,未嘗進寒素退虚名,但與時浮沉,户調門選而已。"

⑩設保,原作師。李文藻本作設,眉批:"疑脱一保字。《周官·保氏》以六書教國子。"據此增保字。


# 矯察①

國朝規唐制,設登聞、四檢②,廣言事之路,而憲防未著③,非以懲艾誣訕④,敦勵忠讜也。若乃譏切人主,建明時政,固上之所欲聞也。至於抉摘隱過⑤,牟斂細利,甯有補於政哉?夫黈纊非以蔽聰⑥,外屏非以蔽明,蓋任視聽不足盡乎聰明也。前世君國者,或喜聞外事,任察爲明。有陳閭里之事者,嘉其無隱,以爲傾盡。至其垢汙忠賢,害莫甚焉。是以鉤黨之錮,發於近習⑦;告密之獄,起於廣聽⑧。緬鑒前事,豈不根於微萌哉?謂可申嚴著令⑨,凡人之隱慝,非律所得言者,罪之;謀利而遺民者⑩,報罷。則昌言日進,而險詖徼幸者少微矣。

**【校注】**

①原載卷二。

②登聞、四檢,《宋史·太宗本紀一》:"(雍熙元年)秋七月壬子,……改匭院爲登聞鼓院,東延恩匭爲崇仁檢院,南招諫匭爲思諫檢院,西申冤匭爲申明檢院,北通玄匭爲招賢檢院。"

③憲防,法令、禁律。《後漢書·質帝紀》:"州郡輕慢憲防,競逞殘暴,造設科條,陷入無罪。"

④懲艾,懲治。《東觀漢記·明帝紀》:"陛下至明,懲艾酷吏,視人如赤子。"

⑤抉,叢刊本、李文藻本作挟。李文藻本眉批:"挟疑抉。"按抉摘,揭發指摘。

⑥黈,原作唯,據叢刊本、四庫本改。黈纊,《文選·張衡〈東京賦〉》:"夫君人者,黈纊塞耳,車中不內顧。"薛綜注:"黈纊,言以黃綿大如丸,懸冠兩邊,當耳,不欲妄聞不急之言也。"蘇軾《上初即位論治道(代呂申公)·刑政》:"人主前旒蔽明,黈纊塞耳。耳目所及,尚不敢盡,而況察人於耳目之外乎。"

⑦鉤黨,《後漢書·靈帝紀》:"中常侍侯覽諷有司奏前司空虞放、太僕杜密……皆爲鉤黨,下獄,死者百餘人。"李賢注:"鉤謂相牽引也。"《文選·范曄〈宦者傳論〉》:"因復大考鉤黨,轉相誣染。"李周翰注:"鉤黨,謂鉤取諫者同類,使轉相誣謗而殺之也。"

⑧告密,李文藻本眉批:"告密似應作密告。"腳注:"告密二字似見於兩漢

時,忘其篇。"密告見於兩漢,按《後漢書·蔡邕傳》:"(王)智起舞屬邕,邕不爲報。""智銜之,密告邕怨於囚放,謗訕朝廷。"唐以來多用告密,《舊唐書·刑法志》載來俊臣等人"共爲羅織,以陷良善,前後枉遭殺害者不可勝數。又造《告密羅織經》一卷。"

⑨申,黃本作中,眉批:"申。"

⑩遺,叢刊本、李文藻本作遣。李文藻本眉批:"遣疑遺。"據四庫本、陳本改。

# 考績①

國朝考績之制,自五品以下②,悉自上功狀,有課程殿最③,覆奏以升退之,所以甄年勞而重禄賞也。夫以庸制禄,天朝之典也;難進易退,人臣之常也。故上推其賞,下競於讓,官唯其才,衆無覬心,然後廉耻興行,風俗敦厚也。今臣下自紀績效,以干賞典,是則衒鬻者被禄④,沉默者稀遷⑤,奔競之風,靡然成俗,得不矯其弊哉?按唐貞觀故事,門下置具員⑥,以次補庶官,未嘗人人自薦,以希進用也。(建中三年⑦,中書上言:"貞觀故事,常參官⑧、外官五品以上每有除拜⑨,中書門下皆主簿書,謂之具員。取其年課,以爲遷授⑩。"此國之大經也。今諸刺史四考,郎中、起居、侍御史各兩考⑪,銓官各三考與轉,餘并准故事⑫。)宜循其制,申命有司,自五品而下,謹其官簿,取歲月當遷者,籍其治行於朝,而命之。有司失舉與自上功狀者,鈞其罰。庶乎爵賞之柄出於天朝,貪冒之源少以懲艾⑬,豈非崇讓之一端乎⑭?

【校注】

①原載卷二。

②五,叢刊本作三。以,原作而,方本作已,據叢刊本改。

③課,原作可。黃本眉批:"有司。"李文藻本眉批:"可疑課。"據此改。

程,衡量。殿最,《漢書·宣帝紀》:"其令郡國歲上繫囚以掠笞若瘐死者所坐名、縣、爵、里,丞相御史課殿最以聞。"顏師古注:"凡言殿最者:殿,後也,課居後也;最,凡要之首也,課居先也。"《文選·班固〈答賓戲〉》:"雖馳辯如濤波,摛藻如春華,猶無益於殿最也。"李善注引《漢書音義》:"上功曰最,下功曰殿。"《魏書·食貨志》:"勸課農耕,量校收入,以爲殿最。"

④銜,方本作炫,旁注:"銜。"禄,四庫本作録。

⑤沉,叢刊本作沈。

⑥具,原作其,形訛,據四庫本改。

⑦建中,《新唐書·本紀·德宗》:"建中元年正月丁卯,改元。群臣上尊號曰聖神文武皇帝。"

⑧参,叢刊本、李文藻本作恭。李文藻本眉批:"恭疑参。"

⑨以,原作已,據四庫本、叢刊本改。

⑩遷,叢刊本作選。

⑪起居,叢刊本無。

⑫准,叢刊本、李文藻本作維。李文藻本眉批:"維疑准。"

⑬懲艾,懲創。《漢書·金日磾傳》:"太皇太后懲艾悼懼。"顏師古注曰:"艾讀曰乂。乂,創也。"

⑭之一,叢刊本作一。


# 廣諫①

昔舜命禹曰:"毋若丹朱傲②。"周公戒成王曰:"毋若商王受③。"又曰:"小人怨汝詈汝,則皇自敬德④。"是則君臣道隆,辭達而已矣。然禮有五諫⑤,聖人從諷者,蓋爲人臣言之也。若爲人君言之,雖聞怨詈,亦將自徼,不無益也。或曰:"禹、周公奚不諷?"曰:"申戒於未然,雖激,猶諷也;陳事於已兆,雖諷,猶辯也⑥。夫禹、周公之爲臣也⑦,欲其君克終厥戒,俾後世不見其過⑧,舉德美充乎無窮,與夫違而弼之異矣。"嗟乎,後世以禹、周公之道事君者,庸非忠乎！

**【校注】**

①原載卷二。李文藻本注:"觀後文禹、周公奚不諷,則此乃傳刻之訛。"

②毋若丹朱傲,李文藻本眉批:"按此實禹戒舜之詞。"按《史記·五帝本紀》:"堯知子丹朱之不肖,不足授天下,於是乃權授舜。"《尚書·益稷》載禹曰:"俞哉！帝光天之下,……無若丹朱傲,惟慢遊是好。"

③毋若商王受,《尚書·無逸》載周公曰:"無若殷王受之迷亂,酗於酒德哉！"

④敬德,原作恭德,據四庫本改。按《尚書·無逸》周公曰:"或告之曰:'小人怨汝詈汝。'則皇自敬德。"

⑤五諫,劉向《説苑·正諫》:"諫有五:一曰正諫,二曰降諫,三曰忠諫,四曰戇諫,五曰諷諫。"班固《白虎通·諫諍》:"人懷五常,故有五諫。謂諷諫、順諫、窺諫、指諫、陷諫。"《後漢書·李云傳論》:"禮有五諫,諷爲上。"李賢注:"諷諫者,知患禍之萌而諷告也。順諫者,出辭遜順,不逆君心也。窺諫者,視君顏色而諫也。指諫者,質指其事而諫也。陷諫者,言國之害,忘生爲君也。"《公羊傳·莊公二十四年》"三諫不從",何休注:"諫有五,一曰諷諫,孔子曰:'家不藏甲,邑無百雉之城,季氏自墮之。'是也;二曰順諫,曹羈是也;三曰直諫,子家駒是也;四曰爭諫,子反請歸是也;五曰贛諫,百里子蹇叔子是也。"《孔子家語·辨證》:"忠臣之諫君,有五義焉。一曰譎諫,二曰戇諫,三曰降諫,四曰直諫,五曰風諫。"

⑥辯,原作辨,叢刊作辨,據四庫本改。

⑦夫,叢刊本作大。

⑧俾,叢刊本、李文藻本作但。李文藻本眉批:"但疑俾。"

# 明道二年（公元 1033 年）

## 與鄧州丁憂李仲昌寺丞書①

向者足下説南陽孫守言：“人之才皆有分定，雖强之不能有所益；若德者在人，勉之而已。”足下質於僕，德果可勉耶？ 僕就足下爲吏而説曰：“毋矜己，無盡法，無報怨，是足以爲德矣。”足下樂兹説，語僕云：“願誦此以自儆。”此三者，非於足下有所見也，泛論爲吏者當然耳，足下乃能如是，真好德者也。既相別，因思足下之所未至者，輒復奉規②。足下讀書，觀古人之所爲，其好賢惡不肖甚明，然於行己，似有小異。足下於今世所與遊者，賢不肖悉有之。賢者果能親己，足下固親而厚之矣。賢而適與己親，不肖而適與己親，足下雖能辨其賢不肖之異，而皆用其親疏而親疏之。豈以人厚己，棄之不祥，不己親而强附之爲佞耶？ 君子之親賢，非以發其禄仕，振其名譽，蓋將以立身而至於道者也。故與君子處，斯君子矣；與小人處，斯小人矣。爲長者折枝③，尚無愧焉，然有親賢而爲佞乎④？ 若不肖者業與之厚，不當絕之，毋自昵焉可也。世復有以附己者爲賢，異己者爲不肖，不獨置親疏其間，又從而反其賢不肖之實，此所謂朋黨者也。幸足下不繆於此，且勉於進,故繼以盡言⑤,唯勉之又勉之,未見其已。

【校注】

　　①原載卷十一。李仲昌,《宋史・李垂傳》:"李垂,字舜工,聊城人。……
五子,仲昌最知名,銳於進取,嘗獻計修六塔河無功,自殿中丞責英州文學參
軍。"按集中《故朝散大夫尚書司封郎中充秘閣校理知均州軍事兼管內勸農事
上柱國李公墓誌銘》(并序)言李垂"年六十九,以明道二年六月二十五日,疾
終於武當",故其丁憂亦始於此。四庫本作與鄧州丁憂李仲昌寺丞書二首。

　　②復,原作所,據四庫本、叢刊本改。

　　③折枝,《孟子・梁惠王上》:"爲長者折枝,語人曰'我不能',是不爲也,
非不能也。"趙岐注:"折枝,案摩。"朱熹集注:"爲長者折枝,以長者之命,折草
木之枝,言不難也。"

　　④然有,四庫本、叢刊本作有。

　　⑤故繼,叢刊本無故字,四庫本作而。


# 故大中大夫尚書屯田郎中分司西京
## 上柱國王公墓誌銘并序①

　　公諱利,字兼濟,其先滄州青池人②。曾祖杭③,江州刺史。
祖演,太府卿④。父承謙⑤,尚書庫部郎中;母董氏,漳南縣君,葬
河南伊闕⑥,今爲河南人。公淳化三年登進士第,初調河南尉,遷
著作佐郎,再爲秘書丞、太常博士,入尚書省爲屯田、都官、職方三
員外郎⑦,轉屯田郎中,官凡七遷。始以陝府監稅歷通判閬⑧、
澶⑨、滄、定四州,知絳州、涇州,改監并州倉,復得通判同州⑩,知
河南之永安、緱氏二邑,總十一任。以本官分司西京。年七十二,
天聖四年八月十六日,終於緱氏私第⑪。於明道二年十月二十九
日⑫,葬洛陽大樊原,不從於先君,用吉卜也。

公幼警悟[13]，始爲童[14]，授《詩》於故尚書右丞張公雍[15]。張公説《詩》，博引經義，聽者多所未究，公於下坐重伸其説，辭約理暢，一坐聳伏[16]。初命河南，會憸人趙贊領務於洛[17]，贊招權樹威，趨時者望塵迎謁，惟公與之抗。贊不勝其憤，它日坐衢中，以職事呼公[18]，欲衆辱之。公莊色正辭，贊不能屈。留守吕公聞而深器之。在滄州日，閱具獄[19]，有群盜當就死。公察其氣貌曰[20]："是非作惡者。"密訊之，頗得其冤狀。公命稽其刑[21]，且大索境内[22]。不數日，盡得真盜，賴免者數人。又嘗遣三卒至都下，二人者共害一卒，取其資裝[23]，反以其人逃狀聞。公疑其奸，遣吏李密者自郡至都，以物色求之，得其實，二人即伏罪。其精審皆此類。定州民居雜戎落，附鄉籍者至寡，公招徠撫集[24]，歲益萬餘家。

凡爲政尚清簡[25]，時與賓朋燕樂，不求皦察之譽[26]，故所至皆便其治。及去郡，吏民千里候問，歲時不絶，其見愛若此。雅善談謔，有醖藉[27]，外爲和易，而内甚介特[28]，親舊處柄任[29]，未嘗一造其門。再詘皆非罪[30]，一以河决，一坐失舉幕屬。留滯者累歲，處之恬然。晚節以歌詩自娱，有集十卷。私帑屢空[31]，不以槩意。暨疾，語諸子曰："嘗聞之先君，我家自隋世爲顯族，處環衛方鎮者相繼不絶，惟未嘗典文翰爲從官[32]。"因亂，譜諜散去，恐後世遂亡其傳[33]，因命筆授之，其意欲諸子以文自進也。娶李氏，封隆平縣君，撫養宗屬，有家法。三男：長鼎，進士第，大理寺丞；次震[34]，洛陽主簿；次復，舉進士。三女，長適試將作監主簿張師雄[35]，先公而亡；次適耀州華原令楊建用[36]；次適太子中舍孫長卿[37]。孫男四人：夷仲[38]、虞仲、子仲、南仲。女四人，并幼。銘曰：

王氏世以材武吏幹稱，及公始用儒術進，而位不大。諸子益以文自力，王氏其顯乎！

【校注】

①原載卷十三。文中言"於明道二年十月二十九日,葬洛陽大樊原",故繫於此。

②滄州,叢刊本作倉州。青,叢刊本作著。

③杭,叢刊本作坑。

④太,叢刊本作大。

⑤承,四庫本作恢,疑形訛。

⑥伊闕,陳本、方本旁注增"縣"字。

⑦三,李文藻本作司。

⑧閭,李文藻本作聞,眉批:"聞疑開。"誤。

⑨澶,叢刊本作温。

⑩復,叢刊本闕。

⑪私第,叢刊本闕。

⑫於,原闕,李文藻本作招。據叢刊本補。

⑬幼,李文藻本作加,眉批:"加疑幼。"

⑭始,叢刊本作昭。

⑮張公雍,《宋史·張雍傳》:"張雍,德州安德縣人。治《毛氏詩》。"

⑯伏,叢刊本作然。

⑰憸人,奸佞的人。《尚書·冏命》:"爾無昵於憸人,充耳目之官。"司馬光《王廣淵札子》:"夫端士進者,治之表也;憸人進者,亂之階也。"領務,總領要務。劉禹錫《劉賓客文集》卷十五《蘇州謝上表》:"永貞之初,權臣領務,遂奏録用。"

⑱職事,職務之事。《舊唐書·楊瑒傳》:"履忠以年老不任職事,拜朝散大夫。"《舊唐書·鄭覃傳》:"如嵇阮之流,不攝職事"

⑲具,叢刊本作其。具獄,《漢書·張湯傳》:"具獄,磔堂下。"顏師古注:"具爲治獄之文,處正其罪而磔鼠也。"而宋祁認爲:"顏解具獄似失其意,直謂成按耳。"即據以成案的卷宗。

⑳曰,李文藻本作日,眉批:"日是曰字之譌。"

㉑稽,《説文》:"稽,留止也。"

㉒且，李文藻本作旦，眉批：“旦疑且。”

㉓資，原作齋，李文藻本作齊，眉批：“齊疑齋。”据四庫本改。按資裝，財物之類。《舊五代史·王檀傳》：“檀嚴設備，應接敗軍，助以資裝，獲濟者甚衆。”《宋史·孫覺傳》：“閩俗厚於婚喪，其費無藝。覺裁爲中法，使資裝無得過百千。令下，嫁娶以百數，葬埋之費，亦率減什伍。”

㉔徠，叢刊本作捒。

㉕尚清，叢刊本作清。

㉖皦，叢刊本作敫，李文藻本作墩，眉批：“皦。”按皦察，明察，亦有苛求義。《宋史·慎從吉傳》：“臨事敏速，勤心公家。所至務皦察，多請對陳事。上謂其無隱。”《宋史·陳知微傳》：“知微儀狀甚偉，沉厚有材幹，不務皦察。”

㉗藉，原作籍，李文藻本眉批：“藉。”醖藉，寬厚有涵養。《漢書·薛廣德傳》：“廣德爲人温雅有醖藉。”顏師古注：“服虔曰：‘寬博有餘也。’師古曰：‘醖言如醖釀也，藉有所薦藉也。’”

㉘特，四庫本、叢刊本、方本作時。方本旁批：“特。”按《後漢書·馬融傳》：“顧介特之實功。”李賢注：“介特謂孤介特立也。”

㉙柄任，叢刊本作任柄。

㉚紃，原作詘，據叢刊本改。

㉛帑，叢刊本作帛。屢空，叢刊本作室。

㉜典，叢刊本作與，形訛。

㉝亡，叢刊本作已。

㉞次，叢刊本作友。

㉟試，李文藻本作誡，眉批：“誡字元本用黑筆圈去，然必是誡字之譌。”誤，無誡將作監之職，應爲試。

㊱楊建，方本作楊廷。用，李文藻本作令用，眉批：“令用二字，必有一衍。”令疑衍，或與華原令之令相混所致。

㊲孫，方本無孫，旁注增“孫”字。

㊳夷，李文藻本作夾，眉批：“夾疑是平。”


# 答李伯昂秘校書①

近令弟來，辱示長箋，以楊太博奉薦爲謝②。足下以名臣子，在選部二十年，能廉幹，任職監司，自當以進賢塞公議，豈必朋游爲先容耶？不敢當，不敢當。

【校注】

①原載卷十一。李文藻本脚注："按本集有《均州李垂志銘》，伯昂爲垂之長子。"仲昌爲次子，本集有《與鄧州丁憂李仲昌寺丞書》，書中多言交游之道，以爲"此所謂朋黨者也"云云，與文中所言"豈必朋游"云云，相呼應。二書或作於同時，姑繫於此。四庫本作答李伯昂秘校書一首。

②楊，叢刊本作揚。

# 景祐元年（公元 1034 年）

## 故中大夫守太子賓客分司西京上柱國陳留縣開國侯食邑九百户賜紫金魚袋謝公行狀①

曾祖廷徽，國子司業、越州觀察判官。

祖懿文，秘書郎、杭州鹽官縣令。

父崇禮，泰寧軍節度掌書記、檢校左散騎常侍、累贈户部侍郎。

本貫杭州富陽縣章崏鄉赤松里。謝濤，字濟之，年七十四。

謝氏系譜，自公七代祖已下，官諱具存。始居河南之緱氏，至四代祖終衢州刺史，葬嘉興，因家江東。及鹽官葬富陽②，遂爲富陽人。當錢氏制吳越③，故散騎而上，三世不爲朝廷官。公始十一歲，嘗與父客談，散騎私觀之，見其辨對有成人風，大爲歎異。學舍有説《左氏春秋》者④，公十四歲，從之學。歸，輒與同輩伸其義，必盡其師之所傳。既冠⑤，寓居吳郡。會汾、晋平⑥，郡國當表賀，吳士爲奏者，文體弱⑦，更數人，皆不能如郡將意。公私草之，爲人持去，郡將大稱愜，吳中先生亦自愧不及。故王黄州、羅拾遺處約并爲吳之屬縣長⑧,公與其遊⑨,羅嘗與王書云:"濟之揚攉天人⑩,蓋吾曹之敵。"其爲名流推重如此。

淳化三年舉進士上第,除梓州榷鹽院判官。明年盜發益部⑪,公以梓近盜⑫,爲大郡,盜畏強逼⑬,且利以自資,攻之必亟,盍大爲守具? 時近郊多林木,乃白郡守悉取之,以完棚櫓⑭,且爲薪蒸之備。既而被圍百日,樵采路絕,城中賴焉。公參陳謀議,分護塹壁⑮,及圍解,於僚吏爲最力,就遷梓州觀察推官。明年,權知益州之華陽。蜀民流散之後,田廬荒廢,詔書:"凡入租占田,有能倍入者,斷以新籍。"於是豪右廣射上田,貫民歸者⑯,多亡其素産。公曰:"此權時之制⑰,欲毆民就業爾⑱。若利其倍租,而使下民失業,豈經制哉?"乃命盡還舊主,所施行與詔書異。至道二年,召歸,授著作佐郎。太宗面諭,令通判大藩,即通判壽州,遷秘書丞。又通判筠州,知興國軍⑲。真宗考吏籍,有五年無過者特遷,得改太常博士。一日,内中出朝士治績著者凡二十四人名⑳,付中書門下,令召見。即以景德二年冬,對長春殿,賜五品服,令通事舍人焦守節送學士院試㉑。試之明日㉒,會邊奏警急,降詔北征㉓。是時曹、濮盜起,又虜衆分趨齊、鄆㉔,東土頗騷,朝廷慎擇郡守。真宗面諭宰相:"昨日京東奏,曹州闕人㉕,謝濤可轉官知曹州。"遂除屯田員外郎。曹之征賦,舊分送睢陽倉。公至郡,會霖潦,民車在道者不克進。公曰:"自曹及宋,陸行數百里,平歲致之不爲易,今泥淖,益困吾民。且江、淮漕運,日至睢陽城下。曹有廣濟漕,亦通京師,使曹賦得漕送京師㉖,睢陽自取江、淮米㉗,以直曹賦㉘,豈非便耶?"乃開廩,盡收屬縣賦,且上其利狀,遂與轉運使交奏。朝廷從公奏㉙,降詔褒美。未幾,召還,奉詔祈雨嵩嶽㉚,祠畢,雨澍。因言嶽瀆有請禱而無報謝,義或爲闕㉛,真宗是之,因詔自今修報如禮㉜。是年,西南有大星見,占在蜀分。

詔公巡撫益州西路㉝。入別㉞，受詔與益州張公詠同議鑄大鐵錢利害㉟。於是考鐵價，與舊錢更相均准，故下不得盜用，而物估長平㊱，蜀人至今便之。使回，舉吏三十餘人㊲，宰府疑其多，公面陳諸吏幹狀，願署連坐，以冀必行。奉使舉吏連坐自此始。後所舉多踐臺省，不調者猶爲郡守。

　　四年，授三司度支判官。大中祥符初，出知秦州，又知歙州，改度支、司封員外郎。坐三司判官日舉榷茶官被罪，奪司封。五年，復爲度支，通判河南府。馮魏公罷居守㊳，薦公於朝㊴，召試，授兵部員外郎、直史館、判三司理欠憑由司㊵，出爲兩浙轉運使，賜金紫。遷禮部郎中，判司農寺。天禧五年，兼侍御史知雜事。乾興元年，遷戶部郎中。永定陵駕將發，少府治明器象物甚侈大，山陵使奉詔，自京至陵，凡城門民舍，卑隘者壞之㊶。公上章言：“先帝封祀，儀物大備，尚不聞廢壞所過城舍㊷。今遺制務儉薄，反以象物壞民居，非先帝意，願下有司裁損。”章寢不報，物議是之。是年，以疾求東歸㊸，除吏部郎中、直昭文館、知越州。天聖中，代還，遷太常少卿，判太府寺㊹、登聞檢院。以步履艱蹇，求西京留司御史臺。踰年，改秘書監，臺任滿，就求分司。明道元年，轉太子賓客。景祐元年十月三十日以疾薨㊺。二年八月，嗣子兵部員外郎、直集賢院絳，奉公之喪㊻，自京師歸葬於富陽㊼。

　　公生平不恤家事，然友愛甚篤，宗門有孤者㊽，收養嫁娶如己子。在朝廷，見貴勢無所降屈；士子進見，雖少賤，對之肅然。及交言，則開懷無少隱。故人皆憚其高，而愛其誠㊾。凡治郡，部吏有一善，必孜孜稱薦㊿；或犯法，雖甚惡之，直其罪而已，未嘗有過刑(51)，故終身無一嫌怨者(52)。雅善品藻文章，江夏黃叔才嘗作《楊允恭墓銘》(53)，甚負其文，顧公曰：“能損益一字者，我當辨之。”公削去二十一字，叔才嘆服不已(54)。在西京被疾(55)，人有贄文者(56)，必讀之終篇，或摘其詞之工者稱道之，其愛獎士類如此。初，兩浙轉運使還⑤⑦，朝議將以掌誥命，會得疾逾旬，不能興事⑤⑧，遂寢。素好修煉藥術，喜與方士談，視榮利泊如也。本朝圖書之府，惟昭文、史館、集賢、秘閣，公與兵部同時分帖四職太府寺⑤⑨，實父子相代，縉紳榮之，見於《衣冠盛事録》⑥⑩。

　　母夫人崔氏，追封博陵郡太君。夫人許氏，封晉陵郡君。初，散騎五子，皆以五行定名。公次弟炎⑥①，有文稱，終公安令；鍇，今爲天臺令⑥②；果，從方外教，號安隱師；坦，左侍禁。子三人：長即兵部；次約，將作監主簿，少以才敏知名；季綺，太廟齋郎。綺、約皆早亡⑥③。女四人：長適同出身周盛⑥④，次適德興令梅堯臣⑥⑤，次適延陵尉傅瑩，次適吳縣尉楊士彦。孫三人：景初，將作監主簿；景溫，太廟室長⑥⑥；景平，試校書郎⑥⑦。女孫四人，并幼。公才位德業⑥⑧，當列國史，敢直紀行實，以備史官之録，謹狀。景祐元年十一月日，山南東道節度掌書記、朝奉郎、試大理評事兼察院御史、充館閣校勘尹某狀。

## 【校注】

　　①原載卷十二。文中言：“景祐元年十一月日，山南東道節度掌書記、朝奉郎、試大理評事、兼察院御史、充館閣校勘尹某狀。”故繫於此。謝濤，按《宋史·謝絳傳》：“謝絳，字希深，其先陽夏人。祖懿文，爲杭州鹽官縣令，葬富陽，遂爲富陽人。父濤，以文行稱，進士起家，爲梓州榷鹽院判官。李順反成都，攻陷州縣，濤嘗畫守禦之計。”《吳郡圖經續記》卷下《事志（凡二十七節）》：“謝賓客濤，字濟之，既冠，居吳中。會汾晉平，郡國當表賀，吳士爲奏者文體弱，更數人，皆不能如郡將意。謝公私草之，爲人持去，郡將大稱愜，吳中先生亦自愧不及。故王黄州、羅拾遺處約并爲吳之屬縣長，謝公與之遊。羅嘗與王書云：‘濟之揚榷天人，蓋吾曹之敵。’其爲名流推重如此。（右十八）”

　　②富陽，叢刊本作富陽縣。

　　③當，原闕，據四庫本、李文藻本補。按《新五代史·吳越世家》：“錢鏐，字具美，杭州臨安人也。”“天復二年，封鏐越王。”“天祐元年，封鏐吳王，……錢氏兼有兩浙幾百年，太平興國三年，歸於京師，國除。”

④左,原作在,形訛。者,叢刊本無。

⑤冠,原作官,據四庫本、李文藻本改。

⑥汾、晋平,《宋史・太宗一》:"(開寶四年五月)甲申,繼元降,北漢平。……戊子,以榆次縣爲新并州。……帝作《平晋詩》,令從臣和。……帝作《平晋記》刻寺中。"

⑦文體弱,原作又體若,據四庫本、李文藻本改。

⑧王黄州,方本作王黄州禹偁。《吴郡圖經續記》卷下《事志(凡二十七節)》:"王黄州禹偁,字元之,嘗爲長洲宰,其風流篇什播於一時,由此遂拜拾遺。故其詩云:'吴門吏隱過三年,何事陶潛捧詔還?步武已趨龍尾道,夢魂猶憶虎丘山。'今虎丘至今有畫像存焉,他詩皆具《總集》。(右十九)"羅拾遺處約,按《宋史・羅處約傳》:"羅處約,字思純,益州華陽人。"

⑨其,方本作之,夾注:"一作其。"

⑩揚榷,李文藻本作楊椎。天,叢刊本作夫,形訛。

⑪明年盗發益部,李文藻本眉批:"按《宋史・謝絳傳》,李順反成都。"《宋史・太宗二》:"(淳化四年二月)永康軍青城縣民王小波聚徒爲寇,殺眉州彭山縣令齊元振。""(十一月)小波中流矢死,衆推其黨李順爲帥。""(淳化五年正月)李順陷成都,知府郭載奔梓州,順入據之,賊兵四出攻劫州縣。"

⑫盗,原作益,李文藻本眉批:"益疑盗字之譌。"

⑬盗畏,李文藻本作畏益。逼,原作偪。據四庫本、李文藻本改。

⑭棚櫓,敵樓與大盾。劉劭《人物志・釋争》:"是故君子之求勝也,以推讓爲利鋭,以自修爲棚櫓。"

⑮分,李文藻本作公,眉批:"公疑分。"

⑯貫民歸者,四庫本作貧民歸苦。貫民,原作貧民。李文藻本眉批:"貫民者,土著之民也。似不誤。"

⑰制,李文藻本眉批:"制字下有闕文。"

⑱欲毆民就業爾,原作毆民欲就業爾,四庫本作驅民欲就業耳,李文藻本作欲就業耳。李文藻本脚注:"欲上疑是暫字。"據方本改。

⑲興國軍,《宋史・地理志四》:"興國軍,同下州。太平興國二年,以鄂州永興縣置永興軍。三年,改興國。"

⑳內中，皇宮中。蘇軾《奏內中車子爭道亂行札子》："今車駕方宿齋太廟，而內中車子不避仗衛爭道亂行，臣愚竊恐於觀望有損，不敢不奏。"

㉑焦守節，《續資治通鑑長編》（以下簡稱《長編》）卷四十九："（咸平四年秋七月）甲戌，以左侍禁閤門祇候焦守節爲閤門通事舍人。"

㉒試，李文藻本眉批："下試字疑衍。"

㉓征，李文藻本作任，眉批："任疑征。"脚注："《宋史》云會契丹入寇，真宗議親征。"

㉔虜衆，四庫本作北兵。衆，原作勢，李文藻本作者，眉批："者疑衆。"

㉕闕人，原闕，據四庫本、叢刊本補。李文藻本眉批："闕人二字疑衍。"方本旁批："舍人。"誤，據文意可知。

㉖漕，叢刊本作增。

㉗米，叢刊本作來，形訛。

㉘以，叢刊本作未以。

㉙奏，四庫本作舉。李文藻本脚注："《宋史》轉運使論以爲不可，詔從濤奏。"

㉚奉，李文藻本作奏，眉批："奏疑奉。"獄，原作丘，據李文藻本改。

㉛義，叢刊本作意。

㉜因，李保泰本眉批："因詔之因字似可省。"

㉝益州西路，四庫本作益利兩路。西，原作兩。李文藻本眉批："兩疑衍或西字。"方本夾注："一作西字。"

㉞入，原作又，形訛，據叢刊本改。

㉟益州張公詠，《宋史·食貨志下三》："真宗時，張詠鎮蜀，患蜀人鐵錢重，不便貿易，設質劑之法，一交一緡，以三年爲一界而換之。"

㊱估，叢刊本作價。

㊲舉吏，叢刊本作舉。

㊳馮魏公罷居，四庫本作馮魏公罷守。按《宋史·真宗三》，乾興元年春二月甲辰，制封馮拯爲魏國公。

㊴首，李文藻本作守，眉批："守疑首。"李文藻本脚注："按《宋史》用馮拯薦，復召試。"四庫本無首字。

㊵館,原作管,形訛,據四庫本、李文藻本改。

㊶卑,原作俾卑,俾疑衍,據四庫本、李文藻本改。

㊷大物,原作物大,據叢刊本改。

㊸東,叢刊本作更。

㊹判,叢刊本作判官。

㊺以,李文藻本作戊,眉批:"疑以。"

㊻絳,李文藻本眉批:"按《宋史》絳傳,絳字希深,官至知制誥。"李保泰本眉批:"於諸子之才先叙絳,以絳之弟二人皆早亡也。"

㊼陽,原作楊,形訛。

㊽孤,原作故孤,故疑衍,據四庫本、叢刊本改。

㊾誠,原作情,據四庫本、叢刊本改。

㊿凡,叢刊本作况。

(51)過刑,叢刊本作故刑。

(52)一,李文藻本作二,眉批:"二字疑衍。"

(53)楊允恭,《宋史・楊允恭傳》:"楊允恭,漢州綿竹人。咸平初,命允恭爲荆、湖、江、浙都巡檢使。(咸平)二年夏七月,卒於升州,年五十六。"

(54)叔才,李保泰本作叔文,眉批:"觀此即知師魯文筆得力處。"楊,李文藻本作惕,眉批:"惕字似可疑。"

(55)在西京,叢刊本作西京。

(56)有,原闕,據四庫本、叢刊本增。贄文,持文以求見,猶贈文。

(57)浙,李文藻本作湘,脚注:"湘疑浙。"

(58)興事,李文藻本作無事,眉批:"無事疑事事。"方本作與事,夾注:"一作視事。"

(59)寺,叢刊本作等。

(60)《衣冠盛事録》,《宋史・藝文志四》:"錢明逸,《衣冠盛事》一卷"

(61)弟,叢刊本作第,形訛。

(62)鍇,叢刊本作館,疑形訛。

(63)綺、約,四庫本、叢刊本作約、綺。

(64)長,原闕。盤,原字殘汙,李文藻本作盛,皆據四庫本改。

㉝次，李文藻本作沈，眉批：“沈字疑次字。”脚注：“按《宋史·文苑傳》：梅堯臣字聖俞，宣州宣城人，嘗爲德興令。”

㊻李文藻本脚注：“《宋史》景溫有傳，官至寶文閣直學士，知開封府。”

㉖李文藻本眉批：“《宋史》絳傳，景平好學，著詩書傳説數十篇，終秘書丞。”

㉘德業，原作得業，叢刊本作德美，據四庫本改。

## 【集評】

李保泰本眉批：“狀體不嫌詳縷，然先生文特謹嚴，純是史法。《朱子語録》云韓文《董公行狀》書稍長，權臨興作《宰相神道碑》只一版許，歐、蘇便長了，可知行文之貴簡練。”

# 景祐三年（公元 1036 年）

## 乞坐范天章貶狀①

朝奉郎、守太子中允、充館閣校勘、騎都尉臣尹某②。右，臣伏覩朝堂榜示，范仲淹落天章閣待制，知饒州，敕辭內有"自結朋黨③，妄有薦引"之言。臣識慮闇短④，嘗以其人忠亮有素，義兼師友。自其被罪，朝中口語籍籍，多云臣亦被薦論，未知虛實。仲淹若以他事被譴，臣固無預，今觀敕意，乃以朋比得罪。臣與仲淹，義分既厚，縱不被薦論，猶當從坐；況復如眾論⑤，臣則負罪實深。雖然國恩寬貸，無所指名；臣內省於心，有靦面目。況余靖自來與仲淹蹤跡比臣絕疏⑥，今來止因上言，獲以朋黨被罪。臣不可苟免⑦，願從降黜⑧，以昭明憲。

【校注】

①原載卷十八。李保泰本眉批："疏上，貶監郢州酒監。此景祐三年事也。四年十二月，范公及余靖、歐陽修，皆罷移近地，獨洙不徙。寶元二年，始以太子中允知長水縣。"按《長編》卷一百一十八，景祐三年五月十九日，尹洙因上言范仲淹直諒不回，義兼師友，乞從降黜。宰相怒，遂逐之，貶爲崇信軍節度掌書記、監郢州酒稅。故繫於此。

②某,四庫本作洙。

③辭,原作詞,據李保泰本改。

④識,叢刊本作知。短,李文藻本作知,眉批:"疑短。"形訛。

⑤復,四庫本、叢刊本無。

⑥余靖,《宋史·余靖傳》:"余靖,字安道,韶州曲江人。……范仲淹貶饒州,諫官御史莫敢言。靖言:'仲淹以刺譏大臣重加譴謫,倘其言未合聖慮,在陛下聽與不聽耳,安可以爲罪乎?汲黯在廷,以平津爲多詐;張昭論將,以魯肅爲粗疏。漢皇、吳主熟聞訾毀,兩用無猜,豈損令德。陛下自親政以來,屢逐言事者,恐鉗天下口,不可。'疏入,落職監筠州酒稅。尹洙、歐陽修亦以仲淹故,相繼貶逐,靖繇是益知名。"

⑦臣,原作可臣。可疑衍。

⑧黜,原作黜之列,據四庫本、叢刊本、李文藻本改。"臣不可"三句,《宋會要輯稿》作"臣不可幸於苟免,乞從降黜,以明憲法故也"。

【集評】

李文藻本眉批:"范公宜書名,《六一居士集》疏狀題可法也。"


# 送路綸寺丞序①

渙之寺丞自郢中有南陽之行,治舟之日,郡守廣平公張宴白雪樓②,命賓屬以餞之。酒數行,爲引商刻羽之曲③,坐客淒然,有離索之歎。友人尹某因道古人送言之意,將有以序其行。夫古之送言,必以己之所得,規彼之未至。今渙之才美而甚晦,内方而外和。惟晦與和,某當師之④,方得渙之以自規,其敢有獻於渙之哉。獨離索之恨不能忘已,既醉且泣,以詩繼之:

感事并傷別,平時淚滿巾。今朝郢樓上,更送北歸人。


## 又一首

平生愛問江南事,喜見人從江上來。今日江頭送歸客,葦花深處祖筵開。

【校注】

①原載卷五。按《明一統志》卷六十，郢中郡白雪樓在府治石城西邊，又載尹洙"景祐中以范仲淹黨，貶監郢州酒稅，其名益振"。與文中所言"郢中"、"白雪樓"相符，故繫於此。李文藻本眉批："按《宋史·文苑傳》：路振，字子發，永州祁陽人，唐相岩之四世孫。及至左司諫，□制誥。張□□甚，子綸爲太常寺奉禮郎。"按《宋史·文苑三》："路振，字子發，永州祁陽人，唐相岩之四世孫。……改太常博士、左司諫，擢知制誥。……七年，同修起居注，張復、崔遵度以書事誤失降秩，擇振與夏竦代之。嗜酒得疾，其冬卒，年五十八。録其子綸爲太常寺奉禮郎。"

②廣平公，《直齋書録解題》卷十七云："《廣平公集》一百卷。翰林學士、文安公、大名宋白太素撰。"按《廣平公集》今已不存。據《宋史·文苑一·宋白傳》，此似指宋白，但《宋史》中無作郡守之職。

③商、羽，《禮記·樂記》："感於物而動，故形於聲。"孔穎達疏："言'聲'者，是宮、商、角、徵、羽也。極濁者爲宮，極清者爲羽，五聲以清濁相次。"

④師之，原作師仰之，仰疑衍，據叢刊本改。

【集評】

李保泰本眉批："二詩頗工，似勝師魯它作。"


# 五代春秋①

【校注】

①原載卷二十六、二十七。《四庫全書·河南集提要》："《聞見録》又稱修作《五代史》嘗約與洙分撰，今集中《五代春秋》二卷，紀事亦簡核有體，應即其時所作。"按《聞見録》卷十五："如五代史，公（歐陽修）嘗與師魯約分撰，故公謫夷陵日，貽師魯書曰：'……師魯所撰，在京師時不曾細看，路中細讀，乃大好。師魯素以史筆自負，果然。河東一傳大妙，修本所取法於此，傳亦有繁簡未中者，願師魯删之，則盡善也。正史更不分，五史通爲紀傳，今欲將梁紀并漢

周,修且試撰次。唐、晋,師魯爲之,如前歲之議。……'"歐陽修謫夷陵事在景祐三年,時范仲淹因直言不避,落天章閣待制,出知饒州。歐陽修貽書責司諫高若訥不能辨其非辜,若訥大怒,繳奏其書,降授夷陵縣令。由此可知,尹洙《五代春秋》當作於任職於館閣校勘之時。

# 梁太祖①

　　開平元年四月甲子,帝即位於汴州。戊辰,改元,建汴州爲東都,改京師爲西都。五月,李思安帥師及晋人戰於潞城,思安師敗績。

　　二年正月,晋王克用薨②。三月壬申,帝幸西都③。征潞州。丁丑,次澤州,晋人還師。四月丙午,帝還東都。五月,晋人救潞州,破夾城,遂攻澤州。六月戊申,淮南張灝弑其君偓,吳人誅張灝。秦人來寇雍州、同州,劉知俊敗秦師於幕谷④。八月,晋人來侵晋州。九月丁丑,帝西征,次陜州⑤。十月丁巳,帝還東都。楚人克朗州,殺雷彦恭⑥。

　　三年正月甲戌,帝幸西都。辛卯,帝祀上帝於圓丘。三月甲戌,帝幸河中。四月,同州劉知俊伐秦,克鄜、坊、丹、延四州。五月己卯,帝還西都,殺雍州王重師⑦。六月,同州劉知俊叛附於秦。辛亥,帝西征,次陜州。劉知俊奔秦。幽州劉守光伐滄州,執其兄守文以歸⑧。七月,晋人來攻晋州。乙亥,帝還西都。八月,楊師厚帥師援晋州⑨,晋人還師。十一月甲午,帝告謝於圓丘。秦人來侵靈州、陜州。康懷英侵秦⑩,克甯、慶、衍三州。秦人來襲,懷英師敗於昇平。

　　四年正月,燕王守光克滄州。五月,鄴王紹威薨⑪。八月,晋人、秦人來侵夏州。庚寅,帝西征,次陜州。九月己丑,帝還西都。十一月,趙王鎔、定州王處直附於晋⑫。王景仁帥師北討,次於柏鄉[13]。

乾化元年正月丙戌朔，日有食之。王景仁及晉王、趙人、定人戰於柏鄉[14]，景仁師敗績，晉師圍邢州。二月，晉師侵魏州[15]，楊師厚帥師援邢州，晉人還師。五月改元，南海王隱薨[16]。六月，晉人來侵湯陰。九月，帝北征，次魏縣。十月，延州高萬興克鹽州[17]。十一月壬辰，帝還西都[18]。

二年二月甲子[19]，帝北征，次貝州[20]。侵趙，克棗強，進次蓨縣，圍之。晉人救蓨，帝還師滄州。張萬進以地來歸[21]。四月己巳[22]，帝遂幸東都。帝不豫。五月甲申，還西都。薛貽矩薨[23]。六月戊寅，皇子友珪弒逆[24]，帝崩於寢殿，殺友文[25]。八月，河中朱友謙附於晉[26]，康懷英帥師攻河中，晉人救河中[27]。十月懷英師敗於白逕嶺[28]。十一月甲寅葬太祖皇帝於宣陵。

**【校注】**

①長洲陳本、方本注：“姓朱氏，初名温，後賜名全忠，篡唐改名晃。”

②晉王克用薨，《新五代史·梁本紀》：“（乾寧二年）李克用封晉王。”《新五代史·附録·契丹》：“克用病，臨卒，以一箭屬莊宗，期必滅契丹。”

③西，四庫本、李文藻本作東。李文藻本眉批：“東疑西。”黄本眉批：“西，《五代書》作西都。”

④劉知俊，《舊五代史·劉知俊傳》：“劉知俊，字希賢，徐州沛縣人也。”

⑤陝，叢刊本作夾，形訛。

⑥殺雷彦恭，《舊五代史·雷滿傳》：“彦恭食盡兵敗，間使求救於淮夷。……俄而攻陷朗州，彦恭單棹遁去。”

⑦重，叢刊本作仲，誤。按《舊五代史·王重師傳》：“王重師，潁州長社人也。”

⑧“劉守光伐滄州，執其兄守文以歸”，《新五代史·劉守光傳》：“劉守光，深州樂壽人也。……守文將契丹、吐渾兵四萬人戰於雞蘇，守光兵敗，守文陽爲不忍，出於陣而呼其衆曰：‘毋殺吾弟！’守光將元行欽識守文，躍馬而擒之，又囚之於別室，既而殺之。”

⑨援，叢刊本作接，誤。按《舊五代史·楊師厚傳》：“楊師厚，潁州斤溝人也。……晋王與周德威、丁會、符存審等以大衆攻晋州甚急，太祖遣師厚帥兵援之。”

⑩康懷英，《舊五代史·康懷英傳》：“康懷英，兖州人也。本名懷貞，避末帝御名，故改之。”

⑪鄴王紹威，《新五代史·羅紹威傳》：“羅紹威，字端己，其先長沙人。……昭宗東遷洛陽，詔諸鎮繕理京師。紹威營太廟成，加拜守侍中，進封鄴王。”

⑫王鎔，《舊五代史·王鎔傳》：“王鎔，其先回鶻部人也。”遠祖没諾干爲唐鎮州節度使王武俊假子，其後子孫以王爲氏。《舊五代史·王處直傳》：“王處直，字允明，京兆萬年人也。”

⑬柏，方本作北，旁批：“柏。”王景仁，《新五代史·王景仁傳》：“王景仁，廬州合淝人也。”

⑭定，原脱，據四庫本、方本補。

⑮師，叢刊本作帥，疑形訛。

⑯隱，方本注：“一本下有劉字。”按《新五代史·南漢世家·劉隱傳》：“乾化元年，進封隱南海王。是歲卒，年三十八。”

⑰萬，叢刊本作方，誤。按《新五代史·高萬興傳》：“高萬興，河西人也。”

⑱帝還西都，李文藻本作帝西都復位，眉批：“上文無失位事。”黄本注：“《讀書齋》本作帝返西都，雖復位。”

⑲二，原作五，據四庫本、叢刊本改。

⑳貝，原作目，形訛，據四庫本、叢刊本改。

㉑張萬進，四庫本作張守進，李文藻本作張方進。李文藻本眉批：“張方進《通鑑》作萬進，”按《舊五代史·張萬進傳》：“張萬進，雲州人。”來，原闕，據四庫本、李文藻本補。

㉒己巳，叢刊本作己丑。

㉓薛貽矩，《新五代史·薛貽矩傳》：“薛貽矩，字熙用，河東聞喜人也。……貽矩爲梁相五年，卒，贈侍中。”

㉔友珪，《新五代史·子庶人友珪傳》：“庶人友珪者，太祖初鎮宣武，略地

宋、亳間，與逆旅婦人野合而生也，長而辯黠多智。"

㉕友文，《新五代史·子博王友文傳》："博王友文，字德明，本姓康名勤。幼美風姿，好學，善談論，頗能爲詩，太祖養以爲子。"

㉖朱友謙，《新五代史·朱友謙傳》："朱友謙，字德光，許州人也。"

㉗人，四庫本、叢刊本作王。黃本腳注："河中下脱文十月至帝幸，從吳本補。"叢刊本、李文藻本亦無河中至帝幸（見《末帝》一節文字）等文字。李文藻本眉批："缺一年事。不則，紀年有誤。"

㉘遄，原作湮，方本作徑，據《新五代史》改。四庫本無十月至宣陵等文字。


# 末帝①

乾化三年二月，帝即位於東都。誅友珪②。西都軍大掠，殺杜曉③。五月，楊師厚帥師侵趙。十二月，晉王克幽州④，以燕王守光歸晉陽誅之⑤。

四年七月，晉人來侵邢州。九月，徐州蔣殷叛附於吳⑥。牛存節帥師討徐州⑦。吳人救徐州，存節敗吳師於城下。

貞明元年正月⑧，牛存節克徐州誅蔣殷。三月，魏博、賀德倫叛附於晉⑨。邠州李保衡以地來歸⑩。六月，晉王入魏⑪。以賀德倫歸晉師，遂取德州。七月，劉鄩帥師侵晉⑫。十月，誅友孜⑬。十一月，改元⑭。

二年二月，王檀帥師侵晉⑮，攻晉陽不克。劉鄩及晉王戰於元城，鄩師敗績。三月，晉人取洺州、衛州⑯。六月，晉人圍邢州⑰。七月，相州張筠逃歸⑱，相州入於晉。邢州閻寶叛⑲，以地入於晉。滄州戴思遠逃歸⑳，滄州入於晉。晉人又取貝州㉑。盜殺鄆州王檀。

三年二月，晉人來侵黎陽㉒。十二月己巳，帝幸西都。晉人來取楊劉。

　　四年正月，晋人來侵鄆州。己卯，帝還東都。謝彦章帥師侵晋<sup>㉓</sup>，攻楊劉，晋王救楊劉。彦章及晋王戰，彦章師敗績。十二月，賀瓌殺謝彦章<sup>㉔</sup>。賀環及晋王戰於胡柳坡<sup>㉕</sup>，晋師敗績。是夕再戰，環師敗績，晋人遂取濮陽<sup>㉖</sup>。邠州李保衡以地來歸。

　　五年正月，晋人城德勝，夾河爲柵。三月，兗州張守進叛附於晋。四月，賀環帥師攻德勝南城，不克。八月，王瓚帥師侵晋。十月，劉鄩克兗州，誅張守進。十二月，王瓚及晋王戰於河曲<sup>㉗</sup>，瓚師敗績。

　　六年春，河中朱友謙襲陷同州。六月，劉鄩帥師圍同州。九月，晋李嗣昭救同州<sup>㉘</sup>。劉鄩及晋李嗣昭戰，鄩師敗績。

　　龍德元年三月<sup>㉙</sup>，趙人張文禮<sup>㉚</sup>，弑其君鎔。四月，陳州友能反<sup>㉛</sup>，師圍陳州。七月，友能降，赦之。八月，晋閻寶帥師討張文禮。十月，戴思遠帥師侵晋，攻德勝北城。晋王救德勝。思遠及晋王戰於戚城，思遠師敗績。定州王處直爲其子都所廢。

　　二年正月，戴思遠侵晋，取成安，遂攻德勝北城。晋王敗契丹於新城。二月，晋王救德勝，思遠退師。八月，段凝帥師攻晋衛州<sup>㉜</sup>，克之。晋李存審克鎮州，誅張文禮。

　　三年三月，潞州李繼韜以地來附。四月，晋人來取鄆州。五月，王彦章帥師侵晋<sup>㉝</sup>，攻德勝南城，克之。晋師棄德勝北城<sup>㉞</sup>，保楊劉，王彦章圍楊劉<sup>㉟</sup>，不克。八月，段凝帥師侵晋。十月辛未朔，日有食之。晋王來襲中都，王彦章師敗於中都，彦章没於師，晋師迫京師<sup>㊱</sup>。戊寅，帝崩於建國樓下。

**【校注】**

　　①叢刊本、李文藻本無末帝二字，而與《梁太祖》文相混，見前文注釋㉗。據四庫本、長洲陳本、方本增。四庫本無乾化三年二月至晋人來取楊劉等文字。按《新五代史·梁本紀第三》："末帝，太祖第三子友貞也。"《舊五代史·末帝紀上》："末帝，諱瑱，初名友貞，及即位，改名鍠，貞明中又改今諱。太祖第

四子也。”

②誅,黃本作誄,形訛。

③杜曉,黃本無曉字。按《新五代史·蘇循附杜曉傳》:“當唐之亡也,又有杜曉者,字明遠。祖審權,父讓能,皆爲唐相。……袁象先等討賊,兵大掠,曉爲亂兵所殺,贈右僕射。”

④晋王,《舊五代史·武皇紀下》:“太祖恐禍及,遂舉族歸唐,授雲州刺史,賜姓李,名克用。黃巢犯長安,自北引兵赴難,功成,遂拜太原節度使,封晋王。”

⑤守,黃本作白,形訛。陽,吳本作務,誤。

⑥蔣殷叛附於吳,《舊五代史·蔣殷傳》:“乾化四年秋,末帝以福王友璋鎮徐方,殷自以爲友珪之黨,懼不受代,遂堅壁以拒命。命牛存節、劉鄩等率軍討之。是時,殷求救於淮南,楊溥遣朱瑾率衆來援,存節等逆擊,敗之。貞明元年春,存節、劉鄩攻下徐州,殷舉族自燔而死,於火中得其屍,梟首以獻之。”

⑦帥,黃本作助。按《舊五代史·牛存節傳》:“牛存節,字贊貞,青州博昌人也。本名禮,太祖改而字之。”

⑧貞,原作正,避仁宗趙禎諱。黃本作四,據方本改。

⑨博,黃本作特,疑訛。按《新五代史·唐本紀》:“(天祐)十二年,魏州軍亂,賀德倫以魏、博二州叛於梁來附。”賀德倫,《新五代史·賀德倫傳》:“賀德倫,河西人也。”

⑩邠,原作汾,疑形訛,據黃本改。按《舊五代史·末帝紀上》:“邠州留後李保衡以城歸順。保衡,楊崇本養子也。”

⑪六月,黃本作同。

⑫七,黃本作地一。劉鄩,《舊五代史·劉鄩傳》:“劉鄩,密州安丘縣人也。”

⑬友孜,《新五代史·梁家人傳·太祖兄子》:“康王友孜,末帝即位封。”

⑭十一,黃本作十二。

⑮二年二月,黃本作二月四月。王檀,《新五代史·王檀傳》:“王檀,字衆美,京兆人也。”

⑯三,黃本、方本五。方本注:“一作三。”洺州、衛州,黃本作衛州、洺州。

⑰圍,原作衛,誤,據黃本改。

⑱張筠,《新五代史·張筠傳》:"張筠,海州人也。"

⑲閻寶,《新五代史·閻寶傳》:"閻寶,字瓊美,鄆州人也。"

⑳州,原脱,據黃本補。思,黃本作師,誤。按《舊五代史·戴思遠傳》:"莊宗平定魏博,以兵臨滄、德,思遠棄鎮渡河歸汴。"

㉑晋,黃本作二。州,黃本作刑。

㉒來,黃本作遂。

㉓謝彦章,《新五代史·謝彦章傳》:"謝彦章,許州人也。"

㉔賀瓌,《新五代史·賀瓌傳》:"賀瓌,字光遠,濮州人也。"

㉕坡,四庫本、叢刊本作陂。

㉖遂取,叢刊本無遂字。

㉗曲,叢刊本闕。李文藻本作面,眉批:"面疑南。"王瓚,《舊五代史·王瓚傳》:"王瓚,故河中節度使重盈之諸子也。"

㉘李嗣昭,《新五代史·李嗣昭傳》:"李嗣昭,本姓韓氏,汾州太谷縣民家子也。"

㉙三,方本作二,夾注:"一作三。"

㉚張文禮,《新五代史·王鎔傳》:"張文禮者,狁獪人也,鎔惑愛之,以爲子,號王德明。"

㉛友能,《新五代史·兄廣王全昱》:"全昱子友能,封惠王。"

㉜段凝,《新五代史·段凝傳》:"段凝,開封人也。初名明遠,後更名凝。"

㉝帥,叢刊本作董帥,李文藻本作率帥,眉批:"率疑衍。"

㉞師,叢刊本作帥,形訛。

㉟圍,李文藻本作困,眉批:"困疑圍字。"

㊱師,原作城,據四庫本、李文藻本改。


# 後唐莊宗神閔皇帝①

同光元年四月乙巳②,帝即位於鄴都。十月戊寅③,滅梁。己卯,帝至汴州,誅敬翔、李振④。十二月庚午,帝至京師,誅潞州李繼韜⑤。

二年正月,契丹來寇幽州。庚申,帝幸河陽。辛酉,帝迎皇太后至京師。二月己巳,帝祀上帝於圜丘。四月,秦王茂正薨⑥。盜據潞州,五月,克之。十一月癸卯,帝畋於伊闕。丙午,帝還京師⑦。十二月庚午,帝及皇后劉氏,幸張全義第⑧。

三年正月⑨,契丹來幽寇州。庚子,帝幸鄴都,遂幸德勝故城。庚辰,帝還京師。四月辛亥朔,日有食之。趙光胤薨⑩。大旱,秋大水⑪。七月,皇太后曹氏崩。九月,皇子繼岌⑫、郭崇韜伐蜀⑬。十月,葬皇太后於坤陵。十一月,蜀王衍降⑭。

四年正月,皇子繼岌害郭崇韜於蜀。帝殺弟存乂及李繼麟⑮。二月,康延孝據漢州拒命⑯。盜發貝州⑰,陷鄴都。李嗣源帥師討鄴都。三月,任圜帥師克漢州⑱,誅康延孝。李嗣源入於鄴都⑲,殺王衍⑳。乙丑,帝幸汴州,次中牟。李嗣源入汴州,帝還京師。四月丁亥朔,郭從謙弒逆㉑,帝崩於絳霄殿㉒。

## 【校注】

①方本注:"姓朱邪,唐賜姓李,名存勖,父克用,封晉王。"李文藻本作宗神閔皇帝,眉批:"下有閔皇帝。此行神字下有譌。"

②乙巳,四庫本、叢刊本作已巳。

③戊寅,方本夾注:"史作己卯。"四庫本作己卯。

④敬翔,方本夾注:"一本有張字。"按《新五代史·敬翔傳》:"敬翔,字子振,同州馮翊人也,自言唐平陽王暉之後。"《新五代史·唐本紀》:同光元年冬十月己卯,"滅梁。敬翔自殺"。李振,《新五代史·李振傳》:"李振,字興緒,其祖抱真,唐潞州節度使。"

⑤十二月庚午,按《新五代史·唐本紀》作十二月辛巳。

⑥秦王茂正薨,《新五代史·雜傳·李茂貞傳》:"李茂貞,深州博野人也。本姓宋,名文通,爲博野軍卒,戍鳳翔。""莊宗以其耆老,甚尊禮之,改封秦王,詔書不名。同光二年,以疾卒,年六十九,謚曰忠敬。"

⑦京,原作帝,疑形譌,據四庫本、叢刊本改。

⑧張全義,《新五代史·雜傳·張全義傳》:"張全義,字國維,濮州臨濮人也。"

⑨三年正月,叢刊本無三年至害任圜等文字,黃本眉批補出。

⑩趙光胤,黃本補作楚先徹,方本作趙先徹,疑形訛。四月辛亥朔,按《新五代史·唐本紀》作四月庚寅。

⑪水,黃本補作小,疑形訛。

⑫繼岌,《新五代史·莊宗五子》:"莊宗五子:長曰繼岌……同光三年,封魏王。"

⑬崇,原脱,據四庫本補。郭崇韜,《新五代史·唐臣傳·郭崇韜傳》:"郭崇韜,代州雁門人也,爲河東教練使。"

⑭十一,黃本補作十二。王衍,黃本補作主□。按《新五代史·前蜀世家·王衍傳》:"太子立,去'宗'名衍。""衍字化源。""建十一子……而鄭王宗衍最幼,其母徐賢妃也,以母寵得立爲皇太子,開崇賢府,置官屬,後更曰天策府。"

⑮李繼麟,《新五代史·雜傳·朱友謙傳》:"朱友謙,字德光,許州人也。……莊宗滅梁入洛,友謙來朝,賜姓名曰李繼麟,賜予巨萬。"

⑯康延孝,《新五代史·康延孝傳》:"康延孝,代北人也。"

⑰盗發,黃本補殘汙。按《新五代史·唐本紀》:"鄴都軍將趙在禮反於貝州。"

⑱圜,黃本補作國,疑形訛。克,黃本補作支,疑形訛。按《新五代史·任圜傳》:"任圜,京兆三原人也。"

⑲嗣,黃本補作師,誤。

⑳殺王衍,方本作殺王符。

㉑郭從謙,黃本補作郭從通,方本作郭崇謙。按《舊五代史·莊宗紀》:"從馬直指揮使郭從謙自本營率所部抽戈露刃,至興教門大呼,與黃甲兩軍引弓射興教門。……俄而帝爲流矢所中,亭午,崩於絳霄殿之廡下,時年四十三。"

㉒霄,黃本補作客,疑形訛。

# 明宗仁德皇帝①

天成元年夏四月丙午,帝即位。甲寅,改元。七月,葬莊宗神閔皇帝於雍陵②。殺豆盧革、韋説③。八月己酉朔④,日有食之。十月,契丹盧文進以衆來歸⑤。

二年二月,誅郭崇謙。三月,荆南高季興叛附於吴⑥。盧臺成軍亂⑦,房知温討平之⑧。十月,帝幸汴州。戊子,還京師⑨,汴州朱守殷拒命⑩。己丑,帝至汴州,誅朱守殷。安重誨害任園⑪。

三年正月,帝在汴州。四月,定州王都拒命⑫,王晏球帥師討定州⑬。七月,契丹救定州,王晏球敗契丹於唐河。幽州趙德鈞敗契丹於府西⑭。九月,誅温韜、段凝⑮。

四年正月,帝在汴州。二月,王晏球克定州,誅王都。崔協薨⑯。二月庚午⑰,帝還京師。四月,契丹來寇雲州。七月,誅毛璋。荆南高季興順命,赦之⑱。

長興元年二月乙卯⑲,祀上帝於圜丘,改元。九月,東川董璋拒命⑳,石敬瑭帥師討璋㉑。十二月,楚王殷薨㉒。鄖國公仁矩薨㉓。

二年正月,契丹突欲率衆來歸㉔。五月,誅安重誨。十一月甲申朔,日有食之。

三年六月,河決衛州。西川孟知祥克東川㉕,誅董璋。京師大水。七月,越王鏐薨。八月,湖南馬希聲薨。

四年四月,夏州李彝超拒命㉖。安從進帥師討夏州㉗,不克。八月㉘,皇子從榮爲兵馬元帥。十月,赦李彝超。十一月戊子,帝不豫。壬午,誅從榮㉙。戊戌,帝崩於雍和殿。

【校注】

①方本注:"名嗣源。"按《舊五代史·明宗紀一》:"明宗聖德和武欽孝皇帝,諱亶,初名嗣源,及即位,改今諱,代北人也。"

②宗,黄本補作家,疑形訛。

③豆盧革,《新五代史·唐臣傳·豆盧革》:"豆盧革,父瓚,唐舒州刺史。"韋説,《舊五代史·韋説傳》:"韋説,福建觀察使岫之子也。"

④己酉朔,四庫本作乙酉朔,黄本補作已至朝。

⑤衆,原作地,黄本補作密,據方本改。歸,黄本補作降。盧文進,按《新五代史·雜傳·盧文進傳》:"盧文進,字大用,范陽人也。"

⑥荆南,黄本補作荆南節度。高季興,《新五代史·南平世家》:"高季興,字貽孫,陝州硤石人也。本名季昌,避後唐獻祖廟諱,更名季興。"

⑦盧臺戍,黄本補作處臺城。

⑧房知温討平之,黄本補作房利温討平。按《新五代史·房知温傳》:"房知温,字伯玉,兗州瑕丘人也。"

⑨還京師,原作次京水,據四庫本改。京師,黄本補作云小。

⑩朱,四庫本闕。朱守殷,按《新五代史·雜傳·朱守殷傳》:"朱守殷,少事唐莊宗爲奴,名曰會兒。"

⑪重,黄本補作闕。安重誨,按《新五代史·安重誨傳》:"安重誨,應州人也。"

⑫王都,《舊五代史·王都傳》:"王都,本姓劉,小字雲郎,中山陘邑人也。"

⑬王晏球,《新五代史·王晏球傳》:"王晏球,字瑩之,洛陽人也。"

⑭趙,原作起,形訛,據四庫本、叢刊本改。按《新五代史·四夷·附録》:"德鈞,幽州人也,事劉守光、守文爲軍校,莊宗伐燕得之,賜姓名曰李紹斌。"

⑮段,原闕,叢刊本作段,據四庫本、方本補。温韜,《新五代史·温韜傳》:"温韜,京兆華原人也。"

⑯崔協,《舊五代史·崔協傳》:"崔協,字思化。遠祖清河太守第二子寅,仕後魏爲太子洗馬,因爲清河小房,至唐朝盛爲流品。"

⑰二,叢刊本作三。

⑱興,黃本作與,黃本眉批:"與作興。"之,叢刊本闕。

⑲長興元年二月乙卯,李文藻本眉批:"似有闕文。"

⑳董璋,《新五代史·雜傳·董璋傳》:"董璋,不知其世家何人也。""蜀平,以爲劍南東川節度使"。

㉑石敬瑭,《新五代史·晋本紀》:"高祖聖文章武明德孝皇帝,其父臬捩鷄,本出於西夷,自朱邪歸唐,從朱邪入居陰山。其後,晋王李克用起於雲、朔之間,臬捩鷄以善騎射,常從晋王征伐有功,官至洺州刺史。臬捩鷄生敬瑭,其姓石氏,不知其得姓之始也。"

㉒楚王殷,《新五代史·楚世家》:"馬殷,字霸圖,許州鄢陵人也。""梁太祖即位,殷遣使修貢,太祖拜殷侍中兼中書令,封楚王。"

㉓鄖國公仁矩,《新五代史·唐本紀》:"(長興元年)十二月丁未,二王後、秘書丞、鄖國公楊仁矩卒,廢朝一日。"

㉔率,原作車,形訛,據四庫本、李文藻本改。突欲,又作圖欲,《遼史·宗室》:"義宗名倍,小字圖欲,太祖長子,母淳欽皇后蕭氏。幼聰敏好學,外寬內摯。神册元年春,立爲皇太子。"

㉕川,叢刊本作州。孟知祥,《新五代史·後蜀世家》:"孟知祥,字保胤,邢州龍岡人也。"

㉖李彝超,《新五代史·李仁福傳》:"李仁福,不知其世家。……長興四年三月卒,其子彝超自立爲留後。"

㉗安從進,《新五代史·安從進傳》:"安從進,振武索葛部人也。"

㉘八月,原無。據李文藻本補。

㉙誅從榮,按《新五代史·唐本紀》:"秦王從榮以兵入興聖宮,不克,伏誅。"


# 閔皇帝①

長興四年二月癸亥朔②,帝即位。應順元年正月戊寅③,改元。西川孟知祥拒命,盜殺安州符彦超④。二月,鳳翔從珂拒命⑤,王思同帥師攻鳳翔⑥,不克。從珂舉兵向京師,康義誠帥師討從珂⑦。河中安彥威、陝州康思立叛⑧，王思同歿於師⑨。康義誠以師叛。戊辰，帝遜於衛州。四月壬申，從珂入京師。戊寅，帝崩於衛州。

【校注】

①閔，叢刊本作潛，誤。方本注：“名從厚。”

②二，四庫本、叢刊本作十二。癸亥，叢刊本作癸卯。方本夾注：“一作癸卯。”

③戊寅，原闕，方本注：“史有戊寅二字。”據此補。

④盜殺安州符彥超，《舊五代史·閔帝紀》：“節度使符彥超爲部曲王希全所害，廢朝一日。”

⑤從珂，原闕，據四庫本、叢刊本補。按《新五代史·唐本紀》：“鳳翔節度使、潞王從珂反。”

⑥思，四庫本、叢刊本作恩，形訛。師，叢刊本作歸，誤。按《新五代史·死事傳·王思同傳》：“王思同，幽州人也。其父敬柔，娶劉仁恭女，生思同。”

⑦康義誠，《新唐書·唐臣傳·康義誠傳》：“康義誠，字信臣，代北三部落人也。”

⑧威，叢刊本作滅，形訛。按《新五代史·雜傳·安彥威傳》：“安彥威，字國俊，代州崞縣人也。”康思立，《新五代史·唐臣傳·康思立傳》：“康思立，本山陰諸部人也。”

⑨歿，叢刊本作没。


# 後唐末帝①

清泰元年四月庚午②，帝即位。乙酉，改元。誅康義誠、朱弘昭、馮贇③。丙申，葬明宗皇帝於徽陵④。八月，蜀王知祥薨⑤。九月⑥，契丹寇雲州。

二年四月⑦，契丹寇新州。六月，契丹寇應州。十月，閔王延鈞薨⑧。大饑。

三年五月⑨,河東石敬瑭拒命,張敬達、楊光遠帥師討河東⑩。鄴都軍亂,逐劉延皓⑪,范延光帥師討平之⑫。

九月,契丹救河東⑬。張敬達及契丹戰於城下,敬達師敗績,退師晉安,契丹圍晉安。戊申,帝北征,次懷州。延州軍亂⑭,殺楊漢章⑮。閏十一月,楊光遠害張敬達,以晉安叛降於敬瑭。丁丑,帝還京師。庚辰,敬瑭迫京師。辛巳,帝崩於玄武樓。

**【校注】**

①此篇至《恭帝》原載卷二十七。四庫本作後唐廢帝。長洲陳本、方本注:"名從珂。史作廢帝。"

②庚午,方本注:"史作乙亥。"

③朱弘昭、馮贇,按《新五代史·唐臣傳·朱弘昭附馮贇傳》:"朱弘昭,太原人也。""馮贇者,亦太原人也。"

④檄,叢刊本作獄,四庫本作徼。

⑤蜀王知祥,《新五代史·後蜀世家》:"孟知祥,字保胤,邢州龍岡人也。"長興四年二月"遣工部尚書盧文紀冊封知祥爲蜀王"。

⑥九月,方本注:"史作十月。"

⑦二,原作三,疑形訛,據四庫本、叢刊本改。

⑧閩王延鈞,《新五代史·閩世家》:"延鈞立,更名鏻。""鏻立十年見殺,諡曰惠皇帝,廟號太宗。"

⑨三,李文藻本作二,眉批:"二字應作三字。"

⑩張敬達,《新五代史·張敬達傳》:"張敬達,字志通,代州人也,小字生鐵。"楊光遠,《新五代史·楊光遠傳》:"楊光遠,字德明,其父曰阿噔啜,蓋沙陀部人也。"

⑪劉延皓,《舊五代史·劉延皓傳》:"劉延皓,應州渾元人。祖建立,父茂成,皆以軍功推爲邊將。延皓即劉後之弟也。"

⑫范延光,《新五代史·范延光傳》:"范延光,字子瑰,相州臨漳人也。""天雄軍亂,逐節度使劉延皓,遣延光討平之,即以爲天雄軍節度使。"

⑬救,原作收,疑形訛,據四庫本、李文藻本改。

⑭州,原作安,誤,據四庫本、李文藻本改。

⑮楊漢章,《舊五代史·末帝紀下》:"延州上言,節度使楊漢章爲部衆所殺。"

# 晉高祖①

天福元年十一月,帝在太原宮,降制改元。閏月庚辰,帝至京師。以幽州及鴈門以北地賂契丹②。十二月乙酉,帝幸河陽,餞契丹大相温③。

二年春正月乙卯朔,日有食之。安州盧文進叛,奔於吳。三月庚辰,幸汴州④。趙瑩使契丹⑤。六月,天雄軍范延光拒命⑥,張從賓以京師叛附於延光⑦。從賓殺皇子重信、重乂⑧。七月,誅滑州符彥饒⑨。盜殺安州周瓌⑩。越王元瓘殺其弟元球⑪,誅張從賓。(林,思聿切)

三年正月,帝在汴州。七月作受命寶⑫。九月,范延光降,赦之⑬。十月,建汴州爲東京⑭。馮道使契丹⑮。

四年四月⑯,廢樞密院,七月庚子朔⑰,日有食之。西京大水⑱,閩人弑其君胡⑲。

五年五月,安州李金全叛附於吳⑳。馬全節帥師討安州㉑,吳人救安州,全節敗吳師,克安州,金全奔吳。六月,放吳俘還㉒。

六年五月,鎮州安重榮拒命㉓。河決滑州。八月壬辰,帝幸鄴都。十月,襄州安從進拒命㉔。高行周帥師討襄州㉕。安重榮舉兵向京師,杜重威帥師敗重榮於宗城㉖。重榮遁歸㉗。越王元瓘薨。

七年正月,杜重威克鎮州,誅安重榮。五月,帝不豫,六月乙丑,帝崩於鄴都保昌殿。

【校注】

①方本注:"姓石氏名敬堂。"

②契丹,四庫本、叢刊本、李文藻本作少帝。四庫本、叢刊本、李文藻本無十二月至保昌殿等文字。黃本眉批補出。

③大相温,《舊五代史·唐書·末帝紀下》:"戎王遣蕃將大相温率五千騎送晉高祖南行。丁丑,車駕至自河陽。"

④幸,黃本補作帝幸。

⑤趙,黃本補作楚,誤。趙瑩,按《新五代史·雜傳·趙瑩傳》:"趙瑩,字玄輝,華州華陰人也。"

⑥天,原作大,疑形訛,據黃本補改。光,黃本補作先,形訛。

⑦張從賓,黃本作悵往□,疑形訛。

⑧重,黃本補作守。重信、重义,《新五代史·晉家人傳·子楚王重信》:"楚王重信,字守孚,爲人敏悟多智而好禮。"《新五代史·晉家人傳·子壽王重义》:"壽王重义,字弘理,爲人好學,頗知兵法。"义,原作義。誤。

⑨饒,黃本補作鏡,形訛。按《新五代史·符存審傳》:"次子彦饒,爲汴州馬步軍都指揮使。"

⑩盜殺安州周瓌,《新五代史·晉本紀》:"安州屯防指揮使王暉殺其節度使周瓌。"

⑪瓘,黃本補作歡。球,原作林,疑形訛,據黃本補改。按《舊五代史》卷七十六:"七月辛亥,兩浙錢元瓘奏:'弟吳越土客馬步諸軍都指揮史、静海軍節度使元球,非時入府,欲謀爲亂,腰下搜得匕首,已誅戮訖。'"後文注"林,思聿切"當係"球,思聿切"之訛誤。然殺元球在是年三月。

⑫寶,黃本補作室。

⑬光,黃本補作先。赦之,黃本補作敵。

⑭州,黃本補作京。

⑮道,黃本補作適,形訛。按《新五代史·雜傳·馮道傳》:"馮道,字可道,瀛州景城人也。"

⑯月,黃本補作日。

⑰月,黃本補作日。

⑱水,黃本補作小。

⑲閩,黃本補作閏。弑其,黃本補作殺女。

⑳李金全,黃本補無全字。方本作李益全,夾注:"一作金全。"按《新五代史·雜傳·李金全傳》:"李金全,其先出於吐渾。"

㉑馬全節,黃本補作□王節。按《新五代史·雜傳·馬全節傳》:"馬全節,字大雅,大名元城人也。"

㉒吳,黃本補闕。

㉓安重榮,《新五代史·雜傳·安重榮傳》:"安重榮,小字鐵胡,朔州人也。"

㉔黃本補無河決至拒命等文字。進,原作政,據黃本補改。按《新五代史·雜傳·安從進》:"安從進,振武索葛部人也。"

㉕行,黃本補作斤,方本作行。帥,原作師,形訛,據方本改。高行周,《新五代史·雜傳·高行周傳》:"高行周,字尚質,媯州人也。"

㉖杜重威,黃本補作杜孝□。按《新五代史·雜傳·杜重威傳》:"杜重威,朔州人也。其妻石氏,晋高祖之女弟。"

㉗遁,黃本補作逃。

# 少帝①

天福七年六月乙丑,帝即位於鄴都。八月,高行周克襄州,誅安從進②。大蝗。十一月庚寅③,葬高祖皇帝於顯陵。

八年二月乙丑,帝還東京。四月戊申朔,日有食之。十一月,青州楊光遠叛附於契丹。契丹入寇④,大饑。

開運元年正月⑤,契丹陷貝州⑥。乙酉,帝北征,次澶州。契丹陷博州⑦。三月,及契丹戰於戚城,師敗績。甲寅,帝還東京。六月,復樞密院,河決滑州。七月辛未⑧,改元。八月,閩人朱文進弑其君延羲⑨。九月庚午朔,日有食之。十二月丁巳⑩,楊光遠降,赦之。癸酉,誅楊光遠。契丹入寇,大饑。

　　二年正月乙丑⑪，帝北征。二月，次澶州。三月，契丹陷祁州。杜威及契丹戰於陽城，契丹敗績。四月甲申，帝還東京。八月甲子朔，日有食之，大饑。

　　三年二月壬戌朔，日有食之。五月⑫，契丹入寇，大水。十一月⑬，杜威帥師討契丹。十二月，師次中渡。杜威叛，以師入於契丹。皇甫遇没於師⑭。相州張彥澤寇京師⑮，彥澤殺桑維翰⑯。

　　四年正月，帝遜於北郊。契丹德光入京師⑰。誅張彥澤。癸卯，帝遜於遼陽。

## 【校注】

　　①四庫本、黃本無少帝二字。

　　②進，原作政，誤，據四庫本、叢刊本改。

　　③庚寅，原無，方本注："史有庚寅二字。"據以補。

　　④契丹入寇，方本注："史在明年春。"

　　⑤正月，原闕，據四庫本、方本補。

　　⑥貝州，方本作興州，注："史作貝州。"

　　⑦契丹陷博州，方本闕，注："一本下有契丹陷博州五字。"

　　⑧辛未，原闕。方本注："史有辛未二字。"據此補。

　　⑨弑，叢刊本作殺，誤。按《新五代史·南唐世家》："（保大）二年二月，閩人連重遇、朱文進弑其君王延羲，文進自立。"

　　⑩月，原闕，據四庫本、叢刊本補。

　　⑪乙丑，原闕，方本注："史有乙丑二字。"據以補。

　　⑫五月，方本注："史作六月。"

　　⑬十一月，方本注："史在七月。"

　　⑭皇甫遇，《新五代史·雜傳·皇甫遇傳》："皇甫遇，常山真定人也。"

　　⑮張，原作李，據四庫本、叢刊本改。按《新五代史·雜傳·張彥澤傳》："張彥澤，其先突厥部人也。"

　　⑯澤殺桑維翰，原闕，據四庫本、叢刊本增。桑維翰，《新五代史·晉臣傳·桑維翰傳》："桑維翰，字國僑，河南人也。"

⑰德光,《新五代史·四夷附録·契丹》:阿保機次子耀屈,之後更名德光。

# 漢高祖①

　　元年二月辛未②,帝即位於太原宫,稱天福十二年。三月,契丹德光遁歸,死欒城。五月丙申,帝東幸。六月,殺郇公從益③。甲子,帝至京師。楚王希範薨④。閏七月,鄴都杜威拒命。八月,越王弘佐薨⑤。九月庚辰,帝北征。十一月,杜威降,赦之。十二月癸巳,帝至自鄴都。乾祐元年正月乙卯,改元。帝不豫⑥。丁丑,帝崩於萬歲殿。

【校注】

　　①漢高祖,《新五代史·漢本紀》:"高祖睿文聖武昭肅孝皇帝,姓劉氏,初名知遠,其先沙陀部人也,其後世居於太原。"

　　②辛未,原闕,方本:"史有辛未二字。"據以補。

　　③郇公從益,《新五代史·唐明宗家人傳·淑妃王氏》:"天福四年九月癸未,詔以郇國三千户封唐許王從益爲郇國公,以奉唐祀,服色、旌旗一依舊制。"

　　④楚王希範,《新五代史·楚世家》:"希範,字寶規,殷第四子也。……希範以次立,襲殷官爵,封楚王。"

　　⑤佐,叢刊本作佑,誤。按《舊五代史·漢書·高祖紀下》:"(天福十二年八月)以兩浙節度使守太師兼中書令吴越國王錢弘佐薨,廢朝三日。"

　　⑥豫,原作預,誤,據四庫本、叢刊本改。

# 隱帝

　　元年二月辛巳,帝即位,誅杜重威①。三月,河中李守貞拒命②。盗以京兆叛附於守貞。六月戊寅朔,日有食之。七月,王景崇以鳳翔叛附於李守貞③。郭威帥師圍河中。越人廢其君倧④。十一月,殺李崧⑤。壬申⑥,葬高祖皇帝於睿陵⑦。

二年二月丙子,黑霧四塞⑧。五月,京兆降。六月癸酉朔,日有食之。郭威克河中,誅李守貞⑨。十月,契丹入寇。十二月,趙暉克鳳翔⑩,誅王景崇。

三年二月,初舉樂⑪。閏六月癸巳,大風拔木。十月甲子朔⑫,日有食之。丙子,誅楊邠、史弘肇、王章⑬。鄴都郭威舉兵向京師,澶州李弘義、滑州宋延渥叛附於郭威⑭。甲申,慕容彥超帥師及郭威戰於劉子陂⑮。帝視師⑯,師敗績。侯益、焦繼勳叛⑰。乙酉,帝崩於師。郭威入京師,軍大掠。乙丑,皇太后令立子贇,馮道往徐州迎贇⑱。誅蘇逢吉、劉銖⑲。契丹入寇。十二月,郭威帥師北討,次澶州,還師。壬戌,威入京師。楚人馬希萼弒其君希廣⑳。王峻弒湘陰公於宋州㉑。

**【校注】**

①杜重威,原作杜威,據方本改,見《晉高祖》注㉗。

②貞,原作正,方本:"史作貞。"據四庫本改。李守貞,按《新五代史·雜傳·李守貞傳》:"李守貞,河陽人也。"

③崇,原作從,誤,據叢刊本改。王景崇,《新五代史·雜傳·王景崇傳》:"王景崇,邢州人也。"

④越人廢其君倧,《新五代史·吳越世家》:"(胡進思)擁衛兵廢倧,囚於義和院,迎佋立之,遷倧於東府。"

⑤李崧,《新五代史·雜傳·李崧傳》:"李崧,深州饒陽人也。"

⑥壬,叢刊本作士,形訛。

⑦睿陵,叢刊本作春陵,疑形訛。黃本作春陸,黃本眉批:"睿陵。"

⑧塞,叢刊本作寒,形訛。

⑨守,原脫,見本注②。

⑩趙暉克鳳翔,方本注:"史在三年正月。"

⑪舉,叢刊本作學,疑形訛。方本夾注:"一作崇學。"

⑫十月,四庫本、叢刊本作十一月。

⑬楊邠,《新五代史·楊邠傳》:"楊邠,魏州冠氏人也。"史弘肇,《新五代史·史弘肇傳》:"史弘肇,字化元,鄭州滎澤人也。"王章,《新五代史·王章傳》:"王章,魏州南樂人也。"

⑭渥,原作涯,形訛。按《舊五代史·周書·太祖紀二》作"前滑州節度使宋延渥",故改之。

⑮超,李文藻本作起,眉批:"彦起應作彦超。"慕容彦超,《新五代史·雜傳·慕容彦超傳》:"慕容彦超,吐谷渾部人,漢高祖同産弟也。"

⑯視,李文藻本作親。師,四庫本、叢刊本作帥,形訛。

⑰侯益,《宋史·侯益傳》:"侯益,汾州平遥人。"焦繼勳,《宋史·焦繼勳傳》:"焦繼勳,字成績,許州長社人。"

⑱馮道,《新五代史·雜傳·馮道傳》:"馮道,字可道,瀛州景城人也。"

⑲蘇逢吉,《新五代史·漢臣傳·蘇逢吉傳》:"蘇逢吉,京兆長安人也。"劉銖,《新五代史·漢臣傳·劉銖傳》:"劉銖,陝州人也。"

⑳希,叢刊本作布,形訛。按《新五代史·南唐世家》:"楚王馬希廣爲其弟希萼所弒,希萼自立。"《新五代史·楚世家》:"希廣,字德丕,希範同母弟也。"

㉑於,李文藻本作子,眉批:"子疑于。"宋州,四庫本無州字。王峻,《新五代史·雜傳·王峻傳》:"王峻,字秀峰,相州安陽人也。"湘陰公,《新五代史·漢家人傳·高祖弟子贇》:"高祖弟崇,崇子曰贇。太祖已監國,太后乃下誥,封贇湘陰公。"


# 周高祖①

廣順元年正月丁卯,帝即位。八月,葬漢隱帝。楚人弒希萼②。十月,吳滅楚。十二月,兗州慕容彦超拒命。

二年四月丙戌朔,日有食之。五月庚辰,帝東征。戊辰,次兗州城下。乙亥,克兗州③。六月戊戌,帝至自東征④。九月,契丹入寇朗州。劉言逐吳人⑤,復楚地⑥。

三年正月,以户部田賜民。二月,誅王峻⑦。六月,大水。十二月,誅王殷⑧。

顯德元年正月丙子朔⑨,帝祀上帝於圜丘,改元。帝不豫,壬辰,帝崩於滋德殿。

## 【校注】

①周高祖,《新五代史·周本紀》:"太祖聖神恭肅文武孝皇帝姓郭氏,邢州堯山人也。"即郭威。

②弒希蕚,叢刊本作殺蕚,四庫本作殺希蕚。

③克,李文藻本作充,眉批:"充疑克。"

④至自東征,方本注:"史作庚子至自兗州。"

⑤劉言,《新五代史·楚世家》:"劉言,吉州廬陵人也。"

⑥地,叢刊本作地也。黃本眉批:"無也字。"李文藻本眉批:"也疑衍。"

⑦誅王峻,方本注:"史作貶王峻爲商州司馬。"

⑧王殷,《新五代史·雜傳·王殷傳》:"王殷,大名人也。"

⑨朔,原作朔日,日疑衍,據方本改。叢刊本、黃本、李文藻本無顯德元年正月丙子朔至丙午克之等文字,黃本眉批補出。李文藻本眉批:"丙午克之上有闕文。或曰四年五年某月,或征或攻或入寇或救或圍,然後某月丙午克之。"四庫本無顯德元年正月丙子朔至帝崩于滋德殿等文字。


# 世宗①

顯德元年正月丙申,帝即位。晋人及契丹寇潞州②。三月乙酉,帝北征,次澤州。癸巳,及晋人、契丹戰於高平。晋人、契丹敗績。丙戌,次潞州,誅樊愛能、何徽③。四月,葬高祖皇帝於嵩陵。馮道薨。五月丙子,帝次太原城下,師圍太原,不克。庚子,帝至自太原④。

二年五月,王景帥師伐蜀。九月,王景敗蜀師於黃花谷。秦、成、階三州以地來歸。十一月,克鳳州。景範、晋王崇薨⑤。

　　三年正月,廣京師外城。壬寅,帝南征。李重進帥師敗吳師於正陽。甲寅,帝次正陽。吳王來貢方物。五月乙卯,帝至自南征。七月⑥,皇后符氏崩。

　　四年二月乙亥,帝南征,次下蔡。壽州來降。四月己巳,帝至自南征。十月壬辰,帝南征,濠、泗、泰三州來歸。

　　五年正月癸未朔,帝次楚州城下,師圍其城。丙午,克之。丁卯,次揚州⑦,吳王以江北地來獻。四月壬申,帝至自南征。

　　六年三月甲戌,帝北征。五月,次瓦橋關。寧、瀛、漠三州來降⑧。帝不豫,班師。六月甲戌⑨,帝至自北征。癸巳,帝崩於萬歲殿。

【校注】

　　①世宗,四庫本作周世宗。按《新五代史·周本紀》:"世宗睿武孝文皇帝本姓柴氏,邢州龍岡人也。"即柴榮。

　　②四庫本無晋人及契丹寇潞州至四月壬申帝至自南征等文字。

　　③誅樊愛能、何徽,《新五代史·周本紀》:"(顯德元年三月己亥),侍衛馬軍都指揮使樊愛能、步軍都指揮使何徽伏誅。"

　　④庚子,黃本補作午。

　　⑤景範,《舊五代史·景範傳》:"景範,淄州長山人。""顯德三年冬,以疾卒於鄉里。"

　　⑥七,黃本補作十。

　　⑦揚,原作楊,形訛,據黃本改。

　　⑧漠,原作漢,疑形訛,據四庫本、叢刊本改。

　　⑨六月,方本注:"史作五月。"

【集評】

　　胡應麟《少室山房筆叢》卷三:"尹洙《五代春秋》一卷,總之皆漢紀唐歷之類,今傳者百無一二。"

## 恭帝①

顯德六年六月甲午,帝即位。十一月壬寅,葬世宗皇帝於慶陵。七年正月甲辰,帝遜位於我宋。

【校注】

①恭帝,《新五代史·周本紀》:"恭皇帝世宗第四子宗訓也。"

# 故推忠協謀同德佐理功臣樞密使金紫光禄大夫行尚書吏部侍郎檢校太傅同中書門下平章事上柱國太原郡開國公食邑四千一百户食實封一千四百户贈太保中書令文康王公神道碑銘并序①

景祐元年秋八月壬戌,樞密使、同中書門下平章事王公薨於位,天子震悼。翌日,臨其喪,廢朝三日。以太保、中書令告其第,命鴻臚、内侍通治喪事②,賻物恤孤,率用加等③。禮官考行,謚曰文康。即以其年十月,葬河南府河南縣洛苑鄉魏封原,舉二夫人祔焉。

公諱曙,字晦叔,其先太原人。始,王氏居太原,爲著姓,其後有徙西河者。公之先君,能傳其世系之所從,實隋世文中子之弟績之後。績號東皋子,東皋而下,間有儒者,然不大顯,亦未嘗去河汾間。經亂亡④,其譜不復貫叙,故後世唯祖東皋子,至公始葬先君河南,今遂爲河南人。曾祖傑。祖崇,生兵間,以義勇自許。河東大將周德威聞其名⑤,召補裨校。德威後帥燕軍,以戰死。失知己,功業不著,以壽終⑥。考景純,少客燕地,感家世儒者,不當用材武進。乃南遊嵩洛,得左嵩、譚用之者爲之友⑦,寢以文稱⑧。還太原，至境上，時劉氏方據其地⑨，歎曰："天下將定，以區區一方支天下兵⑩，此危國也。"遂不入，止上党，帥延致幕府。府罷，不復作吏，購四方書，或手抄之。晚年，書數千卷。端拱中，終京師。及公之貴，追榮三代，曾祖太傅，曾祖妣張氏韓國太夫人；祖太師，祖妣閻氏齊國太夫人；考太師尚書令，妣祁氏魯國太夫人。

公少舉進士，淳化三年上第，釋褐河南府鞏縣主簿，再調定國軍節度推官。咸平中，天子用古科目考方聞之士⑪，工部尚書趙公昌言舉公賢良方正⑫，試入等⑬，授著作佐郎，出知明州定海縣⑭。代還，爲群牧判官⑮，賜五品服。遷太常丞。受詔修《傳燈錄》⑯，判三司憑由理欠司⑰，考發開封貢士。坐失實，出監廬州茶稅。東封加恩，遷博士，通判陳州。未至任，詔還，預修《册府元龜》⑱，以工部員外郎充龍圖閣待制，賜三品服。從祀汾陰⑲，遷工部郎中，改右諫議大夫、河北轉運使。部吏受賕失舉⑳，劾罷，知壽州，改淮南轉運使㉑。歸朝㉒，勾當三班院，糾察在京刑獄，權開封府事。加樞密直學士，知益州。坐開封府日保任掾吏犯法㉓，降授左司郎中。尋復諫議大夫，召爲給事中兼太子賓客。天禧三年，同知禮部貢舉㉔，所詘士或倡言被抑，無行者從而嘩之，不復辨狀，降爲諫議大夫。俄復給事中，同知通進銀臺司、門下封駁事㉕，兼群牧使。四年，寇萊公被罪㉖，坐姻累罷學士㉗，知汝州。乾興元年，猶以前坐責授郢州團練副使。天聖元年，起爲光禄卿、知襄州。二年，再知汝州。四年，復給事中、知潞州。六年，遷工部侍郎，知河南府，移永興軍。七年，入爲御史中丞兼理校使㉘。七月，以工部侍郎參知政事。明道元年六月，朝，入殿廬㉙，未及對，以疾還第，即上章求解政事。七月，授户部侍郎、資政殿學士，知陝州。是冬，改元推恩，遷吏部。二年夏，徙知河陽。秋，再知河南府。十一月被召，加檢校太傅，充樞密使。明年七月，加同中書門下平章事。未幾,瘍發於手㉚,浸淫以至大病,享年七十二。公幼得先君所聚書,讀之,至《周官》《春秋》,尤極其義,故爲文章,必本制度,臨政長於斷事。雖天性通悟,發爲事業,跡其源流,蓋有助焉。

景德中,天子嘗命近臣修書,時楊文公在翰林㉛,公止太常屬丞,制以二公并命,論者以材名等夷,非復爵位差降也。臨益部日,會歲饑,眾心頗搖。公曰:“往時蜀擾,非有雄豪爲倡先,特以攘寇不息,驅而合之,浸大耳。今欲制其萌,莫若禁盜。”於是嚴盜法,犯者一切皆死。出金穀募告者,又俾爪牙吏摘其橐囊㉜。畫謀者久必就拘㉝,或示慘刑,蜀人股栗,歲中遂無盜。然用他法皆寬平㉞,註誤多貸免㉟。嘗有卒夜告其軍將亂㊱,公覆狀,立辨其僞,斬之,軍士皆感泣。蜀舊以季春糶廩米以濟民㊲,言利者增其直,公抗奏復舊者爲定制。

先是,禮部尚書張公詠再守成都㊳,蜀人懷之,以爲後無繼者。及公去,遂有“前張後王”之諺㊴。其臨他郡,則因其俗而治之,施其術若無窮,然使人愛之皆如蜀人焉。尤重獄訟,無細大,必精意處之。上黨有殺人者,公察情非是,面訊其狀。其人以爲不得真殺人者,已無免理,卒不自明。僚吏亦言不足疑。公密以物色,捕殺人者,得之,作《辨獄記》以戒理官。前在西都㊵,有中人建議廣陵旁屋居㊶,僦之取利,以薦園寢㊷。公上言神道尚静,今亟有興作,牟細利,爲家人煩瀆之薦㊸,非所以奉祖宗意。於時近幸方用土木取功賞,書奏,皆憚其守正。任中憲日㊹,屬玉清、昭應宮災,詔以衛卒及掌事者付臺劾火起狀,時太后臨政,謂公曰:“此人火,非天災,必戮守衛者。”公上疏曰:“昔魯桓、僖宮災㊺,孔子以桓、僖親盡,當毀者也㊻。漢遼東高廟及高園便殿災,董仲舒曰:‘高廟不當居遼東,高殿不當居陵旁㊼,故天災。’若謂此宫所建非應經義[48]，望以臣議下大臣，苟不合故典[49]，請歸田里。"時議者或云，宫當修復[50]，大臣雖以財費不充沮之，未有斥言不當建者。及公援據經典，辭頗切至，上及太后皆感悟，薄前守衛者罪，修宫議亦寢。明道中，歲旱，公引成湯六事爲言[51]，且云："今一歲四赦，則政不節，一事也[52]，願深以五事爲戒。"在河陽，會遣使濟瀆祠醮[53]，公上言嶽瀆山川自非時祀，請罷勿祀，以息擾下之弊。公初坐萊公[54]，去京師十年[55]，天下有宰相望，士大夫惜公且老，懼不克，相延企者久之。及晚節登用，雖以東宫之舊，上雅意所屬，然亦公議有在焉。嘗以人臣患不節儉，深自虧損，在京師居第隘甚，起居常一室，中廄唯二馬，食無重肉，處之泰然，蓋矯時之爲也。篤於朋友，樂周其急。治家甚嚴，退居私庭[56]，諸子甥侄[57]，橫經侍席間[58]，命次子鼓瑟以自娛，終歲無絲竹之樂。

洛中營小園，歸意甚決[59]。末年恩禮愈極，終不得謝，有志弗就[60]，良足悲已。初夫人石氏，平原郡君；次夫人寇氏，馮翊郡君[61]。子二人：益恭，虞部員外郎，孝謹溫厚，得其家法；益柔，右贊善大夫，篤學好古，善自樹立。二孫：慎言，光禄寺丞；慎行，太常寺太祝。女七人，適校書郎陳戩[62]、將作監主簿趙士宗、殿中丞孫瑜[63]、殿直楊舜臣、唐州推官尹宗濟、光禄寺丞張宗簡、將作監主簿陳安石。孫女四人，并幼。公母弟映，試將作監主簿，早世。有子二人：益謨，左侍禁；益沖，將作監丞。所著文集四十卷[64]，《兩漢詔義》四十卷[65]，《周書音訓》十二卷，《唐書備問》三卷，《群牧故事》六卷，《莊子指歸》三篇，《列子指歸》一篇。再使北虜[66]，作《戴斗奉使録》二卷[67]。

公既葬二年，虞部君泣謂某曰："先君素慎密，在中書樞府，爲上謀慮，雖子孫莫得聞，故嘉言密論，無一傳者。在任他官，多用章疏論事，命從子益沖書之[68]，益沖密留其稿，今頗得存。及諸行事，皆世所睹者，大懼失其傳。子故吏，當次之，將刻石以示後世。"洙不敢讓⑥，并以世系官閥總載之⑩。繫以銘云：

惟君御臣，勿貳勿疑，知之厥艱。惟臣事君，曰進曰退，處之惟難。疇其知之，公始庶士，旅於外庭。乃列從官，乃賓東朝，惟先帝明⑪。逮今皇聖，信之有初，保之有終。乃翊大政⑫，乃冠內樞，惟皇之聰。疇其處之，公在中歲，官嘗下遷。不勉而和，匪畏而虔⑬，秉常以堅⑭。亦既在位，帝咨考成，時唯典刑。靡逸自居，靡高自名，竭忠以誠。知臣處身，匪厥艱難，惟聖逮賢。公實全德，頌之刻之⑮，以永其傳。

【校注】

①原載卷十二。文中言"景祐元年秋八月壬戌，樞密使、同中書門下平章事王公薨於位，……即以其年十月，葬河南府河南縣洛苑鄉魏封原"，又言"公既葬二年"云云，則此文當作於景祐三年。陳本無并字。李保泰本眉批："王文康公嘗薦師魯。告其第謂贈官也。此金石家變例，又見集中《皮公志銘》。"按《宋史·王曙傳》："王曙，字晦叔，隋東皋子績之後。世居河汾，後爲河南人。""謚文康"。

②治喪事，李文藻本作治國喪事，眉批："國字疑其。"

③率，叢刊本作卒，形訛。用，方本旁批："再。"加等，叢刊本作其加等，其疑衍。

④經，原作間經，間疑衍，據四庫本、李文藻本改。

⑤周德威，《新五代史·周德威傳》："周德威，字鎮遠，朔州馬邑人也。"

⑥終，叢刊本作考。

⑦左，叢刊本作佐，形訛。譚用之，按《宋史·文苑傳》載"譚用之善爲詩"《藝文志》載"《譚用之詩》一卷"。

⑧寖、稱，原作寢、補，形訛，據四庫本、李文藻本改。

⑨劉氏，按《新五代史·漢本紀》："高祖睿文聖武昭肅孝皇帝，姓劉氏，初名知遠，其先沙陀部人也，其後世居於太原。"

⑩支，李文藻本作友。眉批："友疑支。"

⑪考，李文藻本作者，眉批："者疑考。"四庫本作著。聞，李文藻本作開。

長洲陳本、方本作方正，夾注：“一作聞。”按《漢書·武帝紀》：“（元朔五年六月詔）今禮壞樂崩，朕甚閔焉，故詳延天下方聞之士，咸薦諸朝。”顏師古注：“方，道也。聞，博聞也。言悉引有道博聞之士而進於朝也。《禮記》曰：‘隆禮由禮，謂之有方之士。’又曰：‘博聞強識而讓，謂之君子。’一曰：‘方謂方正也。’”

⑫趙公昌言，原無言字，據四庫本增。按《宋史·趙昌言傳》：“趙昌言，字仲謩，汾州孝義人。”

⑬試入等，方本無以下“試入等”至“群牧判官”等文字。

⑭出，原作去，疑形訛，據四庫本、李文藻本改。

⑮群，四庫本、李文藻本作郡。李文藻本眉批：“郡，《宋史·王曙傳》作群。”

⑯《傳燈録》，《長編》卷七十一：“（大中祥符二年春正月己亥）初，蘇州僧道元續佛祖訖近世名臣禪語，爲《傳燈録》三十卷以獻。詔翰林學士楊億、知制誥李維、太常丞王曙刊定，昭宣使劉承珪領護其事。”

⑰判，原闕。據四庫本補。理欠，原作勾簿李文藻本眉批：“勾簿，《曙傳》作理欠。”據以改。

⑱預，原作豫，疑形訛。李文藻本作務，旁批：“預。預本爲務，據《東都事略》正之。”方本注：“預，當作與。”《册府元龜》，《宋史全文》卷六：“（大中祥符六年）八月，王欽若等上新編修君臣事迹一千卷，賜名《册府元龜》。”

⑲祀，叢刊本脱。陰，叢刊本作陽。

⑳舉，李文藻本作事，旁批：“舉。舉本爲事，據《東都事略》正之。”四庫本作與。

㉑轉運使，叢刊本作運使。

㉒朝，叢刊本作期，形訛。

㉓掾，原作椽，叢刊本作禄，據四庫本改。

㉔禧，陳本作佑。貢，陳本作真。

㉕駮，陳本作驗。

㉖寇萊公，《宋史·寇准傳》：“准歿後十一年，復太子太傅，贈中書令、萊國公，後又賜謚曰忠愍。”

㉗坐姻累，李保泰本眉批：“文康即萊公之婿。”

㉘理校,叢刊本作檢校,四庫本作理檢。

㉙李文藻本、叢刊本"廬"至"公抗"等文字與下文舛互,嵌在"宮當"與"修復"之間。李文藻本旁注:"疑脱一□□後未及對至公抗二十行也。"眉批:"後自公抗下似宜接此奏復舊云云,入殿以下宜接後未及對云云。"

㉚於手,叢刊本作下乎。

㉛楊文公,《東都事略·楊億傳》:"詔贈禮部尚書,謚曰文。"

㉜橐囊,四庫本、叢刊本作囊橐。按《梁書·劉杳傳》:周舍又問杳:"尚書官著紫荷橐,相傳云'挈囊',竟何所出?"杳答曰:"《張安世傳》曰'持橐簪筆,事孝武皇帝數十年'。韋昭、張晏注并云'橐,囊也。近臣簪筆,以待顧問'。"

㉝畫,原闕,據四庫本、叢刊本補。

㉞然用,叢刊本作用然。

㉟註,原作注。李文藻本眉批:"注疑註。"

㊱軍將,原作將軍,據四庫本、叢刊本改。

㊲米,叢刊本作粟。

㊳張公詠,《宋史·張詠傳》:"張詠,字復之,濮州鄄城人。"

㊴遂有前張後王之諺,李文藻本旁批:"《東都事略》云,知益州爲政嚴平而不可犯,人以比張詠,爲之諺曰:'蜀守之良,前張後王。惠我赤子,而無流亡。何以報之,俾壽而昌。'"按《宋史·王曙傳》:"以樞密直學士知益州。繩盗以峻法,多致之死。有卒夜告其軍將亂,立辨其僞,斬之。蜀人比之張詠,號'前張後王'。"

㊵都,叢刊本作部。

㊶中人,《漢書》卷十九上:"(大長秋)或用中人,或用士人。"顏師古注:"中人,奄人也。"陵旁,原作旁陵,李文藻本眉批:"疑是陵旁。"

㊷寢,李保泰本無。

㊸人,李保泰本無。

㊹任,四庫本作位。日,李文藻本眉批:"宮。"誤。中憲,宋洪邁《容齋·四筆·官稱別名》:"唐人好以他名標榜官稱,……中丞爲獨坐、爲中憲。"

㊺桓,李文藻本作御名。眉批:"按別卷構字作御名,此桓字亦作御名者,時欽宗尚在耳。此書原本高宗時刻。"李保泰本夾注:"亦書注御名。"眉批:

“名乃桓字,宋人避諱可驗此本從宋傳録。因書記。”

㊻桓,叢刊本作御名,李保泰本夾注:“御名二字當用小字夾注。”按《漢書·五行志上》:“哀公三年‘五月辛卯,桓、釐宮災’。董仲舒、劉向以爲此二宮不當立,違禮者也。哀公又以季氏之故不用孔子。孔子在陳聞魯災,曰:‘其桓、釐之宮乎!’以爲桓,季氏之所出;釐,使季氏世卿者也。”

㊼高廟至陵旁二句,李保泰本:“漢遼東高廟殿,不當居陵旁。”高殿,四庫本作高園。按《漢書·五行志上》:“武帝建元六年六月丁酉,遼東高廟災。四月壬子,高園便殿火。董仲舒對曰:‘……今高廟不當居遼東,高園殿不當居陵旁,於禮亦不當立,與魯所災同。……’”

㊽謂,原作語,疑形訛,據叢刊本改。

㊾典,叢刊本作典籍,籍疑衍。

㊿宮當修復,叢刊本、李文藻本宮作官。李文藻本眉批:“官疑宮。修復以下與上不接,宜應接前自時議不者句,若前頁時議者或云官當廬句,改官爲宮,改廬爲圖,則進此修復以下恰好相接矣。”叢刊本作官當廬未及。

5̣1̣引,叢刊本作以。成湯六事,《荀子·大略》:“湯旱而禱曰:‘政不節與?使民疾與?何以不雨至斯極也!宮室榮與?婦謁盛與?何以不雨至斯之極也!苞苴行與?讒夫興與?何以不雨至斯極也!’”

5̣2̣一,叢刊本無。

5̣3̣祠醮,道徒設壇祈禱。《齊東野語·林復》:“於是有旨令大理丞陳樸追逮,隨所至,致獄鞫問。及至潮陽,遇諸道間,搜其行李,得朱椅、黄帷等物,蓋林好祠醮所用者,乃就鞫於僧寺中。”

5̣4̣初,叢刊本無。萊公,《宋史·寇准傳》:“准殁後十一年,復太子太傅,贈中書令、萊國公。”《宋史·王曙傳》:“其妻,寇准女也。准罷相且貶,曙亦降知汝州。准再貶,曙亦貶郢州團練副使。”

5̣5̣去京師十年,李保泰本下接“所著文集四十卷”至本文結束。

5̣6̣居,原作公,據叢刊本改。

5̣7̣侄,原作姪。李文藻本眉批:“侄。”

5̣8̣經,原作絰,疑形訛,據四庫本、李文藻本改。

5̣9̣决,原作章,據叢刊本作壯,據四庫本改。

○60弗,叢刊本作勿,李文藻本眉批:"弗。"

○61寇氏馮翊郡君,李保泰本眉批:"寇氏即寇准之女,以上文已有萊公姻親云云,故逕省其文。"

○62戡,叢刊本作勘。

○63孫瑜,《宋史·孫瑜傳》:"孫瑜,字叔禮,博平人。"但無殿中丞之職。

○64所著,四庫本、叢刊本作公所著。李保泰本眉批:"此處有脱簡。"按李保泰本此處文字與上文"公止太常屬"云云舛互。

○65義,李文藻本眉批:"義,《曙傳》作議。"

○66虜,原作方,四庫本作庭,據叢刊本改。

○67奉,叢刊本作奏。

○68命,原闕,據四庫本、叢刊本補。

○69洙,叢刊本無,李保泰本作殊。

○70并,叢刊本無。

○71惟,叢刊本作推。

○72大,叢刊本作宸。

○73虔,李保泰本作處。眉批:"句韻錯綜。"

○74秉,叢刊本作康,疑形訛。

○75頌,叢刊本作誦。


# 題祥符縣尉廳壁①

夏侯之純爲祥符尉,尹某嘗至其治舍,觀其決事,慮精而氣果,凡事可否當任己②,無細大必行,行之未嘗輒挫③。縣治都門外,所部多貴臣家。尉,小官,能措置一如志④,且有治稱,難乎哉⑤!前世赤縣治京師⑥,不以城内外爲限,制事廣而勢任亦重⑦。尉主大盜,又於縣爲劇官。今京城中,禁軍大將領兵徼巡,衢市之民不復知有赤縣。此乃因循權制⑧,豈前世法哉?予既美之純之政,且歎其不得盡其官之所掌⑨,故書之於壁。

## 【校注】

①原載卷四。尹洙多任外官，而文中言"尹某嘗至其治舍"，則當是尹洙在京任館閣校勘之時。按《長編》卷一百一十四載王曙"薦修及洙，置之館閣，議者賢之"。又載景祐元年閏六月乙酉，"前西京留守推官歐陽修，爲鎮南節度掌書記、館閣校勘。樞密使王曙所薦也"，則尹洙任館閣校勘亦當此時。故此文當作於景祐三年被貶之前。

②當任，原作當在，李文藻本眉批："當在疑當任。"據以改。

③輒挫，叢刊本、李文藻本作報挫。李文藻本旁注："挫字不誤，報字誤。"眉批："報挫似可通。"

④措，叢刊本、李文藻本作指。李文藻眉批："指疑措。"

⑤難，原作艱，疑形訛，據四庫本、叢刊本改。

⑥赤縣，李白《贈宣城趙太守悅》詩："赤縣揚雷聲，強項聞至尊。"王琦注："《通典》：大唐縣有赤、畿、望、緊、上、中、下七等之差。京都所治爲赤縣，京之旁邑爲畿縣，其餘則以戶口多少、資地美惡爲差。"陸游《仁和縣重修先聖廟記》："學校之設，方自兩赤縣始。"吳自牧《夢粱録‧兩赤縣市鎮》："杭州有縣者九，獨錢塘、仁和、附郭名曰赤縣。"

⑦勢，叢刊本無。

⑧權制，李文藻本作儀制，眉批："儀制疑茲弊。"

⑨掌，長洲陳本、方本夾注："一作守。"

# 景祐四年（公元 1037 年）

## 故龍圖閣直學士朝散大夫尚書刑部郎中知河中軍府兼管内河堤勸農使駐泊軍馬公事護軍彭城郡開國伯食邑八百户食實封三百户賜紫金魚袋劉公墓表①

彭城公天聖七年四月薨於蒲，後三年，其子几葬公河南伊汭鄉尹樊里②。又五年，几以著作佐郎宰方城，告於故吏尹某曰："予父晚節，始得以諫議事先帝③。逮今天子初即位，列於從官④，亮節直聲，爲時名臣。然在朝廷不四五年，淹恤外藩，弗至大任。是故道充於友朋，而未被於民論。議通古今，或沮於當世，平素蘊蓄，有所不伸；潛德隱行，晻曖弗彰。大懼夫流風遺烈，寖失其傳，願揭石墓左以表之。"懇讓不克，輒論其閥閱云。

公諱燁，字耀卿⑤。咸平初中進士第，歷河中臨晋、開封封丘二主簿、河南穎陽令。遷著作佐郎⑥、監陝西商税⑦，改著作郎、知河中龍門縣，通判益州。天禧初，擢爲右正言⑧，旋判三司勾院⑨，賜五品服。三年，以本官直集賢院，同修起居注。四年，改右司諫，換工部員外郎⑩、兼侍御史知雜事⑪，判流内銓。五年，賜三品服，改三司戶部副使。乾興推恩⑫，轉刑部，旋改吏部員外郎，出爲陝西轉運使。未赴職，奉使契丹。還⑬，以本官充龍圖閣待制⑭，知三班院，提舉諸司庫務。天聖二年，同知禮部貢舉，權開封府。三年，遷刑部郎中⑮，充龍圖閣直學士，知河南府。五年，徙河中府⑯。治河中凡二年⑰，年六十二卒⑱。

公少爲古文章，篤於風義。始舉進士，與張景定交論道⑲，深相師友⑳。初爲龍門宰，部有群盜㉑，殺人不忌㉒，會公領尉事㉓，自捕悉擒之㉔。公曰：“此劇盜也，送府或有叛去者㉕。且尉兵弱，不足爲捍防㉖。”皆命斬之，一府服其果。文康王公鎮蜀㉗，有以威暴上聞者，會公自蜀召還，對曰㉘，真宗問曰：“凌策、王曙治狀何異耶㉙？”公曰：“前策在蜀㉚，歲豐少事，得以平易治之。比歲少歉㉛，蜀人剽輕，其心易搖，故王曙以嚴刑治之㉜。然所誅殺，特盜賊耳，未嘗變陛下他法㉝。”帝善之。初爲諫官，屬歲薦饑㉞，復河決東郡。公上言：“歲數不登㉟，力役屢起，元元困苦㊱，道殣相望。此宰相事也，未聞有濟之之術，願策免以塞群望㊲。”疏寢不報。京師民間傳有靈泉，飲者愈疾，議建祥源觀。詔初下，公上言：“前世有傳聖水愈疾者，皆詭妄不經㊳。今盛夏亢陽，大興土木，以營不急，非國事也㊴。”自玉清宮建㊵，凡有興作㊶，皆推本符瑞㊷，以答天貺，臣下罕有以土木沮議。公援古守正㊸，無所憚焉。

又抗論時政，前後數十事，今掇其要者㊹。公以外官有勸農之號㊺，而使窮民轉徙，汙萊弗闢㊻，蓋考課弗明㊼，吏職廢弛，寖以及此。昔召信臣守南陽㊽，闢田三萬頃㊾，此實效也㊿。今守宰居位，皆積日以幸遷，非有意於民者，宜申明考課法，一切爲殿最以督之51。又請禁民棄孝養而事浮屠、老子者52，或受父母教及親亡者勿禁。先帝世，吏一受賕53，終身不見齒及54。天禧晚政，稍被寬貸，或復得進。公請重其制，累赦勿原。又以荒歲入粟者55，止與上佐虛名假之⑤，不足爲勸獎之制⑤，宜自萬石而上⑤，得與武臣奏補子弟爲比。吏部舊制⑤，擇善吏爲御史府主簿、三司法官。時有貴臣，求以親屬補其員⑥，公請罷之。因言近臣對見⑥，不當爲子弟乞恩，以開幸進。公以古之薦士受上賞，今罪有從坐，而賞不著，非沮勸之道。宜較其章著者，推以恩典。國家景德後⑥，分部置使⑥，總按刑獄。公以爲郡守皆朝廷臣⑥，轉運使已專刺舉之職，復置使按刑⑥，非所以責任守臣而息獄訟也，當罷之。河北平，詔勞帥臣逮吏卒⑥，獨不及民，公請蠲兩河歲賦以寬之。又建言黜章句篆刻之技⑥，崇尚學術，復聘士之禮。其章疏大較如此，施行者蓋一二焉。

有唐故事：拾遺、補闕⑥，掌供奉、諷諫，得以廷論政事⑥。國朝授者，或兼儒館，或領外官⑦，專以寵文雅材幹之臣，非復曩時職事⑦。天禧詔置諫官、御史十二員⑦，首得公與肅簡魯公宗道⑦。二人爲諫官，凡所論，則拜疏而已⑦，未嘗請對。公援舉故事，自是常得對，遂爲故事。及遷司諫，會論疏決刑獄事⑦，章不下，固讓不拜。翌日章報⑦，乃受命。公厚於故舊，始終無少間也。王文康坐寇萊公責官⑦，朝士無往者。公歎曰：“友朋之義，獨廢於今世耶，即坐譴無愧矣⑦。”乃出餞之。雅愛處士李瀆之爲人⑦，瀆終，公陳其廉退之行⑧，詔贈瀆著作郎。其敦篤如此。在西京日，有歸老之志，求領留司御史臺，不允。比召還，不詣闕，願徙河中，卒如其請。難進易退，有古君子之風焉⑧

公之先，代郡人，後魏孝文之遷都，因徙家於洛陽。十二代祖環鑌，北齊中書侍郎。環鑌生坦，隋大理卿⑧。坦生政會，唐武德功臣，封渝國公。政會生元意⑧，尚太宗女南平公主⑧，位至洪州刺史。元意生奇，爲吏部侍郎，天授中爲酷吏所陷。奇生獲嘉令慎言⑧，慎言生河東令裝⑧，裝生秘書郎藻⑧，藻生蔡州刺史符，符生洪洞令珪,珪兄弟八人,崇龜、崇望最顯。崇龜<sup>⑱</sup>,位至清海軍節度使;崇望,相昭宗<sup>⑲</sup>,至左僕射。珪生大父贈太保諱岳<sup>⑳</sup>,仕後唐,終太常卿;夫人趙氏,封天水郡太夫人。太常生烈考贈太保諱溫叟,事皇朝,終御史中丞;夫人李氏,封永樂郡太君<sup>㉑</sup>。公兩娶趙氏,皆贊善大夫杲之女<sup>㉒</sup>。今郡君有子七人:長曰覘,將作監主簿;次即著作君<sup>㉓</sup>;次曰先,將作監主簿;次曰邕<sup>㉔</sup>、忱、兆<sup>㉕</sup>、兢,并太常寺太祝<sup>㉖</sup>。覘、先早亡。女二人,長適大理評事王珣琇;次幼。劉氏自中丞而上,事備累朝國書<sup>㉗</sup>。著作兄弟皆開敏有材稱<sup>㉘</sup>,著作又登進士第,能世其家矣。今世衣冠,雖或前朝舊族,然經亂,大槩離去舊邦<sup>㉙</sup>,不則爵命中絶,譜牒散缺<sup>㉚</sup>,無如劉氏蟬聯盛大者。又自渝公而下,至今十世,猶葬尹樊里<sup>㉛</sup>,此其尤異者也。初,公領貢部,某得奏名<sup>㉜</sup>。及爲河南,以掾吏事公<sup>㉝</sup>,故著作君以家世之舊爲請。某撰述非工,獨能不曲迂以私於人<sup>㉞</sup>,用以傳信於後。故叙先烈則詳其世數,紀德美則載其行事,稱論議則舉其章疏<sup>㉟</sup>,無溢言費辭,以累其實,後之人欲觀公德業<sup>㊱</sup>,當視於斯文爲不誣矣。景祐四年月日刻石<sup>㊲</sup>。

**【校注】**

①原載卷十三。文中有言"景祐四年月日刻石",故繫於此。劉公,見《宋史·劉溫叟附燁傳》

②汭,叢刊本作納,四庫本作泗。

③諫議,原作諫諍。李文藻本作諒諍,眉批:"疑諫議。"事,四庫本無。

④列於,李文藻本作到放,眉批:"疑列於。"

⑤卿,李文藻本作鄉,脚注:"據《宋史》燁傳改卿字。"

⑥佐,叢刊本無。

⑦西,叢刊本作州。

⑧擢爲右正言,李文藻本眉批:"《東都事略》:天禧初,詔置諫御史十二員,燁與魯宗道者首其選,擢爲右正言。"

⑨旋,李文藻本作於,眉批:"於疑旋。"於,形訛。

⑩換,李文藻本作撫,眉批:"撫疑換。"夾注:"《東都事略》云換侍御史云雜事。知雜事句下。"

⑪侍,叢刊本無。

⑫乾興推恩,原作軋興泛恩。叢刊本、李文藻本作乾興□思,李文藻本眉批:"乾興□思疑是乾興推恩。"陳本作乾興泛恩,四庫本作乾興況恩,據方本改。

⑬還,李文藻本作運,眉批:"運疑還。"

⑭待制,李文藻本作侍制,眉批:"待制。"

⑮郎,李文藻本作部,眉批:"上部字不誤,下部字疑郎。"

⑯徙,李文藻本作徒,眉批:"徒疑徙。"

⑰凡,原作幾,疑形訛,據四庫本、叢刊本改。

⑱卒,原無,李文藻本眉批:"六十二之下疑脱一卒字。"

⑲張景,《宋史·藝文四》:"《張景集》二十卷。"

⑳深,李文藻本作浤,眉批:"浤疑深。"

㉑群,李文藻本作即,旁批:"群。"

㉒殺,李文藻本作欲,旁批:"殺。"眉批:"群字、殺字,從《宋史》。"

㉓會,叢刊本作命。尉,叢刊本作會。

㉔捕,叢刊本作補。

㉕叛,叢刊本作判叛,方本、李文藻本作劫叛。

㉖不足爲捍防,李文藻本作不廷留捍防,眉批:"廷疑延。"疑形訛。

㉗文康王公,《宋史·王曙傳》:"卒。贈太保、中書令,謚文康。"

㉘日,叢刊本無。

㉙凌策,按《宋史·凌策傳》:"凌策,字子奇,宣州涇人。……策自陳三蒞蜀境,諳其民俗,即命知蜀州。"

㉚前策,四庫本、叢刊本作前凌策。

㉛少,四庫本、叢刊本作小。

㉜治,四庫本、叢刊本作制。

㉝他,原作它,據叢刊本改。

㉞薦,叢刊本作洝。李文藻本眉批:"薦不誤。"

㉟數,李文藻本作歉,旁批:"數。"脚注:"歉字,據《東都事略》改作數字。"

㊱元元,按《戰國策·秦策一》:"制海内,子元元,臣諸侯,非兵不可!"高誘注:"元,善也,民之類善故稱元。"《後漢書·光武帝紀上》:"上當天地之心,下爲元元所歸。"李賢注:"元元,謂黎庶也。"

㊲免,叢刊本作焉。李文藻本作爲,旁批:"免。"脚注:"免字,從《宋史》及《東都事略》改之。"

㊳詭,叢刊本作誕。

㊴非國事也,叢刊本作非也國事。李文藻本脚注:"也字本在國事之上。今據《東都事略》移之。"

㊵玉,叢刊本作上。

㊶興,李文藻本作與,眉批:"與疑興。"

㊷推,李文藻本作準,眉批:"准疑推。"四庫本作惟。

㊸援,李文藻本無。

㊹掇,叢刊本作據。

㊺勸農,李文藻本作勸衆,旁批:"勸農。勸農宋本譌爲勸衆,據《東都事略》正之。"

㊻汙萊,《詩經·小雅·十月之交》:"徹我墻屋,田卒汙萊。"毛傳:"下則汙,高則萊。"王先謙《詩三家義集疏》:"卒,盡也。田不治則下者汙而水穢,高者萊而草穢。"

㊼弗,李文藻本作即,旁批:"弗。弗本訛即字,據《東都事略》正之。"

㊽召信臣,原作邵信臣。按《漢書·循吏列傳》:"召信臣字翁卿,九江壽春人也。……遷南陽太守。……行視郡中水泉,開通溝瀆,起水門提閼凡數十處,以廣溉灌,歲歲增加,多至三萬頃。……吏民親愛信臣,號之曰召父。"

㊾閼,李文藻本作闕,旁批:"閼。閼本訛闕,據《東都事略》正之。"眉批:"閼疑闕。"

㊿效,李文藻本作劾,旁批:"效。"脚注:"效本訛劾,據《東都事略》改之。"

51爲,李文藻本作易,旁注:"爲。"殿最,《漢書·宣帝紀》:"其令郡國歲上繫囚以掠笞若瘦死者所坐名、縣、爵、里,丞相御史課殿最以聞。"顔師古注:"凡言殿最者:殿,後也,課居後也;最,凡要之首也,課居先也。"《文選·班固〈答賓戲〉》:"雖馳辯如濤波,摛藻如春華,猶無益于殿最也。"李善注引《漢書音義》:"上功曰最,下功曰殿。"

(52)民,李文藻本注:"《東都事略》民下有之字。"屠,李文藻本作圖,眉批:"疑屠。"

(53)賕,原作求,叢刊本作賂。據四庫本、方本、李文藻本改。

(54)齒及,談到,提到。陳亮《與韓無咎尚書書》:"今者尚書見亮城中故舊,輒爲齒及姓名。"

(55)以,叢刊本作公。方本、李文藻本作令。入粟,原作粟入,據四庫本、叢刊本、方本、李文藻本改。

(56)佐,叢刊本作位,形訛。按《宋史·張洎傳》:"唐有天下,以揚、益、潞、幽、荆五郡爲大都督,署長史、司馬爲上佐,即前代内史之類也。"《資治通鑑·太宗明皇帝下》:"遣上佐行府州事。"胡三省注:"上佐謂長史、司馬也。"

(57)勸獎,原作權時。方本夾注:"一作勸獎。"李文藻本作榷將,眉批:"疑勸獎。"

(58)萬石,叢刊本作乃右。

(59)比,叢刊本作爲此。舊,叢刊本作此。

(60)求,叢刊本作亦。屬,叢刊本作庸。

(61)因,李文藻本作困,眉批:"困疑因。"對,李文藻本作封,旁批:"對本譌封,據《東都事略》正之。"

(62)後,叢刊本作役,形訛。

(63)置,叢刊本作署。李文藻本注:"置本譌署,據《東都事略》正之。"

(64)臣,原闕,據四庫本、叢刊本補。

(65)刑,原作郡。方本旁注:"郡。"李文藻本旁注:"刑。刑本譌郡,據《東都事略》正之。"

(66)帥,叢刊本作師。逮,叢刊本作建。

(67)黜,原作出,據四庫本、李文藻本改。句,李文藻本作勾,旁注:"句,句本譌勾,據《東都事略》正之。"技,叢刊本作役,四庫本作伎。李文藻本旁注:"技。技本譌役,據《東都事略》正之。"

○68拾遺,李文藻本作拾道,眉批:"拾遺。"

○69廷論政,原作定論政,叢刊本作廷論以。據四庫本改。

○70外官,叢刊本作外字,李文藻本作外守。

○71曩,李文藻本眉批:"曩似不誤。"

○72天禧,李文藻本旁批:"天禧下疑脱一初字。"詔,原作詔書。李文藻本旁批:"書字疑衍。"

○73首,叢刊本作者。爲,李文藻本作易,眉批:"易疑爲。"肅簡魯公宗道,《宋史·魯宗道傳》:"魯宗道,字貫之,亳州譙人。……太常議謚曰剛簡,復改爲肅簡。"

○74則,叢刊本作列。

○75決,叢刊本作次,四庫本作史,疑形訛。

○76翌,叢刊本作翼。

○77王文康,《宋史·王曙傳》:"王曙,字晦叔,隋東皋子績之後。……其妻,寇准女也。准罷相且貶,曙亦降知汝州。准再貶,曙亦貶郢州團練副使。……謚文康。"責,李文藻本眉批:"責不誤。"

○78即,叢刊本無。

○79瀆,四庫本、李文藻本作讀。李文藻本眉批:"瀆訛讀,據《宋史》本傳正之。"按《宋史·隱逸上·李瀆傳》:"李瀆,河南洛陽人也。"

○80廉,原作高,李文藻本作公,脚注:"公疑廉。"按廉退,謙讓,故改之。

○81古,李文藻本作右,眉批:"古。"李保泰本眉批:"反是則爲真小人無疑矣。"

○82隋,原作隨,訛。

○83元,叢刊本作無。按《新唐書·劉政會傳》元意作玄意。

○84南,叢刊本作西。

○85獲,李文藻本作護,眉批:"護疑獲。"嘉,原作加,據四庫本、李文藻本改。

○86裒,叢刊本作聚。

○87生,叢刊本作主,形訛。

○88崇龜,李文藻本眉批:"以龜命名,古人不忌,似不誤,應查唐宰相世繫表。"

(89)唐,原闕,據李文藻本補。

(90)珪,李文藻本無,旁批:"珪。"岳,李文藻本脚注:"劉岳,《五代史》有傳。"按《新五代史·雜傳·劉岳傳》:"岳卒於官,年五十六,贈吏部尚書。"

(91)樂,原字殘汙,據四庫本、李文藻本補。

(92)皆,李文藻本作宥,眉批:"宥疑右。"誤。杲,李文藻本作朱,四庫本作景。

(93)君,叢刊本作郎君。

(94)邕,叢刊本作笆。并,叢刊本作亟。

(95)兆,叢刊本作把,疑形訛。

(96)太,四庫本作大。

(97)國,原作團,疑形訛,據四庫本改。

(98)著,李文藻本作者,眉批:"者疑著。"開敏,叢刊本作聞效,疑形訛。

(99)經亂,李文藻本作經級,眉批:"經級疑是縉紳。"

(100)譜牒散缺,原作譜絶諜散。四庫本作譜牒散佚,據叢刊本改。李文藻本作諜,眉批:"牒。"

(101)尹,原闕,據四庫本、叢刊本補。

(102)某得奏名,叢刊本作其洋奏名。奏,四庫本作奉。李文藻本眉批:"劉蓋師魯之座主也。奏名下。"

(103)掾吏,原作椽吏,叢刊本作椽史,據四庫本改。

(104)曲迂,叢刊本作由遷,疑形訛。

(105)則,原作明,據四庫本、叢刊本改。

(106)觀,叢刊本作見。

(107)年,四庫本無。

【集評】

李保泰本眉批:"昔人論誌銘藏於壙中,宜從簡。神道碑、墓表立於墓上,宜從詳。惟師魯頗識此體,故所作墓表稍詳,而誌銘皆簡。然陳貫、李渭、韓國華、張宗誨諸誌并稍繁矣。以師魯之簡嚴而猶若是,甚矣,淘汰之難也。"

# 寶元元年（景祐五年十一月改元，公元 1038 年）

## 故將作監主簿陳君墓誌銘并序①

陳君名廣，字仲雍，鄴郡安陽人。舉進士，累上不中第，自詆其業曰②："始吾好夷吾書③，通其變，能使國以富强。期少用於世，以盡其術，念非進士無以進④，今數絀，年且衰，所蘊蓄訖將不用，其施吾家。"遂罷舉，專治生業。是時君母夫人在堂⑤，兄貫始有位於朝，賴君奉養，日益充。其治生，用術至精，年豐凶，與物上下，斂散急緩，皆有宜。日不爲汲汲⑥，歲較之，則大有餘。用是鄉里稱其長者。以兄蔭，得試將作監主簿。明道二年七月十八日，以疾終於家⑦，年六十。父芳，贈尚書刑部郎中；母解氏，封福昌縣太君⑧。娶劉氏，温州防禦使平之女弟，和順，能持其家法，後君二年卒。生六男：安仁、安世、安國、安上、安静、安民。一女，尚幼。安仁，由世父蔭補太廟齋郎⑨；安世，將作監主簿⑩；餘皆舉進士。兄貫⑪，今爲刑部郎中、直昭文館。君以景祐五年正月二十三日，葬於河陽太平鄉北闕里先君之墓⑫，以夫人祔焉⑬。銘曰⑭：

賢者以道進退，無失得。其次尚功名，以術濟其用。不則施其家，以仁其宗。要其歸，異夫獨善者，是不以無用廢有用乎！

## 【校注】

①原載卷十四。文中言“景祐五年正月二十三日”云云，故繫於此。

②詆，叢刊本作詆，疑形訛。

③夷吾，按《史記·管晏傳》：“管仲夷吾者，潁上人也。”

④念非進士無以進，李保泰本眉批：“如此説來，便占身分。”

⑤堂，叢刊本無。

⑥汲汲，《漢書·揚雄傳》：“不汲汲於富貴，不戚戚於貧賤。”顏師古注曰：“‘汲汲’欲速之義，如井汲之爲也。”

⑦於，李文藻本作子，眉批：“于。”

⑧昌，李文藻本作建。

⑨仁，李文藻本無，眉批：“疑脱一仁字。”由，四庫本作安。

⑩將作監主簿，四庫本、叢刊本作試將作監主簿。

⑪貫，《宋史·陳貫傳》：“陳貫，字仲通，其先相州安陽人，後葬其父河陽，因家焉。”

⑫於，原闕，據四庫本補。閭，四庫本、李文藻本作門。李文藻本眉批：“門字以他篇證之，應是闕字。”誤。按閭，里巷。故仍之。

⑬以，原作次，四庫本作以次，據李文藻本改。

⑭曰，李文藻本作田。


# 故永安縣君李氏墓誌銘并序①

夫人姓李氏②，濮陽人。父獲，累贈尚書令；母劉氏，追封齊國太夫人。李氏世衣冠③，積産甚厚，諸女雖幼，皆預爲嫁具，禮器服必以稱。及夫人笄④，仲兄今徐州丞相由進士貢⑤，數不中第，貲少衰⑥。夫人持奩中物，盡内於丞相，曰：“兄以氣義爲鄉里重，寒士頗仰給，此以濟兄用。”丞相奇其識，陰擇節士爲之配。是時，丞相與鄆郡陳公交甚歡，俱以名稱京師⑦，景德中同年取科第⑧，夫人遂歸陳氏。陳公官州縣十餘年⑨，丞相位通顯，夫人未嘗以兄勢卑其夫族。事先夫人，能勤禮自持⑩，承顏下色，無小怠。先夫人年過八十，多疾⑪，食飲起居，須夫人乃安。陳公禄既豐，或勸夫人侈玩服以自貴重⑫，夫人曰："始吾生大家，嘗以約自守。及從吾夫爲小官，浣衣粒食裁自充⑬。然吾夫不以貧自病者⑭，以吾安於約故也，奈何敗吾素守耶？"夫人通釋氏書，性慈恕，不妄語言⑮。授封永安縣君，以某年某月日，終於河内武陟之私第，年四十四。生子五人：安石、安定，俱以蔭補官。女四人，適某人。公名貫⑯，今爲刑部郎中⑰、直昭文館。景祐五年正月庚申⑱，葬夫人於河陽太平鄉北閭里⑲。安石素與予善⑳，求文誌其墓壙㉑。銘曰：

不以財自私，或失以侈㉒。能以約自持，或病以嗇。兼二者而無譏，君子其難㉓，矧在婦德㉔？夫進以顯㉕，子多而才。雖奪之年，孰爲大哉㉖！

【校注】

①原載卷十四。文中言"景祐五年正月庚申"云云，故繫於此。

②夫，原作天，形訛，據四庫本、叢刊本改。

③衣，陳本、李保泰本無。

④笄，李文藻本作并，眉批："并疑笄。"

⑤徐州丞相，《宋史·李迪傳》："李迪，字復古，其先趙郡人，後徙幽州。曾祖在欽，避五代亂，又徙家濮。""舉進士第一，授將作監丞，歷通判徐、兖州。"

⑥貲，李保泰本作皆。貲，財貨。按《廣雅》："貲，貨也。"《蒼頡篇》："貲，財也。"

⑦稱京師，及下句景德二字，原作塗汙不可辨識。李文藻本無稱字，京作景，眉批："京。"據四庫本改。

⑧取，叢刊本作又。《隆平集·李迪傳》："李迪，……景德二年登進士甲科。"

⑨公，叢刊本作氏。

⑩持，叢刊本作待。

⑪疾，李文藻本作病。

⑫侈，四庫本、叢刊本作厚。李文藻本作後，眉批："後疑侈。"

⑬浣，原作完，形訛，據李文藻本改。

⑭吾夫，叢刊本作吾夫人，人疑衍。

⑮妄，原作忘，疑形訛，據四庫本、李文藻本改。

⑯公名貫，李保泰本作某。按《宋史·陳貫傳》："陳貫，字仲通，其先相州安陽人。後葬其父河陽，因家焉。……徙河東，歷三司戶部、鹽鐵副使，以刑部郎中直昭文館，知相州。還朝卒。"

⑰今，李文藻本作會，眉批："會疑今。"

⑱景祐五年正月庚申，李保泰本眉批："景祐五年即寶元元年，是歲十一月改元。"

⑲閣，李文藻本作閜，疑形訛。

⑳素，李文藻本作王，旁批："王疑素。"

㉑壙，李文藻本作塘，眉批："塘疑壙。"

㉒侈，李文藻本作移，眉批："移疑侈。"

㉓其，李文藻本作之。難，李保泰本作安。李文藻本眉批："似無闕文，宜接寫。"

㉔在，陳本作安。德，李文藻本作惠，李保泰本、陳本作憂。

㉕進，陳本作造。以，方本作而。夫進，李保泰本作大造。

㉖孰爲大哉，李保泰本作之哉，眉批："有譌字，俟校正。"大，四庫本作夭。


# 伊闕縣築堤記①

　　寶元元年春，伊闕築堤於縣之東，延衺五百步，高一丈。凡三十日，堤成②，總傭萬工③，障伊水也④。伊水自縣西南來，俯城而東，靡迤北下。前此一歲，夏大雨，水暴浸東郭⑤，壞民廬，雨已水循故流⑥。知縣事張君承範請於府，宜建堤以爲後虞，府聽之，乃

有是役。夫捍災慮患⑦，令事也，今而書之，有以嘉焉⑧。嘗聞古
之爲令者，其慮民也深，教之恤之，又興利樹功，非以名己能，蓋審
其生殖，謹其禍災而已。慮民之深者若是。今之爲令者，其慮己
也深，興一物，更一政，必思曰"謗與咎將及焉"。縱不及⑨，猶曰：
"吾無改爲尚，可俟後人。"後之人亦視前之政曰："吾獨何加焉？"
積日以幸他遷，苟自簡而已也⑩。其慮己之深若是。嗚呼，爲令
者豈當然哉⑪！誠能忘己之私，唯行之宜，雖謗若咎，勇且不顧⑫，
奚古人之遠哉？今伊水既循故流，不十數年一大暴，張君能預圖
而爲之防，此慮民之一術也，故從而爲之説。年月日記。

## 【校注】

①原載卷四。文中言"寶元元年春，伊闕築堤於縣之東"，又言"凡三十
日，堤成"，則此篇當作於三月。

②凡，原作幾，據四庫本、叢刊本改。堤，四庫本作築。

③備萬工，叢刊本作庸厔。長洲陳氏、方本夾注："厔一作屋，又一本作總
備萬工。"四庫本脱文。

④障，原作章，形訛，據四庫本、叢刊本改。

⑤浸，原作侵，李文藻本眉批："浸。"郭，原作郹，形訛，據四庫本改。

⑥雨已，叢刊本作已而，誤。

⑦慮患，叢刊本作不怠。

⑧嘉，原作加，據四庫本、叢刊本改。

⑨縱，原作誠。李文藻本眉批："誠疑縱，或是或字。"方本夾注："一
作或。"

⑩也，原闕，據叢刊本補。

⑪者，原闕，據四庫本、叢刊本補。

⑫顧，原作傾。據四庫本改。

## 【集評】

李保泰本眉批："兩兩相形，妙。""模仿昌黎《藍田縣丞廳壁記》，而幾化其
跡，此謂善於奪胎。"

## 故天水尹府君墓誌銘并序①

君諱節,字守約,其先代北人。大父暉,事後唐爲清泰功臣②,嘗以節帥彰國軍③。晋初以忠於舊君遇禍④,故人景延廣匿其三子⑤。君父,其中子也⑥,得亡太原。及劉氏據其地⑦,以材勇隸帳下,爲裨校。乾德初,劉氏大將,有欲以其地内屬者⑧,謀覺,牽聯坐死。君尚幼,得小校張謙者持養數年,歸於叔父讓。讓爲岢嵐軍使⑨,君往來河西,以騎射名軍中。從父兄繼倫立功河朔⑩,君往依之,補衙内都虞候。將奏以官⑪,有善相者謂曰:"君名一職即死,不則過五十爲豐家⑫。"時相者言他事屢中⑬,君決信,不復意仕。繼倫卒,始來河南,因家焉。君性剛決⑭,少長兵間,樂散施,以義氣自許。與人遊處⑮,動息持規矩⑯,卑意謹甚,以是當世貴人多與之接。年五十六,某年某月⑰,以疾終於家。

始,景氏所匿其長勳,後貴顯,繼倫其嗣也。季即岢嵐軍使⑱。唯君父亡他國⑲,與兄弟絕,故闕其名。君娶郭氏⑳,治家訓子甚慈而法,後君若干年而卒。生五子㉑:宗溥、宗禮、宗濟、宗泳、宗源。宗溥、宗禮皆早亡;宗濟,唐州團練推官;宗泳,給事政府;宗源,三班借職。女三人,長適尤氏,次未嫁㉒,俱亡。孫七人:仲堪,業進士;仲芳,太廟齋郎㉓;餘并幼。景祐五年四月三十日,諸子奉君及郭夫人之喪,合葬於河南太尉鄉萬安山之原。唐州從事君以誌文爲請。初,予在樞密王丞相府㉔,從事君,其婿也㉕,與之爲有舊。後予親之喪在外,從事君助予奉之以歸,是嘗德於予者㉖。德且舊,於其親之葬,是宜爲之銘。銘曰:

嗚呼,君之生或蹈大義㉗,或仕危國㉘,家再覆而嗣卒以存,其艱甚哉! 及君之葬,子孫浸以仕自進,以興其家,豈前史所謂有陰德者歟?

【校注】

①原載卷十五。文中言“景祐五年四月三十日”云云,故繫於此。

②清泰,《舊五代史·末帝上》:“乙酉,帝服袞冕御明堂殿,文武百僚朝服就位,宣制改應順元年爲清泰元年。”

③彰國軍,《新五代史·職方考》:“應州,故屬大同軍節度。唐明宗即位,以其應州人也,乃置彰國軍。”

④晋,叢刊本作普,形訛。禍,叢刊本脱。

⑤景延廣,《舊五代史景延廣傳》:“景延廣,字航川,陝州人也。”

⑥中,方本作仲。

⑦劉氏,《新五代史·漢本紀》“高祖睿文聖武昭肅孝皇帝,姓劉氏,初名知遠,其先沙陀部人也,其後世居於太原。”

⑧以,原闕,李文藻本眉批:“疑落以字。”據此補。

⑨岢嵐軍,《舊唐書·地理志一》:“岢嵐軍,在嵐州北百里,管兵一千人。”軍使,四庫本作使軍。

⑩從父兄繼倫,《宋史·尹繼倫傳》:“尹繼倫,開封浚儀人。父勳,鄆州防禦使。……端拱中,威虜軍糧饋不繼,契丹潛議入寇。……繼倫適領兵巡徼,路與寇直。……繼倫令軍中秣馬,俟夜,人持短兵,潛躡其後。……繼倫從後急擊,殺其將皮室一人。皮室者,契丹相也。皮室既擒,衆遂驚潰。……寇兵隨之大潰,相蹂踐死者無數,餘黨悉引去。契丹自是不敢窺邊,其平居相戒,則曰:‘當避黑面大王。’以繼倫面黑故也。”

⑪奏,原作癸,疑形訛,據四庫本改。

⑫過,李文藻本作逼,李文藻本夾注:“過。”豐,李文藻本作豈,夾注:“豐。”

⑬他,原作它,據四庫本、李文藻本改。

⑭決,原闕,據四庫本、李文藻本補。

⑮游,李文藻本殘汙,眉批:“疑遊。”

⑯動息,叢刊本作勤懇。規,叢刊本作規規,衍。

⑰某年某月,李文藻本無某字。四庫本、方本作某年月日。

⑱季,李文藻本作李,眉批:“李疑是季。”

⑲唯,李文藻本作準,眉批:“准應是岢嵐軍使之名,無可疑也。”按下文言

"故闕其名"，故當作唯。

⑳娶，李文藻本作其，脚注："其疑娶。"

㉑五，叢刊本作伍。

㉒未，原作不。李文藻本眉批："新城蓋疑不字是未字。"

㉓方，李文藻本作芳。太，原作大，據四庫本改。

㉔王，四庫本、李文藻本作五，李文藻本眉批："疑王。"

㉕婿，原作壻，形訛，據四庫本、李文藻本改。

㉖德於予者，叢刊本無此四字。

㉗生，四庫本、叢刊本作先，形訛。

㉘仕，原作陷，李文藻本眉批："有脱文。""無脱文，下陷字或仕之誤。"

## 朝散大夫給事中知同州軍州事兼管內勸農使上柱國隴西縣開國伯食邑五百户賜紫金魚袋李公行狀①

曾祖海，皇不仕②。

祖某，皇不仕③。

父繼文④，皇任殿中丞，累贈尚書户部侍郎。

本貫懷州武德縣待賢鄉德業里。李允及，字某，年七十六。

公之先，三世傳《春秋》學，至户部，始以明經取科第，公亦世其學。端拱二年及第，授解州安邑尉⑤，居官有能績。秩滿，再調京師，廷見日，太宗省其勞狀，嘉之⑥，擢大理評事、知邠州三水縣。時靈武用師⑦，轉賦粟以餉軍，再至積石，皆在期先。遷光禄寺丞，通判雅州。會盜據成都，不逞者譁言以驚動旁郡，公詰奸謹備，郡境蕭然。事寧，制書褒諭⑧，遷大理寺丞、通判寧州。卒都進者謀亂，事覺，公懼連比者不能自明，精意辨析，全貸者眾。移通判邠州，遷太子中舍、殿中丞，爲開封府推官，賜五品服。未幾，出爲利州路轉運使。先是，户部告老在京師⑨，嘗墜馬大衢中，人亟以告。公朝服，即步出府門，趨其所。頃之，導從者皆至。戶部無他傷，肩輿以歸。或有以事聞者⑩，及奉使入辭，眞宗問曰：“卿父墜馬無傷耶？”因賜三品服。是時，臺郎御史出領使任⑪，尚罕賜金紫⑫。公秩卑，初被進用，縉紳榮之。至部，會歲歉，奏賑饑乏章⑬，未報，出倉粟數萬石散之民，民無轉徙者。遷國子博士，入尚書省，由主客、金部、司勳，五遷至金部郎中，歷三司鹽鐵判官，京西、京東、淮南、河東、河北五路轉運使，京東、淮南皆再至⑭。前在淮南，開漕渠，通廣陵市，或有異議者，罷知泉州。後由淮南入爲三司度支副使，授光禄少卿⑮，知昇州⑯。未行，改太常少卿，兼江南安撫使。遷光禄卿，充淮南制置發運使。時東土大饑，自淮轉粟五十萬濟青、徐民。俄授右諫議大夫，知揚州⑰，徙知潞州。代還，授給事中，知同州。景祐五年八月二十五日，以疾終於州。

公爲政平易，務以靜治⑱，不喜作爲聰明。部吏或犯法，須其自章，然後置於理。其用心寧失有罪⑲，不忍獄自己發⑳。故所至有長者稱。掌內外計三十年㉑，金粟羨盈累千萬，供億用度，無一敗事。不獨精敏過人㉒，亦其聞見詳熟㉓，他吏難與比者。樂薦士，保任百餘人，多至通顯。母田氏，追封某郡太君；妻安氏，仁壽郡君。子五人：熙載，同學究出身，早亡；熙古，進士第，爲屯田員外郎；熙績，衛尉寺丞；熙朝，大理寺評事㉔。女四人：長適屯田員外郎何白㉕，次適天章閣待制楊偕㉖，次適侍御史程戡㉗，次適屯田員外郎夏安期㉘。自適楊氏而下俱亡。諸孫七人。嗣子奉公之喪，即以其年十一月二十八日，葬河內某鄉某里先公之墓次。前葬，録公世系官閥并其行事，俾某次之，將求作者，以誌其壙。某詳載其實以告。謹狀㉙。景祐五年十月日，責授崇信軍節度掌書記、朝奉郎、試大理評事、兼監察御史、前監唐州酒稅尹某狀㉚。

【校注】

①原載卷十二。文中言"景祐五年十月日"云云,故繫於此。

②海,叢刊本作諱,四庫本作誼,疑形訛。皇,四庫本無。仕,陳本作在。

③祖某,叢刊本作祖諱某。皇,四庫本無。

④文,原作又,疑形訛,據四庫本改。

⑤授,叢刊本作校,疑形訛。

⑥嘉,原作加,據四庫本、李文藻本改。

⑦時,叢刊本作將。李文藻本作尉,眉批:"尉字原係粉筆所改。然似無此字爲通。"

⑧諭,李文藻本作論,眉批:"論應是諭。"

⑨告,叢刊本作舍,形訛。在,叢刊本無。

⑩有,原無。李文藻本眉批:"或字下疑落一有字。"據此補。

⑪御史,叢刊本作御使史,方本作御使。

⑫罕,四庫本、方本作穿。方本旁注:"罕。"

⑬乏,四庫本、叢刊本作之,形訛。

⑭至,李文藻本作主,眉批:"主疑至。"

⑮少,叢刊本作寺。

⑯昇,叢刊本作箄。

⑰揚,原作楊,形訛。州,原闕,據四庫本補。

⑱以,叢刊本作爲。

⑲寧,原作用寧。用疑衍。

⑳不忍獄自己發,李文藻本眉批:"非仁者愛人之錯,有志爲者,其審思之。有高記。"

㉑計,叢刊本作有。

㉒過,叢刊本作故。

㉓亦,叢刊本作以。

㉔大理寺評事,原作大理評寺,據李文藻本改。

㉕白,四庫本作向。李文藻本作日,眉批:"日字疑誤。"

㉖偕,叢刊本作楷。楊偕,《宋史・楊偕傳》:"楊偕,字次公,坊州中部

人。”“又數論升降之弊，仁宗嘉納之。判吏部流內銓，徙三司度支副使，擢天章閣待制、河北轉運使。”

㉗次適，原闕，據長洲陳本、方本補。甒，原作勘，據四庫本、長洲陳本、方本改。程甒，《宋史·程甒傳》：“程甒，字勝之，許州陽翟人。”“召爲侍御史、三司度支判官。”

㉘次適，原闕，據長洲陳本、方本補。

㉙“以告，謹狀”，叢刊本無。

㉚四庫本原無景祐五年云云。責，李文藻本眉批：“責字不誤。”

# 祭僕射王沂公文①

年月日。故吏尹某謹以清酌之奠②，敢昭告於故資政殿大學士、僕射、相國沂公之靈③：景祐初，公臨洛師，某在幕府，公以才敏見目，數被器使。議獄處事，某或依違其言④，公必丁寧，勖以正道。及公再秉大政，嘗以身事，有請門下。公莊色屬辭，不少恩假。某始懼中慊，終則大悟。嗚呼！凡公語言，雖因事見誨，然公在大位，默不敢傳。公今薨謝，輒録以自思，一言之誣，天實鑒之。以衰服不獲備故吏之列⑤，情禮莫伸，嗚呼哀哉！

【校注】

①原載卷十七。文中言“公今薨謝”云云。按《宋史·王曾傳》：“寶元元年冬，大星晨墜其寢，左右驚告。曾曰：‘後一月當知之。’如期而薨，年六十一。”則知此文作於十一二月間。李文藻本旁注：“《宋文鑒》無僕射二字。”按《宋史·王曾傳》：“王曾，字孝先，青州益都人。……景祐元年，爲樞密使。明年，拜右僕射兼門下侍郎、平章事、集賢殿大學士，封沂國公。”

②某，李文藻本無。

③相國，四庫本作國相。相，李文藻本作桐，眉批：“相。”李文藻本夾注：“景祐前三十二字《文鑒》無之。”

④違，李文藻本作偉，眉批：“從《文鑒》改作違字。”“自述所短是師魯不欺

人處。《韓魏公別錄》云，韓魏公言：'希文、師魯皆畏沂公。'師魯初入館編校，四年後，欲得一差遣，遂自至中書，援錢延年例。沂公徐曰：'學士自待，何爲在錢延年等例耶？'師魯終身以爲愧。"依違，猶豫不決。按《漢書·律曆志上》："依違以惟未能修明。"顏師古注："依違，不決之意也。"

⑤衰，四庫本、李文藻本作襄。李文藻本脚注："依，《文鑒》作衰字。"

## 【集評】

李保泰本眉批："祭文究以韻語爲正格，師魯只是不工爲有韻之文，所以不能韓、柳，并不及歐。"

# 故推誠保德功臣金紫光禄大夫守太子少傅致仕
# 上柱國天水郡開國公食邑四千二百户食實封
# 一千户趙公墓誌銘并序①

公諱稹②，字表微，單父人③。少好學，持心固堅，得章句義，輒早夜以思，不少懈。猶自以不足，乃之四方，從賢俊遊。喜爲文辭，卒以勤成其業④。年二十六，舉進士，一上中第。授安定軍判官⑤，再調台州軍事推官，薦其行能者數十人。除大理寺丞，知蘇州昆山縣，通判楚州。遷殿中丞，知通州。召歸，通判宗正寺⑥，賜五品服，樞密直學士李公濬薦公端厚⑦，可任以事，擢爲監察御史。由殿中侍御史遷侍御史，歷判登聞鼓院⑧、開封府判官、判三司開拆司⑨。車駕西祀，爲東京留守推官。咸以持法謹重爲人稱⑩。

大中祥符五年，遷兵部員外郎、益州路轉運使，賜三品服。入謝日⑪，真宗顧曰："天下久平⑫，然郡縣事朕宜聞。蜀最遠，民富侈，吏易以擾，是尤欲聞者。卿朴忠，當無少隱，凡事有更置者⑬，具録卿意，無署名位⑭，附常所奏章以來，朕爲卿行之⑮。"公至部，事無細大，悉心以陳⑯，至有一日章數上，皆優報焉⑰。卭州蒲江劫盜不得，反繫平民十餘人掠笞[18]，咸使强服[19]，又合其辭，若無可疑者。公行部，意其自誣[20]，馳入縣獄考狀，盡得其冤，即出之，實縣吏於法。云南蠻擾，焚瀘州淯井監[21]，詔發兵誅之，器械糧餉皆逆以辦[22]。事寧，以勞遷工部郎中。代還，兼侍御史知雜事、同判流内銓。奉詔詳定民吏負官之物稽期者[23]，公審其無欺狀者盡除之[24]。改三司鹽鐵副使。天禧二年，成都守當代，宰相列上近臣名三四[25]，皆不稱旨。或舉公姓名[26]，帝曰：“趙某固可用。”擢爲右諫議大夫[27]、充集賢院學士、知益州。度支市錦六千[28]，公召工較其日力，歲止千餘疋[29]，乃以千數上供焉。就移知同州[30]。遷左諫議大夫、給事中[31]，徙鳳翔、京兆二府[32]。使契丹還，遷工部侍郎，加樞密直學士、知并州[33]，進刑部侍郎[34]。上雅知公爲先帝所信任，且倚耆德，爲朝廷重，乃拜樞密副使。明道元年，進吏部，二年拜尚書左丞、知河中府。景祐四年，拜禮部尚書。五年，以疾請老。九月，拜太子少傅致仕[35]。十一月一日，薨於河中，年七十六。

公性篤厚，與人語，言必誠盡，無一外飾。雖年位尊顯[36]，不自爲貴，士子賤微者，皆與之鈞禮。爲政尚寬，凡處事，要其歸不害於禮，而未嘗立異見以名己功，用是天子器之，以爲可任大事，在位者交稱其篤厚焉[37]。

公之先世，以儒名其家[38]，然無顯者。及公之貴，曾祖廣贈太保，曾祖妣劉氏追封京兆郡太夫人；祖修己贈太傅，祖妣朱氏追封河南郡太夫人；考晟贈太師，妣孫氏追封洛陽郡太夫人。娶田氏，封京兆郡君，先公亡[39]。子男七人：士安、士宗、士寧、士宏、士宇、士宣、士賓，俱以蔭補官。士安、士宗、士宇、士宣皆早亡。士寧，今爲太子右贊善大夫；士宏，大理寺評事[40]；士賓，秘書省校書郎。女六人，長適職方員外郎晁宗藻[41]，次適秘書省校書郎袁涉[42]，次適晁氏，次適大理評事李南仲，次適秘書丞梁堅，次適右班殿直朱

融。今存惟晁氏、李氏婦<sup>㊸</sup>。孫男二人：仲達<sup>㊹</sup>，太常寺太祝；仲
逵<sup>㊺</sup>，奉禮郎<sup>㊻</sup>。孫女八人，皆適士族。公薨年十二月，嗣子奉公
之喪，葬河南萬安山之原。自初薨，凡三十九日而葬，葬速，故贈
謚之典未及焉<sup>㊼</sup>。其銘曰<sup>㊽</sup>：

孤卿六官，百工之式，公實職之<sup>㊾</sup>。天子萬機，百官是維，公
實毗之。五福之厚<sup>㊿</sup>，既德而壽，公實有之。萬安之陰，考龜已
定<sup>㊶</sup>，公實命之。既封而崇，既固而完<sup>㊷</sup>，公其安之。

【校注】

①原載卷十三。文中言景祐五年十一月一日，薨於河中，又言“公薨年十
二月，嗣子奉公之喪，葬河南萬安山之原”，故繫於此。按《宋史·趙稹傳》：
“趙稹，字表微。其先單父人，後徙宣城。爲人誠質寬厚，少好學。”

②稹，原作積。據四庫本改。

③單父人，李文藻本眉批：“《東都事略·趙稹傳》，宣州宣城人。”

④卒，李保泰本無。

⑤安，原作平。李保泰本旁批：“安。”

⑥通，四庫本、叢刊本作同。正，李保泰本無。

⑦厚，原作原，形訛，據四庫本、李文藻本改。

⑧遷侍御史至聞鼓院二句，叢刊本作遷侍鼓院。

⑨開封府判官判三司開拆司，方本、李保泰本無後一個判字。拆，李保泰
本作坼，四庫本作拼。

⑩持，原作治。據四庫本改。

⑪日，叢刊本無。

⑫久，原作大，據四庫本、叢刊本改。

⑬事，原作是。據四庫本、叢刊本改。置，原作署，形訛，據四庫本改。

⑭録，李保泰本無，叢刊本作録納，納疑衍。卿，叢刊本無。署，叢刊本
作叙。

⑮朕爲，叢刊本無朕字。

⑯陳，叢刊本作諫。此句，李文藻本旁批：“《東都事略》作悉心咨訪。”

⑰報,李文藻本作保,眉批:"褒。"

⑱反,李文藻本作及,形訛。

⑲咸,叢刊本作威,形訛。

⑳意其自誣,李保泰本作竟不自。

㉑涓,原本字殘汙,據四庫本、叢刊本補。

㉒逆以辦,叢刊本作速辦,四庫本作逆以辨。

㉓官,叢刊本作害。期,叢刊本作民。

㉔狀者,叢刊本作秋考。

㉕宰相列,叢刊本作宰相剖,李保泰本作宰別。李文藻本眉批:"剖疑刊。"

㉖或,原作咸,據四庫本、李文藻本改。姓,李文藻本作始,形訛。

㉗擢,李文藻本作選,眉批:"疑擢。"

㉘市錦,原作文錦,據四庫本、方本改。度支,按《宋史·職官志二》:"度支,掌天下財賦之數,每歲均其有無,制其出入,以計邦國之用。"

㉙止,李文藻本作正,眉批:"正疑止。"

㉚就移,李保泰本作移就。同,李文藻本作周,眉批:"《東都事略》:知益州,坐市錦寬□落職,立同州。是周字應作同字也。"

㉛中,叢刊本無。

㉜徙,叢刊本作以徙。

㉝知并州,李保泰本眉批:"知并州下闕佚。積官至樞密副使,罷而爲尚書左丞。"

㉞進,陳本從此一下至李南仲等文字脫落。

㉟致仕,按《公羊傳·宣西元年》:"退而致仕。"何休注:"致仕,還禄位於君。"

㊱位,原闕,據四庫本、叢刊本補。

㊲者,原闕,據四庫本補。位,叢刊本作臣,疑形訛。

㊳公,原作夫公,方本、李文藻本眉批:"夫,衍。"其,李文藻本作具,眉批:"疑其。"

㊴公,李文藻本作以,眉批:"以疑公。"

㊵大理寺評事,原作大理評事,據李文藻本改。

㊶藻,李文藻本無。

㊷涉,李文藻本無。

㊸今存惟晁氏李氏婦,李保泰本從"進刑部侍郎"至此缺佚。

㊹仲達,原作仲逵,與下文重復。李文藻本眉批:"兩仲達必有一誤。"方本作叔達。

㊺仲逵,四庫本、李文藻本作仲達。

㊻郎,李文藻本作部,疑形訛。

㊼故贈謚之典未及焉,李文藻本眉批:"《東都事略》:贈太子太保,謚曰僖質。"李保泰本眉批:"不書葬日而書自卒至葬之日數,與永叔表石曼卿同一法。"

㊽其,叢刊本無。

㊾實,叢刊本作寔。

㊿厚,原作後,據四庫本、叢刊本改。

(51)考,原闕,據四庫本、叢刊本補。

(52)完,李保泰本作宅,旁批:"完。"眉批:"完字方與安韻。"

【集評】

李保泰本眉批:"官階勳封詳於標題,不詳便詳於文中,此法始於李習之。"

## 故三班奉職尹府君墓誌銘并序①

先君、先夫人之第三子名湘②,字巨川,年二十四③,天聖五年五月九日,以疾卒。景祐五年十一月二十八日,葬河南壽安。仲兄洙泣而誌其壙曰④:巨川少予三歲,幼同遊嬉,稍長,俱就師,起居食飲,無一異。然予好論議古今,往往與先生辨是非⑤,巨川獨喜静,不參一言。人皆材予⑥,以謹厚名巨川。年十七,由大父蔭得官⑦,初榷偃師酒⑧,又掌衛州牧馬⑨,與予别三年。

予在京師,巨川以疾來告,遽往,已不克見。他日視篋中⑩,得手抄歷代史及兵家書,總數百卷。及觀所上邊事⑪,欲國家變五代舊制<sup>⑫</sup>,籍兵於農以紓用。又以西北帶邊凡百餘堡<sup>⑬</sup>,戍兵寡,敵至不足爲捍防,不若省堡戍,增屯要害,如唐三受降城、天德軍之比<sup>⑭</sup>。其言深切而著明,其大要若此。嗚呼! 名弟謹厚則信矣<sup>⑮</sup>,觀其材,又能以重持之<sup>⑯</sup>,予何及哉<sup>⑰</sup>! 予何及哉! 先君、先夫人諱氏官封,已載墓表。娶木氏<sup>⑱</sup>,一男一女。木氏及女,後巨川一年皆卒。男名材,謹愨,不妄言笑。今爲銘曰<sup>⑲</sup>:

吾家自曾祖以及先君,三世葬此<sup>⑳</sup>,而後異其域<sup>㉑</sup>。弟之葬,得與先君同域,在地之丙<sup>㉒</sup>,用術者云<sup>㉓</sup>。

## 【校注】

①原載卷十四。文中言"景祐五年十一月二十八日,葬河南壽安",又言"木氏及女,後巨川一年皆卒",則此文當作於木氏亡後,故繫於此。

②李保泰本眉批:"直起者。"

③二十四,李保泰本作二十有四。

④仲兄洙泣而志,陳本此下脱文,而接以"刑部侍郎,上雅知公",和卷十三《千户趙公墓誌》相混。至"次適大理評事"後,又和此文相接,即"其壙曰"等。壙,原本殘汙,據四庫本、叢刊本增。

⑤辨,叢刊本作辯。

⑥人皆,李文藻本作皆人,眉批:"皆人二字似宜倒轉。"

⑦蔭,李保泰本作褒,疑形訛。

⑧榷,四庫本作擢,疑形訛。酒,方本作酒税。

⑨馬,李保泰本無。

⑩他,原作它,據四庫本、叢刊本改。

⑪上,叢刊本作見,誤。

⑫舊,原作衰。李文藻本作襄,眉批:"疑舊。"方本夾注:"一作衰。"

⑬堡,李文藻本作保,眉批:"保疑堡。"

⑭唐三受降城,《新唐書·張仁願傳》:"時默啜悉兵西擊突騎施,仁願請乘虛取漠南地,於河北築三受降城,絶虜南寇路。"天德軍,《舊唐書·玄宗本紀下》:"(天寶十二載)十二月,改橫密城爲天德軍。"

⑮名，方本作吾，夾注："一作名。"

⑯持，李保泰本作將，疑形訛。

⑰何，原闕，據四庫本、李保泰補。

⑱娶木氏，李文藻本眉批："木氏甚僻，宋《登科記》有隆興元年狀元木待問，或其族耶？"

⑲今爲銘，原作今爲後銘。後疑衍。

⑳不妄言笑，李文藻本作不三氏葬此，眉批："不字下有脱落。"今爲銘曰，原作今爲後銘曰，李保泰本作今爲銘曰。

㉑後，原作世，據叢刊本、方本改。此句，李保泰本作而世異者域。

㉒丙，四庫本作内。方本旁批："西。"

㉓用，叢刊本作周，形訛。者，叢刊本作之。

## 【集評】

李保泰本眉批："銘詞言葬地，而不以詩，與歐公《長安郡太君盧氏墓誌銘》同。"

# 寶元二年（公元 1039 年）

## 故夫人黃氏墓誌銘并序①

河南樂泳來，致其父水部君書，且自言曰："泳母以賢行稱於外氏以暨我家②，不幸早世，不及封號以没，槁殯者三十年③。今葬有日，敢因父書求文，以誌於壙。"予不得讓。夫人姓黃氏，世衣冠，父慶長，司勳員外郎；母王氏，新泰縣君。夫人年二十一，爲水部配，四十二以疾終於興元之南鄭④。寶元二年正月六日，葬河南永安唐興鄉雙塔里。樂氏自水部君之大父贈兵部侍郎諱史，以文章爲通儒⑤，其後世有顯人，遂爲河南大族。夫人居世次爲塚婦⑥，性寬裕，言語動作⑦，爲諸女法，雖僮侍未嘗聞其厲辭。通音律，樂施與，宗族疏近，交稱其德。生四子：滋，進士中第，今爲著作佐郎；浚，早卒；泳、沖，皆舉進士。二女，長適供奉官馮維禹，次適太廟齋郎麻公授。水部君名許國，以材能爲尚書水部員外郎。其銘曰：

婦道治内，潛德弗章。有子而才，乃顯其光。刻石墓門，圖徽不忘。

【校注】

　　①原載卷十五。文中言"寶元二年正月六日"云云，故繫於此。

　　②於，叢刊本無。

　　③年，四庫本無。槁殯，殮而未葬。《宋史·吴充傳》："士大夫親没，或槁殯數十年，傷敗風化，宜限期使葬。"

　　④於，叢刊本無。

　　⑤通，原作道，形訛，據四庫本、叢刊本改。通儒：學識淵博之儒。《後漢書·卓茂傳》："習《詩》《禮》及曆、算，究極師法，稱爲通儒。"

　　⑥塚婦，嫡長子之妻。《禮記·內則》："塚婦所祭祀賓客，每事必請於姑。"

　　⑦言語，原作語言，據叢刊本改。

# 祭謝舍人文①

　　年月日。具位尹某謹以清酌庶羞之奠②，敢昭告於故副閣舍人陽夏公之靈：某仰公德望，固爲前輩；至於年齒，差長七歲耳。世路相期，在於白首③，故別去不甚爲戚戚，相遠不數爲書問。公之聰明宏達，守以仁厚，論者咸謂宜貴且壽。況復術士言與論者頗合④，益不慮有意外事。聞訃之日，既駭且疑。公體素强，不聞有疾，且論者與術士言，不宜繆異若此，豈傳者妄耶？久之自解曰："聖人謂仁者壽，而顏子短命，論者烏能先識哉？術士言固不足信。雖體强無疾，寧必其長年耶⑤？審是，傳者不妄也。"嗚呼！某與公別五年，嘗以書期今年秋往詣郡下。前日，叔謨來⑥，言公於客坐中目某信士，期之必至。既而某用家事，卒不得往，又不作書以道所不往意，使公言爲無驗，此大恨也。誠以公方且貴盛，如前所稱，故不汲汲於一見；向知公至是，雖數千里猶當一往，況不及千里耶⑦！復念在洛日，聯公政事，辨隱處疑，亦有異論，公或意悟，歡如己出；某雖理屈，情辭無嫌。非公誠盡，孰能使某如是？

嗚呼！公存，天下所仰；公没，天下所哀。以衆人之哀，又益以私恩⑧，其爲鄙心，可復道哉！臨紙悲塞，萬不一伸。嗚呼哀哉，伏惟尚饗⑨。

【校注】

①原載卷十七。文中言“復念在洛日，聯公政事”云云。按《宋稗類鈔》卷六《隱逸》言，錢惟演“晚年以使相留守西京，時通判謝絳、掌書記尹洙、留守推官歐陽修，皆一時文士，遊宴吟詠，未嘗不同”。則知謝舍人即謝絳。《長編》卷一百二十三載，寶元二年二月七日，謝絳知鄧州，“按召信臣六門堰故跡，距城三里，壅水注鉗廬陂，溉田至三萬頃。請復修之，可罷州人歲役以水，與民未就而卒”。故繫於此。

②某，李文藻本無。

③於，叢刊本無。

④論，李文藻本無，眉批：“論。”

⑤耶，叢刊本作邪。

⑥叔謨，《宋史·張子皋傳》：“（張）子皋字叔謨，少有才名而不自負，人樂與之遊。最善尹洙，洙曰：‘吾交天下士多矣，不以通否易意者，子皋也。’舉進士，試秘書郎、知新鄭縣。以齊賢相，遷校書郎，館閣獻頌，擢著作佐郎，進直史館，累官至尚書司封員外郎。”

⑦及，叢刊本作反，形訛。

⑧恩，李文藻本作思，眉批：“疑恩。”

⑨伏惟，叢刊本無。

# 故夫人王氏墓誌銘并序①

夫人，故樞密使、丞相王文康公之第七女②，年十七，嫁將作監主簿陳安石。五年，年二十一③，以疾終④。實寶元元年五月⑤。明年二月二十二日⑥，葬於河陽太平鄉北閣里⑦。夫人在丞相子爲最幼，尤爲家人所敬重⑧。既笄，以大臣女，賜冠服，歲時得朝見中宫⑨。性至孝,居丞相喪,號呼不食。中外姻族來吊者,相與爲寬辭以譬之。夫人毀頓無生意,吊者莫忍視,更爲之致哀。夫人持法自約⑩,始終無違,其容止皆充其德焉。安石,鄞郡冠族。父貫,今爲尚書郎守本郡。安石及夫人之兄益柔⑪,皆與予游,道夫人行實,俾予次之。繫之以銘曰⑫:

孝本乎性,推之爲仁。睦於夫氏,由乎事親。年弗與俱,嗚呼夫人。

【校注】

①原載卷十四。文中言"實寳元元年五月","明年二月二十二日"云云,故繫於此。

②密,李文藻本作察,眉批:"密。"王文康公,《宋史·王曙傳》:"王曙,字晦叔,隋東皋子績之後。世居河汾,後爲河南人。……諡文康。"

③年二十一,叢刊本作五月十二日,方本、李文藻本無日字。李文藻本眉批:"疑脱一日字。"

④疾,叢刊本作病。

⑤五月,方本作五年。

⑥日,原闕,據四庫本補。

⑦於,原闕,據叢刊本補。閤,叢刊本作闕。李文藻本此字殘汙,眉批:"闕或是閤。"

⑧敬,原作欲,疑形訛,據四庫本、叢刊本改。

⑨中宫,《漢書·外戚傳下·孝成趙皇后》:"常給我言從中宫來,即從中宫來,許美人兒何從生中?"顏師古注:"中宫,皇后所居。"《周禮·天官·内宰》"以陰禮教六宫"鄭玄注:"六宫謂後也。若今稱皇后爲中宫矣。"

⑩約,原作若,據四庫本、叢刊本改。

⑪益柔,《宋史·王曙傳》:次子"益柔字勝之""尹洙與劉滬争城水洛事,自涇原貶慶州。益柔訟之曰:'水洛一障耳,不足以拒賊。滬裨將,洙爲將軍,以天子命呼之不至,戮之不爲過;顧不敢專執之以聽命,是洙不伸將軍之職而上尊朝廷,未見其有罪也。'"。

⑫曰,原闕,據叢刊本補。

# 答謝景平監簿書<sup>①</sup>

嚮者過鄧,承見訪,以足下齒少,語不及他,止奉詢宗門而已。今得所惠書,辭縟而意厚<sup>②</sup>,感歎不已。始某辱先公顧,遂與二昆接熟<sup>③</sup>,今又得足下,何其昆弟多賢,使某盡從而遊也!足下力文樹德,古之交友稱忘年者,竊有慕焉。

【校注】

①原載卷十一。文中言"嚮者過鄧"云云,按《長編》卷一百二十三載,寶元二年二月七日,謝絳知鄧州。《長編》卷一百二十三,寶元二年六月二十五日,"監鄆州酒務尹洙,爲太子中允、知長水縣"。則此文或作於寶元二年尹洙監鄆州酒務之時。李文藻本脚注:"按謝景平爲謝絳第三子。"原作答謝景平監簿書一首,據叢刊本改。

②縟,陳本作純,方本旁批:"純。"

③二昆,李文藻本脚注:"二昆謂景初、景溫。"按《廣韻》:"昆,兄也。"

# 上陝倅尚屯田書<sup>①</sup>

某再拜:某幸與執事同年得進士第<sup>②</sup>,又嘗得請見左右,雖未熟接語論,盡朋友之分,然不爲無舊。執事立言樹教,以古聖賢爲師法。某雖淺陋,未能窺執事畛域,然素有志於是,亦得爲同道。挾故舊契,加之道同,陝與洛相去不三百里,而未嘗作書者,非敢自疏,誠以罪黜之跡,懼他人見議,以爲附同年之居高位者爲佞也。近蒙復官,爲令畿邑<sup>③</sup>,距陝益近<sup>④</sup>,自今或時拜書,兼有近著文,俟到縣中寫一通上呈。今偶趙都曹見過,云遽行,謹奉手書,少道萬一,望恕簡率。

【校注】

①原載卷六。文中言己"以罪黜之跡",又言"近蒙復官,爲令畿邑,去陝益近,……俟到縣中寫一通上呈",則知此文作於尹洙被貶復官而尚未就職之時。按《長編》卷一百二十三,寶元二年六月二十五日,"監鄆州酒務尹洙,爲太子中允、知長水縣"。《輿地廣記·四京·西京河南府》:"畿長水縣,本漢盧氏縣地,屬弘農郡。"則知所言"爲令畿邑",即知長水縣,故繫於此。屯,叢刊本作書。《説文》卷八《人部》:"倅,副也"

②得,原闕,據四庫本、叢刊本補。

③畿,原作幾,形訛,據四庫本、叢刊本、李文藻本改。

④距陝,四庫本、叢刊本作去陝。方本夾注:"一作距陝。"

# 上京兆杜侍郎啓①

嚮者伏聞京兆之拜,知者皆見慶,以謂必應辟署之選②。頃之,人有見語者③,曰:"公奏一不從,且再上矣。"既而皆然。恭惟明公更中外劇任將二十年,門下吏被器使者百千人。一日當辟士,章未上,人皆以某必應其選。某豈賢於百千人哉?誠由明公見愛之深,數數稱道,布聞於人,故及此耳。屢草謝記,輒復中罷,懼益章明公見私之恩,非所以承獎拔之意也。今或聞兩奏皆寢,始得修問左右,區區之心,豈敢忘於大府哉④?惟祈早膺柄用,以允天下之望,使縉紳流品皆被甄叙⑤,不獨門下舊吏,曲蒙厚恩⑥。感激所深,實馨於此。

【校注】

①原載卷六。文中言"向者,伏聞京兆之拜,知者皆見慶,以爲必應辟署之",則知作於杜衍任職不久。按《長編》卷一百二十四載,寶元二年八月五日,"徙知并州龍圖閣學士、工部侍郎杜衍,知永興軍,加刑部侍郎"。《太平寰宇記·關西道一·雍州》:"雍州,京兆郡,今理長安、萬年二縣。……漢乾祐初,改爲永興軍,其京兆府仍舊,皇朝因之。"則題中所言"京兆""侍郎",即"永

興軍”與“刑部侍郎”。杜侍郎，《宋史·杜衍傳》：“杜衍，字世昌，越州山陰人。……寶元二年，遷刑部侍郎、復知永興軍。”

②選，叢刊本無。

③人，原作又，疑形訛，據四庫本、叢刊本改。

④敢忘，方本作忘情。

⑤流，叢刊本作衆。叙，叢刊本作淑，形訛。

⑥獨，叢刊本、方本作特。方本夾注：“一作獨。”

# 故永清軍節度推官宣德郎試大理評事知
# 河南府澠池縣事侯君墓誌銘并序①

君諱詠，字可復，其先西河人。祖益，事後唐武皇，起太原軍中，從莊宗定河南，爲中興功臣。歷晉、漢，領兵鎮，位至中書令，以太子太師還第。國初，疾薨，葬河南，遂爲河南人。父仁浦，舉進士，早卒。君少由進士貢，一上不中第，用門資得試將作監主簿②，調處州遂昌尉③，未赴官④。歷河中府河東、孟州河陰二主簿，遷虢州録事參軍。郡豪趙寶者殺人⑤，誣其庸，使代死，且賄吏以成其獄。君辨狀⑥，立正之⑦。改武信軍節度推官，知河南府壽安縣事。秩滿，集吏部，與儕輩見便坐⑧，有詔循一資，吏部調君入蜀，君求還所循資以侍親⑨，遂復以節度推官，知大名府冠氏縣事⑩，又徙河南澠池。明道二年八月十三日，以疾終於任⑪，年五十。

君生公侯家，雖不及見全盛時⑫，然從昆弟或剖符錫封⑬，連姻王家，尚有故時餘風⑭。君獨喜儒術，與寒士同趣向⑮。私室用度委於家史，匱豐無所省，晚節貲益衰，處之自若，與人交淡然，其久愈固。持論議不爲貴勢屈，知者尚其節。初，先君既終五月，君始生。母康氏，普州刺史延澤之女⑯，明達人也。教育以暨成立，而君不克終養,斯可悲已。娶吳氏,屯田員外郎祐之之女⑰。生二男:紹曾、紹復,皆以蔭補官。一女,嫁王繹⑱。寶元二年九月丙午,嗣子奉君之喪,從葬緱氏原。紹曾與予善,狀君閥閱,俾誌於壙,且爲之銘曰⑲:

太師維祖,武功特起⑳。肇開厥家,膺受繁祉。降及禰廟㉑,祭以士禮。君舊在初,乃試於吏。既恬乎中,亦遠其志。晚而益艱,終則弗遂。緱氏之原,祔於先子。誰復其始,宜君之嗣。

## 【校注】

①原載卷十五。文中言“寶元二年九月丙午”云云,故繫於此。

②門資,門第。《晉書・王沉傳》:“豈計門資之高卑,論勢位之輕重乎?”

③尉,原作縣,據四庫本、李文藻本改。

④未,原作不,李文藻本眉批:“不疑未。”

⑤趙寶者,李文藻本作州趙室者,眉批:“州疑右。”疑衍。

⑥辨,李文藻本作辦,形訛。

⑦正,李文藻本作出。

⑧儕,叢刊本作濟,形訛。

⑨求,叢刊本作永,形訛。所,四庫本作取。資,李文藻本作質。循資,按年資逐級晉升。《抱朴子・釋滯》:“士有待次之滯,官無暫曠之職,勤久者有遲叙之欺,勳高者有循資之屈。”

⑩大,原作人,形訛,據四庫本、叢刊本改。

⑪任,叢刊本作任所。

⑫不及,叢刊本無。

⑬從,叢刊本作後。剖符,原作陪符,叢刊本、李文藻本作陪無,李文藻本眉批:“陪無二字疑是階勳。”陪,形訛。按《漢書・高帝紀下》:“甲申,始剖符封功臣,曹參等爲通侯。”顏師古注:“剖,破也,與其合符而分授之也。”

⑭故,叢刊本作古。

⑮趣,叢刊本作趨。

⑯延澤,《宋史・康延澤傳》:“康延澤,父福,晉護國軍節度兼侍中。”

⑰祐,叢刊本作佑。

⑱王繹,李文藻本眉批:"無闕文。"

⑲曰,原闕,據李文藻本補。

⑳武,叢刊本作父武,父疑衍。

㉑禰廟,《尚書正義》卷十《高宗肜日》:"典祀無豐於昵。"馬(融)注:"昵,考也,謂禰廟也。"即考廟。

## 故宣德郎守大理寺丞累贈司封員外郎皮公墓誌銘并序①

公諱子良,字漢公,其先襄陽人。曾祖日休②,避廣明之難③,徙籍會稽。及錢氏王其地④,遂依之,官太常博士,贈禮部尚書。祖光業,佐吳越國,爲其丞相。父璨,元帥府判官,歸朝,歷鴻臚少卿。公幼能屬辭,淳化中以家集上獻。初,尚書以文章取重於咸通、乾符世,降及丞相、鴻臚,皆以文雄江東。三世俱有編集,總百餘卷,至是悉以奏御⑤。得召試⑥,對便坐,賜出身⑦。歷汾州介休、并州榆次二縣主簿⑧。時靈、夏用師,仍歲饋輓⑨。公當督其行,不以嚴期暴民,事亦以濟。遷饒州録事參軍、無爲軍巢縣令。用知己薦,授大理寺丞、監筠州酒税。大中祥符七年正月二十五日,以疾終於任,年五十三。

公爲吏尚寬平,不煩教條,所至民宜其治,去必見思。世爲吳越顯族⑩,樂散施,晚年窮匱,仰俸入,裁自充⑪,然均給疏屬,終不少懈,知者嘉其孝友。夫人管氏,賢明有法度。二男:長鏑,早亡;次仲容⑫,今爲太常博士。三女,適曹經、宿拱之⑬、張奎⑭,皆士人。二孫:公理、公高,并幼。上籍田歲⑮,公以子五品,得以某官告其第⑯。夫人封壽安縣太君。明年,太君以疾終。寶元二年十月二十七日⑰,太博奉公之喪⑱,葬河南永安縣某鄉某里,壽安縣君祔焉⑲。銘曰⑳:

皮氏擅名,厥初襄陽㉑。後家於南,再世以昌。公事本朝,其惟舊邦㉒。才奮而通,命艱弗充。公葬河南㉓,是成公志。公有令子,既孝既禮。遂家河南,爲子孫始。

## 【校注】

①原載卷十五。文中言"寶元二年十月二十七日"云云,故繫於此。

②日休,《唐才子傳》卷六傳注:"按《唐詩紀事》:日休,字襲美,襄陽人。"

③廣明之難,《舊五代史·梁書·張儁傳》:"唐廣明中,黃巢犯京師,天子幸蜀,士皆竄伏窟穴,以保其生。"

④錢氏王其地,《新五代史·唐臣傳·安重誨傳》:"錢鏐據有兩浙,號兼吳越而王,自梁及莊宗,常異其禮,以羈縻臣屬之而已。"《新五代史·吳越世家》:"錢鏐,字具美,杭州臨安人也。……天復二年,封鏐越王。……梁太祖即位,封鏐吳越王兼淮南節度使。……唐莊宗入洛,鏐遣使貢獻,求玉冊。莊宗下其議於有司,群臣皆以謂非天子不得用玉冊,郭崇韜尤爲不可,既而許之,乃賜鏐玉冊金印。鏐因以鎮海等軍節度授其子元瓘,自稱吳越國王,更名所居曰宮殿、府曰朝,官屬皆稱臣,起玉冊、金券、詔書三樓於衣錦軍,遣使冊新羅、渤海王,海中諸國,皆封拜其君長。"

⑤奏,叢刊本作奉,形訛。

⑥召,原作君,形訛,據四庫本、叢刊本改。

⑦出身,韓愈《贈張童子序》:"有司者摠州府之所升而考試之,加察詳焉,第其可進者,以名上於天子,而藏之屬之吏部,歲不及二百人,謂之出身。"

⑧歷,李文藻本作虛,眉批:"虛疑歷。"二,李文藻本作三,眉批:"三疑二。"

⑨餽輓,運送糧餉。《宋史·鄭文寶傳》:"與邊民交易穀麥,會餽輓,趨靈州,爲繼遷所鈔。"

⑩族,原作侯,疑形訛,據四庫本、李文藻本改。

⑪充,原作克,疑形訛,據四庫本、李文藻本改。

⑫容,叢刊本作客,形訛。

⑬拱,叢刊本作洪,形訛。

⑭張,李文藻本眉批:"張字似不誤。"

⑮籍田,《史記·孝文本紀》:孝文皇帝三年"正月,上曰:'農,天下之本,其開籍田。'"《集解》引應劭注:"古者天子耕籍田千畝,爲天下先。籍者,帝王典籍之常。"韋昭注:"籍,借也。借民力以治之,以奉宗廟,且以勸率天下使務農也。"

⑯某,李文藻本無。李保泰本眉批:"不曰贈官,而曰以某官告其第,與王文康碑同例。"告,叢刊本作若,形訛。

⑰十月,李保泰本作十二月。

⑱公,原闕,據叢刊本補。喪,李文藻本無,眉批:"似脱喪字。"

⑲祔,李文藻本眉批:"祔亦不誤。"

⑳銘,李保泰本作其銘。

㉑初,陳本作功。

㉒惟,李文藻本無,眉批:"脱一字。"其惟,陳本、方本作惟其。

㉓葬,叢刊本作葬惟。


# 故福建路勸農使兼提點刑獄公事朝奉郎尚書
# 主客員外郎上輕車都尉耿公墓誌銘并序①

公諱克從②,字徽之。曾祖正、祖思唐,皆明經術,居鄉以行稱。父昭化,始以通《春秋傳》取高第,爲蜀州司户參軍。蜀盗起,城破被擒③,賊將污以官,儕輩莫敢拒,司户獨叱之,且大罵,至斷手足死,不屈。天子嘉之,録其後,公得同學究出身。累調莫州任丘尉、冀州司理參軍。會契丹入寇,公率城中豪賈輸軍用④,下民被兵⑤,皆制以期會⑥。及條理獄事⑦,與法吏辯刑章⑧,常以議直取勝。轉運使劉公綜⑨,強力自任,於吏事少所推與,獨器公才⑩,就薦天雄軍節度推官。磁州民有競田者⑪,逮繫百餘人,累訴莫能決⑫。俾公按其事,得實,附曲者咸坐之。既出,無一異語。知天雄軍王公承衍⑬,屢以功狀稱於朝,授大理寺丞,權知開封長垣縣事。天子東封泰山,以置頓之勤,就移通判利州事。歷太子洗馬、殿中丞、國子博士,通判濟州、知鄭州事。天禧中,河決東郡,詔環決河千里,調蒭秸輸致之⑭。時河南諸郡久無調發之勞,詔暴下⑮,吏持之嚴,民相驚動,有自相決死者⑯。公視賦版⑰,均其斂,無毫釐過繆。或貲衰於故者⑱,輕之⑲,勝者增之⑳。且威信素著,吏蓄縮承風旨㉑,民亦莫敢自欺,郡中肅然,事迎以集。是時,河陽孫公奭爲政尚寬惠㉒,而公以嚴明稱,安撫使劉公燁使還,各以其績狀聞。真宗顧曰:"使天下之郡守皆如二臣,何憂致治耶?"劉公因言公位卑,宜獎任之。於是擢爲福建路勸農使兼提點刑獄公事,遷尚書主客員外郎。行部至汀州㉓,感瘴癘,歸。以天禧五年,終於福州之官署,年四十三。

公少孤,無兄弟,事母甚謹。故知雜御史王公濟爲常山通守㉔,一見以器幹許之,遂以女歸焉。及居官,廉直果斷,不避貴勢,所至無留事,卒以能稱。其爲人尚義節,好施與,有燕趙遺風。初,公既位於朝,再贈司户。君爲太子中允㉕,母夫人李氏追永樂縣太君㉖。王夫人封太原縣君。夫人明達有智略,至性過人。少時,母孟氏没虜中㉗,夫人未嘗肉食㉘,密使諜者訪其母,凡十餘年㉙,散父貲數百萬,卒得母歸,宗黨伏其孝。二男㉚:長傅,將作監丞㉛;次知節,早卒。二女,長早卒,次適緱氏主簿高鼎。寶元二年十月二十七日,監丞君奉公及夫人之喪,葬於河南緱氏唐興鄉解賈村之南原。其銘曰㉜:

朔野之氣㉝,節士之裔。禀乎勁剛,承厥忠毅㉞。騁才而聞,秉直而遂。胡嗇其年,弗克其志㉟。葬河之南㊱,得於龜筮㊲。不殞家聲,在公之嗣㊳。

【校注】

①原載卷十五。文中言"寶元二年十月二十七日"云云,故繫於此。

②克,叢刊本作充,疑形訛。

③被,李文藻本作披,眉批:"披疑被。"

④輸,四庫本作翰,形訛。用,李保泰本作月,形訛。

⑤下,四庫本作市,疑形訛。被,方本夾注:"疑作及。"

⑥以期,叢刊本作次朝,形訛。

⑦及,原作又,疑形訛,據叢刊本改。條,四庫本作修。

⑧吏,李文藻本作力,眉批:"力疑吏,法似非誤。"

⑨劉公綜,《宋史·劉綜傳》:"劉綜,字居正,河中虞鄉人。"曾爲三門發運司水陸轉運使和河北轉運副使。

⑩獨,李保泰本作少,眉批:"有譌脱。"

⑪田,叢刊本作曰,形訛。

⑫訴,李文藻本作欣,眉批:"疑訊。"方本作訊,旁批:"訴。"

⑬王公承衍,《宋史·王審琦傳》:子承衍,字希甫,"雍熙中,出知天雄軍府兼都部署。"

⑭秸,叢刊本作桔,形訛。

⑮暴,李文藻本作恭,眉批:"恭疑衍。"

⑯自相,叢刊本作自相驚動,驚動疑衍。

⑰賦,原字殘汙,據四庫本、叢刊本改。

⑱衰,原作哀,李文藻本作表,四庫本作喪,形訛,據叢刊本改。

⑲輕,叢刊本作强。

⑳之,叢刊本作也。李文藻本眉批:"表疑衰。强疑損。勝不誤。也疑之。"

㉑吏,叢刊本作史。蓄,李文藻本眉批:"蓄似不誤。"按《漢書·息夫躬傳》顏師古注:"蓄縮,謂希於事也。"

㉒孫公奭,《宋史·孫奭傳》:"孫奭,字宗古,博州博平人。"

㉓汀,原作河,李文藻本眉批:"河疑汀。"

㉔雜,四庫本作新。爲,叢刊本作以爲。以,衍。王公濟,《宋史·王濟傳》:"王濟,字巨川。"

㉕太,原作大。允,原作尹,據四庫本、叢刊本改。

㉖李,叢刊本作辛。永樂縣太君,叢刊本作入永樂縣太君,入疑衍。

㉗夫人明達至虜中等文字,叢刊本、李文藻本無。虜中,四庫本作邊外。

㉘肉,李文藻本作内,李文藻本眉批:"肉。"

㉙凡,李文藻、四庫本作兄。李文藻本眉批:"王夫人失母兄事前不叙,亦疏。"然下文僅言"卒得母歸",則知兄爲凡之訛。

㉚二男,李文藻本字貳子,眉批:"貳疑二。"

㉛傅,李文藻本作傅,旁注:"傅。"眉批:"此耿傅之父也。"

㉜其,李文藻本無。

㉝朔野之氣,叢刊本、李文藻本作"嗚呼,朔野之氣"。

㉞忠,叢刊本作志,形訛。

㉟克,原作充。據叢刊本改。

㊱葬,叢刊本作葬於,於疑衍。

㊲於,李文藻本作子,眉批:"子疑于。"

㊳嗣,叢刊本作嗣者也。方本注:"一本銘詞無嗚呼及末者也二字。"

## 【集評】

李文藻本眉批:"銘不佳。"

# 故供備庫使銀青光禄大夫檢校尚書兼御史大夫知霸州軍州兼管内勸農事上騎都尉南陽郡開國公食邑三千八百户張公墓誌銘并序①

公諱顯忠,字盡節,其先樂陵人。祖奉超,爲横海軍大將,顯名軍中。父延斌,國初以材武積功,爲捧日左廂都指揮使、富州團練使,贈左武衛大將軍。公幼明慧,語言拜起如成人。七歲得見太宗皇帝晋邸②,及即位,給事殿省,補殿直、供奉官,皆以寄班冠其官稱。汝陰有龍騎卒叛爲盜,命公捕之,方合鬭,爲流矢所中,拔去矢鏃,揮衆益進③,遂破其黨。以功遷内殿崇班。自是凡七遷,由内殿承制歷禮賓、東染院、西京左藏庫、洛苑、文思五副使,至供備庫使。其所任之職,即全、邵七州,饒、信等州郡檢校使,泗州、天雄軍駐泊都監,江淮都大提舉捉賊,提點河東路刑獄公事,再爲西京水南巡檢,知嵐、憲、霸三州事,最後知霸州。天聖七年十一月九日④,以疾終於任,年六十。

公性重慎寡言。雍熙後數奉使四方。是時,太宗皇帝喜詢外事,凡内臣使還,見便坐,與語移刻⑤,或以應對敏給亟被恩寵,妄者頗摭細微事,期以中傷人。公止以所使事上聞,他無一言⑥,僚輩皆稱其長者,然用是官亦稀遷。天聖六年,再爲西京巡檢。時莊獻明肅太后猶臨朝⑦,公因入辭⑧,自陳開寶末⑨,以童子入侍,當時晋府舊人⑩,今無居位者。兩宮惻然⑪,問其官,尚諸司副使,遂命以正使授之。公出入省闥暨領州任逾五十年⑫,唯此命及汝陰以功升⑬,他皆用歲勞,或以例遷。公泊然自守,未嘗有冒進意⑭。爲政尚寬易,所至民宜其治。御家有法,撫疏屬皆以恩,知者尚其爲人。母安氏⑮,追封河内縣太君⑯。娶郭氏,封太原縣君,後公一年而終。二子:長正臣,左班殿直,卒;次正平⑰,右侍禁。三女,長適供奉官、閣門祗候王宗慶,次適前并州司法參軍謝汝賢⑱,次適供備庫副使彭再問。孫三人:長舉,三班奉職;次準;次尚幼。寶元二年十月二十七日,長孫舉奉公及太原君之喪⑲,葬於洛陽北邙山大樊原。銘曰:

幼明而遇,壯忠而奮⑳。孝睦其族㉑,政試於郡。持身以莊,秉心惟慎㉒。爰初暨終,弗顛弗進。葬洛之陽兮,考卜其順。後世以嗣兮,不隕令問。

**【校注】**

①原載卷十四。文中有言"寶元二年十月二十七日"云云,故繫於此。叢刊本無并序二字。

②太宗皇帝,原作太皇宗帝。據叢刊本改。晋,叢刊本作留,疑形訛。

③揮,叢刊本作搏,疑形訛。

④七,叢刊本作九。

⑤與,原作於,疑形訛,據四庫本、李文藻本改。

⑥他,原作它,據四庫本、李文藻本改。

⑦肅,原作蕭,據四庫本、叢刊本改。按《宋史·仁宗二》:明道二年四月"癸亥,上大行太后謚曰莊獻明肅"。《宋史·仁宗三》:慶曆三年一十月己卯,改莊獻明肅皇太后曰章獻明肅。

⑧因,原作隱,誤,據四庫本、叢刊本改。

⑨開,李文藻本作間,眉批:"疑開。"

⑩晋府,李文藻本作晋寺。

⑪惻,原作測,形訛,據四庫本、李文藻本改。

⑫逾,原作於,據四庫本、李文藻本改。

⑬升,原作陞,誤,據四庫本、李文藻本改。他,原作它,據四庫本、李文藻本改。

⑭意,叢刊本作息,形訛。

⑮氏,李文藻本作人,眉批:"人疑氏。"

⑯太,原作大,據四庫本、李文藻本改。

⑰平,叢刊本作守。

⑱謝,叢刊本作議,疑形訛。

⑲太原君,原作大元,四庫本作天厚,據叢刊本改。

⑳忠,原作才,叢刊本作中,據四庫本、方本改。

㉑睦,叢刊本作升。

㉒秉,李文藻本作乘,眉批:"疑秉。"


# 按地圖①

昔始皇之謀六國,銳求督亢之圖②;充國之制西羌,首上金城之略③。漢光武每議發兵④,先按地輿;唐賈耽號爲名相⑤,亦以《華夷》著稱。則知圖諜之典⑥,歷代爲重。國朝自繼遷之叛⑦,棄磧西之地,年祀已遠,圖書亡逸。故其道里之迂直,山川之險易,世人罕有詳悉者。元昊以十州之地⑧,兼黨項之衆⑨,計其兵不過十餘萬[10]，而僭竊大號，敢抗天威，必分兵境上[11]，張攻城略地之勢[12]，以備王師之誅討[13]。今傳聞沿邊諸州，皆有賊兵抄掠[14]。且北起天德，西盡儀、渭，合環十餘郡，皆壓賊境，賊兵不十萬，不能布列諸路，則其勢分矣[15]。朝廷圖任詩書之將，調發精銳之卒，副以屬國羌胡[16]，邊城射士，塞上之兵，不下二三十萬。然而限以流沙之阻，山川回遠，莫敢進軍，故未能拔朔方之城[17]，馘元昊之首，使其游魂於疆場之外者[18]，幾一年矣。近者王文恩、潘湜失利[19]，皆以不知山川險易，爲其邀擊。此不按地輿之失[20]，非戰士材武之劣也。昨聞屯田員外郎劉渙曾進西鄙地圖[21]，頗亦周備。平夏圖諜，秘府及民間當有存者，伏望博加求訪，命近臣參較同異，形於繪素，而頒之於邊將，俾其見利則按圖而出師，寇至則分兵而守險[22]，此禦戎之急務也，惟陛下留意焉[23]。謹上。

【校注】

①原載卷二十三。文中言"近者王文忠、潘湜失利"云云。按《長編》卷一百二十五，寶元二年十一月十七日，"贈右侍禁閤門祗侯潘湜爲登州刺史，其子若愚、若谷，并爲右班殿直。若沖，三班奉職。若欽，三班借職。湜爲延州東路巡檢，與西賊戰，并其二子俱没，故優恤之"。故繫於此。

②督亢之圖，《史記·荆軻傳》："荆軻曰：'微太子言，臣願謁之。今行而毋信，則秦未可親也。夫樊將軍，秦王購之金千斤，邑萬家。誠得樊將軍首與燕督亢之地圖，奉獻秦王，秦王必説見臣，臣乃得有以報。'"

③"充國之制西羌，首上金城之略"，按《漢書·趙充國傳》載神爵元年春，西羌反叛。上問："將軍度羌虜何如，當用幾人？""充國曰：'百聞不如一見，兵難隃度，臣願馳至金城，圖上方略。'"顏師古注曰："圖其地形，并爲攻討方略，俱奏上也。"

④發兵，方本夾注："一本下有必字。"

⑤號，叢刊本作芳，誤。賈耽，《新唐書·賈耽傳》："賈耽，字敦詩，滄州南皮人。……耽嗜觀書，老益勤，尤悉地理。四方之人與使夷狄者見之，必從詢索風俗，故天下地土區産、山川夷岨，必究知之。方吐蕃盛强，盜有隴西，異時

州縣遠近，有司不復傳。耽乃繪布隴右、山南九州，且載河所經受爲圖，又以洮湟甘涼屯鎮頜籍、道里廣狹、山險水原爲《別錄》六篇、《河西戎之錄》四篇，上之。詔賜幣馬珍器。又圖《海内華夷》，廣三丈，從三丈三尺，以寸爲百里。并撰《古今郡國縣道四夷述》，其中國本之《禹貢》，外夷本班固《漢書》，古郡國題以墨，今州縣以朱，刊落疏舛，多所釐正。帝善之，賜予加等。或指圖問其邦人，咸得其真。又著《貞元十道錄》，以貞觀分天下隸十道，在景云爲按察，開元爲採訪，廢置升降備焉。"

⑥典，原作興，疑形訛，據叢刊本改。

⑦繼遷之叛，《宋史·曹瑋傳》："繼遷死，其子德明請命於朝。瑋言：'繼遷擅河南地二十年，兵不解甲，使中國有西顧之憂。'"

⑧以十，四庫本、叢刊本作七。

⑨項，叢刊本作須，形訛。

⑩其，李文藻本作共，形訛。

⑪必，四庫本、叢刊本作必須，須疑衍。

⑫攻，李文藻眉批："攻不誤。"

⑬討，原作計，形訛，據四庫本、李文藻本改。

⑭兵，叢刊本作名，形訛。

⑮分，四庫本、叢刊本作亦分。

⑯屬國，《漢書·武帝紀》："并將其眾合四萬餘人來降，置五屬國以處之。"顏師古注："凡言屬國者，存其國號而屬漢朝，故曰屬國。"

⑰拔，李文藻本眉批："疑抉。"誤。

⑱魂，原字殘汙，據四庫本、李文藻本改。疆，李文藻本作强，眉批："疆。"

⑲王文恩，叢刊本作王文忠。按《宋史·夏竦傳》載楊偕奏言："第以近事言之，閤門祇候王文恩出師敗北，而土兵皆竄走，惟東兵僅二百人，殺敵兵甚衆。"

⑳興，原作利，誤，據四庫本、叢刊本改。

㉑劉渙，叢刊作劉復。

㉒至，叢刊本作出，疑形訛。

㉓惟，陳本作推，疑形訛。意，方本夾注："一作神。"

# 書禹廟碑陰①

　　唐劉公修禹廟碑,題云:"補闕崔巨撰,段季展書②。"巨,他文猶見一二③;季展,無聞者焉。劉公領財賦,有大功,其所與皆天下善士,巨、季展必當時之知名者。今膳部員外郎周君越④,嘗爲三門發運判官,始以墨本傳京師⑤。周君以書名於世,故季展書大爲人愛重,四方競購之。傳本既多,字寖缺落。今發運判官、屯田員外郎左君瑾命工模刻於佗石,且構宇以庇舊碑⑥,又扃固焉。左君嘗謂予言忠州之功⑦、巨之文、季展之書,皆當永其傳,不獨其書爲可寶也⑧。予嘉左君真好事者⑨,録其言附之新碑之末。寶元二年十一月二十日記⑩。

## 【校注】

　　①原載卷四。文中言"寶元二年十一月二十日記",故繫於此。

　　②段,原作叚,按《墨池編》卷三《續斷書下》作段季展,故改之。

　　③一二,叢刊本、李文藻本作五。李文藻本眉批:"五字本是三字。新城改作五字,蓋欲連季字爲句。而季展係人名,不可易。予謂三字應是一二。二字抄者誤合爲一耳。"

　　④周君越,李文藻本脚注:"案穆修《參軍集》有《一百五日同周越陳永錫遊吉祥僧舍詩》。"眉批:"按魏泰《東軒筆録》云,尚書郎周越以書名,盛行於天聖景祐間,然字法輕俗,無古氣。"按《宋史·藝文志一》有周越《古今法書苑》十卷。

　　⑤墨本,用墨書寫本。《宋史·藝文志二》:"《神宗實録》朱墨本三百卷。"自注:"舊録本用墨書添入者,用朱書删去者,用黄抹。"

　　⑥宇,李文藻本作亭。

　　⑦忠州之功,曹利用與契丹議和之功。《宋史·曹利用傳》:"契丹度不可屈,和議遂定,利用奉約書以歸。擢東上閤門使、忠州刺史,賜第京師。"

　　⑧爲可,李文藻本眉批:"爲可,本作可爲,新城乙丑。"

⑨嘉,原作加,據四庫本、叢刊本改。

⑩寶元二年十一月二十日記,陳本無。

# 故鄉貢進士謝君墓誌銘並序①

君諱昌言,字仲謨,其先太原人。父某,贈大理評事,始家河南,爲大族。君少好學,屬文深沉,有局量。與人交,不喜評論其短長,然於賢己者②,必加厚焉。舉止蘊藉,雖飲酒至醉,猶不少失法度,士君子與里閭小人,俱以謹重目之。故王丞相隨微時③,嘗依君家,及其貴,用舊恩欲酬以官④。親黨咸勸當益自附結,君不甚屈,官亦終不及。四由進士貢,不得第。以景祐元年三月某日終於家。母孫氏,追贈永安縣太君。初娶王氏,繼室傅氏,故忠武軍節度使潛之孫⑤。二子:良臣、良弼,並舉進士。二女⑥,一嫁太廟齋郎涉通⑦,一尚幼。寶元二年某月某日⑧,二子奉君之喪,葬於北邙之原。君母兄昌齡,今官五品,故先君、先夫人皆得追命焉⑨。君之伯姊⑩,寔洙之大母,君於洙,大父之行也。又嘗皆舉進士,同硯席,故詳其爲人。銘曰:

溫溫其淳,矯矯其莊。守學而固,秉德而常⑪。在家之聞,寔士之良。葬從先君,刻此銘章。既寧既堅,以永其藏。

【校注】

①原載卷十四。文中言"寶元二年月日"云云,故繫於此。並序,叢刊本無。

②然於賢己者,陳本此下與《趙公墓誌》相混,接以"公姓趙氏諱某字"云云直至結束。

③隨,叢刊本作隋。隨,王隨。按《宋史·王隨傳》:"王隨,字子正,河南人。……明道中,爲江淮安撫使,還拜户部侍郎、參知政事,……加吏部侍郎、知樞密院事,爲莊惠皇太后園陵監護使,拜門下侍郎、同中書門下平章事、昭文

館大學士、監修國史。"

　④舊恩,原作舊思,叢刊本作以恩,據四庫本改。

　⑤潛,《宋史·傅潛傳》:"傅潛,冀州衡水人。""真宗即位,領忠武軍節度,數月召還。"

　⑥二女,叢刊本作女二。

　⑦一,李文藻本作長。太廟齋,原作大廟齋,李文藻本作太廟齊,眉批:"齋。"據此改。涉,李文藻本無,眉批:"缺一字。"

　⑧某月某日,叢刊本作月日。

　⑨先君,叢刊本作無,李文藻本作先大夫。

　⑩之伯姊,叢刊本作先姊。

　⑪常,李文藻本作嘗,眉批:"嘗疑常。"


# 題楊少師書後①

　　周太子少師楊公凝式墨跡,多在洛城佛寺中,今存者廣愛、長壽、天宮、甘露、興教,凡五處,皆題於壁。(洛都有兩興教②,此在延福坊。又集賢校理郭仲微嘉善新居有十餘字③,甘露致之。)公在洛,或與人爲銘記,皆不自書。公之書無刻於石者,論書者以公之筆,其馳騁自肆,蓋得於己意,刻之其似可盡,其得意不可盡,豈其然哉?予非善書者,莫能知已④,公所題壁,距今踰八十年,字頗缺落,不可辨者十三四⑤。天王院僧繼明,慮公之書久遂無傳,命僧某擇字之最完者,得長壽、甘露兩壁,總八十七,模刻於石。寶元二年月日,尹某記⑥。

【校注】

　①原載卷四。文中言"寶元二年月日尹某記",故繫於此。李文藻本眉批:"米元章《書史》:楊凝式,字景度,書天真爛漫縱逸,類顔魯公《争坐位帖》。秘閣校理蘇澥家有三帖。王安石少嘗學之,人不云也。元豐六年余始識荆公於鐘山,語及此,公大賞嘆曰:'無人知之。其後與余書簡皆此等字。'"按《舊五

代史·楊凝式傳》：“善於筆札，洛川寺觀藍墙粉壁之上，題紀殆遍，時人以其縱誕，有‘風子’之號焉。……顯德初，改左僕射，又改太子太保，并懸車。元年冬，卒於洛陽，年八十五。詔贈太子太傅。”

②洛都，方本作洛陽。

③嘉，原作加，據四庫本、叢刊本改。

④莫能知已，原本殘汙，據四庫本、叢刊本增。

⑤十三四，叢刊本作十有三四。

⑥尹某，方本旁批：“洙。”

# 鞏縣孔子廟記①

宋興八十載，天下久承平，天子端拱②，率祖宗法度，講禮文，登雋賢，欲一以聲教，格民於太和。爲吏者循上化，其治大槩務寬平，耻以持法刺奸取能名③，專用厚風俗、嚮廉讓爲休④。故郡府立學校，尊先聖廟，十六七。河南爲天子西都，建國子學，稱號與東都侔。其屬邑曰鞏，距府百里，據大道之衝，河洛所會，舟車之饒，民以富强。先是，縣之先聖廟暴爲水壞，材亡地汙⑤，不復興治⑥。凡釋奠行禮⑦，寓今署中且十年。大理寺丞李君惟章，既蒞邑事，顧曰：“地要而民富，禮教所宜先。今先聖廟圮而弗謀⑧，亦非所以稱畿縣之劇，甚爲鄉老吏民羞，其易而新之。”於是相縣署之西偏以營焉，且上其狀於府，得民施他祠錢六萬⑨，以濟其役。募善工，購良材，堂邃而崇，像嚴以尊⑩。學有舍，齋有次⑪，踰時而成。邑民休之，相與議曰：“兹廟之興⑫，既營既勤，皆由吾李君。不志不刻，無以章君之化。”遂以文來請。某按著令，縣皆立先聖廟，釋奠以春秋，唐韓文公所謂“郡縣通祀孔子與社稷”者也⑬。自五代亂，祠官所領，在郡邑者頗廢墜不舉，間或增祀，率淫妄不經。獨孔子、社稷，其奠祭器幣，莫之能益損⑭，誠所謂通祀哉⑮！今朝廷嚮儒術，西都建學宫⑯，聚生員，爲郡國倡始。鞏爲西畿劇縣，能尊先聖以屬學者，則他邑之興學從善⑰，又當自鞏而始，且不失著令通祀之典⑱。李君之舉，其賢而法哉！年月日記。

【校注】

①原載卷四。文中言"宋興八十載"，則知作於寶元二年。

②端拱，無爲。《周易正義·下經咸傳》孔穎達疏："'維用伐邑'者，在角猶進，過亢不已，不能端拱無爲，使物自服，必須攻伐其邑，然後服之，故云'維用伐邑'也。"

③持，原作特，形訛，據四庫本、叢刊本改。

④休，原作體，據叢刊本改。

⑤亡，四庫本作去。汙，叢刊本、李文藻本作行。李文藻本眉批："行疑作衍，或汙字。"

⑥興治，叢刊本作興矣。李文藻本作興台，眉批："台疑治。"

⑦釋奠，《禮記·文王世子》："凡學，春官釋奠於其先師，秋冬亦如之。凡始立學者，必釋奠於先聖先師。"

⑧先，叢刊本無。

⑨他，四庫本、叢刊本作它。

⑩像嚴以尊，李保泰本作像尊以嚴，眉批："叙事簡古，實勝歐曾。"

⑪齋，叢刊本作齊，形訛。

⑫兹，原作并，疑形訛，據四庫本、叢刊本改。

⑬郡縣通祀孔子與社稷，韓愈《處州孔子廟碑》曰："自天子至郡邑守長，通得祀而遍天下者，唯社稷與孔子爲然。"

⑭益損，叢刊本作損益。

⑮誠，原作真。李文藻本旁批："誠。"脚注："真字不宜見於正經文字中，後人承之，日濫矣。"李保泰本眉批："極似太史公。"

⑯宫，原作官。據四庫本改。

⑰他，原作它，據四庫本、叢刊本改。

⑱且，原作耳，形訛，據叢刊本改。

## 【集評】

李保泰本眉批："歸美朝廷建學親賢，又推原聲教之所以盛，立言得體，埽去一切排場門面語，文氣朴茂，覺子固《宜黃縣縣學記》猶爲詞費。"

# 送王勝之贊善一首①

天下久安，衣冠子弟持身能自修謹，或作辭章能備科試者，爲其父兄，必目之曰令子弟②；爲其朋友，必推之曰良士；爲國家擇人，必舉之曰美材③，於是上下交稱其賢。賢者若是其已乎④？河南王勝之，宰相子，年二十五，常日爲文三千言⑤。三千言，人多能之。勝之之文，其論經義，頗斥遠傳，解衆説，直究聖人指歸，大爲建明，使泥文據舊者，不能排其言。其策時事，則貫穿古今，深切著明，於俗易通，於時易行，參較反復⑥，其説無窮，大抵贍而不流，制而不窘⑦，語厲而淳⑧，氣壯而長⑨，蔡君謨常稱之曰"歐陽永叔之流"。永叔、君謨，皆予之所畏也⑩，君謨未嘗過言假人⑪，如是稱之⑫，信矣。勝之又俶儻宏達⑬，服仁畏義，真魁傑人，而不屑細故，與時疏闊，由是謗譽交至。噫，謗何爲哉！然前所謂持身能自修謹，其文章足備科試者，語其賢或未至，求其謗固無有也。使其人效勝之，誠且不能⑭，勝之兼取之⑮，如其所爲，何難乎？太平聖朝方以文法治天下，願無略予言⑯。

## 【校注】

①原載卷五。李保泰本旁批："名益柔。"李文藻本眉批："此王曙子益柔也，見集内《王文康公神道碑》。《宋史》有傳。"按《宋史·王益柔傳》載其卒年七十二，《長編》卷三百七十八載其元祐元年五月卒，而文中言其年二十五，則知此文作於寶元二年。

②兄，叢刊本作母。

③材，原作才。據叢刊本改。

④李保泰本眉批:"勝之以文爲師魯所重,故規勸之。落此廟旨,勝之果以作傲歌奪職。"

⑤日,方本旁注:"自。"

⑥反,原作原,李文藻本眉批:"原疑反。"據此改。

⑦制,叢刊本、李文藻本、方本作則。方本旁批:"制。"李文藻本眉批:"據《宋史·王益柔傳》,則作制。"

⑧語,叢刊本作詞。

⑨壯,叢刊本、李文藻本作出。李文藻本眉批:"出作壯。"

⑩予,叢刊本、李文藻本作子。李文藻本眉批:"子疑予。"畏,叢刊本、李文藻本作長。李文藻本眉批:"長疑畏。"

⑪君謨,《宋史·蔡襄傳》:"蔡襄,字君謨。"過,叢刊本作片。

⑫稱之,原闕,據叢刊本補。

⑬勝之,叢刊本無。俶儻,《史記·魯仲連傳》:"好奇偉俶儻之畫策。"《索隱》:"《廣雅》云:'俶儻,卓異也。'"李保泰本眉批:"抑揚吞吐,妙在不説盡。"

⑭誠,叢刊本作試,形訛。

⑮之,原闕,據四庫本、叢刊本補。

⑯李保泰本眉批:"所以規戒貴遊子弟者至切,真藥石哉。歷朝方以文法治天下,見下《答歐陽龍圖書》。"

## 【集評】

李保泰本眉批:"看似低一層起,却將'修謹'二字針對勝之俶儻,抉出受病根源,凡贈言者當如是。"


# 制兵師①

夫制軍詰禁,有國之大事;忘戰必危,聖人之至訓。故秦人以極武而喪天下,穆宗欲銷兵而失河朔②。則軍旅之際,繫强弱之本,可不務乎!昔在上古,井田之賦詳矣;降及唐、漢,亦調民爲兵。唐自天寶之亂③,法制始紊,於是四方諸侯,皆聚重兵,以自封植④。五代不經,粵有黥涅⑤,自茲爲兵者,不復知農耕之事,唯坐衣待食⑥,仰給縣官,因沿相襲,迄今不易。國家誕受天命,光有萬國,太平之運,垂將百年⑦。然而倉廩虛竭⑧,無豐羨之畜,百姓凋弊,有愁歎之聲。究索其原,皆兵之害。計今四方廂、禁諸軍,殆至百萬,其不可用者且半,則冗食耗國,固可知矣⑨。居常無事之際,誠難更張。今朔方不庭,邊鄙聳動,且契丹與元昊舅甥之族⑩,壤地相制,勢同輔車⑪,義必連衡⑫。朝廷亦當虞北虜之變,而預爲之防。

今禁衛重兵⑬,盡戍西鄙,若北虜伺隙竊發,爲患不細。方今之宜,莫若於秦、晋、趙、魏、齊、魯之間,置土軍三十萬⑭,度州縣版籍丁民之數⑮,而分其部伍;擇閭里富强武力之人⑯,而列爲將校。每歲農隙,督之講肄,舉漢世故事⑰,命郡將臨試。且農人勤力,率皆壯健,既隸戎籍,服於訓練⑱,不日則盡爲精兵。無事則俾之力田,有警則發之禦寇,縣官無尺帛斗粟之費,而享富國强兵之利矣⑲。夫聖人不能違時,亦不失時。今因戎狄之釁,而制軍旅之法,此其時也,在陛下施行而已。臣料北虜之計,以爲元昊之叛,若數年之間兵革不解,國家士馬疲於西鄙,物力困於中原,則必恐擁衆渝盟,求逞其欲。今若按民籍而科兵⑳,當農閑而講事,武威震於外,財用豐於內,雖使冒頓復出㉑,結贊再生㉒,亦無以施其暴㉓。若以軍戎之事,重於更張,則宜分遣使臣,盡選廂軍之冗健者,配隸禁旅,仍詔郡國罷募此輩,茲亦豐財節用之一術也。前史有“制人”之談㉔,《孫子》著“伐謀”之説㉕,在於此耳。謹上。

**【校注】**

①原載卷二十三。文中言“以爲元昊之叛,若數年之間兵革不解”云云,則知作於元昊反叛初期,按元昊反於寶元元年十二月,則此文當作于寶元二年。

②穆宗欲銷兵而失河朔,《新唐書·蕭瑀附蕭俛傳》:“(蕭俛)勸帝偃革尚文,乃密詔天下鎮兵,十之,歲限一爲逃、死,不補,謂之銷兵。既而籍卒逋亡,

無生業,曹聚山林間爲盜賊。會朱克融、王廷湊亂燕、趙,一日悉收用之。朝廷調兵不克,乃召募市人烏合,戰輒北,遂復失河朔矣。”

③天寶之亂,《新唐書·玄宗本紀》:“(天寶)十四載十一月,安禄山反。”

④植,原作殖,疑形訛,據四庫本、李保泰本改。

⑤涅,叢刊本作温。按《艾軒集·策問二十首》其十一問:“五代多故,調兵於倉卒,瓦橋之役,患其不可用,而加之以黥面涅手。”

⑥衣,叢刊本作而。

⑦垂,叢刊本作乘,疑形訛。

⑧倉,叢刊本作食,疑形訛。

⑨固可知矣,李保泰本眉批:“宋時養兵耗國之弊至於如此。”

⑩契丹與元昊舅甥之族,《宋史·夏國上》:“(雍熙)三年,遼以義成公主嫁繼遷,册爲夏國王。”繼遷爲元昊之祖。

⑪輔車,《左傳·僖公元年》《正義》引《釋名》曰:“頤,或曰輔車,其骨彊,可以輔持其口。或謂牙車,牙所載也。或謂頷車也。”

⑫義,叢刊本作又,誤。連衡,《史記·秦始皇本紀》“外連衡而鬭諸侯”,《索隱》:“高誘曰:‘合關東從道之秦,故曰連衡也。’”

⑬衛,叢刊本作御,疑形訛。

⑭土軍,《宋史·職官志三》:“就其鄉井,募以禦盜,爲土軍。”

⑮丁,叢刊本作下。

⑯閭里,原闕。李文藻本作里,眉批:“里上下疑脱一字。”方本作里中,據四庫本增。

⑰舉,李保泰本無。漢世故事,《漢書·趙充國傳》載其《上屯田奏》及《上屯田便宜十二事》:“以充入金城郡,益積畜(蓄),省大費。”屯田、戍邊并顧。

⑱服,李保泰本無。

⑲而享富國强兵之利矣,李保泰本眉批:“此説似是,然韓魏公於陝西刺(剌)義勇卒以擾民者,何也? 蓋師魯欲置土軍,只是唐府兵之法,與鄉兵弓手固自不同。”

⑳科,原作料。據叢刊本改。

㉑出,原闕,據四庫本、李保泰本補。冒頓,《史記·匈奴傳》:“冒頓自立

爲單于",“冒頓得自强,控弦之士三十餘萬",“至冒頓而匈奴最强大。"

㉒結贊,方本夾注:“一作頡利"。再,叢刊本作載。按《唐書·吐蕃傳》:“贊普卒用結贊爲大相。"

㉓暴,叢刊本作略。

㉔制人,《史記·項羽本紀》:“會稽守通謂梁曰:‘吾聞先即制人,後則爲人所制。'"《索隱》謂:“先舉兵能制得人,後則爲人所制。故荀子曰:‘制人之與爲人制也,相去遠矣。'"

㉕伐謀,《孫子兵法·謀略》:“故上兵伐謀,其次伐交,其次伐兵,其下攻城。"

## 【集評】

李保泰本眉批:“師魯在兵間最久,故深知其利病。"“與歐公《新唐書·兵志》相表裏。"

# 康定元年（公元 1040 年，寶元三年二月二十日改元康定）

## 送丘齋郎一首①

天子臨軒策賢良之士何爲哉？得非質今事，考古誼，使足施於世耶②？然未聞某事某所建也，某事某所廢也，豈朝廷不亟行其言，徒試其才識，而收異日用耶③？將爲賢良者，務高其説，而不切於行耶？收其異日之用，則今登科者④，益用於朝。爲朝廷言，主乎得人，猶不繫乎樹策之始行與否也⑤。如不切於所行，務高其説，以取重於名者，殆非試策之本意⑥。丘君仲謀敏贍，通古今，其才識辯論，於賢良無愧。異日應詔問⑦，使爲國者汲汲於所陳，而易於亟行。聞其對者，惟恐不大施於時，兹有望於賢良也。寶元三年上元夕⑧，尹洙謹序⑨。

【校注】

①原載卷五。文中言"寶元三年上元夕，洙謹序"，則知作於正月十五。

②耶，叢刊本作邪。

③收，四庫本、叢刊本、方本作取，疑形訛。方本旁批："收。"耶，叢刊本作邪。

④者,原無,據四庫本增。

⑤與,原作於,據四庫本、叢刊本改。

⑥試,原作詔,疑形訛,據叢刊本、方本改。

⑦詔,叢刊本作諮。

⑧三,叢刊本作二。

⑨尹,原闕。李文藻本眉批:"夕疑尹或夕下脱一尹字。"據此補。尹洙謹序,陳本無。

## 故朝散大夫尚書刑部郎中直昭文館上柱國賜紫金魚袋陳公墓誌銘并序①

公諱貫,字仲通,其先鄴郡安陽人。父芳,葬河陽,今爲河陽人②。景德二年中進士第,累調杭州臨安、秀州嘉興二主簿,懷州河內令。用知己薦③,授秘書省著作佐郎、刑部詳覆官④,歷秘書丞、太常博士,爲審刑詳議官,監左藏庫,通判河南府⑤,知衛州事。入尚書省,爲屯田、度支、兵部三員外郎,知涇州事。移利州路轉運使。又爲陝西、河北、河東三路轉運使,三司鹽鐵判官。由河東入爲三司户部副使,遷鹽鐵副使。景祐四年,授刑部郎中、直昭文館、知相州事。寶元二年,罷州還,過河陽,寢疾。以十一月二日終於家,年七十二。

公少倜儻,有異節,通孫、吴諸兵法⑥,喜議邊事。咸平中,大將楊瓊、王榮喪師⑦,公詣闕上言:"前日不斬傅潛、張昭允⑧,使瓊輩畏死敵,而不畏陛下法⑨,今不更其制⑩,後當益弛。宜著令⑪,凡合戰而奔者⑫,大校悉戮之。大將戰死,裨將無傷而還,與奔軍同。軍蚍城圍⑬,別部力足救而不救者,以逗遛論⑭。如此,罰明而士厲矣。"天子壯之,召學士院試⑮。執政以瓊輩已即罪⑯,議遂格。又《論形勢》《選將》《練卒》三篇,皆上之。其《形勢篇》論兵法:“地有六害。今北邊既失古北之險[17],然自威虜城東距海三百里,其地沮澤磽埆[18],所謂天隙[19],非虜勢能入。由威虜西極狼山不百里,地廣平,利馳突,此必爭之地。凡爭利之地,先居則逸[20],後趨則勞,宜有以待之[21]。”其《選將篇》:“昔李漢超守瀛州[22],虜不敢犯關南尺寸地。今將帥大槩用恩澤進,雖以謹重取信[23],然卒與敵遇,不知所以爲方略,故虜勢益張[24],兵折於外者二十年。此選將得失之效也[25]。”其《練卒篇》論:“國家收天下材勇以備禁旅,皆賴賜與,恬休息[26],久不識戰鬬事[27],當以衛京師,不當以戍邊[28]。戍邊莫若募其土人[29],隸之本軍[30]。又藉丁民爲府兵,使北兵扞狄,西兵扞戎[31],不獨審練敵情,習熟地形,且皆樂戰鬬,無驕心。”及北方請盟[32],公復上言:“虜數犯塞,驅掠民數十萬。今乘其初通,宜出內府金帛以購之[33]。虜嗜利,必歸吾民,自河之北,戴德澤爲無窮矣。”

公既舉進士,廷中唱第得同出身[34],上識其姓名[35],曰[36]:“是數上邊事者[37]。”擢賜第二等及第[38]。公爲吏尚嚴明[39],持法不私,所臨州,奸慝無所貸,嫉盜賊爲最甚。涇州有惡少輩[40],畏公嚴,相與爲恐懼言[41],期不敢犯。及公遷去,其父老遮道流涕曰:“願公留三載,使不肖子久公化,得終爲善良。”其領財賦,校簿籍,有毫釐蔽欺,必窮治之。常曰:“吏視官物如己物,庸非忠乎?”在利州遇歲饑,盡出職田穀以賑民[42]。民有積穀以覬利者[43],皆令自占其數,計口以留其須[44],餘盡發之。所濟萬餘人,制書褒諭。在陝西,議罷塞上堡柵孤遠不足爲鎮守者。在河北,請決徐、鮑、曹、易四水[45],以興屯田。詔皆詢其利害焉[46]。靈、夏之違命也[47],公慨然曰:“吾四十年爲國家論邊事,會天下久承平,謀訖不用[48]。今老且病,忠力不効,豈非命耶?”乃抗疏,以爲:“凡料敵勢,患其大入,而幸其不來者[49],皆不足以計議。夫今所守之塞[50],地形重阻[51]，非騎戰之利[52]，若其驟至，主客體異[53]，設伏出奇[54]，則勝勢在我。如虜不大入，徒以遊兵擾吾邊候，則當益修守備。師無還期，財殫民勞，其患滋大。爲今之策，宜誘之以利，激之使怒。軍法：善戰者制人[55]，不制於人。能使敵自制者，利之也。”其文千餘言，大抵類此。又嘗著《兵略》十卷，識者悲其志焉。

公之在朝，先君得以大理寺丞致仕，累贈光禄少卿；母夫人解氏，封福昌縣太君。夫人李氏，今兖州丞相之妹[56]，封永安縣君[57]。男五人[58]：安石、安定[59]、安期、安道、安禮。安石、安道，皆將作監主簿[60]；安定，河南登封尉；安期、安禮皆太廟齋郎[61]。女四人[62]，適殿中侍御史文彦博[63]、大理評事浦延熙、將作監丞扈章，一尚幼。其年二月二十二日，嗣子奉公之喪，葬於河陽太平鄉北閭里[64]，永安君祔焉[65]。銘曰[66]：

達於事，不疑其用，明之至。盡其忠，不隱於上，誠之至。壯歲議邊，白首益屬。不以不試詘其言，不以疏遠易其志。推公此心，豈專功名？蓋以治國，未能去兵。故兆謀於事先，慮危於久平。壯哉遺文。其没猶生。得非於用明，而於上誠者哉！

【校注】

①原載卷十四。文中言寶元二年十一月二日，終於家。其年二月二十二日，葬於河陽，則此文當作於康定元年二月。并序，叢刊本無。

②今，李文藻本作令，眉批：“今。”

③用，李文藻本作同，眉批：“同疑用。”

④部，原作尚，疑形訛，據四庫本改。

⑤通，叢刊本無。

⑥孫、吳諸兵法，《史記·孫子吳起傳》：“孫子武者，齊人也。以兵法見於吳王闔廬。”“吳起者，衛人也，好用兵。”“學兵法以事魯君。”諸，原作知，據四庫本改。

⑦楊瓊、王榮喪師，《宋史·楊瓊傳》：“楊瓊，汾州西河人。”“（咸平四年）

瓊逗遛不進，頓慶州。寇鼓兵攻南門，……瓊却師，退保洪德砦。寇威浸熾，未嘗交一鋒。"《宋史·王榮傳》："王榮，定州人。""（咸平三年）援送靈、武芻糧，疏於智略，不嚴斥候。至積石，夜爲蕃寇所劫，營部大亂，衆亡殆盡。"

⑧傅，李文藻本作傳，眉批："傅。"按《宋史·傅潛傳附張昭允傳》："傅潛，冀州衡水人。""張昭允者，字仲孚，衞州人。""咸平二年，命爲鎮定、高陽關行營馬步都鈐轄。時傅潛爲都部署，畏愞城守，昭允屢勸其出兵，潛按兵不動。潛既得罪，昭允亦削奪官爵，長流道州。"

⑨畏，李文藻本作威，眉批："威應作畏。"

⑩今，四庫本、李文藻本作令，形訛。

⑪令，原闕，據四庫本、叢刊本補。

⑫者，李文藻本作都，眉批："都應作者。"

⑬軍，四庫本、李文藻本作車，李文藻本眉批："車是軍。"

⑭論，原闕，據四庫本、李文藻本補。

⑮如此至院試等文字，叢刊本、李文藻本、李保泰本無。壯，四庫本作袵。

⑯以，李文藻本作已，眉批："已疑以。"

⑰古，李文藻本眉批："古本傳作右。"

⑱磽埆，《墨子·親士》："磽埆者其地不育。"《後漢書·南匈奴傳》："磽埆之人，屢嬰塗炭，父戰於前，子死於後。"李賢注："磽埆謂險要之地。"

⑲天隙，李文藻本眉批："天隙本傳作天設地造。"

⑳居，原作君。據四庫本改。

㉑宜有以待之，李文藻本眉批："本傳作争地之利，似不如此語爲長。"

㉒李漢超，《宋史·李漢超傳》："李漢超，雲州雲中人。""遷齊州防禦使兼關南兵馬都監。""在郡十七年，政平訟理，吏民愛之，詣闕求立碑頌德。"

㉓重，叢刊本作厚。

㉔虜，四庫本作敵。益，原作益將，將疑衍，據四庫本、叢刊本改。

㉕效，叢刊本作故。

㉖恬，方本作恬養。李文藻本眉批："本傳恬字下有于字。有脱文。賴廩給賜予而已。"恬，四庫本作怙。

㉗識，叢刊本作知。

㉘當以，原本殘汙。邊，方本作邊境。李文藻本眉批："據本傳添上境字。"

㉙戍邊，叢刊本、李文藻本無。

㉚本，原作大小，李文藻本作人小，眉批："人小二字應是本字。"

㉛又，四庫本作人。使北兵至扞戎二句，李文藻本夾注："本傳作北扞契丹，西扞夏人。以上所正，具據《宋史》本傳。"兵，四庫本作人。

㉜北方請盟，《宋史·真宗二》："（景德元年十月）王繼忠上言契丹請和，命閤門祗候曹利用往答之。"

㉝內，原作南，疑形訛，據四庫本、叢刊本改。

㉞同出身，《宋史·選舉志一》："其考第之制凡五等……上二等曰及第，三等曰出身，四等、五等曰同出身。"

㉟識，原作顧，李文藻本眉批："顧字疑識字。"據此改。

㊱曰，李文藻本作由，形訛。

㊲上，李文藻本作止，眉批："止疑上。"

㊳等，原作第，形訛，據四庫本、李文藻本改。

㊴尚嚴明，原作部嚴時，疑形訛，據四庫本、李文藻本改。

㊵涇，李文藻本作湼。眉批："涇。"

㊶懼，叢刊本作惟，形訛。

㊷盡出，叢刊本作蓋以。李文藻本作盡以，眉批："以疑出。"職田，《隋書·食貨志》："京官又給職分田，一品者給田五頃，每品以五十畝爲差，至五品，則爲田三頃，六品二頃五十畝。其下每品以五十畝爲差，至九品爲一頃。外官亦各有職分田。又給公廨田，以供公用。"高承《事物紀原·利源調度·職田》："《孟子》曰：'卿已下必有圭田。'《禮·王制》曰：'圭田無征。'《周官》亦有大夫之采地。此職田之起也。晉有芻稿之田，後魏給公田，北齊自一品已下各有差。武德元年十二月制外官各給職分田，則職田之名，唐始有之也。"

㊸民，原闕，據叢刊本補。

㊹須，叢刊本作領，形訛。

㊺徐鮑，李文藻本眉批："據本傳鮑字不誤。"

㊻詢，叢刊本作訓，形訛。

㊼靈，李文藻本眉批："靈疑西。"按《宋史·王顯傳》："（淳化三年）顯上疏

曰:‘間歲以來,戎事未息,李繼遷負恩於靈、夏。’”

(48)訖,叢刊本作説之,形訛。

(49)其大,李文藻本作老大,眉批:“老疑虜,大疑夫。”

(50)夫,叢刊本作大。所守,四庫本作關中。

(51)地形重,叢刊本作地敢董,李文藻本作地敢重,形訛。

(52)騎戰之利,叢刊本作非弱戰之引,疑形訛。

(53)主,李文藻本作并,眉批:“并疑主。”

(54)伏,李文藻本作休,眉批:“休疑計。”誤。

(55)制,原作致,疑形訛,據李文藻本改。

(56)封福昌至之妹等文字,原闕,據四庫本、李文藻本補。

(57)永安縣君,李文藻本作安□,眉批:“應是永安縣君。”

(58)男,叢刊本作男子,子疑衍。

(59)安定,李文藻本作安守,眉批:“據下文及《永安縣君墓誌》云,安守必是安定之譌。”

(60)皆將,原作將將。監主簿,叢刊本作監主簿之官,據李文藻本改。

(61)安期,叢刊本作而安期,而疑衍。皆,叢刊本作俱皆。齋郎,李文藻本作齋郎也,眉批:“也字似不可删。”

(62)女,叢刊本作有女。

(63)文彦博,《宋史·文彦博傳》:“文彦博,字寬夫,汾州介休人。”

(64)河陽,原作河南陽,南疑衍,據四庫本改。閤,李文藻本眉批:“以此觀之,或前北闕,俱應作北閤。”

(65)永,四庫本作丞。祔,叢刊本作相。

(66)銘,原作而銘,叢刊本作銘之,據四庫本改。

## 上吕相公書二首其一①

月日。朝奉郎、守太子中允、新差簽署涇原秦鳳兩路經略安撫判官公事、騎都尉尹某,再拜獻書僕射相國申公閣下②:某謬爲朝廷器使,預參西方軍事,嚮至京師③,得以邊書陳於上前④,退又以所陳白於執政⑤，非以誇辯而求合⑥，冀事之亟行耳。會閣下以舊德入輔，某以既辭天子，不當久留都下，區區之説，獨未聞於左右。今輒條次所陳之要，以書自啓，惶懼惶懼。某以西夏用兵之害，莫甚於大將兵少與法制不立，此二事耳。請先以大將兵少之害言之。今涇州乃涇原大將治兵之所，戰士才數千。假使虜衆數萬來寇⑦，關壁則邑落被掠⑧，出戰則鎮守孤危。且衆寡不敵，必召屬城之兵，以爲自助之勢。大將既已先擾，外軍復無統一，此必敗之理也。大凡大將救屬城則易，屬城救大將則難。何以謂之易？若虜初寇吾境⑨，大將當以重兵守險，或設伏要路，或斷其首尾，又號令諸城，使之合勢⑩，以逸待勞，此大將救屬城之易也。何以謂之難？虜入吾境，大將既召屬城之兵以爲己援，若兵在百里之內，再日而至，則吾之險阻已與虜共之矣；若待數百里之外，兵至則虜已據吾要害，休其士衆，待吾兵至，逆而擊之。援兵雖多，其統不一，此屬城救大將之難也。雖戰守隨機，大概論，屬城之兵主於守，大將之兵主於戰。唯能使之戰，然後庇其屬城，保其險固也。今大將之兵與屬城均於自守⑪，俟虜至，然後呼集屯戍，迫以期會⑫，戰地、戰日皆非素定⑬，此則自救不暇，豈能決勝哉？如某所計，請增大將所治兵滿三萬，騎五千，屯戍不預其數，可以戰，可以禦，可以守也。或者引前世用兵之法，能以寡擊衆者，此非通論。某所計者⑭，數千之敵數萬⑮，十倍之衆耳。凡臨事機，應變出奇，雖百倍之衆，尚有以制之，然未有預以寡少之兵，而必十倍之勝也。夫三千之禦三萬，與三萬之禦三十萬，其勢甚異⑯。三十萬之衆，未必一其力；三萬之衆，敵不能見其形⑰。不一其力⑱，故將多者難爲辦⑲；不見其形，故善用者能張其勢，如此則勝負未分也。三千之禦三萬則異乎此。合而陳之，則見其弱，形被氣吞之⑳，一也；多爲奇兵，則懼於勢分，二也㉑；離去城壁，以據要險，則慮其攻襲，三也。此三者，雖善將者，無如之何，故云以寡擊衆，未爲通論。是大將之步卒必以三萬，騎必以五千，然後可用也[22]。明詔減去城柵，可益大將兵，而未聞盡奉行也。某知京師禁兵不當盡出[23]，故獻募兵之法；知募兵必以財，故獻鬻爵之論。凡大將兵少之害[24]，可得而制也。

　　其次，請以法制不立之害言之。古者大將出師，其下皆偏裨部曲[25]，莫不禀命於大將者也。今諸路都監而上，皆與大將均其所統，雖名品至異，然皆署事而同議[26]，非古制也。不獨非古，只以國朝殿前、侍衛司軍制言之，亦異矣。今殿前、侍衛都虞候[27]，乃都指揮使之貳，較其名品[28]，不甚相遠，至於署事，皆不得預。豈非戎事尚一，其下止當禀命耶[29]？今則不然。凡臨事機，得聯署者，皆得預議，議一而後可行。請借論之。若保安軍諜者言[30]，當有寇至[31]，帥臣若專爲保安之備，則其下率從。若帥臣有料敵者，言賊聲言保安，不必專爲之備，又使某將備鄜州路，又使環慶謹守備，其下必有争議者，曰：“環慶隸我，當速召之，以爲己援，奈何使之自守？且諜言寇保安，不當備鄜州，以分吾兵。”雖爲大將者，亦自計曰：“異日賊從鄜州路，又非環慶[32]，吾猶與諸將罪均；若果從保安，一蹉跌不勝[33]，則吾違諸將言，獨被罪矣。”此不獨號令不行於下，亦既衆人議之，則自信者寡矣。是則軍中之政，有異見者[34]，當獻議而已，不當必大將之從己也。今同署而交議，議一而後可行，此法制不立之害也。以某計之，諸路大將，外止置副貳者一員參署軍政[35]，別置主軍大將八員，四員外守城鎮，四員專隸麾下[36]，皆聽命於大將，如身之使臂，臂之使指，無敢不從。此法制不立之害，可得而革也。其募兵鬻爵與主軍大將名級，皆別具咨目條陳。某疏遠，不識朝廷大體，然竊思之，今之軍政，非大更置之，莫能成功[37]。聖上憂勤，兆民顒顒[38]。伏惟閣下，上副陛下倚注[39]，下慰中外之望[40]，則天下幸甚。干瀆威重，伏俟嚴譴。某再拜。

## 【校注】

①原載卷六。文中言己"新差簽署涇原秦鳳兩路經略安撫判官公事"，則知作於尹洙剛任此職時。按《長編》卷一百二十六，康定元年三月十九日，"太子中允、知長水縣尹洙，權簽署涇原秦鳳經略安撫司判官事"。故繫於此。呂相公，李文藻本眉批："夷簡也。題下應注《韓魏公別錄》論申公語。"按《宋史·呂夷簡傳》："呂夷簡，字坦夫，先世萊州人。……自仁宗初立，太后臨朝十餘年，天下晏然，夷簡之力爲多。其後元昊反，四方久不用兵，師出數敗；契丹乘之，遣使求關南地。頗賴夷簡計畫，選一時名臣報使契丹、經略西夏，二邊以寧。然建募萬勝軍，雜市井小人，浮脆不任戰鬥。用宗室補環衛官，驟增奉賜，又加遺契丹歲繒金二十萬，當時不深計之，其後費大而不可止。郭后廢，孔道輔等伏閣進諫，而夷簡謂伏閣非太平事，且逐道輔。其後范仲淹屢言事，獻《百官圖》論遷除之敝，夷簡指爲狂肆，斥於外。時論以此少之。夷簡當國柄最久，雖數爲言者所詆，帝眷倚不衰。然所斥士，旋復收用，亦不終廢。其於天下事，屈伸舒卷，動有操術。後配食仁宗廟，爲世名相。"

②書，四庫本、叢刊本作言。

③至，四庫本、叢刊本作一至。

④書，原作畫，四庫本作畫，據叢刊本改。

⑤李保泰本眉批："范文正與呂申公爭廢郭后事，謫知饒州，師魯抗疏願與同貶，其不爲申公所喜明矣。乃一再獻書，纚纚累千言，亦獨何哉。"

⑥辯，原作辨，據叢刊本改。李保泰本眉批："西夏用師選將得人，皆稱公之力，蓋熟於邊事者，故詳語之。"

⑦使，原作是使，是疑衍，據四庫本、叢刊本改。

⑧關，四庫本作閉，形訛。被掠，叢刊本作誰撫，形訛。

⑨虜，四庫本作敵。初，叢刊本、長洲陳本、方本作劫，疑形訛。長洲陳本、方本夾注："一作初字。"

⑩之，長洲陳氏、方本夾注："一無之字。"

⑪與，原作於。據四庫本改。

⑫期，原作其，據四庫本、叢刊本改。

⑬素，叢刊本作案。李文藻本眉批："案疑素。"

⑭某,叢刊本作其。

⑮千,原作十,形訛,據四庫本、叢刊本改。

⑯異,原作易。李文藻本眉批:"易疑異。"

⑰李保泰本眉批:"二者皆衆寡十倍,何以不同其分析處,特具苦心,而筆妙,是以達之。"

⑱不,原作故不,故疑衍,據四庫本、叢刊本改。

⑲辨,原作辨,形訛,據四庫本、叢刊本改。

⑳被,四庫本、叢刊本作彼,形訛。李保泰本眉批:"大抵詔兵太少則弱形立見。"

㉑二,原作一,按此前已有一也,此當是二。

㉒可用也,原作可可也用。據四庫本改。

㉓某,四庫本作其,疑形訛。禁,叢刊本、李文藻本作某。李文藻本眉批:"某疑禁。"盡,原作益。據四庫本改。

㉔凡,四庫本、叢刊本作此。

㉕其下,四庫本、李文藻本作其下皆。李文藻本眉批:"皆字衍。"

㉖議,叢刊本作論。

㉗侍,原作事,據四庫本改。

㉘較,叢刊本無。

㉙止,叢刊本、李文藻本作正。李文藻本眉批:"正疑止。"耶,叢刊本、李文藻本作邪。

㉚軍,原作之軍,之疑衍,據四庫本、叢刊本改。

㉛至,叢刊本作至邪。李文藻本作至耶,眉批:"耶疑而。"

㉜非,原作犯,誤,據四庫本、叢刊本改。

㉝蹉跌,閃失、失誤。《宋史·韓琦傳》:"萬一蹉跌,豈惟身不自保,恐家無處所。"李保泰本眉批:"曲盡事理。"

㉞有,原作存,據四庫本、叢刊本改。

㉟貳,原作二,據四庫本、叢刊本改。

㊱下,原作皆下,皆疑衍。

㊲莫,原作其,疑形訛,據叢刊本改。

㊳顒顒，《舊唐書·張廷珪傳》："況今陛下受命伊始，敷政惟新，卿士百僚，華夷萬族，莫不清耳以聽，刮目而視，延頸企踵，冀有所聞見，顒顒如也。"俞文豹《吹劍四錄》："肆今皇上恭儉憂勤，天開事機，撫而不發，群賢顒顒，待用而翔。"

㊴陛下，長洲陳本、方本夾注："一無陛下二字。"倚注，原作倚毗，據長洲陳本、方本改。

㊵下慰，叢刊本作慰。長洲陳本、方本夾注："慰上有下字。"

# 申和催人修城狀①

一、昨日曾聞欲和催人夫，修築延州外寨。某以謂虜衆壓境，必無應募者。若率富民自募，則取庸過多。加之預借庸直②，方有往者；既往之後③，一聞虜衆虛聲，必紛然潰散，既無姓名收捕，須合富室再募。恐奸猾太幸④，大族重困。不若令鄜州和催人夫，或添富室自募。既非遠役⑤，則催直有限，兼應募者必衆，却那鄜州兵夫往諸寨應役⑥，似得允當⑦。

一、金明所駐兵士將合請口食二升半⑧，細計到白麵一斤半⑨，若作麵餅三個，充一日食，衆必大便，逐日依舊令火頭煎湯俵食⑩。即恐磨户只磨官麥⑪，即白麵大貴也。斟量所磨之數，官收其半庸，又給與麩⑫，則磨户無校者⑬。若以麵數少⑭，即令間日或三日一次⑮。今請白米⑯，其自來軍行非次⑰，除口食合散餕餬數目⑱，并依舊例支散，即不以此充數。或有疑難者，乞曉示諸軍兵士，情願請口食白米者，亦聽，則衆情可知。兼今後常作準備，每遇軍行，各給與三兩日食，免至塗中作飯，或聞寇至，則不暇食，又省得預辦軍儲，別致不虞⑲。

【校注】

①原載卷二十四。文中言"昨日曾聞欲和催人夫，修築延州外寨"。《長

編》卷一百二十七載,康定元年四月二十七日,"發陝西近裏諸州役兵,築延州、金明、栲栳寨"。此文或作於此時。催,李文藻本作顧,眉批:"顧不誤。"人,四庫本作人夫,夫疑衍。

②直,原作且,疑形訛,據四庫本、李文藻本改。

③往,原作役,疑形訛,據李文藻本改。

④幸,叢刊本作宰,疑形訛。

⑤非,叢刊本作然,誤。役,李文藻本作投,形訛。

⑥夫,叢刊本作大,形訛。

⑦得,方本作深,夾注:"一作得。"

⑧二升,叢刊本作之勝。方本夾注:"勝即今升字。"

⑨一斤,叢刊本作斤。

⑩火頭,李文藻本眉批:"火頭蓋主爨之人,非如今曹州府人以木材爲火頭也。"

⑪官,叢刊本作宜,形訛。

⑫又,叢刊本作久,形訛。

⑬無,叢刊本作元。者,原本殘汙,四庫本無,據叢刊本補。

⑭若,原闕,據四庫本補。

⑮令,原作今,形訛,據四庫本、叢刊本改。

⑯今,原作令,形訛。

⑰非次,泛指不按常規、慣例。王君玉《國老談苑》卷一:"雷德讓判大理寺,一日有疑讞,非次請對。"

⑱口,李文藻本作日。疑形訛。

⑲別,叢刊本作以,四庫本作則。方本作以,夾注:"一作別。"

# 申揀選軍馬狀①

據前益州司户王緘相示一書稿,其書托宋察推上呈②。内一事説邊卒年六十以上,退在近地,似有可采。昨日見龐待制言邊芻甚貴,弱馬宜令内地飼養。酌此二説,欲令延州第馬作三等③,

上等留禦邊,次等鄜州,下等河中。并且飼養,候馬肥,却令往延州④,候到逐處揀選内軍人有武藝者,別配與馬,便令却赴舊處。(若在延州便令換馬,恐人人來換好馬。)其步人年六十以上,便且令在河中駐札。(不令在鄜州者,慮以鄜州所屯皆精兵⑤。)騎軍專以馬,步人專以年,貴不相礙。不拘人數,令人員分處管繫,因此可以分延州大將來兩處⑥,事體似允。既有所聞,便合陳啓⑦。可否,乞賜裁酌。

【校注】

①原載卷二十四。文中龐待制當爲龐籍,《宋史・龐籍傳》言其景祐三年進天章閣待制。《長編》卷一百二十七載:“康定元年……五月……己卯……刑部員外郎、天章閣待制、知同州龐籍爲陝西都轉運使。”而《長編》卷一百二十六載康定元三月癸酉,尹洙從葛懷敏之辟,權簽書涇原秦鳳經略安撫司判官事。則此文當作於康定元年四月間。

②托,李文藻本作訖,四庫本、方本作托。宋,李文藻眉批:“宋疑未。”察,李文藻眉批:“察疑密字。”推,李文藻眉批:“推疑惟。”

③第,叢刊本作笫,疑形訛。

④却,叢刊本作且。

⑤精,原作弱,據叢刊本改。前言六十以上駐河中,不令在鄜州,則鄜州當爲精兵。

⑥因,叢刊本作内,形訛。

⑦啓,叢刊本作答。

# 乞便殿延對兩府大臣議邊事①

臣伏聞近日軍機,令中書與樞密院同共參議,此誠陛下慮邊事之深也。然臣近再得上殿奏事,每見兩府執政奏對,不過一兩刻,其間或進議除改②,或可否奏事,未必專議邊防③。臣竊料西虜今秋以至來春,必爲大舉之勢,若更使得志④,則陝右可憂。臣欲乞每五日後殿進呈公事罷，別於便殿延對兩府執政大臣，參議邊事，審料賊勢，爲守禦之略，免使寇兵奄至，臨時處置，有失便宜。如允臣所奏，乞詳酌唐延英故事施行⑤。康定元年五月日，朝奉郎、守太子中允、新差權簽署涇原、秦鳳兩路經略安撫判官公事、騎都尉臣尹洙札子⑥。

**【校注】**

①原載卷十九。《長編》卷一百二十七載，康定元年六月一日，尹洙“數上疏論兵事，請便殿召二府大臣議邊事，及講求開寶以前用兵故實，特出睿斷以重邊計，又請減并栅壘召募土軍，省騎士增步卒，并請鬻爵爲土軍葺營房，及所給物費”。然《乞便殿延對兩府大臣議邊事》篇末署“康定元年五月日”，則所言六月，當是上疏時間，五月應是作時。

②議，原作擬，疑形訛，據叢刊本改。

③邊，李文藻本作遣，眉批：“疑邊。”防，方本作事，夾注：“一作防。”

④志，叢刊本作至，誤。

⑤唐延英，《新唐書·苗晉卿傳》：“時年老蹇甚，乞間日入政事堂。帝優之，聽入閣不趨，爲御小延英召對。宰相對小延英，自晉卿始。”

⑥札子，叢刊本無。


# 乞講求開寶以前用兵故事①

臣聞太祖統御邊臣之略，輕其秩所以假其權②，厚賜與所以惜名器③。伏望聖慈延訪大臣④，講求開寶以前用兵故事⑤，則西鄙狂悖不久可平⑥。又聞陛下頃者多賜近臣飛白書⑦，被賜者皆爲榮寵⑧。今邊臣日有奏請，若事體當有更置者，望陛下賜手詔數十字，以示宸斷。則聖神威略，千里之外，如在目前，傳於軍中，孰不盡節？此兩事，乞留中省鑒⑨。

## 【校注】

①原載卷十九。開寶,《宋史·本紀·太祖二》:"(乾德)十一月癸卯,日南至,有事南郊,改元開寶。"

②權,叢刊本作叙。

③與,叢刊本無。名器,《左傳·成公二年》:"仲尼聞之,曰:'惜也! 不如多與之邑。唯器與名,不可以假人,君之所司也。'"《正義》:"唯車服之器與爵號之名,不可以借人也。此名號、車服,是君之所主也。"

④伏,叢刊本作代,形訛。

⑤用兵故,叢刊本無。

⑥久,原作足,疑形訛。方本夾注:"一作久。"

⑦飛白書,張懷瓘《書斷》上:"飛白者,後漢左中郎將蔡邕所作也。王隱、王愔并云:飛白變楷制也。本是宫殿題署,勢既徑丈,字宜輕微不滿,名爲飛白。"

⑧被賜者皆爲榮寵,李保泰本眉批:"意於諷,願仁宗留心邊事。謂書法小藝,不足學。"

⑨鑒,四庫本、叢刊本作覽。

# 乞減省寨栅①

臣兩次上殿,親聞聖語,以減省寨栅,聚得兵在大將處,最爲急務。雖聞已命邊臣制置②,臣尚慮諸將各有所執③,依違未決,轉致遲久④。蓋緣賊兵數少,其寨栅亦可禦遏;若大兵至⑤,即全不濟事,又分却大將兵勢。以此較量,必合減省⑥。然邊臣慮見將來小有寇掠,必致不識事體之人,言其不合去却寨栅,致得别無禦遏,懼此歸咎,遂懷後慮。臣欲乞專委近上臣僚往彼相度制置⑦,所貴早聚得兵馬在大將處,以爲禦備⑧。

## 【校注】

①原載卷十九。

②聞已,原作已聞,據叢刊本、四庫本、李文藻本改。

③臣尚慮,原作尚慮,據叢刊本改。

④致,原作至,據四庫本改。遲久,叢刊本作遲遲,四庫本作遲悮。

⑤大兵,叢刊本作大叚兵,方本作大段兵,四庫本作大隊兵。

⑥省,李文藻本作自,眉批:"自疑省。"

⑦僚,四庫本、叢刊本作寮,形訛。

⑧以,原作而以,而疑衍。禦備,原作備禦,據四庫本、叢刊本改。

# 乞計置邊事特出睿斷①

　　臣前次上殿敷奏邊事,陛下諭臣以減省寨柵,申明賞罰,及禦賊之備。此數事,皆臣口所欲言,陛下先發德音,臣不勝喜忭。然賞罰一事,近日數已申明;其減省寨柵及禦賊之備,雖聞詔下帥臣,其如至今未見次叙。方今虜氣驕盛,雖未來寇境,料其侵軼之勢,不越秋冬,正是朝廷計置之時。望陛下惜分寸之陰②,深爲禦賊之慮,凡所更置③,特出睿斷④,勿令淹久,失於後時⑤,則邊臣幸甚⑥,天下幸甚。

【校注】

　　①原載卷十九。

　　②望,叢刊本無。

　　③凡,叢刊本作況,疑形訛。

　　④特,叢刊本作時,疑形訛。

　　⑤失於,原作以至失於,以至疑衍,據四庫本、李文藻本改。

　　⑥邊臣幸甚,四庫本、叢刊本、李文藻本無。

# 乞省寨柵騎軍①

　　臣竊聞西虜大率騎戰。今言兵者,皆知中國馬力不能較其馳逐,此知其利害,而未盡其説。今邊鄙所市蒭秸,其估甚重②,邊人畜馬爲國家用者,以利所誘,必損其馬之所食,以鬻於官。此不獨虛費國用③,且又瘦瘠彼土良馬④,此甚害也。

又聞將兵者多欲增步卒,不願遠發騎軍⑤。臣欲乞詔逐路大將,其本路合須騎軍,具以數聞。如是在騎軍已多,即揀選駑弱者退還⑥,仍每減一騎軍⑦,與添步卒二人補之⑧,不惟減省邊費,兼更益得兵數⑨。其沿邊堡寨,本爲守禦,當在險固之地,若虜衆大至,必不宜與之平地較戰。所畜騎軍,除合留探報外,近爲無用,亦乞移屯在大將麾下,別以步人補其數。

## 【校注】

①原載卷十九。

②估,叢刊本作價。方本夾注:“一作值。”

③費,叢刊本作實,疑形訛。

④土,李文藻本作王,眉批:“疑土。”

⑤願,李文藻本作顧,眉批:“願。”軍,四庫本作兵。

⑥揀選,李保泰本眉批:“下揀字似但作減。”

⑦減,原作揀。據叢刊本改。

⑧補,原作稱,形訛。

⑨兼更,四庫本、叢刊本作更兼。


# 乞募士兵①

臣竊見諸路揀選到兵士,其間不無驍勇,然怯弱者亦多。未經訓習,或聞便令戍邊②,恐臨戰退縮,更至敗事。臣欲乞於涇州別立軍額,召募兵衆,武勇材力③,明立科式,定作三等。第一等便充本軍人員,更不刺面;第二等充十將、將虞候;第三等充承局、押營。其兵士但取强壯堪任教習者,不以身材尺寸爲限。料錢三百文至五百文爲額,惟乞優賜例物④,其節級以上,別作等第支給。若涇原一路可得萬人,以此禦敵,軍威必振。

【校注】

①原載卷十九。士,原作土,據叢刊本改。

②聞便,四庫本作即令。便,叢刊本作使。

③材,叢刊本作才。

④惟,四庫本、叢刊本作唯。

# 乞鬻民爵以給募兵之用①

臣所請涇原一路募軍萬人②,須至添置營房,支給例物,其費不少。臣請鬻民爵以致之。夫鬻爵者,參用古義,非若賣官之制。只以入粟百石、五百石爲兩等,百石爲下爵,許用銀爲飲食器,畜女使;五百石爲上爵,許與本部七品官接坐,婦女雜飾用珠金。笞罪及詿誤③,聽以贖論④。其貢舉人,曾經州府省試⑤,州府吏人至節員,京百司補正名以上⑥,并准下爵例。司封給爵牒空名下諸州,其入粟者,經所在官司陳牒,即時給之。除陝西、河東、河北、川峽、廣南外,其餘諸處,其無爵僭有爵、下爵僭上爵諸科罪⑦,仍許人陳告,賞錢百貫,以犯事人家財充。如允臣所議,乞朝廷別定爵名,應有條約,比類詳定。如此行之,不益賦於農畝,不重斂於富人,所取者至輕,所致者甚衆。今鬻爵之地百餘州,臣小計之⑧,不減五萬,當得粟五百萬斛。每斛輸錢三百⑨,計錢一百五十萬貫。如約以近限,則數日之內⑩,此錢可足。臣乞預借錢三十萬貫⑪,充涇原募兵,候收到入粟錢,却依數撥還。其有餘數,亦乞支充西邊軍用⑫。

【校注】

①原載卷十九。兵,陳本作民。《宋史·食貨志下》:"尹洙在陝西,請爲

鬻爵之法，亦不果行。"

②請，原作謂。據四庫本、叢刊本改。

③笞罪，原作皆犯笞罪，皆犯疑衍，據四庫本改。笞，李文藻本作公，眉批："疑笞。"詿，四庫本作誰，形訛。

④以，四庫本作其。

⑤省，原作考，疑形訛，據業刊本改。方本夾注："一本無省字，試下有者字。"

⑥節，四庫本作職。

⑦諸，原作請，疑形訛，據叢刊本改。

⑧臣，叢刊本作至。

⑨三，叢刊本作二。

⑩日，叢刊本作月。李文藻本作目，眉批："目疑日。"

⑪借，原作備，疑形訛，據叢刊本改。十，叢刊本作千。

⑫軍，方本作諸，夾注："一作軍。"用，叢刊本作州。


# 鬻爵法①

臣前次上殿，奏乞召募邊兵，其間合要例物及修蓋營房②，須有所費。竊慮三司未能應付，臣欲乞朝廷創定鬻爵之法③，司封出空名爵牒散下④，州郡人入粟授爵⑤。今定爵二等：

第一等爵：許畜女使，許使渾銀飲食器。凡欲授第一等爵者，如元繫州府縣鎮城郭等第户，即入粟一百石；如不繫户等，即入粟五十石⑥。

第二等爵：許以珠金爲婦女服飾，如犯公罪，許贖。凡欲授第二等爵者，入粟五百石。右，入粟每百石，令入錢三千貫。臣今約計授爵之數，可得十萬，索通兩等之數⑦，當得錢三百萬貫，專充召募邊兵，乞不別有支用。其未有爵之人，除士族別無禁制外⑧，舉人曾經鄉貢，并州郡牙校職員、京百司人吏，并與依第一等爵例。

將來詔下諸州⑨,仍乞立近限,如不願授爵者,即任便變易。若限外有陳告,并科違制之罪,其畜女使及銀器者,賞錢三十貫,所畜女使從良⑩,銀器没官。犯珠金,賞錢百五十貫,珠金没官⑪。所賞錢,并以犯事人家財充⑫。內婦人無男夫⑬,及男女十五以下⑭,即不許人陳告。所定爵名,并更有合條約事件,乞下中書門下參酌施行。

【校注】

①原載卷二十二。方本眉批:"此篇差落甚多,無從校正。"

②營,叢刊本作官,疑形訛。

③創定,長洲陳本、方本加注:"一作立。"

④司,叢刊本無。

⑤粟,叢刊本無。

⑥十,原作千,形訛,據四庫本、叢刊本改。石,原作名,形訛,據叢刊本改。

⑦索,原作家,疑形訛,李文藻本眉批:"索似不誤。"之,叢刊本作二,疑形訛。

⑧除,叢刊本作餘,疑形訛。別無,原本殘汙,據四庫本、叢刊本補。

⑨將,李文藻眉批:"將似不誤。"

⑩從良,原作放從良,放疑衍。

⑪犯珠金至珠金没官等文字,四庫本無。犯,叢刊本無。錢,原作銀。百五十,原作一百五十,據叢刊本改。

⑫并,叢刊本作貫。

⑬男夫,方本作夫男,夾注:"一本無男字。"

⑭女,原作子,據叢刊本改。


# 奏軍前事宜狀①

朝奉郎、守太子中允、簽署陝西經略判官公事、騎都尉臣尹洙②。右,臣昨到鄜延,體問昨來六月中差撥兵馬往諸寨,并不曾得見賊衆。當盛夏之際，疲困却人馬③，虛費國家錢物不少。臣竊揆遣使之時，賊兵尚在境上，陛下深憤諸將畏怯④，不能齊心出師，遂使塞門一寨，數月嬰城⑤，終至陷没，皇情軫惻，專降詔旨。其如兵者，詭道，貴在神速，千里制勝，恐後事機。伏望聖慈，今後軍旅進退，乞不直降宣命。況臨時應變⑥，主將之任，豈可賊兵寇境，更候朝廷指揮？若涉逗留，即乞嚴行朝典。謹具狀奏聞⑦。

## 【校注】

①原載卷二十。文中言己爲陝西經略判官，又言"昨到鄜延，體問昨來六月中，差撥兵馬往諸寨"，則知作于六月之後不久，故繫於此。

②四庫本無此句。

③却，李文藻本作都，疑形訛，眉批："都上下疑有脱文。"

④憤，李文藻本眉批："疑懼。"

⑤嬰城，謂環城而守。《戰國策·秦策四》："小黄、濟陽嬰城，而魏氏服矣。"鮑彪注："嬰，猶縈也，蓋二邑環兵自守。"《漢書·蒯通傳》："必將嬰城固守，皆爲金城湯池。"顏師古注引孟康曰："嬰，以城自繞。"

⑥應變，原闕，據四庫本、李文藻本補。

⑦謹具狀奏聞，四庫本、叢刊本作"謹具狀奏聞，謹奏"方本夾注："一本無此二字（謹奏）。"


# 論諸將益兵①

臣竊見近日所委帥臣，大抵以益兵爲請，朝廷既熟聞之②，必以爲循常之談。臣但慮衆説依違③，未能感悟聖意。臣非不知國家兵數有限，然事當應急，必在枝梧④。昔秦伐楚，王翦請兵六十萬⑤，有李信者請止用兵二十萬。故秦帝不從翦言者，謂信能任其事也。然信果敗，而翦終成功。今西邊諸將人人皆請益兵，未有自許如李信<sup>⑥</sup>,請以少擊衆也。如李信者尚敗事,況强而使之?
此必敗之理<sup>⑦</sup>。

**【校注】**

①原載卷十九。《又一首》中言"葛懷敏與臣言夏竦所將兵在涇州止及二
千",則知此時尹洙尚未任陝西路經略安撫判官,故繫於此。

②熟,叢刊本作埶。

③依違見《祭僕射王沂公文》注<sup>④</sup>。

④枝梧,見《叙燕》注⑳。

⑤王翦,《史記·王翦傳》:"王翦者,頻陽東鄉人也。""秦將李信者,年少
壯勇。""始皇問李信:'吾欲攻取荊,於將軍度用幾何人而足?'李信曰:'不過
用二十萬人。'始皇問王翦,王翦曰:'非六十萬人不可。'""荊人因隨之,三日
三夜不頓舍,大破李信軍。"

⑥未,叢刊本作亦。

⑦理,李文藻本無,眉批:"有闕文。"方本注:"下疑有闕文。"

<h2 style="text-align:center">又一首<sup>①</sup></h2>

臣竊以涇原一路俯近賊境,然自元昊狂悖<sup>②</sup>,未聞深來寇
鈔<sup>③</sup>。以臣料之,必謂朝廷怠於禦備,乘此間隙,勢將大舉。若所
過堡寨委而不攻<sup>④</sup>,屯戍之兵止能自守,恐未有以待之也<sup>⑤</sup>。昨葛
懷敏與臣言,夏竦所將兵在涇州止及二千<sup>⑥</sup>,益以懷敏所請之兵,
共未及五千人。若虜衆大至,必當堅守。臣所慮者,不患其攻城,
不患其求戰,唯患其審我虛實<sup>⑦</sup>,知我利害,視涇渭之城爲自守之
壁,引衆前進,大爲俘掠,則猖獗之勢未可輕也。臣請益涇州屯兵
滿三萬,騎五千,俟虜之來,或應變出奇,或分兵據險,以逸待勞,
勝勢多矣。縱使賊氣方銳<sup>⑧</sup>,且堅壁自守,賊憚我全軍,必未敢南
向輕進,則進退之勢<sup>⑨</sup>,皆得以制之。此事制置,貴在速決。

【校注】

①原載卷十九。

②元昊狂悖,《宋史·仁宗二》:寶元元年十二月"丙寅,鄜延路言趙元昊反"。

③來,李文藻本作求,疑形訛。

④而,原作師,據四庫本、李文藻本改。

⑤恐,李文藻本無。

⑥葛懷敏,《宋史·仁宗本紀三》:"(慶曆二年九月)閏月戊戌,罷河北民間科徭。是月,元昊寇定川砦,涇原路馬步軍副都總管葛懷敏戰没,諸將死者十四人,元昊大掠渭州而去。"夏竦,《宋史·夏竦傳》:"夏竦,字子喬,江州德安人。……趙元昊反,拜奉甯軍節度使、知永興軍,聽便宜行事。"

⑦唯,原作惟,據叢刊本改。

⑧賊,叢刊本作戰。

⑨進,李文藻本眉批:"進字似不誤。"

【集評】

李保泰本眉批:"知兵語。"


# 乞半年一次詣闕奏事二首①

## 一

臣今所授經略判官,凡是軍事,當得參議。其夏竦等,如有處置邊事,若只飛奏②,恐朝廷未盡知得彼處事機。臣欲乞逐季或半年一次入奏,面陳事狀。兼彼處城寨要害、道路迂直、兵衆糧運等,臣尚未細知,不敢輕有上言,俟臣再至闕廷,方敢陳奏③。仍乞降一付身札子,令臣收執。如允臣所請,乞降聖旨指揮。

【校注】

①原載卷十九。文中言"臣今所授經略判官""其夏竦等"云云,可知此文

作於初任陝西經略判官之時。

②若,叢刊本作又。李文藻本作右,眉批:“若。”

③奏,李文藻本作秦,眉批:“奏。”

## 又一首①

臣前次上殿,乞逐季或半年一次入奏,緣臣是經略判官,凡是軍機,無不參預。若得頻至闕廷,面陳事狀,則邊臣合有更置事宜,得以委曲敷奏②。若以外任官無例至京③,則見今發運司及催綱官員皆得入奏。伏望聖慈特賜允臣所奏④。

【校注】

①原載卷十九。

②得以委曲敷奏,叢刊本作得以運司及催綱官委曲敷奏。

③外任官,方本作外臣,夾注:“一作外任官。”

④綱官員至伏望等文字,陳本、李保泰本無。李保泰本眉批:“似有脱落。”叢刊本無得字。

## 奏閱習短兵狀代延帥作①

臣竊見諸處馬軍,每一都槍手、旗頭共十三人,其八十餘人并係弓箭手。步軍每一都刀手八人,槍手一十六人,其七十餘人并係弩手。其弓弩手更不學槍刀②,雖各帶劍一口③,即元不繫教習,又弓弩每至夏月,更不教閱。當戰陣之時,或遇險隘,弓弩施爲不得,須要短兵相持;其弓弩手既不會短兵,束手受害,遂多敗覆。臣今往邊上逐處④,便一面指揮馬、步軍,除弓弩外,更須精學刀劍及鐵鞭、短槍之類。所貴施爲弓弩不得處,便有短兵之利,可以取勝,又免至夏月廢却教閱。更乞早降宣命指揮,下逐路部署司依稟⑤,仍乞於試中武藝使臣中,選十人下都部署司,分擘邊上監教⑥,貴得早見精熟。取指揮。

【校注】

①原載卷二十。延帥當指范仲淹,《長編》卷一百二十八載,康定元年八月二十八日,陝西經略安撫副使范仲淹兼知延州,故繫於此。四庫本無代延帥作四字。

②學,四庫本作習。

③帶,原闕,據四庫本、李文藻本補。

④逐,叢刊本作遂,疑形訛。

⑤依,四庫本作承。李文藻本作休,眉批:"不甚可解。"

⑥分擘,四庫本作休。上,陳本無上字。


# 與延帥論事狀三首①

前日某所論事②,退,思有所未盡③,謹具條陳如左。

一,所論保安戍主④,某雖不聞其威名⑤,亦未詳其綏御何如耳。今虜衆壓境,守將非大不善,則不當更置,且當以材者輔之。苟輔之者堪其事⑥,則代之不爲晚⑦。大凡敏於事者,使之臨郡縣,布威樹化,即日而成治者有之⑧。若要審上下之情僞,練守禦之要害,軍須物數,周知其用,雖使期月,猶恐未盡。今虜之來,朝夕不可逆料⑨,恐新者雖材而不暇施爲,舊者或練習而不擾也。

一事,所論爲將恩威。某謂恩貴於周,威則懲一而警百也⑩。昧者或反是,樹恩以私於人,故人有竊議;屬威以束其下,故怲怲交怨⑪。蓋任於威而偏於恩也。撫循以示恩,則衆無不協⑫;號令以申威,則犯者獨誅。如是,法且立而怨何由興哉?又聞用刑寧失於重,不當失於疑。昔張尚書、王文康在蜀⑬,犯盜者多死,失於重,不害也。傳聞曹武穆嘗用人言⑭,誅一治舍者⑮,以其誹謗語。又近日范振武重罰優人⑯,謂其慢己⑰。此二者⑱,人或疑其罪。武穆至明，振武至恕，及其以疑而用刑，則人皆疑其罪，故不若輕罪而加重辟也。

一事，虜聲言取劉懷忠<sup>⑲</sup>。近又率衆過長城嶺<sup>⑳</sup>，却還故處。雖候者未必皆實，就如此言，恐虜勢稍束。且保安城堅，今承其聲，又益以朱吉成兵三千，虜若果來，使胡、劉二族附保安<sup>㉑</sup>，不與之速戰，稍進金明之師以爲聲援，則虜未有得也。所慮者，虜前以數萬攻承平，許懷德以數千兵往援<sup>㉒</sup>，虜不測而遁。後知之，必咎前策。

**【校注】**

①原載卷二十四。文中言"虜聲言取劉懷忠"。按《長編》卷一百二十八，康定元年九月二十六日，以劉懷忠之子劉化基爲内殿崇班閤門祗候、保安軍北巡檢。"初，懷忠與賊力戰，既歿，化基請領兵襲賊，故就命之。"則此文當作於康定元年九月之前。狀，原闕，據四庫本、叢刊本補。

②某，四庫本作洙。

③思，叢刊本作私。

④戌，四庫本作城。李文藻本作成，眉批："成疑城。"疑形訛。

⑤某，陳本作謀。不，李文藻本作石，眉批："石疑實。"方本無不字，夾注："一作久。"

⑥苟，李文藻本作者，眉批："者疑衍。"疑形訛。

⑦晚，李文藻本作悦，注："悦疑晚。"

⑧成治，四庫本、叢刊本作民治。

⑨逆，四庫本、叢刊本無。

⑩懲，叢刊本作猶，誤。

⑪恼恼交怨，叢刊本作洶洶反怒。恼恼，李文藻本作惱惱，四庫本作慆慆。

⑫協，四庫本、叢刊本作洽。

⑬蜀，叢刊本作屬，疑形訛。張尚書、王文康在蜀，見《文康王公神道碑銘》注<sup>㉛</sup>。

⑭曹武穆，《宋史·曹瑋傳》："卒，贈侍中，謚武穆。"

⑮治，叢刊本作詢。

⑯范，李文藻本作苑，眉批：“苑似可通。”按《宋史·范雍傳》：“范雍，字伯純，世家太原。”“既而元昊反，拜振武軍節度使、知延州。”

⑰其，李文藻本作兵，眉批：“兵疑其。”

⑱二，叢刊本作三。

⑲虜，李文藻本作慮，眉批：“慮疑虜。”劉懷忠，《宋史·劉紹能傳》：劉紹能“父懷忠，官内殿崇班閤門祗候。元昊叛，厚以金幣及王爵招之，懷忠毀印斬使。洎入寇，力戰以死”。

⑳又，叢刊本作人，疑形訛。

㉑胡、劉二族，《歷代名臣奏議·夏竦〈陳邊事十策狀〉》：“二緣邊熟户號爲藩籬，除延州李金明、胡繼諤二族，與賊世讎，受國厚恩勢，必向漢。”

㉒援，李文藻本作投，眉批：“投疑援。”許懷德，按《宋史·許懷德傳》：“許懷德，字師古，開封祥符人。……元昊寇邊，選爲儀州刺史、鄜延路兵馬鈐轄，遷副總管。夏人三萬騎圍承平砦，懷德時在城中，率勁兵千餘人突圍，破之。夏人復陣，有出陣前據鞍嫚罵者，懷德引弓一發而踣，敵乃去。屠金明縣，復進圍延州。懷德遽還，夜遣裨將以步騎千餘人，出不意擊之，斬首二百級，遂解延州。遷鳳州團練使，專領延州東路茭村一帶公事”

# 上葉道卿舍人薦李之才書①

某再拜：八月初作書，托鄭開封附去浙中。後十餘日，聞有西掖之召②。中外企望，爲日已久，雖有此拜，固未足爲賀也。恭惟甫至都下，尊體休勝，某輒有私悃③，仰布左右，惶恐惶恐。孟州司法參軍李之才，年三十九，天聖八年同進士出身。能爲古文章，語直意遂，不肆不窘④，固足蹈及前輩，非某所敢品目。其爲人敦朴真率，不自矯厲，安於卑位，頗無仕進意，故世人罕能知之。

京師諸君有石曼卿者⑤，與之遊，曼卿獨喜其不汲汲榮利，與己合耳⑥。之才母老，家無餘貲⑦，曼卿嘗勸之隱去。使其無所歸,於知似未盡也⑧。之才又達世務,使少用於世,其才過人遠甚。今幸其貧無資,不能決其歸心,知之者當共成之也。近制,吏部選人有保任者⑨,及五人得上其課⑩。之才未嘗干於人,在上者或薦之,今已四人,十二月又當罷去,念非明公無以成之者。明公雖素未知其人,然某被遇最深,由知某而後知之可也。之才在朝廷無近親,若其持身謹廉,常吏皆能之,故略其言。事遽詞激,罔避詆訶,倘蒙留意,恭候還教⑪,不任懇切。

## 【校注】

①原載卷六。按《長編》卷一百二十八,康定元年九月七日,葉清臣"爲龍圖閣直學士、起居舍人,權三司使事",姑繫於此。李文藻本眉批:"按《宋史·葉清臣傳》,清臣字道卿,蘇州長洲人,終於河陽。按《東都事略·儒學傳》,李之才字挺之,青州人。官至澤州判官。"李保泰本眉批:"李之才字挺之,青社人,受易於穆伯長,得希夷先生之正傳,康節先生之學,受於挺之,而世尟知之者。"

②西,方本旁批:"兩。"應劭《漢官儀》卷上:"左右曹受尚書事,前世文士,以中書在右,因謂中書爲右曹,又稱西掖。"

③某,原作其,疑形訛,據四庫本、叢刊本改。私恓,《廣韻》:"至誠。"

④李保泰本眉批:"大難事。"

⑤石曼卿,《宋史·石延年傳》:"石延年,字曼卿,先世幽州人。晋以幽州遺契丹,其祖舉族南走,家於宋城。"

⑥與,原作於。據叢刊本改。

⑦家,叢刊本、方本無。方本旁批:"家。"

⑧李保泰本眉批:"此上旨因曼卿素不喜謁貴仕以薦挺之。書凡四五至道卿之門,道卿薦爲緱氏令,終澤州判官。"

⑨選,叢刊本、李文藻本無。

⑩得,四庫本作以。上,原闕,據四庫本、叢刊本補。

⑪候,原作俟,據叢刊本改。教,方本夾注:"一作報。"

# 奏論金明寨狀①

　　右,臣今月十三日到金明寨,問得添修舊城次第②,已自九月下手修築③。竊知朝廷別降指揮,將李士彬果園修築新城④。臣不知新城利害,但以功料計之,舊城計功二十萬,見役兵夫不及五千人,須四十餘日方成。新城計功五十九萬七千,須一百二十餘日方成。即今趙振等所屯兵馬一萬餘人⑤,日夕披帶⑥,以備非常。加以霖雨,自延州轉般糧草,凡九次涉水,方到金明。兵衆暴露,惟宜責以近期。若或更張,必至遷延至冬⑦,轉恐不易。臣初聞移改新城,尋知張存已有奏論⑧,臣比不敢更煩聖聽。及臣自金明回,又知再降札子,兼內臣相次到州,切慮依禀聖旨,須至改移。伏望聖意,詳臣所奏,早賜指揮。

**【校注】**

　　①原載卷二十。文中言“今月十三日到金明寨,問得添修舊城次第,已於九月下手修築新城”。按《長編》卷一百二十七載,康定元年五月二十七日,“詔鄜延鈐轄張亢、都監王達,率兵趣金明、塞門寨擊賊,副都部署趙振以重兵繼之,自金明破後,敵騎猶未退也”,與文中所言“今趙振等所屯兵馬一萬餘人”相應,故繫於此。

　　②次第,情景、光景。李清照《聲聲慢·尋尋覓覓》:“這次第,怎一個愁字了得?”

　　③自,叢刊本作于。

　　④“竊知朝廷別降指揮,將李士彬果園修築”,叢刊本無。

　　⑤所,叢刊本無。趙振,《宋史·趙振傳》:“趙振,字仲威,雄州歸信人。”

　　⑥披帶,披盔帶甲。《宋史·軍禮志·閱武》:“將來三司馬步軍并各全裝披帶衣甲,執色器械。”

　　⑦至,四庫本、叢刊本作是,疑形訛。

　　⑧張存,《宋史·張存傳》:“張存,字誠之,冀州人。”“西邊動兵,以天章閣

待制爲陝西都轉運使。"

# 議攻守①

夫西戎之弗庭久矣②。自繼遷盜起羌胡③,覆没靈、夏,四州常嚴兵戍④,秦民困於饋輓⑤。然國家以生人爲念⑥,誠乎黷武,不愛七州之地⑦,委以旄鉞之重⑧,侯王許其世及,金帛豐其歲給。恩賞既厚⑨,虜志益驕。蓋嘗有恭順之心,修職貢之事⑩,含容豢養,四十餘年,迄於胡雛⑪,遂肆逆節。自今春,朝廷選命將帥,分守邊郡,輸轉兵甲,修峻城壁,三秦之人,已聞騷動。苟宿兵塞下⑫,曠日持久,守禦之備雖嚴,供饋之力必屈。此則方今自守之害也。若興兵度磧,虜必遠遁,求戰則不可得,欲歸則爲所乘⑬。此又蹈至道之師也⑭。切計爲元昊之謀者,不過中國外叛之人與北方桀黠之虜耳⑮。彼知中國重於出師,利在守境,教元昊以輕騎擾邊⑯,使城不敢弛備⑰,欲以歲月困我,以覬僥倖之利耳⑱。

北虜以朝廷久同盟好⑲,恩禮優渥,雖欲竊發,自愧無名,故使元昊叛而觀釁。我若禦之得其策⑳,則一舉而服二虜矣㉑。不然,恐北狄相踵而叛焉㉒。且元昊所統,皆朔方騎兵,兼黨項之衆長於野戰,而憚於冒險。今邊鄙鎮戍㉓,皆據要害之地,有重兵屯守,不懼其越秩,但憂其不至,不至則中國坐自困矣。然元昊擁脅羌胡之衆,陸梁沙漠之外,未可以力取,但當以計勝之。方今之計,莫若擇西師之精銳者,分屯邊郡㉔,命有方略材武之將統之,其羸老者悉退還長安、蒲津,則外省供餉之勞,內有嚴備之名矣。

又聞吐蕃在元昊之西,回鶻居其北㉕,而折、李二族屬國部落當其東。可遣使覘二虜㉖,視其强弱,而啗以金帛㉗,與之爲約,使出兵攻元昊之西北。命折、李二族各將所部㉘,以便宜經略其東南,且觀其勢㉙,而遣驍將以邊兵繼進,賊謂王師必不深入,令吐蕃、回鶻擊其右,屬國部落攻其前,而以邊兵乘之,破之必矣㉚。軍威既振,凶黨必離,然後疏爵賞以招其酋豪㉛,舉大軍而覆其巢穴,弔河湟之黎庶㉜,復漢唐之封略,可計日而得矣㉝。若徇悠悠之談㉞,以太平既久,兵不可動,但執保邊之說,使邊城將帥擁重兵,據堅壘,人人爲自固之謀,臣恐數年之後,財匱力屈,恐朝廷之憂,不在元昊也㉟。謹上。

## 【校注】

①原載卷二十三。此篇與《攻守策頭問耿傅》,或作於同時。《宋史全文》卷七載康定元年十二月,"上以手詔問師期,夏竦等乃畫攻守二策,遣副使韓琦、判官尹洙,馳驛至京師,求決於上。乙巳,詔鄜延、涇原兩路,取正月上旬,同進兵入討西賊,上與兩府大臣共議用攻策也。樞密副使杜衍,獨以爲僥倖出師,非萬全計,爭論久之"。此二文或此爭論中所作。此卷作品叢刊本、李文藻本皆以爲代耿傅作,李保泰本亦旁批:"傳作代耿。"

②弗,長洲陳本、方本作不,夾注:"一作弗。"

③繼遷,《宋史·夏國上》:"建隆四年,繼遷生於銀州無定河,生而有齒。……繼遷以千騎攻清遠軍,守臣張延擊退之。……咸平春,繼遷復表歸順,……未幾,復抄邊。……景德元年正月二日卒,年四十二,子德明立。祥符五年,德明追上繼遷尊號,曰應運法天神智仁聖至道廣德孝光皇帝。元昊追謚曰神武,廟號太祖,墓號裕陵。"

④四,原作西,據四庫本、李文藻本改。四州,按《新唐書·王起傳》:"入拜尚書左丞,以户部尚書判度支。靈、武、邠、寧多曠土,奏爲營田,以省餽輓。"

⑤秦,李文藻本作寨,疑形訛。餽輓,見《故宣德郎守大理寺丞累贈司封員外郎皮公墓誌銘》注⑨。

⑥生人,李文藻本作至仁。

⑦愛,方本作憂。

⑧旄鉞,旄與鉞,領統權柄的象徵物。《三國志·蜀書·諸葛亮傳》:"親秉旄鉞以屬三軍,不能訓章明法,臨事而懼。"

⑨賞,原闕,據四庫本、李文藻本補。

⑩職貢，《左傳·起公二十七年》：“小國不困，懷服如歸。……共其職貢，從其時命。”

⑪迄於，方本作迆比。胡，方本作羌。

⑫苟，叢刊本作荷，疑形訛。塞，原作寨，據四庫本、叢刊本改。

⑬所，原闕，據四庫本、叢刊本補。

⑭至道，四庫本作至險。按《宋史·張崇貴傳》：“自至道後，五路討賊，兵戰相繼，卒無成功。”

⑮中國，李文藻本作中國之，眉批：“之疑衍。”

⑯擾邊至必離，叢刊本、李文藻本無。李文藻本眉批：“此處脱文甚多。”擾邊，四庫本作擾我耳。

⑰城，陳本作城戍。四庫本無使城不敢馳備至凶黨必離等文字。

⑱覘，陳本作觀，疑形訛。

⑲北，陳本作此，形訛。

⑳若，陳本無。

㉑二，陳本作工，形訛。

㉒北，陳本作白。叛，陳本作殷，疑形訛。

㉓戍，陳本作戎，疑形訛。

㉔分，陳本無。

㉕居，原作君，疑形訛，據陳本改。

㉖觇，陳本作詁，形訛。

㉗啖，陳本作陷，誤。

㉘命，原闕，據陳本補。

㉙勢，陳本作勞，疑形訛。

㉚破之必矣，陳本作“出其不意，破之必矣”。

㉛然後，四庫本作今若。

㉜吊，叢刊本作第，疑形訛。庶，叢刊本作康，陳本作度。

㉝可計日而得矣，李保泰本眉批：“是時朝廷主避敵，師魯却主戰。”

㉞徇，原作狥，疑形訛，據四庫本改。

㉟元昊，《宋史·外國一》：“德明娶三姓，衛慕氏生元昊。……宋寶元元

年,表遣使詣五臺山供佛寶,欲窺河東道路。與諸豪歃血約先攻鄜延,欲自靖
德、塞門寨、赤城路三道并入,遂築壇受册,即皇帝位,時年三十。”

# 攻守策頭問耿傅①

問:西師之興,幾一歲矣②。爲守計則師無還期,坐耗廩粟,
又邊税所入不廣,當有轉輸之勞。若乘之以饑凶,民困於内,兵久
於外③,非策之善也。遠惟前世深入之利④,近鑒至道之役⑤,豈謂
今者不可參以古事⑥,將勝敗不繫於人耶⑦? 然則攻與守,必有一
術焉。爲今計者,當如何? 所論守之害,與計勝之説,然則若云
折、李族擊其前⑧,大將繼而乘之,似未得宜。何者? 二族壤地相
遠⑨,雖俾俱進,其戰地、戰日不能預制,是有俱進之名,其實不合
勢也。彼若置一族之衆⑩,縱之深入,獨與一族之共鬭,則衆寡相
絶,勝勢在彼矣。彼既勝,則深入者益孤,吾之大軍復何乘哉? 古
有攻其所必救者,虜之以救何地耶? 所謂吐蕃、回鶻者,正合以夷
狄攻夷狄義⑪,然今之唃厮頗得吐蕃故地⑫,猶見命於朝。回鶻有
君長通於京師,此二國驟親之,使其自爲攻計,恐不能得其深効,
徒市虜自利耳。若循唐至德故事⑬,使大將領之⑭,又虜且不從⑮。
凡此皆當詳極其説。

【校注】

①原載卷三。傅,原作傳,據李文藻本改。黃本脚注:“吳本黃筆云傅字公
弼。”方本旁批:“傅字公弼。”此篇陳本作攻守策。

②師,黃本作帥。幾,方本作今,旁注:“幾。”

③久,叢刊本作失,疑形訛。

④前,方本旁批:“先。”

⑤至道之役,見《議攻守》注⑭。

⑥謂,原作謀,叢刊本、李文藻本作課。李文藻本眉批:“課疑謂。”據此改。

⑦耶,原作也,據叢刊本改。

⑧折,原作析,據四庫本、方本改。李文藻本眉批:"折氏、李氏,西邊强族,宋所倚恃者。守上或當有攻。然則下有闕文。""疑有闕文。"

⑨地,叢刊本作土。

⑩族,叢刊本、李文藻本作旅,據四庫本改。李文藻本眉批:"旅字似族字之訛。"

⑪以夷狄攻夷狄義,四庫本作以敵國攻敵國義。義,李文藻本眉批:"義疑也。"

⑫唃厮,《宋史·吐蕃傳》作唃厮囉。沈括《夢溪筆談·雜誌二》:"青堂羌本吐蕃別族,……國初,有胡僧立遵者,乘亂挾其主籛逋之子唃厮囉東據宗哥邈川城。唃厮囉,人號瑕薩籛逋者,胡言贊普也。"

⑬唐至德故事,按《新唐書·郭子儀傳》(至德二年九月)"從元帥廣平王率蕃、漢兵十五萬收長安"。

⑭大,叢刊本作天,疑形訛。領,叢刊本作傾,疑形訛。

⑮又,原作有,據四庫本、叢刊本改。


# 故朝奉郎行許州陽翟縣令贈太常博士趙公墓誌銘并序①

公姓趙氏,諱某字某②,幽州良鄉人。祖某,父某③,世以儒衣冠,遇亂無顯者。幽州陷虜二年,公始生,幼而孤。鄉里少年率從虜教,馳騁田獵,頗以材勇自奮;公獨褒衣從先生游④,讀書泛通大義,馳射亦過人,然不以能自名,故得以文吏進⑤。母嘗疾癘甚,呼聲不絕,公吮其潰,毒痛即少止。母慮傷其意,後頗隱其狀,公視母色戚,泣而吮焉。

數從虜帥掌文記⑥,得本縣主簿。又爲飛狐尉,遷蔚州靈丘令。雍熙中,王師至其地⑦,得歸京師。授河南偃師令,累調江陵、岐山、義烏、陽翟四令。公性剛明,尚義節,其爲吏,遇事敢決,無留獄,所至以强辨稱。在江陵,遇蜀李順亂⑧,轉兵食,自峽而上，爲群吏先。使者以狀聞，制書褒諭。罷陽翟，歸偃師家居。舊制：縣令過七十居其官請老者，得以東宮官致仕。公是時年六十九⑨，居其官請老，家人以精力尚強，勸其再調一邑，以五品還家。公曰："吾量力而止，豈以虛名自役乎！"乃以疾請。後十五年，年八十四，終於家。夫人劉氏，慈明有賢行，後公十七年而終⑩。四子：偕、企、及、布。一女，適進士張康世。孫六人：友文、尚文、子文、溫文、秀文、懿文。公之退居也，命偕主家政。及舉進士，公在，及已登科，兩佐使幕，今爲殿中侍御史⑪，再贈公爲太常博士。夫人授封壽安縣太君。太君之喪⑫，偕、企無存者，御史爲嗣子⑬。考吉卜，葬公河南洛陽邙山北原，壽安君祔焉。銘曰：

　　猗歟令人，孝哉其淳。厥艱在初，和而不汙。有美其終⑭，恬乎其充。邙山之地，茲焉寧體。祭以大夫，公卒有子。

**【校注】**

　　①原載卷十四。文中言："幽州陷虜二年，公始生，……年八十四，終於家。夫人劉氏，慈明有賢行，後公十七年而終。"按《遼史・太宗本紀下》，會同元年十一月，"晋復遣趙瑩奉表來賀，以幽、薊、瀛、莫、涿、檀、順、嬀、儒、新、武、雲、應、朔、寰、蔚十六州，并圖籍來獻"。則知"幽州陷虜二年"，乃會同二年，即公元 939 年。又曰"年八十四""後公十七年"云云，則知當作於康定元年。

　　②某字某，叢刊本無。

　　③祖某父某，叢刊本作祖父。

　　④褒，李文藻本眉批："褒疑袞。"方本作袞。褒衣，按《漢書・雋不疑傳》："褒衣博帶。"顏師古注："褒，大裾也，言著褒大之衣、廣博之帶也。而説者乃以爲朝服垂褒之衣，非也。"

　　⑤吏，叢刊本作史，疑形訛。

　　⑥帥，叢刊本作師，四庫本作北兵。

　　⑦師，原作帥，疑形訛，據四庫本、李文藻本改。

　　⑧李順，《宋史・五行志五》："（淳化三年）李順盜據益州。"

　　⑨公，叢刊本作以。

⑩此句後原有“年八十四”四字，李文藻本作十四，眉批：“十四二字疑衍。”據叢刊本删。

⑪今，叢刊本作會。

⑫太君，李文藻本無，眉批：“多脱誤。”

⑬史爲，叢刊本無。

⑭有，李文藻本作者有，眉批：“者疑衍。”

# 用屬國①

　　昔漢發羌胡之兵，夷郅支之壘②；唐出回鶻之師，平幽陵之叛③，前世得夷狄之効者多矣④。乃者凶渠旅拒，方議問罪，而唃厮囉者輸誠款⑤，請加討伐。陛下講柔遠之略，嘉憬俗之意，爰詔有司，撫納其使，特假將鉞之重，委以專征之任。金帛溢於穹居⑥，官爵延於渠帥，此誠得以夷狄攻夷狄之策。然西戎貪而無恥，不可待以誠信⑦，况唃厮囉頃在先朝⑧，僻處西裔，自恃犬羊之衆，復信立遵之衹⑨，嘗抗章陳請，冀復舊號，犯我亭障，及天水之境，自爲曹瑋所敗⑩，殺戮過半，遂竄跡荒服，幾三十載。今者砥厲聖德⑪，回首面内⑫，當於制馭之道，思適權宜之要。昨聞專遣使者，來告戎捷，率多兵仗之類⑬，曾無俘馘之獻。舊傳唃厮囉之牙，去平夏僅三十里⑭，彼嘗與大邦爲讎⑮，豈有一朝翻爲朝廷悉力而伐叛哉？恐未得其誠効，徒市虜以徼利耳。爲策之要，莫若擇朝臣之有材略、曉機事者，由吐蕃使於回鶻，察其誠僞，而與之爲約，使其出兵，俟有所俘斬，然後計級以金帛賞之。戎狄之性，貪於財利，理當奮命⑯。凡賊之入寇，利在剽掠，若敕邊郡險其走集，遠其斥候，使賊至野無所得，城不可攻⑰，而觀釁蓄鋭，發機擊之，蔑不克矣。保塞羌胡，亦不减七八萬，（保塞羌胡⑱，謂折、李二族及明珠、白馬部落之類⑲）常苦邊臣之侵漁⑳，故屢有翻覆。

宜申敕鎮戍㉑,厚加撫馭,賜堅甲絮衣,利兵勁矢㉒,命諸將監護㉓,使分路進討。彼救左則攻右,救右則攻左,賊必疲於奔命。且彼進無攻劫之利,退有牽制之患,數年之間,凶黨必潰,則可繫大憝而戮槁街㉔,告成功而告祖廟矣㉕。謹上。

## 【校注】

①原載卷二十三。文中言唃廝囉項"自爲曹瑋所敗,……幾三十載"。按《宋史·真宗三》載大中祥符九年九月六日,"曹瑋言宗哥唃廝囉、蕃部馬波叱臘、魚角蟬等寇伏羌砦,擊敗之,斬首千餘級"。則此文當作於康定、慶曆之間。

②夷郅支之壘,《漢書·元帝紀》:"(建昭三年)秋,使護西域騎都尉甘延壽、副校尉陳湯,矯發戊己校尉屯田吏士及西域胡兵,攻郅支單于。冬,斬其首,傳詣京師,縣蠻夷邸門。"

③平幽陵之叛,《新唐書·郭子儀傳》:"子儀以回紇首領葛邏支擊之,執獲數萬,牛羊不可勝計,河曲平。""贊曰:天寶末,盜發幽陵,外阻內訌。"

④夷狄之效,四庫本作屬國之用。

⑤者,原作首,疑形訛,據叢刊本改。唃廝囉,見《攻守策頭問耿傳》注⑫。

⑥帛,四庫本、叢刊本作幣。

⑦待以,李文藻本作以待,眉批:"以待應倒轉。"

⑧頃,原作項,疑形訛,據四庫本改。

⑨祇,原無,四庫本作祆,據李文藻本補。張位本作復信左道之祆。

⑩爲曹瑋所敗,《宋史·真宗三》:"(大中祥符九年)八月壬申,知秦州曹瑋言伏羌砦蕃部厮雞波與宗哥族連結爲亂,以兵夷其族帳。……(九月)丁未,曹瑋言宗哥唃廝囉、蕃部馬波叱臘、魚角蟬等寇伏羌砦,擊敗之,斬首千餘級。"

⑪厲,原闕,四庫本作祇屬,李文藻本眉批:"屬疑厲。"據此補。

⑫面,李文藻眉批:"面疑向。""面不錯,出《漢書》。"按《漢書·司馬相如傳》:"昆蟲闓懌,回首面內。"顏師古注:"言四方幽遐皆懷和樂,回首革面而內嚮也。"

⑬仗,原作伏,李文藻本眉批:"伏疑仗。"

⑭十,原作千,疑形訛,據李文藻本改。

⑮彼,李文藻眉批:"彼不誤。"

⑯奮,李文藻本、方本作用。方本夾注:“一作奮。”

⑰攻,叢刊本作及。李文藻本作攻,眉批:“攻不誤。”

⑱保,叢刊本作候。

⑲二,四庫本、李文藻本作三。

⑳苦,四庫本、叢刊本作若,形訛。

㉑戍,叢刊本作戎,形訛。

㉒勁矢,原作勁兵勁矢。勁兵,疑衍。

㉓將,李文藻本、叢刊本作侯。

㉔憝,李文藻本作憝,眉批:“憝,憝之譌。”戮,陳本作滅。大憝,《尚書·康誥》:“元惡大憝,矧惟不孝不友。”孔傳:“大惡之人猶爲人所大惡。”

㉕告,叢刊本作薦。


# 備北狄①

　　夫戎狄爲患,厥惟舊矣。自黃、虞而降②,迄於隋唐③,與時盛衰,寇盜中國。蓋以生知騎射之方,俗鍾貪悍之性,樂於戰鬭,不知仁義,故弱則降附,强則侵叛,爲國者審其馭之之術而已④。馭之得其道,則陵犯之謀寢;失其道,則陸梁之心生⑤。秦、漢專尚武功,生事荒外⑥,不較利害⑦,交相侵伐,戎狄雖衰,而中國亦困矣,未爲策之善也。夫善禦戎狄者,在於任將帥⑧,訓士卒,積金穀,利器械。無事則守,有警則戰。故守則有威,戰則必克,無他道也,重威嚴備而已。漢宣帝之朝呼韓⑨,唐太宗之擒頡利⑩,皆俟其政令之昏錯⑪,上下乖亂,然後取之,未有無事而興兵,時安而去備也。太祖皇帝以聖姿承五代之弊⑫,僭僞之國棋布天下,中州之地纔方千里。西疆秦隴,南封江漢,北不過潞,惟東暨於海⑬。太祖委任將帥,奮揚武德,十七年間⑭,未嘗有戎狄之憂。因之繫庸蜀之君⑮,開荆衡之域,東平建鄴,南拓番禺,廓海宇之袄裀⑯,振皇綱之解紐⑰。太宗纘武⑱,吳越請吏⑲,乃親總六師,問罪三晉,一戎衣而天下大定。於是覽《禹貢》之舊疆⑳,憫幽陵之污俗㉑,屢遣良將,躬行吊伐,而北戎方熾,師出無助,卒不能焚老上之龍廷㉒,按榆溪之故塞㉓。厥後繼以潘美失律㉔,楊業捐軀,繼遷投隙,又擾靈、夏。由是虜勢益悖,憑陵趙、魏矣。朝廷命李繼隆、康保裔、傅潛、王繼忠、王超輩爲上將以禦之㉕,未嘗有尺寸之功,皆相繼敗北。先皇帝忿獫鬻之恣睢㉖,憫士民之遷劫,親駕戎輅,載臨澶、魏,俄而撻覽授首,大振天聲(撻覽,虜之大將,澶淵之役,爲石保吉部將所殺,即民間之所爲統軍者)。虜衆震懾,乞盟請退。先皇帝志在安民,誠深黷武,乃命單車之使,申金黎之盟,抗敵國以禮之,賜珪幣以安之,疆場無虞,幾四十年矣,有以見聖人屈己愛人之深也。

夫戎狄者,言語不通,政教不及,無耕織之業以厚其生,無邑居之固以安其俗。故前古雖得其民,不可臣也;得其地,不可墾也。趙武靈王欲開榆中之地,則先變胡服㉗。唐太宗既滅突厥,卒不能有,遂立李思摩爲主㉘,而遣還河北。異乎方今北虜之爲也,習禮儀之事,講君臣之容,有詔令誥誓之文,有冠冕衣裳之制。又聞自虎北口之北,有京曰大定府。合環千里之間,有城壁皆以郡縣爲名,有人民皆以耕桑爲本㉙。雖引弓辮髮,未盡格於漢儀;而紀號設官,殆有殊於戎俗矣。意者豈皇天將使臣屬於我,俾自變其俗耶?抑其君臣將革其政教,謀爲害於我耶?且國家自雍熙、端拱之後㉚,迄於澶淵之盟,未嘗得志於北虜。今又其俗方改政令、作法度,竊觀其意,似有貪漢之心焉。

夫北虜者,易以威制,難以德服,其所由來尚矣。而今之繼好弭兵,逾三十載,彼豈知仁義之方,保盟誓之重哉㉛?正以國家太平,四方無事,又歲貪金帛之厚賜耳。今西戎不庭㉜,師旅未息㉝,不幸年穀凶歉,民力虛困,則虜必伺隙乘便,留我信使,擁其腥膻之衆，加以幽、薊之師，暴犯邊陲，必爲深患矣。夫備預不虞<sup>㉞</sup>，武之善經也，國家得不思爲之備者乎？既思爲備，則宜講求將帥之材，制定兵戎之法<sup>㉟</sup>，銛利器械，儲積金穀。俟其蔑棄信誓，侵盜邊鄙，奉辭則我直，以戰則我壯。是以激士卒之心，折醜虜之勢，然後鼓之以聖德，臨之以兵鋒，復全燕之舊疆，述神宗之先志，無易於此矣。謹上。

【校注】

①原載卷二十三。文中言：“賜珪幣以安之，疆場無虞，幾四十年矣。”“國家自雍熙端拱之後，迄於澶淵之盟，未嘗得志於北虜，……而今之繼好弭兵，逾三十載。”則此文當在康定慶曆年間。四庫本無此篇。

②黃、虞，《資治通鑑·漢紀三十一》：“而莽晏然，自以黃、虞復出也。”胡三省注：“黃帝、虞舜，莽祖之。”

③迄於隋唐，陳本無此後内容，而接以卷24《申軍前事宜狀》。

④馭，原作禦。據叢刊本改。

⑤陸梁，《史記·秦始皇本紀》（三十三年）“略取陸梁地。”《正義》：“嶺南之人多處山陸，其性强梁，故曰陸梁。”

⑥荒，李文藻本作先，眉批：“先疑羌。”誤。

⑦較，李文藻本作輟，眉批：“輟疑較。”

⑧於，李文藻本作乎。

⑨漢宣帝之朝呼韓，《漢書·宣帝本紀》：“（甘露）三年春正月，行幸甘泉，郊泰時。匈奴呼韓邪單于稽侯狦來朝。”

⑩唐太宗之擒頡利，《舊唐書·太宗本紀下》：“（貞觀四年）三月庚辰，大同道行軍副總管張寶相生擒頡利可汗，獻於京師。”

⑪之昏，李文藻本作背。

⑫姿，李文藻本眉注：“姿似可通。”《二百家名賢文粹》作神聖之姿。

⑬惟，原作准，疑形訛，據李文藻本改。

⑭七，李文藻本作六。

⑮之，李文藻本作元。君，叢刊本作方。李文藻本作芳，眉批：“芳疑方。”

⑯袄,李文藻本作伏。按袄,袄教、拜火教。祲,《左傳·昭公十五年》:"吾見赤黑之祲,非祭祥也,喪氛也。"杜預注:"祲,妖氛也。"

⑰振,叢刊本作扳,李文藻本作扶。解紐,失去維繫。孫楚《爲石仲容與孫皓書》:"九州絶貫,皇綱解紐。"

⑱武,原作服,據叢刊本改。

⑲請,叢刊本作清,形訛。

⑳《禹貢》,《尚書·禹貢》:"禹別九州,隨山濬川,任土作貢。"

㉑幽陵,《史記·五帝本紀》:"北至於幽陵。"《正義》:"幽州也。"

㉒老上,《史記·匈奴傳》:"冒頓死,子稽粥立,號曰老上單于。"

㉓按榆溪之故塞,《史記·衛將軍驃騎傳》:"按榆溪舊塞。"《索隱》案:"《水經》云:'上郡之北有諸次山,諸次水出焉,東經榆林塞爲榆溪,是榆溪舊塞也。'"

㉔潘美失律,《宋史·潘美傳》:"潘美,字仲詢,大名人。""雍熙三年,詔美及曹彬、崔彦進等北伐。美獨拔寰、朔、雲、應等州,詔内徙其民。會遼兵奄至,戰於陳家谷口。不利,驍將楊業死之。美坐削秩三等,責授檢校太保。"

㉕李繼隆,《隆平集》卷九:"李繼隆,字霸圖。"康保裔,《宋史·康保裔傳》:"康保裔,河南洛陽人。"傅潛,《宋史·傅潛傳》:"傅潛,冀州衡水人。"王繼忠,《宋史·王繼忠傳》:"王繼忠,開封人"王超,《宋史·王超傳》:"王超,趙州人。"《東都事略·夏竦傳》:"竦言:'太宗時,李繼遷擾邊,命李繼隆等五路出討,卒無功而還。'"

㉖獯鬻,《太平寰宇記·四夷十八·北狄一》:"狄者,僻也,遠也,言其地廣闊而逖遠,故曰狄也。唐虞曰山戎,夏曰獯鬻,周曰獫狁,其實則皆一也。"

㉗先變胡服,《史記·匈奴傳》:"趙武靈王亦變俗,胡服,習騎射,北破林胡、樓煩,築長城。"

㉘李思摩爲主,《舊唐書·狄仁傑傳》:"貞觀中,克平九姓,册拜李思摩爲可汗,使統諸部夷狄。"

㉙躬行至有城壁,李文藻本作喪行有城壁,眉批:"有字上亦疑脱字。"躬行,長洲陳本作龔行天罰。

㉚端拱之後,按《宋史·禮志五》,雍熙五年正月乙亥,改元端拱。

㉛哉,叢刊本作或,疑形訛。

㉜今,叢刊本作合,疑形訛。

㉝未,叢刊本作于,疑形訛。

㉞備預,原作豫備,據叢刊本改。

㉟法,李文藻本作注,眉批:"注疑法。"

# 申鄉兵弓手輪番教閱狀①

今具沿路體問到新招弓手次第②,畫一如後③。

一、州縣四百餘人作三番,并一月一替。同州馮翊縣一千餘人④,准敕作五番⑤。其郿城弓手一年得四個月教閱,馮翊弓手一年得兩個月零十二日教閱,即藝之精粗,民之勞逸,有此不均。某欲乞不計人數⑥,皆作四番,一月一替,一年得三個月教閱,所貴均平。或只定作三番,於一年内擇三個月,農忙之際免教,亦不廢三個月教閱之實。

一、體問同州第四等、第五等人户,多無弓弩,當教閱時,逐旋借用⑦。雖有指揮官中量給錢數⑧,又緣只支得五七百文,今問得弩一枝,錢一貫五六百文足;弓一張錢七八百文足。大率家貧,少錢添助。其間人材有少壯者⑨,似此教閱,恐不精熟⑩。某欲乞應繫第四等、第五等人户,如情願投清邊弩手者,與免本户下弩手⑪;其第三等以上⑫,不得免放。

【校注】

①原載卷二十四。文中言"同州馮翊縣""郿州郿城縣"云云,按尹洙參與軍事,所任職唯陝西經略判官涉及馮翊、郿城。又《奏軍前事宜狀》言"右臣昨到鄜延,體問昨來六月中"云云,故此篇亦當作於康定、慶曆間。李文藻本此處無題目,而與《申鄉兵教閱狀》相連。

②今,方本、長洲陳本、陳本今前有臣竊見三字。叢刊本無今至教閱之實

等文字。

　　③畫,李文藻本畫前有以字。

　　④一同州馮翊縣一千餘人,方本作一同州沿路體問到新招弓手一千餘人。

　　⑤一州縣,方本、李文藻本無一州至五番文字。

　　⑥計,原作許,疑形訛,據李文藻本改。

　　⑦借,原作備,疑形訛,李文藻本作惜,眉批:"惜疑借。"

　　⑧量,叢刊本作良。

　　⑨材,原作才。據四庫本改。有,叢刊本作其有,李文藻本作甚有。

　　⑩恐,原闕,據李文藻本補。

　　⑪弩,叢刊本作弓。

　　⑫第三,方本、叢刊本作第二。


# 申鄉兵教閱狀①

　　一、近降指揮内有所管指揮多少及人數,不定去處,即不拘指揮、人數多少,各均分爲三番②。須管於一季中教遍,切慮諸處只就人數均分,臨時并合在别指揮或别都分,不就本轄將校一處教習③,難以整肅。欲乞三指揮以上,并就全指揮教閱④。只如有四指揮處,兩指揮作一番,餘兩指揮各爲一番,指揮更多⑤,并依此例。其兩指揮處,即以一指揮作一番,餘一指揮分作兩番,并就全都教閱⑥,更不均分人教。只有一指揮者,亦依此例。

　　一、所射弓⑦,自出弓箭元不定石斗,其間弓力只有及四、五斗,箭又絕輕,切慮緩急令守護城池⑧,官中給與弓箭,至時全不能施放。欲乞一一教試,如射弓不及八斗以上⑨,只令射弩;如射弩不及兩石以上,便令習學槍刀。

　　一、所定人員、節級,元只於户等上定差。蓋始初創置,須合以物力爲高下。今既部伍已定⑩,或有闕次,其人員欲乞依名次補署⑪,其節級即於長行内揀試有武藝者差填⑫。

一、人員等亦有剩占當直人數,元未有約束。若全不差給,又慮行伍中別無區别。今每遇上番⑬,欲乞指揮使各給當直長行二人,員寮各給一人⑭。若下蕃,即不得占留在家役使。

## 【校注】

①原載卷二十四。此篇與《申鄉兵弓手輪番教閲狀》内容相應,當作於同時。

②三,原作一二,據四庫本、李文藻本改。

③校,李文藻本作較,眉批:"較疑校。"

④全,叢刊本作金,疑形訛。

⑤多,叢刊本作號。

⑥全,四庫本、叢刊本作金。

⑦所射弓至在家役使等文字,四庫本、叢刊本、李文藻本無,而曰:"一月一替,一年得三個月教閲,所貴均平。或只定作三番,於一年内擇三個月,農忙之際免教,亦不廢三個月教閲之實。"此應是下篇《申鄉兵弓手輪番教閲狀》文字。四庫本亦無此段文字,而與《申鄉兵弓手輪番教閲狀》全文相接。李文藻本無《申鄉兵弓手輪番教閲狀》題目,而與此篇相連,二篇混舛所致。

⑧守,陳本作宋,疑形訛。

⑨射,陳本作躬。

⑩既,陳本無。

⑪欲,原作欲爲,爲疑衍,據陳本改。

⑫試,陳本作誠。

⑬每,陳本無。番,陳本作糞,形訛。

⑭寮,陳本無。

# 議斬首級賞罰書①

近覩牒命,凡得賊首級②,一切見賞格支錢③,更不在轉遷酬獎之例。此恐有所未盡。大概不欲以首級酬獎者,蓋慮壞亂行陣④,及爭奪不明故也。今秋成之際,賊之遊兵屢來抄劫,堡寨弓箭手或有殺獲⑤,例無酬獎,則難以激勸。凡百十騎交鋒⑥,非力戰或窮追,即不能取首級。欲乞別降指揮⑦,應叙理曾經大陣得首級者⑧,只依賞格取分⑨;如只是尋常賊馬出來抄劫,能殺獲首級者,申取上司指揮。

【校注】

①原載卷八。文中言"近覩牒命""今秋成之際"云云,則當在康定元年任陝西經略判官之後。按《宋史》本傳載元昊反,尹洙先後被葛懷敏、范仲淹、韓琦等辟爲經略判官。尹洙數上疏論兵,此《議斬首級賞罰書》《論遣將不當强而使之》《乞帥臣自募傔從》《軍制》《獲首級例》等篇亦當作於此時。姑繫於此。原作又一首議斬首級賞罰書,據叢刊本改。

②賊,原作賊者,者疑衍,據四庫本、叢刊本改。

③格支,依條格支給。《歷代名臣奏議·弭盜·仲游奏議》:"獄成,然後檢坐條格,支給賞物。"

④行陣,原作陣行,據四庫本、叢刊本改。

⑤弓,李保泰本無。

⑥凡,原作几,據四庫本、叢刊本改。

⑦欲,叢刊本作非。

⑧經,李文藻本作緩,眉批:"緩疑援。"方本夾注:"一作援。"

⑨取,四庫本、叢刊本作處。

# 論遣將不當强而使之①

臣聞近日所遣邊將,其中或因命而往②,非必盡有決戰却敵之心③。亦有自求退免,朝廷强而使之者。以臣所見,凡能自陳効用,臨事猶或敗衄④;若其預陳不能其任,豈可責以成功? 欲乞降詔諸路大將,責以禦賊之任,仍令條上方略;其所陳請,望盡與應付⑤。若自陳不堪其任,并所説迂遠者,乞移任內地⑥。

【校注】

　①原載卷十九。將，原作使，據諸本改。

　②或，方本夾注：“一本下多有字。”因，四庫本、叢刊本作應。

　③非，方本夾注：“一作未。”

　④岬，原作岬者，者疑衍。

　⑤付，四庫本、叢刊本作副。

　⑥地，叢刊本作也。

# 乞帥臣自募傔從①

　　臣竊見近降詔旨②，令舉膽勇武藝之士，誠取人之急務也。然其中或武藝雖精③，而未能絶人；或諳邊防事宜④，而不通方略。舉其人材，未足應詔；棄而不録⑤，又似遺才。臣欲乞令在邊臣僚見總兵要者，各許召募人作牙校、軍將名目⑥，量定人數，俟其功効粗著⑦，即乞朝廷量其所能，或授以班行，或列於軍校⑧，且令本處効用。若改授内地，應牙校等并令具名聞奏⑨，隨才録用。即不許帶行⑩，仍乞逐歲除公使錢外，量有支賜，以充膳給。臣昨授命西行，在西京已有兩人自言材勇，乞隨臣同行，於邊上効力。臣雖不敢帶去，以此揆度，邊將募人，其來必衆。況自古將帥，皆有部曲爲之爪牙。伏聞太祖朝所任邊將李漢超、郭進、李謙浦、董遵誨等⑪，位序未崇，皆自募傔從，爲其親信。先朝賜與既豐⑫，或更假之權利⑬，此事當載國書⑭。伏望聖慈講求故事，斷在不疑。

【校注】

　①原載卷十九。

　②臣，李文藻本作巨，眉批：“臣。”

　③中，原闕，據四庫本、李文藻本補。

　④諳，原作諳識，識疑衍。

⑤棄,李文藻本作矣,眉批:"疑抑。"方本作抑,旁注:"棄。"

⑥名目,原作各自,方本夾注:"一作名目。"形訛,據叢刊本改。

⑦俟,叢刊本作使,形訛。

⑧列于,方本夾注:"一本有之字。"

⑨具,原作其,形訛,據四庫本、方本改。

⑩許,原作計。據四庫本改。

⑪李漢超、郭進、李謙浦、董遵誨等,按《宋史·李漢超傳》:"李漢超,雲州雲中人。……漢超善撫士卒,與之同甘苦,死之日,軍中皆流涕。"《宋史·郭進傳》:"郭進,深州博野人。……進有材幹,輕財好施,然性喜殺,士卒小違令,必寘於死,居家禦婢仆亦然。"《宋史·董遵誨傳》:"董遵誨,涿州范陽人。……遵誨不知書,豁達無崖岸,多方略,能挽强命中,武藝皆絕人。在通遠軍凡十四年,安撫一面,夏人悅服。嘗有剽略靈武進奉使鞍馬、兵器者,遵誨部署帳下欲討之。夏人懼,盡歸所略,拜伏請罪,遵誨即慰撫令去。自是各謹封略,秋毫不敢犯。"

⑫朝,李文藻本作廟。與,方本夾注:"一作齋。"

⑬權,李文藻本作摧,形訛。

⑭書,方本夾注:"一作史。"


# 軍制①

臣竊見諸路兵馬,自來分與諸將,則統制不一;臨時差撥,則兵將不相諳練。蓋由節制不一②,名級未辨③,是以難於處置。臣聞有部分然後有號令,有號令然後有賞罰。今部分未立④,號令何由而舉? 賞罰何由而施? 以此用兵,從古未有。以臣愚見,必若身之使臂,臂之使指,然後號令行而賞罰明⑤。

今略定軍制,件折如後。

逐路大將一人

本路兵馬進退戰守,皆專制之,敗衂則任其責⑥。

副貳一人

大將所制之事皆佐之，敗衂則從坐。

列將十人

分掌本路之兵，步騎相參，大率以五千爲准，不必定其數。大將量其才而授之，專主所將之軍，其進退即禀命於大將。一軍之勝負，大將上其狀而賞罰之[7]。本路處置，即皆不預。

隊將五十人

每列將一人，各給隊將五人。所主隊兵之進退，皆禀命於列將。

右，臣所畫部分，今略定名級，伏乞朝廷講議節制，頒下諸路。仍乞不作臣寮上言，所貴上禀廟略[8]。謹具狀奏聞。

【校注】

①原載卷二十二。

②一，原作分，四庫本、李文藻本作分。李文藻本眉批："分疑一。"

③未辨，叢刊本作末辨，李文藻本作未分。

④分，原作兵，疑形訛，據四庫本、叢刊本改。

⑤號令行而賞罰明，叢刊本作號令明而賞罰行。

⑥任，叢刊本作在，疑形訛。

⑦而，叢刊本作以。

⑧貴，陳本作責，形訛。

# 獲首級例[1]

一、諸處軍隊或五十人[2]、或二十五人、或不及二十五人爲一隊，凡獲賊首一級[3]（擒生同，下皆准此[4]），依賞格所給第四等賜[5]，分與一隊將士。如獲首級五分以上[6]（并以所戰元數爲定[7]，不除輸折數[8]，下皆准此[9]），即全隊并與第五等轉[10]。

一、管押軍隊人員,(十將以下差管押,十人已上并同。即遊繳或爲奇伏⑪,亦以依軍隊例。下皆准此⑫。)所管不滿五十人⑬,殺獲與輸折相當外,獲五級與第五等轉,五級加一等⑭;其獲二十級⑮,雖輸折相等⑯,亦第五等轉⑰。所管不滿百人,殺獲與輸折相等外⑱,獲七級與第四等轉⑲,七級加一等;其獲三十級以上,雖輸折相等,亦與第五等轉⑳。百人已上,殺獲與折相當外,獲十級與第五等轉㉑,十級加一等;其獲四十級以上㉒,雖輸折相當,與第五等轉㉓。二百人已上,殺獲與輸折相當外,獲十五級,與第五等轉㉔,獲十五級加一等;其獲五十級已上,雖輸折相等,亦第五等轉㉕。三百已上,殺獲與輸折相當外,獲二十級,與第五等轉,二十級加一等㉖;其獲六十級已以上㉗,雖輸折相等㉘,亦第五等轉。

一、管押軍隊使臣(即閤門祇侯已上,如所管不滿千人,并依此㉙),所管不滿三百人㉚,殺獲與輸折相當外㉛,獲十級與第五等轉㉜,十級加一等;其獲三十級已上,雖輸折相等㉝,亦第五等轉㉞。所管不滿三百人㉟,殺獲與輸折相當外㊱,獲十五級,與第五等轉㊲,十五級加一等,其獲四十級已上,雖輸折相等㊳,亦第五等轉。不滿五百人,殺獲與輸折相當外,獲二十級,與五等轉㊴,二十級加一等;其獲五十級已上,雖輸折相等,亦第五等轉。不滿千人,殺獲與輸折相當外,獲三十級,與第五等轉,三十級加一等㊵;其獲六十級已上,雖輸折相等㊶,亦第五等轉。

一、主兵官員所領千人已上(供奉官已下,所管千人已上,依此例㊷),殺獲與輸折相當外,獲五十級㊸,與第五等轉㊹,五十級加一等;其獲一百級已上㊺,雖輸折相等㊻,亦第五等轉。所領三千人已上,殺獲與輸折相當外,獲一百級,與第五等轉,一百級加一等;其獲二百級已上,雖輸折相當,亦第五等轉㊼。

一、使臣軍員親自用命,有所斬獲㊽,所管將士別無輸折,或輸折相等者,與第五等轉(49)。如有所輸折,不及所得者(50),只給第四等轉(51)。(即違主將令取首級者,自依軍法,餘皆准此。)

一、如得主將命專取某人而能殺獲者,與第四等轉(52)。

一、殺獲賊中首領者,與第五等轉。如近上首領,即與加等轉。若加至第三等,即本管人員,亦與第五等轉。若加至第一等,即全隊及本管人員使臣并與五等轉(53)。

一、軍陣所獲一百級,須輸折相等已上(54),除計首級合轉人數外(55),別許酬奬得力軍員、使臣共三人,凡百級加三人。(其十將以下(56),倍此數)

一、應非軍陣合戰(57),有所斬獲者,一級與第五等轉,一級加一等。(所管使臣人員依軍陣例(58))

【校注】

①原載卷二十二。

②人,原闕,據四庫本、叢刊本補。

③一,原闕,據四庫本、叢刊本補。

④皆,叢刊本無。

⑤第,叢刊本作管。

⑥首,四庫本、叢刊本無。

⑦所,四庫本、李文藻本作田。李文藻本眉批:"田疑出。"

⑧輸,李文藻本無。

⑨下皆,叢刊本無。

⑩全,叢刊本作前。等,叢刊本作隊。

⑪已上至遊繳,叢刊本無。遊繳,四庫本作遊儌。奇伏,四庫本作奇兵。

⑫以,原作衣,據叢刊本改。軍隊,叢刊本無。下,叢刊本無。

⑬十,叢刊本作千,形訛。

⑭外獲至等轉,叢刊本無。

⑮獲,叢刊本無。

⑯輸,叢刊本無。

⑰轉,叢刊本無。

⑱輸,叢刊本無。等,四庫本作當。

⑲級,叢刊本作等。轉,叢刊本無。

⑳其獲至等轉,叢刊本無。

㉑外獲至等轉,叢刊本無。

㉒以,四庫本、叢刊本作已。

㉓雖輸折相當,叢刊本無。

㉔已上至等轉,叢刊本無。

㉕其獲至等轉,叢刊本無。

㉖殺獲至二十級,叢刊本無。三百,四庫本作二百。

㉗已,原作已以,以衍。

㉘等,叢刊本作當。

㉙不滿千人并依此,叢刊本作十人依此。

㉚所管,叢刊本無。第,四庫本無。

㉛折,李文藻本作扦,眉批:"扦疑折。"

㉜外獲,叢刊本無。

㉝獲,叢刊本無。三,叢刊本作二。雖輸折相等,叢刊本無,四庫本作雖輸折相當。

㉞轉,叢刊本無。

㉟滿,叢刊本作過。

㊱殺,叢刊本作所。

㊲獲至等轉,叢刊本無。

㊳雖輸折相等,叢刊本無。等,四庫本作當。

㊴二十級至等轉,叢刊本無。

㊵其獲至一等,叢刊本無。

㊶雖輸折相等,叢刊本無。

㊷至已上,叢刊本作官所領千人

㊸獲,叢刊本無。

㊹第,叢刊本無。

㊺其獲,叢刊本無。

㊻雖輸折相等,叢刊本無。

㊼殺獲至等轉,叢刊本作“殺與折相當,獲一百級,加一等,亦與第五等轉”。

㊽有所斬獲,叢刊本無。

㊾第,叢刊本無。

㊿如有所輸折,叢刊本無。

51轉,叢刊本作賜。

52第,李文藻本作我,眉批:“我疑第。”

53管,叢刊本作營。使臣,叢刊本無。

54上,叢刊本作一。

55合,叢刊本作令。

56下,叢刊本作上。

57陣,原作隊,據四庫本、叢刊本改。

58依,叢刊本無。例,陳本作則。

## 【集評】

李文藻本附注:“羅有高曰:‘軍法以整爲第一義,獲首級論功,此贏秦弊法,不足多述。先以首級論功,其弊凡數端,兩軍相交,偶有斬斫,貪取首級,隊伍參錯,爲敵所乘,一弊。敵軍披靡,追斬趨利,耳目易昏,背旗鼓之節,一弊。深入險阻,趨利昧伏,敵每以贏軍爲餌,一弊。本軍爭級,每每喧鬧,敵整旅轉戰,多致敗衄,一弊。歸營報級,曲直易淆,真僞難分,因先衆心。一弊。各隊之長,袒護本卒,爭訟不和,易生嫌怨,一弊。蓋後世軍政之壞,不可疏舉,以尹君粗知兵,因其言而偶及之。重光單閼,夏至,書於恩平官中。’”

# 答黃秘丞書①

某再拜:春初得所惠書,以賤事未克裁答。尋承有延安之行②,秋中始還,道塗登頓良苦。自西師之興,議者交語,以爲執事當在邊帥幕府③;某獨謂近時上將猶不能專軍之命令④,幕府豈足盡足才耶⑤？近聞承詔，當至都下，一吐奇論，盡發胸中所蘊，使識者聞之，知處置得失與軍之勝敗，盡繫於人，爛然無疑。今不即用，猶足警異時，豈不壯哉！願無辭此舉，以慰朋執之望。中間所稱河間民，誠義烈士。書中所録，自足傳信，增之文辭，非爲益也，但當訪其名氏。相見期不遠，餘俟面叙。

【校注】

①原載卷六。文中言“自西師之興”云云，則當在寶元元年之後，尹洙自康定元年三月任涇原、秦鳳經略判官，之後轉任陝西經略判官，至慶曆元年正月出使延州，隨後通判濠州。文中言延安之行竟有半年之久，而尹洙自慶曆二年後調動頻繁，任職多半年、一年，且多跨年度，鮮有完整年份。故此次延安之行，或與尹洙由經原判官轉陝西判官有關，姑繫於康定元年。

②承，原作丞，據四庫本、叢刊本改。

③當，叢刊本無。

④謂，原作爲，據四庫本、叢刊本改。

⑤足盡，四庫本作得盡，叢刊本作足容。耶，叢刊本作邪。

# 慶曆元年（康定二年十一月改元,公元 1041 年）

## 奏爲乞令環慶路與涇原路相應廣發兵馬牽制賊勢事①

朝奉郎、守太子中允、充集賢校理、簽署陝西經略安撫判官兼參議都部署司軍事、騎都尉、賜緋魚袋臣尹洙②。右,臣近准都部署司牒,令臣赴延州③,與范仲淹同共計置行軍次第④。尋於正月六日到延州,得范某牒⑤,曾乞奏留此一路,未議攻討⑥,已奉聖旨依奏⑦。臣尋具狀申經略部署司,將元計置鄜延路軍須物色⑧,并分擘軍馬⑨,并那減赴涇原、環慶路去訖⑩。切緣臣昨與韓琦赴闕進呈夏竦等所定攻守二策,奉聖旨依所定攻策施行。即鄜延、涇原兩路俱令進兵深入⑪,其環慶路只令淺攻側近族帳,不作大舉之計。今來鄜延路既別有擘畫,切慮涇原路將來出兵,側近路分別無討伐次第⑫,不足以張聲援。欲乞令環慶路准備行軍次第,況慶州柔遠、東谷等寨所接賊界一帶族帳不少⑬,并在一二百里內,不至遠涉沙磧⑭。若與涇原路相應,廣發兵馬,足以牽制賊勢。又昨來計置鄜延路軍須器械不少,如却移撥應副,不難辦集⑮。臣已具狀申本路經略副使去訖,伏望聖慈早降指揮。謹具狀奏聞。

## 【校注】

①原載卷二十。此篇與《奏爲近差赴鄜延路行營其兵馬乞移撥往環慶路事》《奏爲已發赴環慶路計置行軍次第乞朝廷特降指揮》《奏爲金湯一帶族帳可取狀》大致同時。按《長編》卷一百三十一,慶曆元年:"朝廷既從陝西所上攻策,經略安撫判官尹洙,以正月丙子至延州,與范仲淹謀出兵。越三日,仲淹言已得旨,聽兵勿出,洙留延州幾兩旬,仲淹堅持不可。"與文中所言相呼應,故繫於此。

②四庫本無此句。洙,叢刊本作某。

③臣,原闕,據四庫本補。

④置,叢刊本作署,形訛。

⑤范某,叢刊本作無,四庫本作范仲淹。

⑥未,李文藻本作末,形訛。

⑦奏,原闕。方本夾注:"下當有奏字。"據此補。

⑧須,四庫本作需。

⑨擘,李文藻本作壁,眉批:"壁疑堡。"疑形訛。

⑩減,四庫本作城,形訛。

⑪令,叢刊本無,四庫本作今。

⑫討,叢刊本作許,形訛。

⑬賊,李文藻本作罪,眉批:"疑西。"

⑭磧,叢刊本作碃,形訛。

⑮辦,原作辨,據叢刊本改。


# 奏爲已發赴環慶路計置行軍次第乞朝廷特降指揮①

今准陝西都部署牒,切緣鄜延繫先得朝旨出兵路分②,今已俯及時日,却有異議,請一依元降聖旨③,於鄜延計置出兵,准備起發,無致悮事者④。臣尋備録申范某,請詳都部署牒内事理施行。今准范某牒:"當聽前來⑤,依安儀利見,并依本司攻策,用三二月入界申奏。尋又有一札子,明言別一見,乞留此一路未行討伐，歲時之間，或可招納；如歲時無効，威加未晚⑥。奉聖旨依奏。
況後來尋覓到蕃漢知次第人，根問入界道路，方見得綏、夏以來橫
山蕃戶，多在崖谷深處，各有堡子守隘自家兵馬⑦。若只行川路，
即并無所獲；如入隘打虜⑧，又兵多則難進，兵少則易衂，所以不
敢固執前議。却計置出兵於極邊廢寨中，擇有利者修復，亦足牽
制，使賊界東路兵馬，不敢并力而去⑨。所有環慶路若便深入，則
地少水泉。今却問得有側近蕃寨可以攻取，兼與涇原相近，足爲
聲援。仍乞朝廷指揮諸路穩審進兵，先擇要害之地修城寨，所貴
持重⑩，不損國威。當時又如此擘畫⑪，申奏去訖。及已得前來聖
旨，不敢更有翻覆，惟待罪朝廷，甘從黜削，即難以依違⑫，恐誤大
事。臣已依此事由申奏，并牒夏某韓某去訖"者。

　　右，謹具如前⑬。臣看詳上項范某牒内事理⑭，更難以催促計
置軍行次第。又緣諸路出師日逼，若且在延州，必慮端坐，虛占月
日⑮，況環慶路依元奏攻策，淺攻側近族帳，亦合預先計置行軍次
第。臣已於二月十五日起離延州⑯，赴環慶路計置次第。伏乞朝
廷特降指揮，所貴牽制賊勢，不使并兵涇原，有誤大計⑰。謹具狀
奏聞，伏候敕旨。

【校注】

　　①原載卷二十。

　　②切，叢刊本作劫，形訛。

　　③請，原作請却，却疑衍，據四庫本、叢刊本改。

　　④愽，叢刊本無，李文藻本作任。

　　⑤聽，原作所。李文藻本眉批："疑聽。"

　　⑥加，李文藻本作皆，眉批："皆疑加，前篇有之。"

　　⑦各，李文藻本作冬，形訛。

　　⑧虜，叢刊本作慮。

　　⑨而，原作西，前言東路兵馬，此言西，誤。據叢刊本改。

⑩貴,叢刊本作責,形訛。

⑪當時,原作當所,方本注:"疑誤。"據四庫本改。

⑫難,李文藻本作準。

⑬謹,原作詳,疑形訛,據四庫本、叢刊本改。

⑭臣,李文藻本作臣臣,疑衍。

⑮占,李文藻本眉批:"占似可通。"

⑯離,李文藻本作雖,眉批:"雖疑離。"

⑰計,原作事,據叢刊本、李文藻本改。

# 上陝西招討使夏宣徽小啓①

　　某才到慶州,聞任福兵敗,徑赴鎮戎軍。有不曾稟候旨②,命專輒事,狀已具公狀中③。蓋事出倉卒,所謂失火之家,不暇白大人而救火④,以此加罪⑤,誠不敢辭。伏望太尉原其初心,少賜寬假,則終始幸甚。非久當詣幕府⑥。

【校注】

　　①原載卷六。按《長編》卷一百三十一,慶曆元年二月十四日,任福、耿傅等戰亡於好水川,"傅死後,或言福之敗,由傅督戰大急,……既而福隨軍孔目吏彭忠,得傅戒福書,……尹洙爲作《憫忠》《辨誣》二篇"。因此役之敗,慶曆元年四月韓琦降知秦州,尹洙被夏竦劾奏擅發兵,降通判濠州。《上陝西招討使夏宣徽小啓》言"某才到慶州,聞任福兵敗","有不曾稟候指揮,命專輒事",即指擅發兵之事。另有《過興平哭耿諫議喪呈經略韓密學》《奏爲擅易慶州兵救援涇原路事》《奏爲到慶州聞賊馬寇涇原路牒劉政同起發赴鎮戎軍策應事》,亦爲此而作。據《奏爲金湯一帶族帳可取狀》言"於二月二十二日到慶州",故繫於此。李文藻本眉批:"夏本譌憂,今正之。"脚注:"《東都事略·夏竦傳》,爲陝西經略安撫招討使,判永興軍,進宣徽南院使。"夏竦,見《論諸將益兵》注⑥。

　　②稟候旨,原作稟俟旨,叢刊本作稟候二日。李文藻本眉批:"二日二字疑

是旨字。""非旨字,當是指揮二字耳。"四庫本作稟候旨。

③狀,叢刊本作伏。

④"失火之家,不暇白大人而救火",《史記・齊悼惠王世家》:"失火之家,豈暇先言大人而後救火乎?"《索隱》:"此蓋舊俗之言,謂救火之急,不暇先啓家長也。亦猶國家有難,不暇待詔命也。"

⑤此加,原作如此。據四庫本、叢刊本改。

⑥陳本無非久當詣幕府六字。

【集評】

李文藻本眉批:"求援於竦,亦可鄙也。强至《韓魏王遺事》:公爲陝西招討時,師魯與英公不和。師魯於公處,即論英公事。英公於公處亦論師魯。二皆納之不形。遂無事,不然不靜矣。""非求援也,勢位相統,以此自白,其跡何可鄙之有。評者不揣情事,妄議。先正所謂責人斯無難者也。"旁批:"當時以竦爲招討使,以韓、范爲之副,最可笑,可痛。宋廟堂諸公,似明似昧處,極可憤歎,然涇原一事,自是夷簡痿痹,不知痛癢。"


# 過興平哭耿傅諫議喪呈經略韓密學一首①

去年使斾西征日,一見稱君膽氣豪②。始信推心待國士③,能令視死如鴻毛④。從來投筆輕文史⑤,自此橫屍貴爾曹。槐里今朝逢輀旐⑥,依然舊館一長號。

【校注】

①原載卷一。傅,原作傳。四庫本無傅字。李文藻本眉批:"傅。"按《宋史》有《耿傅傳》。

②膽,叢刊本作膽。李文藻本眉批:"膽。膽,脂也。人多混用。"

③國士,《漢書・韓信傳》:"諸將易得,至如信國士無雙。"顏師古注:"爲國家之奇士。"

④死如鴻毛,司馬遷《報任少卿書》:"人固有一死,或重於太山,或輕於鴻毛。"

⑤投，原作捉，叢刊本作拔，據四庫本、黃本改。按《後漢書·班超傳》：
"永平五年，兄固被召詣校書郎，超與母隨至洛陽。家貧，常爲官傭書以供養。
久勞苦，嘗輟業投筆歎曰：'大丈夫無它志略，猶當效傅介子、張騫立功異域，以
取封侯，安能久事筆研間乎？'"

⑥輴，載柩車。旐，引魂幡。

# 奏爲近差赴鄜延路行營其兵馬乞移撥往環慶路事①

具位准都部署牒，赴延州計置行軍次第者。

右，謹具如前。臣尋於正月二十六日到延州，見范某計議軍
須，別未有言語。次日，只與葛懷敏已下商量出軍次第②，逐官雖
有異議者，臣執言所降聖旨已定③，遂不敢別有異同④，兼葛懷敏
等草定到行軍圖子一面⑤。又至次日，范某方言近有札子，奏乞
留鄜延一道，爲進貢之路⑥，未行攻討⑦，如歲時無効，威加未晚。
奉聖旨依奏。自來爲待出軍⑧，修復城寨，牽制賊勢，恐諸將緩於
治兵，所以未曾説與有此上項聖旨指揮，尋牒臣請詳聖旨施行。
至二十九日夜，保安軍狀報，前塞門寨主高延德自西賊處來乞通
和⑨，尋已具事狀申奏。自後范某與諸將只擘畫禦備⑩，及出軍修
復城寨⑪，更不商量入界次第⑫。兼臣未到延州，聞范某已奏將元
撥定鄜延路驢子，只要三千頭。臣深慮朝廷以鄜延路既不入界攻
討⑬，又見減著驢子數目，却於元定下軍須兵馬數內一例減省。
又緣夏某等所定攻策，鄜延、涇原兩路俱合進兵深入，其環慶路只
令淺攻族帳。切慮涇原路將來出兵，陝西路分別無討伐次第⑭，
不足以張聲援。欲令環慶路准備行軍次第，及乞將元撥定赴鄜延
路兵馬軍須等，却移撥赴環慶路，所貴與涇原路相應，廣發兵馬，
以分賊勢。累具狀申奏去訖⑮。今准都部署經略使司牒，緣已奉
聖旨議定攻策，所乞改差兵馬赴環慶路，難便專擅移易者。臣又

恐日逼,若更遷延,即鄜延、環慶兩路俱不備辦得進兵之次第,轉見悮事。已具此申都部署、經略使司去訖。伏望聖慈,詳酌臣前奏狀內事理<sup>⑯</sup>,早降指揮。謹具狀奏聞<sup>⑰</sup>。

**【校注】**

①原載卷二十。

②只與,原作即,據四庫本、李文藻本改。葛懷敏,《隆平集》卷十九:"葛懷敏,開封人。"

③聖,四庫本、叢刊本作朝。

④敢別,四庫本作改。

⑤草,叢刊本、李文藻本作革,疑形訛。

⑥之,原闕,據四庫本、叢刊本補。

⑦討,原作計,據四庫本、李文藻本改。

⑧待,李文藻本注:"待或是代。"

⑨來,叢刊本作未,形訛。塞門,原作寨門。形訛。按《東都事略·附錄五》:"(寶元)二年,遣前所執塞門砦主高延德求通和,范仲淹爲書以禍福諭之。"

⑩某,原作公,李文藻本眉批:"公應是某。"

⑪及,叢刊本作給。

⑫商,李文藻本作兩,眉批:"兩疑商。"四庫本作酌。

⑬既,原作即,疑形訛,據四庫本、李文藻本改。

⑭無,李文藻本作兄,眉批:"兄疑無。"

⑮累,叢刊本作卑,疑形訛。

⑯事,陳本無。

⑰謹具狀奏聞,四庫本無。


## 奏爲到慶州聞賊馬寇涇原路牒劉政同起發赴鎮戎軍策應事<sup>①</sup>

今月二十二日到慶州,據經略使韓某差來指使李貴稱"今月十九日，賊馬再來侵擾劉磻堡[2]，見今鎮戎軍主兵官員只有朱觀一員”者。

右，謹具如前。臣勘會鄜延路都監劉政[3]，准經略司差權環慶路都監，近自延州與臣同到慶州。今來鎮戎軍事宜緊切[4]，兼又少闕主兵官員，已牒劉政乘遞馬，與臣同起發赴鎮戎軍策應去訖。伏乞朝廷更賜指揮。謹具狀奏聞，伏候敕旨[5]。

【校注】

①原載卷二十。

②指使，原作指揮。據四庫本改。劉，叢刊本作列。劉磻堡，《議修堡寨書》作劉璠，詳見該文注釋[7]。

③勘會，《石林燕語》卷四：“尚書省文字下六司諸路，例皆言‘勘會’。曾魯公爲相，始改作‘勘當’，以其父名會，避之也。”

④來，李文藻本作采，眉批：“疑來。”

⑤謹具至敕旨二句，四庫本無。

## 奏爲擅易慶州兵救援涇原路事[1]

今月二十二日，據抽押兵士殿直蔡從狀申稱[2]：“准經略副使韓某指揮，於環慶路抽撥安塞等四指揮兵士赴鎮戎軍。數內，先次交割得安塞、振武兩指揮[3]。所有蕃落、保捷兩指揮[4]，見在西谷、柔遠兩寨[5]，蒙部署司見去勾抽”者[6]。

右，謹具如前。勘會韓某牒內[7]，稱今月二十一日，賊馬在劉磻堡未退，事宜緊急，切要兵士使喚。若伺候柔遠、西谷抽到上項兵士，更須遲滯三日[8]，必慮有誤軍期。臣等尋牒環慶路部署司，只於在州差撥振武第十三、虎翼第六兩指揮充填。蕃落兩指揮，已差人管押赴鎮戎軍去訖，謹具狀奏聞。謹奏[9]。

【校注】

①原載卷二十。

②直,原作宜。形訛。

③振,叢刊本作報,疑形訛。

④落,叢刊本作路,疑形訛。

⑤寨,原作塞。據叢刊本改。

⑥勾抽,謂徵調軍隊。李綱《與右相條具事宜札子》:"廂禁軍與民雜處,不可鈐束,兼得朝廷指揮。每歲秋防,許勾抽本路隸將,不隸將兵,按閲使唤。"

⑦勘會,見《奏爲到慶州聞賊馬寇涇原路牒劉政同起發赴鎮戎軍策應事》注③。

⑧遲滯,李文藻本作帶,眉批:"帶疑待。"

⑨謹奏,四庫本無。


# 奏爲金湯一帶族帳可取狀①

臣昨在延州,陳金湯一帶族帳可取之狀。親到蕃官胡繼謂本族,及與西路都司巡檢劉政、狄青商量到事狀②,累具奏聞③。乞候到環慶路與本路官員同共商量,別具申奏。臣尋於二月二十二日到慶州,得知山外敗衂,兼本路主兵官員多在外寨駐札④,臣遂徑來鎮戎軍⑤。今來鎮戎軍事宜稍息,見發赴永興軍,候見夏某⑥,子細陳述上件事機,乞相度施行⑦。

【校注】

①原載卷二十。

②司,原作同,形訛,據四庫本、李文藻本改。狄青,《宋史·狄青傳》:"狄青,字漢臣,汾州西河人。"

③累,李文藻本眉批:"累似不誤。"

④主,原作生,形訛,李文藻本作三。

⑤徑來,李文藻本作經米,眉批:"經疑徑;米疑來。"

⑥夏某,夏竦,見《論諸將益兵》注⑥。

⑦行,原作行次,李文藻本眉批:"次疑衍。"

# 又一首(《上吕相公書》)①

四月日,朝奉郎、守太子中允、充集賢校理、新差通判濠州軍州事、騎都尉、賜緋魚袋尹某②,謹再拜,獻書於昭文僕射相國申公閣下:自羌虜犯邊,某嘗獻書論事,又得陳説左右。今年虜寇平涼山外地,王師挫衄。某念前所論説,其已驗者三,其不效者一。某謂大將之兵③,必以步卒三萬,騎五千,然後可以戰,可以禦。今任福所集諸將之兵,始以萬一千,又益以王珪、趙律、常鼎别屯之衆④,縱使合而統之,才滿二萬。是大將兵少,且不得素撫其衆,果以挫衄,一驗也;某謂兵家之制,在乎統一,欲使部曲分畫,預有定名。今諸將臨敵受命,法制不立,號令不明,以致奔覆⑤,二驗也;日者朝廷既擇用攻策,相公復詢虜若先至,何以禦之? 某逡巡仰對,以既欲進攻,不若養勇以縱之。是某揆今之勢,不見可禦之術,故爲此對⑥。今禦之而卒敗,三驗也。相公又訪虜所當來,某雖泛言臨涇、高平⑦,狡穴相雜⑧,山外沃野,居民富腴,然最可備者,保安胡繼諤族耳。今繼諤無害⑨,是某不能料虜之所先⑩,不效也⑪。

自山外之敗,議者歸咎諸將不能持重,以取敗亡。此知其末,未究其本也。諸將獨不用韓經略言,分而趨利,此一事可責耳。假使合而爲一,持重不戰,其全師不過如王仲寶⑫,豈能制虜之俘掠以取勝哉? 仲寶壘去賊不十里⑬,賊去不能追,然朝廷不加罪者,以任福輩戰敗耳。倘福輩不進,仲寶雖欲不戰,不能也,戰亦不免於敗矣。何者? 彼逸我勞⑭,彼整我囂,彼人人自趨利,我畏死有遁心,又加以數倍之衆,豈有不敗哉! 不獨向時之役,是乃虜常勝而我常敗也。難者必曰：“虜何得常逸？我何得常勞？”夫虜之將來，廣爲屯營，使我疑其所向，必多方以備之。及其既來，我大將之兵不滿萬人，急召某將若干人，又召某將若干人，如是散召之，以至三將、五將，有先期者、後期者，合而統之，亦必越三萬，必三日而後集⑮，則虜已據我要地，休息其衆，分擇精銳，以鈔居民。既因我糧，復所齎糗糒有餘⑯，速戰則氣盈，緩追則逸去。或曰：“俟其歸而擊之。”賊又有橐馳以載其重，我多步兵，又益器械糧糗之負，以之追躡，利害彌遠。或者必謂“俟其歸”者，非躡其後也，阨其路而已。且虜騎堅勁，峻阪窮谷，無所不馳，無所不通。其來也，未嘗一路而至；其去也，何從而阨哉？是以彼常逸，我常勞也⑰。然則彼何得常整⑱？我何得常囂？夫賊號令既一，部分既定，在塗而訓，入境而誠，此其整也。我則不然，寇至而會兵，兵行以應敵，諸將聚議不過頃刻，教旗分隊之法施於倉卒⑲，此其囂也。何謂彼則人人趨利，我則畏死而有遁心⑳？夫賊得吾一卒，奪其衣裝足以自資，此利近而易趨㉑。我衆力戰者多死，先遁者或免而無誅。惡死而樂生，人情之常。凡此數者，賊必勝之理，其章灼如此，某所謂未見禦之之策也。又若内屬之户，爲虜所取者，固爲虜用矣；其未取者㉒，虜一擾之，則我疑之；我疑之，雖未爲虜用，已失之矣。何者？外爲虜所擾，内爲我所疑，必持兩端以自固，此與爲虜用等也㉓。今未爲虜擾者，獨環慶諸族與保安胡繼諤耳㉔，不早圖之，又將爲其所擾矣㉕。某前謂當謹備繼諤，而虜不至者㉖，非繼諤之强能自支虜而莫敢犯也。某自延州萬安鎮抵其部族，以及慶州之平戎，凡數百里，居民殆絶，但有種落耳。是虜取繼諤與侵延州之境，不若取山外之饒㉗，此特所利先後耳，非可恃其不來也。

夫事四夷誠非王者事㉘。今天子仁聖，誠使虜不犯邊㉙，復何求於虜哉？此策之上也。然未知何從而致此。若如某前歲所陳，大將可屯得以步卒三萬，騎五千，部曲分盡，各有定制，此則有以待其來而制之，亦策之次也。不然驟集他路之兵，備一月之餉，嚴其部分，明其金鼓，輔之以屬户，破其種落，擾之困之<sup>⑳</sup>，有以俟其款伏，此又策之次也。舍是，止用今日備禦之策，但慮屬户居民大罹其毒<sup>㉛</sup>，被邊諸城盡爲孤壘，内地遠輸，日益愁怨。且虜以利舉，苟外無所掠，必將攻城，日朘月削，塞境遂蹙<sup>㉜</sup>。當是時，益兵之多，調發之勞，恐不止今日而已，願相公深慮之。某向欲以此陳畫，聞於上聽。今以佐幕無狀<sup>㉝</sup>，被命南去，地優事簡，於身甚幸。苟循默無所建明，則異時公議，恐難獨免。然某今日言之，必以爲妄，願留置几格<sup>㉞</sup>，向秋以暨來歲，幸復視之，必將數驗。如不然者<sup>㉟</sup>，則我之天幸有二，虜長死，一幸<sup>㊱</sup>；虜長不自將<sup>㊲</sup>，使他人分其兵來，我驍將或能禦之，二幸。非此二幸，或有成功，則某所不知也<sup>㊳</sup>。意激辭直，不避忌諱，唯相公與二三同德<sup>㊴</sup>，以天下大計，留意觀省，察其至誠<sup>㊵</sup>，幸甚幸甚。

**【校注】**

①原載卷六。文中言"新差通判濠州軍州事"云云，按《長編》卷一百三十一，慶曆元年初，夏竦劾奏尹洙擅發兵，降通判濠州。故繫於此。李保泰本此無一首二字。李文藻本作再上吕相公書。

②軍州，原闕。據四庫本補。

③謂，原作爲，據四庫本、叢刊本改。

④又，叢刊本作人，形訛。趙律，四庫本作趙津。任福、王珪、趙律、常鼎，見《憫忠》《辨誣》二文。

⑤致，原作至，據四庫本、叢刊本改。

⑥故，原作故故，衍。

⑦泛，叢刊本、李文藻本作泥。李文藻本眉批："泥疑泛。"

⑧狡，李文藻本作俊。眉批："俊疑復，或俊穴是援突之謁。"四庫本作役。方本作復，旁批："狡。"穴，原作冗，據叢刊本改。雜，方本作離，旁批："雜。"

⑨無，李文藻本作兄。

⑩是,李文藻本作星。李文藻本眉批:"兄疑先或先是兄之譌,星是是之譌。"

⑪不,方本旁批:"動。"

⑫王仲寶,《宋史·王仲寶傳》:"王仲寶,字器之,密州高密人。""元昊寇延州,仲寶將兵至賀蘭谷,以分兵勢,敗蕃將羅遘於長鶏嶺。遷四方館使,領濮州團練使,爲涇原路總管、安撫副使兼管勾秦鳳路軍馬事。與西羌戰六盤山,俘馘數百人。時任福大敗好水川,別將朱觀被圍於姚家堡,仲寶以兵救之,拔觀出圍,乘以從馬。時諸將皆没,獨仲寶與觀得還。徙環慶路副都總管、知慶州。未幾,兼本路經略安撫、招討副使。破金湯城,復賜詔獎諭,徙澶州副總管。安撫使范仲淹以仲寶武幹未衰,奏留之。明年以磁州防禦使知代州,除左屯衛大將軍致仕,卒。"

⑬寶,原作實,訛。

⑭我,方本旁批:"吾。"

⑮日,李文藻本作百,眉批:"百疑日。"

⑯齋,李文藻本作費。李文藻本眉批:"費疑齋。"誤。

⑰常,叢刊本作嘗。

⑱則,四庫本、叢刊本作而。

⑲隊,叢刊本作陳。

⑳而,原闕,據叢刊本增。

㉑李保泰本眉批:"千古同坐此病。"

㉒其未,原作未其,據四庫本、叢刊本改。

㉓爲虜,四庫本、叢刊本作虜爲。

㉔耳,原闕,據四庫本、叢刊本補。

㉕矣,原作耳矣,耳疑衍。

㉖至,李文藻本作望,眉批:"望疑至。"

㉗饒,叢刊本作境。

㉘誠,原作然,叢刊本作馳,據四庫本改。

㉙犯邊,叢刊本作敢犯返。

㉚種落,原作衆落。據叢刊本改。困,李文藻本作因,眉批:"因疑困。"

㉛毒,原作獨,據四庫本、叢刊本改。

㉜境,叢刊本、方本作邊。方本用筆勾畫塞邊倒置作:"邊塞。"夾注:"一作境。"

㉝今,李文藻本作令,眉批:"令疑今。"佐幕,李文藻本作伏暮,眉批:"伏暮疑侵謀。"

㉞格,叢刊本作桉,四庫本作案。

㉟如不然者,方本作不然者。方本旁批:"如。"

㊱一幸,原闕,據四庫本、叢刊本補。

㊲長,李文藻本作畏。

㊳所,叢刊本無。

㊴唯,叢刊本作維。

㊵誠,原作哉,據四庫本、叢刊本改。

## 【集評】

李保泰本眉批:"事務了然,非白面書生所志。"

# 舟次壽州寄濠州江鈞少卿一首①

雨漲灘頭沙已空,一帆西上快清風。誰知去郡遲遲意,猶逐淮波日夜東。

## 【校注】

①原載卷一。鈞,四庫本作均。

# 憫忠①

甚哉②,世人謀其身之周也。山外之戰,(好水川、姚家川戰③,虜并在隴山外,屬平涼,西去羊牧隆城④,俱不及五里。)諸將以力戰死⑤,明白不可欺。(得諸將尸,皆被重創,趙律者亡其

首⑥。）或者咎其失計，且不與其死。噫！趨利以違節度，其失計
信然；（經略副使韓公行邊，二月己丑至高平，邏報賊逼懷遠城，
公盡發鎮戎軍⑦，先募勇士總萬一千人，俾行營部署任福盡統諸
將⑧，合力以制之。於是都監桑懌爲先鋒，鈐轄朱觀繼之⑨，武英
又次之，任福居後。其夕宿三川，賊已過懷遠東南去⑩。翌日，諸
將由懷遠躡其後，兩路巡檢常鼎、劉肅⑪，與賊戰於張家堡南，斬
首數百。賊棄馳馬牛羊萬計⑫，桑懌以騎趨之，任福又分兵自將
以往。其夕，任福、桑懌爲一軍⑬，屯好水川，與賊接壘；朱觀、武
英爲一軍，屯籠落川，隔山相去五里，猶遣信相通，期以明日會兵
川口⑭，不使賊得逸去。是時昊賊自將兵十餘萬衆，營於川口⑮，
邏者言賊四塞⑯，然數少，是以兵益進。）秉義不屈，奈何不與其死
也⑰？（癸巳，任福、桑懌逐賊，循好水川西去，未至羊牧隆城五
里，與賊大軍遇，懌馳犯其鋒，賊益兵。自辰至午，軍潰，懌與劉肅
俱戰沒⑱。任福子在陣，亦死⑲。福中數箭，小校劉進勸福自免，
福曰：“吾爲大將，軍敗何以苟生？一死足以報國。”遂死之。先
是，韓公召渭州都監趙律將瓦亭騎軍二千二百爲諸軍後繼⑳。是
日，及朱觀、武英會兵於姚家川，與賊遇，戰合。行營都監王珪自
羊牧隆城以屯兵四千五百來陣於朱觀陣西㉑，珪屢出略陣，陣堅
不可破㉒。武英重傷，不能視軍。自午至申，賊兵大至，東偏步軍
潰，衆遂大奔。王珪、武英、趙律及參議軍事耿傅、隊將李簡、鎮戎
監軍李禹亭、三川監軍劉均皆死於陣。朱觀以餘衆千餘人保民垣
發矢四射㉓，會賊暮引去。觀與任福戰處，相去十五里，然至敗不
相聞也。始，賊未與官軍遇，大掠武延川㉔。諸將既戰死，即以其
夕收軍去㉕，故山外之民不甚被毒。然諸將戰兵以千六百，總二
萬三百，死者六千餘人，指使、軍校死者數十人㉖。）㉗

　　忠義，世之所高；死，人之所難。以甚難之節，負至高之名，苟
與之，則已當蹈之矣，惡所以謀其身哉？善謀其身者不然，必非之

曰："喪兵沮威<sup>㉘</sup>，雖死，吾弗與。"然後享其富、保其生爲無愧，爲身之謀，豈不周乎？寇仇在境<sup>㉙</sup>，師兵在行，欲必生以保功，難乎哉！嗚呼！喪兵沮威以取死，豈諸將心耶？亦不幸而已。爲國家言，無使謀其身者終其幸，死義者重不幸，則節士勸矣。

**【校注】**

①原載卷三。李保泰本眉批："慶曆元年事。"李文藻本眉批："《東都事略·耿傅傳》録《憫忠》《辨誣》二篇。"又旁批："《東都事略·耿傅傳》，任福戰没，傅亦死。或謂福之敗，由傅督諸將稍急，韓琦得其書上之。尹洙亦作《憫忠》《辨誣》二篇，洙文既出，其謗遂止。"

②哉，方本作矣，夾注："一作哉。"

③好，原作妍，形訛，據四庫本改。

④羊，原作五，據四庫本改。

⑤力戰，原闕，四庫本無戰字，據叢刊本、李文藻本增。

⑥亡，叢刊本作去。

⑦盡，叢刊本作巳。

⑧俾，叢刊本作早，疑形訛。營，叢刊本作曹，疑形訛。任福，黃本脚注："吳本黃筆云：任福，字祐之。"

⑨鈐轄朱觀，叢刊本作鈐幹宋觀，疑形訛。

⑩賊，原作城，形訛。過，叢刊本作退，形訛，據四庫本改。

⑪兩，原作西，據叢刊本改。劉肅，李文藻本眉批："《東都事略·劉舜卿傳》：舜卿字希元，父鈞監，鎮戎三司兵馬，好水川之役，死於敵。"

⑫棄，叢刊本作卒。牛羊，叢刊本作羊牛。

⑬一，四庫本、叢刊本無。

⑭口，叢刊本作上。

⑮昊，叢刊本作殿，四庫本作吳。

⑯邏者，叢刊本作遣青，四庫本作還者，疑形訛。

⑰李文藻本眉批："《東都事略》《本紀》慶曆元年春二月辛卯，韓琦以任福等與賊戰於好水川，任福及耿傅、桑懌、王珪、武英死之。"

⑱懌，原作賊，據四庫本、《東都事略》改。

⑲子,四庫本、叢刊本作一子。

⑳趙律,四庫本作趙津。瓦亭,原作瓦庭,叢刊本作死事,黄本作死亭,據四庫本改。

㉑兵,叢刊本、李文藻本作共。李文藻本眉批:"共疑兵。"據四庫本改。

㉒陣,叢刊本作聞。

㉓朱觀以餘衆千餘人,叢刊本、李文藻本作王珪、武英衆千餘人。

㉔掠,原作略,叢刊本、黄本作持。黄本眉批:"掠。"據四庫本改。

㉕即,叢刊本、李文藻本作郡。李文藻本眉批:"郡疑群。"四庫本作即。

㉖十,叢刊本作千。

㉗李文藻本眉批:"《東都事略·任福傳》:任福字祐之,開封人,死後贈武勝軍節度使,兼侍中。王珪,開封人,贈金州觀察使。武英太原人,贈邢州觀察使。桑懌,開封雍邱人,贈解州防禦使。耿傅字公弼,贈右諫議大夫。俱見《東都事略·忠義傳》。""《東都事略》及《宋史》尚別有一王珪。"

㉘喪,原作喪之,之疑衍,據四庫本、叢刊本、李文藻本改。

㉙境,原作京,據四庫本、叢刊本李文藻本改。

**【集評】**

李保泰本眉批:"寫小人肺肝如見。""不爲深文。"


# 辨誣①

　　山外之役,參軍事耿傅在行。(傅以通判慶州參任福行營軍事。是役也,傅未嘗往②,韓公諷之,遂行。)戰合,虜騎益至,或以傅文吏,無軍責,勸其避去。傅不顧,被數創,死於陣。(行營都監武英勸傅避去,傅不答。英曰:"英當死,君非主兵者③,奈何遂與英俱死④?"未敗時,鈐轄朱觀輩咸勸傅少避鋒鏑⑤,傅愈前,指顧自若。觀及武英子言甚詳⑥。)人或誣之曰⑦:"傅督諸將進,使與大憝卒遇。敗,傅致也。⑧"後得傅與諸將書,戒以持重,慮爲虜誘,此豈督諸將進耶⑨?(壬辰夕,傅在朱觀中營作書與任福,以其日小勝,慮首與虜大軍相遇⑩,切戒之,自寫署朱觀名以致任福軍中⑪。任福敗,孔目吏以書白韓公⑫,公即奏上之⑬,具錄其言⑭,以示疑者爾⑮。)宋興八十載,文吏死事者⑯,或以城守之責,或不幸與禍會,其死義一也。至如臨大敵不懾,與驍雄之士爭致其命如傅比者亦鮮⑰。悲夫!謀既不用,又從之死,猶不免於誣,爲誣者豈喜於立異耶?惡夫爲忠邪耶⑱?作《辨誣》。

【校注】

①原載卷三。辨,叢刊本作辯。

②當,四庫本作常,疑形訛。往,叢刊本、李文藻本、黃本作後,疑形訛,黃本眉批:"吳本:往。"按《宋史·耿傅傳》:"時議進兵西討,以傅督一道糧餉。會元昊入寇,參任福行營軍事,遇敵姚家川,諸將失利,敵騎益至,武英勸傅避去,傅不答。英歎曰:'英當死,君文吏,無軍責,奈何與英俱死?'朱觀亦白傅少避賊鋒,而傅愈前,指顧自若,被數創,乃死。始,傅與觀營籠落川,夜作書遺福,以其日小勝,前與敵大軍遇,深以持重戒之。自寫題觀名,以致福軍中。傅死後,韓琦得其書於隨軍孔目官彭忠,奏上之。詔贈傅右諫議大夫,官其子瑗爲太常寺太祝,琚爲太常寺奉禮郎,璋爲將作監主簿,珪試秘書省校書郎,琬同學究出身。"

③主,原作三,疑形訛,據四庫本改。

④與,原作於,據四庫本、叢刊本改。

⑤朱觀輩咸勸,四庫本作朱觀亦戒。咸勸,原作亦戒,據李文藻本改。

⑥子,叢刊本作能。甚,叢刊本作其。

⑦人,李文藻本夾注:"《東都事略》無人字。"

⑧使至也等文字,四庫本作"使遇大敵,卒挫敗,傅致也"。使,叢刊本、李文藻本作俟。李文藻本旁批:"《東都事略》無俟字,此應是衍文。"大憝,見《用屬國》注⑧。

⑨耶,叢刊本作邪。

⑩首,原作前,疑形訛,據叢刊本改。遇,原闕,據叢刊本補。

⑪署,叢刊本、李文藻本作若。

⑫孔目吏，《資治通鑑·唐玄宗·天寶十載》："（安禄山）有輕中國之心。孔目官嚴莊、掌書記高尚因爲之解圖讖，勸之作亂。"胡三省注："孔目官，衙前吏職也。唐世始有此名，言凡使司之事，一孔一目，皆須經由其手也。"洪邁《容齋隨筆·京師老吏》："京師盛時，諸司老吏，類多識事體，習典故。翰苑有孔目吏，每學士制草出，必據案細讀，疑誤輒告。"《金史·百官志三》："司吏分掌六案，各置孔目官一員，掌呈覆糾正本案文書。"

⑬奏上之，四庫本作奏定。

⑭具，叢刊本作以。其，叢刊本作謹。

⑮爾，四庫本作耳。

⑯事，四庫本無，叢刊本、李文藻本作率。李文藻本眉批："率疑事。"夾注："事本訛率，據《東都事略》正之。"

⑰比，叢刊本、李文藻本作死。李文藻本脚注："死，《東都事略》作比。"

⑱耶，叢刊本、李文藻本作邪。惡夫，四庫本作抑惡夫。


# 故將仕郎守河南府登封縣主簿兼尉衛君墓表①

君諱景山，字仲安，魏郡南樂人②，後徙家河南。累舉進士，不中第。景祐元年，西都復國子監，學士共薦君③，得試國子主簿。歲餘，改河中府士曹參軍④，仍在西監講書。四年⑤，授伊陽尉⑥，移登封主簿。康定二年六月三日⑦，以疾卒，年五十。

君少以辭章爲人稱，年十七舉進士，魏郡首送之。二十餘始來河南，益自修謹⑧，接朋友恭甚。群居論議，默默若無所解⑨；或從容與之談⑩，即多所發明，以是前輩知其讓己。少年皆慕其爲人，交譽之，無一異者。晚節所守愈固，通六經章句大義，從之學者常數十人。或與君評後進人物，君雖賞鑒有輕重，然多曲爲之品目，人譏其所收太廣⑪。後頗有成立者，人更以此服之⑫。素爲名公知遇，謝紫微以禮致之⑬，始主學事⑭。丞相沂公稱其行於朝⑮，因以入官焉。父漬，祠部員外郎⑯，直史館，有名於時。母郭氏太原縣君。娶王氏。一男,籍民,九歲;一女,十二歲。君卒後五十七日,葬河南洛陽賢相鄉積閏里⑰。洛中士人告於予曰:“衛先生葬,宜有文以誌其壙。”予知仲安者,是當爲之誌,會日迫⑱,不克納其壙⑲,遂表於墓。

【校注】

①原載卷十三。文中言“康定二年六月三日,以疾卒”,卒後五十七日,葬河南洛陽賢相鄉積閏里,則時爲七月三十日。

②樂,李文藻本作禦。

③士,原作生,據李文藻本改。

④河,原作可,形訛,據四庫本、李文藻本改。

⑤年,原闕,據四庫本、李文藻本補。

⑥尉,叢刊本作府。

⑦定,原作安,疑形訛,據四庫本、叢刊本改。

⑧修,李文藻本作餘,眉批:“疑飭。”

⑨解,李文藻本作辭。

⑩談,叢刊本作謀。

⑪太,原作大,據四庫本、叢刊本改。

⑫人更,原作士更,四庫本作士吏,據叢刊本改。

⑬謝,叢刊本作説。按《范文正集·祭謝舍人文》:“維慶曆六年二月日,具位某謹致祭於故紫微舍人希深謝公之靈。”

⑭事,原作士,據四庫本、叢刊本改。

⑮丞相沂公,見《尹師魯河南集序》注㉔。

⑯瀆,李文藻本作續。部,李文藻本作親,眉批:“疑部。”

⑰積閏,叢刊本作靖問。

⑱迫,李文藻本作迫,眉批:“或近或迫。”陳本作克。

⑲克,陳本作迫。


# 故贈秘書丞左君墓誌銘并序①

康定二年八月日,屯田員外郎、知華州事河南左君得告於朝②,來葬其先君於河南緱氏縣唐興鄉解賈里。先事,告同郡尹某曰:"予始孩,先君教以經藝,寖爲辭章③,夙夜以戒曰:'汝進於學,齒於鄉士④,其以衣冠名吾家。'先君既歿三年⑤,予取進士第。又五年,始有位於朝,先君凡再追命爲秘書丞⑥。自歿距今十有九年⑦,始得用五品禮葬,庶幾以卒先志。悲乎! 不及見予之有成也。"請予誌其墓⑧。

君諱某,字某⑨,其先自河中,徙家河南,爲大族,其交結皆當世豪傑貴人。及君,乃折節屬學,所友多賢士大夫⑩,信讓寬厚,爲里中稱譽。舉進士,一不偶⑪,終於家,年四十。父諱欽,母張氏。凡三娶⑫,兩王氏⑬,繼以韓氏。兩王夫人各以福昌、永寧太君告第⑭,皆祔於君。韓夫人⑮,今以萬年受封。君六子:長瑛及第四子未名,早亡;屯田君名瑞⑯,實第二子;次琪、玘、琰。孫六人,并幼⑰。銘曰:

富而學,不及以位。子而才,不逮其仕⑱。追命既告,朝服以襚。養不克兮葬則備,方礎刻兮孝子志⑲。

【校注】

①原載卷十五。誌,李文藻本無誌字。叢刊本無并序二字。

②告,李文藻本作吉,形訛。朝,李文藻本作廟。

③寖,四庫本作寢,形訛。辭,原作詞,據四庫本、叢刊本改。

④齒於,列於。《漢書·陳勝項籍傳贊》:"陳涉之位,不齒於齊、楚、燕、趙、韓、魏、宋、衛、中山之君。"顏師古注:"齒,謂齊列如齒。"鄉士,《周禮·秋官司寇》:"刑官之屬:……鄉士,上士八人,中士十有六人,旅下士三十有二人。"鄭玄注:"鄉士,主六鄉之獄。"賈公彥疏:"'鄉士',其職云'掌國中',國中兼百里内六鄉,以八人分主六鄉,故謂之鄉士。"

⑤歿,叢刊本作沒。

⑥追命,李保泰本眉批:"追命即贈官,亦變例。"

⑦歿,四庫本、叢刊本作沒。十有,叢刊本作十受有,受疑衍。

⑧請予至河南等文字,李保泰本無,緊接“爲大族”至本文結束。

⑨某,李文藻本無。

⑩友,叢刊本作依,方本作交,夾注:“一作友。”

⑪偶,李保泰本作遇。

⑫凡,李文藻本作兄,眉批:“兄疑凡。”

⑬兩,李文藻本作二。

⑭告第,李保泰本眉批:“‘告第’謂追封,見《王文康碑》及《皮公誌銘》,叙次變化。”

⑮韓夫人,叢刊本作韓氏夫人。

⑯瑞,四庫本、方本作瑋。方本旁注:“璋。”

⑰并幼,叢刊本作俱皆幼未名。

⑱仕,叢刊本作任。

⑲礎,叢刊本作磁。


# 故朝奉郎太子中舍知漢州雒縣事
## 騎都尉王君墓碣銘并序①

　　太子中舍王君,以康定元年三月某日卒官,二年十一月某日②,葬於河南府河南縣某鄉某里。其孤尚恭、尚喆謂某曰③:“歐陽永叔既銘吾先君之壙,願得文以揭於墓。”某與君遊最舊④,不敢以讓云。

　　君諱汲⑤,字師點,其先京兆萬年人⑥。五代祖逎,唐季爲壁州刺史,世亂不得歸,遂葬果州西北丹圖山下⑦,里人呼爲壁公墓。曾祖福,事王蜀,爲其合州刺史。祖某,父某,通經術,皆以壽終。君幼聰警,善爲辭章。兄湛,取進士第,有稱於時。君始來京師,爲廣文生⑧,數舉不得第。湛累官司封員外郎,君用司封蔭,授將作監主簿,調鄭州原武、河南密縣主簿⑨。天聖八年,詔舉郡諸曹、縣主簿尉堪爲縣令者,公得以擢爲澤州晉城縣令。縣治在州下,州有廣銳軍,異時牧馬旁郡⑩,會歲饑,縣民有亡田者,軍士遂請其田爲牧地⑪。民既復,馬當還故牧,軍士以勢力取强於民⑫,吏不能禁。君至,立辨於郡⑬,卒徙故地⑭,莫有犯者。明道二年,詔舉郡縣吏有治實者,本路轉運使蘇耆以君名聞,即召還,改大理寺丞、知京兆府藍田縣事。遷太子中舍、知陝州夏縣事。縣近山,頗爲水患,又城久圮壞⑮,奸盜出入無限制,君請於府,築堤新城,人皆便之。移漢州雒縣,會兩川大饑⑯,君率富室入粟數萬,以濟貧民,敕書褒諭焉⑰。

君爲吏,凡六更其治,或爲佐爲長⑱,皆得以一縣盡其用。精敏敢斷,官有斂役,未嘗以嚴期暴民,事皆迎辦⑲。民或訴枉者,雖嘗經郡理決者⑳,君必窮覆審究,不以勢卑奪其守㉑,以是能庇其民。爲人平易,胸中洞然無少隱,與朋友游有始終,讀書惡異端,尤不喜陰陽拘忌之説,識者尚其通焉。

娶胡氏,封安定縣君。子三人:尚恭、尚喆,同年取進士第,皆賢而文;尚辭,舉進士。五女:長適殿中丞吴感㉒,次適殿直朱浙,次適潞州屯留令楚建中㉓,次歸吾家,子朴實其婿;幼,未嫁。初,司封葬河南君,嘗語諸子:“異日當從吾兄㉔。”及終,遂奉其言。銘曰:

生於蜀,官於蜀,又歿其地㉕。來葬河南,實成君志。九原可作,從我伯氏。子孫遂家,以祖從世。

【校注】

①原載卷十三。文中言“康定元年三月某日卒官。二年十一月某日”云云,故繫於此。

②十,原作某十,某疑衍,據四庫本、李文藻本改。

③喆,原作詰,形訛,據四庫本、李文藻本改。尚恭,《聞見録》卷八:“天聖明道中,錢文僖公自樞密留守西都,謝希深爲通判,歐陽永叔爲推官,尹師魯爲掌書記,梅聖俞爲主簿,皆天下之士。……又有知名進士十人游,希深、永叔之

門生王復、王尚恭爲稱首。”

④與，原作於。據叢刊本改。

⑤汲，李文藻本作伋。

⑥其，原作某，疑形訛，據四庫本、李文藻本改。

⑦北丹，原作充丹，李文藻本作克州，據四庫本改。

⑧廣文生，《唐摭言》卷一：“廣文：天寶九年七月，詔於國子監別置廣文館，以舉常修進士業者。斯亦救生徒之離散也。始，其春官氏擢廣文生者，名第無高下。”

⑨調，原闕，據四庫本、李文藻本補。

⑩異時，李文藻本作選所。

⑪請其，李文藻本作謗某，李文藻本眉批：“疑榜。”四庫本作請某，疑形訛。

⑫勢，李文藻本作動。

⑬立，四庫本作五，形訛。

⑭徙，李文藻本作徒，眉批：“徙。”

⑮城久圮壞，李文藻本作城池久壞。

⑯川，李文藻本作州。

⑰諭，李文藻本作論，眉批：“論疑諭。”

⑱佐，李文藻本作佑，眉批：“佑疑佐。”

⑲辨，原作辨，形訛，據李文藻本改。

⑳經，叢刊本作爲。李文藻本作維，眉批：“維疑經。”理，原作里，據叢刊本改。者，原闕，據叢刊本補。決，四庫本作更。

㉑卑，叢刊本無。李文藻本作早，眉批：“早疑卑。”

㉒吴，原作次吴，次疑衍。

㉓屯留令，四庫本作屯田令。令，原作今，形訛，據叢刊本改。

㉔日，李文藻本作月，眉批：“月疑日。”從，李文藻本作徒，眉批：“徒疑從。”

㉕殁，叢刊本作没。

## 故金紫光禄大夫檢校右散騎常侍除授右監門衛將軍持節惠州諸軍事惠州刺史兼御史大夫輕車都尉隴西郡開國侯食邑一千七百户李公墓誌銘并序①

公諱渭②,字師望,其先西河人。從祖顔頵③,爲周廣順功臣。祖勳,始家河陽,終右監門衛將軍,贈左驍衛將軍。考遜,終比部員外郎④,贈工部尚書。妣杜氏,追封馮翊縣太君。公少舉進士,景德二年中第,授許州臨潁縣主簿,歷杭州仁和、開封府陽武二尉,皆以才能稱。用知己薦除大理寺丞、知華州華陰縣事。移蜀州江原,遷殿中丞。乾興推恩⑤,遷太常博士。先是,河決東郡,歷歲未平,公以《治河十策》爲獻。會參知政事魯公宗道奉詔行河⑥,即奏同至東郡。時言水利害者甚衆,魯公獨是公策,即換北作坊副使⑦、充修河都監。樞密院有不快魯公者,摭公所議與衆不合,不復辨曲直,罷爲鄆州兵馬都監,移知憲州,又移鳳州。階、成二州接邊,頗有内屬之户,故鳳得以戎事制階、成,猶支郡。前此⑧,屬户攻陷階州之沙灘寨⑨。公至郡,馳詣其所⑩,究治叛狀⑪,實司牧都校趙釗者擾之⑫。公即譴釗道州,諭以恩信,酋帥皆歆服,修復故壘,種落遂定。以功遷軍器庫副使、知原州事。不滿歲,改環州,遷香藥庫使。公緣治河至是,凡十年不得至京師⑬。

天聖八年,召歸⑭,奉使契丹,始得對便殿,陳畫邊事,天子材之,使還知慶州事⑮。明道二年,詔近臣舉勇略任邊者⑯,公爲樞密直學士李公諮所薦⑰,尋加惠州刺史、益州路兵馬鈐轄。是冬改元,遷東八作使。明年,擢爲西上閣門使,旋改鄜延路兵馬鈐轄。鄜延屬户比他路爲最强⑱,多寵以右職要官,部下恣誅殺,敢爲不法，異時主兵者頗務姑息，或利其善馬⑲，求取無厭。公至⑳，凡所饋獻一不納㉑，罪者繩以漢刑，皆樂公之不擾，然畏憚莫得自恣焉。秩滿，知延州。郭公勸美公鎮靜之績㉒，奏留再其任，又條其勞狀於政府㉓，言甚切至，詔就遷東上閣門使，旋改四方館使。始，趙德明內附㉔，先帝與之約，令其入貢京師，道必從鄜延，文奏非鄜延不得通㉕，自是文牒往返如鄰州。

元昊初襲爵土㉖，公即帥鄜延兵㉗。元昊雖桀驁，嘗擾環慶戎落㉘，然歸罪別種以爲辭㉙，公爲報，不與之辨。齊宗矩以慶州之兵敗於節義烽㉚，爲虜所得，公以文諭之，虜即以宗矩來還㉛，朝廷亦不發其罪。寶元元年，元昊大將山遇者率其族三千餘人來歸㉜，且言元昊不軌狀。公與郭公議曰：“元昊猖獗之志，由宗矩敗益彰，非待山遇發也。自德明納貢四十年，其酋長內附者未嘗納之㉝，國家於德明父子，撫愛哺養如嬰兒，豈有毫髮負哉㉞？今若納其亡人，使其取直以爲稱，是中國大信㉟、天子含容之德，由吾輩所虧損也。”即命境上絕之㊱。其年冬，南郊貢輸不至㊲。十二月㊳，遣其黨稱所置僞官以來㊴。公即拘其人於館，亟以事聞，且閱其表函，猶稱臣以冠其名。公即與郭公議，奏以：“夷狄僭中國名號，誠不順，然尚稱臣，可漸以禮屈，願與大臣熟議。”天子方命帥臣經略西事㊵，所奏忤旨，前此就移兼領邠州，至是降授尚食使、知汝州事。數月，移磁州。明年，有上書訟公前絕山遇事者，又降爲右監門將軍、白波兵馬都監㊶。久之，寢疾，語諸子曰：“吾在西邊十餘年，雖以罪去，猶願一見上，陳當今制虜之宜，死且不恨。今不幸，遂塞而不伸乎！”以康定二年四月一日終於官，年六十三㊷。

自公再被黜典㊸，皆與郭公同命。公既終一月，朝廷起郭公知鳳翔府事，次子㽕因遺奏㊹，特授守秘書省校書郎，識者悼公之歿焉。公初娶張氏，封清河縣君。繼崔氏，封壽安縣君。二子：長曰兢，東州節度推官；次即校書，皆勤學有才稱。一女，尚幼。即

以其年十二月十八日,葬於河南府河南縣龍門鄉南五里。銘曰:

　　自古四夷,或侮或順。以威以懷,世其異論。在公之策,羈縻示信。躓而不復,歿有遺恨㊺。匪身之謀,唯國之徇。刻此銘章,載其忠憤。

【校注】

　　①原載卷十五。文中言"以康定二年四月一日,終於官""以其年十二月十八日"云云,故繫於此。除,叢刊本作降。李保泰本眉批:"標題既詳其官,後文中從略。"

　　②渭,叢刊本作湄。按《宋史·李渭傳》:"李渭,字師望,其先西河人,後家河陽。"

　　③頗,叢刊本作郡。方本夾注:"一本無頗。"

　　④比,原作北。形訛。

　　⑤興,李文藻本作典,眉批:"典疑興。"按乾興,宋真宗年號。推恩,原作例恩。李文藻本作例思,眉批:"例思疑推恩。"據此改。推恩,《漢書·東方朔傳》:"深念遠慮,引義以正其身,推恩以廣其下,本仁祖義。"

　　⑥會,叢刊本作曾。魯公宗道,《宋史·魯宗道傳》:"魯宗道,字貫之,亳州譙人。"仁宗時拜右諫議大夫、參知政事。

　　⑦北,原作比,疑形訛,據四庫本、李文藻本改。

　　⑧此,原作北,形訛,據四庫本、叢刊本改。

　　⑨寨,原作塞,據叢刊本改。

　　⑩詣,李文藻本作請,眉批:"請疑詣。"

　　⑪叛,原作判,疑形訛,據四庫本改。

　　⑫之,叢刊本作知。

　　⑬凡,原作幾,據叢刊本改。

　　⑭歸,原字殘汙,據四庫本、叢刊本補。

　　⑮知,原闕,據四庫本、叢刊本補。

　　⑯任,叢刊本作在。

　　⑰密,原闕,據叢刊本補。李公諮,《宋史·李諮傳》:"李諮,字仲詢,唐趙國公峘之後。"仁宗朝任樞密直學士。

⑱戶比他,叢刊本作亡北他。李文藻本作亡比地,眉批:"地疑他,亡疑兵。"據四庫本、方本改。

⑲馬,四庫本、叢刊本作焉,形訛。

⑳至,原作是,據四庫本、李文藻本改。

㉑所,叢刊本作至。

㉒郭公勸,《宋史·郭勸傳》:"郭勸,字仲褒,鄆州須城人。"

㉓府,叢刊本作蕭。

㉔趙德明,《宋史·夏國上》:"德明,小字阿移。……(景德二年六月)德明遣牙將王旻奉表歸順。"

㉕奏,叢刊本作卷。得通,叢刊本無通字。

㉖初,叢刊本作祈,形訛。土,叢刊本作上,形訛。

㉗李文藻本眉批:"改行。多闕文誤字。"

㉘落,叢刊本作落落,疑衍。

㉙罪,叢刊本作罷,形訛。辭,原作詞,據四庫本、叢刊本改。

㉚齊宗矩,《宋史·夏國上》:"環慶路都監齊宗矩。"

㉛即,李文藻本眉批:"即不誤。"

㉜千,四庫本、叢刊本作十,形訛。

㉝酋,叢刊本無。

㉞負哉,叢刊本作負者哉。

㉟天,叢刊本作之,形訛。

㊱命,原闕,據叢刊本補。絶,原作繩,形訛,據四庫本、李文藻本改。

㊲南,叢刊本作有。頁,叢刊本無。

㊳十,李文藻本作年,眉批:"疑來。"誤。

㊴遣,叢刊本作遺,形訛。來,叢刊本作乘。

㊵西,原作兩,叢刊本無。

㊶白波,原作白州。白,李保泰本夾注:"疑是惠。"眉批:"官與標題名不相應,不可解。"據《宋史·李渭傳》改。

㊷六十三,叢刊本作六十有三。

㊸黜,原作點,形訛,據四庫本、叢刊本改。

㊹烌,原作先,形訛,據四庫本、叢刊本改。

㊺殁,叢刊本作没。

# 申軍前事宜狀①

　　右,某自今月十六日②,見西路巡檢探報到昊賊事宜③。賊衆見在大王井、長城嶺、牛羊柏井、鼠寨等處,共約十一萬。續又探到賊衆於十五日過長城嶺來,不知人數,尋却回舊處者。某體問到上件地里④,并屬宥州⑤,與保安軍相接,本州已牒都監朱供備赴保安軍駐札⑥,十九日已起離去訖。切緣今來趙部署在金明⑦,張龍圖又不兼本路軍馬公事⑧,切慮緩急,賊衆侵擾,臨時處置,事無統一。伏乞速賜詳酌,別降指揮。

## 【校注】

　　①原載卷二十四。文中言"今來趙部署在金明,張龍圖又不兼本路軍馬公事",按《長編》卷一百二十七,康定元年五月二十七日,"詔鄜延鈐轄張亢、都監王達,率兵趣金明塞門寨擊賊,副都部署趙振以重兵繼之",則趙部署當指趙振,張龍圖指張亢。而據《宋史·張亢傳》,張亢加龍圖閣直學士,在分陝西爲四路之後。《宋史·地理志·陝西路》:"慶曆元年,分陝西沿邊爲秦鳳、涇原、環慶、鄜延四路。"故此文當作於慶曆元年。

　　②某,四庫本作洙。

　　③到,方本夾注:"一作得。"

　　④某,四庫本作洙。

　　⑤宥,叢刊本作宿,疑形訛。

　　⑥朱,叢刊本作未,形訛。

　　⑦署,原作置,形訛,據四庫本、叢刊本改。

　　⑧張龍圖,按《宋史·張亢傳》:"張亢,字公壽,自言後唐河南尹全義七世孫。""歷陝西都轉運使、知永興軍、河東都轉運使,加龍圖閣直學士,知澶、青、徐、揚等州,再遷吏部郎中。"

# 答計用章秘丞書①

數日中連得兩書,旨意甚厚,兼以曾見鄙文,過賜稱道。閣下在某爲前輩,於文高、於道淳者也②,宜有以指其疵瑕,勖其未至③,以成朋友切劘之益。今乃曲爲品題,豈德隆者專譽人之長,以誘其進耶? 不然,何許與之過也④? 感愧感愧。詢來介,云已有嘉州之命⑤,不知信否? 閣下以忠獲罪,其爲留滯亦久矣⑥,造物者得無留意? 人遽⑦,草草奉此爲謝,意殊不周。

【校注】

①原載卷十一。文中言"閣下以忠獲罪,其爲留滯亦久矣"。按《東都事略》卷五十四,范雍"挾用章陷百姓之言,而誣以罪,用章遂竄雷州。其後,范仲淹經略延州,知用章以忠獲罪,奏雪於朝。田況亦以爲言,起監隨州酒,明年復故官"。《長編》卷一百二十八載,康定元年八月三日,田況爲陝西經略安撫司判官,二十九日,陝西經略安撫副使范仲淹兼知延州。文中所言"明年復故官",即秘書丞之職,故知此文作於慶曆元年。李文藻本眉批:"按《東都事略·范雍傳》,雍在延州辟計用章爲通制。用章,臨邛人,以進士起家。"

②者也,陳本作也者。

③勖,原作最,疑形訛,據四庫本、陳本改。

④許與之過,叢刊本作許與人之過。

⑤嘉,原作加,據四庫本、李文藻本改。李文藻本眉批:"按《東都事略》,用章未爲嘉州。"

⑥李文藻本眉批:"按《東都事略》,范雍誣用章以罪竄雷州,其後范仲淹經略延州,知用章忠言獲罪,奏雪於朝,復故官,後爲隴州,終都官員外郎。"

⑦遽,原作取,據四庫本、李文藻本改。

# 王氏題名記①

陝郡開元寺建初院,有進士登科、題名二記在焉。其一題云:

“天復四年，左丞楊涉下進士二十六人②。”實唐昭宗遷洛，改元天祐歲，駐蹕於陝，楊涉丞相所放進士榜第十四人王公諱澥之嗣子工部追書也。工部諱某，開寶二年佐陝虢幕③，作文以記其事。後十一年，工部從子、鹽鐵推官守中奉使過陝，又誌名於記末。其一題云④：“咸平元年，翰林學士楊礪下進士五十一人⑤。”第九人劉公燁所刻也⑥。劉公大父太常卿岳⑦，前天復榜中第十一人。劉公嘗官於陝，故以東都咸平榜嗣之。其第二十三人王公諱某，即天復榜第十四人王公之曾孫，累官某官，贈某官。慶曆元年，贈官嗣子（書先公贈官⑧）職方公按刑陝右，觀建初二記⑨，則高祖、先公登科二名，暨曾祖、伯祖真跡俱存，慨然感慕，命余次其年世前後。嗚呼，天祐甲子距今百三十有九年，公家四世刻名佛舍，公今又繼而書之，世德之厚者，其將顯乎！

【校注】

①原載卷四。文中言“慶曆元年”云云，故繫於此。

②楊涉，《新五代史·唐六臣傳》：“楊涉，祖收，唐懿宗時宰相；父嚴，官至兵部侍郎。涉舉進士，昭宗時爲吏部尚書。哀帝即位，拜中書侍郎、同中書門下平章事。”《舊唐書·哀帝》：“皇帝即位行事官、左丞楊涉進封開國伯，加食邑四百户。”

③寶，原作實。據叢刊本改。陝虢，叢刊本作虢。

④云，原作去，形訛，據叢刊本改。

⑤楊礪，《宋史·楊礪傳》：“楊礪，字汝礪，京兆鄠人。……（真宗）即位，拜給事中、判吏部銓。未幾，召入翰林爲學士。咸平初，知貢舉，俄拜工部侍郎、樞密副使。二年，卒，年六十九。”

⑥劉公燁，見《賜紫金魚袋劉公墓表》。

⑦劉公，原作劉公燁。方本作劉公曄，旁批：“燁。”據叢刊本改。太常卿岳，《舊五代史·明宗紀八》：“丁丑，以秘書監劉岳爲太常卿。”

⑧公，原本殘汙，據四庫本、叢刊本補。

⑨二，叢刊本作一。

【集評】

李保泰本眉批:"簡小,然是記體。"


# 與邠州通判劉几太博書①

得伯壽書,忻慰無量。伯壽志於古聖人之道有年矣,日來年益加,於道固益邃。某聞邃於道者,於世事泊如也。功名未立,其如吾何? 幸伯壽安之。

【校注】

①原載卷八。几,陳本作凡。李文藻本作九,眉批:"幾。"總目眉批:"劉几字伯壽,名在《洛陽耆英會》中,《宋史》有傳。"按《宋史·劉温叟傳附劉几傳》:"几字伯壽,以燁任爲將作監主簿。生而豪俊,長折節讀書,第進士。"按《宋史》本傳,劉几"從范仲淹辟通判邠州",而張方平《論除兵官事》言劉几"自康定慶曆初,昊賊初叛命,即在西路,久效驅馳",則知劉几通判邠州當在康定慶曆初。姑繫於慶曆元年。

# 慶曆二年（公元1042年）

## 秦州申本路招討使狀①

朝奉郎、守太子中允、直集賢院、通判秦州軍州事、上騎都尉、賜緋魚袋尹某②，奉台旨與崔懿同於寨北約五里以來標立堡子③。今月某日，與崔懿將帶手下兵士等到彼中立標竿次④，不意蕃賊於谷内揚塵挑鬪⑤，某與崔懿商量⑥，令寨户向前體探⑦，其寨户等被蕃賊趂惹鬪敵⑧。崔懿慮恐傷折著寨户，尋領手下兵士向前救應⑨，亦是被蕃賊趂惹鬪敵。崔懿尋令人於某處告急，某尋令指揮張某量帶兵士往前策應⑩。良久，亦是趂惹抽退不得⑪。某又慮傷折著兵士⑫，尋部領手下兵馬，向前救應。其蕃賊見某兵士向前鬪敵⑬，即便敗走，殺下蕃賊不少，遂旋拖拽去⑭。斫到人頭若干個，搶獲旗鼓若干件⑮，燒蕩却族帳若干坐⑯。所有某等即元不奉招討指揮領兵破蕩作過李宫族帳，只是奉指揮於寨北約五里以來標立堡子⑰，不意被蕃賊趂惹⑱，又恐傷折著先去寨户⑲，及續去崔懿手下兵士，所以向前救應，乘勝趕趁十五餘里，指使張某燒蕩却上件族帳。所有某手下兵士，有虎翼等三十五人傷中。謹具狀申聞。

【校注】

①原載卷二十四。按尹洙受韓琦之辟通判秦州,《長編》卷一百三十一載,慶曆元年四月三日,韓琦知秦州,而尹洙慶曆二年四月通判秦州軍州事,故繫於此。

②某,四庫本作洙。

③約,叢刊本作納,疑形訛。以,叢刊本作已。

④兵,原作軍,據四庫本、叢刊本改。士,李文藻本作上。

⑤意,原作委,四庫本作謂。李文藻本眉批:"委疑意。"

⑥某,李文藻本作其,眉批:"其應某。"

⑦令,李文藻本作今,眉批:"今疑令。"

⑧赳,四庫本作黓。李文藻本作超,眉批:"赳。"

⑨領,原作取,據叢刊本、李文藻本改。

⑩尋令,原作令尋,疑筆誤。揮,叢刊本作使。

⑪抽,叢刊本作押。得,李文藻本眉批:"趕。"

⑫著,四庫本、李文藻本作着。

⑬鬩,李文藻本作門,眉批:"疑鬩。"

⑭遂,原作逐。據四庫本改。

⑮搶獲,原作槍排,據四庫本改。

⑯却,原作部,據四庫本、叢刊本改。

⑰指揮,叢刊本作招指揮。以,叢刊本作已。標,四庫本、叢刊本作操。

⑱意,原作委,四庫本作謂,李文藻本眉批:"委疑意。"

⑲著,四庫本、叢刊本作着。户,叢刊本無。


# 故太常博士致仕何君墓誌銘并序①

　　君諱某,字某②,其先京兆咸陽人。祖諱朗,左司禦率府,卒③,葬河南新安,遂爲河南人。考諱曠,周顯德二年進士第二人④,終著作佐郎、集賢校理,有名於時,贈某官⑤。母高氏,追封某縣太君⑥。君三歲而孤,養於外氏,能自樹立。三十始舉進士,五上得同進士出身。授儀州司理參軍⑦，再調開封祥符尉，遷果州團練判官⑧，又歷鳳翔、彭州、河中、永興四幕，最後以永興軍節度判官告老⑨，除太常博士致仕。還洛七年，年八十三，康定二年六月六日終於家。

君性通恕⑩，善談笑，喜人和同，然持身奉法，不爲强屈。嘗與上官争辯殺人獄⑪，終出之，後得劫者，衆益伏。掌州庚吏襲故跡⑫，欲上下通爲奸利⑬，憚君初至，未有以致其賂。乃作匿名書⑭，求君黜聰明，并以金帛投於廨垣。君曰："是必某吏所爲。"捕送之，伏罪，君廉益以聞。前後薦其行能者數十人，止用選部循資格、增廩禄而已⑮。流輩或驟爲時用，君聞之，更有喜色。及退居，無分産以自資，恬然不以慊其心⑯。體强無疾，一日呼嗣子，命以終制，語頗詳悉，起居猶平常，自是三日而終。即以明年四月某日⑰，葬於新安縣某鄉某里⑱。凡三娶，兩李氏，早亡；向氏，侍中拱之女，封某縣君⑲。一子令孫，舉進士，禮部嘗奏名，孝謹有才稱。四女，適盧賁、李宗孟，皆明經；宗世賢，舉進士；王宗諤，爲三班借職。銘曰：

進而室⑳，性焉益通。處而貧，心焉自充。仁者固得其壽，君子不謂之窮。以勤爲養，以禮送終，君實有子，世其清風。

【校注】

①原載卷十五。叢刊本無并序二字。文中言"康定二年六月六日終於家""明年四月"云云，故繫於此。

②某，李文藻本無。

③卒，李文藻本作率，形訛。

④二，李文藻本作上，旁注："仝。"

⑤某，李文藻本無。

⑥某，叢刊本作以，李文藻本無。

⑦授，叢刊本作受。儀，叢刊本作議，形訛。

⑧果州,叢刊本作果東州。判,叢刊本、方本作州。

⑨最後,李文藻本作最然居,眉批:"然居疑後始。"告老,叢刊本作兵考。

⑩通恕,叢刊本作慈,四庫本作仁恕。按通恕,通達寬恕。《舊五代史·錢鏐傳》:"(羅隱)嘗戲爲詩,言鏐微時騎牛操梃之事。鏐亦怡然不怒,其通恕也如此。"

⑪辯,四庫本、叢刊本作辨,李文藻本作辦,形訛。

⑫庾,《説文解字注》:"《小雅·楚茨》傳曰'露積曰庾',《甫田》箋云'庾,露積穀也'。"

⑬奸,李文藻本作如,眉批:"疑漁。"疑形訛。

⑭乃作,叢刊本作以乃,方本、李文藻本作乃以。

⑮止,叢刊本作至。

⑯慊,李文藻本作歉,眉批:"慊。"

⑰某,李文藻本無。

⑱某,李文藻本無。

⑲某,李文藻本無。

⑳室,原作益室,據四庫本、叢刊本改。


## 論命令恩寵賜與三事疏 慶曆二年至隴州上①

四月日,朝奉郎、守太子中允、充集賢校理、新差通判秦州軍州事、上騎都尉、賜緋魚袋臣尹某②,昧死再拜上疏皇帝陛下:臣聞漢文帝盛德之主,賈誼論當時事勢,猶云"可爲痛哭"③;孝武帝外攘四夷,以强主威,徐樂、嚴安尚以陳勝亡秦、六卿篡晋爲誡④。二帝不以危亂滅亡爲諱⑤,故子孫保天下者十餘世。秦二世時,關東盜起,或以反者聞,二世怒下吏,或曰"逐捕今盡,不足憂",乃悦。隋煬帝時,四方兵興,左右近臣皆隱賊數,不以實聞。或言賊多者,輒被詰責。二帝以危亂滅亡爲諱,故秦、隋之宗社,數年爲墟⑥。陛下視今日天下之治⑦,孰與漢文?威制四夷,孰與漢武？國家基本仁德⑧，陛下慈孝愛民，誠萬萬於秦、隋。至於西有不臣之虜，北有强大之鄰，非特閭巷盜賊之勢也。自西虜叛命四年⑨，旁塞苦數擾⑩，内地疲遠輸，兵久於外，而休息無期。卒有乘弊而起，兵法所謂“雖有智者，不能善其後”⑪。當此之時，陛下當夙夜憂懼，所以慮事變而塞禍源也。陛下延訪邊事，容納直言，前世人主勤勞寬大，未有能遠過者也。然未聞以宗廟爲憂⑫、危亡爲懼，此賤臣所以感憤於色而不已⑬。何者？今命令數更⑭，恩寵過濫，賜與不節，此三者戒之慎之⑮，在陛下所行耳，非有難動之勢也⑯。而陛下因循不革⑰，弊壞日甚，臣是以謂陛下未以宗廟爲憂、危亡爲懼者，以此。

夫命令者，人主所以垂信於下者也⑱。異時民間聞朝廷降一令⑲，皆竦視之⑳；今則不然㉑，皆相與竊語，以爲不久當更，既而信然。此命令日輕於下也，命令輕則朝廷不尊矣。又聞群臣有獻忠謀者，陛下始甚聽之，後復一人沮之，則陛下意移矣㉒。忠言者以陛下信之不能終㉓，頗自絀其謀，以爲無益。此命令數更之弊也。

夫爵賞㉔，陛下所持之柄也。近時外戚内臣，以及士人，或因緣以求恩澤，從中而下，謂之“内降”㉕。臣聞唐氏衰政㉖，或母后專制，或妃主擅朝㉗，樹恩私黨㉘，名爲“斜封”㉙。今陛下威柄自出，外戚内臣賢而才者，當與大臣公議而進之，何必襲“斜封”之弊哉？且使大臣從之，則壞陛下綱紀；不從，則沮陛下德音。壞綱紀，忠臣所不忍爲；沮德音，則威柄日輕㉚。臣又聞盡公不阿㉛，朝廷所以責大臣；今乃自以私昵撓之，而欲責大臣之守正不私，難矣。此恩寵過濫之弊也。

夫賜與者㉜，國家所以勸功也㉝。比年以來，嬪御及伶官、太醫之屬㉞，賜與過厚。人間傳言：内帑金帛，皆祖宗累朝積聚，陛下用之不甚愛惜㉟，今之所存無幾。疏遠之人，誠不能詳内府豐匱之數，但見取於民者日煩㊱，即知畜於公帑者不厚㊲。臣亦知國家自西方用兵㊳，用度寖廣㊴，帑藏之積，未必皆爲賜與所費，然下民不可家喻而戶曉㊵，獨見陛下行事感動耳。往歲聞邊將王珪以力戰賜金㊶，則無不悅服；或見優人所得過厚，則往往憤歎，人情不可不察。此賜與不節之弊也。

　　臣所論三事，皆人人所共知，近臣從諛而不言，以至今日。方今非獨夷狄之爲患，朝政日弊而陛下不悟，人心日危而陛下不知，故臣願先正於內以正於外，然後忠謀漸進，綱紀漸舉，國用漸足，士心漸奮，夷狄之患庶乎息矣㊷。伏惟陛下深察秦、隋惡聞忠言所以亡㊸，遠法漢主不諱危亂所以存㊹，日新盛德㊺，與民更始，則非獨賤臣幸甚，實亦天下幸甚。干犯鈇鉞，臣無任戰汗激切俟命之至㊻，臣洙昧死再拜上疏。

## 【校注】

①原載卷十八。按《宋史全文》卷八上，慶曆二年閏九月，“以尹洙直集賢院，洙奏：‘今命令數更，恩寵過溢，賜與不節，三者因循不革，弊壞日甚。’”而文中言四月日，新差通判秦州軍州事尹洙上疏，則此文或作於四月，上奏於閏九月耶。

②充，叢刊本無。某，叢刊本作洙。

③痛，四庫本作慟。賈誼《論政事疏》：“可爲痛哭者二。”據此改。

④徐樂、嚴安，《漢書·嚴朱吾丘主父徐嚴終王賈傳上》：“徐樂，燕無終人也。上書曰：‘臣聞天下之患，在於土崩，不在瓦解，古今一也。何謂土崩？秦之末世也。陳涉無千乘之尊、疆土之地，身非王公大人名族之後，無鄉曲之譽，非有孔、曾、墨子之賢，陶朱、猗頓之富也。然起窮巷，奮棘矜，偏袒大呼，天下從風，此其故何也？由民困而主不恤，下怨而上不知，俗已亂而政不修，此三者陳涉之所以爲資也。此之謂土崩。故曰天下之患在乎土崩。何謂瓦解？吳、楚、齊、趙之兵是也。七國謀爲大逆，號皆稱萬乘之君，帶甲數十萬，威足以嚴其境內，財足以勸其士民，然不能西攘尺寸之地，而身爲禽於中原者，此其故何也？非權輕於匹夫而兵弱於陳涉也。當是之時，先帝之德未衰，而安土樂俗

之民衆,故諸侯無竟外之助。此之謂瓦解。故曰天下之患不在瓦解。'"嚴安者,臨菑人也。以故丞相史書,曰:"……田常簒齊,六卿分晋,并爲戰國,此民之始苦也。……及秦皇帝崩,天下大畔。陳勝、吳廣舉陳,……窮山通谷,豪士并起,不可勝載也。"誠,四庫本作戒。

　　⑤李文藻本夾注:"《東都事略》作二帝不惡危亂滅亡之語。"

　　⑥數年爲墟,李文藻本夾注:"《東都事略》作數年而爲邱墟矣。"

　　⑦天下之治,李文藻本夾注:"《東都事略》無天下二字。"

　　⑧漢武,李文藻本夾注:"此漢字《事略》作孝。"

　　⑨叛命,李文藻本作叛命者,夾注:"《事略》無者字。"

　　⑩苦,李文藻本無,眉批:"據《宋史》及本集附録,應添一苦字。"

　　⑪雖有,李文藻本作無,夾注:"智者上《事略》有雖有二字。"按《孫子·作戰》:"夫鈍兵挫鋭,屈力殫貨,則諸侯乘其弊而起,雖有智者,不能善其後。"

　　⑫聞,李文藻本作知,眉批:"《宋史》及本集附録俱作聞字。"夾注:"《事略》删此數語。"

　　⑬色,四庫本、李文藻本作邑,形訛。不已,李文藻本眉批:"《宋史》不已下有也字,而未有能遠禍者句,無之。"

　　⑭今,李文藻本夾注:"今上《事略》有以字。"

　　⑮戒之慎之,李文藻本夾注:"《事略》無戒之慎之四字。"李保泰本眉批:"論三事皆切中時弊,葉水心所謂洙早悟先識,言必中慮者也。"

　　⑯非有難動之勢也,李文藻本夾注:"《事略》無此句。"

　　⑰而,李文藻本無。

　　⑱下者也,四庫本、李文藻本作天下也。李文藻本夾注:"《事略》無天字也字。"

　　⑲聞,原作朝聞。朝,疑衍。

　　⑳視,李文藻本夾注:"《事略》視作觀。"

　　㉑然,李文藻本夾注:"《事略》然作能。"

　　㉒陛下意移矣,原作朝廷意移矣。叢刊本、李文藻本作陛下急移矣。李文藻本急,夾注:"意。"據方本、四庫本改。

　　㉓信之不,叢刊本無。李文藻本眉批:"從《宋史》改添。"

㉔夫爵賞,李文藻本夾注:"《事略》作夫爵録者。"

㉕從中而下,李文藻本作從中下,眉批:"《事略》及《宋史》皆作從中而下。"

㉖衰政,李文藻本眉批:"衰政,《宋史》作政衰,而《事略》無此句。"

㉗或母后至擅朝二句,李文藻本夾注:"此二句《事略》作妃主擅朝一句。"

㉘樹,李文藻本夾注:"樹,《事略》作結。"

㉙斜封,《舊唐書·睿宗本紀》:"先是,中宗時官爵渝濫,因依妃主,墨敕而授官者,謂之斜封。"

㉚不從至日輕,原作"忠臣所不忍爲。沮德音,則威柄日輕",據叢刊本、四庫本、李文藻本改。沮,四庫本作阻。

㉛阿,李文藻本夾注:"阿,《事略》作私。"

㉜與,李文藻本夾注:"與,《事略》作予。"

㉝所,原作當,據李文藻本改。

㉞及,叢刊本作史。太醫,原作大醫,叢刊本、李文藻本作大臣。李文藻本眉批:"《宋史》及《事略》皆作大醫,應從之。"據四庫本、方本改。

㉟惜,李文藻本作恤。

㊱煩,李文藻本夾注:"煩,《事略》作滋。"

㊲公,原無,李文藻本夾注:"帑,《事略》作公。"據四庫本改。

㊳用,李文藻本眉批:"用,《宋史》作宿,《事略》作興。"

㊴寢,原作寢,形訛,據四庫本、李文藻本改。

㊵喻,原作至,據四庫本改。而,李文藻本旁批:"《事略》無而字。"

㊶王珪以力戰賜金,李文藻本夾注:"《事略》作以力戰獲名馬金帛之賜。"《宋史·王珪傳》:"王珪,開封人也。……康定初,元昊寇鎮戎軍,珪將三千騎爲策先鋒,自瓦亭至師子堡,敵圍之數重,珪奮擊披靡,獲首級爲多。……珪亦以馬中箭而還,仁宗特遣使撫諭之;然以其下死傷亦多,止賜名馬二匹,黃金三十兩,裹創絹百匹。"

㊷庶乎息矣,李文藻本夾注:"《事略》作非所患也。"

㊸惟,原作唯,據四庫本、李文藻本改。

㊹主,李文藻本夾注:"主,《事略》作帝。"

㊺新,李文藻本作親,夾注:"新,據《宋史》及《事略》。"

㊻無任,猶不勝。蘇軾《徐州謝獎諭表》:"庶殫朽鈍,少補絲毫,臣無任。"戰汗,恐懼出汗。柳宗元《上西川武元衡相公謝撫問啓》:"拜伏無路,不勝惶惕。輕冒威重,戰汗交深。"

【集評】

《聖祖仁皇帝(康熙)御制文》第三集卷三十八《雜著·古文評論》:"尹洙《諫時政疏》,三事中言必中的,不僅以條暢爲長。"李保泰眉批:"師魯甫以韓琦論薦,移判秦州,加直集賢院,即上疏,直言極諫,真百折不回者。"

# 答環慶招討使范希文書①

某自違去門館②,若非有事陳啓,未嘗通記左右。近者再來關中,伏聞軍政甚治③,雖欲作短箋,胸中了無可説事,用是輒罷,豈敢懈也。蒙賜手教④,至慰至忭⑤,兼承益地建柵,却敵取勝,蓋明公策慮素定,濟之英果,不然且爲虜乘矣。自國家分命儒臣統制方面,未有親總師律、蹈履賊境如明公者,誠懦夫所增氣也⑥。去年再議與鄜延合進⑦,若虜與鄜延兵遇,則環慶爲奇兵應之;與環慶遇,則鄜延兵亦然,是乃首尾相應也。今新柵既成,當使狄青駐德靖,爲奇兵以相助,亦一術也。又慮虜異日之來,不啻二萬之衆⑧,亦當有以待之⑨。又當使糧道易致,戍卒易處⑩,援路易通,羈屬之户易以安輯,然後有萬全之安。書中令其暫到邠上,去年曾奉教到濠州,當以局事自守,某深佩此訓。今到才一月,奉大府筦庫⑪,簿書尚未省,又復走道塗,徒以自愧。果若軍事期會,則不敢辭;如其博采論議,則某之所陳,不過前數事耳。幸賜照亮⑫。

【校注】

①原載卷七。文中言"去年曾奉教到濠州"、"今到才一月",則知作於通判秦州一月之後。尹洙於慶曆元年四月通判濠州,二年四月通判秦州,則此文

當作於慶曆二年五月。李保泰本眉批："希文之謫知饒州也,師魯疏論與俱貶。逮其別去,未嘗通書問。蓋君子之處交遊間爲此。"

②違,叢刊本、李文藻本作建。李文藻本眉批："建疑違。"

③伏,原作狀。形訛。

④手教,手書。《新五代史·唐家人傳·繼岌傳》："徒以皇后手教安能殺招討使?"

⑤忤,原作抒,據四庫本、叢刊本改。

⑥李保泰本眉批："范公在環慶上攻守二策,仁宗乖其議。"

⑦去年,李文藻本作去并。李文藻本眉批："去疑今字,或當字。"

⑧啻,叢刊本作盈。

⑨有,原作又,據四庫本、叢刊本改。

⑩戍卒,叢刊本作卒戍。

⑪奉,原作秦。形訛。笭庫,即管庫。《禮記·檀弓下》："(文子)所舉於晋國管庫之士,七十有餘家。"鄭玄注："管庫之士,府史以下官長所置也,舉之於君,以爲大夫士也。"吳騏《感時書事寄計子山陸孝曾》詩："養蛇將螫手,笭庫遂探囊。"

⑫李保泰本旁批："卷七隻此一篇,終有脱落。李嗇生先生跋云間有缺不足卷者,蓋指此卷。"


# 秦州新築東西城記①

城,武備之一,譬於兵,爲器之大者也。古聖王捍患庇民②,弓矢甲胄,與城郭溝池交相爲用,以利後世,世人不推究古始,以爲王者專任德教,不必城守爲固。果如是,武庫甲兵將安用邪?聖人以不教戰爲棄民,兵不可得而廢,猶城之不可廢。嗚呼!世人未之思也。上之十六年,始用西師③,邊將增壁壘,寖爲守備④。又二年,虜犯塞,震動鄜延之師。自是潼關以西諸州⑤,悉城群議⑥,靡然無復立異者。然而事暴起,嚴期促辦⑦,甚者削制度,苟謀亟成。既而不免改作，重傷民力，比之平時預爲之圖，勞費過半矣。

秦州自昔爲用武地，城壘粗完，數十年戎落內屬益衆<sup>⑧</sup>，物貨交會，閭井日繁，民頗附城而居。韓公作鎮之初年<sup>⑨</sup>，籍城外居民暨屯營幾萬家。公曰：“是所以資寇也。”乃上其事，以益城爲請。詔從之。公擇材吏，授之規模，東西廣城四千一百步，高三丈五尺，基厚，皆稱是，內與舊城連屬，合爲一城<sup>⑩</sup>。自十月至正月，以畢事聞，總工三百萬，秦人庇之<sup>⑪</sup>。

是歲盡冬無苦寒<sup>⑫</sup>，杵者聲謳<sup>⑬</sup>，以致其樂焉。先是，郡有羅谷水<sup>⑭</sup>，自北山而下，公導之，使西塞故道以治城<sup>⑮</sup>，衆頗爲疑。明年夏，大雨，水循新堤，絶不爲城害，衆乃服<sup>⑯</sup>。

或者以虜數敝中國<sup>⑰</sup>，今作城，祇以自守，非制虜術。此大不然，今之所患，邊壘未能盡固耳。果盡固，雖虜至，吾兵得專力於外，勝勢多矣。如虜以吾城守既備，息其窺邊之謀<sup>⑱</sup>，則《兵志》所謂“無智名，無勇功，善之善者”也<sup>⑲</sup>。公忠國愛人之心<sup>⑳</sup>，其在兹乎！自始事，公宴犒慰勞，無日不至<sup>㉑</sup>。既成，由諸校而上，天子又第其勞加賜焉<sup>㉒</sup>。《春秋》列國興作皆以書。城之四月，某得以州事佐公，故詳其實而書之。凡董役之長，暨勤事之吏，皆刻名於石陰。慶曆二年八月十五日記。

## 【校注】

①原載卷四。文中言“慶曆二年八月十五日記”，故繫於此。

②庇，四庫本、叢刊本作底，疑形訛。

③師，叢刊本作帥，疑形訛。

④寖，叢刊本作寝，形訛。

⑤是，叢刊本無。

⑥群，李文藻本、叢刊本作郡。李文藻本眉批：“郡疑群。”

⑦促，叢刊本無。

⑧益衆，長洲陳本、方本無，夾注："一本下有益衆字。"

⑨韓公，《宋史·韓琦傳》："琦亦上章自劾，猶奪一官，知秦州，尋復之。"

⑩内，叢刊本作以。連屬，叢刊本、李文藻本作達勵。李文藻本眉批："達勵疑連屬。"

⑪庇，原作壯，叢刊本作北，李文藻本作比。李文藻本脚注："比疑庇。作庇是，觀下文自見。"

⑫無苦，原作無甚，叢刊本作元善，據李文藻本改。

⑬謳，叢刊本、李文藻本作謙，李文藻本眉批："謙疑歡。"疑形訛。

⑭羅，叢刊本作罷，形訛。

⑮治，叢刊本作致。

⑯服，叢刊本作報服。李文藻本作服服，眉批："服疑之，或衍文。"據四庫本改。

⑰敝，叢刊本作敵，形訛。

⑱窺，叢刊本作閱。

⑲"無智名，無勇功，善之善者"，《孫子·軍形》："善戰者之勝也，無智名，無勇功。"

⑳愛，叢刊本無。

㉑至，叢刊本作主，形訛。

㉒又第，叢刊本作文弟，方本作次第。

## 【集評】

李保泰本眉批："文氣簡嚴而動宕，勝荆公《桂州新城記》。"

# 上環慶招討使范希文書①

近聞統蕃漢之衆，親至涇州②，關輔人心，頓然帖息③。揆明公始謀扞賊④，豈自意不與敵遇耶⑤？以身許國，史册所載，雖舊勳宿將⑥，百無一二；況道德名公，忠憤敢決，乃至於此，甚善甚善。定川之役⑦，雖速戰可咎，然當其未敗時，某與韓公料其必敗。蓋以事勢得之，則似不獨主將罪也。兵興五年，我師之敗數矣。能窮我之所敗，則知彼之所以勝。爲敵所誘而取覆者，特一事耳。願明公深思其已然，以爲將來之策。特賜音教，幸甚幸甚。

【校注】

①原載卷七。文中言“兵興五年，我師之敗數矣”。按《宋史》卷十《仁宗三》，寶元元年十二月，“鄜延路言趙元昊反”，則“兵興五年”當爲慶曆二年。按《宋史·范仲淹傳》：“范仲淹，字希文。……葛懷敏敗於定川，賊大掠至潘原。關中震恐，民多竄山谷間。仲淹率衆六千由邠涇援之，聞賊已出塞，乃還。”

②蕃漢，李文藻本作蕃漠，眉批：“漠疑漢。”四庫本無漢字。

③帖，方本作恬，旁批：“帖。”按帖息，安穩、平息。《宋史·張詠傳》：“既而得造訛者，戮之，民遂帖息。”

④扞，李文藻本作擇，本眉批：“擇疑擒。”陳本作訐。

⑤敵，方本作賊，旁批：“敵。”

⑥雖，原字殘污。據四庫本改。

⑦川，原作州，形訛。定川之役，《宋史·仁宗三》：“（慶曆二年九月）是月，元昊寇定川砦。涇原路馬步軍副都總管葛懷敏戰沒，諸將死者十四人。元昊大掠渭州而去。”

【集評】

李文藻本眉批：“斯時師魯殆無以對希文矣，其語左支右吾，不肯引咎，何也。”“此評非也，山後之敗，實早在韓、尹料中，上呂書所謂大將兵少，法制不立，虜逸我勞，虜整我囂，豈有不敗之理。尹公何咎之。引乎《鶴林玉露》之言，不可梗在胸中，須實實將宋人迂緩兒戲局面揣量一番也。”

# 與范純祐監簿書①

久不作書，想惟榮侍萬福。前累得尊丈書②，讓官事，極善。然朝廷必更有教詔③，猶當委曲上陳，自劾恐大過④。況韓公亦讓，必別有措置。此事某嘗與識者論，以內制外，其體甚重，則廉車之勢不若學士也⑤。然韓公受之無疑⑥，某亦愛其專於國事⑦，而忘其身之危，遂贊而美之。某近得旨預聞軍事，韓公既當行陣之責，某豈能自必無軍行耶？是某亦愛韓公，而忘其身之老大。凡爲人佐者，豈不欲其主人賢其用⑧，而預享其利耶？某誠愚蔽，在儒館幾十年，一旦主人爲武帥，則從軍之行未易可期，豈以此爲利哉？其始以徇國不謀其身爲賢，故喜韓公之不讓，及見尊丈之説⑨，謀身即所以利國家⑩，則又喜尊丈之讓。尊丈知帥臣當以恭順爲體⑪，而不以招討使爲方面之寄，此一事，某所未諭⑫。

## 【校注】

①原載卷七。《宋史·范仲淹傳》載其由環慶路經略安撫緣邊招討使改邠州觀察使，仲淹表言："觀察使班待制下，臣守邊數年，羌人頗親愛臣，呼臣爲‘龍圖老子’。今退而與王興、朱觀爲伍，第恐爲賊輕矣。"辭不拜。此即文中所言"讓官事"。按《宋史·韓琦傳》："慶曆二年，與三帥皆換觀察使，范仲淹、龐籍、王沿不肯拜，琦獨受不辭。未幾，還舊職，爲陝西四路經略安撫、招討使，屯涇州。"此即文中所言"韓公受之無疑"。文中又言"韓公既當行陣之責，某豈能自必無軍行耶"云云，則知當在尹洙通判秦州爲韓琦屬官時所作。故繫於此。祐，原作佑，形訛。

②尊丈，原作尊文，李文藻本作導文，眉批："導文疑是尊文。"文疑形訛，據四庫本改。

③教，原作敦，疑形訛。方本旁批："教。"據叢刊本改。

④劾，叢刊本作效，疑形訛。

⑤廉車，李文藻本眉批："廉車疑是將軍。"四庫本作廉使。錢大昕《廿二史考異·宋史十·王嗣宗傳》："嗣宗嘗自言知武事，可授廉車。廉車，謂觀察使也。"

⑥受，原作愛，疑形訛，據四庫本、叢刊本改。

⑦某，李文藻本作其，眉批："其疑某。"

⑧其，四庫本、叢刊本作且，形訛。

⑨説，四庫本作讓。

⑩謀,方本旁注:"其。"即,李文藻本作所,脚注:"所疑即。"

⑪李文藻本眉批:"三丈字無是文字。新城便改作丈。按師魯生平未稱希文爲丈,或對其子言之耶? 不然則是父字之譌耳。又宋人稱今父每曰老丈。"

⑫諭,李文藻本作論,眉批:"論疑喻。"

## 答秦鳳路招討使韓觀察議討賊利害書①

適蒙手教②,并示及慶州書。前歲太尉欲爲此計,當時虜雖破劉、石③,尚有疑大國心,又北患未形,國家當專力以天下之勢臨之,必要之以盟,則伺隙者自寢④。其謀所謂巧遲不如拙速⑤,某是以不敢異議⑥。今四路分統,以本道言之,力役未休,新兵未練,部分初立,蕃落方集。以此而揆他路,雖不盡同,大概恐不異此。若來歲用之,即未爲晚,此遲速各有時也。然范公欲破其合比之勢,此憂國之深,則不可不熟思。又云無大利⑦,亦無大害,范公此説,亦盡之⑧。至於中使來督⑨,倉惶入界⑩,諸公當共顧大計⑪,固守所議,豈得稟命爲忠? 餘俟面啓。

## 【校注】

①原載卷七。按《長編》卷一百三十八載,慶曆二年十月十一日,"以環慶路都部署、經略安撫緣邊招討使、龍圖閣直學士、左司郎中,兼知慶州范仲淹,秦鳳路都部署、經略安撫緣邊招討使、秦州觀察使、知秦州韓琦,并爲樞密直學士右諫議大夫",則應作於十月之前。長洲陳本、方本作在永甯寨答秦鳳路招討使韓觀察議討賊利害書

②手教,見《答環慶招討使范希文書》注釋③。

③虜,李文藻本作慮,眉批:"慮疑虜。"劉、石,李文藻本眉批:"劉石謂劉平、石元孫。"按《宋史·劉平傳》:"屬元昊盛兵攻保安軍,時平屯慶州,范雍以書召平,平率兵與石元孫合軍趨土門。既又有告敵兵破金明、圍延州者,雍復召平與元孫救延州。……平左耳、右頸中流矢,……轉鬥三日,賊退還水東。平率餘衆保西南山,立七柵自固。敵夜使人叩柵,問大將安在,士不應。復使

人僞爲戍卒,遞文移平,平殺之。夜四鼓,敵環營呼曰:'如許殘兵,不降何待!'平旦,敵酋舉鞭麾騎,自山四出合擊,絶官軍爲二,遂與元孫皆被執。……其後降羌多言平在興州未死,生子於賊中。及石元孫歸,乃知平戰時被執,後没於興州。"《宋史·石元孫傳》:"康定初,夏人寇延州,元孫與戰於三川口,軍敗見執。"

④伺,原作祠,形訛,據四庫本、叢刊本改。

⑤巧,叢刊本作工。

⑥是以不,原作事以不,叢刊本作是以下。

⑦又,叢刊本作公,疑形訛。

⑧亦,陳本作不。

⑨中使,《後漢書·宦者傳·張讓傳》:"凡詔所徵求,皆令西園騶密約敕,號曰'中使'。"《文選·沈約〈齊故安陸昭王碑文〉》:"勉膳禁哭,中使相望。"張銑注:"天子私使曰中使。"

⑩惶,四庫本、叢刊本作皇,疑形訛。長洲陳本、方本夾注:"一作卒。"

⑪當,原無,據四庫本、叢刊本補。


# 浮圖秘演詩集序①

　　浮圖號文惠師秘演者過我,道歐陽永叔爲其作詩序②,蘇子美貽之詩③。永叔悲演老且衰④,子美有"傷哉不櫛被佛縛⑤,不爾烜赫爲名卿"之句。予識演二十年,當初見時,多與穆伯長游⑥。伯長剛峻⑦,人罕能與之合,獨喜演。演善詩,復辨博,好論天下事,自謂浮圖其服而儒其心。若當世有勢力者⑧,冠衣而振起之⑨,必犖犖取奇節。

　　今老且窮,其爲佛縛,詎得已耶⑩?伯長小州參軍,已死;演老,浮圖固其分。演之再來京師,不飲酒,不與人劇談,頗自持謹,與世名浮圖者不甚異。演之心豈與年俱衰乎?永叔因石曼卿始以知演⑪,見其衰而聞其壯所爲,是以爲之悲。然演始健於詩,老而愈壯，不知年之衰⑫。予聞詩發於中⑬，寧相戾耶⑭？豈演老益更事，且不預世故，遂汩汩順流俗。其外若衰，其中挺然，獨於詩乃發之耶⑮？演詩既多，爲人所重，演亦不自愛之⑯，數客外方，頗逸去。録之，凡三百餘篇云⑰。河南尹某序。

【校注】

①原載卷五。按歐陽修《釋秘演詩集序》作於慶曆二年十二月二十八日，則尹洙此文亦大致作於此時。

②歐陽修《釋秘演詩集序》：“予少以進士遊京師，因得盡交天下之賢豪。然猶以爲國家臣，一四海，休兵革，養息天下，以無事者四十年。而智謀雄偉非常之士，無所用其能者，往往伏而不出，山林屠販必有老死而世莫見者，欲從而求之不可得。其後得吾亡友石曼卿，曼卿爲人廓然有大志，時人不能用其材，曼卿亦不屈以求合。無所放其意，則往往從布衣野老酣嬉，淋漓顛倒而不厭。予疑所謂伏而不見者，庶幾狎而得之，故嘗喜從曼卿遊，欲因以陰求天下奇士。浮屠秘演者，與曼卿交最久，亦能遺外世俗，以氣節相高，二人歡然無所間。曼卿隱於酒，秘演隱於浮屠，皆奇男子也。然喜爲歌詩以自娱，當其極飲大醉，歌吟笑呼，以適天下之樂，何其壯也。一時賢士皆願從其游，予亦時至其室，十年之間。秘演北渡河，東之濟鄆，無所合，困而歸。曼卿已死，秘演亦老病。嗟夫二人者，予乃見其盛衰，則余亦將老矣。夫曼卿詩辭，清絶尤稱。秘演之作，以爲雅健，有詩人之意。秘演狀貌雄傑，其胸中浩然，既習於佛，無所用，獨其詩可行於世，而懶不自惜。已老，胠其囊，尚得三四百篇，皆可喜者。曼卿死，秘演漠然無所向，聞東南多山水，其巓崖崛崒，江濤洶湧，甚可壯也，遂欲往游焉，足以知其老而志在也。於其將行，爲叙其詩，因道其盛時，以悲其衰。慶曆二年十二月二十八日，廬陵歐陽修序。”

③蘇舜欽《贈釋秘演》：“高車大馬闐上京，釋曰演者何聲名。當年余嘗與之語，實亦可喜無俗情。作詩千篇頗振絶，放意吐出吁可驚。不肯低心事鐫鑿，直欲淡泊趨杳冥。落落吾儒坐滿室，共論愨若木陷釘。賣藥得錢輒沽酒，日費數斗同醉醒。傷哉不櫛被佛縛，不爾烜赫爲名卿。數年不見今老矣，自説厭苦居都城。垂頤孤坐若癡虎，眼吻開合猶光精。雄心瞥起忽四顧，便擬擊浪東南行。開春余行可同載，相與曠快觀滄溟。”

④衰,原闕,據四庫本、叢刊本補。

⑤傷哉,原作惜哉,李文藻本作惜其。不櫛被佛縛,李文藻本作不櫛而被佛縛。李文藻本眉批:"子美語陋甚。有高刪改之如此,一以掩子美之疵,而文氣亦較原本好。"

⑥穆伯長,見《尹師魯河南集序》注⑲。

⑦剛,叢刊本作明。方本夾注:"一作明。"

⑧若,四庫本無。李文藻本眉批:"如姚榮靖,豈不可獻。"

⑨冠衣,方本夾注:"一作衣冠。"四庫本作衣冠。

⑩縛,同卷。李保泰本眉批:"感歎。"

⑪石曼卿,見《上葉道卿舍人薦李之才書》注⑤。

⑫不知,原作不如其,四庫本作不如。年,四庫本作其年。據李文藻本改。李文藻本眉批:"澹宕。"

⑬予,叢刊本作于,疑形訛。

⑭耶,叢刊本作邪。

⑮耶,叢刊本作邪。李保泰本眉批:"含蓄。"

⑯自,方本作甚,旁注:"自。"

⑰三百餘,原本殘汙,據四庫本、叢刊本補。

【集評】

李保泰本眉批:"文字不多而意思凡數轉,是筆力高簡處。"

# 慶曆三年（公元 1043 年）

## 皇雅十篇①

【校注】

①原載卷一。按《玉海》卷一百九十三上載石介《平晉頌》及尹洙《皇雅》，而石介《平晉頌》亦即《慶曆聖德詩》。《宋史·石介傳》："杜衍、韓琦薦擢太子中允、直集賢院。會呂夷簡罷相，夏竦既除樞密使，復奪之，以衍代。章得象、晏殊、賈昌朝、范仲淹、富弼及琦同時執政，歐陽修、余靖、王素、蔡襄并爲諫官。介喜曰：'此盛事也，歌頌吾職，其可已乎？' 作《慶曆聖德詩》，曰：'於惟慶曆三年三月，皇帝龍興，……'"《長編》卷一百四十："（慶曆三年四月）是月太子中允、國子監直講石介作《慶曆聖德詩》。"而尹洙在《答河東宣撫參政范諫議啓》《答河北都轉運歐陽永叔龍圖書》等作品中提到石介，亦爲韓琦等人同時執政而興奮，且尹洙由通判秦州遷知涇州，又徙知渭州，官職得到了升遷。故尹洙《皇雅》當作於慶曆三年。

### 天監

受命也。自梁至於周，兵難不息，宋受命，統一萬方焉。

天監下民，亂靡有定。甚武且仁，祚厥真聖。仁寶懷徠①，武以執競。匪虔匪劉②,拯我大命。

　　自昔外禪③,曰經曰營④。令以挾制,政以陰傾。帝初治兵,志勤於征⑤。奄受神器⑥,匪謀而成。

　　淮潞弗虔⑦,卒汙叛跡。戎輅戒嚴,皇威有赫。彼寇詿民⑧,吾勇其百。殄厥渠魁,貸其反側⑨。

　　帝朝法宮,左右宗公。忮夫悍士⑩,以雍以容。爾居爾室,爾工爾農。既息既養⑪,惟天子功⑫。

　　《天監》四章,章八句。

## 【校注】

　　①懷來,懷柔、招撫。《後漢書·李善傳》:"以愛惠爲政,懷來異俗。"

　　②匪虔匪劉,左思《魏都賦》"席卷虔劉",《文選》李善注:"虔劉,殺也。《春秋左傳》呂相絕秦曰:'虔劉我邊陲。'"

　　③外禪,見《河南府請解贊南北正統論一首》注⑤。

　　④曰經曰營,叢刊本作月經日營。長洲陳本、方本、黃本眉批作:"日經月營。"

　　⑤勤,方本旁注:"動。"

　　⑥奄,傅毅《舞賦》"翼爾悠往,闇復輟已"。《文選》李善注:"言翼然而往,闇而復止。闇,猶奄也。古人呼闇殆與奄同。方言曰:'奄,遽也。'"

　　⑦潞,原作路,據四庫、叢刊本、李文藻本改。潞,當指潞州,見《潞州題名記》。

　　⑧詿,四庫本作虐。李文藻本眉批:"《博雅》:詿,欺也。"《史記·吳王濞傳》:"詿亂天下。"

　　⑨貸,寬恕、饒恕。《宋史·刑法志》:"每具獄上聞,輒貸其死。"反側,《後漢書·光武帝上》:"令反側子自安。"李賢注:"反側,不安也。"

　　⑩忮夫悍士,四庫本作伎夫碩士。李文藻本眉批:"技夫。技字,新城指出《文鑒》作伎,似亦誤,當作技。"《説文》:"技,很也。"《一切經音義》引《説文》:"技,恨也。"《資治通鑑》:"長安險固,風俗豪技。"而詩中言"技夫"與"悍士"并列,則當爲技。

⑪既息既養,四庫本作既養既息。

⑫功,四庫本作庸。

## 西師

征蜀也。

王用西師[①],岷梁弗賓。匪曰負固,實交晉人。予訓予誓,念我將臣[②]。正厥有罪,無庸傷民。

矯矯虎士,載摧其壁。于嗟孟侯[③],亦果其策。迎師而降,靡抗鋒鏑。豈獨身謀,完是宗國。

蜀都既平,將臣失律。此衆悍驕,彼民危慄。當塗叫呶,合萬爲一[④]。匪懷則威,帝心是恤。

帝曰將臣,予嘉乃庸。廢命毒民,爾弗有終。邦典刑疑[⑤],惟罪惟功。靡殛而削[⑥],協於厥中。

帝曰孟侯,受封於楚。淑旗珦戈[⑦],備物異數。俾爾族姻,及乃文武。服在王庭,靡不有序。

蜀民呼歌[⑧],天子威靈。保我者封,暴我者刑。匪功是私[⑨],匪弱是陵[⑩]。天子惠民,疇敢不承。

《西師》六章,章八句。

## 【校注】

①王,叢刊本、李文藻本作主。師,張吳本旁批:“帥。”四庫本作主。

②念,叢刊本、李文藻本作合,方本旁批:“念。”

③孟侯,《漢書·地理志》:“故《書序》曰‘武王崩,三監畔’,周公誅之,盡以其地封弟康叔,號曰孟侯,以夾輔周室。”顏師古注:“意謂諸侯之長。”

④合萬爲一,方本旁批:“合爲萬一。”

⑤刑,四庫本、叢刊本、李文藻本作用,疑形訛。

⑥殛,《説文》:“殛,誅也。”

⑦淑旗,《詩經·大雅·韓奕》:“王錫韓侯,淑旗綏章。”毛傳:“淑,善也。

交龍爲旗。"鄭玄注:"善旗,旗之善色者也。"琱戈,庾信《哀江南賦》:"橫琱戈而對霸主,執金鼓而問賊臣。"陸游《書事》詩:"自笑書生無寸效,十年枉是枕琱戈。"

⑧呼,方本旁批:"嘑。"

⑨私,叢刊本作和。李文藻本眉批:"私,《文鑒》作和,似誤,當作私。"

⑩弱,原作若,據四庫本、叢刊本、李文藻本改。

## 耆武

受俘也。命將伐南海①,平金陵,俘二王以獻②。

耆武定功,時惟二方。淮服其乂③,海南遂荒。孰孱而鷔④,孰暴而猖。自底不諟,乃終滅亡。

帝戒二俘,同即爾誅⑤。予惟民無辜,休息是圖。時其輯矣,寧威獨夫⑥。

帝嗟汙邦,久罹於兵。或暴下以征⑦,或敷虐以刑⑧。予命中典⑨,協於國經⑩。民服德音,室家以寧。

《耆武》三章,二章八句,一章六句⑪。

【校注】

①伐,原作我,形訛,據四庫本、叢刊本、李文藻本改。

②俘二王以獻,《宋史·世家一·南唐李氏》:"天厭禍亂,授宋大柄。太祖命將出師十餘年間,南平荊楚,西取巴蜀。劉鋹既俘,李氏納欵。至於太宗,吳越請吏,漳泉來歸。薄伐太原,遂償北漢,而海內一矣。"二俘即劉鋹、李煜。

③乂,原作義。據四庫本改。

④鷔,《唐韻》《集韻》《韻會》:"與庩同。"

⑤同,長洲陳本作用。方本旁批:"同。"

⑥獨夫,《尚書正義·泰誓下》孔穎達疏:"言獨夫,失君道也。大作威殺無辜,乃是汝累世之讎。明不可不誅。"

⑦下,原作不,形訛,據四庫本、叢刊本、李文藻本改。

⑧虐,原作雪,形訛,據四庫本、叢刊本、李文藻本改。

⑨中典，《周禮·秋官·大司寇》："一曰刑新國，用輕典；二曰刑平國，用中典；三曰刑亂國，用重典。"鄭玄注："用中典者，常行之法。"

⑩國經，國家的綱紀。《舊唐書·崔慎由傳》："合聚兵甲，暗養死士，將亂國經。"

⑪方本旁批："三章八句。"

## 憲古

令守臣也。削其附庸，以强帝室焉。

帝懷永圖，治古是憲①。四方守臣，惟屏惟翰②。在昔艱難，弗惠訓典。跨都連城，高牙以建③。有土有民，肆乃征繕。以息以容，終焉叛渙④。凡今帥臣⑤，狃厥聞見⑥。匪革亂原，曷清多難。

帝告庶邦⑦，式是典彝⑧。元侯顯父⑨，戚臣宗支⑩。正乃封圻⑪，予一人是毗⑫。凡曰附城⑬，罔爾俾之⑭。畜兵厚賦，靡爾得私。毋凶而國⑮，作福作威。天子有命，疇敢不祗。子孫承承，唯萬世規⑯。

《憲古》二章，章十六句。

【校注】

①憲，《康熙字典》："《詩經·大雅》：'文武是憲。'《箋》：'憲，表也，言爲文武之表式也。'因憲爲表式之義，故人之取法，亦謂之憲。"

②屏、翰，《詩經·大雅·板》："大邦維屏，大宗維翰。"

③建，叢刊本、李文藻本作減。高牙，大而高揚的牙旗。潘岳《關中詩》："桓桓梁征，高牙乃建。"柳永《望海潮·東南形勝》："千騎擁高牙，乘醉聽簫鼓。"

④渙，原作換，李文藻本眉批："渙。"據四庫本、長洲陳本改。

⑤今，叢刊本、李文藻本作令，形訛。

⑥狃，叢刊本作杻。《説文》："《鄭風》傳曰：'狃，習也。'"

⑦帝告，方本旁批："俾之。"

⑧典彝,常典,法度。任昉《王文憲集序》:"自朝章國紀、典彝備物、奏議符策、文辭表記,素意所不蓄,前古所未行,皆取定俄頃,神無滯用。"

⑨元侯,《左傳·襄公四年》:"三《夏》,天子所以享元侯也,使臣弗敢與聞。"杜預注:"元侯,牧伯。"孔穎達疏:"牧是州長,伯是二伯,雖命數不同,俱是諸侯之長也。"《國語·魯語下》:"元侯作師,卿帥之,以承天子。"韋昭注:"元侯,大國之君。"顯父,《詩經·大雅·韓奕》:"顯父餞之,清酒百壺。"《毛傳》:"顯父,有顯德者也。"孔穎達疏:"父者,丈夫之稱,以有顯德,故稱顯父。"《逸周書·成開》:"顯父登德,德降爲則,則信民寧。"

⑩戚臣,《吕氏春秋·季春紀》:"何謂六戚? 父母兄弟妻子。"宗支,《後漢書·桓帝紀贊》:"桓自宗支,越躋天祿。"《新唐書·吴兢傳》:"自昔翦伐宗支,委任異姓,未有不亡者。"

⑪封圻,疆土。梅堯臣《送何都官通判虔州》:"楚越封圻接,帆檣上下頻。"

⑫予,方本加注:"一無予字。"

⑬凡,原作几,形訛。

⑭俾,四庫本作卑。

⑮毋,原作母。據叢刊本改。

⑯唯,李文藻本作惟。

# 大鹵①

　　王師討晉罪也。

　　冀州之疆,粤惟大鹵。俗忮而專②,地扼而固。協比幽都③,蕩搖邊圉④。三垂既夷,凶威弗沮⑤。帝御六師,百萬貔虎⑥。剪其附庸⑦,至於城下。鋒鏑始交,梯衝如舞⑧。蠢爾孱王,請附降虜。我士奮揚,願究吾武。皇帝曰吁,念彼黎庶。匪鯨匪鯢,復爲王土⑨。

　　晉郊既平,九區以寧。陳功太廟,告假威靈。在昔武王,於商觀兵。維我藝祖⑩,亦勤於征。匪貸晉罪,俟厥貫盈。聖作聖繼,巍巍相承。皇矣二后,功莫與京。

《大鹵》二章,一章二十二句,一章十四句。

【校注】

①大鹵,《春秋·昭公元年》:"晋荀吴帥師敗狄於大鹵。"杜預注:"大鹵,太原晋陽縣。"

②忮,《説文》:"忮,很也。"《一切經音義》引《説文》:"忮,恨也。"

③協比,黄本、方本注:"下有一而字。"按幽都,幽州。《史記·五帝本紀·帝堯》:"申命和叔居北方曰幽都。"《正義》:"按北方幽州,陰聚之地,命和叔居理之。"

④蕩摇,黄本、方本注:"下有一我字。"

⑤沮,黄本注:"沮作阻。"方本旁批:"沮。"

⑥百萬,黄本眉批:"據錢氏百萬作萬物。"

⑦附,方本作負。

⑧梯衝,雲梯、衝車、衝棚之類。《舊唐書·薛愿傳》:"悉以鋭卒并攻,爲木驢、木鵝、雲梯、衝棚,四面雲合。"《舊五代史·莊宗紀二》:"招誘幽州亡命之人,教契丹爲攻城之具,飛梯、衝車之類,畢陳於城下。"

⑨土,叢刊本作士。李文藻本眉批:"土,文鑒作士,誤。"

⑩藝祖,《尚書·舜典》:"歸,格於藝祖,用特。"孔傳:"巡守四嶽,然後歸告至文祖之廟。藝,文也。"孔穎達疏:"才藝文德,其義相通,故藝爲文也。"顧炎武《日知録·藝祖》:"人知宋人稱太祖爲藝祖,不知前代亦皆稱其太祖爲藝祖。……然則〔藝祖〕是歷代太祖之通稱也。"

## 帝籍①

修故典也②。躬耕以勸農焉③。

帝籍於郊,典儀俱陳④。務農以訓,供祀以勤。勤祀在誠⑤,匪勤於人。訓農以實,匪訓以文。帝慎二物⑥,乃躬乃親。公侯卿士,暨厥庶民⑦。千甸有制,飭哉惟寅⑧。

帝賚高年,式宴且喜。種種黄髮,族立而議⑨。我生艱難,暴亂以繼⑩。耳狃金鼓，目狎戎器。皇其我圖，親講農事。有子有孫，力田孝悌。鼓舞至仁，熏焉如醉。

《帝籍》二章，章十四句。

【校注】

①帝籍，《禮記·月令》：“〔孟春之月〕天子親載耒耜，措之於參保介之禦間，帥三公九卿諸侯大夫，躬耕帝藉。”孫希旦集解：“天子藉田千畝，收其穀爲祭祀之粢盛，故曰帝藉。”

②修，方本旁批：“循。”

③勸，原作劭。長洲陳本、方本作詔，加注：“一作劭，一作勸。”據陳塏本、四庫本改。

④儀，李文藻本、黃本作刑。李文藻本旁批：“儀。”

⑤勤祀在誠，叢刊本、李文藻本作祀在于誠。方本夾注：“一作祀在于誠。”

⑥慎，叢刊本作謹。李文藻本眉批：“慎字不諱，足證此書元本爲高宗時刻也。”二物，天地。《後漢書·班固傳下》：“太極之原，兩儀始分。烟烟熅熅，有沈而奧，有浮而清。”李賢注：“《易》繫辭曰：‘《易》有太極，是生兩儀。’又曰：‘天地絪縕，萬物化醇。’……《易·乾鑿度》曰：‘清輕者爲天，濁沈者爲地。’”

⑦暨，叢刊本作既。

⑧惟寅，《尚書·舜典》：“夙夜惟寅。”《爾雅》：“寅，敬也。”

⑨立，叢刊本作丘。

⑩繼，黃本作寄。方本旁批：“寄。”

## 庶工①

任賢也。

帝咨庶工②，疇其輔予③。俊乂以登④，厥勞乃圖。匪忘舊勳，非賢勿俞。巍巍袞台⑤，盛德以居。

任賢伊何，昌言是庸。勉告爾猷，罔恤迺躬。豈無狷辭⑥，怫於予衷。予不爾庇⑦，爾無面從。

始時從官，戎容揚揚⑧。今帝左右⑨，儒冠煌煌。朝廷以尊，文物典章。得人之盛⑩，奕世重光⑪。

《庶工》三章，章八句。

【校注】

①庶工，百官。《舊唐書·玄宗紀上》："時政益明，庶工惟序。"王安石《節度使加宣徽》："誕揚孚號，明示庶工。"

②咨，原作次，形訛，據四庫本、叢刊本、李文藻本改。

③疇，黃本眉批："據錢氏疇作略。"

④乂，原作又，形訛。俊乂，《尚書·皋陶謨》："翕受敷施，九德咸事，俊乂在官。"孔穎達疏："乂，訓爲'治'，故云'治能'。馬、王、鄭皆云，才德過千人爲俊，百人爲乂。"

⑤袞台，《舊唐書·張仲方傳》："載踐樞衡，疊致台袞。大權在己，沈謀罕成。"

⑥狷，叢刊本脫。

⑦庇，四庫本、叢刊本作疵。方本、長洲陳本作疾。方本旁注："庇。"

⑧戎，叢刊本脫。

⑨今，原作金，形訛，據四庫本、叢刊本、李文藻本改。

⑩人，原闕，據四庫本、叢刊本補。

⑪奕世，《後漢書·班固傳下》："奕世勤民。"李賢注："奕，猶重也。"

帝制①

北方請盟也。

帝制萬邦②，罔有弗賓③。蠻夷戎狄，羈而勿臣④。威格三方，稽顙獻珍⑤。單于革心，願交使人。

帝謀公卿，列侯庶校。咸曰彼心，暴戾陰狡。既擾我疆，復利吾寶。無若勵兵⑥，襲其還道。

皇曰有衆，予實念茲。戰無必勝，矧其歸師。借曰大獲，疇能盡之。益俾餘醜⑦，毒吾朔陲⑧。乃俞其盟，北州以綏。

在漢世宗⑨，抗威北戎。暴農算商⑩，經用弗充。中土震騷，漢南始空⑪。降及後世,猶稱厥功。

於穆聖考⑫,德無與偕。匪勤於兵,北人遂來。逮是三紀⑬,遠俗以懷⑭。生民休息,嗚呼仁哉。

《帝制》五章,四章八句,一章十句。

【校注】

①帝制,朝廷的法制、儀制。《史記‧南越傳》:"皇帝,賢天子也。自今以後,去帝制黃屋左纛。"

②邦,方本、長洲陳本作方。方本旁批:"邦。"

③弗,方本旁批:"勿。"

④勿,黃本作弗。方本旁批:"弗。"

⑤珍,方本作琛,夾注:"一作珍。"黃本眉批:"據錢氏,琛。"李文藻本作琛,旁批:"珍。"眉批:"本是珍,新城改琛。"稽顙,《後漢書‧杜篤傳》:"莫不祖跪稽顙,失氣虜伏。"李賢注:"稽,止也。〈方言〉曰:'顙,額顙也,以額至地而稽止也。'宋玉〈高唐賦〉曰:'虎豹豺豙,失氣恐喙。'言其恐懼如奴虜之伏也。"

⑥兵,方本旁注:"師。"

⑦益俾,黃本作蓋彼。方本旁批:"蓋彼。"餘醜,四庫本作餘孽。

⑧吾,方本旁注:"我。"

⑨漢世宗,《漢書‧梅福傳》:"故誠能勿失其柄,天下雖有不順,莫敢觸其鋒。此孝武皇帝所以辟地建功,爲漢世宗也。"

⑩暴農算商,《史記‧平準書》:"分遣御史廷尉正監分曹,往即治郡國緡錢,得民財物以億計,奴婢以千萬數,田大縣數百頃,小縣百餘頃,宅亦如之。於是商賈中家以上大率破,民偷甘食好衣,不事畜藏之產業。"

⑪始,方本作遂。漢南始空,《史記‧平準書》:"漢連兵三歲,誅羌滅南越、蕃禺,以西至蜀南者,置初郡十七,且以其故俗治,毋賦稅。南陽、漢中以往郡,各以地比給初郡,吏卒奉食幣物,傳車馬被具。而初郡時時小反殺吏,漢發南方吏卒往誅之,間歲萬餘人,費皆仰給大農。大農以均輸調鹽鐵助賦,故能贍之,然兵所過縣爲以訾給毋乏而已,不敢言擅賦法矣。"

⑫於,叢刊本作初。

⑬是,方本夾注:"一作及。"

⑭俗,四庫本作裕,形訛。

## 皇治

　　慎刑也①。帝仁於用刑,在位者以寬恤爲治焉②。

　　皇底其治,欽哉惟刑。在疑而宥,罔察爲明。愛怒弗肆,孰爲重輕。毋一弗辜③,惟典之平④。

　　前世理官⑤,倚法以刻⑥。匪彼爲仇,蓋曰任職。今之蔽獄⑦,務正其辟。鑒於前人,繄我仁德。

　　皇德在仁,寖而成風。公侯卿士,靡不率從。麛卵萌生⑧,咸保厥終。不鄙不夭⑨,樂哉融融。

　　《皇治》三章,章八句。

【校注】

　　①慎,叢刊本作恤。李文藻本旁批:“恤。”眉批:“《文鑒》爲避諱而改恤字。”

　　②者,長洲陳本、方本夾注:“一無者字。”

　　③辜,叢刊本脱。弗,四庫本作勿。

　　④典,原作興,疑形訛,據四庫本、叢刊本改。

　　⑤理官,《漢書·禮樂志》:“今叔孫通所撰禮儀與律令同録臧於理官。”顏師古注:“理官,即法官也。”

　　⑥刻,方本旁注:“賊。”

　　⑦今,叢刊本作令,形訛。

　　⑧卵,原作夘,李文藻本眉批:“卵。”四庫本作卵。按《周禮》卷十六:“禁麛卵者與其毒矢射者。”鄭玄注:“爲其夭物且害心多也。”

　　⑨夭,叢刊本作天,四庫本作隯。

## 太平

　　封祀,告成功也。

　　噫嘻①!太平無象兮,世烏得而知。維盛德可跡兮②,其封祀之儀。東岱宗兮西汾脽③，禮上帝兮賓地祇④。皇有征兮吾民以嬉，皇有祈兮吾民是私。天敷佑兮，俾皇之釐⑤。永世億寧兮⑥，無疆之基。

　　《太平》一章，章八句⑦。

【校注】

　　①噫嘻，原作噫噫，叢刊本作噫。方本作噫噫，旁注："噫嘻。"據黃本、李文藻本改。

　　②德，黃本注："德下吳本黃筆云有之字。"長洲陳本、方本夾注："下有之字。"

　　③岱，原作代，形訛，據叢刊本改。脽，黃本、李文藻本作睢。《漢書·武帝紀》："〔元鼎四年〕立后土祠於汾陰脽上。"顏師古注："脽者，以其形高如人尻脽。"酈道元《水經注·汾水》："汾水歷其(長阜)陰西入河。《漢書》謂之汾陰脽。應劭曰：'脽，丘類也。'亦省稱'汾脽'。"

　　④帝，原作靈，據叢刊本改。

　　⑤釐，古同"禧"。《説文》："家福也。"

　　⑥億，四庫本無。《國語·晉語四》："億寧百神，而柔和萬民。"韋昭注："億，安也。"

　　⑦一章章八句，原作一章八句，據叢刊本、李文藻本改。

【集評】

　　黃履翁《古今源流至論·別集》卷六："尹洙之《皇雅十篇》，人謂《堯典》舜歌而下所未聞。"

　　《欽定續通志·樂略》："宋鐃歌十四曲。……尹洙撰進《皇雅十篇》亦未見施行，且其體制不盡與鐃歌合，故無足采。臣等又案鐃歌盛於漢、晉，迨隋唐之世，其歌曲傳者視前代不及十之二三，宋時鐃歌尚有可紀，自臣是而後，蓋寥如矣。考元末陳友諒據龍興平章，阿哩衮實克僉憲察吉合兵破之，江右諸郡款附，功成，有龍興平之曲。又有銀章復之曲。銀章復者因龍興始陷，憲史劉夑懷印埋土中，土生瑞木。一本察吉購得之，施諸移文，遂以恢復故名。但此二曲皆詞臣擬作之篇，當時未必錄用。是亦柳宗元、尹洙撰進之屬不得與施行者,比姑附記於此以存之。若前明一代,鐃歌則自正史會典諸書,以迄著作家,皆未嘗及也。"

# 奉詔體量本路將佐狀①

　　朝奉郎、行右司諫、直集賢院、知渭州同管勾涇原路經略安撫部署司公事、上騎都尉、賜緋魚袋、借紫臣尹某②。右,臣體量本路見今主兵官員,或遇西賊入寇,若只令主管隊兵至時得人統制③,號令進退有所稟從,即例該協力④,不致有前項敗事。若委以兵衆,進退許其自便,則臣等未敢保其能否。兼臣初到,亦未盡知其材略,或相次體量,得實有敗事者,即與狄青別具陳奏。

## 【校注】

　　①原載卷二十一。文中言己知渭州同管勾涇原路經略安撫部署司公事,則知作於知渭州時。《長編》卷一百四十二載,慶曆三年七月九日,尹洙知渭州,兼管勾涇原路安撫都部署司事,姑繫於此。體量,體察情況,予以權衡。《宋史·神宗二》:"遣官體量陝西差役新法及民間利害。"

　　②四庫本無此句。

　　③只,李保泰本作知。令,原作今,形訛,據四庫本、李保泰本改。至,四庫本作臨。得,李保泰本無。

　　④例該,四庫本作人皆。該,李保泰本作皆。

# 奉詔及四路司指揮分擘本路兵馬
# 弓箭手把截賊馬來路狀①

　　本路經略司累據諸處探報到賊界點集②,事宜緊切。若於本路入寇,即部署狄青合依先降預議指揮,領兵於瓦亭寨駐札。其狄青忠純可信,重厚可倚,臣每與之講議軍政③,至於臨敵制變,亦合事機④。臣但慮拘於朝廷法制,未盡其才⑤。臣欲乞軍行之後,朝廷或降指揮,并四路招討司行下文字⑥,繫於進退兵馬⑦,分擘將佐,有與軍前事體相妨者,許令狄青相度其未便⑧,因依聞奏⑨,及回申四路司,不得將未便事理一例承稟施行。如允臣所奏,特降朝旨,庶令狄青有所遵守,得以專心戎旅,不至敗事⑩。謹具狀奏聞,伏候敕旨⑪。

## 【校注】

①原載卷二十一。文中言"若於本路入寇,即部署狄青"云云。按《長編》卷一百三十八,慶曆二年十月九日,狄青爲涇原路部署,而尹洙慶曆三年七月管勾涇原路安撫都部署司事,故繫於此。

②累,李文藻本眉批:"累似可通。"點集,按名册徵集。司馬光《論屈野河西修堡狀》:"若乘此際急於州西二十里左右增置二堡,每堡不過十日可成,比至虜中再行點集,此堡已皆有備,不能爲害。"

③臣,叢刊本作至,疑形訛。之,原闕,據四庫本、叢刊本補。

④亦合事機,李保泰本眉批:"師魯與狄青深相結,可見其知人,亦可見其知兵。"

⑤才,叢刊本作材。

⑥并,叢刊本作升,形訛。

⑦於,四庫本、李文藻本作幹。李文藻本眉批:"幹疑於。"

⑧許,原無,據四庫本補。其,李文藻本作共,眉批:"共疑其。"

⑨聞,四庫本作開,形訛。

⑩至,四庫本作致。

⑪謹具至敕旨兩句,四庫本無。

# 上樞密杜太尉啓①

某出入門下,幾三十年。至於才識短長,器局淺深,自知甚明,況在英鑒。平涼用武之地,平時郡守皆舊臣宿將,今艱難中,當重其選,反以愚懦處之②,但懼上損國威,仰累恩館。前此拜章懇辭,又以近日授官,無有遂其讓者,以是亟詣官所。未審某官徒采其虛名試任之邪? 果謂可任而任之耶③? 若試任之,則邊要事重,固不當試也。如果謂可任,則望終始保庇,庶幾有所樹立。某言此者,誠以寇讎在境,師兵在屯,凡百措置,未有一事不繫於樞府者。則某官見庇之深,不獨私於某④,是亦留意於邊事也。

**【校注】**

①原載卷八。按《宋史·地理志三》渭州:"隴西郡,平涼軍節度本軍事,……舊置涇原路經略安撫使,涇州、原州、渭州、儀州、德順軍、鎮戎軍皆屬。"而文中言"平涼用武之地,平時郡守,皆舊臣宿將,今艱難中,當重其選,反以愚儒處之,但懼上損國威,仰累恩館。"爲其自謙之辭,則知作於任職平涼之時,亦即知渭州時,故繫於此。原作上樞密杜太尉啓一首,據叢刊本改。按《宋史·杜衍傳》:"杜衍,字世昌,越州山陰人。"

②愚懦處之,原作遇懦取之,叢刊本作愚儒處之,疑形訛,據四庫本改。

③耶,原作邪,據四庫本、叢刊本改。

④私,叢刊本作移。

# 兵制①

今之戎狄,地兼燕、涼,然强大之勢,未過乎前世。中國士卒,專力武事,非若古者籍兵於民,農戰兼用者也。是中國兵勝於古,夷狄不勝於古也。古者中國鞭笞四夷而役屬者有之,給繒帛以懷來者有之,與之戰,或勝或負者有之。今厚賂以厭其求,惟恐不及;或與之較,未嘗一勝焉,其故何哉? 非夷狄之兵强②,非中國之兵弱,法制之失也。何謂法制之失? 以吏事而制戎事也。

爲今而言,策之長在戰與守,策之失在禦與救③。廢策之長,用策之失,所以亟敗也。假以虜事言之,若聞其將寇我境,我之大將不計敵衆寡之勢,不論戰遲速之利,必分兵禦之。禦之不勝,制令者曰:“吾知出兵而已。”行者曰:“吾知奮命而已。④”朝廷必薄其責,議者亦置其罪。苟不禦之,雖全其師,朝廷誅其逗留,議者稱其畏懦,此所以必禦之也。若聞一城被圍,不計受攻之急緩,不論城壘之堅脆,必盡鋭救之。救之不勝,制令者曰:“吾知救之而已。”行者曰:“吾知死之而已。”朝廷必薄其責,議者亦置其罪。苟不救之,雖城獲全⑤,朝廷咎其不進,議者言其坐觀,此所以必救之也。禦與救,非將之罪也,以吏事制戎事,法制之失也。

或曰:“禦亦戰也,救亦戰也,禦與救皆爲失策,何謂戰爲長策也?”夫禦與救,非利於戰⑥,不得已而戰也。非我利,則敵之利也。所謂戰者,我利則戰,不利則不戰,先計而後戰者也。先計而後戰,鮮不勝矣;不幸而不勝者,將之罪也。然則中國之爲守備久矣,何得謂守爲長策而廢不用也⑦?所謂守者,方面之守,非一堡一障之守也,非尺寸之地守也。今敵入吾地,不計衆寡利害而禦之;敵圍吾城,不計堅脆急緩而救之。禦之必敗,救之必敗,兵潰於外,民潰於内,失所以爲守矣。守方面者異於是,使城城自守⑧,毋望救兵之出。蓋兵不出,則勢不分;勢不分,則有以待之。夫待之者,不戰則敵疑,作戰則敵懼,必戰則敵北。能守所以辦戰,能戰所以濟守,明戰守之利,而不得志於夷狄者,未之有也。

## 【校注】

①原載卷三。《甘肅通志》卷三十一《名宦》:“尹洙字師魯,河南人。葛懷敏、韓琦、范仲淹經略涇原,皆以洙爲判官,後歷知涇州、渭州。自元昊不庭,洙在兵間最久,於西事尤習。其爲《兵制》之説,述戰守勝敗,盡當時利害。”故繫於此。四庫本無此篇。

②兵,原闕,據叢刊本、李文藻本補。

③救,叢刊本、李文藻本作校,形訛。

④知,原闕,據叢刊本補。

⑤獲，叢刊本、李文藻本無。

⑥於，叢刊本、李文藻本無。

⑦謂，原作爲，據叢刊本、李文藻本改。

⑧城城，叢刊本、李文藻本作城。

# 賀參政范諫議啓①

　　某再拜：伏承入參大政，天下幸甚。參政諫議居外日久，士大夫延頸以竚德車之入②。今領樞柄不一月③，遂貳宰政④，聖君之任賢，大賢之得君，無讓前古。士大夫傾耳拭目，冀有所聞見。然專以聲譽爲所聞⑤，事跡爲所見者，殆庸者之耳目也。必使君道日隆，民心日康，然後參政諫議之事業，與國家同休於無窮，識者觀聽，實在於此⑥。某被命戍邊，但修完守具，謹奉前降預議，從容卒歲，幸無他憂。然即未知向時虜動⑦，果在何道⑧。虜數來⑨，嘗以季秋暨仲春，又因月盛時，且不甚攻城⑩。異時來，恐或反此。何者？我嘗逆與之戰，今欲以不戰疲之⑪，安知其不能就我不戰而爲計耶？觀今之爲備，不過以故意待之，是自許以知變⑫，而不知虜之能應變也。茲事未易可言，唯參政諫議終始留意。參決之暇，伏惟爲國自重。

## 【校注】

　　①原載卷七。此篇與《賀樞密副使富諫議啓》當作於同時。《宋宰輔編年錄》卷五載，慶曆三年八月十三日，范仲淹參知政事，富弼樞密副使，故繫於此。范諫議，按《宋史·范仲淹傳》："葛懷敏敗於定川，賊大掠至潘原，關中震恐，民多竄山谷間。仲淹率衆六千，由邠、涇援之，聞賊已出塞，乃還。……進樞密直學士、右諫議大夫。"

　　②德，原作傳，形訛，據叢刊本改。德車，《禮記·曲禮上》："兵車不式，武車綏旌，德車結旌。"鄭玄注："德車，乘車。"孔穎達疏："德車，謂玉路、金路、象

路、木路。四路不用兵,故曰德車。德美在内,不尚赫奕,故結纏其旒著於竿也。何胤云,以德爲美,故略於飾此坐乘之車也。"

③樞柄,《新唐書·后妃傳上·太宗皇后長孫氏》:"妾家以恩澤進,無德而禄,易以取禍,無屬樞柄,以外戚奉朝請足矣。"洪邁《夷堅甲志·韓郡王薦士》:"紹興中,韓郡王既解樞柄,逍遥家居。"

④貳,四庫本、李文藻本作二,李文藻本眉批:"二疑貳。"貳,并列。《漢書·司馬相如傳》:"故馳騖乎兼容并包,而勤思乎參天貳地。"顏師古注:"比德於地,是貳地也。地與己并天爲三。是參天也。"

⑤專,方本旁批:"有。"

⑥實,原闕,據四庫本、叢刊本補。在,四庫本作出,疑形訛。

⑦向時,原作向去,李文藻本、叢刊本作何去,李文藻本眉批:"去疑區。"方本作向年,據四庫本改。

⑧何道,原作河道,河疑形訛,李文藻本作何遂,眉批:"遂疑歲。"陳本作何處,據四庫本、方本改。

⑨數,四庫本無。來,叢刊本、李文藻本作未。李文藻本眉批:"未疑來。"

⑩且,叢刊本、李文藻本作旦。李文藻本眉批:"旦疑且。"四庫本作或,疑形訛。攻,李文藻本作政,眉批:"政疑攻。"疑形訛。

⑪疲,李文藻本作痕,眉批:"痕疑病,或此是瘦字。"誤。

⑫許,原作計,疑形訛,據四庫本、叢刊本改。"虜數來"至"虜之能應變也"與《答秦鳳路招討使文龍圖書二首》其一有相似處。


# 賀樞密副使富諫議啓①

再拜:伏承入贊機政,天下幸甚。明公前此兩辭柄任,士大夫以國朝以來,未有二府初拜②,遂能固讓者③,咸有竊議④。何者?養高遠權,介者之所守;經國成務,英賢之通識⑤。與其追蹤於獨行⑥,不若蒙利於當世。方今北有驕虜,西有叛羌,王師屢殲,士氣不振,疏賤之人,猶懷感憤。況明公得君之深,致位之尊,論議易行,謀慮易信,當此之際,天下不高明公之讓,明公豈特以讓爲高哉？聖上奮然英斷，申舉前命，四方聞者，無不慶忭⑦。恭惟聖上倚注之意⑧，四方屬望之心，將與夔、契、周、召爲侔⑨，豈特房、魏、姚、宋而已哉⑩？區區戎夷，安足爲患！某嘗學舊史，願得私紀盛烈，以備國書之闕。不任祝頌之至。

## 【校注】

①原載卷七。富諫議，《宋史·富弼傳》：“富弼，字彦國，河南人。……召爲開封府推官，知諫院。”

②未，叢刊本無。二府，《漢書·楚元王傳附劉向傳》：“今二府奏佞諂，不當在位歷年而不去。”顏師古注：“如淳曰：‘二府，丞相、御史也。’”

③遂，四庫本、李文藻本作遠，李文藻本眉批：“疑遂或遽。”

④咸，叢刊本作啓。方本作然，旁批：“咸。”

⑤識，原作議，疑形訛，方本旁批：“識。”

⑥其，原作夫，疑形訛，據叢刊本改。

⑦忭，原作抃，據四庫本、叢刊本改。

⑧注，原作主，疑形訛，據四庫本、叢刊本改。白居易《祭中書韋相公文》：“惟公忠貞大節，輔弼嘉謨，倚注深恩，哀榮盛禮，伏見册贈制中已詳。”

⑨夔，《漢書·禮樂志》：“故帝舜命夔曰：‘女典樂教冑子。’”顏師古注：“夔，舜臣名。”契，《史記·殷本紀》：“殷契，……契長而佐禹治水有功。”《索隱》：“契是殷家始祖，故言殷契。”周、召，《史記·周本紀》：“武王即位，太公望爲師，周公旦爲輔，召公、畢公之徒，左右王師，修文王緒業。”

⑩房，《新唐書·房玄齡傳》：“房玄齡，字喬，齊州臨淄人。”“王嘗曰：‘漢光武得鄧禹門人益親，今我有玄齡猶禹也。’”魏，《新唐書·魏徵傳》：“魏徵，字玄成，魏州曲城人。”“帝曰：‘貞觀以前，從我定天下，間關草昧，玄齡功也；貞觀之後，納忠諫，正朕違，爲國家長利，徵而已。’”姚、宋，《舊唐書·姚崇宋璟傳》：“姚崇，本名元崇，陝州硤石人也。”“宋璟，邢州南和人。”“史臣曰：履艱危則易見良臣，處平定則難彰賢相。故房、杜預創業之功，不可儔匹；而姚、宋經武、韋二后，政亂刑淫，頗涉履於中，克全聲跡，抑無愧焉。”已，原作止。據四庫本改。

# 渭州謝宣撫樞密韓諫議書①

某承乏邊州②,逮此逾月。上稟前降預議,下與諸將協和③,修完器備,謹守條約,區區自勉④,庶無敗事。至於保邊之術⑤,經遠之略,則久在幕府,必蒙體亮。多謀而寡權,尚法而不忍,此性之弊,自知甚明。豈意見私之深,遽兹獎拔?惟憂任過其量⑥,仰玷恩館。其諸誠悃,非面啓莫盡。

## 【校注】

①原載卷八。《宋宰輔編年録》卷五載,慶曆三年四月七日,韓琦、范仲淹并樞密副使。"八月丁未(13 日),仲淹拜參知政事。癸丑(19 日),以韓琦代仲淹爲陝西宣撫使"。又,尹洙於七月知渭州,而文中言"某承乏邊州,逮此逾月",正是韓琦任宣撫使的時間,故繫於此。渭州,原闕,據叢刊本補。

②乏,原作之,疑形訛,據四庫本、叢刊本改。

③下,原作不,疑形訛;諸將,原作將諸,疑筆誤,據四庫本、叢刊本改。

④勉,叢刊本作免,疑形訛。

⑤至,叢刊本作然。

⑥任,原作甚,據四庫本、叢刊本改。

# 申宣撫韓樞密乞修安國鎮狀①

右,某今相度到瓦亭寨地形窄隘②,兼本寨四面俱無戰地,若駐大兵在彼,如賊馬入寇,以至却回③,雖見得可以襲逐,又緣地勢難以出兵。若賊馬自涇陽谷入來,倒把定彈箏峽路④,則彼處兵馬進退不得,兼顧回時⑤,或却往涇陽谷去⑥,亦無有扼其歸路。以此駐札大兵,不爲穩便。自本寨以西,直至師子堡以來,盡在谷道,及兩面來路頗多,俱非控扼之處。今踏行到安國鎮堡子,下面大川内⑦，西控瓦亭大路⑧，北當涇陽谷口⑨。自來本鎮雖有城壁⑩，又却在南坡上⑪，絶然高峻，裏面又無人户居止，其居民皆在城外、城下居住，去年盡遭燒蕩。今欲於上件大川内⑫，修建城寨一所，將來如遇賊馬入寇⑬，即將昨來預議指揮部署下瓦亭兵馬，却移在此處，即東西北三面俱出得兵馬⑭。如未欲出戰，即足爲諸處聲援，堅壁持重⑮、扼其奔衝⑯；如見得賊勢可以襲逐，即自據勝地，排布軍馬，兼分擘遊兵，照管得北原上賊馬來路。所有接應鎮戎、德順兩處，雖比瓦亭遠著四十里⑰，其如不拘困却兵勢，可以遠作聲援。況鎮戎、德順城壁堅固⑱，逐處戰守兵數，與舊不同，若且令固守，即不如分擘奇兵⑲，接次應援⑳。設使部署兵在瓦亭駐札，雖與逐處相近，亦不可輕出大兵㉑，以此利害分明。今寫畫到地圖㉒，并計料到功科狀一本㉓，謹具狀申宣撫使。

## 【校注】

①原載卷二十五。文中言“某今相度到瓦亭寨”云云，按瓦亭寨屬渭州，則知作於知渭州時。又《分析公使錢狀》：“洙先於慶曆三年七月内，奉敕差知渭州，……於慶曆三年八月内到任，九月後便值西界事宜緊切，洙與主兵官員，逐日堤備，略無暫暇。”則所言相度瓦亭寨，或爲“逐日堤備”之事。

②某，四庫本作洙。

③回，李保泰本、張吳本、陳本作固，疑形訛。

④峽，叢刊本作岐，形訛。彈箏峽，《太平寰宇記·涇州》：“彈箏峽，自原州百泉縣界都盧山，涇水所出，南流山谷之間，水聲清響，有如彈箏。”

⑤顧，原作頭，李文藻本眉批：“頭疑顧。”

⑥去，叢刊本作云。

⑦踏，四庫本作路。李文藻本作蹈，眉批：“疑踏。”到，四庫本作道。面，叢刊本作而，形訛。

⑧瓦亭，四庫本作瓦子亭，子疑衍。

⑨北，叢刊本作比，形訛。

⑩本，原闕，叢刊本作太，據四庫本、方本、黄本補。城，叢刊本作重。

⑪坡，原作陂，疑形訛，據四庫本、叢刊本改。

⑫欲，叢刊本作復。方本夾注：“一作復。”黃本作彼，旁注：“欲。”李文藻本作彶，眉批：“彶疑彼。”“彶應是擬字。”於，原闕，據四庫本、叢刊本補。

⑬賊，原闕，據四庫本、叢刊本補。

⑭得，黃本、叢刊本作將。黃本旁注：“得。”

⑮持重，李文藻本作指重，眉批：“指重疑持重。”

⑯扼，四庫本、叢刊本作遏。

⑰比，原作北，形訛，據四庫本、叢刊本改。

⑱況，原作兄，形訛，據四庫本、叢刊本改。城，叢刊本無。

⑲如，四庫本、叢刊本作妨。擘，叢刊本作壁，形訛。

⑳次，原作定，據四庫本、叢刊本改。

㉑大，四庫本、叢刊本作天，形訛。

㉒今，叢刊本作令，形訛。寫，李文藻本眉批：“寫似可通。”

㉓料，四庫本、叢刊本作科，陳本無。科，原作料，疑形訛，據叢刊本改。

# 上四路招討使鄭侍郎議禦賊書<sup>①</sup>

　　昨日兩得指揮，那移狄部署下兩將軍馬於鎮戎軍儀州守把<sup>②</sup>，似恐太速。見石輅回，奉傳尊意，如賊入寇<sup>③</sup>，須且持重，觀其形勢。此最得策。今來事宜雖急，然未見的實入寇去處，惟望鎮重以待之。此中行下沿邊文字<sup>④</sup>，至渭州并不令下往諸寨。蓋近裏城寨，不當使預有驚疑故也。但齊整兵甲，伺候出行，城中并不令知覺，合具上聞<sup>⑤</sup>。

【校注】

　　①原載卷八。此文及《又一首》，按《長編》卷一百四十，慶曆三年四月七日，鄭戩爲陝西四路馬步軍都部署，兼經略安撫招討使。又《長編》卷一百四十四載，慶曆三年十月三十日，鄭戩上疏修水洛城，而尹洙等人反對，故繫於此。原作上四路招討使鄭侍郎議禦賊書一首，據叢刊本改。李文藻本眉批：“應是

鄭戲。”

②守把，四庫本作把守。當作守把，《宋史·食貨志五》：“又以謂近邊姦細之人應募，則焚燒倉庫。或守把城門，則恐潛通外境。”

③入，叢刊本作有，四庫本作人，疑形訛。

④中行，按唐宋時，尚書省分六部爲三行。以兵、吏及左右司爲“前行”，刑、戶爲“中行”，工、禮爲“後行”。見宋王溥《唐會要·尚書省諸司上》。

⑤具，原作且，形訛，據四庫本、叢刊本改。

# 又一首①

今早又領牒命，欲令沿邊州軍披城作硬寨，以遏深入之勢。竊以本道見在兵馬，除城寨屯守外，其戰兵只可在一處枝梧②。何者？賊衆若來，不下十萬。今若鎮戎、德順兩軍作寨，不過四五千人，接戰則不敵，張勢又不足③，儻爲所乘，則城中搖矣④。（鎮戎戰守兵共八千八百九十人⑤，德順通趙落孟屯兵共八千八百三十人⑥。）若只令狄青領大軍在瓦亭觀其形勢，彼求戰則我堅壁不與之較，彼前進則懼我制其後，俟其有隙而乘之，此計之得也。且賊大衆入寇，不過德順與鎮戎兩路，至於原州山險⑦，非賊大寇之路也⑧。萬一賊自鎮戎舍九亭路直趨原州，則有彭陽一軍在前，瓦亭重兵在後⑨，亦非彼利也。

今之所憂者，但憂狄之兵少，不能勝虜耳。（孫用、王德恭、黃世寧三將，通部署牙篆兵⑩共一萬五千四百三人⑪，堪戰者不過萬二千人。侯竹貴代到歐真兵還，即可得萬五千人。）然不憂狄敗也，狄不敗，虜萬萬無深入之理。望侍郎愈益狄兵，專委以制虜之事。（所謂益狄兵者，候狄往瓦亭⑫，即乞便發涇州兵赴瓦亭，令受狄節制。）大抵賊入境之後⑬，統帥思慮貴專⑭，號令貴一。鎮戎、德順二軍兵既寡少，若營於野，豈可保其不戰？既患其兵少，又憂其或戰；兵少則欲濟師爲援，憂戰則欲其還壁⑮；如此則慮不得專，令不得一也。且涇原諸將練事而可倚任者[16]，莫若狄青；涇原地形可守而爲要害者，莫若瓦亭，此侍郎熟慮之矣。以可任之將，守要害之地，而濟之以兵，則思慮不得不專，號令不得不一，此先勝之術也[17]。某自受任，曉夕計慮，比於平日，似有所得。恐未能上副尊策，則乞令幕府一官到州諭旨，或召某令暫詣麾下聽命[18]，更取裁旨。

## 【校注】

①原載卷八。一首，李保泰本無。

②梧，李文藻本作捂。枝梧，見《叙燕》注⑳。

③張，李文藻本作渠，眉批："渠當是拒之二字。"渠，疑形訛。

④中，叢刊本作以。

⑤守，叢刊本作皆，誤。

⑥落孟屯，叢刊本作隙孟元，四庫本作滋孟光。

⑦州山，叢刊本作明上，疑形訛。

⑧大，方本夾注："大，一作入。"寇，四庫本作衆，誤。

⑨後，叢刊本作彼後，彼疑衍。

⑩王，叢刊本作正，形訛。世寧，叢刊本作州家。

⑪篆，四庫本、叢刊本作隊。三，原作户，據四庫本、叢刊本改。

⑫候，李保泰本無，李文藻本作侯，眉批："疑候。""尹公於此時即深知武襄，其識出韓范上。"瓦亭，叢刊本作瓦亭郡，郡疑衍。

⑬賊入境之後，四庫本作防賊之道。

⑭帥，叢刊本作師，四庫本無。

⑮壁，叢刊本作望，疑形訛。

⑯倚，原作意，據四庫本、叢刊本改。者，原闕，據四庫本、叢刊本補。

⑰李保泰本眉批："將才地勢不可不知。"

⑱令，原作今，形訛，據李文藻本改。麾，李文藻本作戲，眉批："麾。"陳本無。

# 上陜西都轉運孫待制書[1]

十月二十七日，朝奉郎、行右司諫、直集賢院、知渭州兼管勾

涇原路經略安撫部署司公事、上騎都尉、賜緋魚袋、借紫尹某，再
拜獻書於按察待制閣下：竊以州郡之於監司，奉教約、遵憲度而
已②；反此，雖無害於治，不得爲無過。某向以糴麥事，不待報
下③，輒專以行。明公不以輒行爲責，方條問其利害，是明公不以
監司爲威重，但核事之可否④，宜乎名重於天下也。某竊自思，向
若明公責其輒行⑤，則默然伏辜⑥；若詢其利病⑦，則將以盡其説於
左右。恐懼恐懼！恭惟明公所治，東連崤、陝⑧，西接梁、漢⑨，南
界武關⑩，北盡上郡，列城數百，地數千里。某所領者，有經略數
郡之名耳⑪，不專其任，又都統在涇，軍政一以禀之。是其所治，
獨以平涼、潘原二縣，地不過百里。明公以列城數百，地數千里之
大，其於思慮，則明公以廣，某以專；其於事實，則明公以傳聞，某
以目睹。某謂思慮之廣，不若專⑫；事之傳聞，不若目睹⑬。雖英
識精鑒，洞照幽隱，然大概論之，鮮有異者。是以事之利病，盡條
於公牘中，伏惟察其至誠，宥其狂愚⑭，幸甚。

【校注】

　①原載卷八。按《長編》卷一百四十二，慶曆三年七月九日，尹洙知渭州，
兼管勾涇原路安撫都部署司事。《涑水記聞》卷十載慶曆四年五月八日，渭州
兼涇原路部署尹洙知慶州。而文中言十月二十七日，知渭州兼管勾涇原路經
略安撫使尹洙上疏，則知作於慶曆三年十月二十七日。原作上陝西都轉運孫
待制書一首，據叢刊本改。李文藻本眉批：“《東都事略·孫沔傳》，陝西轉運
使居兩月，即以天章閣待制爲都轉運使。”按《宋史·孫沔傳》：“孫沔字元規，
越州會稽人。”

　②憲度，憲章法度。《六臣注文選·封禪文》：“憲度著明，易則也。”憲度，
李周翰注：“憲法也。”

　③下，原作不，疑形訛，據四庫本、叢刊本改。

　④之，原闕，據四庫本、叢刊本補。

　⑤若，叢刊本作者。方本作若，旁批：“者。”

　⑥辜，原作罪，據方本改。

⑦若,李文藻本作者,眉批:"者字疑是若字,應連下句。"

⑧東連崤、陝,原作東崤、陝,李文藻本眉批:"疑有脱字。"據四庫本增。

⑨梁,原作兩,據四庫本、叢刊本改。

⑩界,原闕,據四庫本補。

⑪耳,原作且,疑形訛,據四庫本、叢刊本改。

⑫某,李文藻本作其,眉批:"其疑某。"謂,陳本、李保泰本作爲。

⑬傅,李保泰本作傳之,之疑衍,眉批:"今之大官好韻事權階明察者,何不思之。"

⑭狂,李文藻本作任,眉批:"疑至。"

## 【集評】

李保泰本眉批:"反孫之篇。"


# 和河東施待制二首①

已成沈約難并恨②,且奉陶公有限杯③。感事傷春多少意,星星漸入鬢中來④。

## 【校注】

①原載卷一。《長編》卷一百四十四載,慶曆三年十月十六日,"徙河北都轉運按察使施昌言,爲河東都轉運按察使",故繫於此。施待制,按《宋史·施昌言傳》:"施昌言,字正臣,通州静海人。……除天章閣待制"

②沈約難并恨,沈約《別范安成》:"生平少年日,分手易前期。及爾同衰暮,非復別離時。勿言一樽酒,明日難重持。夢中不識路,何以慰相。"

③限,原作恨,形訛,據叢刊本改。陶淵明《五柳先生傳》:"性嗜酒,家貧不能常得。親舊知其如此,或置酒而招之,造飲輒盡,期在必醉。"

④星星,黄希注、黄鶴補注《補注杜詩·喜觀即到復題短篇二首》其二:"愁絶始星星。"注:"星星,言鬢之白也。"


## 又一首

千里觀風使節來,百城舒慘繫行臺①。威嚴少霽猶知幸,誰信芳鑄鎮日開。

## 【校注】

①行臺，指置於外州的尚書省。黄庭堅《送顧子敦赴河東》詩之三："攬轡都城風露秋，行臺無妾護衣篝。"

## 【集評】

李文藻本旁批："俗。"

# 論雪部署狄青回易公使錢狀①

右，臣准邠州制勘院牒，勾取部署司指使劉懷信，勒檢齎借銀一千兩文憑赴院。尋牒部署司勾取到劉懷信其部署狄青，兼令劉懷信自齎公使文曆赴邠州照會去訖。尋體問得劉懷信是勾當公使庫使臣，爲於隨軍庫借過上件銀，回易利息，以充公用事。臣竊見自來武臣將所賜公使錢、諸雜使用②，便同己物。其狄青於公用錢物，即無毫分私用③。况本路自西事以來，所添兵數及主兵臣寮、指使、使臣等數倍於舊④。又狄青多與衆官躬親提舉，教閱軍中，將校每有犒設，以此所費益多。若不别將錢物回易，即無由充用。狄青素來謹畏小心，其實武人，未曉朝廷憲法，自聞推究公用錢物，將謂制院須來追攝照對⑤。臣雖日夕曉譬⑥，終是内懷憂懼⑦。兼言先在延州初授涇原部署，曾告龐籍，言不願主領公使錢⑧，恐未知次第，今來果遭罷罷⑨。詞意感切⑩，深可軫惻。臣以謂朝廷擢青自殿直，不三年至刺史，委以一路兵柄，此必其忠力才智有過於人⑪，又欲其奮勵自効，以報不次之用⑫。今乃以細微詿誤⑬，令其畏懼如此。今邊上日有探到事宜，萬一賊兵驟至，若須領兵出外，似此憂疑之中，切慮不能主理軍政⑭，别致闕事。伏望聖慈垂察，特降朝旨，曉諭狄青，庶令安心專慮邊事。謹具狀奏聞,伏候敕旨⑮。

## 【校注】

①原載卷二十一。按《長編》卷一百四十四,慶曆三年十月三十日,知渭州尹洙言:"臣竊見自來武臣,將所賜公使錢諸雜使用,便同己物,……。"即本文所言,故繫於此。回易,交易。《隋書·食貨志》:"先是京官及諸州并給公廨錢,回易生利,以給公用。"

②竊,四庫本、叢刊本作切。

③毫分,四庫本作分毫。李保泰本眉批:"狄公平生不可少此湔雪。"

④主兵臣寮,原作主臣兵寮,疑筆誤,四庫本作主兵將臣寮。使,原闕,據四庫本、叢刊本補。

⑤謂,叢刊本作請,形訛。追攝,叢刊本作近掫,形訛。照對,李保泰本作對照。

⑥曉譬,原作譬曉。據李文藻本改。

⑦懷,原作外,據四庫本、叢刊本改。

⑧言,原作主,形訛,據四庫本改。龐籍,《宋史·龐籍傳》:"龐籍,字醇之,單州成武人。"

⑨罷罣,罣,同挂。罷免、懸置。《漢書·嚴安傳》:"當是時秦禍北構於胡,南挂於越。"顏師古注:"挂,懸也。"

⑩意,原作義,據四庫本、叢刊本改。

⑪才,叢刊本作材。

⑫不次,《漢書·東方朔傳》:"武帝初即位,徵天下舉方正賢良文學材力之士,待以不次之位。"顏師古注:"不拘常次,言超擢之。"

⑬詿誤,《漢書·文帝紀》:"詔曰:'濟北王背德反上,詿誤吏民。'"顏師古注:"詿亦誤也。音卦。"

⑭理,原作宰,據四庫本、叢刊本改。

⑮謹具至敕旨兩句,四庫本無。

## 【集評】

李保泰本眉批:"表明狄青廉公謹畏之心,極有關係。當時欲以微事詿誤良將,真令虎臣短氣。"

# 議西夏臣伏誠僞書<sup>①</sup>

　　某頓首,樞密諫議:今日捧教,承已反德順軍<sup>②</sup>,論及子璦自虜來歸<sup>③</sup>,言其臣伏事,此虜計之得也。抑其虛名,以示陽尊於我,猶足以驕我心而怠邊備<sup>④</sup>,況得重賂以實其帑,豈非得計耶?且虜之臣伏,果能革其僭悖之心,貶其車服名號,盡如臣禮耶?徒以所上章奏,以臣自名耶?就使盡如臣禮,亦不可信;況於其國,車服名號,一無有損,徒以數幅之奏,易萬金之賂。彼之醜類,雖甚昏愚,較計利害,豈能易此哉?夫君臣名號,中國所以辨名分、別上下也。國家統臨萬國,垂九十年,蠻夷戎狄,舍耶律氏<sup>⑤</sup>,則皆爵命而羈縻之<sup>⑥</sup>,有不臣者,中國恥焉。西土之役<sup>⑦</sup>,由是而興。夷狄則異於此<sup>⑧</sup>,唯其利而已。且彼於中國,非素敵也,其祖其父,皆臣也,奚恥而不爲臣哉?今虜之醜類必皆曰:“我戰數勝,又能取賂於彼,我真强也<sup>⑨</sup>。”雖吾士大夫之有識者,亦曰:“彼戰數勝矣,而反屈於我,且得重賂以畜其衆,是真能保其强者也<sup>⑩</sup>。”如是,則彼之臣伏,果於我爲得耶?於彼爲得也?或者必曰:“向者患其不臣,今既臣之,復以爲患,則反復無所據。且自古夷狄之於中國,始叛渙而終馴伏者多矣<sup>⑪</sup>,奚獨此之爲異哉?”某必應之曰<sup>⑫</sup>:“不然。中國固當鞭笞四夷,而臣屬之也,但辨其來臣者誠與僞耳。然則,誠者有畏者也,僞者有謀者也。今果有畏也?有謀耶?謂之有畏,則吾戰未嘗有勝也,吾兵未嘗有攻也,彼何從而畏哉?謂之有謀,則國家之患,或基於此矣。譬人疾之攻於外也,朝夕命醫者視其脈之進退,一動一息,必加意焉。又起居飲食之慎,醫者必決之曰‘脈止是而不能變也’;疾者亦自審曰‘疾止是而不能加也’。於是日冀其有瘳焉。當其疾或瘳於外,而猶根於中，未能去也，疾者喜釋其苦，良醫雖戒之，日益怠焉。飲食起居，雖自曰愼之，日益肆焉。於是疾乘隙而發，則已痼於中而亟於外也[13]，雖醫之良，殆難爲計矣[14]。

自虜衆犯邊，師徒喪敗，至於今日，知所以爲敗者多矣[15]。凡一堡一障之隙，吾皆營而固之，知所以爲備者多矣。知所以爲敗，可以不敗；知所以爲備，可以待之，此禦戎之常也。今既重賂以結之[16]，爲虜之備，必異於此。邊壘雖未即廢，當增而浚者，必休其役；戍卒雖未即罷[17]，當聚而練者，必散而處。舉是而推之，則上下之情，無有不懈也。是亦有疾者[18]，雖瘳於外[19]，而根於中，當其伺隙而發，則已痼於中而亟於外，雖良醫難爲計矣。所謂國家之患，或基於此者[20]，以是也。"難者必曰："景德中，北方講和[21]，自是三十年[22]，天下無事，虜未可以不信待之也。"某必應之曰："此時事之異也。景德中，虜入吾地深，而大衆卒不與戰[23]，至今言之者猶曰：'當是時，我不許其盟，則虜衆殲矣。'是强弱之勢未分，我衆有餘力也。虜既歸，鑒其入地深而無所克，知中國之未易輕，於是有講和之事，自是無少變焉[24]。及羌種外叛，遂有益地之請，非信於前而不信於今[25]，蓋利之所在也。然則，信不足固其心，賂不足塞其欲，較然可見矣。今王師數衂於外，又加以北方之隙，則强弱之勢，豈得引景德中事爲比耶？且北方以地爲請，既以賂解之；西方以號爲請，又以賂解之。二虜知我終不能以地與號假之也，將合謀，必以地與號爲請[26]。或不以地與號而他求焉，當此時，我以兵拒之耶？以賂繼之耶？以兵拒之，則不若今日之兵有備且練也，且重賂不資於敵，而以供士費也。以賂繼之，則中國之貨有極，二虜之請無窮。爲今之謀，當以國家之患必基於此，猶人之病將痼於中而亟於外[27]。朝夕念之，唯危亡之爲憂，則庶幾乎少安矣。"某識慮昏淺，不能先事以言，蒙見詢采，不敢不盡。伏惟明公位尊任重，與國同體，願深留意。

【校注】

　　①原載卷八。文中言"及子奭自虜來歸,言其臣伏事,此虜計之得也",當爲張子奭出使西夏事。《長編》卷一百四十二載,慶曆三年八月十九日,"大理寺丞張子奭爲秘書丞,與右侍禁王正倫,使夏州"。《長編》卷一百四十四載,慶曆三年十月三十日,歐陽修猶言張子奭未有歸期,而《長編》卷一百四十五載,慶曆三年十一月二十七日,孫甫已言張子奭使夏州回,故繫於此。原作又一首議西夏臣伏誠僞書,據叢刊本改。

　　②反,原作及,疑形訛。按反或爲返之訛,據叢刊本改。

　　③論,四庫本、李文藻本作諭,疑形訛。按《宋史・孫甫傳》:"(孫甫)又言:'張子奭使夏州回,元昊復稱臣,然乞歲賣青鹽十萬石,兼欲就京師互市諸物,仍求增歲給之數。……兼聞張子奭言,元昊自拒命以來,收結人心,鈔掠所得,旋給其衆,兵力雖勝,用度隨窘。當此之時,尤宜以計困之,安得汲汲與和,曲徇其請乎?'"

　　④邊,叢刊本作之。

　　⑤耶,叢刊本作也。按《遼史・太祖本紀上》:"太祖大聖大明神烈天皇帝姓耶律氏。"

　　⑥則,原作期,據叢刊本改。爵,陳本、方本作辭,方本旁批:"爵。"

　　⑦土之役,原作士之後,疑形訛,據四庫本、叢刊本改。

　　⑧異,原作已,據四庫本、李文藻本改。

　　⑨真,叢刊本作其。

　　⑩者,原闕,據四庫本、叢刊本補。

　　⑪叛渙,原作叛換。李文藻本作判撫,眉批:"疑叛擾。"陳本作叛,據四庫本、方本改。

　　⑫某,原作某,四庫本、叢刊本作其,疑形訛。

　　⑬亟,李文藻本作至,眉批:"此至字與下文亟字,疑有一誤。"據四庫本、陳本改。

　　⑭李保泰本眉批:"先生之文最簡絜,獨於此處設喻,當嫌辭費。"

　　⑮知,原闕,據四庫本、叢刊本補。

　　⑯結,方本夾注:"一作給。"

⑰即,原作耶,形訛,四庫本作卒,據叢刊本改。

⑱者,原闕,據四庫本補。

⑲雖,原作難,疑形訛,據四庫本、叢刊本改。

⑳者,叢刊本作矣者。

㉑景德中北方講和,按《宋史·曹利用傳》:"景德元年,契丹寇河北,真宗幸澶州,射殺契丹大將撻覽,契丹欲收兵去,使王繼忠議和,擇可使契丹者。利用適奏事行在,樞密院以利用應選,帝曰:'此重事也,毋輕用人。'明日,樞密使王繼英又薦利用,遂授閤門祗候、崇儀副使,奉書詣契丹軍。"

㉒年,叢刊本作矣。

㉓不,原作必,據四庫本、叢刊本改。

㉔變,叢刊本作愛,疑形訛。

㉕非,叢刊本作亦。

㉖請,叢刊本作假。

㉗痼,李文藻本作痛,眉批:"應是痼字。"


# 議修堡寨書①

近奉朝旨,依張忠所相度②,山外修建堡子十五處,計功四十萬。某以爲堡數太多③,又不於羅、李家修城,恐忠未得仔細④,已令畫圖,至今未到。竊見虜屢入塞⑤,皆以戰勝,有所克獲,是以不致力於堡寨。今既依預降固守,虜來不得戰⑥,此等城堡卑小,若盡銳拔之,肆其慘酷,則諸堡皆當震懼,不免有劉璠之失⑦。往時樞密諫議廣劉璠、定州⑧,此最得策⑨。欲乞應弓箭手所居,如的去城寨二十里外方建堡子⑩,仍須堅完,縱虜大至,須爲可守之計。如此,不過修建得三五處,一省工費⑪,二免爲虜陷⑫,三得弓箭手且在城寨防守。如允所陳,乞賜指揮。

【校注】

①原載卷八。文中言"近奉朝旨,依張忠所相度,山外修建堡子十五處,計

功四十萬，某以爲堡數太多”，由此可知當作修建水洛城之時。按慶曆三年十月三十日，鄭戩建議修建水洛城。《宋史全文》卷八上載，慶曆三年十二月，韓琦上疏反對修建，文彦博、尹洙、狄青，皆以爲未便，故繫於此。原作又一首議修堡寨書，陳本、李保泰本作又議修堡寨書，據叢刊本改。

②張忠，按《宋史·張忠傳》：“張忠，字聖毗，開封人。”然未有在尹洙屬下任職事，當非一人。

③太，原作大，據叢刊本改。

④仔，原作子，疑形訛，據叢刊本改。

⑤竊，原作切，據叢刊本改。屢，原作累，李文藻本眉批：“當作屢。”

⑥戰，原闕，據四庫本、叢刊本補。

⑦免，李文藻本作矣，眉批：“矣疑作致。”劉璠之失，《宋史·景泰傳》：“元昊衆十萬分二道，一出劉璠堡，一出彭陽城，入攻渭州。葛懷敏援劉璠，戰崆峒北，敗。”

⑧諫議，原闕，李文藻本作諫讖，眉批：“讖疑議。”據方本補。州，四庫本、叢刊本作川，疑形訛。

⑨此，叢刊本作屯。

⑩十，叢刊本作千。

⑪一省工費，李文藻本作一有，眉批：“有闕文。”

⑫二，李文藻本作二費不。


# 與四路招討司幕府李諷田裴元積中書二首①

某啓：某初到郡，得前政所占民田不還直，且令納税一事②。某決欲行之，自念秩卑，恐有司詰問，益淹久不便於民，是以白於鄭公③，公大以爲然。尋出牓諭民，給其直，且免其税。此一事，諸君盡知之。及韓公來④，某臨郡已兩月，所得民間不便事益多，見訴有不便者⑤，必告之曰：“韓公且來，汝自訴之。”及韓公來，以事自陳者千餘人，韓公必盡覽之，究其事理，覆其根原⑥，或見詢於某，或命他官參定，然後行之。其於事，固已精且詳矣[7]。某豈私於此方之民哉？亦由前日白鄭公給民直一事，蓋以公家之事苟利於民，則韓公、鄭公與某行之皆一也[8]，何必分彼此哉？不意好事者以某附韓公，爲事多所更置。未審言者以某附韓公爲善耶[9]？爲不善耶[10]？若以所更事爲善，則不當謂之附也；若以所更事爲不善[11]，則某前在涇州，鄭公朝夕見延，其於邊事無不詢也[12]，無不慮也，獨獄事不與聞，他則無細大，皆往覆究極，於議論未嘗有隱。鄭公相顧之意[13]，始終若一，是則某之論議有可采者也[14]，於邊事有所得者也。苟一以不善贊鄭公，則公必怒而絶之，何能終始相顧如是也？是果不以不善贊鄭公者也。不以不善贊鄭公，而專以不善贊韓公，是厚於鄭而薄於韓，則於好事者之言爲不通也。若以前日在涇爲智，今日在渭爲愚，又於有識之議爲不通也。

此事聞已久，疑之不甚信，近日益有端緒，然不知鄭公果以爲信否。鄭公爲元帥，某預掌一路兵[15]，寄若好事者言行，則間隙日生，苟有戎事，某無所逃誅矣。平涼去年經虜寇殘破之後，朝廷不以某不才，擢當此任，亦思有以自報，朝夕勤事，非公宴不邇聲妓。受署殆今五月，斷獄不過十數人，皆歷歷可訊[16]。其營田護寨蠹於事者[17]，韓公盡以刷去之。今獄訟益簡，止以練兵爲事爾。諸君察某心，豈主於榮官哉！子發相知尚淺[18]，士規、益之皆目見某謫官，當時寧有慊於心耶[19]？古者刺史嚴明，郡守有投劾解印綬者，某豈重去此一官哉！幸諸君爲某辨於鄭公，公果不悟[20]，某立當解去，且以終鄭公前惠，又不使他日戎事之際[21]，使某憂疑自危，措置顛失，雖被大戮，或敗國事。願諸君留意，見答。

## 【校注】

①原載卷九。按《長編》卷一百四十二，慶曆三年七月九日，"乙太常丞直集賢院、知涇州尹洙，爲右司諫、知渭州，兼管勾涇原路安撫都部署司"。而文中言"某前在涇州，鄭公朝夕見延"，又言"受署殆今五月"，則知作於知渭州

時。裝,原作裛。李文藻本眉批:“裛。”“《文鑒》,裝作裛。”二首,李保泰本無二首字。司,原作使。據四庫本改。

②且令,叢刊本作自今,四庫本、李文藻本作自令,疑形訛。

③鄭公,鄭戩。按《宋史·鄭戩傳》:“鄭戩,字天休。蘇州吳縣人。”《長編》卷一百四十:慶曆三年四月甲辰“知永興軍、資政殿學士、給事中鄭戩爲陝西四路馬步軍都部署兼經略安撫招討使,駐軍涇州”。

④及,原闕,據四庫本、叢刊本補。韓公,韓琦。按《宋史·韓琦傳》:“韓琦,字稚圭,相州安陽人。”《長編》卷一百四十二:慶曆三年秋七月甲申:“仲淹既辭參知政事,願與韓琦迭出行邊。”

⑤有,四庫本、叢刊本作尤。

⑥根,叢刊本作報。

⑦固,原作故,據四庫本、叢刊本改。

⑧某,叢刊本作其,疑形訛。

⑨附,原闕,據四庫本、叢刊本補。

⑩耶,叢刊本作也。

⑪以所,原作所以,疑筆誤,據李文藻本改。

⑫於,原作與。據四庫本改。

⑬鄭公,叢刊本、李文藻本作未鄭公。李文藻本眉批:“未疑夫。”夫,疑衍。

⑭采,原作來,疑形訛,據四庫本、李文藻本改。

⑮掌,原作章,疑形訛,據四庫本、李文藻本改。

⑯訊,原作記,疑形訛,據李文藻本改。

⑰寨,原作塞,疑形訛,據李文藻本改。

⑱子發,《宋史·文苑三·路振傳》:“路振,字子發。”見《送路綸寺丞序》校注①。

⑲慊,叢刊本作歉,形訛。

⑳悟,叢刊本作晤,形訛。

㉑他,原作它,據四庫本、叢刊本改。

## 又一首①

得劉伯壽牒取王文政文牘②,尋以封送③。始文政等以罪配

隸牢城保寧爲兵，會韓公來④，以舊獄訴於公，公命覆其罪，苟不
至深切，則移籍於廣銳、蕃落。文政等皆在涇，於是申上帥府，呼
此二人。幕府不俾二人者來，反令取其具獄⑤，就涇視之。既而
帥命二人者來，止云材弱，射七斗弓，箭不滿兩握，其具獄則詳之
矣。於是衆議曰：“具獄往，而二人乃來，此必審其初罪不爲深切
矣。其言材弱，射不中程者，慮以廣銳處之也。”蕃落舊等材五尺
三寸⑥，近制短指者亦聽⑦。狄侯命二舊卒方之⑧，不少損，又命以
射彎九斗弓⑨，箭不滿二指，在舊卒下等之上。涇內地，不知蕃落
所用皆短箭，故差繆相遠。若必以長箭程之，雖積功至大，校其少
且壯者，亦不能應格矣。又，蕃落中有犯奸若盜如此比隸軍者甚
衆⑩，決不復疑，但喜得勝兵者二人，遂易其籍。帥府乃詢云：“若
二人者罪⑪，安得不爲深切？”然後乃知帥府之意，不欲隸此二人
於蕃落。既已籍之⑫，無如之何。乃答曰：“其罪不至極於惡。”蓋
婉其辭，所以恭上命也。不圖又命劉伯壽覆其獄，凡涇人之相厚
者，皆見責曰：“何乃不稟帥命？”某聞之，甚駭其言。若他事，則
不敢知；如止此一事，則非所以爲不稟也。何者？始本路索此二
人於涇帥，既不遣，復命取具獄視之⑬。若果以爲巨慝⑭，則當下
令曰“此不足貸，二人無可遣理”，獨歸其具獄。則某必審視其
罪⑮，雖其可貸，猶當奉承帥旨⑯，奚必改籍此二卒耶？且韓公非
素得視此二人具獄也，命本路究其罪，易其軍與不易⑰，皆繫於本
路也。不易不足爲忤意，易之不足爲迎合。且本路軍與民暨蕃酋
以事自訴、以功自理於韓公者多矣，皆下其事於本路，且命詳之。
其以事自訴得辨者十二三，以功自理應格者十一二，蕃酋所陳其
可行者十不一二，皆不以先入之言爲主也。文符盡在，可取而覆
視，豈必以此一事爲違戾耶？茲事極微，而某懇懇爲言者⑱，誠以
害於體爲甚大也。

　　昨日經略司行某事，其於法少礙而事當然者，大吏特以前日

王文政等無礙於法尚爾⑲，今此恐見詰，奈何？其叱去之⑳。某謂狄侯曰：“異日此曹有言，必請黥之㉑。”雖異日黥之，徒能制一吏，如將校何？將校必曰：“此一細事猶不得遂其行，安能使我有畏哉㉒？吾獨知畏元帥耳。”此甚足爲元帥憂也。自某臨本路，原州、鎮戎軍決罪，有不至死而特死者，有當死而慘其刑者，某與狄侯議，皆不問其狀。蓋知其守將可任以事，當申其權於下也。又有卒犯罪，反持其主校過失者，某詰之曰：“若主校與汝共爲隱㉓，汝懼累以言，或主校濫罰，汝不勝其虐以言，吾皆聽汝，理有罪者。今汝自有罪當罰，主校若貸汝，則過終不聞。是使主校皆畏過，莫敢答其卒者，此軍之大弊也。”狄侯暨諸將皆曰：“然㉔。”遂杖去之。且大將於士卒，非人人能督察撫循之也，必有主校焉。使軍中皆畏其主校，則將無所事矣。夫士卒不畏其主校，則飲博自恣；飲博自恣，則卒至於貧窮；卒至於貧窮，則無所不至焉。爲主校者，豈可使反畏其下哉㉕？故爲將者，必察群校之貪虐者自去之㉖，無使其下能持焉，則卒皆有畏矣。是則大將者不使士卒獨畏我，而不畏其主校；又不使屬郡之兵獨畏我，而不畏其守將，此治兵之大要也。

　　某秩雖卑，然於本路言之，與狄侯皆大將之任也。責任既重，朝夕於邊事無不憂者。聞士卒不畏其主校，則小以爲憂；聞屬郡不畏其守將，則大以爲憂。今將使一路之人不畏其大將，則元帥安得而不憂耶？故某所謂於事雖小，而於體甚大者，以此㉗。某得以諫名官，凡事之直曲㉘，猶當於天子廷辯之，今乃不能自辯於元帥㉙，反囁嚅於幕府，豈畏懦耶？蓋元帥之體，不當以事詘於部將，是某凡辯論事，可取直於天子，不可取直於元帥。幸諸君少留意焉。

【校注】
　　①李保泰本無一首二字。

②劉伯壽,《宋史‧劉温叟傳附劉几傳》:"几字伯壽,以燁任爲將作監主簿。"

③封,李文藻本旁注:"封,《文鑒》作對,封義爲長。"

④來,原作未。據四庫本改。

⑤具獄,見《故大中大夫尚書屯田郎中分司西京上柱國王公墓誌銘》注⑲。

⑥蕃落舊等才五尺三寸,《宋史‧兵志八》載韓琦奏:"河北就糧諸軍願就上軍者,許因大閲自言。若等試中格,舊無罪惡,即部送闕,量材升補。"乃詔四路都總管司:"自今春秋閲,委主管選長五尺六寸已上、弓一石五斗、弩三石五斗者,并家屬部送闕。""五年,選京東西、陝西、河北、河東本城、牢城、河清、裝禦、馬遞鋪卒長五尺三寸勝帶甲者,補禁軍。"

⑦指,原作止,據四庫本、叢刊本改。

⑧狄侯,狄青。按《宋史‧狄青傳》:"歷侍衛步軍殿前都虞候,眉州防禦使。"

⑨彎九斗弓,方本、李文藻本作彎弓九斗。李文藻本眉批:"彎弓九斗,《文鑒》作彎九斗弓。"

⑩比,李文藻本眉批:"比,《文鑒》作北。"

⑪若,方本夾注:"一本作考,下至罪字爲句。"

⑫已,原作以。據四庫本改。

⑬具,原作其,形訛,據四庫本、叢刊本改。

⑭愿,《漢書‧王嘉傳》:"人用側頗辟,民用僭愿。"顏師古注:"愿,惡也。"

⑮審,原作深,據四庫本、叢刊本改。

⑯旨,原作者,形訛,據四庫本、叢刊本改。

⑰與,叢刊本作興,形訛。

⑱某,原作其,形訛,據四庫本改。

⑲特,四庫本、叢刊本作持,形訛。李文藻本旁注:"持。""持不如特。"

⑳其,四庫本、叢刊本作某,形訛。

㉑黜,李文藻本、方本、叢刊本作黜。李文藻本旁批:"黜。"

㉒我,原作哉,形訛,據四庫本改。

㉓隱,叢刊本作隱隱,四庫本作欺隱,方本作隱愿,疑衍。

㉔然,原作善然。方本注:"疑衍一字。"

㉕可,原闕,據四庫本補。

㉖自,四庫本、叢刊本作首。

㉗以此,李文藻本作正以此,眉批:"《文鑒》無正字。"

㉘直曲,四庫本、叢刊本作曲直。

㉙辯,原作辨,據叢刊本改。


# 奏論户等狀①

　　右,臣竊見陝西坊郭第一等人户中,甚有富强數倍於衆者②,每至官中科率③,只一例作一等均配④,其近下户等,極有不易者。今臣欲乞於逐州第一等户中,推排上户家産,比類次下同等人户家産一倍以上者,定作富强户;三倍以上者,定作高强户;五倍以上者,定作極高强户。今後官中凡有科率,其近下户等大段減得數目⑤,祇應得前。如允臣所奏,乞下陝西都轉運司,委轉運使⑥,因巡歷所到州軍⑦,與本處同共定奪,無致别有騷擾⑧。

【校注】

　　①原載卷二十。文中言"乞下陝西都轉運司,委轉運使司,因巡歷所到州軍,與本處同共定奪"云云,則當在知渭州時。

　　②於,李文藻本作十,眉批:"十疑于。"

　　③科率,《續資治通鑑·宋仁宗天聖六年》:"凡中都歲用百貨,三司視庫務所積豐約,下其數諸路,諸路度風土所宜及民産厚薄而率買,謂之科率。諸路用度非素蓄者,亦科率於民。"

　　④配,叢刊本作酌。

　　⑤段,原作叚,疑形訛,據四庫本、長洲陳本、方本改。

　　⑥使,原作司。據四庫本改。

　　⑦因,叢刊本無。

　　⑧致,四庫本作得。騷,四庫本、叢刊本作搔。

# 乞招清邊弩手狀①

右,某近會問到同州近准樞密院札子②,添招本州禁軍支例物錢十貫文③,廂軍支八貫文④,其禁軍別無軍額,亦無器仗⑤,未曾添招者。以某所見,本州見今於本城諸軍揀到清邊弩手,准宣命依保捷請受⑥。其保捷屬侍衛步軍司,績是就糧禁軍,即清邊弩手亦合繫步軍司禁軍名額⑦。欲乞下本州⑧,依樞密院札子內所支禁軍例物添招清邊弩手,依上京第三等人材五尺二十以上⑨,或不以人材尺寸,只試踏弩⑩,力及兩石以上少壯者招充⑪。所有廂軍例物,會問到同州元只支錢四貫文⑫,今恐添錢太多,只支錢六貫文,貴得允當。乞賜裁酌指揮⑬,合當仍乞遍下陝西諸州施行⑭。伏候台旨⑮。

## 【校注】

①原載卷二十四。文中言"本州""陝西諸州"云云,當爲在陝西任知州時。按《長編》卷一百三十九:"慶曆三年春正月……戊寅,太子中允、直集賢院、通判秦州尹洙爲太常丞、知涇州。"《長編》卷一百四十二:"慶曆三年秋七月……甲戌,以太常丞、直集賢院、知涇州尹洙爲右司諫、知渭州,兼管勾涇原路安撫都部署司。"則當作于慶曆三年。

②某,四庫本作洙。

③十,叢刊本作拾。

④八,叢刊本作例,疑捌之訛。廂軍,《宋史・職官志三》:"凡武選之制倣貢舉之法,先聯其什伍而教之以戰,爲民兵,材不中禁衛而足以執役,爲廂軍。"

⑤器仗,原作等伏,四庫本作等仗,方本作等次。李文藻本作等狀,眉批:"等狀疑是器仗之譌。"

⑥准,李文藻本作淮。保捷,高承《事物紀原・軍伍名額・保捷》:"咸平四年九月,詔陝西緣邊州軍兵士,先選中者,并升爲禁軍,名保捷。"

⑦亦,原作六,形訛,據四庫本、李文藻本改。

⑧欲,原闕,據四庫本補。

⑨以,叢刊本作已,四庫本作巳。

⑩試踏,叢刊本作誠路,疑形訛。

⑪力,叢刊本作手。

⑫元,叢刊本作既。

⑬乞賜裁酌,原作乞乞賜教,疑筆誤,據四庫本、叢刊本改。

⑭合當,叢刊本無。陜,叢刊本作攻。

⑮候,叢刊本作俟。

# 與儀州曹穎叔殿丞書①

近者高軒過郡,殊虧主禮。別來未暇作書,先辱手誨,益稔眷顧之厚②。種落略漢人③,誠未當以常法繩之;然漢人得歸,反以盜罪,加以深憲,此尤可憫。(落蕃者間有竊其馬以歸者④,豈可罪耶?)尋白帥府,果蒙兩輕之,此其平允⑤。

【校注】

①原載卷七。按儀州屬涇原路,尹洙于慶曆三年七月知渭州,兼管勾涇原路安撫都部署司事,而文中言"尋白帥府"云云,顯然帥府非尹洙。然文中"高軒過郡""種落略漢人"等語又似與尹洙職務有關,尹洙于慶曆三年正月知涇州,則此篇或作於此時。李文藻本脚注:"按《宋史·曹穎叔傳》,穎叔字秀之,亳州譙人。曾通判儀州。韓琦、文彥博薦其才,徙夔州路轉運判官,又提點陜西路刑獄。"

②稔,原作認,李文藻本眉批:"稔。"

③略,方本旁注:"蕃。"

④者間,原作甚者。據四庫本改。

⑤其,四庫本、叢刊本作甚。

# 慶曆四年（公元 1044 年）

## 申四路招討使論本路禦賊狀并書①

一、沿邊弓箭手，自來每遇賊馬入寇，并各潰散。蓋緣逐地方各令守把②，多者不過一二百人，當苗稼成熟之際，些小鈔劫③，足能禦捍④；若遇賊兵大至，則須至逃潰。況今來已是正月⑤，田野別無積聚，欲乞才候探報到賊馬的然入寇，各令逐處城寨將管下堡子除有糧草的然可以守備外⑥，其餘應繫把截弓箭手，一例勾集赴本轄城寨⑦，給與口食草料⑧，與見屯兵士居民一處守禦⑨。即緣邊城寨縱被攻圍⑩，自然守備益堅，不至卒有失陷⑪。

一、賊馬自來入寇，并是引誘自家兵馬向前救應⑫，所以落其奸便⑬，雖有預議條約，切慮將來賊馬入寇之後⑭，大作攻城次第，逼脅緣邊城寨⑮，或者示弱⑯，令有可救之狀，至時諸將畏罪者慮失陷國家城寨⑰，貪功者以爲見利可擊⑱，萬一向前救應，必致依前敗覆⑲。欲乞申明前降預議⑳，只許召募勇士㉑，夜擊賊寨㉒，或邀截輜重㉓，不得領大兵向前逐利救應者。

一、賊兵今來若向春中入寇㉔，田野絕無糧草㉕，惟利速戰。

若令沿邊把截㉖，不使奔衝㉗，便須節次策應㉘，此則偏師必敗之理㉙。且賊兵聚集入寇㉚，謀慮必已素定㉛，豈有緣邊些少兵馬便能把截得定㉜？但使城寨各添弓箭手屯守㉝，大兵持重不戰，只使輕兵邀其抄劫㉞。彼攻城則未能卒破，求戰則不與之較，既勝負未分，必無深入奔衝之理。如使弓箭手及巡檢兵士防托守把，若非迎戰敗衄，則必望風驚潰，自然城壘震懼㉟，大軍喪氣，此亦取敗之一端。欲乞更下降指揮㊱，諸處於邊壕守把防托，所貴不致敗事㊲。

一、將來賊馬若的然於秦鳳路寇掠，本路除合差那兵馬救援外，緣山外與秦隴地里相接，本路部署將帶兵馬赴德順軍駐札㊳，及差那驍勇將士，與山外巡檢劉滬同於靜邊准備，賊兵頭回，覓便邀擊㊴，却令見今彭陽城駐札一將軍馬赴瓦亭照應㊵。

某上覆招討侍郎，日近邊報愈多㊶，虜恐必來入寇。某輒有所見軍行利害數事㊷，雖與部署諸官熟議皆合，緣皆是出戰官員㊸，今所議持重不戰，即難爲連署。謹附管內機宜石輅詣節下㊹，乞賜詳酌，早降處分。

**【校注】**

①原載卷二十五。文中言"與山外巡檢劉滬，同於靜邊準備"。按慶曆四年三月，尹洙械劉滬，而文中言"今來已是正月"，則此文應作於慶曆四年正月。使，四庫本、叢刊本、李文藻本作司。

②方，四庫本、叢刊本作分，疑形訛。

③些，叢刊本作此，疑形訛。小，原作少。李文藻本作中，眉批："中疑小。"據四庫本、方本改。

④捍，李文藻本作拜，眉批："拜疑辦。"黃本脚注："拜空格紅筆補捍。"

⑤是，黃本作定，旁注："是。"黃本脚注："案正月下脱田野至攻城。從黃本補。"四庫本、李文藻本亦無田野別無積聚至彼攻城等文字。

⑥外，黃本作處。

⑦轄,黃本路作改。

⑧口食,吳本作養。

⑨居,吳本作逐。

⑩縱,黃本作雖。

⑪卒,黃本無。

⑫自家,黃本作至衆。

⑬便,黃本作猾。

⑭慮,黃本作虜,疑形訛。後,黃本作役,疑形訛。

⑮脅,黃本作協。

⑯者,原作則。據叢刊本改。

⑰家,黃本作衆。

⑱擊,黃本作殺乎。

⑲必,黃本作尤。

⑳欲乞申明,黃本作申所。

㉑募,黃本作幕,形訛。

㉒擎,黃本作攀,形訛。

㉓邀,黃本作攔。

㉔若,黃本茗,形訛。

㉕絶,黃本作雖。

㉖若,黃本作者。

㉗沖,黃本作襲。

㉘節次,黃本作即。

㉙之理,黃本殘汙。

㉚且,黃本作切。

㉛已,原作以,據叢刊本改。素定,黃本作未白。

㉜少,黃本作小。定,黃本脱落。

㉝箭,原作戰,據黃本改。

㉞邀,黃本作邐,形訛。

㉟城,李文藻本作成,眉批:"成疑戍。"

㊱下，原作不，形訛，據四庫本改。降，長洲陳本作下，夾注：“一作降。”

㊲事，李文藻本作岫。

㊳部，叢刊本無。陳本、李保泰本此處缺失下文，而接以“後來除依例，別給米麥外，只支錢二千貫”，和《分析公使錢狀》混在一塊，而又没有《分析公使錢狀》這一題目，直接以“只支錢二千貫”寫下文。直到《申四路安撫使范資政乞於乾華州聽候朝旨狀》才出現題目，轉入下篇。

㊴覔，李文藻本眉批：“應作覓。”

㊵令，四庫本、李文藻本作今。今，四庫本、李文藻本作令，疑形訛。

㊶愈，四庫本、叢刊本作益。

㊷某，原作其，形訛，四庫本作洙，據叢刊本改。

㊸是，原闕，據四庫本、叢刊本補。

㊹石，李文藻本作右，眉批：“右疑是石。輅似不誤。前有《雪石輅狀》。”


# 與水洛城董士廉第三書①

近兩附書，皆計上達，殊不蒙體亮，何所守之堅也。水洛修與不修，亦所見之異耳。李文饒、牛思黯争維州事②，是非至今有不同者，亦何必不修爲是，修者爲非？但某與狄侯以才略之不廣，兵衆之寡少，不能遠爲守備，故建不修之議。適會鄭公罷去③，遂蒙中旨從本路之議④，行簡奮忠國之謀，必以修之爲便，當辨之於朝廷，稟詔旨而來⑤，則本路從之，亦有名矣。幸行簡少思之，水洛地果屬何路，譬若治他人門内之事，豈不爲侵耶？是行簡可以已其事，本路不當變前議也⑥。行簡困躓累年⑦，聞改官，朋友所共忭⑧，故前走書奉報，誠亦私心所喜。一官雖不足爲行簡言，然於夫人之心⑨，豈不爲慰哉？此事窮極，某輩爲守職，行簡爲侵官，何不思之甚也？試使某今日却以修之爲便，行簡以某爲何人耶？況狄侯强毅有守，雖某言之，亦必不從。前書滅裂⑩，故未蒙省察，是以喋喋，願熟慮之。

**【校注】**

①原載卷九。文中言"適會鄭公罷去"。按《長編》卷一百四十六，慶曆四年二月二十一日，"罷陝西四路都部署、經略安撫招討使，……以陝西四路都部署、經略安撫招討使、資政殿學士、禮部侍郎鄭戩，爲永興軍都部署、知永興軍"。而《又一首》（《答秦鳳路招討使文龍圖書二首》）言"二十二日，見詔書罷四路"，則知所言"適會鄭公罷去"，爲二月二十二日，故繫於此。水洛城，原作皆爲永洛城，據叢刊本改。李文藻本眉批："《東都事略》本紀：慶曆三年冬十月甲子，鄭戩奏城水洛。四年秋七月，水洛城成。"

②李文饒、牛思黯爭維州事，按《新唐書·牛僧孺傳》："牛僧孺，字思黯，隋僕射奇章公弘之裔。……是時，吐蕃請和，約弛兵，而大酋悉怛謀舉維州入之劍南，於是李德裕上言：'韋皋經略西山，至死恨不能致，今以生羌二千人燒十三橋，搗虜之虛，可以得志。'帝使君臣大議，請如德裕策。僧孺持不可，曰：'吐蕃綿地萬里，失一維州，無害其強。今修好使者尚未至，遽反其言。且中國禦戎，守信爲上，應敵次之。彼來責曰："何故失信？"贊普牧馬蔚茹川，若東襲隴阪，以騎綴回中，不三日抵咸陽橋，則京師戒嚴，雖得百維州何益！'帝然之，遂詔返降者。時皆謂僧孺挾素怨，橫議沮解之，帝亦以爲不直。"

③會，李文藻本作今。

④遂，叢刊本作逆，形訛。

⑤旨，叢刊本作者，疑形訛。

⑥也，原闕，據四庫本、叢刊本補。

⑦累，方本作有。

⑧忭，原作抃，據四庫本、李文藻本改。按忭，喜悦；抃，鼓掌。故以忭爲恰切。

⑨夫，原作夫大，大，疑衍。據四庫本、叢刊本改。

⑩減，李文藻本作减，眉批："减疑減。"

# 與幕吏石輅李仲昌書①

承從部署已至德順軍②。所留劉滬、董士廉文字，蓋只留往諸處取索③，及往長安文字，不緣章奏。既捕之即是罪人④，安得妄上文字⑤，眩惑朝廷耶？必若其言，吾輩隱匿，即當徹上，不可留也，況泛泛妄自飾非⑥。但白部署，且封起，勿毀去，即無害。已行文字，却取去不便，兼且有跡，反使不知者將謂不當留其文字。唯存其人，使盡辭於獄，自免閉塞之議。二君熟思之。

**【校注】**

①原載卷九。文中言“承從部署已至德順軍，所留劉滬、董士廉文字，蓋只留往諸處取索”，“唯存其人，使盡辭於獄，自免閉塞之議”，則知作於拘械劉滬、董士廉之後。按《宋史全文》卷八下，慶曆四年三月十二日，“洙檄滬、士廉罷役，不從。洙怒，命青追滬、士廉，欲以違節制斬之。青械二人送德順軍獄”。故繫於此。原作與幕吏石輅李仲昌書一首，據叢刊本改。李文藻本脚注：“按本集有《均州李垂志銘》，仲昌爲垂之次子。”

②部，方本旁批：“郡。”

③留，叢刊本作苗，形訛。

④罪，李保泰本作非，疑形訛。

⑤妄，原作亡，李保泰本作忘，據四庫本、叢刊本改。

⑥況，原作況但。但，疑衍。


# 奉詔令劉滬董士廉却且往水洛城勾當狀①

中書、樞密院同奉聖旨②：“所有水洛城，仰魚周詢往渭州③，與本路經略部署司疾速同共支撥軍馬糧草應付，早令了畢④。仍令劉滬、董士廉却且往彼勾當⑤。所有勘到罪狀，別聽指揮。”

右，謹具如前。臣等檢會前奏乞罷修水洛城事狀，蓋慮久遠却爲邊患。今來患既未至⑥，朝廷必行興修⑦，則臣等無以自辨⑧，更不敢別有陳述。

伏緣臣等前後行與劉滬指揮，并明坐朝旨。劉滬所執，只是鄭戩文牒,其鄭戩文牒,并是解罷兵杖後專有行遣。今若朝廷却令劉滬依舊勾當,却是鄭戩罷任後所行文牒,可以衝改得朝廷指揮,於理深爲不順⑨。臣等切慮將來逐路偏裨,例各專輒行事,不禀本路節制,必壞軍法。統兵大臣解罷兵權後,尚得處置邊事,於國家事體不便。欲乞朝廷特降指揮,檢會臣等前後論奏水洛城一宗文字,并本司録白鄭戩罷任後所行文牒,及臣等今奏,降下臺省,百官集議,庶得申明國典。況臣等所論偏裨違犯節制,蓋恐壞軍中綱紀;所論大臣罷兵後侵撓軍政,實繫國家安危,非止爲本路一時之事。願陛下思守邊之遠略,念社稷之大計,若此日不行威斷,則異時必生朝廷之患。伏望聖慈特賜省察⑩。謹具狀奏聞,伏候敕旨⑪。

## 【校注】

①原載卷二十一。其《答秦鳳路招討使文龍圖書》(又一首)言"某頓首再拜,承賜手教,詢劉滬被繫始末,城水洛利害"。《長編》卷一百四十七載,慶曆四年三月十二日,"知渭州尹洙及涇原副都部署狄青,相繼論列,以爲修城有害無利,議者紛紛不決,故遣周詢等行視"。"周詢具奏,詔釋滬、士廉,令卒城之",故有《奉詔令劉滬董士廉却且往水洛城勾當狀》一文。

②同,叢刊本作司,形訛。

③魚周詢,方本旁注:"御差。"《宋史·魚周詢傳》:"魚周詢,字裕之,開封雍丘人。"

④應付早令了畢,四庫本作應副早令事畢。

⑤彼,原作被,形訛,據四庫本、叢刊本改。

⑥今來患,原闕,據四庫本、叢刊本補。

⑦興,叢刊本作具,形訛。

⑧辨,李文藻本作辦。

⑨深爲,叢刊本作得無。李保泰本眉批:"於理亦是。"

⑩特,李文藻本作持,眉批:"疑特。"

⑪四庫本無謹具至敕旨兩句。

# 答秦鳳路招討使文龍圖書二首①

初受命，即拜手啓②，以是不敢更具謝札③。伏承誨翰，仍有頒遺④，不任悚荷之至。虜今秋亦聞點集⑤，近報舉數萬衆，乃取屬户數百，遂罷去，未料其意所在也。虜數動，嘗以季秋及中春⑥，又因月盛時，且不甚攻城；異時之來⑦，未可必其如此。何者？我嘗逆與之戰，今之爲謀，大抵欲以不戰疲之，安知其不能就我不戰而爲計哉？觀今之爲備，不過以故意待之⑧，是自許以知變⑨，而不知虜之能應變也⑩。伏聞明公軍政甚治⑪，士氣亦振，守禦之策⑫，必有多算。敢冀指授，庶奉尊教。

## 【校注】

①原載卷九。文龍圖，《宋史·文彦博傳》載文彦博：“遷天章閣待制、都轉運使，連進龍圖閣、樞密直學士、知秦州，改益州。”其二言：“詢劉滬被繫始末。”云云。則知作於慶曆四年。

②初，李文藻本作知，眉批：“知疑始。”啓，四庫本作所。

③是，四庫本作某，疑形訛。札，原作禮，方本夾注：“一作禮。”

④仍，叢刊本作乃，疑形訛。

⑤點集，見《奉詔及四路司指揮分擘本路兵馬弓箭手把截賊馬來路狀》校注②。

⑥嘗，原作當，疑形訛。

⑦之，叢刊本作也。李保泰本眉批：“工於料敵。”

⑧待，叢刊本作行，疑形訛。

⑨許，叢刊本作欣。

⑩應，陳本、李保泰本作慮，疑形訛，李保泰本眉批：“簡透。”

⑪甚，原作其，疑形訛，據四庫本、叢刊本改。

⑫之，叢刊本作人，疑形訛。

## 又一首①

　　某頓首再拜：承賜手教，詢劉滬被繫始末。城水洛利害，猥蒙責以不言②。某以元帥主其事③，是時防邊方嚴，懼於軍政，處置益相戾，所害不細，獨欲遲留，以緩其事，故默默無所發，其實畏避，誠足深愧。適會中旨罷其役④，雖愧，亦頗自幸。既而二月十九日得元帥牒云：“被朝旨，驟舉此役。”於是抗章條其利害，狄部署亦自削奏⑤，語尤切。至二十二日，見詔書罷四路，是夕得旨，令具興修利害條上⑥。於是知朝廷前未有旨令舉此役⑦，乃亟召許遷等還此⑧。劉滬者獨以所將兵與其役⑨，始以文諭之，不答；差指使召之，不至⑩；又命瓦亭都監張忠代將其兵⑪，亦不受命⑫。某與狄議，此而容之，是節制不復行於下。於是狄假以巡邊至山外，命散其部兵，然後滬就拘。滬樂功名，有膽要，亦可惜⑬；然違戾如此，無以貸也⑭。同年董士廉者，老困可哀，某以書三諭之，令其歸雍⑮，卒不見從，遂同被繫。然滬等所執文符，皆鄭公罷後所發，不知何謂也。某平居好論議⑯，至於起獄以取直，豈某心耶⑰？世路風波，殊可駭畏，竄身山林，閉目氛埃，無路可致耳。今聞朝廷命使定城水洛利害。拓地廣塞，亦古人之常。但揆己之才略，度今之兵力，若既城之後，分兵而守，輸粟以濟緩急；寇來又當遠救，懼以敗事耳。如朝廷果以城之爲利，某當乞移僻郡，必有賢才見代。城之而不保其利，終不紛紛力較毫髮以取勝也⑱。未審尊畫如何。願早賜教答，幸甚。

## 【校注】

　　①李保泰本無一首二字。

　　②猥，原作旱，據四庫本改。責，李文藻本作貴，形訛。李保泰本眉批：“文潞公以師魯言爲然。”

　　③帥，李文藻本作師，眉批：“師疑帥。”

④會中旨，原作中會旨，疑筆誤，據四庫本、李文藻本改。中旨，皇帝的詔諭。顔延之《赭白馬賦》："乃詔陪侍，奉述中旨。"羅隱《使者》詩："使者銜中旨，崎嶇萬里行。"

⑤狄，四庫本、李文藻本作秋。李文藻本眉批："應是狄。"

⑥令，原作合，疑形訛，據四庫本、李文藻本改。

⑦此，原作者，李文藻本作此此，眉批："殆多一此字。"

⑧許遷等還此，《長編》卷一百四十七："（慶曆四年三月甲戌）戩初命涇原都監許遷將兵爲修城之援。"

⑨者，李保泰本無。

⑩至，叢刊本作若，李文藻本作答。

⑪瓦，叢刊本作見，疑形訛。

⑫李保泰本眉批："只是持此説，復不自覺其返易。"

⑬李保泰本眉批："持平語。"

⑭李文藻本眉批："《東都事略·劉滬傳》：韓琦、范仲淹薦其才武，擢閤門祇候。嘗爲瓦亭寨監押，權靖邊寨，破穆寧生氏。西南去略陽二百里中有城曰水洛川，地平土沃，有水銀、銀、銅之利。環城族帳多聚漢民之逋逃者。自曹瑋在秦州時嘗經營，久之不能得。滬密使其城主鐸斯那令内附。會四路招討使鄭戩之行邊，滬遂召鐸斯那及戎落尊屬來獻結公、水洛、露羅甘地，乞冠帶爲屬户。戩許之，因令滬以兵往受地。既而氏情中變，滬深入無援，獨以千人擊潰氏兵數萬。其酋請服，因盡軀隸麾下，通秦渭路。遷内殿崇班。戩以牙兵遣著作佐郎董士廉助築，涇原帥洙檄令罷役，不從，益增版趣役。召之屢，亦不至，洙令狄青械滬及士廉付獄。戩雖已罷四路，而論奏不已，朝廷遣使往視之，乃復以滬訖役，而任以城事。既成，猶坐違帥臣命，降一官。頃之，又以爲鎮戎軍西路巡檢，復内殿崇班。首發瘍，卒。水洛居人留葬，而立廟城隅，歲時祀之。"

⑮令，原作今，疑形訛，據四庫本、叢刊本改。雍，陳本、李保泰本無。

⑯某，叢刊本作其，疑形訛。論議，四庫本作議論。

⑰不，方本夾注："一有能字。"起，方本加注："一有訟字。"

⑱紛紛，叢刊本作紛。

# 論城水洛利害表①知渭州時

朝奉郎、行右司諫、直集賢院、知渭州兼同管勾涇原路經略安撫部署司公事、上騎都尉、賜緋魚袋臣尹洙②。右，臣得招討司牒，奉朝旨復修水洛城事③。臣本路將佐前見朝廷罷修此城④，人人感悦。今曾未逾月⑤，復此興建，無不駭歎。今興作之勞，費用之廣⑥，臣且置之而不論⑦，所慮者既城之後⑧，爲害滋大耳。臣竊較計利害，爲國家之害有四，而無一利焉。自賊昊擾邊，王師屢屈，非以地不廣大而不能抗也⑨。雖用兵有工拙，然大概説者以衆寡之勢不相侔也。今涇原一路之兵，可以戰，可以持重爲聲勢者，獨狄青所將之兵耳，然不滿二萬。其他則城寨屯防，裁足自守，不當更有動移。此城既成，必分兵戍之⑩，緩急賊至，則所備益多，所用益寡，所謂弱我兵而強敵勢，此爲害一也。

山外諸城，本無税籍，自西鄙用師，大增屯兵。今平糴入中，數且不足，猶令諸郡輸送税粟，僅有歲備，單弱之民，寖以愁困⑪。此城既建，須益發近邊之民輸粟，以給其用，不獨勞苦，且虞寇鈔之害。倘復發兵援送，則所費彌廣。所謂重傷民力，增損國費，以事無用之地，此爲害二也。

且朝廷命將出師⑫，勞弊天下，禦之不能勝，綏之不能伏⑬。爲我之寇讎者，賊昊而已，西蕃種類，與國家本無纖介之隙，今無故攘其地而置城寨⑭，又前後誅斬首級，亦已數百，外不足揚威於賊昊，内實樹怨於種落，非計之得也。臣觀古羌夷之爲患多矣。今西蕃種類，居秦、渭之間者十餘萬，皆以仇怨，不相伏屬⑮。如一旦破仇合從，則内屬之户附漢最深者，必先被其擾。我必以兵救之，我出則彼歸，我歸則彼出，動之甚易，安之甚難。縱未能勞我大兵，然於疆場侵寇之患，是更生一昊也。所謂爲國生事，而無損於寇讎，此爲害三也。

賊昊前寇山外，獨黨留、麻氈部落氣類附虜爲虐⑯，不聞水洛種族籍虜勢爲邊患也。今則通賂於虜，事已明白。此城若建，凡此種類，必召寇爲援，爲之鄉導。當是時，少出外兵則不足以應虜，多出兵，勝敗之勢未決。臣恐山外之危亡，自兹而始。此爲害四也。

然建謀者，以通秦、渭之救兵，爲國家之利，此又失之矣。夫救援之兵驟出不意，或可以取勝。今既城水洛，虜知救兵必出於此，當先據便地，以待我師。且救援之兵不過數千，勞逸勢殊，豈能與虜較勝負者哉？臣以此知水洛既城⑰，秦、渭之救兵必不從此而進，所以謂之無一利者也⑱。縱使無前所陳四事⑲，城之猶且無益，況分兵、輸粟、生事、召寇四者之害，較然可驗哉⑳？臣聞拓地廣塞，鞭笞四夷，蓋欲以弭邊患而强中國也㉑，未聞竭民力、耗國用㉒，而以削兵本、兆禍階也㉓。臣識慮淺近㉔，然在邊累歲，耳剽目睹，事頗習熟㉕，又幸得以諫名官，豈容嘿嘿無所開陳㉖？伏望聖慈博詢衆謀，慎重兹役，則不獨邊鄙幸甚㉗，亦天下幸甚。謹具狀奏聞㉘。

## 【校注】

①原載卷十八。《長編》卷一百四十七載，慶曆四年三月十二日，“知渭州尹洙及涇原副都部署狄青，相繼論列，以爲修城有害無利，議者紛紛不決，故遣周詢等行視”，此文或爲答“議者紛紛”之作。李文藻本眉批：“知渭州時四字宜旁注。”

②管，李文藻本作營，眉批：“營疑管。”

③復修，原作修，復疑脱，據四庫本改。

④本路將佐前，李文藻本作前得招討牒。

⑤今，原闕，據李文藻本補。

⑥廣，李文藻本作先，眉批：“失。”

⑦之,四庫本、李文藻本無。論,李文藻本作慮。

⑧所慮,李文藻本無。

⑨抗也,叢刊本作抗者也。

⑩戌,原作成。據四庫本改。

⑪寖,原作寢,疑形訛,據四庫本、叢刊本改。

⑫且,四庫本作其,疑形訛。

⑬綏,叢刊本作緩,疑形訛。

⑭今,原作令,形訛,據四庫本、李文藻本改。

⑮伏,李文藻本眉批:“新城塗去伏字,然似可通。”

⑯類,叢刊本作數。

⑰以此知,原作以此之故知,之故疑衍,據四庫本、叢刊本改。

⑱無一利者,原作一無所利而不必從事於此,此句與下文注釋⑱⑲㉓㉔㉖等詞語句不簡練,與尹文“簡而有法”不符,故據四庫本、叢刊本改之。

⑲縱使無前所陳四事,原作“縱之前所陳之四事,未必有之”,據四庫本、叢刊本改。

⑳四者至驗哉二句,原作“四者之爲害彰明較著,必然有驗哉”,據四庫本、叢刊本改。

㉑欲,叢刊本無。也,四庫本、叢刊本無。

㉒用,原作之用,之疑衍,據四庫本改。

㉓削,原作樹,據四庫本改。

㉔識慮淺近,原作“誠思慮淺近,所見不廣”,據四庫本改。

㉕事頗習熟,原作“其於事情,頗云習熟”,據叢刊本改。習熟,四庫本作熟習。

㉖無,陳本無。

㉗則不獨邊鄙幸甚,原作此前有“思其所以爲害,而不貪其所以爲利”句,據四庫本改。

㉘謹,原作臣洙謹,據四庫本改。


# 答諫官歐陽舍人論城水洛書①

某十九日至解州②,聞永叔舍人其日抵陝郡。以數年之別,相去才數十里③，不得一相遇，悵然以爲不幸④。然某方爲奸人所擠，構虐百端⑤，舉朝莫與爲辯⑥。若見永叔，必極論是非，其不知者將以某祈恩求援於永叔，此不獨重爲某累，又且以累知已，故不得一相見⑦，未爲不幸也。自天休見侵⑧，未嘗作京師書，用此亦不敢修問左右。蒙專遣腳力致手誨，何朋友之顧厚也！仍以某喪長子爲慰⑨。某始三男，中男往歲多病，襄城道中物故者也。幼子三歲，美慧可念，三月中在渭失之。長男壯大，與侄植皆門戶所倚者，一旦同逝，人生孤苦至此，處世復何聊賴？永叔見哀之深，誠知我者。然謂晋、慶不當爲意⑩，似未見亮。永叔尚爾，況他人耶⑪？水洛事未易可言，然事之利害，人各異見⑫，不必深咎。今既城之，則異日自辯，不足復論。但天休既罷兵任，若以城之爲利，當論於朝廷，不當督涇原部將擅爲此役。彼劉滬者，爲涇原部將，苟知城之爲利害，當與天休合論於朝，不當擅興事耳⑬。幸賜照亮。

## 【校注】

①原載卷九。按《資治通鑑後編》卷五十五，慶曆四年四月，歐陽修言："近聞狄青與劉滬等爭水洛城事，枷送滬等德順軍。"云云，故繫於此。而文中言："仍以某近喪長子爲慰，……長男壯大，與侄植皆門戶所倚者，一旦同逝，人生孤苦至此，處世復何。"《答樞密韓諫議書》也有"兼以某兒侄喪亡，曲加存慰，不勝感涕"，則知兩文作於同一時期。諫官，李保泰本作簡官。李保泰本眉批："永叔疏論城水洛事，欲遂城之，而降旨兩開論之，蓋調停之見也。當時范仲淹、孫甫、余相皆欲兩全。"

②某，原作甚，疑形訛，據四庫本、叢刊本改。

③才，原作在，據四庫本、叢刊本改。十，四庫本、叢刊本作千，疑形訛。

④悵，原作帳，形訛，據四庫本、叢刊本改。

⑤構虐，四庫本作誣罔。構，原作御名，據李保泰本改。

⑥辯，原作辨。據叢刊本改。

⑦一相見，四庫本、叢刊本作相見。

⑧天休,李保泰本眉批:"天休即鄭戩。"鄭戩,見《與四路招討司幕府李諷田裴元積中書二首》注③。

⑨喪,叢刊本作近喪。

⑩謂,原作爲,據四庫本、叢刊本改。當,叢刊本作常。意,方本作念。晋、慶,指尹洙被貶晋州、慶州。按《資治通鑑後編》卷五十五載慶曆四年五月,"知渭州尹洙知慶州,用歐陽修議也"。六月,"知慶州尹洙知晋州"。

⑪耶,李保泰本作即,眉批:"歐陽只於城水洛一事欲右劉滬,故師魯云爾。"

⑫人,四庫本、李文藻本作人人。李文藻本眉批:"下人字疑衍。"

⑬擅興事,原作數爭,四庫本作專事,叢刊本作數事,長洲陳本、方本認爲事疑衍,據方本改。


# 答樞密韓諫議書①

自使節還都,不敢輒上箋記。伏蒙深賜體亮,特降手教②,兼以某兒侄喪亡,曲加存慰,不勝感涕。侄植、男朴俱爲門户所托③,朴又嘗以文贄左右,蒙國士之顧。本謂此兒終爲門下之用④,何期不幸一至於此。某在秦所生一兒,亦前此失之。年將五十,未有繼嗣,未嘗不中夜撫心,對客吁歎。若使憂能傷人,亦恐不復再奉顧盼矣。樞筦事重⑤,伏望善調寢膳,以副禱頌。

【校注】

①原載卷十。韓諫議,按《宋史·韓琦傳》:"歷開封府推官、三司度支判官,拜右司諫。……進樞密直學士,副夏竦爲經略安撫、招討使。"四庫本作答樞密韓諫議書一首。

②特,叢刊作將,陳本、李保泰本作敦。手教,見《答環慶招討使范希文書》注釋③。手,原作守。據叢刊本改。

③門户,李文藻本作門聲,眉批:"門似不誤,聲應是户。"

④謂,原作爲,據四庫本、叢刊本改。門下,《資治通鑑·晋安帝隆安二

年》：“〔王憲〕領選曹事，兼掌門下。”胡三省注：“門下，侍中、常侍、給事黃門之職。”

⑤樞笔，按《新唐書·蕭瑀傳》：“帝委以樞笔，内外百務，悉關決。”《資治通鑑·梁武帝天監二年》：“衆謂沈約宜當樞管。上以約輕易，不如尚書左丞徐勉，乃以勉及右衛將軍周舍同參國政。”胡三省注：“樞管，謂管樞機也。今人猶言樞密院爲樞管。”

## 【集評】

李保泰本眉批：“師魯死時幼子構，方三歲。後歐陽永叔爲奏於朝，乞與一官，真不負兄弟交。”

# 答河東宣撫參政范諫議啓①

近捧教答，所啓事皆蒙施行，不任戴荷之極。近聞蔡、石皆外補②，又緣飲會事，多斥善士。去年聖上奮然英斷，登用明公暨韓、富諸公③，天下翹首以望太平。今明公未去位，端士頗復見外④，世人用意如此，言之可爲於邑。明公縱以邊事未還，富公詎宜久留於外耶？又況北虜四十年休息，若一旦舉事，其勢不小。嚮時所傳與西賊相攻⑤，卒無實驗，此謀豈可測也？自古夷狄之得志中國，無若元魏⑥。元魏始從雲中，得代郡、太原，然後取河北。願明公深思根本，爲國家謀長久之算，一堡一障不足以扦禦，無或因循，異時負天下之望⑦。某受遇素異，直布所懷，不避忤犯尊意，死罪死罪。

## 【校注】

①原載卷十。按《宋宰輔編年録》卷五，慶曆三年三月二十一日，“富弼樞密副使。四月甲辰，韓琦、范仲淹并樞密副使”，則知文中所言“去年聖上奮然英斷，登用明公暨韓、富諸公”，即指此。又《長編》卷一百五十載，慶曆四年六月二十二日，“參知政事范仲淹，爲陝西河東路宣撫使”，故繫於此。四庫本作

答河東宣撫參政范諫議啓一首

②蔡、石，蔡襄、石介。參見《答河北都轉運歐陽永叔龍圖書》《答鎮州田元均龍圖書》。

③韓、富，《宋史·韓琦傳》："與富弼齊名，號稱賢相，人謂之'富、韓'云。"

④端士，《漢書·賈誼傳》："逐去邪人不使見惡行，於是皆選天下之端士。"顏師古注："端，正也，直也。"

⑤時，叢刊本作將。

⑥元魏，北魏，因其皇室拓跋氏改姓元，故稱之爲元魏。

⑦負天下之望，原作望天下之□，據四庫本、叢刊本改。

# 乞與鄭戩下御史臺照對水洛事狀①

右，臣准中書札子，奉聖旨，候潘師旦成資方得交割勾當②。臣已具待闕去處聞奏訖③。臣切見自來諫官、御史應授差遣，少有於諸處待闕者。臣到慶州未十日，因孫沔陳乞疾患④，不赴涇原路，却還舊任，就移臣知晉州⑤；其潘師旦在晉州已一年餘九個月⑥，却令臣待闕，事體之間，深有可疑。臣之私心，實懷憂懼。伏念臣自忝涇原一路寄委，近及一年，凡於戎事，并與狄青商量處置⑦，未嘗有分毫差失⑧，亦不敢將邊鄙細務⑨，頻有陳請，煩瀆聖聽。其合奏公事，前後多蒙俞允。臣與狄青，雖出處本異⑩，而忠義一心⑪，但專爲枝梧昊賊⑫，不敢邀功生事，庶幾外禦寇讎，上副寄委。

只是水洛城奉聖旨罷修已來⑬，鄭戩及劉滬朋黨，造作謗言，傳於道路，其間多不詳其本末。今且以眾所傳聞者兩事明之⑭。一言劉滬所帶枷重四十餘斤。且狄青在順德軍枷送劉滬下所司，當捕攝之初⑮，事頗嚴密，及呼問之際，眾謂必行軍法⑯，豈可預造大枷有同兒戲⑰？若本軍從來有此大枷，即都轉運司合因此別作行遣。以此構謗[18]，不近人情。一言涇原路經略司令人把定邠州州院門[19]，遂致劉滬疾患。此時臣雖式假[20]，後來體問得都無此事。且邠州繫是環慶路統制，於涇原本不相轄。況劉滬是朝廷送下本州寄禁[21]，若涇原路差人把門，豈得不立時申都轉運司及具聞奏[22]？據此二事，只欲朝廷知涇原路經略司要致劉滬獄死，以快私憤，都無公心。觀此用意，實可驚駭。

又眾言鄭戩罷四路後，別授朝旨興修水洛城[23]，所以劉滬得免專輒之罪。臣勘會於三月九日，本司准樞密院三月二日札子云："據鄭戩奏，水洛城并是當司一面興修，若便中止，實恐生、熟蕃部遞相讎殺，却爲邊患。"貼黃又言[24]："或且令臣戩在涇州半月日[25]，候許遷等軍馬回，即起發赴任。又水洛城已降指揮[26]，令涇原路一面相度指揮去訖[27]。所有許遷等又已別移任使[28]，其兵士等亦繫分擘往逐路，替換年滿及權駐泊人數[29]。奉聖旨：'令鄭戩一依所授宣敕指揮，疾速將許遷手下兵馬，差使臣管押往指定路分訖，起發赴任。'"鄭戩既承准上件朝旨[30]，明知水洛城本路得一面指揮，如委實興修有利，只合論奏[31]，別聽朝廷指揮；豈可尚與劉滬文牒，一面督促，及稱專奉朝旨，遂致劉滬托此爲名，故違本路節制？制勘院既不收監取勘[32]，法寺又無校正[33]，以此鄭戩所稱專奉朝旨，臣實難以曉會。臣與狄青只據本司所授到樞密院札子內聖旨施行，豈敢曲附鄭戩，上違朝命？然群謗之起，亦有所因。鄭戩與麥知微交結[34]，情契至深。昨令許遷等軍馬興修水洛城，其麥知微繫是本路走馬承受[35]，却作"都大"名目統管兵馬[36]，以至修城指使、工匠皆望修了遷轉。及近邊細民，又得弓箭手把之[37]。劉滬不惜財貨，招致小人，所以罷修之後，謗議紛然。臣與狄青都不采聽，所恃者朝廷公道，所賴者陛下聖明。是以前後所上章奏，惟論國家利害[38]，不與戩輩爭辨是非。至於京師書問，亦皆斷絕，即不知戩輩謗臣更有何事<sup>㊾</sup>，朝廷聞臣更有何過。直至今來臣未得赴任，方始自疑。更兼臣昨於本司備録到水洛城始末一宗文字<sup>㊿</sup>，欲乞令臣暫乘遞馬赴闕面奏事狀<sup>㊶</sup>，及乞將鄭戩等所奏臣事降下，許臣分析。臣若曾上違聖旨，矯稱朝命，專擅生事，誣謗陷人，如鄭戩之罪百分有一，即乞伏刑都市，以勵邊臣。儻以事體未明，須合證辨，即乞與鄭戩一處下獄照對，以明國典。況臣十年之中，三次左降，至於榮進，本不繫心，非爲降著差遣<sup>㊷</sup>，方此論列；只緣臣當聖明之朝，被此誣謗，若不陳述，臣雖瞑目，自銜恨九泉<sup>㊸</sup>。伏望陛下察臣忠憤，閔臣冤枉，特賜早降指揮。干冒宸嚴，臣無任戰越，俟命之至。謹具狀奏聞，伏候敕旨。慶曆四年六月日，朝奉郎、行右司諫、直集賢院、新差知晋州軍州事、上騎都尉、賜緋魚袋、借紫臣尹洙伏奏<sup>㊹</sup>。

## 【校注】

①原載卷二十一。文中言"慶曆四年六月日"云云，故繫於此。水，李文藻本作永，眉批："乞字下應疑作行。"

②師，叢刊本作帥，形訛。旦，陳本作且，形訛。按潘師旦，官至尚書郎。歐陽修《集古録》卷十《小字法帖》："右小字法帖者，近時有尚書郎潘師旦者，以官法帖私自模刻於家，爲別本以行於世。"成資，任職滿期。曾鞏《襄州乞宣洪二郡狀》："臣今任至今年九月成資。"

③待，李文藻本作行，疑形訛。處，李文藻眉批："處似非誤。"待闕，《長編》卷六十二："(景德三年二月)現任官二周年半即得注替，如未有闕，曉示各令待闕。"

④孫沔，《宋史·孫沔傳》："孫沔，字元規，越州會稽人。"

⑤州，叢刊本作明。

⑥晋，叢刊本作平。

⑦凡，四庫本作近。於，李文藻本作幹，眉批："幹疑於。"

⑧分毫，李文藻本作毫分。

⑨邊，李文藻本作返，眉注："邊。"叢刊本作近。

⑩處,原闕,據四庫本、李文藻本補。本,四庫本無。

⑪而,叢刊本作面,形訛。

⑫枝梧,見《叙燕》注⑳。

⑬只,李文藻本作尺,眉批:"尺疑只。"是,叢刊本作自。

⑭且,原作具,形訛,據四庫本、李文藻本改。

⑮捕攝,李文藻本作補攝,眉批:"補疑捕。攝可通。"

⑯軍,原作君,疑筆誤,據四庫本、李文藻本改。

⑰造,原作進,疑形訛,據李文藻本改。

⑱以,四庫本作似。疑形訛。構,李文藻眉批:"構字御名不諱耶。"

⑲州州,叢刊本作州。

⑳式假,李文藻本眉批:"式假疑戎行。"

㉑廷,叢刊本作足,疑形訛。

㉒立,原作畫,李文藻本作晝,眉批:"疑立。"

㉓旨興,李文藻本作廷與。

㉔貼黄,李文藻眉批:"貼不誤。"葉夢得《石林燕語》卷三:"今奏狀札子皆白紙,有意所未盡,揭其要處,以黄紙别書於後,乃謂之貼黄。"

㉕戩,原闕,據四庫本、李文藻本補。半,李文藻本作羊,眉批:"羊疑年。"

㉖已,叢刊本無。李文藻本作匕,眉批:"匕疑已。"

㉗令,叢刊本作今。

㉘任,四庫本、叢刊本作住,形訛。

㉙替换年滿,四庫本作年滿替换。换,叢刊本作援。

㉚上,李文藻本作士,眉批:"士疑上。"

㉛合,叢刊本作令,形訛。

㉜制,李文藻本無。監,原作堅,李文藻本眉批:"堅疑誤。"

㉝寺,李文藻眉批:"寺似不誤。"校正,四庫本作較正,李文藻本作較止,眉批:"止疑正。"

㉞鄭戩與麥知微交結,按《涑水記聞》卷十二(下):"故昨來鄭戩差許遷等部領兵馬修城,又差走馬承受麥知微作都大照管名目,若修城功畢,則皆是轉官酬獎之人。不期與尹洙、狄青所見不同,遂致中輟,希望轉官,皆不如意。"

㉟走馬承受,《宋史·職官志七》:"走馬承受,諸路各一員,隸經略安撫總管司,無事歲一入奏,有邊警則不時馳驛上聞。然居是職者惡有所隸,乃潛去'總管司'三字,冀以擅權。"徐度《却掃編》卷中:"諸路帥司皆有走馬承受公事二員,一使臣,一官者,屬官也。每季得奏事京師,軍旅之外,他無所預。徽宗朝易名廉訪使者,仍俾與監司序官,凡耳目所及皆以聞,於是與帥臣抗禮,而脅制州縣,無所不至。"

㊱都,原作郡,疑形訛,據四庫本改。名目,李文藻本作名因,眉批:"却是不誤;都疑郡。"誤。都大,《宋史·仁宗本紀二》:"(寶元二年)九月壬寅,詔河北轉運使兼都大,制置營田屯田事。"《宋史·神宗本紀三》:"(元豐三年五月)詔改都大提舉導洛通汴司爲都提舉。"

㊲把之,原作地土。李文藻本作把土,眉批:"土疑之。"據改之。

㊳利害,原闕,據四庫本、李文藻本補。

㊴謗臣,原作議謗,按下言聞臣,此應爲謗臣,據四庫本、李文藻本改。

㊵更,四庫本、李文藻本無。

㊶面,原闕,據四庫本、李文藻補。

㊷著,原作晋,疑形訛,據四庫本、李文藻本改。

㊸自,原闕,據李文藻本補。

㊹慶曆四年六月日至伏奏等文字,四庫本無。伏,原作狀。形訛。

## 【集評】

李保泰本眉批:"師魯自是君子,其論兵亦頗有識,惟争城水洛一事,未免堅執任氣,其械送劉滬,尤是過舉。蓋鄭戩劉滬主城水洛,未必非計,不當以一己之見,遽斷爲必不可行。""師魯短鄭戩譖己,己故有此狀。近於忿懟矣。疏入竟不從。"


# 論雪石輅狀①

右,臣昨在涇原路,竊見著作佐郎、管勾本路機宜文字石輅,爲因於張亢初到任時②,曾言母在濮州,欲求一京東差遣,因便寧親。其時張亢不曾允許。後經隔數月，因本路發遣年滿兵歸京③，亢遂差輅及駐泊都監、司天監祗應人等④，各押兵士歸京，及令輅因便催促京東州軍兵士衣賜，輅因得往濮州寧親⑤。蒙朝廷差官勘罪，法寺以私罪定斷罰銅⑥，降充京西監⑦。當是時，臣以方移差遣，不敢爲輅有所陳雪。原輅所招情款⑧，只是從初於張亢處欲求差遣⑨，因便省母，張亢即不曾允許。後來經隔數月，方令管押兵士。輅是文臣，只有不合承受押兵之罪⑩。所定私罪⑪，即不曾會問到張亢、狄青，其時輅有無請囑之言。若輅於管押兵士之時，實有寧親之請，於孝治之朝，尚冀寬貸。況追治舊日語言，坐以私罪，情實可矜。今遇郊禮慶澤之後，伏望聖慈特移輅一京東親民差遣，及乞改從公罪定斷。臣與輅共事將及一年⑫，輅之操履⑬，臣所具悉。如蒙朝廷移輅差遣，及改定罪名後，輅犯贓私罪，臣并甘同罪不辭⑭。謹具狀奏聞，伏候敕旨⑮。

## 【校注】

①原載卷二十一。按慶曆三年七月九日，尹洙管勾涇原路安撫都部署司事，石輅管勾涇原路機宜文字，而文中言“臣與輅共事，將及一年”，則知此文作於慶曆四年五六月間。

②張亢，《宋史·張亢傳》：“元昊反，爲涇原路兵馬鈐轄、知渭州。累遷右騏驥使、忠州刺史，徙鄜延路、知鄜州。”

③京，叢刊本無。

④亢，原闕，據叢刊本補。司，叢刊本作同。

⑤往，原闕，據四庫本、叢刊本補。

⑥寺，李文藻本作等，眉批：“等疑寺。”

⑦充，叢刊本作究。

⑧輅，李文藻本作路，眉批：“疑輅。”款，四庫本作欵，形訛。

⑨欲，原殘汙，據四庫本、李文藻本補。

⑩只，李文藻本作尺，眉批：“尺疑只。”

⑪所，叢刊本作初。

⑫共，原作兵，形訛，據四庫本、叢刊本改。將及，四庫本無將及二字。

⑬操，原作摻，形訛，據四庫本、叢刊本改。

⑭辭，李文藻本作詞，眉批：“疑辭。”

⑮伏候敕旨，四庫本無。

# 答河北都轉運歐陽永叔龍圖書①

　　自承河朔之行，意竊有疑②。何者？正人在朝，天下蒙福。今雖總制一道，然所施置不過千里，其於重輕③，豈同日而道哉？以是不敢爲賀。近日得都下信，君謨、守道悉以外補④，又以會飲微過，多斥善士⑤。聖上慈明，永叔以忠亮被遇，不當以外内易慮，忘懷本朝也⑥。范公既領西撫⑦，則未能卒還，富公何得久留於外耶？見河東使還所奏罷下等科率一事，不謂留意文案，乃得詳盡至是。昔柳州見韓文公所作《毛穎傳》⑧，歎稱不已。韓之文無不高者⑨，頗怪柳何獨以此爲異⑩。見永叔所作奏記，把玩駭歎者累日⑪，蓋非意之所期乃爾，益知柳言不爲過⑫。相別累年，輒此稱道，諒復見噱也。

【校注】

　　①原載卷十。文中言“今雖總制一道，然所施置不過千里，其於重輕，豈同日而道哉？以是不敢爲賀”，則知作於歐陽修任職不久。《長編》卷一百五十一載，慶曆四年七月，“右正言、知制誥歐陽修，爲龍圖閣直學士、河北都轉運按察使”，故繫於此。文中又言“近日得都下信，君謨、守道悉以外補，又以會飲微過，多斥善士”。而《答河東宣撫參政范諫議啓》亦言：“近聞蔡、石皆外補，又緣飲會事，多斥善士。”《答鎮州田元均龍圖書》也説：“近聞京師以微過多斥善士，蔡君謨、石守道相次外補，未知其然否。”則這此三篇大致作於同一時期。李保泰本眉批：“時保州兵罷，永叔以龍圖閣直學士而得此都轉運使。”四庫本作答河北都轉運歐陽永叔龍圖書二首。

　　②竊，原作切，據李保泰改。

③其，原作在，據四庫本、叢刊本改。

④君謨、守道，按《宋史·蔡襄傳》：“蔡襄，字君謨，興化仙遊人。”《宋史·儒林傳·石介傳》：“石介，字守道，兗州奉符人。……御史臺辟爲主簿，未至，以論赦書不當求五代及諸僞國，後罷爲鎮南掌書記。”

⑤李保泰本眉批：“永叔果疏論杜、富、范當之不當罷，大爲朝臣所側目。然仁宗兩諭風詞言事，固不得以越職罪之。”

⑥忘，原作志，形訛，據四庫本、方本、李保泰本改。

⑦領，叢刊本作鎮。方本夾注：“一作鎮。”西，叢刊本作兩。

⑧昔柳州見韓文公所作《毛穎傳》，按柳宗元《讀韓愈所著〈毛穎傳〉後題》：“自吾居夷，不與中州人通書。有來南者，時言韓愈爲《毛穎傳》，不能舉其辭，而獨大笑以爲怪，而吾久不克見。楊子誨之來始持其書，索而讀之，若捕龍蛇，搏虎豹，急與之角，而力不敢暇，信韓子之怪於文也。”

⑨高，李文藻本作商，眉批：“商疑高。”

⑩以，原作始，叢刊本作如，據四庫本、方本改。

⑪累，李文藻本作異，眉批：“異疑累。”

⑫不，原闕，方本夾注：“一本有不字。”據此補。

# 答鎮州田元均龍圖書①

　　向聞處置保塞事，何其精也②！兵久驕，遂至殺害守將，若又貸之，則無復法制矣。明公行此一事，使主威復立，雖四夷之功③，無以易此，甚善甚善。近聞京師以微過多斥善士，蔡君謨、石守道相次外補④，未知其然否⑤。年來朝廷凡所更置，亦有所存雖高，而事不下接者。自非聖人，未能無過。至於進用，皆天下賢士，大抵治平之漸也⑥。聖上聰明，任人不疑；而奸人忌賢醜正⑦，務快己意，其下石如此⑧。今勢尚微，恐其漸熾，所斥不止於蔡、石也。某豈私於數君哉？所慮者讒勝賢絀⑨，則國家憂患，豈止於四夷哉？方今言爲上所信且重者，無如元均，願深留意。蓋疏遠之謀雖陳⑩，懼其不見聽也。范公既有西撫之行⑪，富公何故久留於外耶？某久不作京師書，亦不喜輒議時事，數日聞此，憤悒不已。會得明公書，因以盡道所懷，幸賜體亮。

【校注】

①原載卷十。田元均，李保泰本眉批：“田況字元均，聽斷之明，蜀人以此張誣。”李文藻本眉批：“按《東都事略·田況傳》：田況字元均，信都人。起爲陝西宣撫副使，除龍圖閣直學士，爲成注軍。”四庫本作答鎮州田元均龍圖書一首。

②何，叢刊本作何事。

③之功，叢刊本作之人功，人疑衍。

④次，原作於，據四庫本、李文藻本改。

⑤否，原作去，疑形訛，據四庫本、叢刊本改。

⑥大抵，叢刊本作大夫抵，夫疑衍。

⑦賢，四庫本、李文藻本作前。李文藻本眉批：“前疑直。”方本夾注：“一作賢。”正，陳本作止。

⑧其下石如此，原作其不思如此，四庫本作其不思爲國。下石，原作不思，李文藻本作下思，眉批：“疑思字是石字，而下字不誤。”方本作下愚，夾注：“一作下石，一作不思。”

⑨讒，原作纔，形訛，據四庫本、李文藻本改。

⑩之謀，李文藻本作之疏謀，眉批：“疏疑衍。”

⑪有，李文藻本無，眉批：“疑落一有字。”按《宋史·范仲淹傳》：“會邊陲有警，因與樞密副使富弼請行邊。”

# 進貞觀十二事表①

朝奉郎、起居舍人、直龍圖閣、知潞州軍州事、輕車都尉、賜緋魚袋、借紫臣尹洙②。右，臣聞聖人鑒治亂③，莫若前代④，然於事易考⑤，於時易通⑥，則莫若世數之相近者。故《周書·無逸》歷陳商王中宗、高宗、祖甲之德[7]，不及虞夏。臣以爲方今憲法前古，宜在有唐；唐治之盛者，在於太宗。舊史具存[8]，爛然可述。臣某誠惶誠恐，頓首頓首。伏惟尊號皇帝陛下[9]，詳延經生，信尚儒術，書契之所傳[10]，縉紳之所道，無不該綜浹洽，窮其淵源，固足以順考古先，憲章百代者矣。竊惟聖心所慕，當追三代之盛，而諸儒稱頌，亦謂比隆唐、虞。賤臣區區，獨以爲政教威賞，未臻乎貞觀之治，輒取唐史官吳兢所録貞觀時事切於今者[11]，得十二事以獻[12]。伏望陛下留神鑒觀[13]，詳而思之，勤而行之，則貞觀之治不難企及。由貞觀以復三代，由三代以至唐虞[14]，豈遠乎哉？在勉於初、克於終而已。干冒旒扆，臣無任瞻天望聖[15]，激切屏營之至。

【校注】

①原載卷十八。貞觀，原作正觀，據四庫本改。文中言"知潞州軍州事"，按《長編》卷一百五十一："（慶曆四年八月癸卯）右正言直集賢院知晉州尹洙，爲起居舍人、直龍圖閣、知潞州。"故繫於此。

②借，李文藻本眉批："紫字上脱去借字。"

③聖人，長洲陳本夾注："一作聖主。"

④若，叢刊本作如。

⑤事，陳本、方本作世，旁批："事。"

⑥時，陳本、方本作事，旁批："時。"

⑦《周書·無逸》歷陳商王中宗、高宗、祖甲之德，《尚書正義》卷十六《無逸》："孔安國傳：成王即政，恐其逸豫，本以所戒名篇。""昔在殷王中宗，嚴恭寅畏天命，……其在高宗，時舊勞於外，爰暨小人。……其在祖甲，不義惟王，舊爲小人。"

⑧存，方本夾注："一作在。"

⑨惟，原作唯，據四庫本、叢刊本改。

⑩契，叢刊本作。契，按《漢書·古今人表》："自書契之作。"顏師古注："契，謂刻木以記事。"

⑪史官吳兢所録貞觀時事切於今者,李文藻本眉批:"謂《貞觀政要》。"貞,原作正,據四庫本改。吳兢,《舊唐書》卷一百二《吳兢傳》:"吳兢,汴州浚儀人也。"

⑫以獻,陳本無,四庫本作呈獻。

⑬鑒,四庫本、叢刊本作覽。

⑭由,叢刊本作繇。至,四庫本作致。

⑮望,原作仰,據四庫本、叢刊本改。司馬光《謝御前札子催赴闕狀》:"臣無任瞻天望聖,激切屏營之至!"

# 論朝政宜務大體疏爲進奏院飲會事①

十一月日,朝奉郎、起居舍人、直龍圖閣、知潞州軍州事、輕車都尉、賜緋魚袋、借紫臣尹洙昧死再拜,上疏皇帝陛下:臣聞至治之本,在於務大體,不在乎任察也。漢明帝察察②,唐德宗以察爲明,皆著譏前史,非盛德之論③。然則衆之好惡必察之,臣下忠邪必察之,非謂究發隱微、作爲聰明者也④。近聞詔獄所治⑤,類多善士,因醉飽之失⑥,發曖昧之罪,臣竊以爲過矣。大抵士君子少長修飭始終如一者,皆純固介特之士,舉朝論之,百不一二⑦。至於年位尚輕,頗或疏縱,及寄責稍重⑧,始自矯厲,而能建事功於世、樹名節之效者⑨,不可勝紀。此殆常人之情,明主所深亮也。茲事雖往,臣所慮者,上下相伺,動輒得咎,刻薄之風,寖以成俗⑩,於盛明之治⑪,所損不細,非特謂二三子言也⑫。

又比年以來,既行之恩尚或中寢。既用之法罕蒙開釋,豈搏擊之言易以進⑬,寬厚之論難爲陳哉?伏惟陛下采漢臣窺私之誠⑭,鑒吳主校事之弊⑮,因慶澤之後⑯,發寬大之詔,明諭有司⑰,凡臣下纖介之惡⑱,非虧損教誼、侵害民物者,勿復以聞。至若暴亂之萌,驕僭之原,誣罔朋比,狥私滅公,此王誅之所先,願陛下留神聽察⑲,無志其細而遺其大,則善者聳而惡者戒矣。狂瞽之言⑳,惟聖明裁擇㉑,幸甚。臣洙昧死再拜上疏㉒。

## 【校注】

①原載卷十八。按《長編》卷一百五十三,慶曆四年十一月十二日,知潞州尹洙上《論朋黨疏》,而兩文皆言十一月日,知潞州軍州事尹洙上疏,故繫於此。

②察察,李文藻本眉批:"疑衍。"誤。

③皆著譏前史,《後漢書·朱浮傳》:"論曰:光武、明帝躬好吏事,亦以課覈三公。其人或失,而其禮稍薄。至有誅斥詰辱之累,任職責過,一至於此。"《新唐書·德宗本紀》:"德宗猜忌刻薄,以强明自任,耻見屈於正論,而忘受欺於奸諛。故其疑蕭復之輕己,謂薑公輔爲賣直,而不能容;用盧杞、趙贊,則至於敗亂,而終不悔。及奉天之難,深自懲艾,遂行姑息之政。由是朝廷益弱,而方鎮愈强,至於唐亡,其患以此。"

④作,李保泰本作以。

⑤近,叢刊本作臣。

⑥善,叢刊本作然。士,李文藻本眉批:"士疑者。"

⑦不,原作不得,得疑衍。

⑧及寄責稍重,叢刊本作及稍貴重。方本夾注:"一作及寄責稍重。"四庫本無寄字。

⑨樹,叢刊本無。李保泰本眉批:"人才可惜,名論不磨。"

⑩寢,原作寐,形訛,據四庫本、叢刊本改。

⑪治,叢刊本作世。

⑫言,叢刊本無。

⑬言,叢刊本作説。

⑭惟,原作唯,據四庫本、叢刊本改。漢臣窺私之誠,《史記·酷吏列傳》:"王温舒者,⋯⋯擇郡中豪敢任吏十餘人,以爲爪牙,皆把其陰重罪,而縱使督盜賊,快其意所欲得。此人雖有百罪,弗法;即有避,因其事夷之,亦滅宗。⋯⋯自温舒等以惡爲治,而郡守、都尉、諸侯二千石欲爲治者,其治大抵盡放温舒,而吏民益輕犯法,盜賊滋起。"誠,四庫本作誠。

⑮吳主校事之弊,《三國志·吳書·孫皓傳》:"初,晧每宴會群臣,無不咸

令沈醉。置黄門郎十人,特不與酒,侍立終日,爲司過之吏。宴罷之後,各奏其
闕失,迕視之咎,謬言之愆,罔有不舉。大者即加威刑,小者輒以爲罪。"

⑯慶,原作襃,疑形訛,據四庫本、叢刊本改。

⑰有司,叢刊本無。

⑱臣下,叢刊本作臣下有。

⑲聽,叢刊本作聰。

⑳瞽,《史記·五帝本紀》:"重華父曰瞽叟。"《正義》:"孔安國云:無目曰
瞽。舜父有目,不能分別好惡,故時人謂之瞽。"

㉑裁,陳本作財。

㉒幸甚等文字,四庫本無。疏,叢刊本無。


# 論朋黨疏①

十一月日,朝奉郎、起居舍人、直龍圖閣、知潞州軍州事、輕車
都尉、賜緋魚袋、借紫臣尹洙昧死再拜,上疏皇帝陛下:臣聞知賢
而不能任,任之而不能終,於治國之道,其失一也。去年朝廷擢歐
陽修、余靖、蔡襄、孫甫相次爲諫官,臣知數子之賢且久,一旦樂其
見用,又慶陛下得賢而任之,所慮者任之而不能終也②。以陛下
知臣之明,修等被遇之深③,豈有任之而不能終哉? 蓋聞唐魏元
成既薨④,文皇親爲撰碑文以賜之,後有言其阿黨者,遂覆其碑。
近世君臣相得,未有如唐文皇與魏元成者,間言一入,則存没之恩
不終,臣未嘗不感憤歎息而不能已也。以是而論,則知之任之爲
易⑤,終之實難,可不慮哉!

屬聞歐陽修領使河北,臣以邊事之重,故不復以内外爲疑。
今又聞蔡襄出福州,未審襄以省親自請⑥,爲以過斥⑦? 若以過
斥,豈當進其官秩;若以親請,則襄在京師不三年⑧,已再省其
親⑨。士大夫去遠方而仕京師者⑩,孰不念其親,豈獨襄得遂其私
恩哉? 則襄之不當出,明矣。陛下優容諫臣在唐文皇上,修等之

才雖不愧古人，然所施爲未能少及於魏元成，則間毀之言，不必待其没而後發也。伏惟陛下念知之之已明⑪，任之之已果，而終之之甚難⑫，則天下幸甚。然臣愛修等之賢⑬，故惜其去朝廷而不盡其才⑭。如陛下待修等未易於初，則臣有稱道賢者之美；如其恩遇已移，則臣負朋黨之責矣。

夫今世所謂朋黨，甚易辨也。陛下試以意所進用者姓名詢於左右，曰：“某人爲某人稱譽。”必有對者曰：“此至公之論。”異日其人或以事見疏⑮，又詢於左右，曰：“某人爲某人營救。”必有對者曰：“此朋黨之言。”昔之見用，此一臣也；今之見疏，亦此一臣也。其所稱譽與營救一也，然或謂之公論，或謂之朋黨。是則公論之與朋黨，常繫於上意，不繫於忠邪。此御臣之大弊也。臣既爲陛下建忠謀，豈復顧朋黨之責？但懼名以朋黨，則所陳之言不蒙見采⑯，此又臣之深慮也，惟聖明裁察焉。臣洙昧死再拜上疏。

【校注】

①原載卷十八。按《長編》卷一百五十三，慶曆四年十一月十二日，知潞州尹洙上《論朋黨疏》。故繫於此。

②能，四庫本無。也，李文藻本作爾，四庫本作耳。

③被，李文藻本作披，眉批：“披疑被。”

④魏元成，《新唐書·魏徵傳》：“魏徵，字玄成，魏州曲城人。”“孫何，字漢公，蔡州汝陽人。……父庸，字鼎臣。顯德中，獻《贊聖策》九篇，引唐貞觀所行事，以魏元成自況。”

⑤之，李文藻本無。

⑥省，原無。方本旁注：“省。”據此補。

⑦爲，原闕，據叢刊本、四庫本、李文藻本補。李文藻本眉批：“爲字上原有一爲字，新城塗去，其上爲字疑是與字之譌。”

⑧在，李文藻本作任。三，四庫本、李文藻本作三四。

⑨李保泰本眉批：“其言雖正，然却不易如此論列，致人主疑朝臣之樹黨。”

⑩仕，叢刊本作任，疑形訛。

⑪惟,原作唯,據四庫本改。陛下,原無,方本旁注:"陛下。"

⑫之之,叢刊本作之。

⑬李保泰本眉批:"轉出後半,辨明不黨之言。"

⑭惜,李保泰本作恤。

⑮其,原作某,疑與下文之某相混,據四庫本、叢刊本改。

⑯蒙見,原作見,叢刊本作蒙先。

## 【集評】

李保泰本眉批:"其言可謂深切著明。"


# 好惡解三篇①

　　甚矣,世人毀譽之亟也! 觀人之色辭,則是非紛焉。其色之莊也,譽之則曰"重而有守",毀之則曰"狠而自得"②。其色之和也,譽之則曰"易而兼容",毀之則曰"諂而求合"③。其辭之寡也④,譽之則曰"慎而讓善",毀之則曰"險而伺過"⑤。其辭之博也,譽之則曰"通而適理",毀之則曰"誇而尚勝"。爲是説者,皆好惡之爲也,好惡發乎其人,非性之所好惡也。噫! 色與辭烏足以盡其中耶⑥? 吾將一之以恕。觀其色,不曰重,則曰易而已;聽其辭,不曰慎則曰通而已。與其失於譽,不猶愈失於毀也⑦?

　　若夫察其中也,必考乎古聖人之道,由之者貴之,戾之者賤之,貴者爲君子,賤者爲小人。貴賤者,君子小人之分,非吾所得而貴賤也,何好惡之爲譏?

　　或曰:"子之謂好惡發乎其人,非其性之所好惡爲譏者,滋惑焉⑧。夫介者好拘,通者好放,晦者好默,察者好辯⑨。反是,則其所惡皆性之偏固者也⑩。若因其人可好則好之⑪,可惡則惡之,不亦廣哉?"予釋之曰:"吾疾夫世人毀譽之亟也,視其外而不考其中,摘其末而不究其原⑫,故舉色辭而言,蓋淺之爲好惡,非其人有可好可惡之實也,是以一之於恕而已。則性之偏固者,不猶貸哉⑬?果其可好惡,予固曰君子小人之分矣。《詩》曰'好是正直',《傳》曰'惡夫佞',雖聖人不無好惡,庸何疑哉!"

　　或者復曰:"好惡發乎其人,與性之所好惡,奚以異耶⑭?人之性,莫不有好惡者也。其施於人,同者好焉,異者惡焉,是好惡皆發於己,何從而發於人耶?"予應之曰:"吾友有愛直者⑮,其議論古今,必以直爲愛也。然有所不喜者,考其人,愨士也。予質焉,答曰:'惡其邪也。'是則惡者是,而所惡者非也。"或者遂解。

## 【校注】

　　①原載卷三。文中言"世人毀譽之亟",抨擊以己之好惡黨同罰異,與《論朋黨疏》相應,二者當作於同時。三,叢刊本作二。

　　②得,四庫本、叢刊本作恃。

　　③詔,原作謟,疑形訛,據四庫本改。

　　④寡,叢刊本作直。

　　⑤過,叢刊本作迎,疑形訛。

　　⑥耶,叢刊本作邪,四庫本作也。

　　⑦愈,原作與,疑音訛,據四庫本、叢刊本改。

　　⑧滋,原作兹,疑形訛,叢刊本作姮。黃本作兹,眉批:"滋。"

　　⑨辯,原作辨。據四庫本改。

　　⑩皆,原作是皆,是疑衍,據叢刊本改。

　　⑪若,叢刊本作乃若,乃疑衍。

　　⑫而不,原作而而。據四庫本改。

　　⑬貸,原字殘汙,四庫本作賢,據叢刊本補。

　　⑭耶,叢刊本作邪。

　　⑮者,原闕,據四庫本、叢刊本、陳本、方本補。

## 【集評】

　　李保泰本眉批:"意亦本於持正之《明分》篇,而不逮持正之老潔。"

# 故朝散大夫尚書兵部郎中知蘄州軍州兼管内勸農事護軍賜紫金魚袋張公墓誌銘并序①

公諱弇,字漢臣,其先魏郡人。唐末,從祖有官河陽者,舉族因遷河陽。世服儒衣冠,無顯者。父用,贈光禄大夫②;母某氏,贈某縣太君③。公葬光禄河南,遂爲河南人。景德二年,再舉進士,中第,歷宣州寧國、開封中牟二縣主簿④,泉州晋江尉。用薦者改著作佐郎⑤,遷秘書丞、太常博士,知并州榆次、揚州天長二縣,通判杭州事。入尚書省,歷屯田、都官員外郎,知文州、蔡州事。賜五品服,提點開封府諸縣刑獄公事,轉司勳員外郎、知明州事,就遷祠部郎中。召還,擢爲刑部郎中、荊王府翊善⑥,賜三品服,兼判司農寺⑦。寶元二年,以疾辭,出知徐州事。進兵部郎中,移蘄州。康定元年五月,終於郡,年六十二。

公五歲而孤,母夫人携以歸其族,從師學。既冠,善屬辭,博涉經史。河南素多士,公晚輩,穎然見文采⑧,亟與知名者遊,衆不敢以門寒後⑨。公倜儻尚義節,居貧,以約自守,未嘗假所不足於人。人有伺顔色而進誠者,公審其果善士,乃承其意⑩,後皆重償之,無一不報。厚朋友,險夷共之,人莫能致其間言。其人殁,雖久,有妄評其短者,公嫉之終身。爲著作佐郎,葬母,或率錢數十萬爲助者,公曰:"吾以士葬親,於禮無慊者⑪,惡用賻爲?"乃謝不受。其爲政,待吏甚察,然寬民緩徭,不喜刻削⑫。宰天長尤以治稱,有錢蒙吉者,作《天長善政説》以美焉。在杭州,會軍士以三司所給賚物疏惡⑬,喧噪趨牙門,公即馳往諭之,衆乃定⑭,璽書褒美。屢平疑獄,後得有罪者,事登白⑮。佐王府,未嘗以柔愉見言色,進退必以莊。其剛守類皆若此,然亦以是卒不顯貴。娶陳氏,封福昌縣君,後公數月而終。子彦伯,某州某縣主簿[16];慶仲,寧州安定主簿。慶曆四年十二月[17],二子奉公及福昌君之喪,葬於河南之龍門山[18]。銘曰[19]:

　　閎放其道[20],强毅其守。行隆州邦,信在朋友。爲政之仁,在民則厚。考古循良,孰我先後。匪豐其禄,又奪之壽。獨兹令名,是謂不朽[21]。

【校注】

①原載卷十六。文中言"慶曆四年十二月"云云,故繫於此。故,陳本作明故,明疑衍。

②贈,叢刊本作存。大夫,叢刊本作少卿。

③贈某縣,四庫本、叢刊本作封某郡,李文藻本無某字。

④開封,原作封開,筆誤。

⑤者,叢刊本作特。

⑥翊善,《事物紀原·持憲儲闈·翊善》:"宋朝王府之官,多省不置,别置翊善,曰某王府翊善,蓋古王傅之任,而輕其名位也。"

⑦寺,原作事。據四庫本改。

⑧輩,李文藻本眉批:"輩不誤。"穎,叢刊本作隸。

⑨後,李文藻本眉批:"後不誤。"四庫本作復,形訛。

⑩乃,叢刊本作另,形訛。

⑪慊,四庫本、叢刊本作歉,形訛。

⑫刻削,方本作刻,夾注:"一本下有削字。"

⑬疏,李文藻本眉注:"疏不誤。"

⑭衆,叢刊本無。

⑮登,李文藻本眉批:"登似不誤,登句蓋言其審决之速也。"白,李文藻本作曰。眉批:"疑白。"

⑯某州某縣主簿,李文藻本無某字。

⑰四,叢刊本作十四,十疑衍。

⑱龍門山,叢刊本作龍門山之上。

⑲銘,原作乃銘,乃疑衍,據四庫本、叢刊本改。

⑳此句前叢刊本、李文藻本有嗚呼二字。閡、道,李文藻本作閱、通,眉批:"閡疑閱,通疑道,放似不誤。"道,原作通。

㉑是謂不朽,李文藻本作是謂不朽者也。方本注:"一本無嗚呼及者也字。"

## 答河北都轉運歐陽永叔龍圖書又一首①

十一月中寫下手書,會論奏都下事②,遂不欲通於左右。今辱書,承所履甚休,兼具知某向所陳事③。某之心,愛賢過於嫉惡,不獨永叔知,他人亦見信。豈有心之所愛,幸而共世,不與之親且厚耶? 今之相知者多見戒曰:"當避形跡④,見疏者則相目以朋黨。"果如是,顏子不幸得罪⑤,須盜蹠乃可言⑥。不然,學聖人者皆顏氏黨也。世態殊可憎,然不足恤。至於勤事持身,亦不敢懈。見詢晉、潞少時所游之樂,今歡意都盡,不惟年物之異,直畏事耳。嘗憶往年送王勝之序云⑦:"聖朝方以文法治天下,子其慎之⑧。"當日亦偶爲此言⑨,不謂遂驗。闒茸輩唯欲摭人細過⑩,不可不慮也。人回遽⑪,意殊不盡。

### 【校注】

①原載卷十。文中言"十一月中寫下手書,會論奏部下事,遂不欲通於左右",則此文當在十二月。

②都,方本作部,旁批:"都。"

③具,李文藻本作其,眉批:"其疑具。"李保泰本眉批:"抗疏争范希文貶官事也。師魯、永叔、余靖望坐救希文見逐,由是黨議起。"

④李保泰本眉批:"乃指所論都下事。"

⑤顏子,按《史記·仲尼弟子列傳》:"顏回者,魯人也,字子淵。"

⑥盜蹠,按《史記·伯夷列傳》:"盜蹠日殺不辜,肝人之肉,暴戾恣睢,聚黨數千人,橫行天下,竟以壽終,是遵何德哉?"

⑦王勝之,見《送王勝之贊善一首》。

⑧李保泰本眉批:"王益柔以傲歌指斥得罪,果爲小人所中故云言驗。"

⑨爲,原作如,據四庫本改。

⑩闒茸,《楚辭·劉向〈九歎·憂苦〉》:"同駑騾與乘駔兮,雜班駁與闒茸。"王逸注:"闒茸,駑頓也。"洪興祖補注:"闒茸,劣也。"

⑪回,李文藻本作還,眉批:"迫。"

# 慶曆五年（公元 1045 年）

## 賀兗州杜相公啓[①]

伏承相公亟解台司，出鎮東土，拜恩虔恭[②]，即日上道，雅懷素志，固無少慊[③]。然士大夫之有知者，相與竊議，咸以相公居位日淺[④]，法制利澤，未大施於下，用是於邑。某之鄙心，更所未盡。若於朝廷、於生民而言，則不異衆説；若以進退論之，兹爲全美。伏惟相公繇初仕以至顯重，無一事不爲人紀，無一行不爲人式，天下之望，唯恐不作宰相[⑤]。豈獨私於相公，誠冀有益於斯民[⑥]。夫宰相之任，道行則久處而無嫌，道黜則亟當去位。然高位大權，人所顧籍，於是被持禄保寵之譏[⑦]，蒙阿諛順旨之議，不獨今世，前代名公所不能免。恭惟識進退之體，保初終之節，全天下之望，考於今日，可謂無愧。若以歲月，則平時所履[⑧]，懼將大損。某出入門下，垂三十年，區區之誠，實在於此，敢持此説爲賀。

【校注】

①原載卷十。文中言"伏承相公亟解台司，出鎮東土"云云，則知作於杜衍罷相時。《宋宰輔編年録》卷五載，慶曆五年正月二十九日，杜衍罷相，授行尚書左丞、知兗州，故繫於此。李保泰本眉批："正□相百日而罷，出知兗州。"按

《宋史·杜衍傳》："時范仲淹、富弼欲更理天下事，與用事者不合，仲淹、弼既出宣撫，言者附會，益攻二人之短。帝欲罷仲淹、弼政事，衍獨左右之，然衍平日議論，實非朋比也。以尚書左丞出知兗州。"四庫本作賀兗州杜相公啓一首。

　　②拜，原作邦，形訛，據四庫本、李保泰本改。

　　③慊，叢刊本作歉，形訛。

　　④咸，四庫本、叢刊本無。

　　⑤唯，原作惟，據李文藻本改。宰相，李文藻本作一宰相，眉批："一字本無，元本作一字，抄者誤分爲二字耳。"

　　⑥冀，叢刊本作以。民，叢刊本作民也。

　　⑦持，李文藻本作將，眉批："將疑持。"

　　⑧時，原作明，疑形訛，據四庫本、李文藻本改。

# 故大中大夫右諫議大夫上柱國南陽縣開國男食邑三百户賜紫金魚袋贈太傅韓公墓誌銘并序①

　　公諱國華，字某②，其先深州博野人。世衣冠舊族，四代祖乂賓③，當王景崇襲有鎮、冀四州④，佐其府，累官檢校太子左庶子兼御史中丞。景崇於河朔諸鎮中，輸貢最爲恭順，由庶子漸劘以德義，故以功名始終。庶子生四子⑤：韞辭、慎辭、定辭、昌辭，皆以才名，爲王鎔賓屬⑥，於時鎔府號多賢士。定辭嘗以掌書記聘幽州。時燕客馬彧名北門舊儒⑦，以博洽相尚⑧，彧大屈伏。昌辭終真定府鼓城令，即公之曾祖也。生廣晉府永濟令諱璆⑨，避張文禮之難⑩，徙趙郡，以文知名。與李崧、徐台符爲友⑪，二公交薦其才，會疾不起。徐作詩，以爲"當世朋友無復繼"者；李卒以兄子歸韓氏，實趙郡太夫人。永濟生太子中允、知康州事諱構⑫，始遷相州安陽，遂爲安陽人。屢爲藩鎮辟署，敏書奏，時推其工。嘗宰真州清河，作條教諭民以不擾，能信其言。所至以寬良稱。

　　公即康州之第四子，年十九舉進士。太平興國二年⑬，天子初御殿覆試，上第，爲大理評事，通判瀘州。四年，代還，授太子右贊善大夫，旋以例補外幕，授彰德軍節度判官⑭。七年，除秘書省著作郎，監蔡州税⑮。雍熙元年，遷監察御史。三年，假太常少卿，使高麗。還，拜右拾遺、直史館，賜五品服。四年，充三司開拆司推官⑯，尋改主判開拆司。累遷左司諫，刑、兵二部員外郎，帖昭文職，賜三品服。凡三爲鹽鐵判官，又爲左討司判官⑰，判户部勾院，都判三司勾院。至道二年，以屯田郎中充京東轉運副使，移峽路轉運使。真宗聽政，遷都官郎中，還朝，權判大理寺，出知河陽。咸平四年，就遷職方郎中，移知潞州⑱。景德三年，假秘書監，使契丹，還，爲江南巡撫使，入權開封府判官。四年，車駕拜陵，權領曹州事。召歸，授太常少卿、知泉州事。大中祥符元年，拜右諫議大夫。四年，代還，道病。三月十一日，終於建州之傳舍，年五十有五。

　　公爲文章，不尚靡放，辭達而意不窘⑲。進止威嚴，目不妄視。佐彰德軍，年尚少，鄉里多識公，出觀者浹路⑳。或相語：“得韓公左右顧㉑，當具肴酒㉒。”其重若此。雍熙中，王師北伐，聞高麗與契丹嘗爲仇怨，命公諭旨，以分虜勢。公至，其王治畏虜㉓，無報復意。公爲陳中國威略，動以禍福，乃承詔，然遷延師期。公曰：“兵不即發，不若勿奉詔㉔；出不及虜境㉕，不若勿發兵。”口語激切，又繼以書，至十返。治憚公堅正，知大國不可欺，乃命其大相韓光、元輔趙杭，兵二萬五千以侵虜㉖，且俾光等率將校詣公。公猶留館，須其兵出境乃復命。淳化二年，契丹大將蕭寧遣人抵雄州請和㉗，天子疑其詐，命公馳往。公代州將劉福作書與寧㉘，鉤致其情㉙，得寧答辭，前後反復無所依，由是悉見其僞狀。在三司，更張事凡二十七條。其興利，使民樂趨，而上收其贏㉚。其立法，使人易守而難犯。故所施置，通久而少弊。臨上黨，會虜寇河朔，上党與趙、魏地最親。公辦嚴修訓，簡器供餉，皆先事區處，民以無擾，詔書褒美。

初，太宗親擇材臣，有由外庭小官，不旬歲柄用者[31]。公忠力不懈，天子深器其能，而爲見忌者所排[32]，故位不甚進，然益任以事[33]，留京師凡十年。舊，三司判官不兼三館職事，公爲鹽鐵，特命直昭文館，判官帖館職自公始。真宗緣先帝意，以名臣待公。開封嘗繫囚數百，委公決之；江外阻饑，命公撫之。皆以任事稱。北方請盟之明年，公以使往。上諭曰：“卿昔使高麗，故以選卿。”又顧同使周漸、張若谷曰[34]：“卿凡事當詢韓某。”

公性既任直，無所附合，持權者復不爲推引。更歷中外，垂四十年，位纔諫大夫，於時皆歎其滯[35]。然公亦不壽，故不究其用。跡其行事，皆得舒發所蘊，未嘗沮撓[36]，又被顧兩朝，爲縉紳屬目，非不遇也。公既歿[37]，泉人之有知者，相與趨建陽拜奠，朝夕哭，詣浮圖營齋，以報公德，其寬愛感人至此。公閎達，有度量[38]，與人語言，盡誠無隱，非議戎事，未嘗及權數[39]。自以少孤，見禄及親者，必愀然感傷[40]。篤愛親族，姑姊數人孀且老，皆迎以歸，事之甚謹。外兄弟甥侄[41]，悉爲其婚嫁。清約自守，家無餘資。諸子皆訓以經藝，例恩得任子[42]，多抑之，須其成立，然後奏以官。及公之終，未官者猶三人[43]。

夫人羅氏，諫議大夫延吉之女、鄴王紹威之孫[44]，封宜城縣君。子六人：球，湖州德清尉；瑄，將作監主簿；琚，司封員外郎；琓[45]，河陽司法參將軍；璩，著作佐郎；琦，右諫議大夫、樞密副使。一女，嫁西上閤門使高志寧。樞密之兄、姊，今無存者。初，司封登朝，與樞密并贈公吏部尚書。慶曆三年，樞密追榮三代，贈公太傅，姒羅氏追封仁壽郡夫人；大父贈太子少傅，姒李氏封趙郡太夫人；曾大父贈太子少保，姒張氏封清河郡夫人。五年二月某日[46]，樞密奉公、夫人之喪，歸葬於相州安陽縣之新安村，距祖塋三十里。其銘曰：

韓氏自唐㊼，載德以世。丁時孔艱㊽，秉節愈厲。公奮在初，才克有濟㊾。曰州曰邦，以功以事。豈不較利，通久勿僣㊿。亦既立法，究窮罔斁。布威東夷，申化南裔。維皇之咨，宜輔於治。若時之贍，則協於義。年胡弗淑，位胡弗至。靡人不嗟，彼蒼誰慰㉛。在子而昌，實公之嗣。袞服以章，葬則有制。豆籩式嘉，祭則備器。孝乎有家㉜，傳千百祀。

## 【校注】

①原載卷十六。此文與《故兩浙轉運使朝奉郎尚書司封員外郎護軍賜紫金魚袋韓公墓誌銘》(并序)，并爲韓琦任樞密使後追榮三代，遷葬其父兄所作，文中言(慶曆)五年二月日云云，故繫於此。

②某，李文藻本無。李保泰本眉批："字光弼，見富弼所撰《韓國華神道碑》。"《宋史·韓國華傳》："韓國華，字光弼，相州安陽人。"

③乂，李文藻本作人，眉批："按《魏公家傳》，是乂賓，此作人賓，當是傳寫之譌。"四庫本作又。

④王景崇，《新五代史·雜傳·王景崇傳》："王景崇，邢州人也。爲人明敏巧辯，善事人。"乾祐初，河中李守貞、永興趙思綰、鳳翔王景崇并據城叛。

⑤庶子生四子，李保泰本眉批："碑云庶子生二子，疑二字本作四。《金石華編傳錄》誤也。"

⑥王鎔，《新五代史·雜傳·王鎔傳》："王鎔，其先回鶻阿布思之遺種曰沒諾幹，爲鎮州王武俊騎將，武俊錄以爲子，遂冒姓王氏。……景崇官至守太尉，封常山郡王，唐中和二年卒。子鎔立，年十歲。"

⑦彧，原作或，疑形譌，據四庫本、李保泰改。

⑧洽，叢刊本作給，疑形譌。

⑨晋，叢刊本作留，形譌。

⑩避，原作違，形譌，據叢刊本改。張文禮之難，《舊五代史·莊宗紀三》："(天祐十八年)二月，代州刺史王建及卒。是月，鎮州大將張文禮殺其帥王鎔。"

⑪李崧，《舊五代史·李崧傳》："李崧，深州饒陽人。父舜卿，本州錄事參

軍。崧幼而聰敏,十餘歲爲文,家人奇之。弱冠,本府署爲參軍。"徐台符,《舊五代史·賈緯傳》:"翰林學士徐台符,緯邑人也,與緯相善。"《新五代史·雜傳·李崧傳》:"崧素與翰林學士徐台符相善,後周太祖入立,台符告宰相馮道,請誅葛延遇,道以延遇數經赦宥,難之。樞密使王峻聞之,多台符有義,乃奏誅延遇。"

⑫構,原作今上御名。李保泰本作今諱。眉批:"本作構,此乃南宋刊本,避諱。"李文藻本眉批:"今上御名四字應旁注。按《韓魏公家傳》,璆生公之皇祖諱,下旁注高宗廟諱四字,因知中允名構,而此集原本刻於宋高宗之時矣。"四庫本作禎。

⑬太,原作大,形訛。

⑭彰德軍,原作安德軍。李保泰本眉批:"安德,碑作彰德,下云佐彰德軍年尚少,似彰字爲是。"

⑮蔡,叢刊本作察,形訛。

⑯拆,四庫本、叢刊本作折,形訛。

⑰討,四庫本、叢刊本作計,形訛。

⑱潞州,原作潞州事,事疑衍。

⑲辭達,叢刊本作静違。

⑳浹,叢刊本作夾。

㉑或相語得韓公左右,李保泰本眉批:"描寫入情。"

㉒具肴,原作其肴,四庫本作且有,形訛,據李保泰改。

㉓其王治畏虜,四庫本作其王治畏蒽。李文藻本眉批:"治疑始。按《宋史·高麗列傳》:□□長興中權知國事。王建襲高氏之位,遣使朝貢,封高麗國王。建死,傳子昭。昭卒,其子仙領國事。仙卒,其弟治權知國事,累貢求襲位。太平興國七年,封治爲高麗國王。韓國華使高麗事在雍熙三年,距治受封才五年耳。則韓公諭以討伐者,爲王治無疑也。治事應不誤,□□□易爲炫。吾聞羅廬山□□人也,是集亦頗有校正,其説當可采,何獨於此而疏忽若是耶,然不云七年之思耳。香嚴周,此記。"

㉔若,叢刊本作如。

㉕虜,四庫本作敵。

㉖大,李文藻本作太。元輔趙杭,四庫本作元朝趙抗。侵虜,四庫本作侵契丹。

㉗請和,李文藻本作請降。

㉘劉福,《宋史·劉福傳》:"劉福,徐州下邳人。""淳化初,遷涼州觀察使、判雄州事。"

㉙鉤,叢刊本作釣,四庫本作鈞。

㉚贏,李文藻本眉批:"贏不誤。"

㉛旬,原作勾。按《漢書·翟方進傳》:"方進旬歲間免兩司隸,朝廷由是憚之。"顏師古注:"旬,徧也,滿也。旬歲猶言滿歲也,若十日之一周。"

㉜排,叢刊本作擠排。

㉝以,李保泰本無,眉批:"然書任事句,遒折有力。"

㉞張若谷,《宋史·張若谷傳》:"張若谷,字德繇,南劍沙縣人。"

㉟於,叢刊本作終。歟,四庫本作難,形訛。

㊱沮,叢刊本作阻,形訛。

㊲歿,四庫本、叢刊本作没。

㊳閔,叢刊本作閑,形訛。

㊴戎,李文藻本作戒,眉批:"戒疑戎。"及,李文藻本作反,眉批:"反疑及。"

㊵憮,李文藻本作撫,眉批:"撫疑憮。"

㊶兄,李文藻本作撫。

㊷任子,《漢書·哀帝紀》:"除任子令及誹謗詆欺法。"顏師古注:"應劭曰:'任子令者,《漢儀注》:吏二千石以上,視事滿三年,得任同産若子一人爲郎。不以德選,故除之。'師古曰:'任者,保也。'"

㊸者猶,原作有,據四庫本、李文藻本改。

㊹王,叢刊本無。

㊺琉,叢刊本作玩,四庫本作琉,疑形訛。

㊻某,叢刊本無。

㊼自,陳本作之。

㊽丁,陳本作下,形訛。

㊾濟,四庫本、叢刊本作試。

(50)通久,原闕,據四庫本、叢刊本補。

(51)蒼,叢刊本作含。

(52)乎,叢刊本作于。

# 故兩浙轉運使朝奉郎尚書司封員外郎護軍賜紫金魚袋韓公墓誌銘并序①

公諱琚,字子温,相州安陽人,右諫議大夫、贈太傅韓國華之第三子。幼敏惠,太傅愛異諸子,凡有譔述,令執筆,口授之,由是盡得屬辭之體。以蔭試將作監主簿,調饒州鄱陽尉。大中祥符七年,求應進士舉,郡守江嗣宗素未知名,一日召登郡閣,出《鴻雁來賓賦》題以試之。公少頃即就②,格致清麗,有唐人之風。江大稱賞,即時薦送。江左有書其賦於屏者,其愛重如此。明年,中第,授太常寺奉禮郎③,知河南府永寧縣事。時王公嗣宗守河南④,政尚嚴察,束官吏一以法。細民或縣訟不勝,率走府自直,屬官畏慄⑤,益顧慮不任事⑥,頗以疲軟罷。永寧在河南,名最劇縣,公年少,果敢善决斷,民吏愛伏。王公嘉之,遂不奪其治,且薦於朝。用薦移通判廣信軍事。丁内艱,服除,累遷光禄丞、秘書郎、太常丞⑦,歷通判趙、祁、虔三州事。虔於江西號難治⑧,民喜訟,或僞作冤狀,悲憤叫呼,似若可信者,非久於政莫能辨⑨。公至,會守缺,代行郡事,能究其風俗,不爲聰明,不作條教,因事以考其枉直,下莫能欺,辭伏者自以爲不冤。召還,爲群牧判官⑩,賜五品服。張文節公秉政⑪,嘉公文行,令以所著篇集上獻,且以姓名寘佩囊中,將薦之。會薨,遂寢。

初,公在趙州,曹韓公利用以其鄉里善公之政,及群牧判官缺⑫,奏公補其任。曹得罪,出通判濠州事,轉太常博士,尚書屯田、都官員外郎,知黄州、澤州事⑬,京西路提點刑獄。時西京天宮、白馬寺并營浮圖，募衆出金錢，費且億萬。權臣爲倡首，旁郡承風指，塗商里豪，更相説導，附嚮者惟恐後，公抗疏言狀，罷之。就移福建路，又改廣南西路轉運使⑭。安化州蠻叛，殺宜州守將王世寧⑮，朝廷遣將加兵，復詢公制賊利害⑯。公上言："蠻負險，攻之則竄保岊洞⑰，嶹絶不可窮其跡；置之則時出侵掠，恣爲人害。師久留屯，復多疾癘物故⑱。爲今策，莫若盛兵逼其巢穴⑲，示以開納⑳，蠻必畏威歆附。然後罷遣屯戍，增募土兵㉑，守其要害，宜不能復叛。"其後卒如公策。嶺表久無事，兵暴起，轉糧糗，具器械，公處置皆有方，不嚴期促辦㉒，而軍用以濟。朝廷嘉之，就遷司封。還朝，賜三品服，判三司都理欠憑由司㉓。康定元年夏，出爲兩浙轉運使，次潤州，以疾終，年五十一㉔。

公性至清慎，動自檢察，他人視之以爲難常，而公持之終身。父兄既殁㉕，撫養弟姪㉖，極其恩意。間或文酒相歡㉗，門庭之內，自爲師友。有行事不如意者，委曲開諭，未嘗及以惡辭㉘，故皆率教誼㉙，競自樹立焉㉚。公之季弟樞密副使琦，以慶曆三年追榮三代，故公之曾祖廣晋府永濟令諱璆，贈太子少保㉛。祖太子中允諱構㉜，贈太子太傅。考諫議大夫諱國華，贈太傅；太傅夫人羅氏㉝，追封仁壽郡太夫人。公娶李氏，封壽春縣君，公殁纔數月而逝㉞。四男：景融，將作監主簿，性和雅，善屬文，後公三歲亡㉟；方彦，試秘書省校書郎；直彦，孝彦并太廟齋郎。四女，長適著作佐郎葉仲舒，次早卒，次適左侍禁曹測，次適殿中丞范寬之。五年二月二十二日，樞密奉太傅、太夫人及公之喪，葬於安陽之新安村，李氏祔焉。銘曰：

虔州之治，可以觀公之政㊱。文節之知，可以觀公之行。持清太高，寧或譏評㊲。篤愛過慈，實其資性。蹈中弗越，秉常以正。嗚呼！厚其稟而嗇其享，焉得以言命㊳。

【校注】

①原載卷十六。

②公，原闕，據四庫本、李文藻本補。按《宋史·韓國華傳》："國華偉儀觀，性純直，有時譽。子琚、璩、琦，并進士及第。琦相英宗、神宗，自有傳。"

③禮郎，叢刊本作祀部，疑形訛。

④王公嗣宗，《宋史·王嗣宗傳》："王嗣宗，字希阮，汾州人。""移知河南府。天禧初，改感德軍節度。"

⑤慄，叢刊本作縮。

⑥顧，叢刊本作煩。

⑦郎，叢刊本無。

⑧江西，原作西江，筆誤。

⑨辨，原作辯，據四庫本、叢刊本改。

⑩群，原作郡。據叢刊本改。

⑪張文節，李文藻本眉批："文節名知白。"按《宋史·張知白傳》："張知白，字用晦，滄州清池人。"謝絳議謚文節。

⑫曹韓公利用至牧判等文字，李文藻本無，眉批："據行狀此處脱六七句，宜作小字注之。"

⑬澤，叢刊本作蕲。

⑭西路，叢刊本作西京路。

⑮守，李文藻本作中，眉批："中字據行狀是守字。"

⑯利害，李文藻本作利害者也。公上言，李文藻本作然而公上言。李文藻本眉批："者也、然而四字疑衍。"

⑰峟洞，四庫本作岩稠。峟，李文藻本作雟，眉批："雟疑溪。"方本作溪。

⑱瘑，叢刊本作病。

⑲穴，李文藻本眉批："穴字下本有一於字，新城用粉筆塗去。"

⑳示，李文藻本作予。

㉑土，李文藻本作士。

㉒期，四庫本作其。辦，原作辨，據李文藻本改。

㉓欠，叢刊本作某人。李文藻本無某字，眉批："欠。"由，叢刊本作田。李

文藻本作由,注:"據行狀改之。"

㉔一,叢刊本作二。

㉕殁,叢刊本作没。

㉖侄,李文藻本作姪,眉批:"姪應作侄。"

㉗歡,叢刊本作忻。

㉘辭,原作詞,據四庫本、叢刊本改。

㉙皆,原作教。誼,原作詛,形訛,據四庫本、叢刊本改。

㉚自,叢刊本作以。

㉛贈,原闕,據李文藻本補。

㉜構,原闕,李文藻本眉批:"諱下應注今上御名。"李保泰本眉批:"脱注,即上御名。"四庫本作禎。

㉝考諫議至太傅等文字,原闕,據方本補。李文藻本眉批:"此文闕文可據前篇補之。"太傅夫人,方本作妣夫人。

㉞殁,叢刊本作没。

㉟三,四庫本、李文藻本作五。李文藻本眉批:"五行狀作三。"亡,李文藻本作卒。

㊱政,陳本作改,形訛。

㊲讒,李文藻本作訊,眉批:"疑讒。"形訛。

㊳得以言命,叢刊本無。


# 奉詔分析董士廉奏臣不公事狀①

具銜臣尹某准中書札子②,著作佐郎、新差知蔡州確山縣事董士廉奏臣不公事③,奉聖旨令臣疾速分析詣實,入馬遞聞奏。臣今依准札子內書④,一分析如後。

一、韓琦、尹某謀入界至好水川,因任福妒功,耿傅狂狷⑤,致兵敗,折數萬人。尹某作《愍忠》《辨誣》文⑥,誑惑中外⑦,令李仲昌刻石掩韓琦惡。今來尹某自知虛誑,却毀棄刻石碑子。

臣今詳董士廉所稱韓琦及臣起謀入界,欲乞於中書、樞密院檢詳陝西經略司先奏攻守二策,朝廷擇用攻策,後來曾與未曾入界,及好水川接戰,因與不因起議入界,致得敗衂。所有《憫忠》《辨誣》二文,臣實有此撰述,以勸忠義。乞檢會任福等敗衂事⑧,及韓琦先繳進任福下孔目官彭忠所收得耿傅親書,署朱觀名,誠任福令持重文字⑨,與臣所撰二文照驗,即知有無虛誑。臣元不曾令人刻石,今據傳寫刻本是乾州判官李師錫刻石⑩,即不是李仲昌。欲乞會問本州,因何人立石,後來於何年月日何人毀棄⑪,即知詣實。兼臣見諸處尋求石本,候尋得別具繳連進呈次⑫。

一、尹某在渭州專擅,將官錢數百貫入己使用,并借官錢與官員還債,并支出軍資庫錢,落下赤曆⑬。都轉運使程戡曾差儀州華亭主簿王資磨勘⑭,見得侵欺官錢的實⑮。

臣勘會渭州應係官錢及公使錢⑯,各有監主官文曆拘管⑰,乞下本州勘會,及將臣任內公使錢文曆驅磨⑱,即見得有無欺隱。所有借錢與人還債,臣初到任,爲禮賓副使孫用,曾於鄜延路在狄青手下使喚得力,本人爲自軍職授官,在京借却人錢物,遂與狄青各借與公使錢,令本官於料錢內還納⑲。所有軍資庫自有通判、錄事參軍管勾⑳,臣即不知落下赤曆因依㉑。乞下本處勘會轉運司差官磨勘,得見何人侵欺,後來作何行遣,即知詣實。

右,謹具如前所分析,并是詣實。所有臣先撰《憫忠》《辨誣》二文,今抄錄粘連在前。謹具狀奏聞。謹奏㉒。

**【校注】**

①原載卷二十二。《長編》卷一百五十五載,慶曆五年三月,"董士廉又詣闕,訟水洛城事,朝臣多主之",此文即爲此而作。李保泰本眉批:"城水洛乃慶曆四年事,五年三月董士廉詣闕訟冤,朝臣多主之。"

②銜,陳本作位。

③新,方本、李文藻本作親,疑形訛。確,李文藻本眉批:"確,不誤,已查宋

《地理志》。"

④書,四庫本、方本作畫。方本夾注:"一作書。"

⑤傅,叢刊本作傳,李文藻本作傅。猖,叢刊本作指。

⑥辯,四庫本、李文藻本作辨。李文藻本眉批:"辯。"

⑦誑,原作狂,疑音訛,據四庫本、李文藻本改。

⑧會,李文藻本作念,眉批:"念疑會。"

⑨孔目官,見《辨誣》注⑫。

⑩刻本,原作到本,疑形訛,據叢刊本改。幹,叢刊本作處。刻石,原作立石,據叢刊本改。

⑪於,叢刊本作於是。日,叢刊本無。

⑫得,叢刊本作詳。具繳,叢刊本作繳具。

⑬曆,李文藻本眉批:"曆似不誤。"

⑭程,原作鄭,與鄭戡相混。按《宋史·程戡傳》:"程戡,字勝之,許州陽翟人。""擢天章閣待制、陝西都轉運使。"磨勘,查核。范仲淹《再奏辯滕宗諒張亢》:"一面勘鞫干連人,并將已取到慶州錢帛文帳磨勘。"

⑮實,李文藻本作寔。

⑯勘會,原作會勘,疑筆誤,據四庫本、李文藻本改。

⑰官,原作及,疑形訛。李文藻本眉批:"及疑官。"管,李文藻本作官。

⑱驅磨,原無驅字,四庫本作磨勘。李文藻眉批:"驅磨似不誤,見《宋史》職官、食貨二志。"

⑲令本官於,叢刊本作會官與。令,四庫本作今。料錢,《宋史·兵志八》:徽宗崇寧四年,詔:"諸軍料錢不多,比聞支當十錢,恐難分用,自今可止給小平錢。"

⑳所有,原作有所,疑筆誤,據四庫本、叢刊本改。管,叢刊本作營。

㉑依,李文藻眉批:"依似不誤。"

㉒謹奏。方本夾注:"一無此二字。"


# 分析公使錢狀①

准公文准都轉運司牒:"准敕,據陝西都轉運司體量到洙前

知渭州,借過軍資庫錢銀等<sup>②</sup>,取問洙曾與不曾於省庫內支借著
錢銀<sup>③</sup>? 作何使用? 自後曾與未曾交還<sup>④</sup>? 俱逐件招承文
狀"者<sup>⑤</sup>。

　　右,具如前。洙先於慶曆三年七月內,奉敕差知渭州,到任
後,取索到前知渭州王沿已後支用公使錢體例<sup>⑥</sup>,計度每年合使
錢數,及勘會到本州見管指使、使臣及都虞候已上共六十餘人<sup>⑦</sup>,
主兵官員及通判、職官、參謀等近二十人<sup>⑧</sup>,共八十餘人。逐日例
破常食約計錢共七貫<sup>⑨</sup>,每月計二百一十貫;逐月五次聚食,一次
張樂,共約錢三十貫文;每季一次大排管設軍員約二百貫<sup>⑩</sup>,非次
專使撫問<sup>⑪</sup>,或教場內軍員吃食、官員射弓,及添助造酒糯米<sup>⑫</sup>,并
節辰送物,逐季又約一百貫文<sup>⑬</sup>。每一季都計使錢一千貫文。依
此約度,每年合用錢四千貫文。

　　王沿在任時支公使錢三千貫<sup>⑭</sup>,後來除依王沿例,別給米麥
外,只支錢二千貫,勘算每年合少錢二千貫。洙遂訪問勾當官吏
等,所少錢作何出辦? 其人等并言自來於諸處回易,可以得足。
洙遂體問到前來張亢在任日<sup>⑮</sup>,并鄰近州郡,涇州鄭戩、慶州滕宗
諒<sup>⑯</sup>,將銀往西川收買羅帛<sup>⑰</sup>,及買上京交鈔<sup>⑱</sup>,并令人解州般鹽,
計三處回易。鄭戩亦將銀於西川及秦州收買羅帛<sup>⑲</sup>,并買上京交
鈔,亦是三處回易,即不令人於解州般鹽。洙相度得差人解州般
鹽,委是不便。其西川又緣地遠,難以差人往彼,只可於秦州買物
及上京交鈔,兩處回易。其勾當人兼言將銀入西川,則利息甚多,
若只於兩處回易,恐支用不足。洙即不曾聽從,兼體問得諸處及
本州,自來并是於軍資庫或隨軍庫支撥係官錢作本回易,有此體
例。洙以本州除逐季請撥公使錢外,別無不係省錢,若不於官庫支
借<sup>⑳</sup>,即無由得錢回易,實曾遂度印押頭子<sup>㉑</sup>,委勾當人於軍資庫支
借錢銀往秦州回易,及收買上京交鈔<sup>㉒</sup>,并係公用庫赤曆支收<sup>㉓</sup>。

知州、通判、鹽官通押㉔,即不一一記得貫百兩數㉕,及支出月日。今看詳陝西都轉運司奏狀,稱借出錢二千貫、銀五百兩,委是洙在任日借出是實,兼洙記得只一次令人將銀往秦州收買羅帛㉖,一次令人將交鈔上京。其秦州羅帛,即是洙在任日買到,令勾當官員、使臣依市價賒賣與諸色人㉗,其上京交鈔回買到物帛㉘,即是洙離任後來有狄青、程戡、王素相繼知州㉙,即不知於何人任內賒散與人。兼陝西都轉運司已磨勘到見欠錢人,計二百七十九戶,即是已見得錢數歸著。

今乞令渭州勒勾當人分析洙在任日所借到錢銀㉚,回易到物色,多少是元借本錢,多少是收到利錢,若干於洙任內收係㉛,若干於後來知州任內收係,其軍資庫元借出本錢及銀㉜,於是何年月却於本庫送納,即見得交還與未曾交還。又緣洙於慶曆三年八月內到任,九月後便值西界事宜緊切,洙與主兵官員逐日隄備,略無暫暇。雖係准朝旨㉝,令凡有管設不得減削,及許令回易,洙只是委管勾當使臣官員及公人等㉞,一面主管回易㉟,及支收使用,其買到物帛,亦不曾親自點檢。所有上項分折,每年合使用錢數,并是小作約筭計㊱。仍乞取洙離任後㊲,逐月所支過公用錢數,細定月分㊳,與洙所約度到費用數目比類,方見使用的數。所分析前項事理,并皆詣實。謹具狀申河東轉運司。謹錄狀上。

【校注】

　①原載卷二十五。文中言"體量到洙前知渭州,借過軍資庫錢糧"云云。按《長編》卷一百五十六,"董士廉詣闕,訟洙欺隱官錢,詔洙分析"。而《長編》卷一百五十五載此爲"訟水洛城事"。董士廉訟尹洙欺隱官錢,或爲在水洛城事件中曾被尹洙拘械,故稱"訟水洛城事"。

　②銀,叢刊本作糧。

　③銀,原作糧,據四庫本、黃本改。

　④未,叢刊本作不。

⑤俱，四庫本作其。黃本作具，脚注："其。"

⑥沿，李文藻本眉批："沿不誤，《宋史》有傳。"按《宋史・王沿傳》："王沿，字聖源，大名館陶人。"

⑦都，叢刊本作郡，形訛。

⑧官員，四庫本作官旨，李文藻本無員字。通，原作前，據四庫本、李文藻本改。等，李文藻本眉批："等字新城塗去。"

⑨常，叢刊本作當。約，叢刊本作納。

⑩員，李文藻本眉批："員字本似負。"約，叢刊本無約字。

⑪非，四庫本作每，誤。

⑫射，原作躬，形訛，據四庫本、叢刊本改。

⑬百，李文藻本作石，眉批："石疑百。"

⑭千，四庫本、黃本作十。貫，黃本作頭。

⑮張亢，見《申軍前事宜狀》注⑧。

⑯鄭戩、滕宗諒，《宋史・滕宗諒傳》："滕宗諒，字子京，河南人。"《宋史・鄭戩傳》："未幾，爲陝西四路都總管兼經略、安撫、招討使，駐涇州，聽便宜從事。遷尚書禮部侍郎。時知慶州滕宗諒、知渭州張亢過用公使錢，戩致於法。"

⑰川，原作州，形訛，據叢刊本改。

⑱交鈔，四庫本作交抄。《宋史・蔣偕傳》："屬兵糧乏絶，朝廷方募民入粟，增虛直，給券詣京師射取錢貨，謂之交鈔。"

⑲亦，李文藻本作布，眉批："布疑亦。"黃本夾注："亦。"

⑳於，原闕，據四庫本補。

㉑遂，原作逐，形訛，據叢刊本改。押頭子，《正字通・頁部》："題，押頭也，猶今書面簽題。"

㉒鈔，原作抄，形訛，據叢刊本改。

㉓赤曆，上級財政機關稽核各州縣官府錢糧的册籍。《續資治通鑑・宋孝宗淳熙四年》："其後元鼎奏：'驅磨本州財賦，惟憑赤曆，難以稽考。'"

㉔押，叢刊本作杆。通押，四庫本作諸人。

㉕百，四庫本、叢刊本作伯。

㉖一，叢刊本作二。

㉗令,原作今,形訛,據叢刊本改。賣,原作買,形訛,據四庫本、張位本改。與,原作餘,據四庫本、叢刊本改。色,原闕,據四庫本、叢刊本補。

㉘其,叢刊本作共。交鈔,原作交抄,叢刊本作鈔交,李文藻本作交鈔。

㉙戡,叢刊本作勘。王素,《宋史·王素傳》:"王素,字仲儀,太尉旦季子也。"

㉚分,叢刊本作錢。

㉛任,原作在,形訛,據四庫本、叢刊本改。收,四庫本無。

㉜借,叢刊本作供,四庫本作備,形訛。

㉝係,原作累,據李文藻本改。

㉞當,原闕,據李文藻本補。臣,叢刊本無。

㉟主,李文藻本作至,疑形訛。

㊱約,叢刊本作納。

㊲洙,原闕,據四庫本、叢刊本補。

㊳細,李文藻本作佃。


# 覆奏監察御史李京札子狀[①]

准河東都轉運使差官准敕取問臣前知渭州日,借支過錢銀事,并遞到監察御史李京札子[②],言:"竊聞韓琦罷樞密副使,因董士廉疏論水洛城,并處置邊機不當事。伏緣韓琦之過,自尹洙始。今琦已罷柄任,某則仍守舊官,人言籍籍[③],於理未順。雖聞已降指揮,令尹某分析;又緣事與韓琦不殊[④],切慮別有指說,遂至紛挐。兼聽知魚周詢相度回日[⑤],繳奏到邊民被害之家指論尹某文狀[⑥],事甚明白。欲望朝廷檢會魚周詢前奏,并今來董士廉所陳[⑦],其尹某早賜處分,所貴與韓琦行罰頗均,方協衆望[⑧]。"

右,謹具如前。臣已依應敕命[⑨],供析前知渭州日依例借支錢銀回易[⑩],應付公用去訖。臣切見李京上言,雖聞已降指揮,令臣分析,"切慮別有指說,遂致紛挐"。臣切詳故事,御史得風聞言事。既稱風聞，則容有不實，是以所言雖虛，俱不反坐⑪。朝廷若以事狀顯明，不須按覆，即時裁處⑫，自繫聖斷，御史所守，則有職分。若京之所陳，雖增臣過惡萬端，或乞加臣峻典，於言事之體⑬，皆未爲失，唯不當慮臣別有指說⑭，乞朝廷便行處分。且聖明在上，若臣實無過犯⑮，必不狥先入之言，曲加譴責⑯；若的有罪狀，豈容紛拏，幸得苟免⑰？況京所言，初云“切聞”⑱，後云“聽知”，則是未能決信於己也。未能決信於己，而欲決行於朝廷，其惑亦甚矣。所賴聖慈垂察，許臣分析事狀，盡得辨明。向若從京之言⑲，則賤臣被抑固不足論⑳，然上損治體，亦非細事。

　　臣聞歷代用刑㉑，多有過濫㉒，列聖臨御，未嘗獨任威罰及於一臣㉓。先朝建按刑之官，凡罪無細大，悉以審究。三代以還，刑罰之慎，未有如皇世者也。今京欲用偏至之辭，塞辨治之實㉔，此源或開㉕，人無所措。臣謂上損國體者，以此而言也。京又云魚周詢繳奏到邊民被害之家指論臣事，臣不知周詢所言邊民緣何被害，有無處所。去年臣累奏，乞朝廷將臣與狄青廢罷水洛城因依，令百官集議，及乞下獄對辨，未蒙省察。緣當時狄青自邊上處置水洛城事回，已有劉滬、董士廉等隨行㉖，人傳言被害人數甚多，尋取責逐處，并不見得被害之人㉗。其周詢所言被害之家，後來朝廷必曾體量安恤，及必有居止去處。若果緣臣處置乖方㉘，致令邊民被害，即後來朝廷轉臣起居舍人、直龍圖閣，此時京已任御史㉙，當極言論列。朝廷如察臣灼然有過，即不當更沾恩命。若引董士廉所陳之言不復推較㉚，切爲過矣。且士廉本非言事之臣，只緣曾爲水洛城事㉛，繫獄二十餘日，以此挾恨捃摭㉜，雖忠信淳厚之人，其言不免過實。京待士廉果爲忠信醇厚之人㉝，亦當少原其情，漸驗虛實㉞。今乃欲朝廷盡從其言㉟，尤所未諭㊱。京又言“所貴與韓琦行罰頗均”，臣聞本朝執政大臣㊲，出入中外，自有常制。今琦加資政殿學士，制書復有襃言[38]，君臣之恩，未爲不厚，謂之"行罰"[39]，理所未安。

臣又聞言事者主於言而已，言之不從，繼之可也[40]，伏閣請對可也，不然解避其職，皆爲得體。若夫刑賞廢置，乃朝廷大柄，非言事者得專之也。今御史既得風聞言事，又欲朝廷不辨明而行罰，是臣下進退皆繫於御史[41]，其權不亦過重哉？嘗聞景德初，河北轉運使劉綜上言供備庫使白守素武勇[42]，請正除刺史。真宗謂近臣曰："將帥有功，列狀具聞可也；酬勞命秩[43]，自有常典，綜何預焉[44]？"監司之居外，猶御史之在朝也。真宗持賞罰之柄[45]，不欲移於群下，聖意如此。伏望陛下稽法先訓[46]，諮詢故典，察迎合之言，革朋比之風，則天下幸甚。臣累蒙進擢[47]，班在侍從，雖被論疏，若已就鞫劾[48]，即不敢與言事臣寮辯論曲直[49]。今既蒙就問，不當專爲申理[50]，以祈恩貸，兼復建明事體，庶裨聖政。伏望聖慈，特賜省覽。謹具狀奏聞。謹奏。

## 【校注】

①原載卷二十二。文中言"韓琦罷樞密副使"云云，按《長編》卷一百五十五，慶曆五年三月五日，韓琦罷樞密副使，則此文當作于五日之後。李京，《宋史·李京傳》："李京，字伯升，趙州人。……王拱辰薦爲監察御史裏行，遷監察御史。"

②遞，原作連，據叢刊本改。

③籍籍，原作籍，疑脱文，四庫本作藉藉，據李文藻本改。

④又緣，李文藻本作人緣，眉批："人疑今。"叢刊本作人言。

⑤度，叢刊本作慶，疑形訛。

⑥尹某，四庫本作尹洙。文，李文藻眉批："文似不誤。"

⑦今，叢刊本作令。

⑧望，原作望者，者疑衍。

⑨已，李文藻本無。

⑩析，李文藻本作慈，眉批："慈疑詞。"錢，李文藻本作官。

⑪俱不反坐,原作皆不及坐,據叢刊本改。反坐,《唐律疏議·鬥訟三》:"諸誣告人者,各反坐。"

⑫時,叢刊本、李文藻本作昨。李文藻本眉批:"疑作。"作當爲時之訛。

⑬於,原作若於,若疑衍,據四庫本、李文藻本改。

⑭唯,原作雖,疑形訛,李文藻本作惟,據四庫本改。

⑮無,四庫本、李文藻本作有。李文藻本眉批:"有疑無。"方本旁注:"有。"

⑯責,原作謫,據李文藻本改。

⑰幸得苟免,原作得苟免,李文藻本作洋念苟免。洋,李文藻眉批:"疑幸。"四庫本、方本作得令苟免,據此改。

⑱云,李文藻本作亦,眉批:"亦疑云。"切,方本作竊。

⑲辨,李文藻本無,眉批:"明字上原有一爲字,新城塗去。"向,原作白,疑形訛,據四庫本、李文藻本改。李文藻本眉批:"向疑白,連白爲向。"誤,向應與下文斷句,作向若句讀。

⑳抑,叢刊本作析。

㉑用,李文藻本作用代,眉批:"代疑衍。"

㉒濫,李文藻本作溢。

㉓於,原作放,疑形訛,據四庫本、李文藻本改。

㉔辨,李文藻本眉批:"辯。"

㉕源,四庫本、叢刊本作原,疑形訛。

㉖已,原作以,李文藻本作已,眉批:"疑以。"據四庫本改。

㉗逐,李文藻本作實。被,四庫本作放。

㉘方,叢刊本作張。

㉙已,原作以,四庫本作巳,據叢刊本改。

㉚之言,叢刊本作之言不安。

㉛城,原闕,據四庫本、叢刊本補。

㉜捃,原作掎,據叢刊本改。

㉝醇,原作淳,四庫本作忠。李文藻本眉批:"淳與上淳字俱應醇。"

㉞漸驗虛實,李文藻本無驗字,眉批:"驗字上原有漸字,新城塗去。再抄

時凡新城塗去之字，仍宜空一格，或照誤字寫上。蓋新城塗之，本欲改正，非竟去之也。”

㉟今，原闕，據李文藻本補。

㊱諭，叢刊本作喻，四庫本作論。

㊲執，叢刊本作機。

㊳書，李文藻本作蕃，腳注：“蕃疑書。”

㊴行罰，李文藻本作行罷罰，腳注：“罷疑衍。”

㊵之，原作之言，言疑衍，四庫本作言之，據叢刊本改。

㊶繫，叢刊本作懸。

㊷綜，叢刊本作德。按《宋史・劉綜傳》：“劉綜，字居正，河中虞鄉人。”“咸平初，命代王欽若判三司都理欠憑由司，出爲河北轉運副使。”白守素，《宋史・白守素傳》：“白守素，開封人。”“景德元年，契丹侵長城口。守素與能發兵破之，追北過陽山，斬首級、獲器械甚衆，賜錦袍金帶。俄徙屯冀州。轉運使劉綜舉其智勇材任將帥，加領康州刺史。”

㊸酬，原作疇，據叢刊本改。命，叢刊本作分。

㊹預，叢刊本作與。焉，原作爲。據叢刊本改。

㊺持，原作待，形訛，據四庫本、叢刊本改。

㊻稽，原作籍，疑音訛，據四庫本、叢刊本改。

㊼累，李文藻眉批：“累似不誤。”

㊽鞠，叢刊本作勒。李文藻本作勤，腳注：“勤疑衍。”

㊾辯，原作辨，李文藻本眉批：“辯。”

㊿申，李文藻本作中，眉批：“中疑申。”


# 潞州題名記①

上党古郡，既以潞名州②，常爲大州。唐以大都督爲府號③，兩河用兵，節度澤、潞④、邢、洺、磁五州，標其軍曰“昭義”。迨今三百年，領州事者百餘人，軍名數易，不復節度諸州，而府號如舊，故以“大都督府題名”爲記，尚忠美物⑤，斷自義陽王爲始。慶曆五年五月十一日<sup>⑥</sup>，起居舍人、直龍圖閣、知州事尹某序。

【校注】

①原載卷四。文中言"慶曆五年五月十一日"云云，故繫于此。《山西通志》卷九十一《名宦·潞安府九》："尹洙，河南人。知潞州以惠愛爲政，去後人常思之。"李文藻本旁批："按此篇有録無文。"叢刊本無此篇。

②既以潞名州，四庫本作既以潞州名。

③以大都督，方本作大都督。

④潞澤，原作洛澤，方本作澤潞，據四庫本、長洲陳本、張吳本改。

⑤尚，方本作由。物，陳本作初，形訛。

⑥五月十一日，方本作五月。

# 申四路安撫使范資政乞於乾華州聽候朝旨狀<sup>①</sup>

某昨自潞州赴渭州制勘院照對公事至永興軍<sup>②</sup>，經陝西都轉運司陳狀，爲先曾知渭州、涇州，將來奏案後，若在邊上州軍聽敕，切慮於事體不便；及邠州、永興軍又是前兩府知州，亦難以在彼。欲乞於乾華州聽候朝旨。如該合收禁，亦乞依條貫施行。自後即未知都轉運司曾與不曾聞奏。洙已於六月十日，蒙制勘院責保送渭州，見在館驛内安下<sup>③</sup>。比至伺候敕命，須是一月以上。切緣洙去年方離渭州，即今本州官員多是某在任日到任，館驛内又有衆官安下<sup>④</sup>，常有官員往還，事體深屬不便。伏望四路安撫資政特賜據狀備録聞奏<sup>⑤</sup>，并詳某前於陝西都轉運司所陳事理<sup>⑥</sup>，早降指揮，伏候台旨。

【校注】

①原載卷二十五。文中言"洙已於六月十日，蒙制勘院責保送渭州，……切緣洙去年方離渭州"。按《涑水記聞》卷十"慶曆四年五月己巳（八日），詔特徙右司諫、直集賢院、知渭州兼涇原路部署尹洙，知慶州"。則知此文當作於慶

曆五年六月。

②某昨自潞州,四庫本作某自潞州昨。自,原闕,據李文藻本補。

③見在,原作知州見在,四庫本作居住見在。李文藻本作知在見在,眉批:
"知疑衍。在疑衍。"

④又,叢刊本作人,形訛。

⑤聞,叢刊本作開,形訛。

⑥前,原闕,據四庫本、叢刊本補。


# 與鄧州孫之翰司諫書①

與之翰別久,未嘗一日不相思②。直以德度服人,企仰之心
不能暫忘耳。今幸會而復別,重以顧恤之意,笑語之樂,中懷鬱
悒③,不啻向時④。乃知仰高之心⑤,與愴離之情⑥,各是一事。古
語"作惡數日"⑦,此最得之。到隨當別作書。

【校注】

①原載卷十。《長編》卷一百五十四,慶曆五年春正月二十三日,孫甫知鄧
州。按《資治通鑑後編》卷五十七,慶曆五年七月十八日,"貶知潞州尹洙,爲
崇信節度副使",《宋史》卷八十五《地理志》載隨州"漢東郡,崇信軍節度",而
文中言"到隨當別作書",則知作於尹洙被貶而尚未到任時。李保泰本眉批:
"孫甫與師魯善。甫在諫院日,論劉滬城水洛事,獨謂滬不可罪,由是罷師魯而
釋滬,時人服其公。又案,師魯既罷,甫亦以右司諫,出知鄧州,此二書皆在爭
水洛事之後,師魯交誼之篤如故,可知兩公皆無私者,古來賢人君子大抵如
此。"原作與鄧州孫之翰司諫書二首,據叢刊本改。李文藻本旁批:"按《宋
史・孫甫傳》:甫字之翰,許州陽翟人,曾以右司諫出知鄧州。"

②相,原作奉,叢刊本作來,據四庫本改。

③鬱悒,據叢刊本作悒鬱。

④向時,四庫本作時時。

⑤仰高,《詩經・小雅・車舝》:"高山仰止,景行行止。"

⑥情,李文藻本作惜,眉批:"惜疑情。"

⑦作惡數日,《世説新語·言語》:"謝太傅語王右軍曰:'中年傷於哀樂,與親友別,輒作數日惡。'"

## 又一首

與之翰別十年,所與遊處,深相知者不數人。其間不以疏近爲間①,毀譽爲疑,同不爲黨,異不爲嫌,如吾之翰者,益難其比。向觀之翰所論朋遊,其親若厚如某比者②,亦復無幾。驟此相別,以某奉思之心,揆之翰相念之意,詎有已耶!

【校注】

①近,原作進,疑音訛,據四庫本、叢刊本改。

②某,叢刊本作其,形訛。

【集評】

李文藻本脚注:"《宋史·孫甫傳》:邊將劉滬城水洛於渭州,總官尹洙以滬違節度,將斬之。大臣稍主洙議,甫以謂水洛通秦渭,於國家爲利,滬不可罪,由是罪洙而釋滬。洙與甫素善者,而甫不少假借,其鯁亮不私如此。"

## 答福州蔡正言書①

自君謨在朝廷爲言事之臣,遂不作書,逾三年矣。忽辱手誨,以家兄亡歿爲慰②,感涕無已③。因念家兄平日常以遠事見教,而朋友之説多異於此,某所亦以爲家兄親愛當然,朋友相成以義者也。家兄歿兩月④,某卒得罪,使其尚存,聞某就獄,其亦憂而成疾矣。故自謫官而來,不以廢放自悼,惟以負教爲恨。君謨於某兄弟皆厚,故道此意。漢東土風不惡,寓家城東佛寺,私用雖窘而不乏,讀書日益有味,不煩留意。君謨侍親多慶,因人或惠問,以慰思渴。

【校注】

①原載卷十。按《長編》卷一百五十二，慶曆四年十月二十一日，蔡襄知福州。而文中言"自君謨在朝廷爲言事之臣，遂不作書，逾三年矣。"《長編》卷一百四十載，慶曆三年四月十一日，蔡襄知諫院，則知此文當作于慶曆五年。文中又言己謫官，"漢東土風不惡，寓家城東"云云，則知爲貶謫隨州初到之時。四庫本作答福州蔡正言書一首。李文藻本旁批："《東都事略·蔡襄傳》，嘗以右正言直史館，爲福州。"按《宋史》本傳無右正言之職。《宋史·蔡襄傳》："蔡襄，字君謨，興化仙遊人。"

②家兄亡歿，四庫本作先兄亡没。《宋史·文苑四》："尹源，字子漸，少博學強記，與弟洙皆以文學知名。……范仲淹、韓琦薦其才，召試學士院。源素不喜賦，請以論易賦，主試者方以賦進，不悦其言，第其文下，除知懷州，卒。"按《宋史·尹焞傳》"源字子漸，是謂河內先生"。歐陽修《書懷感事寄梅聖俞》："師魯心磊落，高談義與軒。子漸口若訥，誦書坐千言。"

③感涕，叢刊本作感深涕。

④歿，四庫本、叢刊本作没。

# 答汝州王仲儀待制書①

郡校來，蒙賜手教，具審尊體寧裕，兼以進退解爲寄②，意高理詣，誠所欽伏。然閣下謂進與退繫乎道之所存③，雖聖門達者，無以爲異也。若論夫才與不才，竊有惑焉④。蓋才者容有小人，而不才者不害爲君子。君子而才不至，其進也於世不甚益，亦不甚損；小人才而進，雖樹功立事，其蠹益深⑤。閣下誠思之⑥，以爲何如？

【校注】

①原載卷十一。下文《又一首》言"某到隨州城東，得一僧居"云云，與《答福州蔡正言書》當作與同時。李文藻本腳注："按《東都事略·王旦傳》，旦子素字仲儀。"按《宋史·王素傳》："王素，字仲儀，太尉旦季子也。……王德用進二女子，素論之，帝曰：'朕真宗皇帝之子，卿王旦之子，有世舊，非他人比也。

德用實進女,然已事朕左右,奈何?'素曰:'臣之憂正恐在左右爾。'帝動容,立命遣二女出。賜素銀緋,擢天章閣待制、淮南都轉運按察使。"李文藻本旁批:"《東都事略》,素擢天章閣待制淮南都轉運使,徙知渭州宣撫使,范仲淹劾轉運使劉京,市木擾民,事連素,降爲嘉州,又落職爲汝州。"四庫本作答汝州王仲儀待制書二首。

②進,原無,陳本、方本旁批"進"字。

③謂,原作爲,據四庫本、李文藻本改。存,叢刊本作在。

④惑,原作感,形訛,據四庫本、叢刊本改。

⑤深,四庫本作甚。

⑥閣,陳本作門。誠,四庫本、叢刊本作試。

# 又一首

辱賜書教,承自至汝陽,政簡訟稀,尊體安適。某到隨州,城東得一僧居,竹樹甚美,頗有隱者之趣,所愧者以罪來耳。

# 答張固太博書①

頃年在秦,嘗見家兄稱道閣下之爲人②,及來安定,會軒車東還過郡③,始得請見,則仰高之心④,有所從矣。暨至平涼,與同僚議邊事⑤,有石君乘者⑥,數數論閣下之所施置,無不得宜者,益所歎伏⑦。近見孫之翰稱閣下之隱德懿行⑧,足以厲今世⑨。故某奉接未數,而仰聞盛美,爲日久而且詳也。謫官來,止作報書,雖欲通記左右,顧不能致。今辱書存恤至厚,感愧無已。又承別拜恩命,即未知何日再接高論⑩,不勝區區之意。

【校注】

①原載卷十。文中言"謫官來,止作報書"云云。《答鄧州通判韓宗彥寺丞書》及《又一首》言"某被罪放逐"。《答環慶經略使施待制書》言"某盛夏就獄"、"逮及謫官"云云,《答江休復學士書》言"盛夏就獄"、"遂有漢東之命"云

云,《答光化軍致仕李康伯率府書》言"某泊於風波,自取放逐"云云,則知這些文章大致同作於被貶隨州之時。李文藻本眉批:"總目作章,此作張,必有一誤。"四庫本作答張固太博書一首。

②嘗,陳本作常。見,方本作聞,夾注:"一作見。"之,方本旁注:"有。"爲人,叢刊本作道人。李文藻本眉批:"人應是義。"方本作道義,夾注:"道義,一作爲人。"

③還,原作遷。據四庫本改。

④仰高,見《與鄧州孫之翰司諫書》注⑤。

⑤與同僚,叢刊本作同僚。

⑥君,李文藻本作若,眉批:"字之譌。"者,原闕,據四庫本、李文藻本補。

⑦益,李文藻本作蓋。

⑧孫之翰,《宋史·孫甫傳》:"孫甫,字之翰,許州陽翟人。"

⑨厲,叢刊本作慮。世,四庫本無。

⑩即未,叢刊作即來。方本作而未。


# 答鄧州通判韓宗彦寺丞書①

某被罪放逐,於時之士大夫,宜見擯棄,不與爲齒。閣下無一日之雅②,惠然見過,開懷論議,與平居交遊之舊者無少異,閣下真篤於義者。顧某無以承厚意③,唯欽仰令德而已。

【校注】

①原載卷十一。李文藻本脚注:"按《司馬温公詩話》,宗彦字欽聖。"眉批:"《司馬温公詩話》,慶曆二年,韓欽聖試勳門,賜立戟詩云'凝峰畫旛轉,交鍛彩支祭'。范京仁云,曾見真本。如此傳,欽聖作'迎風畫旛轉,映日彩支繁',故而存之。"四庫本作答鄧州通判韓宗彦寺丞書二首。按《宋史·韓億傳》:"(韓億之子)綱子宗彦,字欽聖。"然無通判鄧州事。

②雅,交往、交情。蘇軾《與謝民師推官書》:"況與左右无一日之雅,而敢求交乎?"

③承,原作誠,據四庫本、李文藻本改。

## 又一首①

辱書曾道及鄙文，今録近所作四篇，附李丞通呈②，皆有爲而成，非立意如古文章之爲也。閣下方以才名爲士林推重③，當世名卿巨儒，凡與遊者，其作爲文章，莫不道聖功④，揚德音⑤，如觀樂於宗廟，和平嘽緩，無不得其宜。若夫廢放之人，其心思以深⑥，故其言或窘或迁，或激或哀，異此則非本於情，矯爲之也。譬諸急弦促軫⑦，烏足留大雅之聽哉？惟閣下亮之，幸甚。

【校注】

①又一首，陳本作其二。

②通，方本作適，夾注：“一作通。”

③下，原作以，據四庫本、叢刊本改。

④莫不道，李文藻本作莫不通遠，眉批：“疑達。”

⑤音，原作者，形訛，據四庫本、李文藻本改。

⑥思，原作私，據四庫本、李文藻本改。

⑦促，原作捉，據四庫本、李文藻本改。

## 答光化軍致仕李康伯率府書①

與閣下別久，然心未始忘也。某泊於風波，自取放逐；閣下齒髮未衰②，遺榮養高。同處兹世，其識慮相去，何穹壤之異也！何期未賜棄絶，曲致榮問③，雅意勤密，至慰至悚④。某留鄧，俟房州叔父過，當詣鄧待闕，拜見不晚，諸悃非面序莫盡。

【校注】

①原載卷十一。李文藻本眉批：“《東都事略·富弼傳》：元昊寇鄜延，帥范雍、鈴轄盧守勤閉門不救，内侍黄德和引兵先走，劉平、石元孫戰没，而雍、守勤歸罪於通判計用章、都監李泰伯，皆竄嶺南。”按《宋史·葉清臣傳》載清臣

上疏曰：“臣聞衆議，延州之圍，盧守勤首對范雍號泣，謀遣李康伯見元昊，爲偷生之計。計用章以爲事急，不若退保鄜州，李康伯遂有‘死難，不可出城見賊’之語。自元昊退，守勤懼金明之失、二將之没，朝廷歸罪邊將；又思倉卒之言，一旦爲人所發，則禍在不測。遂反復前議，移過於人，先爲奏陳，冀望取信。正如黄德和誣奏劉平，欲免退走之罪。尋聞計用章亦疏斥守勤事狀，詔文彦博置劾，未分曲直，而遽罪用章、康伯，特赦守勤。此必有議者結中人、惑聖聽，以爲方當用師邊陲，不可輕起大獄。”四庫本作答光化軍致仕李康伯率府書一首。

②衰，李文藻本作哀，眉批：“衰。”

③曲，叢刊本作四，李文藻本無。

④慰，叢刊本無。

# 答江休復學士書①

遞中兩得書并詩②，所云牙校附書者，訪之不獲③，用是答不敢作書，當見亮也。自河内之喪④，便有平涼之行。盛夏就獄，窮治百端⑤，卒無毫髮自潤之污，遂得在外聽旨。只用不合貸與部將錢，經赦不改正催收，從流三千里⑥，私罪當追二官⑦，遂有漢東之命⑧。至此聚族，不至失所⑨，雖未得還鄉自便，然亦無撓。日讀詩一篇⑩，了無仕宦意，必素亮也。

## 【校注】

①原載卷十一。李保泰本眉批：“江休復字鄰幾，嘗以祠神會須事，與蘇子梅同得罪。”李文藻本旁批：“《東都事略·文藝傳》：江休復字鄰幾，開封陳留人，與尹洙、蘇舜欽遊。《事略》不言爲學士。再考。”眉批：“江鄰幾，《宋史》及《東都事略》皆有傳。”原作答江休復學士書一首，據叢刊本改。

②遞，驛車、驛馬。白居易《縛戎人》：“黄衣小使録姓名，領出長安乘遞行。”

③牙校至不獲二句，原作“牙校附者，書訪之不獲”，據李保泰本改。附書，

捎帶書信。杜甫《石壕吏》：“一男附書至,二男新戰死。”

④河内,叢刊本作河南内,南衍。

⑤端,李文藻本作病,眉批：“病疑衍。”

⑥從,叢刊本作徒。

⑦當追,李文藻本作當迨,眉批：“迨疑逮。”

⑧遂有,李文藻本作逐命,眉批：“逐命疑是遂有之譌。”

⑨至,原作止。據叢刊本改。

⑩詩,叢刊本作書詩,書疑衍。

# 答環慶經略使施待制書①

某向領州,得在部下,官事未嘗相檢察,笑語未嘗見疏外,此閣下於某甚厚。及某盛夏就獄②,閣下相視有不忍之色,護視賤屬,不啻骨肉。逮及謫官,盡室獲歸,無少失所,此又於某甚厚。自見放逐,平日遊舊罕有以尺紙見問者③,閣下方領兵貴重,乃能數千里惠書,勤勤見恤,此又於某甚厚。某接熟左右固未久,然亟辱顧遇④,宜何以爲報？惟祈益樹德業,早登公輔,得爲聲詩⑤,以道盛美⑥,此其望也。

【校注】

①原載卷十一。李文藻本眉批：“疑是施昌言。再考。”按《宋史·施昌言傳》無環慶經略使之任。四庫本作答環慶經略使施待制書一首。

②某,原作甚,疑形訛,據四庫本、李文藻本改。

③平,李文藻本作卑,眉批：“卑當是平。”“卑不誤。”

④遇,叢刊本作過,疑形訛。

⑤聲詩,《史記·樂書》：“樂師辯乎聲詩。”《正義》：“此聲謂歌也。”

⑥盛,原作甚,據四庫本、李文藻本改。

# 故西京左藏庫使銀青光禄大夫檢校工部尚書使持節
# 普州諸軍事普州刺史兼御史大夫充廣南東路駐泊
# 兵馬鈐轄兼提舉本路巡檢兵馬賊盜公事上柱國
# 太原縣開國伯食邑九百户王公墓誌銘并序①

公諱世隆，字可久，其先自澶淵徙河南，今爲河南人。少舉明經上第，授洪州分寧主簿，累調涇州司法參軍②，越州山陰縣、秦州録事參軍，遷大理寺丞。歷太子中舍、殿中丞、國子博士，尚書虞、比、駕三曹員外郎，换左藏庫使，改左領軍衞大將軍致仕③。復爲左藏庫使，領普州刺史。由大理寺丞至員外郎，凡歷監台州酒税，知河南府壽安縣事，徙知雲安軍，通判邠、秦二州事，由左藏庫使知夔州事。起致仕，知登州事，移廣南東路兵馬鈐轄。行次南雄州，慶曆二年二月二十日，無疾終於館，年六十七。

公性通明④，其爲吏事，雖細微，處之極精。或事劇體巨，他人蓄縮不敢議，决之益不疑，卒無一毫差失，所至以材聞。在秦州，會曹公瑋治兵扞戎⑤，命主儲餉⑥。曹公表公能辦職，雖軍事亦與謀議，遂力薦之。明道中，歲大饑，公爲坊州，出廩粟以賑民，僚吏固曰：“必待報。”公曰：“民方徙溝壑，緩之⑦，困將日甚。天子至仁，必不以加罪；縱異此，吾任之無恨。”公始緣曹公薦，世多知其有文略⑧。王丞相隨典樞密⑨，言公策略可試，遂領使職。及以疾致仕還洛⑩，而疾平，會張定公以留守入相⑪，嘉公精力⑫，且惜其材，乃復起之。公重厚寬愛，不務峻刻⑬，於治獄尤尚平允。僚屬有一善，孜孜稱道。御士卒亦隨其所任，不强其不能，下亦樂爲盡力。劇飲，至醉不亂。

父應之，累贈屯田員外郎；母諸葛氏，追封永寧縣太君⑭。娶董氏,封金華縣君。二男:沂,右班殿直;炳,河南河清縣主簿[15]。四女[16],皆適士族。慶曆五年七月二十五日,沂、炳奉公之喪,葬於河南縣洛苑鄉司徒里[17]。銘曰[18]:

　　君奮在初,才克有試。由中歷外,以功以事。智識無倫,宜輔於治。年胡弗延,葬則有制。克振家聲,在公之嗣。[19]

## 【校注】

①原載卷十六。文中言"慶曆五年七月二十五日"云云,故繫於此。西,原作兩。并序,原無。據叢刊本、四庫本、李文藻本改。

②涇,李文藻本作淫,眉批:"疑涇。"

③軍,叢刊本作兵。

④明,四庫本、李保泰本無。

⑤戎,李文藻本作戒,眉批:"戒疑戎。"曹公瑋,《宋史・曹彬傳附曹瑋傳》:"瑋,字寶臣。""知秦州兼涇原、儀、渭、鎮戎緣邊安撫使。"

⑥餉,原作向,疑形訛,據四庫本、李文藻本改。

⑦緩之,四庫本、叢刊本作少緩之。

⑧文,四庫本、叢刊本作武。

⑨隨,叢刊本作遂。王隨,見《故鄉貢進士謝君墓誌銘》注③。

⑩疾,原字殘汙,據四庫本、叢刊本補。

⑪定,四庫本、叢刊本作鄧。相,四庫本作桐,形訛。張定公,《宋史・張齊賢傳》:"張齊賢,曹州冤句人。""淳化二年夏,參知政事,數月拜吏部侍郎、同中書門下平章事。""謚文定。"

⑫力,原字殘汙,據四庫本、叢刊本補。

⑬刻,叢刊本作利,疑形訛。

⑭太,原作大,據四庫本、叢刊本改。

⑮縣,四庫本、叢刊本無。

⑯四,叢刊本作兩。

⑰司徒,李保泰本無。

⑱銘曰,原注失文二字。陳本、方本作"銘曰,下闕",李保泰本眉批:"銘闕。"李文藻本眉批:"題曰銘,而無之,何也。"

⑲此銘據四庫本增。

【集評】

李保泰眉批：“性通二字，一篇之骨。”

# 贈三鄉浮圖智聰一首①

伊昔相逢日，於今二十年。師隨安樂住，我豈利名牽。自笑真徒爾，何如養浩然。西門女几路，未得賦歸田。

【校注】

①原載卷一。詩中言“於今二十年”，又言“我豈利名牽”“未得賦歸田”，流露出消極落寞的思想，則當作於被貶隨州之時。聰，叢刊本作聽。

# 送浮圖迴光一首①

予聞廢放之臣②，閔其身之窮③，乃趨浮圖氏之說，齊其身之榮辱窮通，然後能平其心。吁，其惑哉！屈原、賈生爲放逐之辭④，皇皇焉切以深所不忘者⑤，君也。彼豈以身之窮辱⑥，能累其心耶⑦？先聖稱顏子“簞食瓢飲，人不堪其憂，回也不改其樂”⑧。蓋夫樂吾聖人之道者⑨，未始有憂也，尚何榮辱窮通之有乎？予謫隨之一月，光師來相過，持其師之說以警予⑩。光師，明達人也，於其行，敘吾說以爲別。

【校注】

①原載卷五。文中言“予謫隨之一月”，《送隨縣尉李康侯一首》言“自予貶官”，《退說》中亦言“今年貶官漢東”。則知此數篇作於尹洙被貶隨州不久。又據《太平寰宇記·山南東道三》載，隨州“元領縣四：隨縣、棗陽、唐城、光化”，則知《送光化縣尉連庠一首》亦當作於貶謫隨州之時。

②聞，原作病，據叢刊本、方本改。方本旁注：“病。”臣，原作目，疑形訛。

③閔,叢刊本作病,四庫本作因。

④逐,原作辛,據四庫本、叢刊本改。按《史記·屈原賈生列傳》:"屈平既嫉之,雖放流,睠顧楚國,繫心懷王,不忘欲反,冀幸君之一悟、俗之一改也。其存君興國而欲反覆之,一篇之中,三致意焉。""賈生既辭往行,聞長沙卑溼,自以壽不得長。又以適去,意不自得,及度湘水,爲賦以吊屈原。"

⑤以,原作以心,心疑衍,據四庫本、叢刊本、李文藻本改。

⑥窮,叢刊本、方本作榮。方本旁批:"窮。"

⑦耶,原闕,據四庫本補,叢刊本作邪。

⑧先聖稱顏子,《論語·雍也》:"子曰:'賢哉,回也。一簞食,一瓢飲,在陋巷,人不堪其憂,回也不改其樂。賢哉!回也。'"

⑨吾,叢刊本作古。

⑩師,原作詩,據四庫本、叢刊本改。

## 【集評】

李保泰本眉批:"不倒却文章架子。"李文藻本眉批:"兩層中包孕極大,語淡而旨深,此等文實堪伯仲韓、歐、曾。""好結構。"

# 送隨縣尉李康侯一首①

自予貶官,有見顧者哀予之窮,惻然見於色辭。其人未必相知,特哀吾窮耳②。予愧其意,重其爲人。何哉?見人之窮,惻然而哀之,是亦情發乎仁者也。李君再見我③,惠書幾千言,皆張大仁義之説,無一語哀予之窮者,豈以身之窮不足累於心乎?夫自處不卑者,期人則深④。予喜李君知我,而嘉其自處之高也⑤,重其別,姑贈以言。

## 【校注】

①原載卷五。

②李保泰本眉批:"對下知我。"

③再,叢刊本作亦。

④李保泰本眉批:"名言可味。"

⑤嘉,原作加,據四庫本、叢刊本改。

**【集評】**

李保泰本眉批:"此篇文氣收斂,似介甫。"

# 退説①

予家洛陽,汝距洛爲近②,凡過汝而館昭禪師居者,三十年矣。今年貶官漢東,道汝復館焉,因言:"禪師始見予進於文,已而益進以名,遂以仕。禪師視予之爲進久矣。山林樂也,盍退乎以休吾勤?"禪師曰:"退與進均有爲也③,不若兩忘焉。"予竦然,愧其説之勝。然予之所謂退者,豈以進爲不偶④,退爲高耶⑤? 直以不才,於退適宜爾⑥,樂之不爲過也。既而自訑曰:"予之不才,於退適宜者,非今而始自知也。向天子命之治民⑦,又命之治兵,不於是時自退,今以罪黜,乃曰樂退,退之樂與否,非所得而言也。禪師之説旨哉!"於是作《退説》以自儆。

**【校注】**

①原載卷三。

②汝距,方本以筆勾畫汝距倒置爲"距汝"。

③與,原作於,據四庫本、李文藻本、叢刊本改。李文藻本眉批:"進退過也,兩忘而後能,誠有爲。"

④不偶,王充《論衡·命義》:"行與主乖,退而遠,不偶也。"

⑤耶,叢刊本作邪。

⑥爾,四庫本、叢刊本作耳。

⑦向,叢刊本作問,疑形訛。

# 送光化縣尉連庠一首①

自西師之興,金帛糧糗之積②,凡資於兵者,其費益廣;鐵革榦羽之用③，凡須於兵者④，其取益夥。費之廣，則吏之聚斂者進焉；取之夥，則吏之幹力者進焉。上任其能，下收其功，自監司所部及於郡縣，由初仕至於久吏宿官，莫不以是爲治之優⑤，爲政之先。於是吏之強者益肆，弱者亦趨⑥，甚者不恤困窮，不察有無，殫利以誇精⑦，嚴期以名勤⑧。有以治體爲言者，必詆之曰："方事之艱，當求所以富國強兵之要，烏體之爲哉！"故吏益材，而民益愁，爲吏者寧當然耶⑨？

連君，君子人也，其仕五歲矣。予質其爲吏之術，大概本於仁而達下之情。其於民也⑩，知利之與寬之而已⑪，職事無廢也，期會無失也。考於古之爲吏者⑫，當以良稱，而於今未得以材名也。噫！沿古未嘗無兵也⑬。國家仁育天下幾百年，今一方兵興，其資於民、役於民者，必視其貨力，與之約束，豈重擾哉？而下之愁歎者，吏爲之也；吏豈喜擾耶⑭？亦欲以材自名，而利其進也。是故獎材吏則士益偷，貴良吏則民遂其生。惟君子不可以利回，故樂與連君盡其説。

【校注】

①原載卷五。庠，叢刊本作癢。李保泰本眉批："歐公集有《連處士墓表》，即庠之父舜賓也。其家故高，貲而好行其德，庠舉進士。"

②糗，原作粮，據四庫本、叢刊本改。

③羽，原作材，據四庫本、叢刊本改。

④者，原闕，據四庫本補。

⑤治，叢刊本作吏。

⑥趨，李文藻本眉批："趨字新城勾出，必疑是赴字也。"

⑦殫，原作禪。據四庫本改。

⑧名，原作各，形訛，據四庫本、叢刊本改。

⑨耶，叢刊本作邪。李保泰本此處眉批："道盡材吏病、民流弊。"

⑩於，原作與，據四庫本、叢刊本改。

⑪與,叢刊本作興,形訛。

⑫於,叢刊本作千,形訛。

⑬沿古,原作治古,四庫本作古時,據叢刊本改。李保泰本此處眉批:"咽住妙。"

⑭耶,叢刊本作邪。

## 【集評】

李保泰本此處眉批:"上句生下句,文氣如引繩貫珠。"

# 隨州聞劉易入終南山①

神驥渴死追無蹤②,離婁眩目迷虛空③。九衢歡遊尚故處④,一日忽在終南峰⑤。附勢趨權徒擾擾,生歌死哭何愡愡⑥。人間萬事既能了,莫教聲譽過關東。

## 【校注】

①原載卷一。李文藻本眉批:"處士劉易隱居王屋山,見沈括《夢溪筆談》卷二十四。"按《宋史·隱逸中·劉易傳》:"劉易,忻州人。……不能屈志仕進,寓居於虢之盧氏,習辟穀術。趙抃復薦其行誼,賜號退安處士。"未見入終南山之事。

②神驥,即駿馬。范仲淹《天驥呈才賦》:"偶昌運以斯出,呈良才而必分。天產神驥,瑞符大君。"

③離婁,《孟子·離婁上》:"孟子曰:'離婁之明,公輸子之巧,不以規矩,不能成方圓。'"焦循正義:"離婁,古之明目者,黃帝時人也。黃帝亡其玄珠,使離朱索之。離朱即離婁也,能視於百步之外,見秋毫之末。"

④衢,原作懼,形訛,據四庫本、叢刊本改。

⑤終南,原作南山,題目爲終南,因據四庫本、叢刊本、李文藻本改。

⑥愡愡,李文藻本作忽忽。

## 故朝奉郎尚書司門員外郎通判河南府西京留守司兼幾內勸農事上輕車都尉賜緋魚袋盧公墓誌銘并序①

公諱察,字隱之,河內人。舉進士,授復州司士參軍,累調光化軍乾德、襄州襄陽二主簿,夔州奉節令②,泉州觀察推官,遷大理寺丞。登朝爲太子中舍,殿中丞、國子博士。入尚書省,爲水部、司門員外郎。凡歷知河南密、江陵公安、彭州永昌三縣,知蒙州事,白波發運判官,最後通判河南府事③。寶元二年八月十日,以疾終於官,年五十五。

初,公景德初以進士貢,有名稱,禮部薦在高等。有以先相名聞者,且曰:“盧某男④,不當與科第。”上亟命以官⑤,吏部復持公年未中格,遂以閑曹授之。公既見詆於時,益以風節自屬,所至朝夕勤事,勇於行己,不以上官不合易其守。前後斷疑獄⑥,濟饑民,發奸吏,復逋亡。所部監司以其狀爲薦者相繼⑦,始終以幹理聞⑧。能爲古文章,有集三十卷⑨,別著《晦書》一卷,《靈感志》三卷,《注孫子》三卷。雅愛《太玄》,爲之注,未成,臨終命焚之,獨留一篇并序,且曰:“後世必有吾繼者。”善撫宗屬,及姊妹子之無依者,親爲嫁娶,凡十人⑩。篤尚風義,侍御史臧奎於公有舊恩,名其次子⑪,示不忘臧氏。

景祐中,嘗得召對,從容叙及丞相得罪事,言已流涕⑫。上感動,即贈丞相工部尚書⑬,夫人蘇氏追封河南郡太夫人⑭。初,丞相以兵部尚書相太宗⑮,後徙朱崖,雍熙二年以疾終,其九月公始生⑯。公感家世蒙禍⑰,居常自傷,至是五十年,追命常伯⑱,卒獲其志,世皆異焉⑲。蘇夫人,漢相禹珪之女⑳,當丞相貴,封鄎國夫人。公祖諱億,少府監,嘗贈太師。祖母李氏㉑,鄭國太夫人。公娶張氏,封清河縣君。其父文勝,爲達州司理參軍,遇盗起,迫署以官,不屈,以兵死㉒。公之子九人:戢、臧、城、成、戔、鋮、戩、戒、感。城有文行,早世;戢、成、戔、鋮、戩㉓,皆幼亡。臧以進士第,爲河陽尉;戒、感并學爲辭章㉔。二女,一夭亡㉕,一未嫁。孫壽康、壽甯、壽祺,尚幼。慶曆五年十月辛酉㉖,臧奉公及清河君之喪㉗,葬於河陽某村之西北原。銘曰:

　　既艱其生,又窒其仕。匪俗以同兮將永躓,公秉常兮方以厲㉘。道不屈兮文益肆,追命其先兮如始志㉙。惟此孝心兮德之至,能銘其烈兮公之嗣。

## 【校注】

①原載卷十六。文中言"慶曆五年十月辛酉"云云,故繫於此。按《宋史・盧多遜傳》:"咸平五年,又録雍弟寬爲襄州司士參軍。寬弟察,中景德進士,將廷試,特詔授以州掾。大中祥符二年,始改簿尉。三年,察奉多遜喪歸葬襄陽,又詔本州賜察錢三十萬。"

②奉節,原作復節。按《元豐九域志》卷八,夔州有奉節而無復節,據此改。

③事,叢刊本無。

④且,叢刊本作具,形訛。李保泰本眉批:"以上不言多遜子,突入先相,似無根,不知此正師魯用意處。"曰,四庫本作白。盧某,李文藻本眉批:"謂多遜。《宋史・多遜傳》云察中景德進士,將廷試,特詔授以州掾。大中祥符二年,始改簿尉閑曹。"

⑤毆,李保泰本無。

⑥斷,原作所斷,所疑衍,據四庫本、叢刊本改。

⑦其,原作真,形訛,據四庫本、叢刊本改。者,四庫本無。

⑧以幹理聞,李保泰本眉批:"通篇從其家世蒙禍著意,此先生極矜慎之作。"

⑨有集三十卷,李文藻本眉批:"查《宋史・藝文志》有其目否,其《太元注》《經義考》未收。"今《宋史》无載。

⑩凡,原作幾,據叢刊本改。

⑪名其次子,李保泰本眉批:"次子名臧,見後叙次亦佳。"

⑫言已流涕,李文藻本眉批:"按多遜之流竄,本非其罪,審趙普用太宗之

言,藉以陷秦王廷美耳。師魯拘於本朝成案,不敢辯論,而叙察奏對一節,語極沉痛。"

⑬李保泰本眉批:"叙復官事,只如此,妙妙。史云進汝工部侍郎,當以墓誌爲正。"

⑭追封河南郡太夫人,李文藻本脚注:"返贈多遜及夫人封爵,《宋史》皆不載。"

⑮李保泰本眉批:"倒叙見佈置。"

⑯九月,叢刊本作九月日。

⑰公,四庫本無。

⑱常伯,《漢書·谷永傳》:"戴金貂之飾,執常伯之職者。"顔師古注:"常伯,侍中也。伯,長也,常使長事者也。一曰常任使之人,此爲長也。"

⑲世皆異焉,李文藻本眉批:"《宋史·多遜傳》:太中祥符三年,察奉多遜喪,歸葬襄陽,又詔本州賜察錢三十萬。"

⑳禹珪,《舊五代史·周書·蘇禹珪傳》:"蘇禹珪,字玄錫。""漢祖即位於晋陽,授中書侍郎平章事。"

㉑祖,原闕。李文藻本作妣,眉注:"妣疑祖。"據方本補。

㉒李保泰本眉批:"不可增損一字。"

㉓鉞、戩,叢刊本作戩、鉞。

㉔辭,原作詞,據四庫本、叢刊本改。

㉕夭,原作夫,據四庫本改。

㉖五,原作三,據四庫本、叢刊本改。

㉗君,叢刊本無。

㉘秉,叢刊本作來。厲,四庫本作歷。

㉙志,原作至,據四庫本、叢刊本改。

【集評】

　　李保泰本眉批:"盧察乃故相多遜之子。多遜傾趙普,後得罪,徙朱崖。爲清議所不予,故察名位不顯。此文極有斟酌。"

# 王先生述①

先生葬有日,次子豫狀先生行事來告曰:"侍讀學士楊公既銘吾先君之墓②,先君知子③,子不可無述④。"予惟楊公與先生同年進士⑤,出處中外四十年。知先生治行詳且實,莫如楊公⑥;世人信其文,亦莫如楊公。予若復次其事,徒使人疑其傳,故不叙其狀,獨述予之得於先生者。

慶曆四年,即先生治蒲之二年,予自安化徙守平陽⑦,道蒲,先生與予語《春秋》,因出《唐志》二十篇⑧,且曰:"此未嘗以示人。"先生於褒貶善惡之著者,若無所措意⑨,其甚異者,衆之所尚,或詘之;衆之所譏⑩,或嘉之⑪。予亦疑其然。先生爲予開其端⑫,質於大中之道⑬,考之於《春秋》,無相戾者。嗚呼,先生所美,唐善也;所詘,唐惡也!於今曷避而不以示人⑭?蓋夫違衆之所譏謂之黨⑮,反衆之所尚謂之隘⑯,舉世皆然,惡得獨異而取危耶?宜乎先生之不以示人也⑰。先生殁,《唐志》且行於世,觀其書,然後見先生之志,於時未嘗伸,亦未嘗屈也。後之知先生者,其在《唐志》乎!

先生諱沿,字某⑱,歷居大官,在朝廷爲名臣,由樞密直學士爲涇州觀察使,涇原路經略、安撫、招討等使,領兵賓州⑲,以其佐軍敗,罷爲郎。復進天章閣待制⑳。慶曆四年十一月某日終於蒲,葬用明年十月某日云㉑。

【校注】

①原載卷十三。文中言"慶曆四年十一月某日""葬用明年十月某日"云云,故繫於此。李文藻本旁批:"按《宋史·王沿傳》,大名館陶人。"

②銘,原作名,形訛,據四庫本、叢刊本改。次子豫,《宋史·王沿傳》:其長子鼎、次子豫"皆有才氣"。楊公,《宋史·楊偕傳》:"遷翰林侍讀學士、知審官

院,復以爲左司郎中。元昊乞和而不稱臣,偕以謂連年出師,國力日蹙,宜權許之,徐圖誅滅之。"楊偕與王沿同時,故楊公當指楊偕。

③知子,四庫本作之于。

④述,原作術述,術疑衍,據李文藻本改。

⑤進,李文藻本作造,眉批:"進。"

⑥如,原闕,據四庫本、李文藻本補。

⑦徙,李文藻本作徒,眉批:"徙。"

⑧《唐志》二十篇,李文藻本眉批:"按《宋史》,沿有《唐志》二十一卷。"

⑨措,叢刊本作指,形訛。

⑩譏,李文藻本作謝,眉批:"謝并下文譏字俱疑謗字或詆字。"

⑪嘉,原作加,據四庫本、叢刊本改。

⑫開,叢刊本作問,形訛。

⑬大中,《周易·大有》:"《大有》,柔得尊位大中,而上下應之,曰《大有》。"王弼注:"處尊以柔,居中以大。"高亨注:"象大臣處於尊貴之位,守大正之道。"

⑭以,原闕,據四庫本、叢刊本補。

⑮譏,叢刊本作識,疑形訛。黨,叢刊本作虐。李文藻本作云,眉批:"云疑黨。"

⑯反,李文藻本作及,眉批:"及疑反。"

⑰李保泰本此處眉批:"微詞,言其阿世取容。"

⑱字某,李文藻本脚注:"案《宋史》:沿,字聖隙。"

⑲賓州,原作貴重,四庫本作責重,據叢刊本改。

⑳待,李文藻本作侍,眉批:"待。"

㉑十月,四庫本無。

【集評】

李保泰本眉批:"王沿經略涇原,未愜人望。慶曆二年,沿使大將葛懷敏與元昊戰,敗於定州寨,懷敏死焉。元昊遂大掠渭州,仁宗於是更命韓、范。蓋沿之爲人,固爲師魯之不予,故不作傳志,而獨述其《唐志》,所以示譏也。"

# 故朝散大夫尚書司封郎中充秘閣校理知均州軍事兼管內勸農事上柱國李公墓誌銘并序[①]

公諱垂,字舜工,博州聊城人。咸平中舉進士,初命解州聞喜尉,換州司法。再調湖州錄事參軍。召試爲崇文院校勘,改秘書省著作佐郎,遷著作郎、秘閣校理。歷太常博士,尚書祠部、度支、司封三曹員外郎、郎中。由校理監裁造院,判三司理欠憑由司,同修起居注。出知亳、潁、晉、絳、均五州事[②]。年六十九,以明道二年六月二十五日,疾終於武當。

公始舉進士,上《兵制書》,大要論國家常率丁民爲兵,而群下搔動,由籍不先定故也[③]。今莫若核民數於籍,十一而附,六十除之。二十、五十者皆勝兵[④],部伍有等,更休有法[⑤],則三代之制可漸復也。又上《將制書》,皆推本仁義節制之説。於時號爲北州大儒[⑥]。及在秘閣,陳《導河形勝書》,言:"《春秋》二百四十二年,災異畢書,獨不書河決者,夏禹故道存也。今河勢益北,因此可遂復故道。"及天禧後,河數決,命公馳傳行堤[⑦]。公守前議,稱勿塞便。執政者意異,議遂革[⑧]。後既塞,復決,卒如其策。國史取公策以備《河渠志》焉。故事:禁中須物,黄門署上旨促辦。公在憑由司,議令諸司驗璽文乃承詔[⑨],遂爲常制。丁晉公秉政[⑩],公掌右史[⑪],未嘗通私謁。丁寖不喜[⑫],公求治亳州[⑬],章入,命未下,已俾代公者領事。人或有爲公憤者[⑭],公曰:"吾得請矣。"終身無一言及丁氏[⑮]。凡爲郡[⑯],不煩教條,不嚴期會[⑰],所至人安其治,有古循吏之風。延接士子,必譽其長而進其未至,其志在獎發如此[⑱]。文章尚典正,最明於制度,群書百家無不通[⑲],尤邃地理志[⑳]。天聖中,頗用舊老典贊書[㉑]。公在儒館,德齒俱先,又素望甚高,而以足疾,頻求外郡,庸非命耶<sup>㉒</sup>?

　　所著文集總三十卷。公之祖、父,皆以隱德推於州里<sup>㉓</sup>。贈衛尉卿諱筠、扶風縣太君耿氏,公之考、妣也。娶劉氏,封彭城縣君,奉先姑以勤孝,事公以柔明,御家以慈肅,後公十二年,以慶曆五年八月二十二日<sup>㉔</sup>,終於寧州官舍。五男:伯昂,知江陵府潛江縣事;仲昌,大理寺丞,監寧州酒税;叔旦,寧州彭原縣主簿;次二子未名,早亡。二女,長適鄆州須城主簿范孝孫<sup>㉕</sup>,次適將作監主簿崔植。孫男二人:惟和,郊社掌座;惟穆,業進士。孫女五人,長適進士張閑,次并幼。初,公守武當<sup>㉖</sup>,道南陽,愛其土風,遂營居焉。彭城君既没,其九月,仲昌、叔旦護其喪,自北幽來歸南陽。伯昂自武當奉公之喪,以其年十二月庚申,合葬於鄧州穰縣禮義鄉於保里,從先命也。銘曰:

　　性質而明,志勵而堅。在儒爲醇,在德爲全。導河以勢,籍民以年。議無汙卑<sup>㉗</sup>,辭追古先<sup>㉘</sup>。始葬於穰,自公所遷。刻此銘章<sup>㉙</sup>,以永其傳。

## 【校注】

　　①原載卷十七。文中言"娶劉氏,……以慶曆五年八月二十二日,終於寧州官舍。……以其年十二月庚申(九日),合葬於鄧州穰縣禮義鄉於保里"。故繫於此。李保泰本無并序二字。按《宋史·李垂傳》:"李垂,字舜工,聊城人。……卒,年六十九。"

　　②亳,李文藻本作毫,眉批:"毫疑亳。"旁注:"亳本爲豪,從《東都事略》正之。"均,李保泰本作祁,眉批:"《東都事略》云,自絳州還朝,出知均州,不云祁州,題中亦云均州,則文中誤也。"

　　③由,原作田。據四庫本改。

　　④勝,原闕,據四庫本、李文藻本補。

　　⑤休,李文藻本作體,眉注:"體疑替。"

　　⑥北州,李保泰本無,眉批:"直以大儒推許之,當時負重望可知。"

⑦公，叢刊本無。傳，李保泰本無，眉批：“看其行文遒鍊處。”

⑧政，李保泰本作更改，眉批：“此段事若入它手，不知廢幾許文字。”革，原闕，據李保泰本、李文藻本、叢刊本、四庫本補。

⑨令諸司，叢刊本作令政入諸司。

⑩丁晉公，按《宋史·丁謂傳》：“乾興元年，封晉國公。”

⑪右史：《漢書·藝文志》：“古之王者，世有史官，……左史記言，右史記事。”《宋史·度宗本紀》：“詔左右史循舊制立侍御坐前。”

⑫寢，原作寑，形訛。

⑬公求，原作求公，據四庫本、李文藻本改。

⑭或有，原作或。李文藻本眉批：“疑落一有字。”

⑮李保泰本眉批：“《東都事略·李垂傳》：丁謂執政，權傾天下，垂未嘗往謁，或問其故。垂曰：‘謂爲宰相不以公道副天下望，而恃權怙勢，觀其所爲，必游朱崖，吾不欲在其黨中。’謂聞而惡之，罷爲亳州，遷晉、絳二州。還朝，或謂曰：‘舜工文學議論，稱於天下，諸公欲用爲知制誥，但宰相以舜工未曾相識，盍一往見之？’垂曰：‘趨炎附勢，看人眉睫，以冀推輓乎？道之不行，命也。’執政知而惡之，出爲均州。”

⑯凡，四庫本、叢刊本作九，形訛。

⑰會，原闕，據四庫本、叢刊本補。

⑱獎，原作長，據四庫本、叢刊本改。

⑲家，叢刊本作姓。

⑳地，李文藻本作理，脚注：“理疑地。”

㉑李保泰本眉批：“深致惋惜，蓋舜工爲執政所忌，故不得知制誥。”

㉒贊書，《通典·職官六·御史臺》：“御史之名，周官有之。蓋掌贊書而授法令，非今任也。”注：“王有命則贊爲之辭，寫其理之法令，命來受者則授之。”

㉓隱德，潛隱不彰顯的美德。張説《題贈太尉益州大都督王公神道碑》：“智周無際，而處之以默。故質勝於文，行過於譽，其隱德也。”《晉書·王湛傳》：“初有隱德，人莫能知，兄弟宗族皆以爲癡。”

㉔二，原作三，據四庫本、叢刊本改。

㉕適,李保泰本作嫁。李保泰本眉批:"須城改屬鄆州。"

㉖公守,原闕,據四庫本、叢刊本補。

㉗汙,李文藻本作汗,眉批:"汙。"

㉘辭,原作詞,據四庫本、李文藻改。

㉙刻,四庫本作勒。李保泰本眉批:"舜工蓋其平生心折者,故推重之不遺餘力。"

## 【集評】

李保泰本眉批:"文中寫舜工倔强如見。""不難其簡約,而難其詳盡。"

# 慶曆六年（公元 1046 年）

## 上鄧州范資政啓①

　　某自謫官，惟作報書。當世公卿素相厚者，未嘗輒上箋啓。今明公鎮鄧，鄧距隨不遠，而李丞者專來相過，將歸於鄧②，某又與李俱出門下，若遂無尺紙以奉左右③，則何以逃簡慢之責④？某居此，土風之善惡⑤，食物之同異，情懷之樂與否⑥，李皆悉之，不假一二談也⑦。恭惟解邊劇，就安逸，尊體甚休。南陽舊邦，春物向盛，不得陪高宴，預談賓，用是爲恨⑧。

【校注】

　　①原載卷十。文中言“今明公鎮鄧，鄧距隨不遠”云云，則知作於尹洙被貶隨州之後。按《長編》卷一百五十七，慶曆五年十一月十三日，“范仲淹罷陝西四路安撫使，……是日改知鄧州”，而文中言“春物向盛”云云，故當爲慶曆六年。原作上鄧州范資政啓一首，據叢刊本改。范資政，按《宋史·范仲淹傳》：“仲淹亦自請罷政事，乃以爲資政殿學士、陝西四路宣撫使、知邠州。其在中書所施爲，亦稍稍沮罷。以疾請鄧州，進給事中。徙荆南，鄧人遮使者請留，仲淹亦願留鄧，許之。”

　　②將，叢刊本作時。於，原作與。據四庫本改。

③無,原作以,據四庫本改。

④責,原作素,疑形訛,四庫本作罪,據叢刊本改。

⑤土風,方本以筆劃將土風倒置作風土。善惡,李文藻本作善,眉批:"善下疑脫一惡字,此字亦疑是之字。"

⑥之樂與否,叢刊本作與樂否。

⑦假,叢刊本作暇。

⑧爲恨,原作恨,四庫本作悵,據陳本、方本改。

# 岳州學記①

三代何從而治哉? 其教人一於學而已。自漢而下,風化日陵,政之寬暴,民之勞逸,皆繫於吏治②。吏之治,大抵尚威罰,嚴期會,欲人奔走其命,令其畏之。若是之亟也,又安暇先之以教育,漸之以德義者乎? 故號稱循良,而能以學校教人者,十不一二。去聖益遠,至有持律令,主簿領,思慮不出几案,以謂爲治之具盡在於是,顧崇儒術、本王化者爲闊疏,不切於世,噫,其甚哉!

滕公凡爲郡③,必興學、見諸生以爲政先④。慶曆四年守巴陵,以郡學俯於通道,地迫制卑,講肆無所容,乃度牙城之東⑤,得形勝以遷焉。會京師倡學,詔諸郡置學官,廣生員,公承詔,怃曰⑥:"天子有意三代之治,守臣述上德,廣風教,宜無大於此,庸敢不虔⑦?"於是大其制度以營之,廟像既成⑧,乃建閣以聚書,闢堂以授經⑨,兩序列齋,以休諸生。掌事司儀,差以等制;饌爨瀚沐⑩,悉嚴其所;小學賓次,皆列於外。大總作室之數,爲楹八十有九,祭器什具⑪,稽於禮⑫,資於用,罔有不備。巴陵之服儒者,畢登於學⑬。公延見必禮,獎其勤以勵其游,尚其能以勉其未至。雖新進不率者,皆革頑爲恭,磨鈍爲良,出入里間,務自修餙。郡人由是知孝悌禮義,皆本於學也。公之樹教及人,豈不切於近、通於久乎?

先是,公領邠寧、環慶兵,扞戎爲帥臣,守巴陵乃下遷⑭。凡由大而適小⑮,必易其治,或陰憒陽惛⑯,事弛官廢,下不勝其弊者有之⑰;或慎微慮危,循舊保常⑱,無所設施者有之。若夫用舍一致⑲,勇其所樹立,不以險夷自疑於時,如公心之所存,非愛君之深,信道之篤,烏及是哉⑳! 今年錄其事來告,且曰:"予嘗守玉山、吳興、安定㉑,皆立學,其作記必時聞人㉒,子其次之。"某始愧不稱,然安定之文,伯氏實承公命,小子奚敢以辭? 慶曆六年八月日記㉓。

**【校注】**

　①原載卷四。文中言"慶曆六年八月日記",故繫於此。

　②繫,叢刊本作緣,李文藻本作續,眉批:"續疑賡。"誤。

　③滕公,《宋史・滕宗諒傳》:"滕宗諒,字子京,河南人。……宗諒尚氣,倜儻自任,好施與,及卒,無餘財。所蒞州喜建學,而湖州最盛,學者傾江、淮間。"

　④爲,叢刊本作爲爲。長洲陳本、方本夾注:"一本少一爲字。"

　⑤牙,方本旁批:"于。"按牙城,主將駐節的内城。《説郛》卷四十一引《幕府燕閒録》:"唐末錢尚父鏐始兼有吳越,將廣牙城,以大公府。"

　⑥忤,原作扞,據四庫本、叢刊本改。李文藻本作扞,眉批:"當作忤,疑拜。"

　⑦李保泰本眉批:"伏下愛君、信道意。"

　⑧廟像,叢刊本、李文藻本作願儀。李文藻本眉批:"願疑廟。"

　⑨堂,方本作室,旁注:"堂。"

　⑩澣沐,叢刊本作浣洗。李文藻本作澣冰。

　⑪什,叢刊本作行。

　⑫稽,叢刊本、李文藻本作稱。李文藻本眉批:"疑稽。"

　⑬登,方本作祭,旁批:"登。"

　⑭守,原作來。遷,原作先,據叢刊本改。

　⑮適,叢刊本、李文藻本作通。李文藻本眉批:"通疑遷。"

⑯愊,叢刊本作惓。方本作慘,旁注:"愊。"

⑰其,原闕,長洲陳本夾注:"一有其字。"

⑱循,叢刊本作修。

⑲一致,叢刊本作不殊。

⑳李保泰本眉批:"又從滕公下遷,不易其政發論,而推本於愛君行道,即此見政、學相關。"

㉑玉,叢刊本作王,形訛。

㉒聞人,《荀子·宥坐篇》:"夫少正卯,魯之聞人也。"楊倞注:"聞人,謂有名,爲人所聞知者也。"

㉓慶曆六年八月日記,陳本無。

## 【集評】

李保泰本眉批:"發明政、學相關之旨,議論閎達,叙次古雅,似在六一居士《吉州學記》之上。"

# 送供奉曹測一首①

予遷武當之一月,曹君護淮陽戍兵來抵郡下。一日見過,盡出淮陽送行詩示予,且以詩爲請。予自得罪,不欲以文辭發聞於人,雖朋遊素厚者,未嘗先爲書問,非以自愛,慮爲朋遊累也。今始見君而遽相稱道,懼流俗之善訾者,并以毀君矣,用是敢辭,而君之請益堅。噫! 流俗之毀譽,固流俗之所恤也②。倜儻之士則不然,毀也,譽也,必審於己而已,奚流俗之爲哉! 君生勳德之族,少年志學③,而趨向如此④,其倜儻之士乎! 詩不能盡予意,作序以別。

## 【校注】

①原載卷五。文中言"予遷武當之一月",則知作於遷均州市征之後。范仲淹《尹師魯河南集序》言尹洙貶漢東節度副使,"歲餘,監均州市征"。《太平寰宇記》卷一百四十三《山南東道二》載,均州"今理武當縣",故暫繫於此。梅

堯臣《送嘉州監押曹供奉》："舊友尹師魯，嘗作送子文。"

②恤，叢刊本作惜。

③少，原作小，據叢刊本改。

④如此，原作自守如此，據四庫本、叢刊本改。


# 答揚州韓資政書①

鄧州附到七月三日所賜書，不勝感忏②。某久不上記，亦如尊諭。到隨，賤屬多患瘧疾，盡得平愈。食物甚賤，私用雖窘而不乏。讀經書益有味③，體力亦無疲耗，不煩賜念。平時與人異同④，遂至爭論不息，蓋國家事。今既廢放⑤，若復云云，乃是懷私忿耳。不惟絕之於口，亦不萌之於心，用是益以自適。但恨地遠，不得拜伏門下。棲倚之心⑥，莫能具陳。惟望善保台候，以慰傾頌之懇。

## 【校注】

①原載卷十。文中言"鄧州附到七月三日所賜書"，而尹洙於慶曆五年七月十八日被貶爲崇信節度副使，則知此文當當作於尹洙到隨之第二年。李保泰本眉批："韓□□□宣撫陝西，爭城水洛事，罷知揚州，蓋或得師魯被責。"李文藻本眉批："按《東都事略·韓琦傳》：琦以水洛未可城，朝廷卒城水洛，爲罷。琦以資政學士爲揚州。"四庫本作答揚州韓資政書一首。

②忏，原作扞，據四庫本、李文藻本改。

③有味，李文藻本作資味，眉批："資疑滋。"方本作滋味。

④時，叢刊本作日。

⑤廢，四庫本、叢刊本作發。

⑥棲倚，依戀。《論語纂疏·憲問》："微生畝謂孔子曰：'丘何爲是栖栖者與？無乃爲佞乎？'"朱熹集注："栖栖，依依也。"趙順孫注："愚謂如鳥之栖木而不去。"

# 與京西轉運劉察院薦樊景書①

某頃守郡,嘗薦士,其取之初不甚精,以謂天下吏員甚衆,官局小大,各有所任,拔十得三四,亦不爲失人。又其異日無狀②,已必預其罪,以是無所愧負。若薦人於友朋③,則必慎之重之。蓋不如所稱,則爲誣罔;苟以貪墨取罪,則已無所預④,獨朋友坐之,其爲愧負,萬萬於已得罪。

竊見州學教授樊景,年三十,慶曆二年進士。始家江南,大父以策畫爲開寶功臣⑤,家衰⑥,今無仕於朝者。景幼孤,養於外祖高公慎交。高公高潔,尚名檢,景深有外氏風⑦。某謫官,與之比居,爲學未見其已,其志篤於道者也。所作文辭,與今之名能者不相上下。爲學官,通作尉三年矣;今將以八月罷去。近制:郡掾與縣主簿、尉三考,用二人薦爲縣令。景始一人,幸閣下成之。某嘗與景論爲政,景以馭吏寬民爲先,是敏於政者。然某見其志與行,而未見其爲政,故詳其所見而略其所言,使其爲政未必後於志與行也⑧。

某自見廢黜,不喜道當世人過惡,獨見人之善美,不免有所稱譽。誠知向亦用此取罪,然似發於天性,雖重得罪,不能自已。景雖從某遊,今之所稱,皆其行實,於景無錙銖加重,是雖私啓⑨,其實公論。閣下雖不識景,果用某言,是亦公薦之也。異時景得見門下,閣下自觀其才實,將復薦之又薦之,恐不止於茲一薦也。則某不獨爲景求之閣下⑩,亦於閣下知人之明,不爲無助,豈止於無愧而已⑪?

【校注】

①原載卷十一。文中言"某自見廢黜","景雖從某遊,今之所稱,皆其行

實"云云,則應在被貶隨一段時間之後方可薦人,故繫於此。樊景,李文藻本眉批:"樊景疑是樊苐水之後人,見《東都事略·李煜傳》。"原作與京西轉運劉察院薦樊景書一首,據叢刊本改。

　　②無狀,《漢書·楚元王傳附劉德傳》:"德數責以公主起居無狀。"顏師古注:"無狀,無善狀也。"

　　③友朋,叢刊本作朋友。

　　④所預,李文藻本作所損預,眉批:"損字疑衍,預字不誤。"四庫本作所與。

　　⑤畫,原作盡。據四庫本改。寶,原作實,疑形訛,據四庫本、李文藻本改。

　　⑥衰,叢刊本作襄。

　　⑦有,四庫本、叢刊本作存。

　　⑧未,叢刊本作不。

　　⑨是,原闕,據四庫本、叢刊本補。

　　⑩之,四庫本、叢刊本作知。

　　⑪已,四庫本作巳。李保泰本眉批:"應前文,又進一層,用之衷懇至。"

## 【集評】

　　李保泰本此處眉批:"先自明其不欺,是緊要關鍵。"

# 慶曆七年（公元 1047 年）

## 別南京致仕杜少師啓①

某自初春卧病，聞拜新命，欲俟稍安，即修賀啓。無何所患沉綿，迄今未瘳。生理固不可期，若遂不能達誠左右，則抱恨無已。自念受恩門下三十年，每聞相公一美事，則咨嗟稱道，爲門生之光。今年甫七十②，確然去位③，德全道隆，終始無玷，歡忻抃躍，異於常日。某得罪本末，更不復論。及仇人欲以贓見汙，窮理百端，卒無毫髪自潤，自謂無愧於人。然於相公，不得言無愧。嘗記頃年相公在監司，怒以主吏月朔預取俸錢④。俸錢尚不可預給，況私用庫錢耶？蓋由久去左右，滅裂教誨⑤，止知廉身，不能慎事⑥。故自責官⑦，未嘗他尤，但自咎而已。惟於有位者，不敢先作書問。今相公致政還第，方敢少露悃愊⑧。某雖伏枕累旬⑨，醫言據脈可療⑩，萬一有瘳，庶幾再得請見門下⑪。不任依戀激切之至。

【校注】

①原載卷十一。按《長編》卷一百六十，慶曆七年春正月十三日，"尚書左

丞、知兗州杜衍,爲太子少師致仕。衍年方七十,正旦日上表,願還印綬。宰相
賈昌朝素不喜,遽從其請"。而文中亦言杜衍"今年甫七十,確然去位",故繫
於此。杜少師,按《宋史·杜衍傳》:"慶曆七年,衍甫七十,上表請還印綬,乃
以太子少師致仕。"四庫本作别南京致政杜少師啓一首。

②甫,叢刊本作俯。

③位,原作仕,據四庫本、叢刊本改。

④以,叢刊本作次。俸錢,叢刊本作俸錢者。

⑤教,李文藻本作數,眉批:"疑教。"

⑥李保泰本眉批:"引咎處心平氣和,亦實是未能慎事所致。"

⑦責,四庫本、叢刊本作謫。李文藻本眉批:"責不誤。"按責官,因官職擔
責任、受處罰。《宋史·高宗本紀一》:"引衛兵遁逃,致都城失守,責官邵州。"

⑧愊,叢刊本作悟。按《漢書·劉向傳》:"發憤悃愊。"顏師古注:"張晏
曰:'悃,誠也。愊,緻密也。'師古曰:'悃愊,至誠也。'"

⑨旬,原作詢。據四庫本改。

⑩脈,李文藻本作昧,眉批:"昧疑是脈。"

⑪見,原闕,據四庫本、李文藻本補。


# 故金紫光禄大夫秘書監致仕上柱國清河縣開國子<br>食邑六百户食實封一百户張公墓誌銘并序①

公諱宗誨,字某②,其先曹州宛句人。大父諱某③,避亂徙河
南,遂爲河南人。父諱齊賢,以道德名望相太宗、真宗,贈太師、尚
書令、中書令、英國公。母崔氏,秦國太夫人。公以蔭,爲秘書省
正字,四遷至太子中舍④,監麒驥倉、西京左藏庫、在京左藏金銀
庫。召試,賜進士第,累遷秘書省著作郎、太常博士,尚書屯田、都
官、職方司三員外郎。歷監香藥榷易院,同判國子監,判尚書祠
郎、吏部南曹、登聞鼓院。出通判河陽,知富順監。入爲開封府判
官,進祠部郎中、判三司度支勾院。出京東轉運使,徙河北,罷知

徐州。更刑部、兵部二郎中,太常少卿。除檢校工部尚書、文州刺史。充四方館使、知代州,徙衛州,加果州團練使、永興軍兵馬鈐轄。移鄜延路鈐轄兼知鄜州、嘉興州防禦使,復永興軍鈐轄⑤,未至,改知邠州。抗章請老,以秘書監致仕⑥。慶曆五年閏五月一日⑦,薨於河南會節坊之私第,年七十有七⑧。

公未冠,從英公鎮代地,屬楊業初没⑨,虜數出擾邊,英公敗之城下,邀擊於土磴⑩,虜又敗。復用奇兵,破其數萬衆於繁時⑪。當是時,代兵驟勝,朝廷倚重英公,公朝夕左右,預參密畫,或俾按視行列,傳佈號令。公亦善騎射,馳突往返,幾危者數矣⑫。由是以智勇聞⑬。太宗嘗遣使代郡⑭,諭英公曰:“善視此兒,吾將用之⑮。”會英公以功入輔⑯,深抑子弟私恩,故前勤不叙⑰。公與仲弟宗禮舉進士⑱,有文稱,復罷之,不令與寒士爭名⑲。訖英公再秉政⑳,仕不出筦庫㉑。景德初,制以六科取士,公上《安邊議》,求以武足安邊科自試,不報。大中祥符中,增前議爲三十卷,詔學士院召試。初,英公論符瑞及修宫事㉒,有大臣之言,頗與當時得幸者意異,至是公止改署國子監事。天禧中,河决東郡,并河千里輸茭薪,完復故道,暴吏嚴期,民力不能致,將以稽違取罪,有持金錢自經者,公請少緩,且損其數。章三上,言益激至,頗採用焉㉓。

在富順監,會夷人斗郎春叛㉔,群醜寖騷㉕,公遣吏撫之㉖,不即從。公曰:“夷恬吾撫安,謂吾兵力不制,怠甚矣。”自將州兵攻之。夷衆數千來戰,公分兵爲二,一鼓破之,進拔其四栅㉗,夷獠遂定。監司害其功,不即聞。及代還㉘,朝廷褒之,爲開封府通判㉙。自是數進見,所論多邊事,嘗曰㉚:“虜貪而尚戰,國家羈縻二方,予厚而備馳,非久策也。然羌必先叛,其酋悍而不仁,始嗣而用其衆㉛,西涼故地且盡之矣。恃其武㉜,必肆於大國。”及換使職,不三年,夏貢不至。朝廷思公前議,進公領團練㉝,往護西師。

辭日[34],對數刻,訪以九事,一國體,二《易》義[35],餘悉兵家奇正之説[36]。公敷答明審,上慰遣之[37]。在鄜州,范忠獻公鎮延安[38],以舊臣,密訪計議。公以虜勢未易輕,凡戰鬬,戒在趨利[39]。未幾,劉平、石元孫敗没[40],黄德和遁還延州[41],不納,又走鄜州[42]。公曰:“軍奔將懼而無歸,所以取亂也。”乃納之,拘德和於館,撫其傷夷。鄜城大而不完,公方議新之,會虜騎驟至。是時天下久安,人不知兵,上下惴恐,將奔竄山谷[43]。公舉措不失常度,號令齊一,嚴斥候[44],謹門防,籍入而禁出,索材簡器,補葺罅漏,耆幼疲癃,使之各任其力,一夕而城守皆具,外奸莫能窺其隙[45]。虜知有備,乃去[46]。以功有興州之拜,且許便宜從事。初,公在代,告老,不允。會興西師,遂以疆事自力[47]。至是,朝廷益發屯兵,增遣近臣護軍,公復内徙[48],乃曰:“吾當得請矣。”卒如初志。

公漸英公之訓,以愛民恕物爲任。凡治民,必本風俗,尚儉節,教之殖木藝穀,以資其生。故民蒙其利而懷其愛。其刺舉外部,吏屬不職者直其罪,不抉隱微[49]。數議刑章,或引律比者,多傳於世,故號稱寬平。通經術,明治亂,陰陽、象緯之書,蕞詞萃説[50],錯見互出,世所難曉者,公鉤淵發源[51],貫穿條理,無不浹洽。尤長於軍志,前古用兵,皆能辨其所以爲勝負,施於今若無窮。惜其被遇已晚,不究其用,良可悲已。宗族因公官者十餘人[52]。其保任,不間疏近,皆以年爲先後,故諸孫多未仕者。初,公以雍熙甲申始官秘書局,逮康定庚辰,凡五十七年。以大秘書還第,體强力完,神清識明,康寧壽考,時罕其比[53]。有文集若干卷,别著《刻漏記》《花木編》二卷。

夫人吕氏,封馮翊縣君,以次子讓例恩,追封東平郡君。子七人:長子皋,終司封員外郎、直史館;次未名,早世;次子憲,刑部郎中[54];次子文,終大理評事;次子庚,大理寺丞;次子定,屯田員外郎;次不育。女三人,二早亡<sup>㊺</sup>,一適崇儀副使馬成美。慶曆七年二月日<sup>㊻</sup>,刑部及二弟奉公、太夫人之喪<sup>㊼</sup>,葬於河南某鄉之原<sup>㊽</sup>。其銘曰:

> 在昔夏方,王貢以共。衆恬於安,斥兵爲凶。公獨奮議<sup>㊾</sup>,備茲寇戎<sup>㊿</sup>。公守於鄜<sup>[61]</sup>,虜侵其封。保無堅壁,戰無選鋒。公實始至,群心未通。士民惴恐<sup>[62]</sup>,誰謀之從?公一號令,其趨如風。鼓金其聲,旌旗其容。虜知我備,莫予敢攻。内外安堵,繫公之功。公識孰先,公才孰雄。孰艱其位,有志弗充<sup>[63]</sup>。於昭太師<sup>[64]</sup>,元台上公。公實嗣之,顯而未融。世德益茂,陽報其豐。有子有孫<sup>[65]</sup>,慶流無窮。

## 【校注】

①原載卷十七。文中言“慶曆七年二月日”云云,故繫於此。李保泰本無并序二字。

②某,李文藻本無,眉批:“按《宋史·張宗誨傳》:宗誨字習之。”

③某,李文藻本無,眉批:“《宋史·張齊賢傳》亦不載其父名,而本集《張子皋志》稱之曰柔之。”

④李保泰本眉批:“宗誨官太子中舍,嘗以教人爲詞,貶海州别駕。父齊賢亦坐責太常卿,分司西京,不著於志,蓋爲之諱。”李文藻本眉批:“《東都事略·張齊賢傳》:薛居正之子惟吉之婦柴氏,無子,早寡,盡蓄其産,欲改適齊賢,惟吉子安上訴其事。有旨,即訊柴氏與安,上狀,冀真宗下其事於御史,乃齊賢子太子中舍宗誨教柴氏爲詞。齊賢坐責太常卿、分司西京,宗誨貶海州别駕。”《宋史·張宗誨傳》:“宗誨字習之,齊賢第二子也。”

⑤兼知至鈐轄等文字,叢刊本、李文藻本無。嘉,四庫本作加。

⑥秘書監,李文藻本作秘書,脚注:“書下疑脱一監字。”

⑦閏,叢刊本作又。

⑧有,叢刊本無。

⑨楊業,原作楊繼業。李文藻本脚注:“楊繼業應作楊業。”《宋史·楊業傳》:“楊業,并州太原人。”

⑩邀擊於,叢刊本作邀擊時於,時疑衍。李保泰本眉批:"叙代州戰功,生色。"土墱,李文藻本眉批:"士墱,據《齊賢傳》,作土墱。"脚注:"土墱,寨名。"按《宋史·張齊賢傳》作"土磴砦"。

⑪時,叢刊本、李文藻本作峕。李文藻本眉批:"應作時。"

⑫幾,原作几,李文藻本眉批:"几應作幾。"

⑬智,原作知,據四庫本、李文藻本改。

⑭嘗,原作常,據四庫本、李文藻本改。

⑮將,原作行將,叢刊本作行,行疑衍,據四庫本改。

⑯會,叢刊本作令。輔,叢刊本作轉。

⑰故前勤不叙,李保泰本眉批:"著英公之賢,是文章淺輕重處。"

⑱宗禮,李文藻本眉批:"《宋史·張齊賢傳》:宗禮最賢,雖累資登朝而畏羈束,故多居田里。"

⑲名,叢刊本無。

⑳政,叢刊本作致,形訛。

㉑筦庫,《禮記·檀弓下》:"〔文子〕所舉於晋國管庫之士,七十有餘家。"鄭玄注:"管庫之士,府史以下官長所置也,舉之于君,以爲大夫士也。"

㉒宮,叢刊本作官,形訛。

㉓李保泰本眉批:"語簡而意盡。"

㉔斗郎春,李文藻本眉批:"斗不誤,見本傳。"

㉕寖騷,原作寢騷。李文藻本作寖驅,脚注:"寢驅二字不解,本傳云群獠皆騷動。"方本作騷,李保泰本作擾。

㉖吏,李文藻本作使吏,李文藻本眉批:"使疑衍。"

㉗柵,原作撫,據四庫本、李文藻本改。

㉘及,原闕,據四庫本、李文藻本補。

㉙通判,四庫本、叢刊本作判官。

㉚嘗,叢刊本作常。

㉛始嗣,李文藻本作始詞,眉批:"始詞疑如調。"誤。

㉜其,叢刊本作其其,疑衍一其字。

㉝公,原無公字。李文藻本作士,眉批:"士疑公。"練,原作結。李文藻本

眉批:"結疑練。"

㉞辭,叢刊本作亂。

㉟國,叢刊本作四,李文藻本作回,疑形訛。

㊱餘,原作余,李文藻本眉批:"余疑餘。"

㊲慰,李文藻本作尉,眉批:"尉疑慰。"

㊳范忠獻公,按《宋史・范雍傳》范雍謚忠獻。

㊴在,方本、李文藻本無。

㊵劉平、石元孫,李文藻本作劉平安石元孫,眉批:"安疑衍。"按《隆平集・武臣傳》:"劉平,字士衡,開封人。""石元孫,字善長,中書令守信之孫。"

㊶黃德和,按《宋史・劉平傳》:"屬元昊盛兵攻保安軍,時平屯慶州,范雍以書召平,平率兵與石元孫合軍趨土門。既又有告敵兵破金明、圍延州者,雍復召平與元孫救延州。……時鄜延路駐泊都監黃德和將二千餘人,屯保安北碎金穀,巡檢万俟政、郭遵各將所部分屯,范雍皆召之爲外援,平亦使人趣其行。……黃德和居陣後,望見軍却,率麾下走保西南山,衆從之,皆潰。""元昊寇延安,劉平、石元孫敗没,鈐轄黃德和遁還,延州不納,又走鄜州。""丙午,鄜延路兵馬都監黃德和坐棄軍要斬。"延,李文藻本無延字。

㊷又,李文藻本作而又。

㊸奔竄,叢刊本作奔竄至走。

㊹斥,原作外。李文藻本眉批:"外疑斥。"

㊺外,叢刊本作外却。

㊻虜,四庫本作敵。李保泰本眉批:"叙鄜州城守功又生色。"

㊼遂,原作逐。據四庫本改。疆事自力,李文藻本眉批:"疆下原空一字。"腳注:"强任事力疑是强力任事。"

㊽徙,叢刊本作陟。李保泰本眉批:"宗誨晚節恬退,不愧爲名臣子。"

㊾抉,李文藻本作伏,眉注:"疑抉。"

㊿萃,叢刊本作卒。

51源,四庫本、叢刊本作原。

52公官,李文藻本作官公,眉批:"官公二字宜倒。"

53時罕其比,李文藻本眉批:"《東都事略》宗誨傳:致仕,嘗出謁,其子言曰:‘昔賀秘監以道士服車歸會稽,明皇賜鑒湖,以爲休考之地。今洛下雖無鑒湖,然嵩少伊瀍,天下佳景,雖非朝廷所賜,皆閑逸之人所有爾。大人盍衣羽服以優遊,何必更事請謁乎?’宗誨曰:‘吾作白頭老監秘書而眠,何必學賀老作流沙之服。’時以爲名言。”

(54)直史館至郎中等文字,李文藻本、叢刊本無。

(55)亡,原作世,疑形訛,據四庫本、李文藻本改。

(56)日,原作某日,據叢刊本、李文藻本改。

(57)太,四庫本、叢刊本無。

(58)原,叢刊本作南。

(59)公獨奮議,叢刊本作爲公舊獨議,四庫本作公奮獨議。

(60)戎,叢刊本作我戎,我疑衍。

(61)於,叢刊本作十,形訛。李保泰本眉批:“銘六著守鄜事。”

(62)民,李保泰本作心。

(63)有,叢刊本作者。

(64)於,方本作昭,李保泰本作茂。

(65)有子,李保泰本無。

**【集評】**

李保泰本眉批:“此篇叙事處見史才。”“叙代州戰功,生色。”

# 故朝奉郎司封員外郎直史館柱國賜緋魚袋張公墓誌銘并序①

河南張公諱子皋,字叔謨②,以康定元年七月二日,卒於東都道德坊之私第。其從父弟子奭狀其行實,曰:“吾兄以文章名於時,孝友稱於家,識者以爲必能繼乃祖丞相之烈,雖吾兄弟亦推之曰③:‘是將復興吾宗。’不幸始壯被讒,邅回坎壈,以至於歿④,得非命歟?”今年,其仲弟子憲以書來求銘,將以慶曆七年二月某日⑤,葬於河南某鄉之某原⑥。嗟乎,予獲見於公固久,嘗語予曰:

“吾交天下士多矣，然不以通否易意者，子也。”⑦公知予若是，不誌其墓，曷紓予悲？

公之先濟陰人，曾大父冀公始遷河南。祖諱齊賢，司空⑧，贈尚書令、英國公。父諱宗誨，秘書監。母呂氏，東平郡君。公幼而才敏⑨，景德四年，年甫十八，舉進士，辭章傑異，時輩馳名聲者，皆出其下。明年，取甲科，試秘書郎⑩，知鄭州新鄭縣事，遷保平軍節度推官⑪。英公奏授校書郎，館閣讀書。於時朝廷尊瑞命，修禮文⑫，從官及儒學之士，率獻賦頌⑬，以稱上德。其華潤典美，布於人誦者，蓋才一二。公雖齒少秩卑⑭，而常得預焉。由是天子知其名，擢爲著作佐郎。諸公皆欲出其門下⑮，公益自樹立，少所附合。寇萊公深器之⑯，會留守西都⑰，奏掌磨勘勾院，實主記室。萊公移京兆，復奏知萬年縣事。轉秘書丞、館閣校勘，召試，直史館。初，公在雍⑱，喪配，萊公意以女歸之，而未成也。萊公罷相，始婚於寇氏。及其南遷，公坐姻戚，出監西京監院。俄落史職，監撫州稅，降大理寺丞。久之，代還，監西京洛河竹木務。天聖四年，始遷殿中丞，知河南縣。治尚寬平，獨吏爲嚴⑲。民有訟者，止辨其曲直，鮮繩以法，故去而見思。歷太常博士、監西染院，進屯田員外郎、判吏部南曹。明道二年，今宮傅李丞相秉政⑳，萊公事得雪，復公史職。遷度支員外郎、掌太常禮院㉑。逾年，李丞相罷爲奉常，公亦出知慶成軍，徙知陵州。以郡入田租素厚，求易他郡，得邛州，未行，改通判鄧州。州將素貴，他時佐郡者多詘禮事之，公曰：“朝廷之儀，貴賤有常制，苟過之，非所以愛國體、安大臣也㉒。”持己必以禮，無毫釐過差，人以爲難。轉司封員外郎。寶元元年㉓，還朝，命決畿內獄。未幾，暴疾，數刻而卒㉔，年五十有一。

公生於貴家㉕，少年取聞於時，論議有風采。雖韻格素高㉖，而不自矜負，人亦樂與之遊。初，坐萊公事，嫉寇者皆嫉之。及李丞相罷㉗,與李異者復擠之㉘。然公於人未始有仇也㉙,世所謂朋黨者㉚,果在此耶? 在彼耶? 人不吾辨也。公既見擠,廢官於洛,及得告,前後凡十餘年㉛。洛中有英公別墅㉜,常與親舊縱遊,觴詠自適,向時榮名,擺落殆盡。縉紳有驟爲時用者㉝,公禮之,如進在己先,循循然不慊於色㉞。他人閔公不遇爲窮,公不自窮也。有文集若干卷。娶白氏㉟,繼寇氏,某縣君。三子:仲武,某官;仲袞,擧進士㊱,今亡;仲友,某官。女適進士李希甫。銘曰㊲:

吾觀人之情,莫不以顯榮爲通,詘辱爲窮。然死之日,曾無銖兩之異焉。獨善惡之著,其人雖没,其名猶存,必視其巨細,爲世之近遠。故君子置彼而安此㊳。若公者,進必由其善,詘不自其身。於其生猶不自謂之窮,況其殁耶㊴? 然公之才名,卒顯於世,嗚呼遠哉!

## 【校注】

①原載卷十七。文中言“慶曆七年二月日”云云,故繫於此。

②叔,李文藻本作升,眉注:“按《宋史》宗誨傳:子皋字叔謨,此作升者,以形似而訛也。”

③曰,李文藻本無。

④殁,叢刊本作没。

⑤某,四庫本、叢刊本無某。

⑥某,李文藻本無。

⑦李文藻本眉批:“《宋史》宗誨傳云:子皋少有才名,而不自負,人樂與之遊,最善尹洙。洙曰:‘吾交天下士多矣,不以通否易意者,子皋也。’竟以子皋語爲洙語,蓋襲此而誤也耳。”

⑧空,李文藻本作命。李文藻本脚注:“按齊賢以司空致仕,卒贈司徒。命字應是空字之訛。”

⑨幼,李文藻本作初,眉批:“初疑幼。”君,李文藻本此無君字,眉批:“郡下落一君字。”

⑩秘,原作校。李文藻本脚注:“《宋史》:試秘書郎。”據方本改。

⑪軍,原作章,疑形訛,據四庫本、李文藻本改。

⑫文,原作之,疑形訛,叢刊本作女,據四庫本、方本、李文藻本改。

⑬頌,原作訟,據四庫本、叢刊本改。

⑭少,叢刊本作以缺。

⑮欲,原闕,據四庫本、李文藻本補。李文藻本眉注:"有誤。"

⑯寇萊公,《宋史·寇准傳》:"准歿後十一年,復太子太傅,贈中書令、萊國公,後又賜謚曰忠潣。"

⑰曾,李文藻本作令。

⑱雍,叢刊本作雄,形訛。

⑲李文藻本眉批:"疑落一字。"

⑳李丞相,李保泰本眉批:"李迪。"李文藻本眉注:"疑是李迪,再查。"按《宋宰輔編年録》卷四:明道二年四月己未,李迪再入相。

㉑掌,四庫本、叢刊本作知。

㉒大,李文藻本作不,眉注:"不疑下。"疑形訛。

㉓元元,四庫本、叢刊本脱落一元字。

㉔卒,原作亟,據叢刊本改。

㉕於,原闕,據叢刊本補。

㉖雖,四庫本、叢刊本作惟。

㉗李丞相,叢刊本無李字,李保泰本作李相。

㉘者,李文藻本作乃,眉批:"乃疑者。"

㉙於,李保泰本作與,眉批:"感慨語,出以淡宕。"

㉚者,叢刊本無。

㉛凡,原作幾,據李保泰本改。

㉜洛中有英公別墅,眉批:"張齊賢致仕歸洛,得唐裴度平橋莊,有池榭松竹之勝,日與親舊觴詠其間。"

㉝驟,叢刊本作倏,李文藻本作倏。

㉞慊,叢刊本作歉。

㉟白,叢刊本作田。

㊱進士,叢刊本作進士第,第疑衍。

㊲銘曰，李文藻本作而銘，眉批：“而疑衍。”

㊳彼、安，李文藻本作彼、妄，眉批：“彼疑彼，妄疑安。”安，原作忘。

㊴殁，叢刊本作没。


# 和人過韓柱國廟一首<sup>①</sup>

隋氏一宇内，三將皆勇夫。賀公活以累<sup>②</sup>，楊素死有誅<sup>③</sup>。賢哉韓柱國，身與功名俱。廟食垂後世，祀典誠有諸。荒忽臨終言，遂此惑庸愚。

## 【校注】

①原載卷一。詩中言“荒忽臨終言”，則當作於臨終之時。韓柱國，李文藻本眉批：“《隋書·韓擒虎傳》。”按《隋書·韓擒虎傳》：“韓擒，字子通，河南東垣人也，後家新安。……開皇初，高祖潛有吞并江南之志，以擒有文武才用，夙著聲名，於是拜爲廬州總管，委以平陳之任，甚爲敵人所憚。及大舉伐陳，以擒爲先鋒，……擒以精騎五百，直入朱雀門。……遂平金陵，執陳主叔寶。時賀若弼亦有功，……上曰：‘二將俱合上勳。’於是進位上柱國，賜物八千段。”《大清一統志·河南府二》：“韓柱國祠在新安縣北二十里廟頭村，祀隋韓擒虎。”黄本夾注：“韓擒虎死於網羅。”

②活，方本旁注：“恬。”《隋書·賀若弼傳》：“賀若弼，字輔伯，河南洛陽人也。……弼自謂功名出朝臣之右，每以宰相自許。既而楊素爲右僕射，弼仍爲將軍，甚不平，形於言色，由是免官，弼怨望愈甚。後數年，下弼獄，上謂之曰：‘我以高熲、楊素爲宰相，汝每倡言，云此二人惟堪噉飯耳，是何意也？’弼曰：‘熲，臣之故人；素，臣之舅子，臣并知其爲人，誠有此語。’公卿奏弼怨望，罪當死。上惜其功，於是除名爲民。……及煬帝嗣位，尤被疏忌。大業三年，從駕北巡，至榆林。帝時爲大帳，其下可坐數千人，召突厥啓民可汗饗之。弼以爲大侈，與高熲、宇文弼等私議得失，爲人所奏，竟坐誅，時年六十四。”

③有，方本作猶。《隋書·楊素傳》：“楊素，字處道，弘農華陰人也。……專以智詐自立，不由仁義之道，阿諛時主，高下其心。營構離宫，陷君於奢侈；

謀廢塚嫡,致國於傾危。終使宗廟丘墟,市朝霜露,究其禍敗之源,實乃素之由也。"

# 待考篇目

## 志古堂記<sup>①</sup>

河南劉伯壽宰新鄭之二年<sup>②</sup>，構堂於縣署<sup>③</sup>。既成之，謂予曰：“我官事已，則休於是。早夜以思，蓋有歎焉，歎乎功名之不可期，文章之不世傳。我思古人，力之而後已，遂名堂曰志古。”余嘉其有是志<sup>④</sup>，從而爲之辭曰：“夫古人行事之著者，今而稱之曰功名；古人立言之著者，今而稱之曰文章。蓋其用也，行事澤當時，以利後世，世傳焉，從而爲功名；其處也，立言矯當時，以法後世<sup>⑤</sup>，世傳焉，從而爲文章。行事、立言不與功名、文章期，而卒與俱焉。後之人欲功名之著，忘其所以爲功名；欲文章之傳，忘其所以爲文章。故雖得其欲，而戾於道者有焉。如有志於古，當置所謂文章、功名，務求古之道可也。古之道奚遠哉，得諸心而已。心無苟焉，可以制事；心無蔽焉，可以立言。惟無苟，然後能外成敗而自信其守也；惟無蔽，然後窮見至隱而極乎理也。信其守者本乎純<sup>⑥</sup>，極於理者發乎明<sup>⑦</sup>。純與明，是乃志古人之所志也。志乎志<sup>⑧</sup>，文章、功名從焉，而不有之也。”伯壽嘉予言<sup>⑨</sup>，刻之於堂以自傲。

【校注】

①原載卷四。

②劉伯壽,李保泰本眉批:"伯壽即劉几。"按《宋史·劉温叟傳附劉几傳》:"几字伯壽,以燁任爲將作監主簿。"

③構,原作今上御名。李文藻本作今御名,眉批:"構字,《宋文鑒》改作作字。"叢刊本作作,方本作構,旁批:"今上御名。"四庫本作築。

④嘉,原作加,據四庫本、叢刊本改。

⑤以,原闕,據叢刊本補。

⑥本,李文藻本脚注:"本字疑俟。"

⑦發,李文藻本脚注:"發字亦未安。"

⑧志,原作至。李文藻本亦作至,眉批:"二句似不誤。但用字不精確。"據叢刊本改。

⑨嘉,原作喜,據長洲陳本、方本改。長洲陳本、方本夾注:"一作喜。"

# 張氏會隱園記①

河南張君清臣創園於某坊②,其兄上党使君名曰"會隱"。清臣固隱矣,其曰"會"者,使君亦有志於隱歟?夫馳世利者③,心勞而體拘,唯隱者能外放而内適,故兩得焉。有志者,雖體未得休,而心無他營,不猶賢乎哉。張氏世卿大夫,清臣獨以衣冠爲身汙,湔洗奮去④,目不眂勢人⑤。洛陽城風物之嘉⑥,有以助其趣者,必留連忘歸。始得民家園⑦,治而新之,水竹樹石,亭閣橋徑,屈曲回護,高敞蔭蔚,邃極乎奥,曠極乎遠,無一不稱者。日與方外之士⑧,傲然其間,樂乎哉,隱居之勝也。予既美清臣能享其樂,又嘉使君之有志於是也⑨,故爲之作記。凡池亭使命以名,附之於後云。

**【校注】**

①原載卷四。

②坊,原作方,據四庫本、叢刊本改。

③世利,長洲陳本夾注:"一作勢力。"

④湔,《説文解字注》:"《廣韻》:'湔,洗也。'"

⑤勢人,李文藻本眉批:"人似不誤。"韓愈《唐故相權公墓碑》:"薦士於公者,其言可信,不以其人布衣不用;即不可信,雖大官勢人交言,一不以綴意。"

⑥洛陽城,原作洛城。據叢刊本改。嘉,原作加,據四庫本改。

⑦民,方本作名。園,方本夾注:"一作圃。"

⑧方外,世俗之外。《莊子口義·内篇·大宗師》:"孔子曰:'彼遊方之外者也,而丘遊方之内者也。'"林希逸注:"方外、方内,猶今釋氏所謂世間法、出世間法也。"

⑨嘉,原作加,據四庫本、叢刊本改。


# 送李侍禁一首①

新秦楊叔武嘗爲予言其友人李君之爲人,篤厚君子②,然樂於佛氏之説。予他日得見,則以叔武之言説之。君曰:"誠有是,非取其所謂報施因果,樂其博愛而已。"予應之曰③:"是仁之資也④。古有孟氏書,爲仁義之説,君之樂宜近焉。"君於儒書爲泛通,自予言,於孟氏益加勤。異日大詫曰:"孟氏説與吾素所向無大異。"遂主孟氏學。予又曰:"自孟而下千載,能尊孟氏者,唯唐韓文公。"君由是復通韓氏文,且曰:"今而後知博乎愛者,在行之宜耳。"與予遊二年,其言非孟即韓。君之性,真資於仁者歟。始讀佛氏書⑤,以其愛之博也,樂之;及觀孟氏、韓氏書,推而廣之,則有所至焉。幸卒其志,則聖人之道無不至者⑥。於其别,叙其初以勉之。

**【校注】**

①原載卷五。

②厚,叢刊本作行。

③之,原闕,據叢刊本補。

④資,叢刊本作實。

⑤始,原作如,據叢刊本改。

⑥之,原闕,據四庫本補。

# 送浮圖奉堅一首①

　　浮圖奉堅師訪予,出所述《三昧義》②,求爲之贊。予應之曰:"師爲浮圖學,能廣其所傳,以導人欲,贊其説,當求之深其學者;不然,名公大人其能取信於世者。予蒙,固未能了師之説,且言不足爲世重,曷爲求哉?"而師之請益堅,觀師之心,是不欲使一人不通其説者,若是其固耶③! 噫! 世之儒者,有能自信其傳如師之固歟? 於其行,作序以紀之。

【校注】

　　①原載卷五。

　　②義,原作儀。李文藻本眉批:"儀疑義。"三昧,《山谷外集詩注》卷一《浩然詞二章》其二:"塵塵三昧開門户,不用丹田養素霞。"史容注:"三昧者,三之曰正,昧之曰定。亦云正受,謂正受不亂,能受諸法。"

　　③耶,叢刊本作邪。

# 答張子立郎中書①

　　連得兩書,皆以先丈誌文事②,某於鄉里士人銘其先世者多矣,其人於世不顯要,其一事可傳,即爲誌之。況先丈以宰相子,致位三品,樹立事功,始終灼然,爲人稱道者耶! 敢不承命。

【校注】

①原载卷十一。

②皆,方本旁批:"命。"丈,丛刊本作文,四库本作公。

# 附録一：河南集附録

## 本傳①

尹洙，字師魯，河南人。天聖二年進士及第，絳州正平縣主簿，調河南府户曹參軍②，遷安國軍節度推官，知邵武軍光澤縣。舉書判拔萃，改山南東道節度掌書記③，知河南府伊陽縣。縣民有女，幼孤而冒賀氏産④，鄰人證其非是，而籍之。後鄰人死，女復訴請所籍産⑤，久不能決。洙問以若年幾何⑥，曰⑦："三十二。"乃按咸平籍二年賀死，而賀妻劉爲户，詰之曰："若五年始生，安得賀姓耶？⑧"女遂伏。以薦，得召試，爲館閣校勘，遷太子中允。會貶范仲淹，榜朝堂，洙自言與仲淹有師友之義⑨，乃請罪於朝，落校勘。復爲掌書記，監唐州酒税。

時西北久安，洙作《叙燕》《息戍》二篇⑩，以爲武備不可弛於世。丁父憂，服除，復爲太子中允、知河南府長水縣。趙元昊反，大將葛懷敏辟爲經略判官⑪。後劉平、石元孫戰敗⑫，朝廷以夏竦爲經略安撫使，仲淹、韓琦副之，復以洙爲判官。又詔竦等議攻守計，乃具二策，令琦與洙詣闕奏之⑬。加集賢校理。上命用攻策，遂趣延州謀出兵，仲淹持不可[14]。還至慶州，會任福已敗於好水川，因發慶州部將劉政鋭卒數千[15]，趣鎮戎軍赴救，未至，賊引去。夏竦奏洙擅發兵，降通判濠州。當時言者謂福之敗，由隨軍耿傅督戰太急[16]，後得傅書，乃戒福使持重毋輕進者。洙以傅文吏，無軍責而死行陣，被誣，作《憫忠》《辨誣》二篇[17]。未幾，韓琦知秦州，辟通判州事，加直集賢院。上疏曰：

漢文帝盛德之主[18]，賈誼論當時事勢，猶云可爲痛哭。孝武帝外制四夷，以强主威，徐樂、嚴安尚以陳勝亡秦、六卿篡晉爲戒。二帝不以危亂滅亡爲諱，故子孫保天下者十餘世[19]。秦二世[20]，關東盜起。或以反者聞，二世怒，下吏；或曰："逐捕今盡，不足憂。"乃悦。隋煬帝時[21]，四方兵興[22]，左右近臣皆隱賊數，不以實聞，或言賊多者，即被詰責[23]。二帝以危亂滅亡爲諱，故秦、隋之宗社數年爲丘墟。陛下視今日天下之治，孰與漢文？威制四夷，孰與漢武？國家基本仁德，陛下慈孝愛民，誠萬萬於秦、隋[24]。至於西有不臣之虜，北有强大之鄰，非特閭巷盜賊之勢也。

自西虜叛命四年，旁塞苦數擾[25]，内地疲遠輸。兵久於外而休息無期，卒有乘弊而起。《兵法》所謂"雖有智者，不能善其後"。當此之時，陛下當夙夜憂懼，所以慮事變而塞禍源也。陛下延訪邊事，容納直言，前世人主，勤勞寬大，未有能遠過者也[26]。然未聞以宗廟爲憂，危亡爲懼，此賤臣所以感憤於邑而不已也[27]。何者？今命令數更[28]，恩寵過濫，賜與不節。此三者，戒之慎之，在陛下所行耳[29]，非有難動之勢也。而因循不革，弊壞日甚。臣是以謂陛下未以宗廟爲憂[30]、危亡爲懼者，以此。

夫命令者，人主所以垂信於下也。異時民間聞朝廷降一命令，皆竦視之；今則不然，皆相與竊語，以爲不久當更，既而信然，此命令日輕於下也。命令輕，則朝廷不尊矣。又聞群臣有獻忠謀者，陛下始甚聽之，後復一人沮之，則意移矣。忠言者以信之不能終,頗自詘其謀,以爲無益,此命令數更之弊也。

夫爵賞,陛下所持之柄也。近時外戚、内臣以及士人,或因緣以求恩澤,從中而下謂之“内降”㉛。臣聞唐氏衰政㉜,或母后專制,或妃主擅朝,結恩私黨,名爲“斜封”。今陛下威柄自出,外戚、内臣賢而才者,與大臣公議而進之㉝,何必襲“斜封”之弊哉。且使大臣從之,則壞陛下綱紀㉞;不從,則沮陛下德音。壞綱紀,則忠臣所不忍爲;沮德音,則威柄日輕㉟。且盡公不阿,朝廷所以責大臣。今乃自以私昵撓之,而欲責大臣之守正㊱,難矣㊲。此恩寵過濫之弊也。

夫賜與㊳,國家所以勸功也㊴。比年以來,嬪御及伶官、太醫之屬,賜與過厚。民間傳言,内帑金帛,皆祖宗累朝積聚。陛下用之不甚愛惜,今之所存無幾。疏遠之人,誠不知内府豐匱之數,但見取於民者日煩,即知畜於公帑者不厚。臣亦知國家自西方用兵,用度寖廣,帑藏之積,未必皆爲賜與所費,然下民不可家喻而户曉,獨見陛下行事感動耳。往歲聞邊將王珪,以力戰賜金,則無不悦服;或見優人所得過厚㊵,則往往憤歎。人情不可不察,此賜與不節之弊也。

臣所論三事,皆人所共知,近臣從諛而不言,以至今日。方今非獨夷狄之爲患㊶,朝政日弊而陛下不寤㊷,人心日危而陛下不知。故臣願先正於内,以正於外。然後忠謀漸進,綱紀漸舉,國用漸足,士心漸奮。夷狄之患,庶乎息矣㊸。伏惟陛下㊹,深察秦、隋惡聞忠言所以亡,遠法漢主不諱危亂所以存,日親盛德,與民更始,則天下幸甚㊺。

仁宗嘉納之㊻。

改太常丞㊼、知涇州。以右司諫知渭州,兼領涇原路經略公事。會鄭戩爲陝西四路都總管,遣劉滬、董士廉城水洛,以通秦、渭援兵[48]。洙以爲前此屢困於賊者,正由城寨多而兵勢分也,今又益城,不可,奏罷之。時鄭戩已解四路,而奏滬等督役如故。洙不平,遣人召滬,再不至[49];命張忠往代之,又不受。於是諭狄青械滬、士廉下吏。戩論奏不已,於是徙知慶州[50],而卒城水洛[51]。又徙晉州,遷起居舍人、直龍圖閣、知潞州。

士廉詣闕上書訟洙[52],乃遣御史劉湜就鞫[53],獨不能得洙罪[54],止坐假公用錢與部將孫用,及私自貸,貶崇信軍節度副使。孫用者,本軍校,嘗自京師取息錢,至官,不能償。洙與狄青惜其材可用,遂假公使錢使償之。徙監均州酒稅,感疾,沿牒至南陽訪醫,卒,年四十七[55]。

洙内剛外和[56],與人言,必極辯其是非,遇事無難易,敢於有爲[57]。至前世治亂沿革之變,靡不該貫。人有疑難不能通,洙爲指畫講解,皆釋然自得,尤長於《春秋》。文章自唐末歷五代,氣格卑弱,至本朝柳開始爲古文[58]。天聖初,洙與穆修大振起之。有集二十七卷。子朴、構[59]。其兄源亦以文學名於世,終太常博士。

**【校注】**

①李文藻本眉批:"此非《宋史》本傳。"方本眉批:"此非《宋史》本傳,乃嘉祐以前人作耳。"按叢刊本附録本傳爲《宋史》本傳。

②户,叢刊本作尹。

③改,叢刊本作監。李文藻本作兼,眉批:"兼,《宋史》作改。"

④女幼,原作幼女。據四庫本、李文藻本改。

⑤訴請,原作訴情。據四庫本改。

⑥若,李文藻本作各。

⑦曰,李文藻本作日,眉批:"曰。"

⑧耶,四庫本、叢刊本作邪。

⑨仲淹,李文藻本作范仲淹。

⑩《息戍》,原作《戍息》。筆誤。

⑪葛懷敏,李文藻本脚注:"《東都事略》:葛霸,真定人。子懷敏,官涇原經略安撫使,元昊寇鎮戎軍,遇害。"

⑫劉平、石元孫,李文藻本眉批:"《東都事略·石守信傳》:守信子保興、保吉。興子元孫,元孫字善長,以守信恩補供奉官。久之爲閣門祗侯,遷知京副使,累擢至邕州觀察使、鄜延路副總管。會趙元昊反,陷金明砦,元孫與劉平戰於三川口,爲賊所執。仁宗以爲已死,贈定正軍節度使。及元昊納款,乃得歸。言者請誅其辱國之罪,仁宗貸之,安置全川。"

⑬洙,四庫本、李文藻本作竦。

⑭可,原作下,據李文藻本改。

⑮千,原作十。據四庫本改。

⑯傅,李文藻本作傳,眉批:"耿傅,《宋史》作耿傅。"太,李文藻本作大。

⑰憫,李文藻本作閔。辨,叢刊本作辯。

⑱漢,原闕,李文藻本眉批:"應落一漢字。"據此補。

⑲保,李文藻本作保有。

⑳秦二世,四庫本、李文藻本作秦二世時。

㉑隋,李文藻本作惰,形訛。

㉒興,李文藻本作起。

㉓即,四庫本、李文藻本作輒。

㉔秦隋,李文藻本作秦隋矣。

㉕苦,李文藻本眉批:"苦不誤。"

㉖者也,李文藻本眉批:"《宋史》過者下無也字,不已下有也字。"

㉗也,四庫本、李文藻本無。

㉘今命令,原作令命,據四庫本、李文藻本改。

㉙耳,李文藻本作爾。

㉚是以,李文藻本眉批:"《宋史》無是以二字。"未,黃本作不。

㉛從中而下謂之內降,四庫本作從中降旨。下無臣聞唐氏衰政至人心日危等文字,緊接著是"而陛下不知,故臣願先正於内以正於外,……則天下幸甚"。李文藻本無從中以下至人心一段,眉批:"據《宋史》及本集附録,此處脱

去三百五十餘字。”黄本自而以下至人心等文字缺失,眉批補之。

㉜衰政,叢刊本作政衰。

㉝與,叢刊本作當與。

㉞綱紀,原作紀綱。據叢刊本改。

㉟日輕,叢刊本作輕於上。

㊱守正,叢刊本作不私。

㊲難,原作不難,據叢刊本改。

㊳賜與,叢刊本作賜予者。

㊴所,原作當,據叢刊本改。

㊵過,原闕,據叢刊本補。

㊶夷狄,叢刊本作邊境。

㊷下,原闕,據叢刊本補。

㊸乎,原作于,據四庫本、李文藻本改。

㊹伏惟陛下,原作伏唯陛下,李文藻本作惟陛下。

㊺則天下幸甚,李文藻本眉批:“據本集作‘則非獨賤臣幸甚,亦天下幸甚’。”

㊻仁宗嘉納之,原闕,據叢刊本補。

㊼太,原闕,據叢刊本補。太常丞,四庫本作太常寺丞。

㊽水洛,李文藻本眉批:“據《宋史》地理志是水洛,集内作永者俱改。”

㊾召,叢刊本作再召。再,叢刊本無。

㊿於是,叢刊本作卒。知,四庫本、叢刊本作洙。

(51)卒,叢刊本無。

(52)士廉,叢刊本作會士廉。

(53)乃,叢刊本作詔。李文藻本作乃。湜,李文藻本作浞,眉批:“浞,《宋史》作湜。”鞫,原作問,據叢刊本改。

(54)獨不能得洙罪,叢刊本作不得他罪。

(55)年,原闕,據四庫本、李文藻本、黄本補。

(56)外,原作而外,據李文藻本、黄本改。

(57)敢於有爲,四庫本、李文藻本作勇於敢爲。

⑱本朝,李文藻本眉批:"據本朝二字看,此傳爲宋人所作。"始,原作姑。文,原作學。據叢刊本改。

⑲子朴、構,四庫本、李文藻本作子朴、粒。李文藻本眉批:"粒不可□,豈避高宗諱而然耶。"

# 故崇信軍節度副使檢校尚書工部員外郎尹公墓表　韓琦①

公諱洙,字師魯,其先太原人。曾祖誼,以道晦亂世,不仕。祖文化,始以才行興其家,官至都官郎中②,贈刑部侍郎。父仲宣③,舉明經,累長郡邑,廉恕明決,所至以循吏稱,終虞部員外郎,以公貴,贈工部郎中。刑部葬其父河南,今爲河南人。公幼聰敏,喜學④,無不通⑤,尤長於《春秋》。善議論,參質古今,開判凝滯⑥,聞者欣服之⑦。天聖二年,登進士第⑧,授絳州正平縣主簿,歷河南府户曹參軍、邵武軍判官,舉書判拔萃,遷山南東道節度掌書記,知河南府伊陽縣。

時天下無事,政闕不講⑨,以兵言者爲妄人⑩,公乃著《叙燕》《息戍》等十數篇⑪,以斥時弊⑫,時人服其有經世之才。文康王公知而薦之,召試,充館閣校勘⑬,遷太子中允。時文正范公治開封府,每奏事見上論時政,指丞相過失,貶知饒州,余公安道上疏論救,坐以朋黨,貶監筠州酒税。公慨然上書曰⑭:"臣以仲淹忠諒有素,義兼師友,以靖比臣,臣當從坐。"貶崇信軍節度掌書記,監郢州商税。歐陽公永叔移書讓諫官不言,又貶夷陵令,當是時天下稱爲四賢。徙唐州,丁父憂,服除⑮,復得太子中允,知河南府長水縣。

趙元昊反,康定元年春,寇延州,大將劉平逆戰陷虜,天子乃命文莊夏公都部署陝西之兵,開府永興軍,以經略招討之。予與范公爲之副,公爲判官。未幾,上遣翰林學士晁公宗慤入内⑯,都知王守忠督出兵攻賊，合府議奏曰："今將興兵，尚未習練，願謹邊防，期以歲月平之。"使還，而賊復寇鎮戎軍，部將劉繼宗禦之，爲賊所敗。詔下切責，俾以進兵月日來上，府中復議，曰："將在軍，雖得以自便，然攻守大計，當禀筭於朝廷。"乃畫攻守二策。余與公詣闕奏之，唯上所擇，詔取攻策。已而難之事方寢，賊遣人以書叩延州僞請和，而大舉兵寇涇原之山外，殺部署任福[17]。公時在慶州，得涇原求援書，即移文慶帥，率其部將劉政銳卒數千人[18]，便道走鎮戎，未至，賊引去。夏公奏公爲專，徙通判濠州，又改秦州，遷知涇州，徙渭州，兼管勾涇原路經略部署司事。涇原乘葛帥懷敏覆軍之後[19]，傷夷殘缺，千罅百漏，公夙夜撫葺，一道以完。

時宣徽使鄭公爲陝西四路帥，主靜邊寨主劉滬議，遣其屬官著作佐郎董士廉，與滬於章川堡南入諸羌中，開道二百里，修水洛城，以通秦之援兵。公曰："賊數犯塞，必并兵一道，五路帥之戰兵嘗不登二萬人[20]，而當賊昊舉國之衆[21]。吾兵所以屢爲賊困者，由黃石河路來援，雖遠水洛路二日，而援師安然以濟。今無故奪諸羌田二百里，列堡屯師，坐耗芻糧不勝計，以冀秦援一二日之速，則吾兵愈分而邊用不給矣。"乃奏罷之便，詔從之。會鄭以府罷，改知永興軍，乃署前帥牒，飭滬等督役如初，二人者遂不奉詔，興作不已。公遣人召滬者再，不至，乃命瓦亭寨主張忠代滬，滬復不受代，部署狄公於是親至德順軍，攝滬、士廉下獄。差官按問，而鄭比奏本道沮滬等功，朝廷卒薄滬等罪，徙公慶州，而城水洛焉。會慶帥孫公請終任[22]，改知晉州[23]。

慶曆四年，契丹遣使報西伐元昊，詔河陝三路要郡皆擇人。徙知潞州。當范公之在二府也，余安道、歐陽永叔輩并爲諫官，天下屬望。諸公日竭忠獻納，不避權貴[24]，而公方勤勞塞上，跡遠朝廷。暨諸公相繼罷去，向天下目之爲賢者㉕，執政指之爲黨，皆欲因事斥逐之。士廉者，即詣闕上書，以水洛事訟公。且誣公在渭日盜錢㉖，制使承風指，按驗百端，不能得一毫以汙公。有部將孫用者，出於軍校，嘗自京取民息錢，至官，貧不能償。公與狄公惜其材，乃分假公使錢，俾償其民，而月取其俸償於官。逮按問，而錢已輸官矣㉗。坐此，貶公崇信軍節度副使，徙監均州酒稅。得疾，沿牒至南陽，訪醫藥。疾革，對賓客妻子，無一戚言㉘，整冠帶，盥濯，怡然隱几而卒。時年四十七，慶曆七年四月十日也。

公天性慈仁，內剛外和，凡事有小而可矜者，必惻然不忍，發見顏貌㉙。及臨大節，斷大事，則心如金石，雖鼎鑊前列，不可變也。在軍謙勤愛士㉚，雖悍夫冗列，皆降意容接，故人人願盡其力。所至郡邑，修設條教，務以實惠及下，去則人思之。

文章自唐衰，歷五代日淪淺俗㉛，寖以大敝㉜。本朝柳公仲塗始以古道發明之，後卒不能振。天聖初，公獨與穆參軍伯長矯時所尚㉝，力以古文爲主。次得歐陽永叔，以雄詞鼓動之，於是後學大悟，文風一變。使我宋之文章，將蹢唐、漢而躡三代者㉞，公之功爲最多。

初，朝廷之將用攻策也，命葛懷敏出鄜延道，勒兵綏、宥間㉟，攻賊積聚㊱，招懷種族，奪其要害而堡障之。賊知朝廷之威，必翩然來服，則久而易制。公曰：“是行也，不患將卒無勇，患應敵寡謀耳。”乃自請參議懷敏行營軍事，有詔如請，而事中罷㊲。今夫文武之士，平居議論忼慨，自謂忠義勇決，世無及者。一旦遇急難而試之，往往魄喪氣奪，百計避脫，雖以富貴誘之，猶掉臂而不顧。余居邊久，閱人多矣，如公挺然忘身以爲國家者，天下不知有幾人。

嗚呼！以公文武之才㊳，犖犖然震暴天下之如是，曾不得一紓所蘊於公卿之位，輔致太平之業，而反遭罹讒毀，遂終貶官。此當世守道之士,所以仰天歎呼㊴! 疑爲善而得禍,而中人者引以爲監㊵,思擇利而自安也㊶。然上以聰明仁恕御天下,一細民之枉,必矜而獲辨,如公以文致其罪㊷,未有抑而不申者也。故當時指以黨而排去者㊸,不三四年間㊹,皆復顯官處大任㊺,使公年且及此,其進擢可量哉。柰何乎天不與公之壽也,悲夫!

公累遷官至起居舍人、直龍圖閣。娶張氏,鹿邑縣君,以仁以慈㊻,克正家道㊼。後公七年而亡。兄源,太常博士,亦以文行稱於世;弟湘,三班奉職;沖,秀州華亭縣主簿;濤、泳,未仕,并先公而卒㊽;沂,資性淳茂,動謹門法。子男四人:長曰朴,奇雋博學,有父風;其二未名,俱早世;其幼曰構㊾,今方十歲。女五人:長適虞部員外郎張景憲,次繼適張氏,次適太常寺太祝謝景平㊿;次二人,未嫁。侄材,文學器識,足以嗣公,而敦尚名節,無仕進意。至和元年十二月日,沂、材舉公夫人之喪,葬於緱氏縣某鄉之某原,從吉卜也。范公嘗以書謂予曰:"世之知師魯者,莫如公,余已爲其集序矣,墓有表,請公文以信後世。"余應之曰:"余實知師魯者,又得其進斥本末爲最詳,其敢以辭。"既實書其事矣,又考性命之説而表於墓曰:

嗚呼! 自古聖賢,必推性命,如公之文武傑立,而貫以忠義兮,此天之性。位不大顯,遭讒而跌,且不壽兮,此天之命。雖孔孟不能以兼適兮,尚一歸於默定。昧者不思而妄求兮,徒自奔於邪徑。故公臨禍福生死而曾不少變兮,是能安性命而歸正(51)。唯大名赫然日月之光兮,亘萬古而增瑩(52)。吾聞善人者天必報其後兮,宜嗣人之蒙慶。

【校注】

①原作墓表　韓忠獻公。李文藻本注:"《安陽集》作《故崇信軍節度副使檢校尚書工部員外郎尹公墓表》。"

②中,李文藻本無,眉批:"《安陽集》郎下有中字。"

③宣,原作宜,據四庫本、李文藻本改。

④喜,四庫本、李文藻本作善,眉批:"《安陽集》作喜。"

⑤無,四庫本、李文藻本作無所。

⑥凝,原作疑。李文藻本作處,眉批:"處,《安陽集》作凝。"

⑦聞,四庫本、李文藻本作問。

⑧進士,李文藻本作進士第,眉批:"《安陽集》無第字。"

⑨政闕,四庫本作軍政闕。

⑩兵言,原作言兵。據李文藻本改。

⑪等,四庫本作論。

⑫斥,李文藻本作匡,眉批:"匡,《安陽集》作斥。"

⑬充,四庫本、李文藻本、黄本以下脱文至寇涇原之山外。李文藻本眉批:
"充字下脱去三百四十一字,應鈔補。今抄録於上方。"

⑭書,原作言,據李文藻本改。

⑮服除,原作除服。據叢刊本改。

⑯上,原闕,林,原闕,據李文藻本補。

⑰殺部署任福,四庫本作時夏人寇涇原殺部署任福。

⑱卒,四庫本、叢刊本作兵。

⑲帥,叢刊本作師,四庫本、李文藻本作帥。

⑳戰,李文藻本眉批:"戰字下狄公上脱去一百五十三字,應補抄。"

㉑昊,原無,四庫本作人,據李文藻本補。

㉒會,原無,據四庫本、李文藻本補。

㉓改,李文藻本作政,眉批:"《安陽集》作改。"

㉔貴,李文藻本作青,眉批:"青疑貴。"

㉕向,原作何,據四庫本、李文藻本改。

㉖日,叢刊本作有。李文藻本作日,旁注:"有。"眉批:"照《安陽集》改
之。"錢,叢刊本作贓。李文藻本作賊,旁批:"贓。"

㉗錢已,四庫本、叢刊本作錢先已。

㉘戚,原作憾。據四庫本改。

㉙顔,原作言。據四庫本改。

㉚勤,四庫本、李文藻本作節。李文藻本眉批:“《安陽集》作勤。”

㉛曆,原作歷歷,疑衍。

㉜寖,李文藻本作寢。

㉝公,原無,據四庫本補。

㉞躡,四庫本作追。李文藻本作蹈,眉批:“蹈集作躡。”

㉟勒,李文藻本作勸,旁批:“勒。”眉批:“照集改之,凡改者皆然。”綏,李文藻本作緩,旁批:“綏。”脚注:“綏、宥二州名。”

㊱賊,原闕,據四庫本補。

㊲請,李文藻本作議,旁批:“請。”

㊳以公文武之才,黄本此下脱文至某原。李文藻本此亦脱文,眉批:“之下原上脱去三百四六字,抄補。姑抄於後。”四庫本無嗚呼至葬于緱氏縣某鄉之某原等文字。

㊴歎,李文藻本作嗚歎。

㊵中人,《論語・雍也》:“中人以上,可以語上也;中人以下,不可以語上也。”《漢書・食貨志上》:“數石之重,中人弗勝。”顔師古注:“中人者,處强弱之中也。”

㊶思,李文藻本作畏。

㊷罪,原作罪者。者,衍。

㊸而,原闕,據李文藻本補。

㊹三四,叢刊本作四三。方本作三四,旁批:“四五。”

㊺大,原作太,據叢刊本改。

㊻仁,叢刊本作順。

㊼家道,原作道家,據叢刊本改。

㊽公,原闕,據叢刊本補。

㊾構,叢刊本、黄本作(高宗廟諱),黄本眉批:“構。”

㊿平,原作年,據李文藻本改。

(51)命,原闕,據李文藻本補。

(52)瑩,原作榮,據四庫本、李文藻本改。

## 祭龍圖尹公師魯文　韓琦①

維慶曆七年某月某朔某日，具官某，謹以清酌庶羞之奠，致祭於故龍圖舍人尹君師魯之靈。嗚呼，師魯！惟君之生，天與英奇。如鑒之明，無隱不窺。如材之美，無用不宜。仁義之勇，過於虎羆②。疑昧之決，審乎蓍龜。首倡古文，三代是追。學者翕從，聖道乃夷。名重天下，無人不知。知之深者，非余而誰。伊昔夏人，擾於西垂。余忝兵任，君實同之。周旋塞上，余往君隨。晝籌夜畫，忍睡忍饑。星霜矢石，勞苦艱巇。凡四五年，心憊形羸。退而視君，志不少衰。上嘉君勤，進督渭師。懷敏之後，破壞創痍。君能盡力，補綴撑持。曰兵曰民，以治以綏③。如得父母，衆心熙熙④。保邊務實，恥於妄爲。

不合小人，乃啓禍基。易慶晋潞，奔命何疲。輸忠抗論，伺者乘危。君前在渭，屬防秋時。以公廨緡，貸其偏裨⑤。俾償宿負⑥，免於典彝⑦。月取其俸，送官勿虧。且責効命，投死無疑。職此抵罪，竄斥流離。衆謂之冤，君甘如飴。自隨徙均，帝方念茲。奈何窮山，感疾無醫。君决不起，指鄧而馳。范公大賢，來托孤遺。謂無怛化⑧，言色怡怡。忽整衣冠，盥滌莊祇。憑几而逝，衆皆歎悲。范公之書，其説如斯。

嗚呼哀哉，彼蒼冥冥⑨，莫可究推。賢者胡惡，動與屯奇⑩。不肖胡佑⑪，坐來福禧。以道而屯，死爲人思。以幸而福，生爲人嗤。在君所得，何必期頤，嗚呼哀哉！余之與君，義雖朋執，情則塤篪⑫。葬不執紼，奠不捧卮，使我大恨。痛切肝脾，徒憑薄祭，一寫哀辭。琴不鼓矣，嗚呼子期⑬。尚饗。

## 【校注】

①原作祭文　韓忠獻公,據叢刊本改。

②羆,原作熊,據四庫本、李文藻本改。

③治,黄本作詒。

④衆,原作中,據四庫本、叢刊本改。熙熙,《漢書·禮樂志二·郊祀歌十九章·帝臨二》:“衆庶熙熙。”顏師古注:“熙熙,和樂貌也。”

⑤貸,叢刊本作貨。

⑥俾,原作裨,疑形訛,據四庫本、李文藻本改。負,李文藻本作貧。

⑦於,四庫本、叢刊本作幹。

⑧怛化,《莊子·大宗師》:“俄而子來有病,喘喘然將死,其妻子環而泣之。子犁往問之,曰:‘叱!避,無怛化!’”郭象注:“夫死生猶寤寐耳,於理當寐,不願人驚之,將化而死,亦宜無爲怛之也。”

⑨蒼,叢刊本作倉,形訛。

⑩奇,叢刊本作其。

⑪佑,原作祐,據四庫本、李文藻本改。

⑫塤篪,《詩經·小雅·何人斯》:“伯氏吹塤,仲氏吹篪。”

⑬子期,《吕氏春秋·孝行覽·本味》:“伯牙鼓琴,鍾子期聽之。方鼓琴而志在太山,鍾子期曰:‘善哉乎鼓琴!巍巍乎若太山。’少選之間,而志在流水,鍾子期又曰:‘善哉乎鼓琴!湯湯乎若流水。’鍾子期死,伯牙破琴絶弦,終身不復鼓琴,以爲世無足復爲鼓琴者。”


# 尹師魯墓誌銘 歐陽修①

師魯,河南人,姓尹氏,諱洙。然天下之士,識與不識,皆稱之曰師魯,蓋其名重當世。而世之知師魯者,或推其文學,或高其議論,或多其材能。至其忠義之節,處窮達,臨禍福,無愧於古君子,則天下之稱師魯者,未必盡知之。師魯爲文章,簡而有法,博學强記,通知今古②,長於《春秋》。其與人言,是是非非,務窮盡道理乃已，不爲苟且而妄隨③，而人亦罕能過也。遇事無難易，而勇於敢爲，其所以見稱於世者，亦所以取嫉於人，故其卒窮以死。

師魯少舉進士及第，爲絳州正平縣主簿、河南府户曹參軍、邵武軍判官，舉書判拔萃，遷山南東道掌書記，知伊陽縣。王文康公薦其才，召試，充館閣校勘④，遷太子中允、天章閣待制。范公貶饒州，諫官御史不肯言，師魯上書言：“仲淹，臣之師友，願得俱貶。”貶監郢州酒税，又徙唐州。遭父喪，服除，復得太子中允，知河南縣。趙元昊反，陝西用兵，大將葛懷敏奏起爲經略判官。師魯雖用懷敏辟，而尤爲經略使韓公所深知。其後諸將敗於好水，韓公降知秦州，師魯亦徙通判濠州。久之，韓公奏得通判秦州，遷知涇州，又知渭州，兼涇原路經略部署。坐城水洛與邊臣異議⑤，徙知晋州，又知潞州，爲政有惠愛，潞州人至今思之。累遷官至起居舍人、直龍圖閣。

師魯當天下無事時⑥，獨喜論兵，爲《叙燕》《息戍》二篇，行於世。自西兵起，凡五六歲，未嘗不在其間，故其論議益精密⑦，而於西事尤習其詳⑧。其爲《兵制》之説，述戰守勝敗之要，盡當今之利害。又欲訓土兵，代戍卒，以减邊用，爲禦戎長久之策，皆未及施爲⑨。而元昊臣⑩，西兵解嚴，師魯亦去而得罪矣。然則天下之稱師魯者，於其材能，亦未必盡知之也。

初，師魯在渭州，將吏有違其節度者，欲按軍法斬之而不果。其後吏至京師，訟師魯以公使錢貸部將⑪，貶崇信軍節度副使，徙監均州酒税。得疾，無醫藥，舁至南陽求醫。疾革，隱几而坐⑫，顧稚子在前，無甚憐之色，與賓客言，終不及其私。享年四十有六，以卒⑬。

師魯娶張氏，某縣君。有兄源，字子漸，亦以文學知名，前一歲卒⑭。師魯凡十年間，三貶官，喪其父，又喪其兄。有子四人，連喪其三⑮。女一，適人，亦卒。而其身終以貶死。一子三歲⑯。四女，未嫁。家無餘貲，客其喪於南陽，不能歸，平生故人，無遠邇，皆往賻之，然後妻子得以其柩歸河南，以某年某月某日，葬於先塋之次。余與師魯兄弟交，嘗銘其父之墓矣，故不復次其世家焉。銘曰：

藏之深，固之密。石可朽，銘不滅。

**【校注】**

①原作墓誌　歐陽文忠公，據叢刊本改。

②今古，李文藻本作古今。

③且，四庫本、叢刊本作止。

④校，叢刊本作挍。

⑤臣，叢刊本作將。李文藻本眉批："臣本作將。"

⑥時，原無，據四庫本、李文藻本補。

⑦益，原作亦。李文藻本眉批："亦作益。"

⑧其，四庫本、李文藻本作且。李文藻本眉批："且一作其。"

⑨施爲，原作施而爲。而，衍。

⑩而，原闕，據四庫本補。

⑪訟，叢刊本作上書訟。貸部將，李文藻本作貸其部將，眉批："一本無其字。"

⑫隱，叢刊本作憑。李文藻本眉批："隱，一本作憑。"

⑬享年四十有六，李文藻本眉批："韓公《墓表》作四十七。"

⑭一，原作此。據李文藻本改。

⑮三，叢刊本作二。

⑯三，叢刊本作二。

# 論尹師魯墓誌① 歐陽修

《誌》言天下之人，識與不識，皆知師魯文學、議論、材能，則文學之長，議論之高，材能之美，不言可知。又恐太略②，故條析其事，再述於後。

　　述其文，則曰"簡而有法"。此一句，在孔子六經，惟《春秋》可當之。其他經，非孔子自作文章，故雖有法而不簡也。修於師魯之文不薄矣，而世之無識者，不考文之輕重，但責言之多少，云師魯文章，不合衹著一句道了。既述其文，則又述其學曰"通知古今"，此語若必求其可當者，惟孔孟也；既述其學，則又述其論議云"是是非非，務盡其道理，不苟止而妄隨"，亦非孟子不可當此語；既述其論議，則又述其材能，備言師魯歷貶，自兵興便在陝西③，尤深知西事，未及施爲而元昊臣，師魯得罪。使天下之人盡知師魯材能。

　　此三者，皆君子之極美，然在師魯猶爲末事，其大節乃篤於仁義，窮達禍福，不愧古人。其事不可徧舉，故舉其要者一兩事以取信，如上書論范公而自請同貶，臨死而語不及私，則平生忠義可知也。其臨窮達禍福，不愧古人，又可知也。

　　既已具言其文、其學、其論議、其材能、其忠義④，遂又言其爲仇人挾情論告以貶死。又言其死後妻子困窮之狀，欲使後世知有如此人，以如此事廢死，至於妻子如此困窮，所以深痛死者，而切責當世君子，致斯人之及此也。

　　《春秋》之義，痛之益至，則其辭益深，子般卒是也⑤；詩人之意，責之愈切，則其言愈緩，君子偕老是也⑥。不必號天叫屈，然後爲師魯稱冤也⑦。故於其銘文，但云"藏之深，固之密。石可朽，銘不滅"。意謂舉世無可告語，但深藏牢埋此銘，使其不朽，則後世必有知師魯者。其語愈緩⑧，其意愈切，詩人之義也。而世之無識者，乃云銘文不合不講德，不辨師魯以非罪⑨。蓋爲前言其"窮達禍福，無愧古人"⑩，則必不犯法，況是仇人所告⑪，故不必區區曲辨也。今止直言所坐，自然知非罪矣，添之無害，故勉狗議者添之。

　若作古文自師魯始,則前有穆修、鄭條輩,及有大宋先達甚多,不敢斷自師魯始也。偶儷之文,苟合於理,未必爲非,故不是此而非彼也。若謂近年古文自師魯始,則范公祭文已言之矣,可以互見,不必重出也。皇甫湜《韓文公墓誌》、李翱《行狀》不必同⑫,亦互見之也。

　《誌》云"師魯喜論兵",論兵儒者末事,言喜無害,喜非嬉戲之戲。喜者,好也,君子固有所好矣,孔子言回也好學,豈是薄顔回乎? 後生小子,未經師友,苟恣所見,豈足聽哉!

　修見韓退之與孟郊聯句,便似孟郊詩;與樊宗師作誌,便似樊文⑬,慕其如此。故師魯之誌,用意特深而語簡,蓋爲師魯文簡而意深⑭。又思平生作文,惟師魯一見,展卷疾讀,五行俱下,便曉人深處。因謂死者有知,必愛此文⑮,所以慰吾亡友爾,豈恤小子輩哉!

【校注】

　①原署名歐陽文忠公,據叢刊本改。方本眉批:"此下有歐陽文忠公《祭文》一首,《祭文》脱簡,蕘翁手抄補之。□□記。"

　②太,原作大,據四庫本、李文藻本改。

　③便,原作使。據李文藻本改。

　④其學,原作學。據李文藻本補。

　⑤子般卒是也,《春秋公羊傳·莊公三十二年》:"冬十月乙未,子般卒。子卒云子卒,此其稱子般卒何? 君存稱世子,君薨稱子某,既葬稱子,逾年稱公。子般卒,何以不書葬? 未逾年之君也。有子則廟,廟則書葬。無子不廟,不廟則不書葬。"

　⑥君子偕老是也,《詩經·鄘風·君子偕老》《毛詩序》云:"《君子偕老》,刺衛夫人也。夫人淫亂,失事君子之道,故陳人君之德,服飾之盛,宜與君子偕老也。"孔疏云:"毛以爲由夫人失事君子之道,故陳別有小君内有貞順之德,外有服飾之盛,德稱其服宜與君子偕老者,刺今夫人有淫泆之行,不能與君子偕

老。"朱熹《詩集傳》："言夫人當與君子偕老,故其服飾之盛如此,而雍容自得,安重寬廣,又有以宜其象服。今宣姜之不善乃如此,雖有是服,亦將如之何哉!言不稱也。"

⑦冤,原作怨,據李文藻本改。

⑧愈,原闕,據四庫本、李文藻本補。

⑨辨,李文藻本作辯。

⑩蓋爲前言其,原作盍爲其前言,據四庫本、叢刊本改。

⑪仇,叢刊本作讎。

⑫皇甫湜《韓文公墓誌》、李翱《行狀》不必同,見皇甫湜《昌黎韓先生墓誌銘》、李翱《韓公行狀》。

⑬似,原作以,據叢刊本改。

⑭蓋爲師魯,李文藻本此四字以下爲:"文章,焯若星日,子之所爲後世師法。雖嗣子尚幼,未足以付予,而世人藏之,庶可無於墜失。予於衆人,最愛子文。寓辭千里,侑此一樽。冀以慰子,聞乎不聞。尚饗。"與《祭文》相舛。黄本此處脱文至豈恤小子輩哉,眉批補出,又衍出:"歐陽文忠公僖年月日具官,歐陽修謹以清弱薦饈奠祭亡友師魯十二兄之靈曰:嗟乎,師魯!自古有死皆歸無,物惟聖與賢,雖埋不没,尤於文章,焯若星日。子之所爲,後世師法,雖嗣子尚幼,未足以付予,而世人藏之,庶可無於墜失。予於衆人,最愛子文。寓辭千里,侑此一樽。冀以慰子,聞乎不聞。尚饗。"亦與《祭文》相舛。

⑮愛,原作受,形訛,據黄本改。

# 祭尹師魯文 歐陽修①

維年月日,具官歐陽修謹以清酌庶饈之奠,祭於亡友師魯十二兄之靈曰②:

嗟乎,師魯!辯足以窮萬物,而不能當一獄吏;志可以狹四海③,而無所措其一身。窮山之崖,野水之濱,猿猱之窟,麋鹿之群,猶不容於其間兮,遂即萬鬼而爲鄰。嗟乎,師魯④!世之惡子之多,未必若愛子者之衆⑤。何其窮而至此兮⑥,得非命在乎天,而不在乎人? 方其奔顛斥逐,困危難屯⑦,舉世皆冤,而語言未嘗以自及,以窮至死,而妻子不見其悲忻。用舍進退,屈伸語默,夫何能然? 乃學之力。至其握手爲訣,隱几待終,顏色不變,笑語從容⑧。死生之間,既已能通於性命;憂患之至,宜其不累於心胸。自子云逝,善人宜哀。子能自達⑨,予又何悲。惟其師友之益,平生之舊,情之難忘,言不可究。

嗟乎,師魯! 自古有死皆歸無,物惟聖與賢,雖埋不没,尤於文章,焯若星日⑩。子之所爲,後世師法,雖嗣子尚幼,未足以付予,而世人藏之,庶可無於墜失⑪。予於衆人⑫,最愛子文⑬。寓辭千里,侑此一樽。冀以慰子,聞乎不聞。尚饗⑭。

**【校注】**

①原作祭文,據叢刊本改。

②維年月日至之靈曰等文字,叢刊本、李文藻本無。

③狹,原作挾,據四庫本、叢刊本改。

④師魯,原闕,據四庫本改。

⑤者,原闕,據四庫本、叢刊本補。

⑥何,叢刊本作而。

⑦困危難屯,四庫本、叢刊本作困死艱屯。

⑧語,四庫本、叢刊本作言。

⑨自,原闕,四庫本作至,據叢刊本增。

⑩焯,原作卓。據四庫本改。

⑪於,原闕,據四庫本補。

⑫予,叢刊本作子。

⑬子,叢刊本作予。

⑭饗,叢刊本作享。

# 乞與尹構一官狀 歐陽修[①]

　　右,臣等伏見故起居舍人、直龍圖閣尹洙,文學議論,爲當世所稱,忠義剛正,有古人之節。初蒙朝廷擢在館閣,而能不畏權臣,力排衆黨,以論范仲淹事,遂坐貶黜。其後元昊僭叛,用兵一方,當國家有西顧之憂,思得材謀之臣,以濟多事。而洙自初出師,至於元昊納款,始終常在兵間,比一時之人,最爲宣力。而群邪醜正,誣構百端,卒陷罪辜,流竄以死。向蒙陛下仁聖恩憐[②],哀其冤枉,特賜清雪,俾復官資,足以感動人心[③],勸勵忠義。今洙孤幼,并在西京,家道屢空,衣食不給。洙止一男構,年方十餘歲,惸然無依[④],實可嗟惻。伏見將來祫享[⑤],大禮在近,群臣皆得奏蔭子孫[⑥]。伏望聖慈,錄洙遺忠,憫洙不幸,特賜其子一官,庶需寸禄,以免饑寒,則天地之仁,幽顯蒙德。臣等忝列侍從,愧無獻納,苟有所見,不敢不言。謹具狀奏聞,伏候敕旨[⑦]。

## 【校注】

　　①歐陽修,原作歐陽文忠公,據叢刊本改。

　　②憐,李文藻本作怪,眉批:“怪疑澤。”夾注:“憐,據本集正之。”

　　③人,四庫本、李文藻本作群。

　　④惸,孤獨。《詩經·小雅·正月》:“哿矣富人,哀此惸獨。”

　　⑤祫,《春秋公羊傳·文公二年》:“大祫者何? 合祭也。”

　　⑥群,原作郡,據四庫本、李文藻本改。

　　⑦謹具至敕旨等文字,原無。李文藻本腳注:“本集又云:謹具狀奏聞,伏候敕旨。”據叢刊本補。

# 雜見事跡

　　先是渭州西路巡檢劉滬建策[①],以爲秦、渭兩路有急[②],發兵相援,路出隴坻之内,回遠,恐不及事③。請募熟户於山外④,築水洛、結公二城⑤,以兵戍之,緩急以通援兵之路。都部署鄭戩以狀聞,命滬及董士廉董其役。會韓琦宣撫陝西還⑥,奏罷四路招討,以戩知永興軍。又言兩城之旁多生户,今奪其地⑦,恐城未畢而寇至⑧,請罷之。戩極言二城之利⑨,不可輒罷。詔三司副使魚周詢,往視其利害。未至,尹洙召滬、士廉令還。滬、士廉以熟户既集⑩,官物無所付,請遂城之。洙怒,以二人違節制,命部署狄青往斬之,青械滬⑪、士廉於德順軍。及魚周詢還⑫,是戩議,乃徙洙慶州。(《涑水記聞》)

【校注】

①策,叢刊本作榮川。

②以爲,叢刊本作爲。

③不,叢刊本作下。

④於,原作以,據四庫本、叢刊本改。熟户,《宋史·兵志五》:"西北邊羌戎種落不相統一,保塞者謂之熟户,餘謂之生户。"

⑤結,李文藻本眉批:"據《東都事略·劉滬傳》結字不誤。"

⑥會,叢刊本作今。

⑦地,李文藻本作他,眉批:"他疑地。"

⑧未,叢刊本作工。

⑨極言,四庫本、叢刊本作因極言。

⑩户,原作路,據四庫本、叢刊本改。

⑪械,原作繫,據叢刊本改。

⑫魚,四庫本、叢刊本無。

尹師魯謫官均州時,范希文知鄧州。師魯得疾,即擅去官,詣鄧州,以後事屬希文,希文日往視其疾。一旦遣人招希文甚遽,既至,師魯曰:"洙今日必死矣,人言將死者必見鬼神,此不可信。洙并無所見,但覺氣息奄奄就盡。"隱几坐,與希文語。久之,謂

希文曰："公可出，洙將逝。"希文出至聽事，已聞其家號哭。希文竭力送其喪及妻孥歸洛陽。（《涑水記聞》）

　　知道者苟未脱然①，隨其所得淺深，皆有効驗②。尹師魯自直龍圖閣謫官，過梁下，與一佛者談，師魯自言以進退爲樂③，其人曰："此猶有所繫，不若進退兩忘。"④師魯頓若有所得，自爲文以記其説。

　　後移鄧州⑤，是時范文正公守南陽。少日，師魯忽手書與文正别，仍囑以後事，文正極訝之。時方饌客，掌書記朱炎在坐，炎老人，好佛學。文正以師魯書示炎曰："師魯遷謫失意，遂至乖理，殊可怪也，宜往見之，爲開譬之⑥，無使成疾。"炎即詣尹，而師魯已沐浴衣冠而坐，見炎來，道文正意。乃笑曰⑦："何希文猶以生人見待⑧，洙死矣。"與炎談論，頃時，遂隱几而卒。炎急使人馳報文正⑨，文正至，哭之甚哀。師魯忽舉頭曰："早已與公别，安用復來？"文正驚問所以，師魯笑曰："死生常理也⑩，希文豈不達此？"又問其後事，尹曰："此在公耳。"乃揖希文復逝⑪，俄頃又舉頭顧希文曰："亦無鬼神，亦無恐怖⑫。"言訖遂長往。師魯所養至此，可謂有力矣，尚未能脱有無之見，何也？得非進退兩忘⑬，猶存於胸中歟⑭？（《沈存中筆談》）

【校注】

　　①未，李文藻本眉批："未字，《筆談》有至字。"

　　②皆，原闕，據四庫本、李文藻本補。

　　③進，原作静，叢刊本作静以退，李文藻本作以静退，眉批："《筆談》作自言以進退爲樂。"

　　④其人曰："此猶有所繫，不若進退兩忘。"李文藻本眉批："二句引得全不通。"

　　⑤鄧，原作定，李文藻本眉批："定，《筆談》作鄧。"

　　⑥爲開譬之，四庫本、叢刊本作爲致意開譬之。

⑦乃,原作而,李文藻本眉批:"而,《筆談》作乃。"曰,原闕,據四庫本、李文本補。

⑧何希文,李文藻本作希文,脚注:"希文上《筆談》有何字。"

⑨馳,原作持,據四庫本、李文藻本改。

⑩死生,叢刊本作生死。

⑪逝,李文藻本作遊,眉批:"疑逝。"

⑫怖,李文藻本作布,旁批:"怖。"

⑬忘,原作亡,據四庫本、李文藻本改。

⑭歟,李文藻本作與。


本朝古文,柳開仲塗、穆修伯長首爲之倡,尹洙師魯兄弟繼其後①。歐陽文忠公蚤工偶儷之文,及官河南,始得師魯,乃出韓退之文學之②。蓋公與師魯於文雖不同③,公爲古文則居師魯後也④。他如《五代史》⑤,公嘗與師魯約分撰,其後師魯死⑥,無子。今歐陽公《五代史》,頒之學官,盛行於世,内果有師魯之文乎,抑歐陽公自爲之也?⑦歐陽公誌師魯墓,論其文曰"簡而有法",且謂人曰:"在孔子六經中,唯《春秋》可當⑧。"則歐陽公於師魯不薄矣。崇寧間,改修神宗正史,歐陽公傳乃云⑨:"同時有尹洙者,亦爲古文,然洙才下,不足以望修云。"蓋史官皆晚學小生,不知前輩文章淵源,自有次第也⑩。(《聞見録》)

【校注】

①兄弟,叢刊本作次第。

②乃出韓退之文學之,李文藻本眉批:"歐公跋左本韓文大意如此。此用其意而易辭耳。然歐公跋語自謙之辭,未自抵以爲實,如此言之,師魯直爲歐公之師矣。"

③與,叢刊本作於。

④也,叢刊本無。

⑤他,原闕,據叢刊本補。

⑥師，原作史，據四庫本、叢刊本改。

⑦抑歐陽公自爲之也？李文藻本夾注：“《五代史》中有師魯文，歐公必表而出之，歐公非作竊賊者，無妄致疑。”

⑧唯《春秋》可當，李文藻本夾注：“節引全不成話矣。”

⑨傳，原闕，據四庫本、李文藻本補。

⑩也，叢刊本無。


　　天聖、明道中，錢文僖公自樞密留守西都①，謝希深爲通判②，歐陽永叔爲推官，尹師魯爲掌書記，梅聖俞爲主簿，皆天下之士。錢相因府第起雙桂樓，西城建臨園驛，命永叔、師魯作記。永叔文先成，凡千餘言，師魯曰：“洙止用五百字可記之③。”文成④，永叔服其簡古。永叔自此始爲古文。（《聞見録》）

【校注】

　　①錢文僖公，按《宋史·錢惟演傳》：“錢惟演，字希聖，吳越王俶之子也。……以惟演無貪黷狀，而晚節率職自新，有惶懼可憐之意，取謚法追悔前過曰‘思’，改謚曰‘思’。慶曆間，二太后始升祔真宗廟室，子曖復訴前議，乃改謚曰文僖。”四庫本無此則記載。

　　②謝希深，黃本脚注：“案謝下脱希深至自樹，從吳本補於上方。”

　　③之，原闕，據叢刊本補。

　　④文，叢刊本作至。


　　尹洙當慶曆中與范仲淹等友善，仲淹等既罷朝政①，洙亦爲人希時宰意，訐以居渭州時事②，遂置獄，遣劉湜按之。一日，謂洙曰：“龍圖得罪死矣。”洙請其事，湜曰：“龍圖以銀爲偏，提給銀有記，而收偏提無籍，是以知龍圖當得罪死也。”洙曰：“此不足以致洙罪也。以銀爲偏提用工校主之，附某籍，可取視之。”湜閱籍，果然，知不能害，歎息而已。

　　其後洙在隨州，而孫甫之翰知安州，過隨，二人皆好辯論，對榻語,幾匝月[3],無所不道,而洙未嘗有一言及湜者,甫問曰[4]:"劉湜按師魯欲致師魯於死,而師魯絶口未嘗有一言及湜,何也?"洙曰:"湜與洙本未嘗有不足之意[5],其希用事者意欲害洙,乃湜之不能自樹立耳[6],洙何恨於湜乎?"甫深服其識量[7]。之翰又言:"尹洙自謂'平生好善之心過於嫉惡'[8],之翰以爲信然。"(《南豐雜識》)

【校注】

　①既,原闕,據黄本補。

　②訐,原作攻,據方本改。方本"尹洙當慶曆中"至"之翰以謂信然",在"韓魏公曰"文之後。四庫本無此條。

　③匝,原闕,據方本補。

　④曰,方本作閲。

　⑤有,原闕,據方本補。

　⑥之、立,原闕,據方本補。

　⑦識量,原作器量之大,據方本改。

　⑧尹,叢刊本無。心,原作深,據方本改。


　韓魏公曰:"希文常勸某以身安而後國家可保[1],師魯以爲不然[2],直以謂臨國家事[3],更不當顧身。"公雖重希文之説,然性之所喜,以師魯爲愜爾。(《魏公別録》)

【校注】

　①某,原闕,黄本夾注:"某。"

　②爲,四庫本、叢刊本作謂。

　③直以謂,四庫本、叢刊本作直謂。


# 跋

　師魯集二十七卷,承旨姚公手録本[1],予往嘗刻師魯文百篇於會稽行臺，今乃得聞其全集，甚慰，因復梓行之。我朝古文之盛，倡自師魯，再傳而後有歐陽氏、王氏、曾氏<sup>②</sup>，然則師魯其師資云<sup>③</sup>。淳熙庚戌錫山尤袤延之跋。

【校注】

　　①承，黃本作丞。

　　②再，原作一再，據四庫本改。

　　③云，黃本作亦，方本作也。

# 附録二:李文藻輯《河南集附録補》

## 《宋史》本傳

尹洙,字師魯,河南人。少與兄源俱以儒學知名。舉進士,調正平縣主簿。歷河南府戶曹參軍、安國軍節度推官、知光澤縣。舉書判拔萃,改山南東道節度掌書記、知伊陽縣[①],有能名。用大臣薦,召試,爲館閣校勘,遷太子中允。會范仲淹貶,敕榜朝堂,戒百官爲朋黨。洙上奏曰:"仲淹忠亮有素,臣與之義兼師友,則是仲淹之黨也。今仲淹以朋黨被罪,臣不可苟免。"宰相怒,落校勘,復爲掌書記、監唐州酒稅。

西北久安,洙作《叙燕》《息戍》二篇,以爲武備不可弛。

《叙燕》曰:戰國世,燕最弱。二漢叛臣,持燕挾虜,蔑能自固,以公孫伯珪之强,卒制於袁氏。獨慕容乘石虎亂,乃并趙。雖勝敗異術,大概論其强弱,燕不能加趙[②]。趙、魏一,則燕固不敵。唐三盜連衡百餘年,虜未嘗越燕侵趙、魏,是燕獨能支虜也。自燕入於契丹,勢日熾大。顯德世,雖復三關,尚未盡燕南地。國初,始與并合,勢益張,然止命偏師備禦。王師伐蜀伐吴,泰然不以兩河爲顧,是趙、魏足以制之明矣。并寇既平,悉天下銳專力契丹,不能攘尺寸地。頃嘗以百萬衆駐趙、魏[3]，訖敵退莫敢抗，世多咎其不戰。然我衆負城，有内顧心，戰不必勝，不勝則事亟矣，故不戰未嘗咎也。

原其弊，在兵不分。設兵爲三，壁於争地，掎角以疑其勢，設覆以待其進。邊壘素固，驅民以守之，俾其兵頓堅城之下，乘間夾擊，無不勝矣。蓋兵不分有六弊：使敵蓄勇以待戰，無他枝梧[4]，一也；我衆則士怠，二也；前世善將兵者必問幾何，今以中才盡主之，三也；大衆儻北，彼遂長驅無復顧忌，四也；重兵一屬，根本虛弱，纖人易以干説，五也；雖委大柄，不無疑貳，復命貴臣監督，進退皆由中御，失於應變，六也。兵分則盡易其弊，是有六利也。

勝敗兵家常勢。悉内以擊外，失則舉所有以棄之，苻堅淝水、哥舒翰潼關是也。是則制敵在謀不在衆。以趙、魏、燕南，益以山西，民足以守，兵足以戰。分而帥之，將得專制，就使偏師挫衄，他衆尚奮，詎能繫國安危哉？故師覆於外而本根不搖者，善敗也。昔者六國各有地千里，師敗於秦，散而復振，幾百戰猶未及其都，守國之固也。陳勝、項梁舉關東之衆，朝敗而夕滅，新造之勢也。以天下之廣謀其國，不若千里之固，而襲新造之勢，僥倖於一戰，庸非惑哉？兵既久弛，士大夫誦習，謂百世不復用，非甚妄者不談。然兵果廢則已，儻後世復用之，鑒此少以悟世主，故跡其勝敗云。

《息戍》曰：國家割棄朔方，西師不出三十年，而亭徼千里，環重兵以戍之。雖種落屢擾，即時輯定，然屯戍之費，亦已甚矣。西戎爲寇，遠自周世，西漢先零，東漢燒當，晉氏、羌，唐禿髮，歷朝侵軼，爲國劇患。興師定律，皆有成功，而勞弊中國，東漢尤甚，費用常以億計。孝安世，羌叛十四年，用二百四十億。永和末，復經七年，用八十餘億。及段紀明，用裁五十四億，而剪滅殆盡。今西北涇原、邠甯、秦鳳、鄜延四帥，戍卒十餘萬。一卒歲給，無慮二萬，騎卒與冗卒，較其中者，總廩給之數，恩賞不在焉，以十萬較之，歲用二十億。自靈武罷兵，計費六百餘億，方前世數倍矣。平世屯戍，且猶若是，後雖有他警，不可一日輟去，是十萬衆，有增而無損期也。國家厚利募商入粟，傾四方之貨，然無水漕之運，所輓致亦不過被邊數郡爾。歲不常登，廩有常給，頃年亦嘗稍匱矣。儻其乘我薦饑，我必濟師，饋饟當出於關中，則未戰而西垂已困，可不慮哉？

按唐府兵，上府千二百人，中府千人，下府八百人。爲今之計，莫若籍丁民爲兵，擬唐置府，頗損其數。又今邊鄙雖有鄉兵之制，然止極塞數郡，民籍寡少，不足備敵。料京兆西北數郡，上户可十餘萬，中家半之，當得兵六七萬。質其賦無他易，賦以帛名者不易以五穀⑤，畜馬者又蠲其雜徭。民幸於庇宗，樂然隸籍。農隙講事，登材武者爲什長、隊正，盛秋旬閲，常若寇至。以關内、河東勁兵傅之，盡罷京師禁旅，慎簡守帥，分其統，專其任。分統則兵不重，專任則將益勵，堅其守備，習其形勢，積粟多，教士鋭，使虜衆無隙可窺，不戰而懾。《兵志》所謂"無恃其不來，恃吾有以待之"，其廟勝之策乎？

又爲《述享》《審斷》《原刑》《敦學》《矯察》《考績》《廣諫》，凡雜議共九篇上之。

趙元昊反，大將葛懷敏辟爲經略判官。洙雖用懷敏辟，尤爲韓琦所深知。頃之，劉平、石元孫戰敗，朝廷以夏竦爲經略、安撫使，范仲淹、韓琦副之，復以洙爲判官。洙數上疏論兵，請便殿召對二府大臣議邊事，及講求開寶以前用兵故實，特出睿斷，以重邊計。又請減并栅壘，召募土兵，省騎軍，增步卒。又上鬻爵令。時詔問攻守之計，竦具二策，令琦與洙詣闕奏之。帝取攻策，以洙爲集賢校理。洙遂趨延州謀出兵，而仲淹持不可。還至慶州，會任福敗於好水川，因發慶州部將劉政鋭卒數千，趨鎮戎軍赴救，未至，賊引去。夏竦奏洙擅發兵，降通判濠州。當時言者謂福之敗，由參軍耿傅督戰太急。後得傅書，乃戒福使持重，毋輕進。洙以傅文吏，無軍責而死於行陣，又爲時所誣，遂作《憫忠》《辨誣》二篇。

未幾，韓琦知秦州，辟洙通判州事，加直集賢院。上奏曰：

漢文帝盛德之主，賈誼論當時事勢，猶云可爲慟哭。孝武帝外制四夷，以强主威，徐樂、嚴安尚以陳勝亡秦、六卿篡晋爲戒。二帝不以危亂滅亡爲諱，故子孫保有天下者十餘世。秦二世時，關東盜起。或以反者聞，二世怒，下吏；或曰："逐捕今盡，不足憂。"乃悦。隋煬帝時，四方兵起，左右近臣皆隱賊數，不以實聞，或言賊多者，輒被詰。二帝以危亂滅亡爲諱，故秦、隋宗社數年爲丘墟。陛下視今日天下之治，孰與漢文？威制四夷，孰與漢武？國家基本仁德，陛下慈孝愛民，誠萬萬於秦、隋矣。至於西有不臣之虜，北有强大之鄰，非特閭巷盜賊之勢也。

自西夏叛命四年，并塞苦數擾，内地疲遠輸。兵久於外而休息無期，卒有乘弊而起。《兵法》所謂"雖有智者，不能善其後"。當此之時，陛下宜夙夜憂懼，所以慮事變而塞禍源也。陛下延訪邊事，容納直言，前世人主。勤勞寬大，未有能遠過者。然未聞以宗廟爲憂，危亡爲懼，此賤臣所以感憤於邑而不已也。何者？今命令數更，恩寵過濫，賜與不節。此三者，戒之慎之，在陛下所行爾，非有難動之勢也。而因循不革，弊壞日甚。臣謂陛下不以宗廟爲憂、危亡爲懼者，以此。

夫命令者，人主所以取信於下也。異時民間，朝廷降一命令，皆竦視之；今則不然，相與竊語，以爲不久當更，既而信然，此命令日輕於下也。命令輕，則朝廷不尊矣。又聞群臣有獻忠謀者，陛下始甚聽之，年復一人沮之，則意移矣。忠言者以信之不能終，頗自訕其謀，以爲無益，此命令數更之弊也。

夫爵賞，陛下所持之柄也。近時外戚、内臣以及士人，或因緣以求恩澤，從中而下謂之"内降"。臣聞唐氏政衰，或母后專制，或妃主擅朝，樹恩私黨，名爲"斜封"。今陛下威柄自出，外戚、内臣賢而才者，當與大臣公議而進之，何必襲"斜封"之弊哉。且使大臣從之，則壞陛下綱紀；不從，則沮陛下德音。壞綱紀，忠臣所不忍爲；沮德音，則威柄輕於上。且盡公不阿，朝廷所以責大臣。今乃自以私昵撓之，而欲責大臣之不私，難矣。此恩寵過濫之弊也。

夫賜予者，國家所以勤功也。比年以來，嬪御及伶官、太醫之屬，賜予過厚。民間傳言，内帑金帛，皆祖宗累朝積聚。陛下用之，不甚愛惜，今之所存無幾。疏遠之人，誠不能知内府豐匱之數，但見取於民者日煩，即知畜於公帑者不厚。臣亦知國家自西方用兵，用度浸廣，帑藏之積，未必悉爲賜予所費，然下民不可家至而户曉，獨見陛下行事感動爾。往歲聞邊將王珪，以力戰賜金，則無不悦服；或見優人所得過厚，則往往憤歎。人情不可不察，此賜予不節之弊也。

臣所論三事，皆人人所共知，近臣從諛而不言，以至今日。方今非獨四夷之爲患，朝政日弊而陛下不寤，人心日危而陛下不知。故臣願先正於内，以正於外。然後忠謀漸進，紀綱漸舉，國用漸足，士心漸奮。邊境之患，庶乎息矣。惟深察秦、隋惡聞忠言所以亡，遠法漢主不諱危亂所以存，日親盛德，與民更始，則天下幸甚。

仁宗嘉納之。

改太常丞、知涇州。以右司諫、知渭州兼領涇原路經略公事。會鄭戩爲陝西四路都總管，遣劉滬、董士廉城水洛，以通秦、渭援兵。洙以爲前此屢困於賊者，正由城砦多而兵勢分也。今又益城，不可，奏罷之。時戩已解四路。而奏滬等督役如故。洙不平，遣人再召滬，不至；命張忠往代之，又不受。於是論狄青械滬、士廉下吏。戩論奏不已，卒徙洙慶州而城水洛。又徙晋州，遷起居舍人、直龍圖閣、知潞州。會士廉詣闕上書訟洙，詔遣御史劉湜就鞫，不得他罪。而洙以部將孫用由軍校補邊，自京師貸息錢到官，亡以償。洙惜其才可用，恐以犯法罷去，嘗假公使錢爲償之，又以爲嘗自貸，坐貶崇信軍節度副使，天下莫不以爲湜文致之也。徙監均州酒税，感疾，沿牒至南陽訪醫，卒，年四十七。嘉祐中，宰相韓琦爲洙言，乃追復故官，及官其子構。

　　洙内剛外和，博學有識度，尤深於《春秋》。自唐末歷五代，文格卑弱。至宋初，柳開始爲古文，洙與穆修復振起之。其爲文簡而有法，有集二十七卷。自元昊不庭，洙未嘗不在兵間，故於西事尤練習。其爲兵制之説，述戰守勝敗，盡當時利害。又欲訓土兵代戍卒，以减邊費，爲禦戎長久之策，皆未及施爲。而元昊臣，洙亦去而得罪矣。

**【校注】**

　　①陽，李文藻本作楊。

　　②不，李文藻本作無。

　　③頃，李文藻本作頭。

　　④他，李文藻本作别。

　　⑤李文藻本至此結束，眉批："未完。"以下據《宋史》補。

# 與文正范公論師魯行狀書　韓魏公①

　　某啓：辱教示及之翰所撰《師魯行狀》，俾附永叔作誌文。讀之思其人，悲咽不能勝。觀所載事，又有與聞見殊不相合者，大以爲疑。及閱尹氏侄子辨列，則皆某之疑者，於是釋然無所恨，而喜尹氏有人矣。甚善！某憶公前書道師魯將亡時，公亟往而謂曰："師魯平生節行，當請歐陽永叔與相知者爲文字，以垂於不朽。"

師魯舉手叩頭曰:"盡矣,某復何言。"②某又嘗接師魯言,以爲天下相知之深者,無如之翰,則於紀述之際,宜何如哉!

今所誤書,若不先由之翰刊正,遂寄永叔,彼果能斥其説,皆以實書之,則《行狀》與《墓誌》,二文相戾,不獨惑於今世,且惑後世,是豈公許死者之意,果可不朽邪? 之翰果盡相知之誠,不負良友耶? 嗚呼! 師魯有經濟之才,生不得盡所藴,謫非其罪而死。又爲平生相知者所誣,以惡書之,是必不瞑於地下矣,實善人之重不幸也! 且前賢行狀,必求故人、故吏爲之者,不徒詳其家世事跡而已,亦欲掩疵揚善,以安孝子之心,況無假於掩而反誣之乎? 夫生則賣友以買直,死則加惡以避黨,此固庸人之不忍爲,豈之翰之心哉! 但恐不知其詳耳。然不知其詳而輕書之,以貽今世後世之惑,使師魯不瞑於地下,爲交友者不得無過。今聞之翰領江南漕,必已離安陸。願公不以千里之遠,速以《行狀》附還,使詳尹偓之説,悉刊其誤,然後以寄永叔,必能推而廣之,使師魯之行實,傳之光顯,垂於無窮。則公之許死友者,是謂踐其言。天下忠義之人,皆有所勸,公之名德益重於世矣。幸甚幸甚。

【校注】

①李文藻本眉批:"《東都事略·狄青傳》,與尹洙善,嘗詣洙議兵,洙謂有古良將才。後洙貶死,青懷知己,常周恤其家。"李文藻本眉批:"公謂挺然忠義奮不顧身,師魯之所存也。身安而後國家可保,明消息盈虛之理,希文之所存也。敢問二公孰賢。公曰:'主一節則師魯可也。考其終身,不免終亦無所濟,若成就大事,以濟天下,則希文可也。'强至《韓魏王遺事》。"

②復,原作知。據《安陽集》改。

## 《東都事略》本傳

尹洙,字師魯,河南人也。兄源,字子漸,與洙俱以儒學知名①。舉進士，爲芮城、河陽二縣僉書，孟州判官，又知新鄭縣，通判涇州、慶州。趙元昊寇邊，圍定川堡，大將葛懷敏發涇原兵救之。源遺懷敏書曰："賊舉其國而來，其利不在城堡，而兵法有不得而救者。且吾軍畏法，見敵必赴，而不計利害，此其所以數敗也。宜駐兵瓦亭，見利而後動。"懷敏不能用其言，遂以敗死。劉渙知滄州，杖一卒，不服，渙命斬之以徇。坐專殺，降知密州。源上書爲渙論直，得復知滄州。范仲淹薦其材，遂知懷州，官至太常博士，卒，年五十。

　　洙少舉進士，爲正平薄、河南府户曹、邵武軍判官，舉書判拔萃。適山南東道掌書記，知伊陽縣。王晦叔薦其材，召試，充館閣校勘，遷太子中允。范仲淹貶饒州，諫官御史不肯言，洙上書言："仲淹，臣之師友，願得與俱貶。"貶唐州稅，復太子中允，知河南縣。趙元昊反，陝西用兵，大將葛懷敏奏起爲經略判官。洙雖爲懷敏辟，而尤爲經略使韓琦所深知。其後諸將敗於好水，琦降知秦州，洙亦徙通判濠州。久之，琦奏得通判秦州，加直集賢院。洙上疏云云②，仁宗嘉納之。遷知涇州，又知渭州。

　　鄭戩爲陝西帥，遣劉滬、董士廉城水洛，洙奏罷之。時戩已解四路，而奏滬等督役如故。洙屢召滬等不至，遣人代之，亦拒命，洙乃諭狄青械以下吏。戩論奏不已，徙洙慶州，又徙晉州，遷起居舍人，直龍圖閣，知潞州。士廉至京師，上書訟洙，命御史劉湜就鞫。無罪，乃以假公用錢與部將孫用，又以爲嘗自貸，貶崇信軍節度副使，天下莫不以爲湜文致之也。徙監均州酒稅，得疾，無醫藥，舁至南陽求醫。疾革，隱几而坐，與賓客言，不及其私。遂卒，年四十七。

　　洙博學有識度，通六經，尤深於《春秋》，爲文章簡而有法③。自西兵起，洙未嘗不在兵間，而於西事尤習其詳。其爲兵制之説，述戰守勝敗之要，盡當今利害。又欲訓土兵戍卒，以減邊用，爲禦戎長久之策,皆未及施爲,而元昊臣服。有文集二十七卷。

【校注】

　　①兄源,李文藻本眉批:"《宋史》,源在《文苑傳》。"

　　②洙上疏云云,李文藻本眉批:"漢文帝盛德之云云,見集内即論命令恩寵賜與,無之事録也。"按,《東都事略·尹洙傳》原有著録,此略去。

　　③李文藻眉批:"方是時,學者從事聲律,未知爲古文。修首爲之倡,其後尹源與其弟洙始從之學古文。又傳其《春秋傳》。《東都事略·穆修傳》。"


# 哭尹舍人詞並序　富弼①

　　亡友河南尹洙,字師魯。嘗爲起居舍人、直龍圖閣、知渭州。乙酉歲,謫官漢東,未幾稍遷於均。疾且革,訪醫南陽,以托范公,醫不效,遂没焉。時予官汶上,又東徙乎盧,距其没所遠甚。歎師魯之不得見,復不得撫其櫬,一祭其神。因追思其平生所可列,恨未有以卒其志,爲辭而哭之。

　　嗚呼! 人皆貴,君實悴焉;人皆富,君實窶焉;人皆老,君實夭焉。吾知君爲深,是三者舉非君之志,不吾焉哭②,哭必義。始君作文,世重淫麗。諸家殊殊,大道破碎。漫漶費詞,不立根柢。號類嘯朋,争相教碁。上翔公卿,下典書制。君於厥時,了不爲意。獨倡古道,以救其敝。時俊化之,識文之詣。今則亡矣,使斯文不能救其源而極其致,吾是以哭之。

　　始君爲學,遭世乖離。掠取章句,屬爲文詞。經有仁義,曾非所治。史有褒貶,亦弗以思。君顧而歎,嫉時之爲。鉤抉六籍,潛心以稽。上下百世,指掌而窺。功不苟進,習無匪彝。今則亡矣,使所學不能信於人而用於時,吾是以哭之。惟文與學,二事既隆。充用而衷,豐於時窮。純深蘊積,資而爲德。行乎己而己必裕,行乎家而家必克③。今則亡矣,使賢者之行不能移人心而化大國,吾是以哭之。積德既成，道隨而生。謀罔不究，動必有經。列於庭則以蹇諤見黜，於邊則以威懷取寧。才望既出，讒嫉以興。酷罰嗣降，慍色不形。今則亡矣，使君子之道不能被天下而致太平，吾是以哭之。

嗚呼，師魯！君生於時，實惟恢奇。鍾此具美，謂必有光大以奮，康濟是期，胡既厚其禀，而反速其萎？凡厥中蘊④，百亡一施。豈茫茫下土，天亦有所不知耶？將冥冥上穹，人固非其所司耶？何惡不必釁，而善不必褆？忠良而夭，險狠而耆⑤。泊湆參錯⑥，顛倒乖暌。天其或者世不欲常泰，人不欲常熙？吾疑夫激者之論，差不得而信之，第於師魯，哭無已而。一哭而慟，再哭而咽，三哭而魂離，四哭而腸絶。蘇而復哭，哭又不足，聊以寫吾之哭聲而寓於辭，庶不泯没於陵谷。

**【校注】**

①李文藻本署名富鄭公。李文藻本眉批："於《宋文鑑》抄出，尚多錯字。"

②不，《全宋文》（卷六一〇）作則。

③行，原作形。據《全宋文》改。

④凡厥，叢刊本作凡粤。李文藻本作幾粤，眉批："疑凡厥。"

⑤狠，叢刊本作狼。

⑥泊，叢刊本作汩，據李文藻本改。

# 哭尹師魯　蘇舜欽

前年子漸死，予哭大江頭。今年師魯死，予方旅長洲。初聞尚疑惑，涕淚已不收。舉杯欲向口，荆棘生咽喉。憶初定交時，後前穆與歐。君顔白如霜，君語清如流。予年方甚少①，學古衆所羞。君欲舉拔萃，聲譽日搜搜。不鄙吾學異，推尊謂前修。今踰二十年，跡遠心甚稠。後會國南門，夜談雪滿樓。青燈照素髮，酒闡氣益遒。昨君握兵柄,節制關外侯。予才入册府,俄作中都囚。飛章力辯雪,危言動前旒。時雖不見省,凛凛壓衆婾。旋聞君下獄,六月送渭州。渭州舊治所,昔擁萬貔貅。堂中坐玉帳,堂下森蛇矛。令嚴山石裂,恩煦春色浮。蘖生無根牙,衆言起愆尤。返來入狴犴②,吏對安可誹。法冠巧權詐,刺骨不肯抽。削秩貶漢東,驅迫日置郵。窮塗無一簪,百口誰相賙。諸子繼死亡,清血漬兩眸。貿然幾喪明,憤苦結不瘳。君性本剛峭,安可小屈柔。暴罹此冤辱,苟活何所求。人間不見容,不若地下游。又疑天憎善,專與惡報讎。二豎潛膏肓,衆鬼來揶歈。棄局奔南陽,後事得所投。心膽尚卓犖,精明已彌留。生平經緯才,蕭瑟掩一丘。青天自茫茫,長夜何悠悠。萬物孰不死,死常在嚴秋。君齒方盛壯,衆期樹風猷。二邊況横猾,四海皆瘡疣。斯時忽云亡,孰爲朝廷憂。予方編吳氓,日自親鋤耰。無緣匍匐救,兀兀空悲愁。時思莊生言,所樂唯髑髏③。物理不可詰,此説誠最優。

【校注】

①方,李文藻本作人,眉批:"人疑方。"

②狴犴,揚雄《法言·吾子》:"劍客論曰:'劍可以愛身。'曰:'狴犴使人多禮乎?'"無名氏音義:"犴,音岸,獄也。"

③所樂唯髑髏,《莊子·至樂》:髑髏曰:"死,無君於上,無臣於下;亦無四時之事,從然以天地爲春秋,雖南面王樂,不能過也。"

## 故河南尹君墓誌銘并序 韓琦①

河南尹君,名朴,字處厚,師魯之長子也。幼博學能文,通《春秋》,知古今,議論根蔕經史。明白是非,雖先達父友,皆竦然屈服②,不敢以齒少遇之。師魯高文大節,當世師仰,居家未嘗不以古聖賢之道誨其子弟。故處厚不獨天性超絶,以承父之教,薰

炙漸漬,而至於大成焉。嘗一舉進士,誤爲有司所絀,反笑曰:
"是豈足以盡吾才邪?"師魯勉以應制舉,於是所記益廣,所學益
深。師魯每歎曰:"吾道之克傳,吾門之所寄,在此兒也!"

慶曆中,余與今樞密副使田公元均奉詔宣撫陝西,時縉紳草
澤上書以方略言者數百人,余請田公第其高下,而獨取布衣趙仁
濟者爲第一。然怪其所論特奇,疑非仁濟言,既而知處厚代爲之。
田公驚而謂余曰:"尹氏有子矣! 尹氏有子矣!"自是余常稱於公
卿間③,謂其學必能繼師魯,其才必爲朝廷所用。不幸年二十五
而亡,良可哀已!

師魯諱洙,官至起居舍人、直龍圖閣,以讒貶崇信軍節度副
使,未起而卒。處厚娶王氏,再娶宗氏。一男曰焕④,一女尚幼。
處厚將從師魯之喪,葬於緱氏也。其從弟材來告曰:"伯父以公
之知處厚也,嘗屬材曰:'異日當請銘於公。'今葬矣,敢以伯父之
言告。"乃爲銘曰:

惟壽惟夭⑤,達者一焉。愚壽而滅,賢夭而傳。嗚呼處厚,孰
短孰延。吾疑禍福,不主於天。惡兮不折,善兮不年。天果主邪,
胡爲而然?

【校注】

①李文藻本署名韓魏公,眉批:"《安陽集》可録者尚多。"

②竦,李文藻本作疎,眉批:"竦。"

③常,原作嘗。據《全宋文》改。

④焕,《全宋文》作涣。

⑤惟,《全宋文》作維。

## 與尹師魯書 七月十四日　范文正公

仲淹啓①,熱中得回問,知漢東尤甚。然西洛、上京皆苦熱,

宣下開井救渴者，此可知矣。三兩日來，因雨微涼，彼亦然矣。折支已差人許州般取，到即走報，不易不易！請見錢者猶煎熬不足，蓋日給外，月月有橫費處，家家如之。邠酒四瓶，近寄來，請收檢。鄧醞已竭，候新者送去。合得花蛇散，空心可日一服，甚有功。恐疑之，和方寄上。希多愛多愛！不宣。新牧舊識，候到即有書去，兼是棋侶也，先托致意。

## 【校注】

①仲淹，《范仲淹全集》作某。

# 祭尹師魯舍人文 范文正公

　　維慶曆七年四月十一日，具位范仲淹①，謹致祭於故龍圖舍人師魯之靈。嗚呼！天生師魯，有益當世。爲學之初，時文方麗。子師何人，獨有古意。韓柳宗經，班馬序事。衆莫子知，子持弗移②。是非迺定，英俊迺隨。聖朝之文，與唐等夷。繄子之功，多士所推。堂堂沂公，延於幕中。矯矯文康，薦於四聰。自茲登瀛，坐揚清風。舉止甚直，議論必公。人事多故，遷謫羈旅。子行其志，曾不爲苦。才弗可掩，起於貶所。往貳經略，屢典藩府。自謂功名，如芥可取。黑白太明，吏議橫生。斥於散地，頹然不爭。惟曰我咎，匪由人傾。天意已回，吉宜大來。于何感疾，益重其災。隱几澄神③，而已焉哉。嗚呼！人皆有死，子死特異。神不惑亂，言皆名理。能齊死生，信有人矣。嗚呼！與子往還，抑亦有年。今見其終，益知子賢。故友門人，對泣漣漣。哀哉，尚饗！④

## 【校注】

①位，《范仲淹全集》作官。范仲淹，叢刊本作某。

②持，李文藻本作特，眉批：“特疑持。”

③几,李文藻本作己,眉批:"疑几。"

④尚饗,原闕,據《范仲淹全集》補。

　　公與韓魏公爲經略安撫招討副使,約公進兵,公曰:"當自謹守,以觀其變,未可輕兵深入。"尹洙歎曰:"公於此,乃不及韓公也。韓公嘗云'大凡用兵,當先置勝敗於度外',今公乃區區過慎,此所以不及韓公也。"公曰:"大軍一動,萬命所懸,而乃置於度外,仲淹未見其可。"魏公舉兵入界,次好水,以全師陷没。魏公遽還,至半途,陣亡父兄妻子數千人,號於馬首,皆持故衣紙錢招魂,哭曰:"汝昔從招討出征,今招討歸而汝死,汝魂識能從招討歸乎?"哀慟聲動天地,魏公悲憤掩泣,駐馬不能前者數刻。公聞而歎曰:"當是時,難置勝敗於度外也。"(《范文正公遺事》)

　　康定元年春正月丙子,經略安撫判官尹洙至延州,與范仲淹謀出兵。越三日,仲淹徐言已得旨,聽兵勿出。洙留延州幾兩旬,仲淹堅持不可。辛丑,洙還至慶州,乃知任福等敗績。(《長編》)

【校注】

　　李文藻本眉批:"此即《鶴林玉露》所引《東軒筆録》耳,二條皆可删。其所記傳聞之譌耳,不足信也。好水川之役,自是廟算無人,而韓、尹二公處置邊務不能先爲朝廷痛言邊制之失,一切機宜悉從中斷,即范公豈能無過?又沿邊兵少。節制不立,尹公既常數言之矣。其畫攻守二策以進者,欲朝廷取用守策耳。朝廷輕藐西夏,謂可剪除,取用功策。因朝廷無知兵之人,而韓、尹二公之畫二策以進亦非也。度吾兵練將和,又熟知其險易,決可制夏人死命,則攻之無疑。如其不然,則選士教閲,積穀聚財,謹置斥候,自是長策,非可相參而圖僥倖也。二公之失,實在於此,至所記置勝負於度外云云,決非韓公之語。倘韓公偶有此語,尹公必且規之,決不又稱之於范公之前也。何者?臨事而懼,好謀而成,子之所慎,韓、尹二公寧不聞焉。二公任事勇敢,不顧禍福,則有之。若謂視兵事若兒戲,輕擲三軍之命,未必然也。范公當是時一歎,亦殊不似范公。邲之戰欲戰者伍參，不欲戰者輕叔敖，而後之取勝者，則孫叔敖也。范公同在五路，既不能力阻無出師，又不能援其敗，先又不爲朝廷辯言取用攻策之有害而無利，視國家之事、同僚之覆績，若秦人視越人，肥瘠休戚，遼不相屬。至於事敗，乃袖手從容白同官前，言之失，幸己計之得，仁人固如是乎？是范公之去孫叔敖不可以道里計矣。孫叔敖者，孔子未嘗置之於齒牙；范公，宋人所謂大賢也。蓋宋事迂拘腐痹，不可致詰，兵間曲折，其故難言，一二腐儒欲推尊范公，虛取傳詞，著之筆札，而不知其不可通也。凡宋人説部書，推敲之多不可信，只是影附，大概如此。重光單閼夏至，有高記。"

# 與尹師魯書 　歐陽文忠公

某頓首：師魯十二兄書記。前在京師相別時，約使人如河上。既受命，便遣白頭奴出城，而還言不見舟矣。其夕，及得師魯手簡，乃知留船以待，怪不如約，方悟此奴懶去而見紿。

臨行，臺吏催苛百端，不比催師魯人長者有禮，使人惶迫不知所爲。是以又不留下書在京師，但深托君貺[①]，因書道修意以西。始謀赴夷陵，以大暑，又無馬，乃作此行。沿汴絶淮，泛大江，凡五千里，用一百一十程，纔至荆南。在路無附書處，不知君貺曾作書道修意否？

及來此，問荆人，云去郢止兩程，方喜得作書以奉問。又見家兄，言有人見師魯過襄州，計今在郢久矣。師魯歡戚，不問可知，所渴欲問者，別後安否？及家人處之如何？莫苦相猶否？六郎舊疾平否？

修行雖久，然江湖皆昔所遊，往往有親舊流連。又不遇惡風水，老母用術者言，果以此行爲幸。又聞夷陵有米、麵、魚如京洛，又有梨、栗、橘、柚、大筍、茶葉，皆可飲食，益相喜賀。昨日因參轉運，作庭趨，始覺身是縣令矣，其餘皆如昔時。

師魯簡中言，疑修有自疑之意者，非他，蓋懼責人太深以取直耳。今而思之，自決不復疑也。然師魯又云“闇於朋友”，此似未知修心。當與高書時，蓋已知其非君子，發於極憤而切責之，非以朋友待之也，其所爲何足驚駭？路中來，頗有人以罪出不測見弔者，此皆不知修心也。師魯又云“非忘親”，此又非也。得罪雖死，不爲忘親，此事須相見可盡其説也。

五六十年來，天生此輩，沉默畏慎，布在世間，相師成風。忽見吾輩作此事，下至灶門老婢，亦相驚怪，交口議之，不知此事古人日日有也，但問所言當否而已。又有深相歎賞者，此亦是不慣見事人也，可嗟世人不見如往時事久矣！往時砧斧鼎鑊，皆是烹斬人之物，然士有死不失義，則趨而就之，與几、席、枕藉之無異。有義君子在傍，見有就死，知其當然，亦不甚歎賞也。史册所以書之者，蓋特欲警後世愚懦者，使知事有當然而不避爾，非以爲奇事而詫人也。幸今世用刑至仁慈，無此物，使而有一人就之，不知作何等怪駭也。然吾輩亦自當絶口，不可及前事也。居間僻處，日知進道而已，此事不須言。然師魯以修有自疑之言，要知修處之如何，故略道也。

安道與予在楚州②，談禍福事甚詳，安道亦以爲然。俟到夷陵寫去，然後得知修所以處之之心也。又常與安道言：“每見前世有名人論時事，感激不避誅死，真若知義者。及到貶所，則戚戚嗟怨，有不堪之窮愁，形於文字。其心歡戚，無異庸人，雖韓文公不免此累。”用此戒安道，慎勿作戚戚之文。師魯察修此語，則處之之心又可知矣。近世人，因言事亦有被貶者，然或傲逸狂醉，自言我爲大不爲小。故師魯相別，自言益慎職，無飲酒，此事修今亦遵此語。咽喉自出京愈矣，至今不曾飲酒，到縣後勤官，以懲洛中時懶慢矣。

夷陵有一路，祇數日可至郢，白頭奴足以往來。秋寒矣，千萬保重。不宣。修頓首。

【校注】

①君貺,《宋史·王拱辰傳》:“王拱辰,字君貺,開封咸平人。”

②安道,《宋史·余靖》:“余靖,字安道,韶州曲江人。”

## 同前

　　某頓首:自荆州得吾兄書後,尋便西上,十月二十六日到縣。候兹新年,已三月矣,所幸者老幼無恙。老母舊不飲酒,到此來,日能飲五七杯,隨時甘脆,足以進歡。修之舊疾,漸以失去,亦能飲酒矣。不知師魯爲况如何?到此便欲遣任進去,又爲少事,且遣伊入京師,於今未回。前者於朱駕部處見手書,略知動静。

　　夷陵雖小縣,然争訟甚多,而田契不明。僻遠之地,縣吏朴鯁,官書無簿籍,吏曹不識文字。凡百制度,非如官府,一一自新齊整,無不躬親。又朱公以故人日相勞慰,時時頗有宴集,加以乍到,閨門内事,亦須自營。

　　開正以來,始以無事治舊史。前歲所作《十國志》,蓋是進本,務要卷多。今若便爲正史,盡宜删削,存其大要。至如細小之事,雖有可紀,非干大體,自可存之小説,不足以累正史。數日檢舊本,因盡删去矣,十亦去其三四。師魯所撰,在京師時不曾細看,路中昨來細讀乃大好,師魯素以史筆自負,果然。河東一傳大妙,修本所取法。此傳爲此外,亦有繁簡未中,顧師魯亦删之,則盡妙也。正史更不分五史,而通爲紀傳,今欲將梁紀并漢、周,修且試撰次。唐、晋,師魯爲之,如前歲之議。其他列傳,約略且將逐代功臣,隨紀各自撰傳。待續次盡,將五代列傳姓名寫出,分而爲二,分手作傳。不知如此,於師魯意如何?

　　吾等棄於時,聊欲因此粗伸其志,少希後世之名。如修者,幸與師魯相依,若成此書,亦是榮事。今特告朱公□介,馳此奉咨,且希一報。如可以，便各下手，只候任進歸，便令齎國志草本去次。春寒保重。

### 同前　慶曆五年春

某頓首啓：兩路地壤相接，幸時文字往還，然闕附狀。蓋書生責以錢、谷，强其所不能，自然公私不濟，況其素懶於作書也。然時聞師魯動止。蘇子美事，深欲論叙，但避猶豫，聞有極言，乃知自信爲是，甚善甚善。子美雖未亟復，其如排沮群議，爲益不少。晉、潞，師魯少所樂遊，其況如何？春寒，千萬保愛。

列傳人名，便請師魯録取一本，分定寄來。不必以人死年月斷定一代，但著功一代多者，隨代分之，所貴作傳與紀相應。千萬遞中都，却告一信，要知尊意。

### 同前　慶曆四年

某頓首啓：始聞師魯徙晉，乃駭然。本初與郭推官計，師魯必離渭而受晉命，中道無所淹留，徑之晉，則謂於晉得相見。既聞待闕，至九月，又計當入洛，則謂於洛得相見。又聞方留邠州，有所陳，來期未可知，則謂遂不相見而東也。及陝，乃知直趨絳州。修在絳阻雨數日，苟更少留，猶得道中相遇，奈何前後相失如此。尚欲留陝，走人至解，期一約會，而大暑懼煩，往復亦須三四日。又不欲久在陝，使郡人有館待之勞。顧此勢不得留，慶、晉不足屑屑於胸中。

但向聞師魯有失子之苦，時方走河東界，道遠多事，不暇奉慰。修嘗失一五歲小兒，已七八年，至今思之，痛若初失時。修素謂諸君，自爲寡情而善忘世事者尚如此，況師魯素自謂有情，而子長又賢哉。語及此，雖修忽自不堪，又欲進何説以解師魯心耶！

自西事已來，師魯之髮無黑者，其不如意事多矣。人生白首矣，外物之能攻人者，其類甚多，安能尚甘於自苦耶！得失不足計，然雖歡戚勢既極，亦當自有否泰，惟不動心於憂喜，非勇者莫能爲。咫尺不相見，又無以奉慰，惟自寬自愛乃佳。

### 同前　慶曆五年夏

某頓首：今春子漸兄云亡，修在鎮陽，半月後方知，時又臥病，草率走介，托趙秉致奠，云已之洛中矣。苦事！苦事！修一春托外，四月中還家，則母、病妻皆臥在床。又值沈四替去本司，獨力出治公事，入營醫藥。纔得清卿來，即往德博視河功，比還，馬墜傷足，至今行履未得。以故久不及拜書爲慰，一寫朋友號呼之痛。

子漸平生所爲，世謂吉人君子者，然人生固不可以善惡較壽夭。吾徒所爲，天下之人嫉之者半，故人相知不比他人易得，失一人，如他人之失百人也。修往時意鋭，性本真率。近年經人事多，於世俗間漸似耐煩，惟於故人書問，尚有逭慢之僻在。因子漸亡，追思數年，不以一字往還，遂至幽明永隔。因此欲勉强於書尺，益知交遊之難得，爲可惜也。

子漸爲人，不待縷述，修自知之。然其所爲文章，及在官有可記事，相別多年，不知子細，望録示一本。修於子漸，不可無文字，墓誌或師魯自作則已。若不自作，則須修與君謨當作，蓋他平生相知深者，吾二人與李之才爾。縱不作墓誌，則行狀或他文字，須作一篇也。愁人！愁人！

師魯知爲士廉所訟，仇家報怨不意，亦聽而行，此更不須較曲直，他不足道也。夏君來日，詢他潞州事，得動静甚詳，差慰。夏熱，千萬保重。

# 七交七首之一·尹書記 歐陽公

師魯天下才，神鋒凜豪儁。逸驥卧秋櫪，意在驟驟迅。平居
弄翰墨，揮灑不停瞬。談笑帝王略，驅馳古今論。良工正求玉，片
石胡爲韞。

尹洙爲經略判官，青以指使見。洙與談兵，善之，薦於經略使
韓琦、范仲淹，曰：“此良將材也。”二人一見奇之，待遇甚厚[1]。仲
淹以《左氏春秋》授之，曰：“將不知古今，匹夫勇耳。”青折節讀
書，由是益知名。（《宋史》狄青本傳）

【校注】

　　①李文藻本眉批：“《宋史·田况傳》一段可采。”

歐陽公誌尹墓，論其文，曰“簡而有法”。又曰：“在孔子六
經，惟《春秋》可當。”其推重如此。按《湘山野録》，錢思公鎮洛，
創一驛館，命僚屬各作一文。文成，謝希深與歐陽公皆五百字内
外，惟師魯止用三百八十餘字，語簡事備，典重有法。歐公愧服，
遂載酒就之，通夕講論。師魯曰：“大抵文字忌格弱字冗，諸君文
格雖高，少不至者，此耳。”歐公奮然，持此說別作一首記，更減師
魯文廿二字，而尤完粹。師魯謂人曰：“歐九真一日千里也。”然
則異時誌墓之言，良爲此耳。（汪琬《〈東都事略〉跋》）

【校注】

　　李文藻本眉批：“在孔子六經云云，以解時人之惑耳。鈍翁當作真贊尹文
爲《春秋》，何其夢夢，可笑。”“遷殿中侍御史，詔詣渭州，劾尹洙私用公使錢，
頗傳致重法，以故洙坐廢。還，爲尚書禮部員外郎，兼侍御史知雜事，同判吏部
流内銓，除鹽鐵副使。議者謂湜探宰相言，深致洙罪，故得優擢焉。《宋史》劉

湜本傳。"

一小説名《默記》①,内一條云:尹師魯性高而褊中。洛中,與歐、梅諸公同遊嵩山,師魯曰:"遊山須是帶得胡餅爐來,方是遊山。"諸公咸謂遊山貴真率,豈有此理,諸公群起而攻之。師魯知前言之謬,而不能勝諸公,遂引手扼吭,諸公争救之,乃免。煇見前輩云,一時失言,有所不免。若曰"愧而扼吭",無是理也。著《默記》者,亦不當書此。(周煇《清波雜誌》)

【校注】

①李文藻本眉批:"此條可删。"

## 尹師魯治第伐樗 梅聖俞

伊人利營構,思欲新其居。匠築經舊址,簷楹礙高樗。且云忍不伐,何以成吾盧。人言此樹古,百怪所憑依。獨秉一定議,自將群俗違。乃俾執柯者,丁丁霜刃揮。殲殞條百尺,橫仆株數圍。從兹朝夕間,不聞鳥雀喧。既能老予室,而復高其門。周也昔騁辯,得以不材論①。工今誠非度,苟害安可存。舟楫且非藉,薪爨聊用燔。莫比溝中斷②,區區望犧樽③。

【校注】

①得以不材論,《莊子·外篇·山木》:"弟子問於莊子曰:'昨日山中之木以不材得終其天年,今主人之雁,以不材死,先生將何處?'莊子笑曰:'周將處乎材與不材之間。材與不材之間,似之而非也,故未免乎累。'"

②溝中斷,韓愈《題木居士二首》其一:"火透波穿不計春,根如頭面榦如身。偶然題作木居士,便有無窮求福人。"其二:"為神詎比溝中斷,遇賞還同爨下餘。朽蠹不勝刀鋸力,匠人雖巧欲何如。"

③犧樽,亦作"犧樽",亦作"犧鐏",亦作"犧鐏"。《詩經·魯頌·閟宮》:

"白牡騂剛，犧尊將將。"朱熹集傳："畫牛於尊腹也。或曰：'尊作牛形，鑿其背以受酒也。'"《莊子·天地》："百年之木，破爲犧尊，青黄而文之，其斷在溝中。"《國語·周語中》"奉其犧象"韋昭注："犧，犧樽，飾以犧牛。"


## 聞尹師魯謫富水 同上

朝見諫官逐，暮章從謫官。附炎人所易，抱義爾惟難。寧作沉泥玉，無爲媚渚蘭。心知歸有日，時向斗牛看。


## 聞尹師魯赴涇州幕 同上

胡騎犯邊來，漢兵皆死戰。昨聞衛將軍，賢俊多所薦。知君慮不淺，永對未央殿。天子喜有言，輜車因召見。籌畫當冕旒，袍魚賜銀茜。曰臣豈身謀，而邀陛下眷。青衫出二崤[1]，白馬如飛電。關山冒風露，兒女泣霜霰。軍容壯士多，劍藝匹夫衒。賈誼非俗儒[2]，慎無輕寡變。

【校注】

①青衫出二崤，陸游《三山杜門作歌》其三："中歲遠遊逾劍閣，青衫誤入征西幕。"朱東潤先生《陸游選集》注曰："〔青衫〕古代書生的服色。"《舊唐書·輿服志》："三品已上服紫，五品已上服緋，六品、七品服綠，八品、九品服以青。"《宋史·輿服志》："因唐制，三品以上服紫，五品以上服朱，七品以上服綠，九品以上服青。"以"青衫"指稱卑官。二崤，《元和郡縣志·河南道一》："二崤山又名嵚崟山，在縣（永寧）北二十八里。……自東崤至西崤三十五里。東崤長坡數里，峻阜絕澗，車不得方軌；西崤全是石阪十二里，險絕不異東崤。"

②賈誼非俗儒，《漢書·賈誼傳》："是時，誼年二十餘，最爲少。每詔令議下，諸老先生未能言，誼盡爲之對，人人各如其意所出，諸生於是以爲能。文帝説之，超遷，歲中至太中大夫。"

郭仲晦云：用兵以持重爲貴[1]，蓋知彼知己。先爲不可勝，以待敵之可勝，此百戰百勝之術也。昔韓、范二公在五路，韓公力於戰，范公則不然，曰：“吾唯知練兵、選將、積穀、豐財而已。”余觀《東軒筆録》載韓公欲五路進兵，以襲平夏，范公不可。韓公遣尹師魯至慶州[2]，約進兵，范公曰：“我師新敗，士卒氣沮，但當謹守，以觀其變，豈可輕兵深入？”師魯歎曰：“公於此乃不及韓公也。韓公嘗云：‘大凡用兵，當先置勝負於度外，公何區區過慎如此？’”范公曰：“大軍一動，萬命所懸，乃可置於度外乎？”師魯不能强而還。韓公遂舉兵，次好水川，元昊設伏，我師陷没，大將任福死之。韓公遽還，至半途，亡者之父兄妻子數千人，號於馬首，持故衣紙錢，招魂而哭曰：“汝昔從招討出征，今招討歸而汝死矣，汝之魂識亦能從招討以歸乎！”哀慟之聲震天地，韓公掩泣，駐馬不能進。范公聞之，歎曰：“當是時，難置勝負於度外也。”國朝人物當以范文正爲第一，富、韓皆不及。富公欲誅晁仲約，其見亦不逮范公。余嘗有詩云：“奮髯要斬高郵守，攘臂甘驅好水軍。到得繞床停轡日，始知心服范希文。”（羅大經《鶴林玉露》）

【校注】

①李文藻本夾注：“此今日應科舉人能言之，韓、尹不知耶？”眉批：“此條可删。”

②慶州，當爲延州。


尹師魯謫官，過大梁，與一老衲語，師魯曰：“以退静爲樂。”衲曰：“孰若退静兩忘。”[1]師魯頓若有所得。及移鄧州，時范文正守南陽，師魯手書與文正別。文正馳至，則師魯已沐浴，衣冠而坐，少頃而化，文正哭之甚哀。師魯忽舉首曰：“已與公別，安用復來。”文正驚問所以，師魯笑曰：“死生常理也，何文正不達此？”又問後事，曰：“此在公耳。”乃揖希文復逝。俄頃，又舉手謂文正曰:"亦無鬼,亦無恐怖。"言訖長逝。沈存中曰[2]:"師魯所養至此,可謂有力,然尚未脱有無之見,何也? 得非退静兩忘,尚存胸中乎?"獨無爲子楊次公曰[3]:"存中識樂矣,然未識樂之忘也。"(《冷齋夜話》)

【校注】

①李文藻本眉批:"與尹公自記乃有金蘭之别,摘録名人言語亦非夢漢所能。"

②沈存中,《宋史·沈括傳》:"(沈)括字存中……紀平日與賓客言者爲《筆談》,多載朝廷故實、耆舊出處,傳於世。"

③楊次公,《宋史·文苑五》:"楊傑,字次公,無爲人。……自號無爲子,有文集二十餘卷,《樂記》五卷。"李文藻本眉批:"此條可删。"

# 尹公亭記 曾南豐

君子之於己,自得而已矣,非有待於外也。然而曰"疾没世而名不稱焉"者①,所以與人同其行也。人之於君子,潛心而已矣,非有待於外也。然而有表其閭,名其鄉,欲其風聲、氣烈暴於世之耳目而無窮者,所以與人同其好也。内有以得諸己,外有以與人同其好,此所以爲先王之道,而異乎百家之説也。

隨爲州,去京師遠,其地僻絶。慶曆之間,起居舍人、直龍圖閣河南尹公洙,以不爲在勢者所容,謫是州,居於城東五里,開元佛寺之金燈院。尹公有行義文學,長於辯論,一時與之遊者,皆世之聞人,而人人自以爲不能及。於是時,尹公之名震天下,而其所學,蓋不以貧富、貴賤、死生動其心。故其居於隨,日考圖書、通古今爲事,而不知其官之爲謫也。嘗於其居之北阜,竹柏之間,結茅爲亭,以芳爲嬉,歲餘乃去。既去而人不忍廢壞,輒理之,因名之曰"尹公之亭"。州從事謝景平刻石記其事。

至治平四年，司農少卿贊皇李公禹卿爲是州，始因其故基，增庳益狹，斬材以易之，陶瓦以覆之。既成，而寬深亢爽，環隨之山，皆在几席。又以其舊亭峙之於北，於是隨人皆喜，慰其思，而又獲遊觀之美。

其冬，李公以圖走京師，屬予記之。蓋尹公之行見於事，言見於書者，固已赫然動人。而李公於是又侈而大之者，豈獨慰隨人之思於一時而與之共其樂哉？亦將使夫荒遐僻絶之境，至於後人見聞之所不及，而傳其名、覽其跡者，莫不低回俯仰，想尹公之風聲氣烈，至於愈遠而彌新，是可謂“與人同其好”也，則李公之傳於世，亦豈有已乎！故予爲之書。時熙寧元年正月日也。

【校注】

①《論語·衛靈公》：“子曰：‘君子疾没世而名不稱焉。’”


# 尹判官墓誌　范忠宣公純仁①

君姓尹氏諱（高廟諱），字嗣復，師魯第三子也。師魯諱洙，師魯其字也，以道德文章名重天下，天下之人，識與不識，皆稱曰師魯。自大父以上，官諱族系，韓魏公表師魯之墓，書之詳矣。慶曆七年，先君文正公守南陽時，予侍行，師魯自鄖鄉興疾而來，托先公以後事。予得省疾於卧内，見嬰兒扶床，方二三歲，眉宇秀爽。師魯指謂予曰：“此吾兒也。”予始識君，而愛其神俊異常，又念師魯之積善，必謂其遠大不可量也。後十二年，方見於許昌，方十五歲，舉止談論，已如成人，予自謂所期果不妄矣。又十六年，忽聞君之訃，驚歎自失，乃知天理、人事之難必，而心深痛大賢之失其後也。

君以翰林諸公薦名臣之後，特恩補太廟齋郎②，年未應調，魏公奏爲相州安陽縣主簿。黠吏易君少而爲奸，君得其情，皆按以法，一邑驚服。魏公鎮大名，復辟監倉草場。秩滿，調泗州觀察判官，未行，以熙寧八年六月十四日卒於許昌之長葛縣，享年三十有一。

君天資英爽，讀書一覽輒不忘。未冠，已與老成長者游，爲文章下筆即成，不加點竄。善談論，有時揚榷古今，一坐皆傾。英宗初即位，魏公以顧命元勳求解機務，上不之許，魏公未敢堅去。君上書於魏公曰："功成身退，乃天之道。公今眷眷君臣之契，不忍訣去。而久持大權，讒嫉者衆，將有媒孽之巧，伺隙而進。一旦禍機潛發，令名不終，則公將噬臍，悔何及也。"魏公嗟賞之曰："真有父風。"後魏公得請外鎮，蓋用其言。

性至孝，十歲持母喪，哀棘如禮，見者嗟歎。爲人真率，不事矯飾，於財利爵禄，未嘗屑意。待人無城府，受朋友規切，竦然聽從，朋友之過，亦必忠告。人有厄窮，務竭力拯救，以是人樂與之遊。當官論事，直伸其理，未嘗少屈，相守尚威嚴，事有不便，他吏不敢白。君曰："苟容畏事，以遂上官之失，豈士人之行耶？"獨往辯正其事，守亦納之，更爲薦舉。公卿大夫薦其才者凡十餘人。

娶李氏，予舅氏司農少卿諱禹卿之女。生一子照，尚幼。其猶子煥奉君之喪③，以元豐七年正月二十一日，葬於河南府壽安縣甘泉鄉龕澗里先塋之次，而求銘於予，爲之銘曰：

騏驥爲駒，骨相不群。豫章發地，勢凌青雲。嗣復在幼，星眸貝齒。爽如秋隼，一鶚千里。未冠能文，擺落塵腐。大節可觀，不屑細故。才長命短，器遠位局。欲奮而萎，壯年就木。秀而不實，聖人有言。積善餘慶，經豈徒云。君躬弗蒙，宜在後昆。勒辭於石，終古其存。

【校注】

①叢刊本署作范純仁。

②特，李文藻本無，據叢刊本補。

③猶子，《禮記·檀弓上》："喪服，兄弟之子，猶子也，蓋引而進之也。"

# 附録三：墓誌銘增補

## 太常博士尹君墓誌銘[①]

君諱源,字子漸,姓尹氏,與其弟洙師魯俱有名於當世。其論議文章、博學强記,皆有以過人。而師魯好辯,果於有爲;子漸爲人剛簡,不矜飾,能自晦藏,與人居,久而莫知,至其一有所發,則人必驚伏。其視世事若不干其意,已而推其情僞,計其成敗,後多如其言。其性不能容常人,而善與人交,久而益篤。自天聖、明道之間,予與其兄弟交,其得於子漸者如此。

其曾祖諱誼,贈光禄少卿;祖諱文化,官至都官郎中,贈刑部侍郎;父諱仲宣,官至虞部員外郎,贈工部郎中。子漸初以祖蔭補三班借職,稍遷左班殿。天聖八年舉進士及第,爲奉禮郎,累遷太常博士,歷知芮城、河陽二縣、僉署孟州判官事。又知新鄭縣,通判涇州、慶州,知懷州,以慶曆五年三月十四日卒於官。

趙元昊寇邊,圍定川堡,大將葛懷敏發涇原兵救之。君遺懷敏書曰:"賊舉其國而來,其利不在城堡,而兵法有不得而救者。且吾軍畏法,見敵必赴而不計利害,此其所以數敗也。宜駐兵瓦亭,見利而後動。"懷敏不能用其言,遂以敗死。劉渙知滄州,杖一卒,不服,渙命斬之以聞,坐專殺,降知密州。君上書爲渙論直②,得復知滄州。

范文正公常薦君材可以居館閣,召試,不用,遂知懷州,至期月,大治。是時,天子用范文正公與今觀文殿學士富公、武康軍節度使韓公,欲更置天下事,而權幸小人不便,三公皆罷去,而師魯與時賢士多被誣枉得罪。君歎息憂悲發憤,以謂"生可厭而死可樂也",往往被酒哀歌泣下,朋友皆竊怪之。已而以疾卒,享年五十。至和元年十有二月十三日,其子材葬君於河南府壽安縣甘泉鄉龍洲里③。其平生所爲文章六十篇④,皆行於世。子男四人:曰材、植、機、桴。

嗚呼!師魯常勞其智於事物,而卒蹈憂患以窮死。若子漸者,曠然不有累其心,而無所屈其志。然其壽考亦以不長,豈其所謂短長得失者,皆非此之謂歟? 其所以然者,不可得而知歟?銘曰:

有韞於中不以施,一憤樂死其如歸,豈其志之將衰? 不然,世果可嫉其如斯?

【校注】

①據叢刊本增。又見於歐陽修《居士集》卷三十。

②君上書爲渙論,按《宋史·文苑傳》:"時知滄州劉渙坐專斬部卒,降知密州。源上書言:'渙爲主將,部卒有罪不伏,笞輒呼萬歲,渙斬之不爲過。以此謫渙,臣恐邊兵愈驕,輕視主將,所繫非輕也。'渙遂獲免。"

③其子材,按《故三班奉職尹府君墓誌銘》,材爲尹洙之弟湘之子,而《宋史·尹焞傳》載:"源生林,官至虞部員外郎。林生焞。"則知歐陽修所言材當爲林之誤。

④生,原作時。據《居士集》改。

# 尚書虞部員外郎尹公墓誌銘<small>景祐五年</small>

公諱仲宣,姓尹氏。尹氏世居太原,無顯者。由公之父贈刑部侍郎諱文化，始舉《毛詩》，登某科，以材敏稱於當時，仕至尚書都官郎中，於今人士語尹氏者，往往能稱其名字，由是始有聞人。刑部葬其父於河南，今爲河南人。

公舉《周易》，咸平三年中第，歷梓州銅山、鳳翔麟遊二主簿，京兆府司理參軍，潞州襄垣主簿，遷汝州梁、懷州武陟二令，又遷蜀州軍事判官。薦其能者數十人，拜大理寺丞、太子中舍、殿中丞、國子博士、尚書虞部員外郎，歷知汝州之葉、鄭州之滎陽，又知大寧監，通判華州，又知資州，皆有政績。最後知鄆州，至州之三日，晨起衣冠，得疾卒，實景祐四年三月七日也，年七十一。以五年十一月二十八日，葬壽安。母鄭氏，德興縣太君。妻張氏，壽安縣君。子七人：源、洙、湘、沖、淑、沂、泳。諸孫十餘人。

公既卒，許州進士朱生遊資州，資人家家能道公之遺事，及聞公喪，皆巷哭，其吏與民各以其類之浮屠發哀受吊。朱生既得公善十餘事，爲作《遺愛錄》，以遺資人。朱生未嘗識公者，而言若兹，信矣。

嗚呼！善人之爲善也，生不赫赫於當時，則其遺風餘思在乎人者，必有時而著。公生而爲善，歿也見思。銘者，所以名其善功以昭後世也。銘曰：

物塞而通，必艱其初。至於大亨，乃燁而敷。尹氏之先，久窒不耀。自公再世，始發其奧。公不墜德，有善在人。孰當其興？在子與孫。

（據歐陽修《居士集》卷二十六補）

# 附録四：雜見事迹增補

《湘山野録》：錢思公鎮洛，創一驛館命僚屬各作一文。謝希深與歐公皆五百許字，惟師魯止三百八十字，語簡事備，歐公愧服。今考集中不載此記，豈闕佚已多邪？辛酉夏六月，阮亭又識於國子監東廂。

【校注】

李文藻本眉批：“亦是尋行數墨之見，不足爲尹公重。”

宋宗室希弁《續晁氏讀書志》云：志稱《尹師魯集》二十卷，希弁所藏二十七卷，洙傳中所載亦同。嘗考《邵氏聞見録》云：錢惟演守西郡，起雙桂樓，建臨園驛，命永叔、師魯作記。永叔文先成，凡千餘言。師魯曰：“某止用五百字。”文成，永叔服其簡古，自此始學爲古文。二記皆不載於集中。今此集二十七卷，與趙氏志同。二十六七兩卷，則《五代春秋》，而附録一卷，則本傳及韓忠獻所撰《墓表》《祭文》、歐文忠公《墓誌》及《論尹師魯墓誌》《乞與其子構一官狀》，并雜見事迹七八條。阮亭壬戌冬初再記。（以上兩則據李文藻本、叢刊本、方本增）

范文正公嘗爲人作墓銘，已封，將發，忽曰："不可不使師魯見。"明日以示，尹師魯曰："希文名重一時，後世所取信，不可不慎也。今謂轉運使爲部刺史、知州爲太守，誠爲脱俗。然今無其官，後必疑之，此正起俗儒争論也。"希文撫己曰："賴以示子，不然吾幾失之。"范文正公作《岳陽樓記》，爲世所貴，尹師魯讀之曰："此傳奇體也。"（畢仲詢《幕府燕閒録》據叢刊本增）

（范）文正公雖極端方，而笑謔有味。師魯時謫均州監権，郡守趙可度者迎時之好惡，酷加凌忽。公爲郡帥，特奏曰："尹洙多病，可惜死於僻郡，乞令就任所醫理。"可其奏，遂客於鄧。舉不如意，凡樽俎、語言，皆無惊侑，人不敢侍之。或怒，至以雙指扭其臉。侑者泣訴於公，公曰："爾輩豈知，此是龍圖硬性。"客笑，而師魯不笑。（宋釋文瑩撰《續湘山野録》）

昔謝繹稱永叔善俚調，尹洙善談怪。一出，聞者絶倒。弟甚慕焉。（餘姚黄宗羲編《明文海》卷一百七十三劉繪《答李太常中麓書》）

尹洙初入館編校，（景祐）四年，欲得一差遣，遂到中書援錢延年例。曾徐曰："學士自待，何爲在錢延年等列耶？"洙終身以爲愧恨。其畏之如此。（宋羅從彦撰《豫章文集》卷六《王曾》）

錢文僖公惟演，……晚年以使相留守西京。時通判謝絳、掌書記尹洙、留守推官歐陽修，皆一時文士，遊宴吟詠，未嘗不同。……有郭延卿居水南，少與張文定、吕文穆遊，累舉不第，以文行稱於鄉閭。……一日文僖率僚屬往游，去其居一里外，即屏騶從，徒步訪之。延卿道服延接，相與晤談。……遂進陶尊果蔌，文僖愛其野逸，爲引滿不辭。既而吏報申牌，府史牙兵排列庭中，延卿徐曰：“公等何官，而從吏之多也？”尹洙指而告曰：“留守相公也。”延卿笑曰：“不圖相國肯顧野人。”相與大笑。（《宋稗類鈔》卷六《隱逸》）

友人尹洙以書薦於中書舍人葉道卿，因石延年致之，曰：“孟州司法參軍李之才，年三十九，能爲古文章，語直意遂，不肆不窘，固足以蹈及前輩，非洙所敢品目。而安於卑位，無仕進意，人罕知之。其才又達世務，使少用於世，必過人遠甚，恨其貧不能決其歸心，知之者當共成之。”延年復書曰：“今業文好古之士，至鮮且不張，苟遺若人，其學益衰矣。”延年素不喜謁貴仕，凡四五至道卿門，通其書乃已。道卿薦之，遂得應銓新格，有保任五人，改大理寺丞，爲緱氏令。（《宋史·李之才傳》）

尹洙帥渭，延致尊禮，狄青代洙，遇之亦厚。

（《宋史·劉易傳》）

尹洙，歷河南府戶曹，又知河南縣，遷伊陽宰。教士讀書作文，以民事爲念，吏不敢欺。

（《明一統志》卷29《郡名：周南、洛陽、三川、河南·名宦》）

尹洙知光澤縣，士學務程文，洙勉勵之以古文爲主，於是學者大悟文體一變。

（《明一統志》卷78《郡名：昭武·名宦》）

尹洙，河南人。康定中，知光澤縣，以古文勉勵學者，文體爲之一變。治尤有績。

（《欽定大清一統志》卷三百三十二《邵武府·名宦》）

# 附録五:序跋增補

## 校正《尹師魯文集》序 崔銑①

昔者,夫子立教洙泗之間,牖天下之英賢,道一而已成。列四科豈有所差別而然歟②?蓋皆不失其本心而已。心者,仁是也;仁者,天德是也。是故蘊之不私己,擴之則普物,即事以體道也。澤人以立我也,修文以限止也,不然流於朴且靡、術而諼,曾是以爲道乎?

銑考藝於宋,得尹師魯之文,所尚節義,所長論兵,明出事先,任而無黨,遭構不怒,處終而精。故詞簡而切旨,不襲故言,不躐其所不能,其亦孔氏之政乎!當宋代談經作傳、摘詞申政者奚啻百家,然自三四儒之外,許魯齋謂彌近理而大亂③,真從於程氏者,尹彦明稱庶幾焉④。行一乎敬,言純乎經,道行乎富貴患難。噫!何尹氏之多賢歟?(據叢刊本附録增)

【校注】

①崔銑,《明史·崔銑傳》:"崔銑,字子鍾,安陽人。"

②四科,《論語·先進》:"德行:顏淵、閔子騫、冉伯牛、仲弓。言語:宰我、子貢。政事:冉有、季路。文學:子游、子夏。"邢昺疏:"夫子門徒三千,達者七

十有二,而此四科惟舉十人者,但言其翹楚者耳。"

③許魯齋,《元史·許衡傳》:"許衡,字仲平,懷之河内人。"大德元年,贈榮禄大夫、司徒,謚文正。至大二年,加正學垂憲佐運功臣、太傅、開府儀同三司,封魏國公。皇慶二年,詔從祀孔子廟廷。延祐初,又詔立書院京兆以祀衡,給田奉祠事,賜名魯齋書院。魯,衡居魏時所署齋名也。"

④尹彦明,《宋史·尹焞傳》:"尹焞字彦明,一字德充,世爲洛人。曾祖仲宣七子,而二子有名。長子源,字子漸,是謂河内先生;次子洙,字師魯,是謂河南先生。源生林,官至虞部員外郎。林生焞。少師事程頤,嘗應舉,發策有誅元祐諸臣議,焞曰:'噫,尚可以干禄乎哉!'不對而出,告頤曰:'焞不復應進士舉矣。'頤曰:'子有母在。'焞歸告其母陳,母曰:'吾知汝以善養,不知汝以禄養。'頤聞之曰:'賢哉母也!'於是終身不就舉。焞之從師,與河南張繹同時,繹以高識,焞以篤行。頤既没,焞聚從洛中,非吊喪問疾不出户,士大夫宗仰之。"

# 讀《尹河南文集》 金之俊①

余嘗讀歐陽氏誌尹河南先生之墓曰:"師魯爲文章,簡而有法。博學强記,通知今古。"又自疏云:"簡而有法,此一句在孔子六經惟《春秋》可當之,其他經非孔子自作文章,故雖有法而不簡也。"若是乎文之貴簡! 而能爲簡者,匪易言哉。

一日從北海孫公所得《河南先生文集》抄本,受而卒業焉,其文朴直緊嚴,果有當於簡。即碑銘書疏,或詳至數千百言之多,皆精於理,核於事,而無靡詞,無溢氣,雖詳而仍不害其爲簡也。原《春秋》之所以能簡者,孔子上下二百四十二年之間,凡天子列國君臣行事本末,與夫内外盛衰治亂得失之故,靡不條貫洞達。故權衡審是非,明一字褒貶,義無不該。然則,非大哉博學之孔子,不能爲《春秋》之簡;非博聞强記、通知今古之師魯,亦不能爲師魯之簡;非博極群書集古千卷、藏書萬卷之歐陽氏,亦不能爲歐陽氏之簡，而能以"簡而有法"一句，遂盡師魯之爲文也，此簡之所以有足貴，而能爲簡者之匪易言歟！

考之韓忠獻云[②]：天聖初，公獨與穆伯長矯時所尚[③]，力以古文爲主；范文正亦云師魯深於《春秋》，辭約而理精，得歐陽永叔從而振之，天下之文一變而古；尤延之亦云我朝古文之盛，倡自師魯[④]，則又非獨歐陽氏之説也。由是言之，文之學爲古者，必能爲簡而能爲簡者，方可以語古。嗚呼！今天下之爲文而有志學古者，其亦可以知所尚也已。（據叢刊本增）

【校注】

①金之俊，《清史稿·金之俊傳》："金之俊，字豈凡，江南吴江人。明萬曆四十七年進士，官至兵部侍郎。"

②韓忠獻，《宋史·韓琦傳》："贈尚書令，謚曰忠獻，配享英宗廟庭。"

③穆伯長，《宋史·穆修傳》："穆修，字伯長，鄆州人。""自五代文敝，國初，柳開始爲古文。其後，楊億、劉筠尚聲偶之辭，天下學者靡然從之。修於是時獨以古文稱，蘇舜欽兄弟多從之遊。修雖窮死，然一時士大夫稱能文者必曰穆參軍。"

④尤延之，《宋史·尤袤傳》："尤袤，字延之，常州無錫人。"

# 跋《河南先生集》

師魯爲古文在歐公前，前乎師魯者，又有穆修、鄭條、柳開輩。柳、鄭，余未及見其文，穆參軍集則代州馮秋水方伯，順治間刻於金陵，文疏拙，詩尤劣，甚不知何以得大名也。此集二十四卷，詩一卷，餘皆雜文。蓋北宋人文章之僅傳於今者，猶見其全如此集者，是可寶也。惜寫字多魚豕之謬，安得別本讎對之。姑校正其可知者，餘則闕疑不敢妄有竄改。康熙十九年庚申九月。新城王士禛書。（據叢刊本、方本、李文藻本、巴陵方氏碧琳琅館刻本增）

　　黄丕烈跋：此本舊鈔式樣，想從宋本録出，然缺落甚多，或宋
刻殘毀所致。兹從吳枚葊鈔本校，可以盡善矣。如有宋刻出，當
更有誤者。

　　余校此集後，又見一鈔本，甚精。上鈔錢辛楣名號圖章，當是
其家所逸者，中多脱去，略與此鈔同。余前云或宋刻殘毀所致，恐
職是故也。草草不及細讎，惟末有尤延之跋，此可見宋刻源委，爰
録於右。蕘翁。（據黄本、方本增）

## 校刊《尹河南先生文集》序 　資政大夫刑部右侍郎無錫秦瀛撰

　　古今來文字之傳與不傳，視乎其文，而其間亦有幸不幸焉。
李習之文亞於昌黎，而文之傳於今者，懂一十八卷。河南先生之
文，范文正稱其"辭約理精"，歐陽公銘先生墓，亦稱其文"簡而有
法"。而今人但知有歐陽公之文，鮮有道及河南先生者，即當時
文正序其文，嘗索而類之，亦無刊本傳於後世。烏虖！古君子不
遇於時，而文字之顯晦，亦有數存，是可嘅已。

　　長洲陳君貞白治古文，酷嗜先生文，因取世所傳抄本，并家藏
本及它氏所藏本，采脅校正，凡二十七卷。閱數年而後卒業，將刻
之以廣其傳，而屬余序之。

　　余讀先生文，高簡質實，誠有如范、歐陽之所稱者。質與文互
勝，而質乃文之榦，質有餘者，不受餙文之至者，辭不繁。如治金
錫，必麤礦去而光潤生。其先生之文，與夫北宋古文之學，倡自柳
仲塗，曩者余嘗序仲塗文矣。仲塗之爲古文，在穆伯長之先，而先
生亦實先於歐陽公。伯長之文不必似仲塗，歐陽公之文亦不必同
於先生。惟師友之間同爲古文，而文不必同，猶之習之學於昌黎，
而文未嘗襲昌黎，此所以爲古人之文也。今人則不然，各師一家
而不能自勝，其異乎己者輒訾謷之，而文之真不存焉。

王漁洋尚書跋先生集,僅有抄本。貞白學優而位卑,年五十餘,尚困於下僚。顧自先生殁,閱七百餘年,而貞白獨刻先生集以傳,顯晦固有時,亦不可謂非先生之幸也已。嘉慶十三年,歲次戊辰春正月,既望,序。(據方功惠本、長洲陳氏刻本、巴陵方氏碧琳琅館刻本增)

## 校正《尹河南集》後序

吾友陳君貞白善爲古文,其議論不少下,而於宋文家獨好河南先生,謂其簡古質實,自班孟堅而下,未有能及之者。而柳開、穆修、鄭條之徒,雖稱復古而猶未至焉者也。河南之文,舊傳二十七卷,以知之者少,久無刻本,故脫謬尤多。陳君初藏有抄本《河南集》,既又得葛氏不全本,以辨其同異,最後聞同里吳君伊仲有善本,從而改定之。其猶有未當者,則博考他書以正之,然後河南之文始完。

噫!河南以平生忠義之節,適遭讒謗而卒以貶死,其所爲文章、議論有識略,當時所稱歐、尹者也,是宜可以信後而及遠。而元明以來,學者獨無稱道之,至於今,遂不復知有河南之文矣。夫六藝殘闕賴儒間出收拾補綴,得以相保,況乎古人之文,顯晦有時,其不爲後世所亂者,幾何也?獨陳君於河南之文,能自得所好,而用力之勤如是。余因爲之歎息,知河南之文將由是可以信後而及遠,蓋發自陳君始也。乾隆六十年歲次乙卯冬至前一日。長洲顧會序。(據方功惠本、長洲陳氏刻本、巴陵方氏碧琳琅館刻本增)

## 《三宋人集》序

　　方柳橋太守與余談宋初古文有柳仲塗、尹師魯二集，而未見穆伯長集，以爲憾。今太守署理運同駐潮州，寄書來云：“購得穆集并柳、尹二集。刻之，以新本見贈。”其書辭意欣欣然喜，余亦同此喜也。海内爲古文者，蓋有未見此三集者矣。今得之，亦必喜，可知也。此三家古文，爲歐陽文忠開其先。余嘗以爲，元次山、獨孤至之亦爲韓文公開先，欲選二家文，上溯至三國之文不爲駢儷者爲一集，不可盡以八代爲衰。惜余老矣，不能選。因讀此三集，以此意質之太守，以爲何如？光緒七年七月番禺陳澧序。（據碧琳琅館校刊《三宋人集》增）

## 重刻《三宋人集》跋

　　往功惠在羊城，陳蘭甫京卿勸以刻柳仲塗、穆伯長、尹師魯三家集，謂三家古文，實爲歐陽公開先，凡治古文者不可不讀，惜傳本頗稀見者。少矣，考《參軍集》，順治中代州馮氏，嘗刻於金陵若蘭溪。柳氏之刻《河東集》，長洲陳氏之刻《河南集》，皆在乾、嘉之間。當國初時，王漁洋、何義門已云二集之多譌，小峴山人作序，特以世有刻本，爲後人幸也。

　　河東、河南二集，向有藏本，《參軍集》則未之見。己卯之歲，忝司潮郡鹽務，始得此本，惟訛脱太多。聞豐順丁禹生中丞持静齋藏書之富甲於嶺南，書目内載有舊鈔本，爰借校讎。則本卷首脱去祖龍學序，及目録卷一《思邊詩》一首；全脱《秋浦會遇詩》；序脱去“有北歸望”以下二十一字；卷二《上潁州劉侍郎書》脱去“故官無職事”以下二十三字；卷三《蔡州開元寺佛塔記》脱去“亦必從此六聖人而師之”以下二十三字;《亳州法相禪院鐘記》脱去“沉淪之苦”以下二十八字。其他舛錯，指不勝屈，爲之正其訛誤，補其脱漏，與柳、尹二集并付諸梓。

自愧藏書不多，未能如王、何二公之精校河東、河南。則因柳、陳舊刻、馮刻參軍集，屢購不得，今所刻者，以持静齋本爲據。中丞云有舊刻本，惜爲獨山莫氏借去，後日倘得善本，益加考正，是所願也。功惠承京卿之命，而刻是書，今兹刊成，庶有以答題曰《三宋人集》，蓋用南海馮氏刻三唐人集之例云。光緒辛巳巴陵方功惠跋。（據方本增）

## 清李保泰本序

洙有《五代春秋》，已著録。洙爲人内剛外和，能以義自守。久歷邊塞，灼知情形，凡所措置多有成效。其没也，歐陽修爲墓誌、韓琦爲墓表，而范仲淹爲序其集，其爲正人君子所重，與田錫相等。至所爲文章，古峭勁潔，繼柳開、穆修之後，一挽五季浮靡之習，尤卓然可以自傳。

邵伯温《聞見録》稱：錢惟演守西都，起雙桂樓，建臨園驛，命歐陽修及洙作記。修文千餘言，洙止用五百字，修服其簡古。又稱：修早工偶儷之文，及官河南始得洙，乃出韓退之之文學之。蓋修與洙文雖不同，而修爲古文，則居洙後也，云云。蓋有宋古文修爲巨擘，而洙實開其先，故所作具有原本。自修文盛行，洙名轉爲所掩。然洙文具在，亦烏可盡没其功也。

集凡二十七卷，與《宋史·藝文志》所載合，晁公武《郡齋讀書志》云二十卷者，蓋傳寫之脱漏。其雙桂樓臨園驛記，集中未載，當由編録之時已佚其稿矣。（據李保泰本、《四庫全書總目》增）

# 李保泰本跋

　　歐陽公稱尹師魯文“簡而有法”，而集之流傳者甚少。按師魯集，《宋史》二十八卷，《文獻通考》《郡齋讀書志》俱二十卷，《書録解題》《經籍志》俱二十二卷。昨於同年吳澄野太史處獲見此本，乃馬氏叢書樓藏本，共二十七卷。第一卷爲詩，二卷至二十五卷皆文，二十六七兩卷則五代春秋，後附墓銘祭文各雜論。内文間有缺不足卷者，而筆工甚拙，舛誤不可指數。卷首亦無范文正叙，友人録之而不終，以暇日自爲寫足。其《五代春秋》則已有任子田侍御刊本，不復重寫，附録者亦置之。因存二十五卷原書之由而并考之，以俟得別本再據焉。乾隆癸丑二月廿六日，嗇生保泰記。（據李保泰本增）

　　師魯與歐陽永叔同時，以古學提倡後進，師魯文章古淡，與永叔相近，而峻潔過之。其集流傳極尠，此本從揚州馬氏叢書樓藏本録出，人間罕覯。軍政之暇，點讀一過，并校正其譌字。咸豐七年正月，翁同書記。（據李保泰本增）

　　是書爲寶山李嗇生先生保泰藏本，末有跋語，十七卷以後先生手抄也。先生官揚州府教授最久，一時名宿皆與還往。嘗刊惠定宇《後漢書補注》行於世。其後人僑寓吾邑以跋，中不著姓，故備記之。同書（據李保泰本增）

　　嗇生先生次子同文字竹農。道光甲午北闈舉人。（據李保泰本增）

## 張位、吳翌鳳抄本跋:

以上九卷并附録一卷,亦傳青芝山堂本,與舊抄本同出一手,改差誤特多,茲用盧學士本校字之。時戊戌冬至後二日,滂士。(據張位、吳翌鳳抄本增)

甲子五月,從師德堂收得此本,取對舊鈔本,正彼訛脱特多,可見校本自不可廢,倘有宋刻出,未知相勘又何如矣。蕘翁　黃丕烈識。(據張位、吳翌鳳抄本增)

甲戌夏初,友人從都中歸,路過滋陽,獲其縣令陳貞白所刊《尹河南集》,轉以此贈余。貞白,吳中名士也,由縣佐得知縣,頗著循聲。仕優則學,流布古書,勝於輦金以歸,但爲求田問舍計者多矣。(據張位、吳翌鳳抄本增)

## 盧文弨《尹河南集跋》(辛卯)

師魯之言兵事,蓋亦知持重而不貪小利者,觀其欲厚集兵力與不城水洛之意可見矣。數遭遷謫,其功名不得與韓、范侔,惜哉! 其言致治之本,在於務大體,不在任察。又曰:"吏益材而民益愁,上貴良吏,民始得遂其生。"是其識議卓然,有古大臣風矣。

集二十七卷,附録一卷。余鈔之朱鴻臚豫堂先生所,朱鈔之新城王氏,王之寫本則依宋南渡初年刊本之舊也。王有校讎,甚略。益都李進士文藻再校,少詳焉。朱以別本參校,更加詳焉。余鈔此本,則凡行款高下之不畫一者,悉整齊之;其誤字爲余所知者,改正之。鈔既竟,朱又得一舊寫本,并李進士新增附録若干篇示余。取以覆對，乃知後數卷其當正僞補缺者尚多也。至兩本皆僞者，姑然仍之。李所增附録，亦擇取而次比之繫於後。

　　師魯之文，永叔稱其"簡而有法"，子固稱其長於辯論。其文之佳，正不盡以能用字少也。余既讀而愛之，且因諸君子校對之勤而樂爲繼其後也。凡三四過，始卒業云。乾隆三十六年十月壬辰，盧文弨書。（據《抱經堂文集》卷十三《跋六》）

# 附録六:《四庫全書》提要

## 《四庫全書·河南集》提要

臣等謹案《河南集》二十七卷,宋尹洙撰。洙字師魯,河南人。天聖二年進士,授絳州正平主簿,以薦爲館閣校勘,累遷右司諫,知渭州,兼領涇原路經略公事。以爭水洛城事徙慶州,復爲董士廉所訟,貶崇信軍節度副使,監均州酒稅,卒。事迹具《宋史》本傳。

洙爲人内剛外和,能以義自守,久歷邊塞,灼知敵情,凡所措置,多有成效。其没也,歐陽修爲墓誌,韓琦爲墓表,而范仲淹爲序其集,皆一代名賢,蓋其氣節幹濟,均有足重者。至所爲文章,古峭勁潔,繼柳開、穆修之後,一挽五季浮靡之習,尤卓然可以自傳。

邵伯温《聞見録》稱錢維演守西都起雙桂樓,建臨園驛,命歐陽修及洙作記。修文千餘言,洙止用五百字,修服其簡古。又稱修早工偶儷之文,及官河南始得師魯,乃出韓退之之文與之學,蓋修與師魯於文雖不同,而爲古文則居師魯後也。云云。蓋有宋古文,修爲巨擘,而洙實開其先,故所作具有原本。自修文盛行,洙名轉爲所掩，宋之史官遂謂洙才不足以望修，殊非公論矣。《聞見録》又稱修作《五代史》嘗約與洙分撰，今集中《五代春秋》二卷，紀事亦簡核有體，應即其時所作。

集凡二十七卷，與《宋史·藝文志》所載合。晁公武《郡齋讀書志》云二十卷者，蓋傳寫之脱漏。其《雙桂樓臨園驛記》，集中未載，疑編録時其文已佚云。乾隆四十六年六月，恭校上，總纂官臣紀昀，臣陸錫熊，臣孫士毅，總校官臣陸費墀。

# 《四庫全書總目·五代春秋》

《五代春秋》二卷，兩江總督采進本，宋尹洙撰。洙字師魯，河南人。天聖二年進士，授絳州正平主簿，以薦爲館閣校勘。累遷右司諫，知渭州，兼領涇原路經略公事。以争永洛城事，徙慶州。復爲董士廉所訟，貶崇信軍節度副使，監均州酒税，卒。事迹具《宋史》本傳。

考邵伯温《聞見録》，載歐陽修作《五代史》，嘗約與洙分撰，此書或即作於是時。然體用編年，與修書例異，豈本約同撰而不果，後乃自著此書歟？所載始梁太祖開平元年甲子，迄周顯德七年正月甲辰。鄭樵《通志·藝文略》作二卷，與今本合。趙希弁《讀書附志》則作五卷，或別本流傳，以一代爲一卷歟？穆修《春秋》之學稱受之於洙，然洙無説《春秋》之書，惟此一編，筆削頗爲不苟，多得謹嚴之遺意，知其《春秋》之學深矣！已載入所作《河南集》中，此蓋其別行之本，以初原自爲一書，故仍存其目焉。

# 附錄七：相關作品

## 蔡襄《四賢一不肖詩·右尹師魯》

君子道合久以成，小人利合久以傾。世道下衰交以利，遂使周雅稱嚶鳴。煌煌大都足軒冕，綽有風采爲名卿。高名重位蓋當世，退朝歸舍賓已盈。脅肩諂笑不知病，指天報遇如要盟。一朝勢奪德未改，萬鈞已與毫釐輕。畏威諛上亦隨毀，矧復鼓舌加其評。逶迤陰拱質氣厚，兩豆塞耳心無營。嗚呼古人不可見，今人可見誰與明。章章節義尹師魯，飭躬佩道爲華榮。希文被罪激人怒，君獨欣慕如平生。抗書轂下自論劾，惟善與惡宜彙征。削官摒逐雖適楚，一語不掛《離騷》經。當年亦有大臣逐，朋邪隱縮無主名。希文果若事奸險，何此起士同其聲。高譚本欲悟人主，豈獨區區交友情。

## 梅堯臣《九月都下對雪寄永叔師魯》

陰風中夜鳴，密雪逗曉積。誰言有蓬巷，但見鋪瑤席。忽憶在山中，開戶群峰白。當時吟不厭，盡日坐巖石。旁徨懷故人，憔悴爲遷客。欲泛剡溪船，路長安可適。

## 梅堯臣《哭尹師魯》

謫死古來有，無如君甚冤。文章不世用，器業欲誰論。野鳥災王傅，招辭些屈原。平生洛陽友，零落幾人存。

## 梅堯臣《哭尹子漸》

故人河内守，昨日報已亡。同氣泣上黨，悲風生太行。曩爲衆所惜，今復人共傷。阮籍本真率，感慨壽不長。

## 梅堯臣《使者自隨州來知尹師魯寓止僧舍語其處物景甚詳因作詩以寄焉》

驛使話漢東，故人遷謫處。所居雖非居，有樹即嘉樹。日膳或鷄肫，時蔬多筍芋。夜堂蛇結蟠，晝戶鵲噪聚。著書今未成，愛靜已得趣。予欲訪其人，炎蒸未能去。

## 梅堯臣《五月二十夜夢尹師魯》

昨夕夢師魯，相對如平生。及覺語未終，恨恨傷我情。去年聞子喪，旅寄誰能迎。家貧兒女幼，迢遞洛陽城。何當置之歸，西望淚緣纓。

## 梅堯臣《希深惠書言與師魯永叔子聰幾道遊嵩因誦而韻之》

聞君奉宸詔，瑞祝疑靈岫。山水聊得遊，志願庶可就。豈無朋從俱，况此一二秀。方蘄建春陌，十刻殘晝漏。初經緱氏嶺，古柏尚鬱茂。却過轘轅關，巨石相撑鬥。夕齋禮神祠，法衮被藻繡。畢事登山椒，常服更短後。從者十數人，輕齎不爲陋。是時天清陰，力氣勇奔驟。雲岩杳虧蔽，花草藏澗竇。旁林有珍禽，驚眙若避彀。磐石暫憩休，泓泉助吞漱。上窺玉女窗，嶄絕非可構。下玩擣衣磚，焜耀金紋透。尹子體雄佼，攀緣愈習狃。歐陽稱壯齡，疲軟屢顛踣。競歡相扶持，芒屬恣踐蹂。八仙存故壇，三醉孰云謬。鄙哉封禪碑，數字昔鑴鏤。偶志一時事，曷虞來者訽。絕頂瞰諸峰，隘然輕宇宙。遥思謝塵煩，欲知群鳥獸。韓公傳石室，聞之固已舊。當時興稍衰，不暇苦尋究。東崖暗壑中，釋子持經咒。於今二十年，飲食同猿狖。君子聆法音，充爾溢膚腠。嘗期躡屐過，吾儕色先愀。遂乖真諦言，兹亦甘自咎。中頂會幾望，涼蟾皓如晝。紛紛坐談謔，草草具觴豆。清露濕巾裳，誰人苦羸瘦。便即忘形骸，胡爲戀纓緩。或疑桂宮近，斯語豈狂瞀。歸來遊少室，嶕峣殊引脰。石室迢遞過，探訪仍邅迥。捫蘿上岑邃，儦屋何廣袤。乳水出其間，涓涓自成溜。凡骨此薰蒸，靈真安可覯。霞壁幾千尋，四字侔篆籀。咸意苔蘚文，誠爲造化授。標之神清洞，民俗未嘗邁。忽覺風雨冥，無能久瞻扣。匆匆遂宵征，勝事皆可復。俚歌縱喧講，怪説多鮫糅。凌晨關塞陽，追賞顏匪厚。窮極四百里，寧憚疲左右。昨朝書報予，聞甚醉醇酎。所嗟游遠方，心焉倍如疚。

## 梅堯臣《憶洛中舊居寄永叔兼簡師魯彥國》

東堂石榴下，夜飲曉未還。絺衣濕浩露，桂酒生朱顏。君同尹與富，高論曾莫攀。開吐仁義奧，傲倪天地間。以此爲朋樂，衡門未嘗關。自從北闕來，擾擾時少閑。登危欲引望，尚不見雲山。何由覿夫子，客袂淚瀾斑。

## 梅堯臣《尹子漸歸華產茯苓若人形者賦以贈行》

因歸話茯苓，久著桐君籍。成形得人物，具體存標格。神嶽畜粹和，寒松化膏液。外凝石棱紫，內蘊瓊腴白。千載忽旦暮，一朝成琥珀。既瑩毫芒分，不與蚊蚋隔。拾芥曾未難，爲器期增飾。至珍行處稀，美價定多益。

## 梅堯臣《永叔內翰見索謝公遊嵩書感歎希深師魯子聰幾道皆爲異物獨公與余二人在因作五言以叙之》

昔在洛陽時，共遊銅馳陌。尋花不見人，前代公侯宅。深堂鎖塵埃，空壁鬥蜥蜴。楸陰布苔綠，野蔓纏石碧。池魚有偷釣，林鳥有巧射。園隸見我來，朱門暫開闢。園婦見我還，便掃車馬跡。何以掃馬跡，實亦畏他客。我輩唯適情，一葉未嘗摘。他人或所至，生斗不得惜。又憶遊嵩山，勝趣無不索。各具一壺酒，各蠟一雙屐。登危相扶牽，遇平相笑謔。石搗雲衣輕，岩裂天窗窄。上飲醒心泉，高巔溜寒液。下看峰半雨，廣甸飛甘澤。夜宿岳頂寺，明月入户白。分吟露氣冷，猛酌面易赤。明朝循歸途，兩脛痛苦刺。日旱就馬乘，香草路迫厄。却望峻極居，已與天外隔。薄暮投少林，漱濯整冠幘。碑觀巡幸僧，指古定空壁。誓將新詠章，燈前互詆擿。

楊生護己短，不字不肯易。明年移河陽，簿書日堆積。忽得謝公書，大誇遊覽劇。自嵩歷石堂，蘚花題洞額。其文曰神清，固非人筆劃。乃知二公貴，逆告意可賾。遂由龍門歸，里堠環數驛。我時詩以答，或歌或辨賾。賾我不喜僧，性實未所獲。凡今三十年，累塚拱松柏。唯與公非才，同在不同昔。昔日同少壯，今且異肥瘠。昔日同微祿，今且異烜赫。昔同騎破驢，今控銀彎革。昔同自謳歌，今執樂指百。死者誠可悲，存者獨窮厄。但比死者優，貧存何所益。

## 歐陽修《代書寄尹十一兄楊十六王三》

并轡登北原，分首昭陵道。秋風吹行衣，落日下霜草。昔日憩鞏縣，信馬行苦早。行行過任村，遂歷黃河隩。登高望河流，洶洶若怒鬧。予生平居南，但聞河浩渺。停鞍暫遊目，茫洋肆驚眺。并河行數曲，山坡亦縈繞。嚻子與山口，呀險乃天灶。秤鉤真如鉤，上下欲顛倒。虎牢吏當關，譏問名已告。滎陽夜聞雨，故人留我笑。明朝已高塵，輤車引旌纛。傳云送主喪，窀穸詣墳兆。後乘皆輜軿，輪轂相輝照。辟易未及避，廬兒已呵嗷。午出鄭東門，下馬僕射廟。中牟去鄭遠，記里十餘堠。抵牟日已暮，僕馬困米稿。漸望閶闔門，崛若中天表。趨門爭道入，羈靮不及掉。浪壋童遊九衢，風埃歘何浩。京師天下聚，奔走紛擾擾。但聞街鼓喧，忽忽夜複曉。追懷洛中俊，已動思歸操。爲別未期月，音塵一何杳。因書寫行役，聊以爲君導。

## 强至《讀尹師魯集》

章句橫行古道堙，先生筆力障頽津。高文簡得春秋法，大體嚴如劍佩臣。冰鐵剛顔低獄吏，雲風壯略疏邊人。謫官竟死空名在，一讀遺編淚滿巾。

## 石延年《寄尹師魯》

十年一夢花空委，依舊河山損桃李。雁聲北去燕南飛，高樓日日春風裏。眉黛石州山對起，嬌波淚落妝如洗。汾河不斷天南流，天色無情淡如水。

## 楊萬里《跋范文公與尹師魯帖》

佳客千山得得來，主人雙眼爲渠開。逢人莫説當時事，且泊南亭把一杯。

## 楊萬里《跋韓魏公與尹師魯帖》

侍中尺棰撻羌酋，更得河南共運籌。到得降書來北闕，河南騎馬去均州。

## 曾鞏《尹師魯》

衆人生死如塵泥，一賢廢死千載悲。漢初董生不大用，厥政自此慚隆姬。至今董生没雖久，語者爲漢常嗟欷。尹公素志任天

下,衆亦共望齊皋伊。文章氣節蓋當世,尚在功德如豪犛。安知
蔓草蔽原野,雪霰先折青松枝。百身可贖世豈惜,訃告四至人猶
疑。悲公尚至千載後,況復悲者同其時。非公生平舊相識,跽向
北極陳斯詩。

## 范仲淹《奏議尹洙轉官》

臣竊見尹洙才業操行,縉紳所推。由臺閣進用,便可直入兩
制,若邊城驟遷,則有未便。緣去年春是太常丞,在路分都監許
遷、張肇之下。去年秋轉司諫、管勾經略司公事,遷在鈐轄安俊之
上,才方半年,若就除待制,又遷在部署狄青之上。既不因功勞,
又不改路分,偏受寵擢,衆情非便,於體未安。如須合進擢,即今
將入夏,邊上無事,且乞召尹洙赴闕,令條奏邊事,觀其陳述可采,
即與改職,却令馳往邊上,亦未爲晚。既因啓沃,面受殊恩,邊臣
聞之,不爲越次。

## 王擧正《尹洙等復秩制》

敕前降授崇信軍節度掌書記、監鄆州酒税、朝奉郎、試大理評
事兼監察御史尹洙等:向者咸以儒才,籍於文館,旋坐朋遊之累,
自罷降謫之科。載軫淹沉,特推甄叙。或朝閎復秩,分寄於縣章;
或府幕參謀,差冠於賓序。往虔予命,彌慎爾爲。可依前件。

## 鄭戩《駁尹洙鬻爵之法議》(康定元年六月)

爲國者禮義不可不立,法度不可不行,風俗不可不純。今洙
所言,是棄三者之益而困生民之本也。古設民爵以賞武功、賜耆

艾,今則鬻爵以規貨財,其編户産薄者,或子孫驕靡,希一爵因至
貧窘,使父母妻子罹凍饑之患,此禮義不立也。先王之域民也,貴
賤有差,器服有別,今使下愚之民咸得僭上所爲,驅之忘本,欲不
窮困,其可得乎? 此法度不行也。遊惰豪縱之徒,因輸財得僭服
以踰憲防,卒致澆漓之弊,此風俗不純也。

　　况賣官之令,已出權宜,然行之寖久,今更爲煩細,箕斂民財,
書揭徽塞,使夷狄有輕中國之心。且先朝賜民爵不過公士,攝助
教之名,非有階品。若三等之上户,皆受爵號,即牙前、弓手、散從
官、手力之類,悉出孤貧浮客。

　　又近以真珠折馬價,虧民已甚,若更設禁科,則悉爲棄物。今
陝西所招馬軍安塞、清塞、拓邊、蕃落、飛塞、保節、廣鋭,步軍振
武、神虎、保捷、定功、床子弩手,禁軍清邊弩手、捉生諸指揮,其募
軍例物,人不過十餘千,募萬人,所費財十萬緡。陝西河北營房大
率覆以茨苫,關右産材木,計一舍費五七千,萬人不過五七萬緡。
以四海之富,亦未至用度屈蹙如此。况洙所募邊民,不刺面,與官
軍素服習不同。取編户膏血之資,置新軍烏合之衆,如與敵角,何
異驅市人而戰哉? 臣以謂未能制勝於閫外,適足斂怨於天下。况
被邊之俗,熟户雜處,若廣募驍果,或參以奸細之人,則爲患不淺。
洙之計策,未見所長。

## 鄭戩《請察尹洙追攝劉滬董士廉奏》(慶曆四年四月)

　　尹洙使狄青帶領兵馬驅德順軍,追攝知水洛城劉滬及本部勾
當公事董士廉,枷項送獄,稱洙累令住修水洛城,不稟節制。緣臣
昨移永興軍,被詔令一面興修,已移文報洙。洙等既知築城已就,
又聞朝廷專委魚周詢定奪,更難以利害自陳,便欲圖陷滬等。一旦
用兵,擒脅下獄,必恐蕃漢人民驚潰,互相仇殺,別生邊患,惟深察之。

# 蔡襄《奏爲故崇信軍節度副使尹洙爲涇原路經略時借支官錢回易公用別無玷污已因此死於貶所臣以西事十年在邊任事甚久今家貧無依伏乞朝舉牽復舊秩與一子官庶使沈冤□聖澤事狀》

臣伏見故崇信軍節度副使尹洙，慶曆四〔三〕年以司諫知渭州，兼涇原路經略部署。是時鄭戩爲陝西經略招討安撫使，建議修水洛城。水洛屬涇原，涇原路相度，尹洙以爲不便。會鄭戩罷四路經略，猶稱前官移文劉滬、董士廉等，修城如故。尹洙以劉滬屬本路兵官，令其罷役，輒拒不從，將加之罪。遂與鄭戩互有奏論，洙移晉州，劉滬釋放。臣聞尹洙之説，鄭戩已罷四路經略，移牒處分不屬管轄路分軍馬，有鄭戩之心則治，無鄭戩之心則亂。劉滬等拒見屬之帥命，從已罷之使符，按之軍法，自當抵罪。洙之説理道甚明。董士廉因此怨讎，構造詞訟。朝廷遣臺勘鞫，唯得承例借貸官錢，回易公用，其餘推窮至悉，無分毫玷污。獄官法外飾潤虛詞，置之檻穽，洙尋死於貶所。一觸權貴，內外協攻，遂使銜冤九泉，不照白日。

皇祐中，諫官李兊、右正言賈黯各有章疏言洙之罪太深，乞與一子官，書奏報罷。臣伏見西事十年，自始至終，尹洙在邊，履歷最久，至於飲食寢寐，力計狂寇。薄命無成，卒罹罪罟，物論憐之，至今不已。懷忠負義，身爲國用，人情之大節也；原情宥過，蓋護善良，人主之盛德也。如洙之詞學才器，名在天下。盡瘁營公，不恤當路，將欲有益於時也。一旦仇人捃摭，臺官風聞，獄吏鍛煉，有司議法，謫則謫，死則死，豈暇自明哉！使洙且存至今，必自辨雪，不幸亡歿。知洙之詳者僅五七人，十餘年間，死者已半，歲月益久，昭洗無期。洙惟一子，家貧無依。伏望陛下俯回天光，下燭幽壤，追還舊秩,官其一子。使暗噎之魂,釋禁錮之負,零丁衰緒,禄及其家。干瀆聖慈,臣無任兢懼激切之至。謹具壯奏聞,伏候敕旨。

## 歐陽修《答孔嗣宗字伯紹,河南人二通》其一

某啓。辱書,甚善。尹君誌文,前所辨釋詳矣。某於師魯,豈有所惜,而待門生、親友勤勤然以書之邪? 幸無他疑也。餘俟他時相見可道,不欲忉忉於筆墨。加察加察。某再拜。

## 歐陽修《與尹材一通》慶曆八年

墓銘刻石時,首尾更不要留官銜、題目及撰人、書人、刻字人等姓名,祇依此寫。晋以前碑,皆不著撰人姓名,此古人有深意,況久遠自知。篆蓋,祇著“尹師魯墓”四字。

## 劉塤《鬱孤臺刻石曼卿詩》

石曼卿嘗作大字書古體,云《平陽奉寄師魯》:“十年一夢花空委,依舊河山損桃李。雁聲北去燕西飛,高樓日日春風裏。眉背石州山對起,嬌波淚落妝如洗。汾河不斷天南流,天色無情淡於水。”此詩不知曼卿自作邪,或書古人詩也。其意亦莫可曉,後題云康定元年八月十四日書。按尹洙,字師魯。此必寄尹洙之詩,則非古人矣。

## 周必大《跋韓忠獻范文正歐文忠與尹師魯帖》

尹師魯素爲韓忠獻王所重,此帖可見。又於范文正公義兼師

友,及論陝西攻守,乃與范異,是豈以水濟水哉? 歐陽文忠公與師魯,尤爲道同志合。方師魯欲械治劉滬,文忠作諫官,奏疏云"甯移尹洙,不可爲洙曲有黨庇",正指韓、范也。師魯竟自涇帥徙知晋州,尋因仇人上書謫官而卒。至嘉祐中,韓公入相,始復師魯官,録其子。而歐陽公誌師魯墓,亦極口褒美。前賢先國事,後伸朋友之誼,皆可法也。嘉泰甲子三月甲戌。

# 柳貫《尹師魯二帖》

景祐二〔三〕年,公上論遷都事,與吕文靖異議,黜知饒州。秘書丞集賢校理余靖言,加罪言者,非太平之政,坐落職,監均州酒税。而太子中允館閣校勘尹洙又言,范某義兼師友,乞從降黜,亦坐貶崇信軍節度掌書記,監郢州酒税。此二帖皆尹公在郢時,公所遺問。若曰日給外月月有橫費,家家如之。至於收檢邠酒,候送鄧醞合花蛇散和方送上,此見朋友有捄恤通財之義,而惟君子樂道爲能盡之也。其後公鎮鄧,尹公再貶監均州酒税,輿疾來鄧,以存没托公,則公之於尹,可謂生死不易其諒者矣。然楊洪二公跋,語第二帖是自均來南陽時,且以不須與衆云云爲戒,今帖中無此語。然以動止休勝,及報他貧且安也等語,則非在均時矣。恐此跋非此帖也。前帖銜縫有王厚之、順伯陰文十六字印,知爲順伯所藏。

# 歐陽修《尹源字子漸序》

奉禮尹君之將西也,稱古仁者送人之義,責言於其交之所嘗厚者。其友人渤海歐陽修在餞中,率然曰:余無似,雖不能竊仁者之號,奈嘗辱君之道義切劘爲最深,是以不能無言。然君之文行,余既友慕欽挹之不暇，顧豈有遺忽乏少之可以進於言邪！因姑請更君之字，以塞其求云。

君之名源，而字子淵。夫源發於淵，深且止也，於詁訓既不類，又無所表發其名之美，甚非稱。據禮家之説曰：三王之祭川也，先河而後海，或源也，或委也。蓋謂其源發而漸進於廣大，委其注積也。揚子曰：“百川學海，而至於海。”今君之學也，皆古文字聖賢之事業，至其尤深而鉅者，又烏止淵之譬邪？然亦欲君之漸進不已，而至深遠博大之無際也，請字之曰子漸。

古者男子之生，舉以禮而名之。年既長，見廟筮賓而加元服，服加而後字，示尊其名以隆成人也。夫君子所以自厚重其名字，如此之甚也，誠以其賢否醜美，必常與名字相上下而始終。邾婁一小國君，片善可稱，《春秋》襃之曰儀甫。解者謂國不如名，名不如字，以爲極美之談是也。子漸行矣，勉之。


## 歐陽修《祭尹子漸文》慶曆五年

年月日，具官歐陽修謹遣人自鎮陽至懷州，以清酌庶羞之奠，致祭於亡友尹君子漸十一兄博士之靈。

嗚呼！天於萬物與吾人，孰愛憎而薄厚？其生未始以一齊，其死宜其有夭壽。苟百年者亦死，則短長之何較！惟善人之可喜，謂宜在世而常存。曰仁者壽兮，是亦愛之者説；謂善必福兮，得非以己而推天？禍福吉凶，至其難通，雖聖人亦曰命而罕言兮，豈其至此而辭窮？壽夭置之，吾不能問。

嗟乎子漸，吾獨有恨！我不見子，於今幾時？自子得懷，始有見期。子不能來，我欲亟往。子今安歸，我往何訪？昔我在朝，諫官侍從，職當薦賢，知子不貢。朋黨之誣，苟避讒諷。兩相知而以心，謂尺書之不用。遂聲音之永隔。哭不聞而徒慟。嗟此奠之一觴，冀歡言之可共。往莫及兮難追，哀以辭而永送。尚饗！

# 范仲淹《尹師魯》

## 又　四月二十七日

某頓首。季寺丞行，曾奉手削，遞中亦領來教，承動止休勝。某此中無事，但兒子病未得全愈，亦漸退減。田元均書來，專送上。近得揚州書，甚問師魯，亦已報他貧且安也。暑中且得未動，亦佳。惟君子爲能樂道，正在此日矣。加愛加愛！不宣。仲淹上師魯舍人左右，四月二十七日。

（《范文正公尺牘》卷下）

# 附錄八：作品增補

## 水調歌頭·和蘇子美

萬頃太湖上，朝暮浸寒光。吳王去後，臺榭千古鎖悲涼。誰信蓬山仙子，天與經綸才器，等閑厭名繮。斂翼下霄漢，雅意在滄浪。

晚秋裏，烟寂靜，雨微涼。危亭好景，佳樹修竹繞回塘。不用移舟酌酒，自有青山綠水，掩映似瀟湘。莫問平生意，別有好思量。（《全宋詞》第一册·唐圭璋先生云：案此首原作歐陽修詞，見《近體樂府》卷三引《蘭畹集》。龔鼎臣《東原録》引"吳王去後"四字句，云是尹師魯和蘇子美水調歌頭。今從之。）

## 和昌言一絶

千里觀風使節來，百城舒慘繫行臺。威嚴少霽猶知幸，誰信芳尊盡日開。

（《文獻通考》卷二百三十四《經籍考》：《尹師魯集》二十卷：石林葉氏曰："尹師魯不長於詩，亦自以爲無益而廢事，故方洛中

歐陽文忠公與梅聖俞鋭意作詩時獨不作,余平生僅見其三五篇而
已。吴下施昌言家子弟有其《和昌言一絶》……,氣格終自
不凡。")

## 明經論

今博士受經,發明章句,究極義訓,亦志於禄仕而已。天下業
經以萬數,而傳師學者百不一二也。若俾業太學者,異其科試,惟
以明經爲上第,則承學之士,孰不承於師氏哉。(《經義考》卷二
百九十六)

## 論科第

狀元登第,雖將兵數十萬,恢復幽薊,逐强蕃於窮漠,凱歌勞
還,獻捷太廟,其榮亦不可及也。

(潘永因編《宋稗類鈔》卷五《科名》:"洛陽人尹洙意氣横
躒,好辯人也。嘗曰……。"亦見於田況《儒林公議》。)

## 論益柔文

贍而不流,制而不窘,未可量也。
(《東都事略》卷五十三:"益柔字勝之,少力學,爲光禄寺丞。尹
洙見其文,曰:……。")

## 書判

(《直齋書録解題》卷十七:"《書判》一卷,尹洙撰。洙,天聖

二年進士。後以安德軍節推試書判拔萃科,中之。前十道是程文,餘當爲擬卷。本朝余安道亦中是科。集中有判詞二卷,《文鑑》亦載一二。又有王回判二道,而回不以此科進。餘未有聞。”按《長編》卷一百九,天聖八年六月二十三日,“御崇政殿試書判拔萃科及武舉人。戊申〔二十六日〕,以書判拔萃人⋯⋯安德節度推官河南尹洙,爲武勝節度掌書記,知河陽縣”。)

# 象棋經

( 趙希弁撰《郡齋讀書後志》卷二:“《象棋經》一卷,右,皇朝尹洙撰。凡五圖,今世所行者不與焉。”《文獻通考》卷二百二十九《經籍考》五十六:“《象棋》一卷,又《棋勢》二卷。”)

# 《象戲格》與《宋朝文武彩選》

( 徐應秋撰《玉芝堂談薈》卷三十一《金龍戲格》:周武帝、王褒、何宴有《象經》,王裕有《注象經》,尹洙、晁補之有《象戲格》,司馬光有《古局象棋圖》,⋯⋯趙明遠有皇宋進士彩選,尹洙、張訪有《宋朝文武彩選》,王慎修有《宣和彩選》。)

# 張堯夫墓誌

( 陸友仁撰《研北雜誌》卷下:“唐碑制度極多,有一人製序,一人製銘者,故尹師魯誌張堯夫墓,而歐陽永叔爲之銘。”)

# 附録九:生平事跡繫年

　　尹洙(1001—1047)字師魯,河南洛陽人。少以儒學知名,博學有識,深於《春秋》,爲宋初古文運動的先驅之一。又久在兵間,習於西戎邊事,所爲禦戎長久之策,頗能切事機,盡屬害,可謂文武兼備,博通古今。故周煇《清波別誌》卷一稱尹洙爲第一流人,"名書國史,炳若日星"。然其生平坎坷,屢次被貶,遭逢不幸。現依典籍,對其生平事迹,略作繫年如下。

**咸平四年(公元1001年),公始生。**

　　韓琦《尹公墓表》言公"隱几而卒。時年四十七,慶曆七年四月十日也"。范仲淹《祭尹師魯舍人文》"維慶曆七年四月十一日,具位某謹致祭於故龍圖舍人師魯之靈"。據此知公生於咸平四年。歐陽修《尹師魯墓誌銘》"享年四十有六",誤。

　　韓琦《尹公墓表》:"其先太原人。曾祖誼,以道晦亂世,不仕。祖文化,始以材行興其家,官至都官郎中,贈刑部侍郎。父仲宣,舉明經,累長郡邑,廉恕明決,所至以循吏稱,終虞部員外郎,以公貴,贈工部郎中。刑部葬其父河南,今爲河南人。"《故三班奉職尹府君墓誌銘》(并序)言其弟湘葬河南壽安,銘曰"吾家自曾祖,以及先君,三世葬此",則知"刑部葬其父河南",即葬於壽安(今宜陽縣)。而其先太原尹氏或爲尹氏正宗,《通志》卷二十七《氏族略·以邑爲氏》：“尹氏：少昊之子封於尹城，因以爲氏，子孫世爲周卿士，食采於尹。今汾州有尹吉甫墓，即其地也。”《山西通志》卷一百七十三《陵墓·汾州府二》：“平遥縣：周卿士尹吉甫墓，相傳在縣東門外北路。”則知尹城即平遥。《萬姓統譜》卷八十：“尹，天水徵音，少昊之子封尹城。又師尹以官爲氏。又望出河間。”則知尹氏二出，一源於尹城，一源於師尹，而太原尹氏或爲尹吉甫之苗裔。尹洙先人顯於其祖尹文化，按《寶慶四明志》卷十八《定海縣志》載縣令“尹文化，以將作監丞知。淳化元年七月到任，轉著作佐郎，四年五月得替”。其父尹仲宣舉進士，《續資治通鑑長編》（以下簡稱《長編》）卷一百九載天聖八年五月戊午：“詔審官院京朝官任廣南、西川而當遷官者，文字已至院，雖罷任亦許磨勘以聞。先是，太子中舍、知大寧監尹仲宣自陳改官，自去秋已滿三年，雖齎閥閱上有司，於今不報。如此，則遠方官史俟代乃得考校，常引歲月與詔限不相應，因下此詔。”《河南通志》卷四十五：“尹仲宣，洛陽人，咸平三年第，虞部員外郎。”

　　據《宋史·尹焞傳》尹仲宣七子，而韓琦《尹公墓表》言尹洙兄弟六人：“兄源，太常博士，亦以文行稱於世。弟湘，三班奉職，沖，秀州華亭縣主簿。濤、泳，未仕，并先公而卒。沂，資性淳茂，動謹門法。”而以尹洙最爲著名。韓琦《尹公墓表》“公幼聰敏，喜學，無所不通，尤長於《春秋》”。《直齋書録解題》卷十七《穆參軍集》載穆修：“師事陳摶，傳其易學，以授李之才，之才傳邵雍。而尹洙兄弟亦從之學古文，且傳其《春秋》學。”《氏族大全》卷二十亦言：“時學者從事聲律，未知古文，修爲之倡。尹洙兄弟始從之學古文，傳《春秋》學。”然《四庫提要·〈五代春秋〉提要》：“穆修《春秋》之學，稱受之於洙。然洙無説《春秋》之書，惟此一編，筆削頗爲不苟，多得謹嚴之遺意，知其《春秋》之學深矣。”并在

《穆参軍集提要》中説:"尹洙《春秋》之學稱受於修,是於《春秋》爲何義乎? 自南宋以來無一人能摘其謬戾,殊不可解。"尹洙《春秋》之學是否與穆修有關已不可考。之所以出現這種争論,或在於尹洙古文有春秋筆法,而尹洙古文與穆修有淵源關係。《四庫提要·〈穆参軍集〉提要》説穆修:"其文章則莫考所師承,而歐陽修《論尹洙墓誌書》,謂其學古文在洙前。《朱子名臣言行録》亦稱洙學古文於修,……宋之古文,實柳開與修爲倡,然開之學及身而止,修則一傳爲尹洙,再傳爲歐陽修,而宋之文章於斯極盛,則其功亦不尠矣。"穆修倡古文固在尹洙之前,二者是否存在師承關繫則不一定。潘自牧《記纂淵海》卷三十五:"尹洙知河南伊闕縣,與穆修以古文革昆體之弊,天下翕然宗之。"邵伯温《聞見録》卷十五:"本朝古文,柳開仲塗、穆修伯長首爲之唱,尹洙師魯兄弟繼其後。"《氏族大全》卷十五則言天聖初,尹洙與"穆伯長,矯時所尚,力以古文爲主"。三者只認爲尹洙與穆修共同促進了古文的發展,雖有先後,却并不見得有師承關係。

**景德元年(公元1004年),4歲,弟湘出生。**

《故三班奉職尹府君墓誌銘》(并序):"仲兄洙泣而誌其壙曰:巨川少予三歲,幼同遊嬉,稍長俱就師,起居食飲無一異。"故繫於此。

**天禧四年(公元1020年),20歲,長子朴出生。**

韓琦《故河南尹君墓誌銘》(并序):"河南尹君,名朴,字處厚,師魯之長子也。……不幸年二十五而亡,良可哀已。"按《答諫官歐陽舍人論城水洛書》:"仍以某近喪長子爲慰,……長男壯大,與侄植皆門户所倚者,一旦同逝,人生孤苦至此,處世復何。"而《資治通鑑後編》卷五十五載慶曆四年四月,歐陽修言"近聞狄青與劉滬等争水洛城事,柳送滬等德順軍"云云,故知尹朴卒於慶曆四年,年二十五,由此知生於天禧四年。

**天聖二年(公元 1024 年),24 歲,舉進士。**

　　范仲淹《尹師魯河南集序》“師魯天聖二年,登進士第”。《宋史》本傳:“舉進士,調正平縣主簿,歷河南府户曹參軍、安國軍節度推官,知光澤縣。”韓琦《尹公墓表》“天聖二年,登進士第,授絳州正平縣主簿,歷河南府户曹參軍、邵武軍判官,舉書判拔萃,遷山南東道節度掌書記,知河南府伊陽縣”,無知光澤縣事。然《明一統志》卷七十八載:“尹洙知光澤縣,士學務程文,洙勉勵之以古文爲主,於是學者大悟,文體一變。”《欽定大清一統志》卷三百三十二則言尹洙“康定中,知光澤縣,以古文勉勵學者,文體爲之一變,治尤有績”。《福建通志》卷二十五言尹洙知光澤縣“景祐間任”,而《長編》卷一百二十六載康定元年三月癸酉,尹洙從葛懷敏之辟,權簽署涇原秦鳳經略安撫司判官事,其後夏竦、韓琦、范仲淹復辟洙,始爲陝西路經略安撫判官,并無知光澤縣事。景祐元年尹洙充館閣校勘,後因范仲淹被貶,亦無知光澤縣事,則知光澤縣當在天聖年間。陳焯《宋元詩會》卷九言尹洙“舉進士,調正平縣主簿,歷知光澤縣,改伊陽縣”。《宋史》本傳載尹洙知光澤縣在舉書判拔萃之前,而《長編》卷一百九載天聖八年六月二十三日,“御崇政殿試書判拔萃科及武舉人。戊申,以書判拔萃人……安德節度推官河南尹洙,爲武勝節度掌書記,知河陽縣”,則尹洙知光澤縣當在天聖八年之前,而河陽縣當爲伊陽縣之誤。

**天聖五年(公元 1027 年),27 歲,弟湘卒。**

　　《故三班奉職尹府君墓誌銘》(并序):“先君先夫人之第三子,名湘,字巨川。年二十有四,天聖五年五月九日,以疾卒。”

**天聖八年(公元 1030 年),30 歲,舉書判拔萃,知伊陽縣。**

　　按《長編》卷一百九、《九朝編年備要》卷九、《宋大事記講義》卷十,皆言天聖八年六月,尹洙舉書判拔萃,而《宋史全文》卷七上爲七月,誤。鄭克《折獄龜鑑》卷六載尹洙:“嘗知河南府伊陽縣,有女幼孤而冒賀氏産者,鄰人證其非是,而没之官。後鄰人死,女復訴,且請所没産,久不能决。洙問:‘汝年幾何?’曰:‘三十二。’乃檢咸平年籍,二年賀死,而妻劉爲户。詰之曰:‘若五年始生,安得賀姓耶?’女遂服。”《明一統志》二十九載尹洙:“遷伊陽宰,教士讀書作文,以民事爲念,吏不敢欺。”

**天聖九年(公元 1031 年),31 歲,入錢惟演幕府。**

徐自明《宋宰輔編年録》卷四:“(錢惟演)天聖九年,改判陳州,判河南府。始惟演托疾久留京師,既除陳州,遷延不赴,且圖相位。天章閣待制范諷奏曰:‘惟演嘗爲樞密使,以皇太后姻屬罷之,示天下以不私,今固不可復用。’殿中侍御史郭勸亦請督惟演上道,惟演自言先隴在洛陽,願司宫鑰,遂命惟演守河南,促其行。景祐元年,惟演卒,特贈侍中。……喜獎勵後進,歐陽修、尹洙皆出幕下。”

**訪郭延卿。**《宋稗類鈔》卷六《隱逸》:“錢文僖公惟演,……晚年以使相留守西京。時通判謝絳、掌書記尹洙、留守推官歐陽修,皆一時文士,遊宴吟詠,未嘗不同。……有郭延卿居水南,少與張文定、吕文穆遊,累舉不第,以文行稱於鄉間。……一日文僖率僚屬往游,去其居一里外,即屏騶從,徒步訪之。延卿道服延接,相與晤談。……遂進陶尊果蔌,文僖愛其野逸,爲引滿不辭。既而吏報申牌,府史牙兵排列庭中,延卿徐曰:‘公等何官,而從吏之多也?’尹洙指而告曰:‘留守相公也。’延卿笑曰:‘不圖相國肯顧野人。’相與大笑。”

**遊嵩山。**周輝《清波雜誌》卷九:“一小説名《默記》,内一條云:尹師魯性高而褊中,洛中與歐、梅諸公同游嵩山,師魯曰:‘遊山須是帶得胡餅爐來,方是遊山。’諸公咸謂:‘遊山貴真率,豈有此理?’諸公群起而攻之,師魯知前言之謬而不能勝諸公,遂引手扼吭,諸公争救之,乃免。輝見前輩云一時失言,有所不免,若曰愧而抵吭,無是理也。著《默記》者,亦不當書此。”

　　**記雙桂樓**。《聞見錄》卷八:“天聖明道中,錢文僖公自樞密留守西都,謝希深爲通判,歐陽永叔爲推官,尹師魯爲掌書記,梅聖俞爲主簿,皆天下之士,錢相遇之甚厚,多會於普明院,白樂天故宅也。……因府第起雙桂樓,西城建臨園驛,命永叔、師魯作記。永叔文先成,凡千餘言,師魯曰:‘某止用五百字可記。’及成,永叔服其簡古。永叔自此始爲古文。”

　　**記驛館**。汪琬《東都事略跋》:“歐陽公誌尹墓,論其文,曰‘簡而有法’,又曰‘在孔子六經,惟《春秋》可當’,其推重如此。按《湘山野錄》:錢思公鎮洛,創一驛館,命僚屬各作一文。文成,謝希深與歐陽公皆五百字内外,惟師魯止用三百八十餘字,語簡事備,典重有法。歐公愧服,遂載酒就之,通夕講論。師魯曰:‘大抵文字忌格弱字冗,諸君文格雖高,少不至者,此耳。’歐公奮然,持此説別作一首記,更減師魯文廿二字,而尤完粹。師魯謂人曰:‘歐九真一日千里也。’然則,異時志墓之言,良爲此耳。”

**明道二年(公元 1033 年),33 歲,入王曙幕府。**

　　《長編》卷一百十三載明道二年八月丙寅:“崇信節度使、同平章事、判河南府錢惟演,落平章事赴本鎮。”《長編》卷一百一十四:“始錢惟演留守西京,修及尹洙爲官屬,皆有時名,惟演待之甚厚。修等遊飲無節,惟演去,曙繼至,數加戒敕,嘗厲色謂修等曰:‘諸君知寇萊公晚年之禍乎?政以縱酒過度耳。’衆客皆唯唯,修獨起對曰:‘以修聞之,萊公之禍,政以老而不知止耳。’曙默然,終不怒,更薦修及洙置之館閣,議者賢之。”

**景祐元年(公元 1034 年),34 歲,除館閣校勘。**

　　《長編》卷一百十三載明道二年十月,“資政殿學士、吏部侍郎、知河南府王曙,加檢校太傅、充樞密使”。《宋史·王曙傳》:“及爲樞密使,首薦修等置之館閣。”則知王曙薦歐陽修與尹洙在十月之後，任職則在景祐元年。《長編》卷一百一十四載景祐元年閏六月乙酉，“前西京留守推官歐陽修，爲鎮南節度掌書記、館閣校勘。樞密使王曙所薦也。”尹洙則於是年九月初除館閣校勘。《群書會元截江網》卷四：“仁宗命尹洙、余靖、孫甫、歐陽修，同編修祖宗故事。”此亦當在館閣之時。

**景祐三年（公元 1036 年），36 歲，貶爲崇信軍節度掌書記，監郢州酒税。**

　　《長編》卷一百一十八載，景祐三年五月十九日，尹洙因上言范仲淹直諒不回，義兼師友，乞從降黜。宰相怒，遂逐之，貶爲崇信軍節度掌書記，監郢州酒税。《明一統志》卷六十載，尹洙“景祐中以范仲淹黨，貶監郢州酒税，其名益振”。《涑水記聞·輯佚》：“景祐中，范文正公知開封府，忠亮讜直，言無回避，左右不便。因言公離間大臣，自結朋黨，乃落天章閣待制，出知饒州。余靖安道上疏論救，以朋黨坐貶。尹洙師魯上言‘靖與仲淹交淺，臣於仲淹義兼師友，當從坐’，貶監郢州税。歐陽修永叔貽書責司諫高若訥不能辨其非辜，若訥大怒，繳奏其書，降授夷陵縣令。永叔復與師魯書云：‘五六十年來，此輩沉默畏慎，布在世間，忽見吾輩作此事，下至灶間老婢，亦相警怪。’時蔡襄君謨爲《四賢一不肖》詩，播於都下，人爭傳寫，鬻書者市之，頗獲厚利。虜使至，密市以還。張中庸奉使過幽州，館中有書永叔詩在壁者。四賢：希文、安道、師魯、永叔也；一不肖，若訥也。”“初，范文正公貶饒州，朝廷方治朋黨，士大夫無敢往別。王待制質獨扶病餞於國門，大臣責之曰：‘君長者，何自陷朋黨？’王曰：‘范公天下賢者，顧質何敢望之！若得爲某黨人，公之賜質厚矣。’聞者爲之縮頸。”

　　分撰《五代史》。《聞見録》卷十五言歐陽修既擢甲科，官河南，始得師魯，乃出韓退之文學之。公之自叙云爾。蓋公與師魯，於文雖不同，公爲古文則居師魯後也。如《五代史》，公嘗與師魯約分撰,故公謫夷陵日,貽師魯書曰:"……師魯所撰,在京師時不曾細看,路中細讀,乃大好。師魯素以史筆自負,果然。河東一傳大妙,修本所取法於此,傳亦有繁簡未中者,願師魯刪之,則盡善也。正史更不分,五史通爲紀傳,今欲將梁紀并漢、周,修且試撰次。唐、晋,師魯爲之,如前歲之議。其他列傳,約略且將逐代功臣隨紀,各自撰傳,待續次盡,將五代列傳姓名寫出,分爲二,分手作傳,不知如此於師魯如何? 吾輩棄於時,聊欲因此粗伸其志,少希後世之名。如修者幸與師魯相依,若成此書亦是榮事,今特告朱公遣此介奉,咨希一報,如何? 便各下手,只候任進歸,便令齎國志草本去次。"云云。

**景祐四年(公元 1037 年),37 歲,遭父喪。**

　　歐陽修《尹師魯墓誌銘》:"范公貶饒州,諫官御史不肯言,師魯上書言:'仲淹,臣之師友,願得俱貶。'貶監郢州酒税,又徙唐州。遭父喪,服除,復得太子中允,知河南縣。"尹洙《朝散大夫給事中知同州軍州事兼管内勸農使上柱國隴西縣開國伯食邑五百户賜紫金魚袋李公行狀》言:"以景祐五年十月日,責授崇信軍節度掌書記、朝奉郎、試大理評事兼監察御史、前監唐州酒税尹某狀。"則知尹洙在寶元元年十月已經辭去唐州酒税之職。按丁憂三年之制,則其父喪在景祐四年。歐陽修《尹師魯墓誌銘》:"余與師魯兄弟交,嘗銘其父之墓矣,故不復次其世家焉。"則知歐陽修爲作墓誌銘,即《尚書虞部員外郎尹公墓誌銘》。文中言卒於景祐四年三月七日,年七十一。

　　**求王曾。**羅從彦《豫章文集》卷六載:"尹洙初入館編校,(景祐)四年,欲得一差遣,遂到中書,援錢延年例。曾徐曰:'學士自待,何爲在錢延年等列耶?'洙終身以爲愧恨,其畏之如此。"此當在父喪之前。

**景祐五年（公元 1038 年），葬弟湘於河南壽安。**

《故三班奉職尹府君墓誌銘》（并序）：“景祐五年十一月二十八日，葬河南壽安。”

**寶元二年（公元 1039 年），39 歲，知長水縣。**

《長編》卷一百二十三載，寶元二年六月二十五日，“崇信掌書記、監鄆州酒務尹洙，爲太子中允，知長水縣”。韓琦《尹公墓表》：“徙唐州，丁父憂，服除，復得太子中允、知河南府長水縣。”

**康定元年（公元 1040 年），40 歲，任涇原秦鳳經略安撫司判官事、陝西經略安撫判官。**

《長編》卷一百二十六，康定元年三月十九日，“太子中允、知長水縣尹洙，權簽署涇原秦鳳經略安撫司判官事”。後經夏竦、韓琦等辟爲陝西經略安撫判官，因夏竦爲陝西都部署兼經略安撫使、緣邊招討使，六月三十日到任。則知尹洙爲陝西經略安撫判官，當在七月之後。而《玉海》卷一百三十二載，康定元年五月二十六日尹洙爲判官，誤。

薦狄青。《宋史·狄青傳》：“尹洙爲經略判官，青以指使見。洙與談兵，善之，薦於經略使韓琦、范仲淹，曰：‘此良將材也。’二人一見奇之，待遇甚厚。”

薦李之才。《宋史·李之才傳》：“友人尹洙以書薦於中書舍人葉道卿，因石延年致之，曰：‘孟州司法參軍李之才，年三十九，能爲古文章，語直意遂，不肆不窘，固足以蹈及前輩，非洙所敢品目，而安於卑位，無仕進意，人罕知之。其才又達世務，使少用於世，必過人遠甚，恨其貧不能決其歸心，知之者當共成之。’延年復書曰：‘今業文好古之士，至鮮且不張，苟遺若人，其學益衰矣。’延年素不喜謁貴仕，凡四五至道卿門，通其書乃已。道卿薦之，遂得應銓新格，有保任五人，改大理寺丞，爲緱氏令。”按《長編》卷一百二十八，康定元年九月七日，葉清臣“爲龍圖閣直學士、起居舍人,權三司使事”,姑繫於此。

　　**上攻守策**。《宋史全文》卷七載康定元年十二月,“上以手詔問師期,夏竦等乃畫攻守二策,遣副使韓琦、判官尹洙,馳驛至京師,求決於上。乙巳,詔鄜延、涇原兩路,取正月上旬,同進兵入討西賊,上與兩府大臣共議用攻策也。樞密副使杜衍獨以爲僥倖出師,非萬全計,爭論久之”。《宋史·田況傳》:“時竦與韓琦、尹洙等畫上攻守二策,朝廷將用攻策,范仲淹議未可出師。況上疏曰:‘……今將帥士卒,素已懦怯,未甚更練。又知韓琦、尹洙同建此策,恐未甚禀服,臨事進退,有誤大舉。其不可一也。……以臣所見,夏竦、韓琦、尹洙同獻此策,今若奏乞中罷,則是自相違異;欲果決進討,則又仲淹執議不同。乞召兩府大臣定議,但令嚴設邊備,若有侵掠,即出兵邀擊;或賊界謹自守備,不必先用輕舉。如此則全威制勝,有功而無患也。’”於是罷出師議。

**慶曆元年(康定二年十一月改元,公元 1041 年),41 歲,降通判濠州。**

　　《長編》卷一百三十一載:“始,朝廷既從陝西所上攻策,經略安撫判官尹洙以正月丙子至延州,與范仲淹謀出兵。越三日,仲淹言已得旨,聽兵勿出,洙留延州幾兩旬,仲淹堅持不可。辛丑,洙還至慶州,乃知任福敗績。賊侵劉瑤堡未退,因遣權環慶路都監劉政,將銳卒數千往援,未至,賊引去。夏竦尋劾奏洙擅發兵,降通判濠州。”《范太史集》卷四十《檢校司空左武衛上將軍郭公墓誌銘》:“公諱逵,字仲通。……尹洙爲陝西經略判官,趣范公以延州兵取靈武。范公召公計議,公曰:‘地遠而食不繼,城大而兵不多,未見其利。’范公曰:‘君之言然。’遂決意不復出師。洙怒,而府中將吏皆誚公。未幾,涇原任福全軍没,於是向之誚公者,以不出師爲幸,且服公先識。”《范文正公遺事》:“公與韓魏公爲經略安撫招討副使,約公進兵,公曰:‘當自謹守以觀其變,未

可輕兵深入。'尹洙歎曰：'公於此，乃不及韓公也。韓公嘗云大
凡用兵，當先置勝敗於度外，今公乃區區過慎，此所以不及韓公
也。'公曰：'大軍一動，萬命所懸，而乃置於度外，仲淹未見其
可。'魏公舉兵入界，次好水，以全師陷没。魏公遽還，至半途，陣
亡父兄妻子數千人，號於馬首，皆持故衣紙錢招魂，哭曰：'汝昔
從招討出征，今招討歸而汝死，汝魂識能從招討歸乎？'哀慟聲動
天地，魏公悲憤掩泣，駐馬不能前者數刻。公聞而歎曰：'當是
時，難置勝敗於度外也。'"

　　**薦楚執中。** 魏泰《東軒筆録》卷四："楚執中性滑稽，謔玩無
禮。慶曆中，韓魏公琦帥陝西將四路，進兵入平夏，以取元昊。師
行有日矣。尹洙與執中有舊，薦於韓公，執中曰：'元昊族帳無
定，萬一遷徙深遠，以致我師，無乃曠日持久乎？'韓公曰：'今大
兵入界，則倍道兼程矣。'執中曰：'糧道豈能兼程耶？'韓公曰：
'吾已盡括關中之驢運糧，驢行速，可與兵相繼也。萬一深入而
糧食盡，自可殺驢而食矣。'執中曰：'驢子大好酬奬。'韓公怒其
無禮，遂不使之入幕。然四路進兵，亦竟無功也。"

**慶曆二年（公元 1042 年），42 歲，通判秦州軍州事。**

　　《論命令恩寵賜與三事疏》言四月日，新差通判秦州軍州事
尹洙上疏。按《宋史全文》卷八上，慶曆二年閏九月，"以尹洙直
集賢院，洙奏：'今命令數更，恩寵過溢，賜與不節，三者因循不
革，弊壞日甚。'"則此文或作于四月，上奏於閏九月耶？

**慶曆三年（公元 1043 年），43 歲，知渭州。**

　　《長編》卷一百四十二，慶曆三年七月九日，"太常丞直集賢
院、知涇州尹洙，為右司諫，知渭州兼管勾涇原路安撫都部署
司"。《分析公使錢狀》："洙先于慶曆三年七月內，奉敕差知渭
州，……於慶曆三年八月內到任，九月後便值西界事宜緊切，洙與
主兵官員，逐日堤備，略無暫暇。"韓琦《尹公墓表》："涇原乘葛帥

懷敏覆軍之後，傷夷殘缺，千罅百漏，公夙夜撫葺，一道以完。”

禮遇劉易。《宋史·劉易傳》：“尹洙帥渭，延致尊禮，狄青代洙，遇之亦厚。”

反對修水洛城。《長編》卷一百四十四載，慶曆三年十月三十日，鄭戩上疏修水洛城，而尹洙等人反對。《宋史·尹洙傳》：“鄭戩爲陝西四路都總管，遣劉滬、董士廉城水洛，以通秦、渭援兵。洙以爲前此屢困於賊者，正由城砦多而兵勢分也。今又益城，不可，奏罷之。”

**慶曆四年（公元 1044 年），44 歲，知慶州，徙晉州。**

械劉滬、董士廉。《長編》卷一百四十七載，慶曆四年三月甲戌，“知渭州尹洙，及涇原副都部署狄青，相繼論列，以爲修城有害無利，議者紛紛不決，故遣周詢等行視。戩初命涇原都監許遷，將兵爲修城之援，及戩罷統四路，洙亟召遷還，又檄滬、士廉罷役，且召滬、士廉。蕃部皆遮止滬、士廉等，請自備財力修城。滬、士廉亦以屬戶既集，官物無所付，又恐違蕃部意，別生變，日增版趣役。洙再召之，不從。洙亟命瓦亭寨都監張忠往代，滬又不受。洙怒，命青領兵巡邊，追滬、士廉，欲以違節度斬之。青械二人送德順軍獄。時周詢等猶未至也。蕃部遂驚擾，爭收積聚，殺吏民爲亂。又詣周詢等訴，周詢具奏，詔釋滬、士廉，令卒城之”。

長子朴與侄植亡。《答諫官歐陽舍人論城水洛書》言：“仍以某近喪長子爲慰，……長男壯大，與侄植皆門戶所倚者，一旦同逝，人生孤苦至此，處世復何。”按《資治通鑑後編》卷五十五，慶曆四年四月，歐陽修言：“近聞狄青與劉滬等爭水洛城事，枷送滬等德順軍”云云，故知朴與植亡於此時。韓琦《故河南尹君墓誌銘》（并序）：“處厚將從師魯之喪，葬并緱氏也。”

知慶州。《涑水記聞》卷十“慶曆四年五月己巳，詔特徙右司諫、直集賢院、渭州兼涇原路部署尹洙，知慶州”。《宋史·王益

柔傳》:"尹洙與劉滬争城水洛事,自涇原貶慶州。益柔訟之曰:
'水洛一障耳,不足以拒賊。滬裨將,洙爲將軍,以天子命呼之不
至,戮之不爲過;顧不敢專,執之以聽命,是洙不伸將軍之職而上
尊朝廷,未見其有罪也。'不聽。"

**徙知晋州**。《乞與鄭戩下御史臺照對水洛事狀》言慶曆四年
六月日,新差知晋州軍州事尹洙伏奏。按《長編》卷一百五十一,
尹洙由慶州徙知晋州,"會前守未滿歲,有旨令洙待闕。洙心疑
鄭戩譖己,因奏乞與戩俱下御史獄,辨水洛城事,且言戩交結走馬
承受麥知微,於是遷秩改命,而所乞竟不從"。

**慶曆五年(公元 1045 年),45 歲,貶崇信軍節度副使。**

兄尹源卒。《太常博士尹君墓誌銘》:"君諱源,字子漸,姓尹
氏,與其弟洙師魯,俱有名於當世。……以慶曆五年三月十四日,
卒于官。……至和元年十有二月十三日,其子材葬君於河南府壽
安縣甘泉鄉龍洲裏。"

**董士廉詣闕訟洙**。《長編》卷一百五十五載慶曆五年三月,
"董士廉又詣闕,訟水洛城事,輔臣多主之"。而卷一百五十六載
爲"董士廉詣闕,訟洙欺隱官錢,詔洙分析"。董士廉訟尹洙欺隱
官錢,或爲在水洛城事件中曾被尹洙拘械,故又稱"訟水洛城
事"。《宋史》本傳:"會士廉詣闕上書訟洙,詔遣御史劉湜就鞫,
不得他罪。而洙以部將孫用由軍校補邊,自京師貸息錢到官,亡
以償。洙惜其才可用,恐以犯法罷去,嘗假公使錢爲償之。又以
爲嘗自貸,坐貶崇信軍節度副使,天下莫不以爲湜文致之也。"
《宋史·劉湜傳》:"詔詣渭州劾尹洙私用公使錢,頗傅致重法,以
故洙坐廢。……議者謂湜探宰相意,深致洙罪,故得優擢焉。"而
《申四路安撫使范資政乞於乾華州聽候朝旨狀》自言"洙已於六
月十日,蒙制勘院責保送渭州",即劉湜詣渭州拘劾尹洙之事,亦
即蘇舜欽《哭尹師魯》所謂"旋聞君下獄,六月送渭州"。

**貶崇信軍節度副使**。《宋名臣言行録·前集》卷九引《南豐雜識》:"洙當慶曆中與范仲淹等友善,仲淹等既罷朝政,洙亦爲人希時宰意,訐以居渭州時事,遂置獄。遣劉湜按之,一日謂洙曰:'龍圖得罪死矣。'洙請其事,湜曰:'龍圖以銀爲偏提給銀有記,而收偏提無籍,是以知龍圖當得罪死也。'洙曰:'此不足以致洙罪也。以銀爲偏提,用工校主之,附某籍,可取視之。'湜閲籍,果然。知不能害,歎息而已。其後洙在隨州,而孫甫之翰知安州,過隨,二人皆好辯論,對榻語,幾匝月,無所不道,而洙未嘗有一言及湜者。甫問曰:'劉湜按師魯,欲致師魯於死,而師魯絶口未嘗有一言及湜,何也?'洙曰:'湜與洙本未嘗有不足之意,其希用事者意欲害洙,乃湜之不能自樹立耳,洙何恨于湜乎?'甫深服其識量。之翰又言:'洙自謂平生好善之心過于嫉惡,之翰以爲信然。'"《夢溪筆談》卷二十:"尹師魯自直龍圖閣,謫官,過梁下,與一佛者談,師魯自言以進退爲樂,其人曰:'此猶有所繫,不若進退兩忘。'師魯頓若有所得,自爲文以記其説。"曾南豐《尹公亭記》:"隨爲州,去京師遠,其地僻絶。慶曆之間,起居舍人、直龍圖閣、河南尹公洙,以不爲在勢者所容,謫是州,居于城東五里,開元佛寺之金燈院。……故其居於隨,日考圖書通古今爲事,而不知其官之爲謫也。……嘗于其居之北阜,竹柏之間,結茅爲亭,以芰爲嬉,歲餘乃去。既去而人不忍廢壞,輒理之,因名之曰'尹公之亭'。"

**第三子尹構生**。范純仁《尹判官墓誌》:"君姓尹氏諱構,字嗣復,師魯第三子也。……以熙寧八年六月十四日,卒於許昌之長葛縣,享年三十有一。"故知生於此年。

**評《岳陽樓記》**。《説郛》卷四十一下引《幕府燕閑録》:"范文正公嘗爲人作墓銘,已封,將發,忽曰:'不可不使師魯見。'明日以示,尹師魯曰:'希文名重一時,後世所取信,不可不慎也。

今謂轉運使爲部刺史,知州爲太守,誠爲脱俗然。今無其官,後必疑之,此正起俗儒爭論也。'希文撫己曰:'賴以示子,不然吾幾失之。'范文正公作《岳陽樓記》,爲世所貴,尹師魯讀之曰:'此傳奇體也。'"《岳陽樓記》作於慶曆五年,故繫於此。

**慶曆六年(公元 1046 年),46 歲,監均州市征。**

范仲淹《尹師魯河南集序》言尹洙貶漢東節度副使,"歲餘,監均州市征"。《太平寰宇記》卷一百四十三《山南東道二》載,均州"今理武當縣"。《送供奉曹測一首》言"予遷武當之一月",則知作於遷均州市征之後。

**慶曆七年(公元 1047 年),47 歲,病卒。**

韓琦《尹公墓表》言:"(公)得疾,沿牒至南陽,訪醫藥。疾革,對賓客妻子,無一戚言,整冠帶,盥濯,怡然隱几而卒。時年四十七。慶曆七年四月十日也。"范純仁《尹判官墓誌》:"慶曆七年,先君文正公守南陽,時予侍行。師魯自郧鄉輿疾而來,托先公以後事。"《涑水記聞》《夢溪筆談》對臨終情形有更爲詳細地記載,《涑水記聞》卷十:"尹師魯謫官監均州酒。時范希文知鄧州,師魯得疾,即擅去官,詣鄧州,以後事屬希文。希文日往視其疾,師魯曰:'今日疾勢復增幾分,可更得幾日。'一旦,遣人招希文甚遽,既至,師魯曰:'洙今日必死矣。人言將死者必見鬼神,此不可信,洙并無所見,但覺氣息奄奄就盡耳。'隱几坐,與希文語久之,謂希文曰:'公可出,洙將逝矣。'希文出至廳事,已聞其家號哭。希文竭力送其喪及妻孥歸洛陽。"《夢溪筆談》卷二十:"後移鄧州。是時范文正公守南陽。少日,師魯忽手書與文正別,仍囑以後事,文正極訝之。時方饋客,掌書記朱炎在坐,炎老人,好佛學。文正以師魯書示炎曰:'師魯遷謫失意,遂至乖理,殊可怪也。宜往見之,爲致意開譬之,無使成疾。'炎即詣尹,而師魯已沐浴衣冠而坐,見炎來,道文正意。乃笑曰:'希文何猶以生人見

待,洙死矣。'與炎談論,頃時,遂隱几而卒。炎急使人馳報文正,
文正至,哭之甚哀。師魯忽舉頭曰:'早已與公別,安用復來?'文
正驚問所以,師魯笑曰:'生死常理也,希文豈不達此?'又問其後
事,尹曰:'此在公耳。'乃揖希文復逝,俄頃又舉頭顧希文曰:'亦
無鬼神,亦無恐怖。'言訖遂長往。師魯所養至此,可謂有力矣,
尚未能脱有無之見,何也? 得非進退兩忘,猶存於胸中與。"

　　與師魯主動託付後事不同,《續湘山野録》認爲是范仲淹同
情尹洙,邀請而至:"師魯時謫筠州監権,郡守趙可度者,迎時之
好惡,酷加凌忽。公(范仲淹)爲郡帥,特奏曰:'尹洙多病,可惜
死於僻郡,乞令就任所醫理。'可其奏,遂客於鄧。舉不如意,凡
樽俎語言,皆無惊侑,人不敢侍之,或怒至以雙指扭其臉。侑者泣
訴於公,公曰:'爾輩豈知,此是龍圖硬性。'客笑,而師魯不笑。"

　　**韓琦、歐陽修、狄青等周濟其家。**《宋史·尹洙傳》:"嘉祐
中,宰相韓琦爲洙言,乃追復故官,及官其子構。"《宋史·狄青
傳》"尹洙以貶死,青悉力賙其家事"。《文忠集附録卷二·歐陽
公行狀》:"尹師魯、梅聖俞、孫明復皆貧甚,既卒,公力爲經紀其
家,表其孤於朝,悉録以官。"

　　**妻亡。**韓琦《尹公墓表》:"娶張氏,鹿邑縣君,……後公七年
而亡。……至和元年(即其妻子亡年)十二月日,沂、材舉公夫人
之喪,葬於緱氏縣某鄉之某原,從吉卜也。"

　　**子亡。**范純仁《尹判官墓誌》:"君姓尹氏諱構,字嗣復,師魯
第三子也。……以熙寧八年六月十四日,卒於許昌之長葛縣,享
年三十有一。……以元豐七年正月二十一日,葬於河南府壽安縣
甘泉鄉龕潤里先塋之次。"

　　**後裔。**韓琦《尹公墓表》:"子男四人,長曰朴,奇雋博學,有
父風。其二未名,俱早世。其幼曰構,今方十歲。女五人,長適虞
部員外郎張景憲,次繼適張氏,次適太常寺太祝謝景平,次二人,

未嫁。侄材，文學器識，足以嗣公，而敦尚名節，無仕進意。”朴有一男一女，韓琦《故河南尹君墓誌銘》（并序）：“處厚娶王氏，再娶宗氏。一男曰焕，一女尚幼。”構有一子，范純仁《尹判官墓誌》言構“娶李氏，予舅氏司農少卿諱禹卿之女。生一子照，尚幼”。其兄尹源有子四人，《太常博士尹君墓誌銘》：“男四人，曰材、植、機、柕。”而《宋史·尹焞傳》載源生林，林生焞，林不見於《太常博士尹君墓誌銘》，或有誤。

《名賢氏族言行類稿》卷三十八、《氏族大全》卷十五并言焞爲洙孫，亦與所載不符。其弟湘有一男一女，《故三班奉職尹府君墓誌銘》（并序）言湘“娶木氏，一男一女。木氏及女，後巨川一年皆卒。男名材，謹愨，不妄言笑”。

# 後　記

　　本項目自去年九月立項，到今年九月結項，雖然只有短短的一年，但它的研究却早在 2013 年就已經開始了，當時主要是收集、研讀一些相關的文獻典籍。2014 至 2015 這兩年利用節假日到國圖相對集中地進行了校勘，2016 至 2017 兩年裏主要是注釋、整理，現在雖然已初成書稿，可以結項了，仍覺得有一些問題需要繼續研究，一些事情還可以做得更好些。

　　學習如聚沙積薪，校注古籍更是如此，常常在做完之後，發現需要從頭再來。一稿、二稿、三稿……，每一次校注都要梳理一遍，幸虧有了電腦可以複製粘貼一個又一個文檔。即使如此也還是時常感到力不從心，D 盤、F 盤、E 盤，一個又一個文件夾，打開、關掉又打開，爲了一個問題常常要打開好幾個硬盤、好幾個文件夾、好幾個文檔。每天在各種典籍資料中看得頭昏眼花，像在原始森林裏迷了路。有時真想早點結束這種筋疲力盡的勞動，可是一旦停下又會覺得悵然若失、無所適從。也許這就是學術帶來的別樣的享受：費心而充實，寂寥而單純。

　　我很懷念在國圖的日子，那時爲了盡可能地多校幾個版本，常常感到吃飯也是一種累贅。每天早九晚五，沉浸在與古人的心靈對話中，生活因爲簡單充實而快樂，那是多麼純净聖潔的精神性存在啊！有人讀書只是作爲一種手段，有人讀書只是爲了消遣，有人讀書却是作爲生存的狀態。作爲手段、消遣的多，作爲狀態的少。尤其在各種各樣的考核壓力下，已很難心平氣靜地從事科研，本課題在未被立項之前就遭到過歧視和嘲笑。現在，這個課題就要結項了，深摯地感謝國家社科規劃辦，感謝各位評審專家，感謝所有支持、關注我的人們！